Das Buch

Man schreibt das Jahr 1942; ein japanischer Vorstoß nach Indien ist zu befürchten: für die britische Administration ein willkommener Anlaß, frühere Unabhängigkeitsversprechungen wieder zurückzustellen, für die indische Kongreßpartei aber Gelegenheit, den Forderungen nach solcher Unabhängigkeit weiteren (und nicht immer ganz gewaltfreien) Nachdruck zu verleihen. Aber nicht wegen der politischen Situation ist Paul Scotts Buch ein historischer Roman von Rang, sondern wegen der Art und Weise, wie er individuelle Figuren, Konflikte und, nun ja, Schicksale in diese Situation verwebt. Eine ältliche englische Missionslehrerin wird in den beginnenden Unruhen überfallen, ihr indischer Helfer getötet; eine junge Krankenschwester, Nichte des ehemaligen Gouverneurs, liebt einen jungen Inder; in einer dunklen Nacht werden sie von einer marodierenden Bande überfallen, die junge Frau vergewaltigt...

Der Autor

Paul Scott wurde am 25. März 1920 in Palmers Green in Nord-London geboren. Nach Abschluß einer Buchhalterlehre diente er von 1943 bis 1946 als Nachrichtenoffizier bei der britischen Luftwaffe in Indien. In den Jahren 1950 bis 1978 schrieb Scott insgesamt dreizehn Romane. 1977, während eines Aufenthalts als Gastdozent an einer amerikanischen Universität, wurde er mit Krebs in ein Krankenhaus eingeliefert. Den Booker Prize konnte er nicht mehr persönlich entgegennehmen. Er starb am 1. März 1978. Sein Hauptwerk ist die Romantetralogie ›Das Reich der Sahibs‹: ›Das Juwel in der Krone‹ (1966, dt. 1985), ›Der Skorpion‹ (1968, dt. 1986), ›Die Türme des Schweigens‹ (1971, dt. 1987) und ›Die Teilung der Beute‹ (1975, dt. 1988).

Paul Scott:
Das Juwel in der Krone
Roman

Deutsch von Manfred Ohl und Hans Sartorius

Deutscher
Taschenbuch
Verlag

dtv

Dorothy Ganapathy
In Liebe

Ungekürzte Ausgabe
Oktober 1992
Deutscher Taschenbuch Verlag GmbH & Co. KG,
München

Titel der englischen Originalausgabe:
›The Jewel in the Crown‹
(William Heinemann Ltd., London 1966)

ISBN 3-608-95325-6
Umschlagtypographie: Celestino Piatti
Umschlagbild: Thomas Bode
Gesamtherstellung: C. H. Beck'sche Buchdruckerei,
Nördlingen
Printed in Germany · ISBN 3-423-11583-1

Teil eins
Miss Crane

Man stelle sich eine flache Landschaft vor, die im Dunkeln liegt, aber trotzdem einer rennenden jungen Frau im noch dunkleren Schatten, den die Mauer des Bibighar-Parks wirft, ein Gefühl von Weite und Unendlichkeit gibt; Miss Crane hatte es Jahre zuvor auch so empfunden, als sie an dem Punkt stand, wo ein Weg endete und die bestellten Felder begannen. Das war zwar in einer anderen Gegend, aber gleichfalls auf der Schwemmlandebene zwischen den Bergen im Norden und dem Plateau im Süden gewesen.

Es ist eine Landschaft, die ein paar Stunden früher, in der Zeit zwischen dem Regen und der kurzen Dämmerung, dem Spektrum der untergehenden Sonne Farben entzieht und jede Oberfläche färbt, die Licht aufnehmen kann: die ockerfarbenen Mauern der Häuser in der alten Stadt (auch sie befleckt von der blutigen Vergangenheit und der beklemmenden Gegenwart); das fließende Wasser im Fluß und das stehende Wasser in den Teichen; die glänzenden Stoppeln, die gepflügte Erde ferner Felder; der Asphalt der Grand Trunk Road. In dieser Landschaft gibt es wenig Bäume; sie stehen nur zwischen den weißen Bungalows im Zivilistenviertel. Am Horizont verrät ein violetter Klecks hügeliges Land.

Diese Geschichte handelt von einer Vergewaltigung, von den Ereignissen, die dazu führten und darauf folgten, und von dem Ort, an dem dies geschah. Da ist das Geschehen, da sind die Menschen und der Ort, eins hängt mit dem anderen zusammen, aber wie, das läßt sich nicht sagen, wenn man es aus dem moralischen Kontinuum menschlichen Tuns und Lassens herauslöst.

Im Fall Bibighar-Park kam es zu mehreren Verhaftungen und zu einer Untersuchung. Im juristischen Sinn gab es keinen Prozeß. Manche Leute behaupten, es habe eine Art Prozeß stattgefunden. Diese Leute sagen sogar, die Affäre, die am Abend des neunten August 1942 in Majapur begann, endete mit dem Schauspiel zweier Nationen in einem gewaltsamen Konflikt, weder ihrem ersten noch ihrem letzten, denn sie lagen damals noch in einer imperialen Umarmung von solcher Dauer und Intimität, daß sie nicht mehr wußten, ob sie einander liebten oder haßten, oder was es sonst war, das sie zusammenhielt; und so schienen sich ihre Vorstellungen von einem jeweils eigenen Schicksal verwischt zu haben.

Im Jahr 1942, als die Japaner die britische Armee in Burma besiegten und Gandhi in Indien zum Widerstand aufrief, mußten sich die Engländer in Majapur, Zivilisten wie Militärs, eingestehen, daß die Zukunft nicht rosig aussah. Sie hatten aber auch früher schon schlechte Zeiten durchgemacht und glaubten, sie wieder überstehen zu können; denn nun wußten sie, woran sie waren, und Grundsatzdiskussionen über Recht und Unrecht ihrer imperialistischen Kolonialpolitik und Verwaltung würde es in nächster Zeit nicht mehr geben.

Es war, wie sie es im Club mit Vorliebe ausdrückten, eine Frage der Prioritäten. Und als sie erfuhren, daß Miss Crane, die Leiterin der protestantischen Missionsschulen des Distrikts, Gandhis Bild von der Wand ihres Arbeitszimmers abgenommen hatte und nicht länger indische Damen, sondern junge englische Soldaten zum Tee einlud, waren sie ihr dankbar, und zugleich amüsierte es sie. In Friedenszeiten konnte jeder die unterschiedlichsten und absonderlichsten Meinungen vertreten; im Krieg mußten sich die Reihen schließen, und jetzt, wo es darauf ankam, zu zeigen, auf welcher Seite man stand, schien Miss Crane endlich Farbe zu bekennen.

Nur wenige Leute wußten, daß die indischen Damen selbst die Initiative in Sachen des Dienstagnachmittagtees in Edwina Cranes Bungalow ergriffen hatten: Miss Crane vermutete, die Ehemänner hatten die Damen davon abgebracht, ihren wöchentlichen Besuch zu machen, aber nicht nur weil Gandhis Bild verschwunden war, sondern weil ihr Erscheinen bei Miss Crane in diesem explosiven Jahr als Anbiederung beim *Radsch*, bei der britischen Obrigkeit, hätte ausgelegt werden können. Am meisten verletzte es Miss Crane, daß keine der Damen sich die Mühe gemacht hatte, mit ihr über die Gründe zu sprechen. Einzeln oder paarweise waren sie einfach weggeblieben und machten fadenscheinige Ausreden, wenn sie eine von ihnen im Basar oder auf dem Weg zur Missionsschule traf.

Sie bedauerte das Fortbleiben der Damen, die sie immer ermuntert hatte, ihr gegenüber offen zu sein; aber die Sache mit Mr. Gandhis Porträt bedauerte sie nicht. Die Damen hatten eine Ausrede, Mr. Gandhi hatte keine. In Miss Cranes Augen benahm er sich schändlich. Sie war ehrlich enttäuscht. Jahrelang hatte sie die Europäer ausgelacht, die behaupteten, man könne ihm nicht trauen. Aber jetzt hatte Mr. Gandhi, wie es schien, die Japaner offen eingeladen, ihm zu helfen und Indien von den Engländern zu befreien. Wenn er glaubte, die Japaner würden die besseren Herren sein, dann konnte sie nur annehmen, daß er nicht ganz bei Verstand war. Oder, noch schlimmer, er enthüllte eine Schattenseite seiner Philosophie der Gewaltlosigkeit, durch die sie in allen Aspekten unglaubwürdig wurde. Offenbar sollten die Japaner an seiner Stelle Gewalt ausüben.

Ihr neu entdecktes Mißtrauen gegen den Mahatma und ihre Enttäuschung über das Verhalten der Damen (eine Enttäuschung von einer Art, wie sie ihr nicht zum ersten Mal widerfuhr) ließen sie darüber nachdenken, ob sie nicht besser daran getan hätte, sich mehr unter ihren Landsleuten zu bewegen und sie von den Qualitäten der Inder zu überzeugen, statt den Indern beweisen zu wollen, daß zumindest eine Engländerin sie bewunderte und achtete. Sie mußte zugeben, eine gründliche Analyse ihrer Arbeit würde zeigen, daß sie sich im wesentlichen mit Mischlingen am besten verstand. Und das kam vielleicht daher, daß sie selber nichts Halbes und nichts Ganzes war: eine Lehrerin ohne echte Qualifikationen, eine Missionarin, die nicht an Gott glaubte. Ohne von den Indern jemals völlig akzeptiert worden zu sein, neigte sie dazu, die Engländer allgemein abzulehnen. Darin lag eine gewisse Ironie. Die Inder, so dachte sie, hätten sie vielleicht ernster genommen, wäre sie nicht Repräsentantin einer jener Organisationen gewesen, die man bereitwillig benutzte, ohne sein altes Mißtrauen dagegen abzulegen. Aber andererseits glaubte sie, ohne die Arbeit in der Mission hätte sie vermutlich nie ihre Bewunderung für die Inder durch die Liebe und Achtung für ihre Kinder gewonnen, und sie wäre auch nie zu solch scharfer Kritik an ihrer eigenen Rasse gelangt, deren scheinbar nachlässiger und gleichgültiger Obhut die Zukunft jener Kinder und das gegenwärtige Wohlergehen ihrer Eltern anvertraut waren. Sie zögerte nie, ihre Kritik zu äußern. Und möglicherweise war dies ein Fehler. Die Engländer nahmen eine solche Kritik immer sehr persönlich.

Miss Crane gehörte jedoch einer Generation an, die sich an bestimmte einfache Regeln positiven Handelns hielt (selbst wenn man nicht ganz daran glaubte). Es war, so sagte sie sich, nie zu spät, etwas wiedergutzumachen oder es wenigstens zu versuchen. Sie dachte an die jungen englischen Soldaten, die in immer größerer Zahl nach Majapur kamen; sie dachte auch daran, daß man bei den meisten den Eindruck hatte, sie kämen gerade aus der Heimat. Sie schrieb dem Stabsoffizier des Standortkommandanten einen Brief, traf sich zu einem Gespräch mit ihm und vereinbarte, jeden Mittwochnachmittag eine Gruppe bis zu zwölf Soldaten von siebzehn bis achtzehn Uhr dreißig zum Tee zu bewirten. Der Offizier dankte ihr für die Großzügigkeit und erklärte, er wäre froh, wenn mehr Leute erkennen würden, was es für einen jungen Mann aus England bedeute, wieder in einem Heim zu sein, und sei es auch nur für ein oder zwei Stunden. Trotz all ihres Fahnenschwenkens hatten die Damen im allgemeinen ein Vorurteil gegen die Mannschaft. Der Stabsoffizier sagte das nicht, doch die Anspielung war deutlich. Aus seiner Sprache und seinem Benehmen schloß Miss Crane, daß er selbst aus den unteren Rängen aufgestiegen war. Er sagte, er hoffe, sie würde keinen Grund haben, ihre Einladung zu bedauern. Zwar sei es meist Verleumdung, was man den jungen Soldaten alles nachsagte, aber tatsächlich könnten sie manchmal laut und tolpatschig sein. Falls sich herausstellte, daß es ihr zuviel wurde, oder sie Anlaß hatte, sich zu beschweren, sollte sie ihn nur anrufen. Sie lächelte und erinnerte ihn daran, daß sie noch nie ein wohlbehütetes Leben geführt hatte. In Majapur, das hatte sie schon oft gehört, hieß es, sie sei ein zähes altes Luder.

Die Soldaten, die in Miss Cranes Bungalow zum Tee erschienen, sprachen Cockney, aber sie benahmen sich nicht schlecht. Mit Ausnahme des jungen Barrett hielten sie die Tassen aus Knochenporzellan recht geschickt in ihren großen Händen. Sie waren nicht zu schüchtern und nicht überlaut. Die Nachmittage endeten stets erfreulich ungezwungen und unbeschwert. Hinterher stand Miss Crane auf der vorderen Veranda und winkte ihnen nach, während sie den Pfad durch ihren hübschen, gut gepflegten Garten hinunter gingen. Vor dem Tor zündeten sie sich Zigaretten an und marschierten als eine kameradschaftliche Truppe in die Kaserne zurück. Dabei machten ihre Stiefel auf dem harten Straßenpflaster einigen Lärm. Miss Crane half ihrem alten indischen Diener Joseph beim Abräumen und zog sich dann in ihr Zimmer zurück, um Berichte zu lesen, Briefe aus der Missionszentrale zu beantworten und – weil die Soldaten immer mittwochs kamen und Miss Crane donnerstags in der fünfundsiebzig Meilen entfernten Schule von Dibrapur zu tun hatte, wo sie auch übernachtete – ihre Reisetasche zu packen und eine Dose mit Bonbons für die Kinder dort zu füllen. Dabei fand sie auch noch Zeit, über die Soldaten nachzudenken.

Einen jungen Mann, der regelmäßig kam, mochte sie besonders gern. Er hieß Clancy. Er war, was man in Miss Cranes Generation, wenn man der Mittelschicht angehörte, einen geborenen Gentleman nannte. Clancy setzte sich als letzter und stand als erster auf. Clancy achtete darauf, daß auch sie ein Stück von ihrem selbstgebackenen Kuchen bekam und nicht ohne Zucker blieb, weil die Zuckerdose nicht mehr den Weg zu ihr zurückfand. Er erkundigte sich immer nach ihrem Befinden und beantwortete anschaulich und verständlich ihre Fragen über Ausbildung, Sport und über das Zusammenleben in der Kaserne. Während die anderen sie mit Mum oder Ma'am ansprachen, nannte Clancy sie Miss Crane. Sie ihrerseits prägte sich gewissenhaft die Namen der Leute ein und vergaß bei der Anrede nie, sie durch das »Mister« auszuzeichnen. Sie wußte, die einfachen Soldaten haßten es, von einer Frau nur mit dem Nachnamen angesprochen zu werden. Doch obwohl sie ihn im Gespräch immer Mister Clancy nannte, hieß er in ihren Gedanken nur Clancy. Es war ein hübscher Name; seine Freunde nannten ihn so, oder auch Clance.

Clancy war bei seinen Kameraden beliebt, wie sie erfreut bemerkte. Niemand verübelte ihm seine Aufmerksamkeiten gegen sie oder lachte ihn deshalb aus. Er schien der geborene Führer zu sein. Man brachte ihm Achtung entgegen. Er sah gut aus, und die Uniform, Khakihemd und Shorts, stand ihm besser als den anderen. Nur seine Aussprache und die Hände – eingerissene Fingernägel mit Öl- und Fettspuren vom Umgang mit

Geschützen und Gewehren – verrieten, daß er zum großen Haufen gehörte.

Manchmal wurde sie traurig, wenn die jungen Männer gegangen waren und sie über ihren Akten saß und an sie dachte. Manche dieser jungen Burschen würden vielleicht umkommen – Clancy vermutlich noch schneller als die anderen, denn er würde mit Sicherheit eine verantwortliche Position erhalten. Sie wurde auch traurig, aber auf eine andere Weise, wenn ihr, wie es nicht anders möglich war, der Gedanke durch den Kopf ging, daß sie wahrscheinlich alle im stillen über sie lachten und sie eine alte Jungfer nannten, die sie zu Tee und Kuchen einlud.

Sie war, wie man in der Missionszentrale wußte, eine intelligente und umsichtige Frau, deren Klugheit, gesunder Menschenverstand und Organisationstalent all die andern Eigenschaften mindestens aufwogen, die man bei einer Frau in der christlichen Missionsarbeit weniger schätzte: Atheismus zum Beispiel und ihre grundsätzlich antibritischen, da proindischen Sympathien.

Edwina Crane hatte fünfunddreißig von den siebenundfünfzig Jahren ihres Lebens in Indien verbracht. Sie war 1885 in London geboren, als Kind mäßig wohlhabender, mittelständischer Eltern. Ihre Mutter war früh gestorben, und Edwina sorgte schon in früher Jugend für den hilflosen, einsamen Vater, einen Schulmeister, der zunehmend die Flasche und seine eigene Gesellschaft liebte. Allmählich blieben die wenigen Freunde ebenso fort wie die Schüler seiner Privatschule. Er starb in dem Sommer, als sie einundzwanzig war, und ließ sie zurück ohne einen Pfennig und mit dem Gefühl, sich höchstens zur bezahlten Gesellschafterin oder Haushälterin zu eignen. Der Duft verblühender Linden blieb ihr für immer als der Geruch des Todes in Erinnerung. Sie schätzte sich glücklich, eine Stelle als Gouvernante eines verwöhnten kleinen Jungen zu finden, der sie »Storky« nannte und einmal versuchte, sie mit einer Demonstration frühreifer Sexualität zu schockieren.

Sie war nicht schockiert. Im Spätstadium seiner Krankheit hatte sie sich an die Inkontinenz ihres Vaters ebenso gewöhnen müssen, wie zuvor an seine Ausbrüche, wenn er betrunken war. Dann schreckte er nicht davor zurück, sie über jene Tatsachen des Lebens aufzuklären, von denen sie noch nichts wußte, oder sich über ihre lange Nase, ihr reizloses Aussehen und ihre geringen Aussichten auf eine Heirat lustig zu machen. Wieder nüchtern, schämte er sich dann, fand aber nicht den Mut, ihr das zu sagen. Sie verstand es und lernte deshalb, Mut bei anderen zu schätzen, und sie bemühte sich sehr, wenn auch nicht immer mit Erfolg, ihn selbst zu beweisen. In gewisser Hinsicht war ihr Vater für sie wie ein Kind. Als er starb, weinte sie, dann trocknete sie die Tränen und verkaufte das meiste der verbliebenen Habe, um ein anständiges Begräbnis bezahlen zu können. Die finanzielle Unterstützung eines reichen Onkels, der sich zu Lebzeiten ihres Vaters von ihnen ferngehalten hatte, nahm sie nicht an, ebensowenig wie die moralische Unterstützung der armen Cousinen, die bei seinem Tod wieder auftauchten.

Deshalb schockierte der kleine Junge sie nicht. Aber er machte ihr auch keine Freude. Solange sie allein mit ihrem Vater zusammen lebte, hatte sie zu dem Glauben geneigt, er und sie seien etwas Besonderes und dazu auserwählt, ein Kreuz zu tragen, eine Mischung aus edler Armut und Alkoholismus. Aber die reiche und maßvolle Familie, in der sie nun lebte, schien ebenfalls unglücklich zu sein, und dadurch verengte sich die Welt, die sie kannte, tragischerweise gerade in dem Augenblick, in dem sie sich hätte vor ihr auftun können. Der Wunsch, einen Platz in einer unbekannten Welt zu finden, die sich ihr neu und unberührt darbieten würde, wenn auch nicht gerade fröhlich, so doch zumindest abenteuerlich und lohnend, führte dazu, daß sie sich als Kindermädchen und Reisebegleiterin bei einer Dame bewarb, die mit ihren beiden kleinen Kindern nach Indien zurückkehrte. Die blasse und zart wirkende Dame, die sich jedoch als zäh und widerstandsfähig herausstellte, erklärte, wenn die Person, die diese Stelle erhielte, sich im Laufe der Reise als geeignet erweise, könne sie nach der Ankunft in Indien damit rechnen, als Gouvernante bei ihr zu bleiben. Andernfalls könne diese Person leicht eine ähnliche Stelle bei einer Familie finden, die nach England führe, und wenn dies nicht gelänge, würde man ihr die Rückfahrt bezahlen. Die Dame schien Gefallen an ihr zu finden, und Miss Crane wurde eingestellt.

Die Reise verlief angenehm, denn Mrs. Nesbitt-Smith behandelte sie wie ein Mitglied der Familie. Die Kinder, ein blauäugiges Mädchen und ein blauäugiger Junge, erklärten beide, sie liebten Miss Crane und wünschten, sie würde für immer bei ihnen bleiben. In Bombay holte Major Nesbitt-Smith sie ab; auch er behandelte sie wie ein Familienmitglied. Aber nun mußte Miss Crane feststellen, daß die Frau des Majors sich ihr gegenüber allmählich distanzierter verhielt, und als sie die Garnison des Majors im Pandschab erreichten, behandelte Mrs. Nesbitt-Smith sie nicht geradezu als Dienstbotin, aber doch wie eine arme Verwandte, für die man irgendwie sorgen mußte und deren Dienste man deshalb einstweilen in Anspruch nahm. Miss Crane erlebte zum ersten Mal den gesellschaftlichen Snobismus in der Fremde, etwas ganz anderes als der Snobismus daheim, denn hier wurde er durch die manchmal widersprüchlichen Forderungen weißer Solidarität und weißer Überlegenheit kompliziert. Miss Cranes Dienstherren brachten ihr pflichtschuldig eine Achtung entgegen, die sie einem höchstgeborenen Inder vorenthalten hätten, gleichzeitig aber ließ man Miss Crane die Notwendigkeit spüren, sie auf die niederste Stufe einer in sich geschlossenen Gesellschaft zu verweisen – außerhalb des Hauses natürlich auf eine niedrigere als im Haus, wo ihre Position sie weit über jeden der eingeborenen Dienstboten erhob. Miss Crane mißbilligte dieses ständige Beschäftigtsein mit der Frage, wer wer war und weshalb. Es widersprach den zunehmend liberalen Tendenzen ihres erstarkenden Bewußtseins. Außerdem schien es das Leben sehr zu erschweren. Sie merkte, daß Mrs. Nesbitt-Smith manchmal nicht recht wußte, was sie für ein Gesicht machen sollte, wenn sie mit ihr sprach, und offenbar war dies der Grund, warum Mrs. Nesbitt-Smith es oft so lästig und nahezu peinlich zu finden schien, überhaupt etwas sagen zu müssen.

Bei den Nesbitt-Smiths blieb Miss Crane drei Jahre lang. Sie hatte eine starke Konstitution, was bedeutete, sie war selbst in diesem anstrengenden Klima selten krank. Sie mochte die Kinder, und die Höflichkeit der Dienstboten half ihr, die aus der Heimat mitgebrachte Schüchternheit abzulegen. Und außerdem war sie nun in Indien. Anfangs war es ihr als ein fremdes, sogar furchterregendes Land erschienen, aber bald bot es ihr viele Entschädigungen, die sie nur schwer benennen konnte, in ihrem Herzen jedoch empfand. Sie hatte nur wenige Freunde und fühlte sich immer noch von den Menschen als Individuen isoliert; aber sie bemerkte nun eine Art Gemeinschaftsgefühl. Dieses Gefühl entsprang, das wußte sie, der selten ausgesprochenen, aber unablässigen stummen Forderung nach Gruppensolidarität und Zusammenhalt, die zu dem gesellschaftlichen Verhalten gehörte, das sie schon früher bemerkt und mißbilligt hatte. Sie mißbilligte es noch immer, aber sie war ehrlich genug, anzuerkennen, daß dieses Gemeinschaftsgefühl stets eine kalte, aber reale Quelle von Trost und Schutz gewesen war. Es gab viel zu fürchten in Indien; und es tat gut, sich sicher zu fühlen und zu wissen, daß Menschen wie Mrs. Nesbitt-Smith, so gleichgültig sie ihr auch manchmal begegnen mochten, sich doch immer schützend vor sie stellen würden, wenn ihr irgendeine Gefahr von außerhalb des magischen Kreises der Privilegiertheit drohte, an dessen Peripherie sie ihr Leben verbrachte. Miss Crane wußte, daß es nur das Indien des weißen Mannes war, das ihr so viele Entschädigungen bot. Aber es war doch auch Indien; immerhin etwas.

In diesem Stadium verliebte sie sich, und zwar nicht in den jungen Hilfsgeistlichen der Garnison, der manchmal den Gottesdienst in der protestantischen Kirche hielt (er wäre eine mögliche Partie gewesen, und wenn Mrs. Nesbitt-Smith guter Laune war, zog sie Miss Crane damit auf und gab ihr scherzhafte Ratschläge), sondern heimlich und hoffnungslos in Leutnant Orme. Er war schön wie Apoll, so freundlich, heiter und liebenswürdig zu ihr wie der Held eines Liebesromans, aber er ahnte nichts von ihrer Zuneigung oder beachtete sie nicht, denn bei seinem Aussehen konnte er unter den in diesem Jahr bemerkenswert vielen hübschen Mädchen aus gutem Haus in der Garnison wählen. Miss Crane liebte ihn hoffnungslos, denn sie hatte keine Chancen; sie liebte ihn heimlich, denn sie merkte, daß sie in seiner Gegenwart nicht errötete oder sich linkisch benahm. Und Mrs. Nesbitt-Smith, selbst wenn sie sich die Mühe gemacht hätte, darauf zu achten, wie die Gouvernante ihrer Kinder von einem in jeder Hinsicht so wohlgeratenen Mann wie Leutnant Orme beeindruckt wurde, hätte nicht sagen können, daß Miss Cranes Absichten in eine Richtung gingen, die ihr traditionsgemäß völlig verschlossen war. Es verwirrte Miss Crane, daß sie weder errötete noch sich unbeholfen benahm.

Ihr Herz schlug heftig in seiner Nähe, und sie spürte, wie ihr Mund trocken wurde; aber, so sagte sie sich, ihre Gefühle mußten wohl zu stark und zu reif sein, als daß sie sich wie eines der flatterhaften, albernen Mädchen hätte benehmen können, die vom Ernst des Lebens nichts wußten.

Als Leutnant Orme, immer noch ungebunden und mit seinem gewohnten Glück, versetzt und zum Adjutanten eines Generals befördert wurde, waren zumindest zwanzig hübsche, ebenso viele unattraktive und die Mütter aller Mädchen aufs tiefste enttäuscht. Aber niemand, so glaubte Miss Crane, konnte ahnen, wie sehr sein Weggang ihr eigenes Leben verdüsterte. Nur die Kinder, die beiden Menschen, mit denen sie im engsten Kontakt stand, bemerkten, daß ihr Verhalten sich änderte. Sie betrachteten Miss Crane aus ihren immer noch auffällig blauen, inzwischen jedoch älteren und großbürgerlich-berechnenden Augen und fragten: »Was ist los, Miss Crane? Fehlt Ihnen was, Miss Crane?«, tanzten um sie herum und sangen: »Oh je, oh je, unsrer Crane tut was weh!«, bis sie die Geduld verlor und sie ohrfeigte. Die beiden liefen laut weinend durch Schatten und Sonne, um sich von der alten Ayah trösten zu lassen, die die Kinder, wie Miss Crane wußte, inzwischen lieber mochten als sie.

Vor Beginn der nächsten heißen Jahreszeit wurde das Regiment von Major Nesbitt-Smith nach England zurückbeordert. »Ich werde mit den Kindern früher abreisen«, hörte sie Mrs. Nesbitt-Smith zu einer Freundin sagen, »Crane wird natürlich mit uns kommen.« Wenn Mrs. Nesbitt-Smith mit anderen über sie redete, sagte sie meistens »Crane«; vor den Kindern aber oder in der direkten Anrede sagte sie »Miss Crane«; und in den seltenen Momenten der Wärme und Dankbarkeit sagte sie »Edwina«, wenn sie zum Beispiel in ihrem verdunkelten Zimmer mit dem kreisenden Ventilator lag und Miss Crane neben ihrem Bett kniete und wieder einmal ihre bohrenden Kopfschmerzen mit Eau de Cologne linderte.

Viele Tage nach Bekanntwerden der bevorstehenden Rückkehr des Regiments nach England ging Miss Crane ohne bestimmte Gedanken ihren Pflichten nach, denn sie hatte Leutnant Orme vor einiger Zeit entschlossen aus ihrem Kopf verbannt, und in der Zwischenzeit hatte nichts seinen Platz eingenommen. »Und er«, sagte sie sich jetzt, »war eine Phantasie, eine Illusion! Es bestand keine Möglichkeit, daß er für mich je Wirklichkeit werden könnte. Jetzt habe ich mir diesen Gedanken aus dem Kopf geschlagen und kann sehen, was er eigentlich war, was er immer gewesen ist: eine Leere, ein Hunger, der darauf wartet, gestillt zu werden. Wie soll er zu Hause in England gestillt werden? Indem ich für die Kinder sorge, die heranwachsen, älter werden und über mich hinauswachsen? Indem ich sie durch andere Kinder und eine andere Mrs. Nesbitt-Smith ersetze? Durch Familien, die nicht die gleichen sind und doch die gleichen? Und das immer so weiter, Jahr um Jahr, als Crane, Miss Crane und manchmal, immer seltener und schließlich überhaupt nicht mehr als Edwina?«

An den Nachmittagen zwischen fünf Uhr – nachdem die Kinder ihren Tee bekommen hatten und vorübergehend zum Spielen und Baden der alleinigen Obhut der Ayah überlassen blieben – und sieben, wenn sie darüber wachte, daß sie ordentlich zu Abend aßen, ehe sie selbst allein oder, wenn es die Umstände erlaubten, mit der Familie speiste, hatte Miss Crane frei. Meist verbrachte sie diese beiden kurzen Stunden in ihrem Zimmer, nahm selbst ein Bad, ruhte, las oder schrieb hin und wieder einen Brief an eine andere Gouvernante, die diese Garnison verlassen hatte oder nach England zurückgekehrt war. Aber nun erfaßte sie Ruhelosigkeit; sie zog immer häufiger die hohen Schnürschuhe an und ging mit geöffnetem Sonnenschirm, den sie schützend über den Kopf hielt, den Weg im Zivilistenviertel entlang, an dem der Bungalow der Nesbitt-Smiths stand. Der Weg wurde von Bäumen überschattet, die allmählich spärlicher wurden, bis die Bungalows den bebauten Feldern wichen. Manchmal schlug sie die andere Richtung, zum Garnisons-Basar, ein. Dahinter lagen der Bahnhof und die Stadt der Eingeborenen, wo sie nur ein einziges Mal gewesen war – im Wagen, mit einer Gruppe lachender Damen und furchtsamer Gesellschafterinnen, in Begleitung forscher Gentlemen –, um einen Hindutempel zu besichtigen. Der Tempel hatte sie ebenso geängstigt wie die Eingeborenenstadt mit ihren engen, schmutzigen Straßen, der abstoßenden Armut, der schrillen, dissonanten Musik, den von Ungeziefer wimmelnden Hunden, den halbverhungerten, verkrüppelten Bettlern, den fetten, weißen heiligen

Brahmanenstieren und den zerlumpten Männern und Frauen, die im Vergleich zu den Dienstboten und den anderen im Quartier der Weißen beschäftigten Eingeborenen so feindselig wirkten.

An dem Tag, an dem sie sich Gedanken über die Zukunft machte, die ein Bild zu sein schien, das man in vielen Spiegeln sah, die es reflektierten, bis es zu klein wurde, um es mit bloßem Auge zu erkennen – eine immer kleiner werdende Reihe von Kindern, Nesbitt-Smiths und Edwina Cranes –, führte sie ihr nachmittäglicher Spaziergang hinaus in das offene Land, wo die Straße sich in der Ferne verlor. An diesem Punkt blieb sie stehen; sie traute sich nicht weiter. Die Sonne schien immer noch heiß, stand immer noch so hoch, daß sie nur mit zusammengekniffenen Augen unter dem Rand ihres Hutes und unter der Baumwollbespannung des Sonnenschirms zum Horizont der flachen, weiten, unendlichen Ebene des Pandschab blickte. Es scheint unmöglich zu sein, dachte sie, daß die Welt hinter dieser fernen Grenze weitergeht, daß das Land sich irgendwo ändert, zu Hügeln, Wäldern und Gebirgszügen ansteigt, auf deren Gipfel ewiger weißer Schnee liegt und wo Flüsse entspringen. Ebenso unmöglich erschien ihr, daß hinter dieser Ebene ein Meer lag, in das diese Flüsse mündeten. Ihr Geist fühlte sich klein, niedergedrückt vom ungeheuren Gewicht des Landes, der Luft und des unermeßlichen Raums, in dem sich selbst die kreisenden, mit den Flügeln schlagenden Krähen nur mit Mühe halten konnten; und einen Augenblick glaubte sie, vom schweren Finger eines Gottes berührt worden zu sein. Es war nicht der vertraute, erhebende, alles vergebende Gott, zu dem sie aus Gewohnheit betete, sondern ein Gott, der weder gut noch böse war, der weder schuf noch zerstörte, weder schlief noch wachte, sondern existierte und sich mit seinem Gewicht auf die Welt stützte.

Im Bewußtsein, daß Frauen wie sie dazu neigten, sich zur Religion hinzuwenden, wenn nicht sogar ihre Zuflucht darin zu suchen, ging sie am nächsten Nachmittag in die andere Richtung; und als sie die protestantische Kirche erreichte, bog sie auf den Friedhof ab und ging über den breiten Kiesweg an den Grabhügeln vorbei, an den Grabsteinen mit den Namen der fern der Heimat Gestorbenen, die, wenn sie in ihrer Ruhestätte erwacht wären, Trost gefunden hätten an dem englischen Aussehen der Kirche, dem Vorplatz und den dort gepflanzten grünen Bäumen.

Die Seitentür der Kirche war offen. Miss Crane ging hinein, setzte sich ganz hinten in eine Bank, schaute zum Altar hin und betrachtete das dunkler werdende bunte Glasfenster an der Ostseite, das sie jeden Sonntag in Begleitung der Nesbitt-Smiths sah.

Der Gott dieser Kirche war freundlich, vertraut, trostbringend. Sie trug ihn im Herzen, aber nicht in der Seele. Sie glaubte an ihn als den Trostbringer, aber nicht als den Erlöser. Er war vor allem der Gott einer Gemeinschaft, aber nicht der dunkelhäutigen Gemeinschaft, die unter der Last des Pandschabhimmels um ihr Leben kämpfte, sondern der blaßgesichtigen Gemeinschaft, in der sie ein abseitsstehendes Mitglied war. Sie fragte sich, wie ER sie wohl nennen würde, ob Crane, Miss Crane oder Edwina? Für IHN als den Sohn war sie vermutlich Edwina, aber für Gott in seinem Zorn zweifellos Crane.

»Miss Crane?«

Aufgeschreckt durch die Stimme blickte sie über ihre Schulter. Es war der Gemeindepfarrer, ein älterer Mann mit einer spitzen Nase und einem Kranz würdevoller weißer Haare um den Zwergenkopf. Er hieß Grant, und das rief während des Gottesdienstes verhaltenes Lächeln hervor, wenn er Gebete sprach, die mit den Worten begannen: *Grant, O Lord, we beseech Thee*... Gib, o Herr, wir bitten dich ... Sie lächelte, obwohl es ihr peinlich war, von ihm entdeckt zu werden und sich damit als eine Frau zu verraten, die hier nicht Ruhe, sondern höchstwahrscheinlich Trost suchte. Eine unscheinbare, etwas pferdegesichtige Frau Mitte zwanzig, allein in einer protestantischen Kirche, und das an einem Tag, an dem kein Gottesdienst stattfand, war irgendwie bereits abgestempelt. In späteren Jahren sah Miss Crane, daß dieser Augenblick ihr die Gewißheit gebracht hatte, sie würde eine alte Jungfer werden.

»Sie ruhen sich von Ihrer Arbeit aus«, sagte Mr. Grant mit seiner wohlklingenden, salbungsvollen Stimme, und als sie nickte und in ihren Schoß blickte, fügte er direkter hinzu: »Kann ich Ihnen irgendwie helfen, mein Kind?« so daß sie unvermittelt in Tränen ausbrechen wollte, denn so hatte ihr

Vater sie in nüchternen Momenten oft liebevoll genannt. Sie weinte jedoch nicht, sie hatte seit dem Tod ihres Vaters nicht mehr geweint; zwar sollte die Zeit kommen, in der sie es wieder tat, aber noch war es nicht soweit. Mr. Grant sprach mit fester, ruhiger Stimme, und das ermutigte sie zu der Antwort: »Ich denke daran zu bleiben.« Als sie die Verwirrung des Pfarrers sah, der sich schnell in der Kirche umblickte, als geschähe hier etwas, wovon man ihn nicht unterrichtet hatte, worüber Miss Crane aber Bescheid wußte und um dessentwillen sie es für richtig hielt zu bleiben, erklärte sie: »Ich meine in Indien, wenn die Nesbitt-Smiths nach England zurückkehren.«

Der Pfarrer sagte: »Ach so« und runzelte die Stirn – vielleicht weil sie »die Nesbitt-Smiths« gesagt hatte. »Das sollte nicht schwierig sein, Miss Crane. Ich denke, es würde sich lohnen, sich zum Beispiel an Colonel und Mrs. Ingleby zu wenden. Ich weiß, man hält viel von Ihnen. Major und Mrs. Nesbitt-Smith haben sich immer nur sehr lobend geäußert.«

Die Zukunft sah dunkel aus: eine leere, konturlose Landschaft mit einem stecknadelkopfgroßen Lichtpunkt in der Mitte, der alles zu sein schien, was von Edwina Crane übriggeblieben war.

»Ich glaube, ich würde gerne«, erwiderte sie und äußerte damit einen Gedanken, den sie bis zu diesem Zeitpunkt nie völlig zu Ende gedacht hatte, »in der Mission arbeiten und mich dafür ausbilden lassen.«

Er setzte sich neben sie, und zusammen betrachteten sie das Fenster im Osten.

»Nein«, sprach sie weiter, »nein, nicht um das Wort zu verkünden. Ich bin keine wahrhaft religiöse Frau.« Sie warf ihm einen Blick zu. Er betrachtete immer noch das Fenster, ihr Geständnis schien ihn nicht besonders zu erschüttern. »Aber es gibt Schulen, nicht wahr?« fragte sie, »ich würde mich gerne ausbilden lassen, um an den Missionsschulen zu unterrichten.«

»Ach ja, ich verstehe. Sie wollen nicht unsere Kinder unterrichten, sondern die unserer dunkelhäutigen Brüder und Schwestern in Christo?«

Sie nickte. Sie stellte fest, daß sie atemlos war. Er wendete sich ihr zu, sah sie an und fragte: »Haben Sie die Schule hier gesehen?«

Ja, sie hatte die Schule in der Nähe des Bahnhofs gesehen, aber – »nur von außen«, antwortete sie.

»Haben Sie sich schon einmal mit Miss Williams unterhalten?«

»Wer ist Miss Williams?«

»Die Lehrerin. Aber natürlich ist es unwahrscheinlich, daß Sie Miss Williams kennen. Sie ist gemischter Abstammung. Möchten Sie die Schule einmal besuchen?«

»Sehr gern.«

Der Pfarrer nickte und fügte dann hinzu, nachdem er scheinbar etwas gründlicher darüber nachgedacht hatte: »Dann werde ich das in die Wege leiten, und wenn Sie Ihre Meinung nicht ändern, werde ich dem Leiter der Schulen in Lahore schreiben. Natürlich gibt es in Miss Williams' Schule zu wenig zu sehen, um sich eine Meinung bilden zu können.« Er schüttelte den Kopf. »Nein, Miss Crane, auf diesem Gebiet haben wir keine allzu großen Erfolge zu verzeichnen, allerdings mehr als die Katholiken und die Baptisten. Natürlich gibt es im Land viele Schulen der verschiedensten Konfessionen, die es sich alle zur Aufgabe machen, jene zu unterrichten, die wir, wie ich annehme, wohl Heiden nennen müssen. Die Kirche und die Missionen haben auf diesem Gebiet immer den Weg gewiesen. Die Regierung hat, sagen wir, nur langsam die Vorteile erkannt, und die Inder vielleicht ebenfalls. Diese Schule hier, zum Beispiel: In den besten Zeiten kommen vielleicht eine Handvoll Kinder. Zu Zeiten der Feste keine. Ich meine natürlich der Hindu- und Moslemfeste. Die Kinder kommen hauptsächlich wegen der Chappattis, verstehen Sie? Während des letzten Aufstandes wurde die Schule in Brand gesetzt. Aber das war vor Ihrer Zeit.«

Die Missionsschule war nicht die Schule in der Nähe des Bahnhofs, an die sie gedacht hatte. Dies war die Joseph Wainwright Christian School, ein stattliches Gebäude, eine aus privaten Mitteln finanzierte Schule für eurasische Kinder, für die Söhne und Töchter von Soldaten, Bahnangestellten und kleinen Beamten, deren Blut sich mit dem der Einheimischen gemischt hatte. Die Missionsschule lag am Rand der Eingeborenenstadt: ein ärmliches, kleines, rechteckiges Gebäude mit einem Wellblechdach. Es stand in einem ummauerten Hof, in dem nicht einmal Gras wuchs. Und nur das kunstlos gemalte Kreuz auf dem gelben Putz über der Tür unterschied es von anderen Häusern. Sie schämte sich zu sehr, um Mr. Grant ihren Irrtum einzugestehen. Er hatte sie in einer Tonga hierher gebracht, half ihr jetzt beim Aussteigen und geleitete sie durch eine Öffnung in der Mauer, wo früher einmal – vielleicht vor den letzten Unruhen – eine Tür gewesen war.

Um gegen Mittag mit ihm hierher kommen zu können, hatte sie Mrs. Nesbitt-Smith um Erlaubnis bitten und ihr erklären müssen, weshalb sie von ihrer Pflicht beurlaubt werden wollte, die jungen Nesbitt-Smiths zu unterrichten. Mrs. Nesbitt-Smith hatte sie angestarrt, als sei sie verrückt, und ausgerufen: »Um Himmels willen, Crane! Was um alles in der Welt ist in Sie gefahren?« Dann fügte sie mit einem Ausdruck scheinbar echter Besorgnis hinzu, der Miss Crane rührte und sie deshalb weit mehr aus dem Gleichgewicht brachte als der Ausbruch: »Sie werden unter Schwarzen und Mischlingen leben und von Ihren eigenen Leuten abgeschnitten sein. Und außerdem, Edwina, mögen wir Sie alle sehr.«

Zweifellos benahm sie sich wie eine Närrin. Sie war sich keineswegs sicher, den Impuls richtig gedeutet zu haben, aus dem heraus sie handelte. Allein die Tatsache, daß sie die eurasische Schule mit der Missionsschule verwechselt hatte, bewies, wie wenig sie von dem wußte, was direkt vor ihrer Nase geschah, bewies, wie wenig solche Leute wie sie über das Leben der Stadt wirklich wußten, der gegenüber sie eine Pflicht empfinden sollten, eine Pflicht, deren ordnungsgemäße Erfüllung ihnen die Privilegien einbrachte, die sie genossen. Wenn sie noch nicht einmal wußte, wo diese Missionsschule lag, wieso hoffte sie dann, etwas für andere Missionsschulen tun zu können oder aus diesem Tun etwas für sich erwarten zu dürfen?

Die Tür der Schule stand offen. Man hörte Gesang von Kindern. Sie erreichten die Tür, und der Gesang brach ab. Mr. Grant erklärte, Miss Williams erwarte sie, und trat beiseite. Sie schritt über die Schwelle und stand im Klassenzimmer. Die Frau auf dem Podest sagte: »Steht auf, Kinder!« und unterstrich ihre Worte mit einer entsprechenden Geste in Richtung der Schüler, die in den Bankreihen vor ihr saßen. Sie standen auf.

Ein Satz in Blockschrift an der Tafel zog Miss Cranes Aufmerksamkeit auf sich: »Willkommen, Miss Crane Mem.« Auf ein weiteres Zeichen der Lehrerin intonierten die Kinder langsam: »Willkommen, Miss Crane Mem.« Sie versuchte, »vielen Dank« zu sagen, und stellte fest, daß Zunge und Gaumen trokken waren. Sie unternahm diesen Besuch als Bewerberin um eine Stelle, aber hier sah man darin die offizielle Visite einer Memsahib. Die Verpflichtung, die für sie daraus entstand, entsetzte sie ebenso wie der stickige, weiß getünchte Raum, die Reihen der Kinder und der Geruch brennender Kuhfladen, der vom Hof hinter dem Haus, wo zweifellos die von Gott gesandten Chappattis gebacken wurden, durch die offene Tür und die Fenster hereinzog. Und sie fürchtete sich vor Miss Williams, die eine graue Baumwollbluse trug, einen langen braunen Rock und schwarze Knopfstiefel. Miss Williams war jünger als sie und hatte eine fahle Haut wie manche der unausstehlichsten Europäerinnen, die ihr ganzes Leben hier verbracht hatten. Bei Miss Williams verriet die fahle Blässe die halbindische Abstammung; Miss Crane hatte gelernt, vor dieser Abstammung ein leises Grauen zu empfinden.

Miss Williams verließ das Podest, auf dem das Lehrerpult und ein Stuhl standen. Dazu aufgefordert, setzte sich Miss Crane, und der Pfarrer stellte sich neben sie. Er hatte gesagt: »Miss Crane, das ist Miss Williams«, und nicht »Miss Williams, das ist Miss Crane.« Als Miss Crane sich setzte, versuchte sie zu lächeln, um sich bei der jungen Frau wegen einer Unterlassung zu entschuldigen, die nicht die eigene war. Aber ihre Lippen schienen so trocken zu sein wie ihr Mund, und ihr wurde bewußt, daß ein ähnlicher Ausdruck auf ihr Gesicht trat, wie sie ihn bei Mrs. Nesbitt-Smith so oft gesehen hatte. Er grub sich noch tiefer ein, als sie sich schließlich der Pflicht unterzog, die Kinder anzusehen, und merkte, daß ihre eigene stumme Anwesenheit der einzige Grund für deren Neugier, Ehrfurcht und vielleicht auch Angst war. Sie trug ein schlichtes Kleid – ihr bestes, um so gut wie möglich auszusehen – aus weißem Musselin mit einem gerüschten Saum, aber außer den Perlmuttknöpfen am gefältelten hohen Kragen keinen Schmuck, außerdem einen steifen Strohhut, der gerade auf ihren hochgesteckten Haaren saß. In der Hand hielt sie den zusammengefalteten weißen

Baumwollsonnenschirm mit rosa Futter – Mrs. Nesbitt-Smiths letztes Weihnachtsgeschenk. All das schien sie jetzt in den pompösen, beschwerlichen Staat einer Gesellschaftsklasse einzuhüllen, der sie nicht angehörte.

Miss Williams gab ein Zeichen. Ein kleines, barfüßiges Mädchen in einem formlosen, offensichtlich aus Sackleinen genähten Kleid kam nach vorne. Zur Feier des Tages war der Zopf des Mädchens mit Blumen geschmückt. Das Kind hielt einen kleinen Blumenstrauß in der Hand, machte einen Knicks und hielt die Blumen hoch. Miss Crane nahm sie entgegen. Wieder versuchte sie, »vielen Dank« zu sagen, aber ihre Worte mußten unhörbar gewesen sein, denn das kleine Mädchen mußte sich durch einen Blick auf Miss Williams versichern, daß die Zeremonie der Übergabe vorüber sei. Miss Crane hielt die Blumen an die Nase, ohne sie zu sehen oder ihren Duft zu riechen. Als sie aufblickte, stand das kleine Mädchen wieder an seinem Platz zwischen den anderen kleinen Mädchen in der ersten Reihe.

»Ich glaube«, sagte Mr. Grant, »die Kinder können sich wieder setzen, nicht wahr, Miss Crane? Dann können sie gleich das Lied singen oder das Gedicht aufsagen, das Miss Williams sicher den ganzen Morgen über fleißig mit ihnen einstudiert hat.«

Einen Moment lang starrte Miss Crane hilflos auf die Blumen in ihrem Schoß und war sich bewußt, daß Miss Williams und Mr. Grant sie ansahen und auf eine Reaktion von ihr warteten. Sie nickte mit dem Kopf und schämte sich, daß sie bei der ersten öffentlichen Aufgabe ihres Lebens versagte.

Nach einer entsprechenden Anweisung von Miss Williams setzten sich die Kinder. Sie schwiegen. Miss Crane dachte: »Sie haben Unbehagen gespürt und sehen darin Mißfallen oder Langeweile.« Miss Crane zwang sich dazu, Miss Williams anzusehen, und sagte: »Ich würde sehr gerne das Lied hören«; dann erinnerte sie sich, daß Mr. Grant von einem Gedicht oder von einem Lied gesprochen hatte, und fügte hinzu: »Oder das Gedicht ... oder auch beides. Bitte, lassen Sie die Kinder vorführen, was sie einstudiert haben.«

Miss Williams wendete sich der Klasse zu und sagte in ihrem langsamen, merkwürdig akzentuierten Englisch: »Nun, Kinder, was wollen wir singen? Sollen wir das Lied singen: ›Es wohnt ein Freund‹ und dann ›*Achchha*‹?« Dieses Wort kannte

Miss Crane sehr wohl, aber ihm folgten eine Reihe kurzer Worte in Hindostani, die sie nicht verstand, weil sie zu schnell gesprochen wurden. Sie dachte: »Ich kann nicht einmal die Sprache richtig. Wie kann ich also hoffen, solche Kinder zu unterrichten?«

Die Klasse stand wieder auf. Miss Williams schlug langsam den Takt in der Luft und sang die erste Zeile des Kirchenliedes, das Miss Crane sonst möglicherweise nicht so leicht erkannt hätte. Dann machte sie eine Pause, schlug wieder den Takt, und alle sangen stockend und scheu. Ihre Stimmen waren immer noch nicht an diese merkwürdig eintönige, fremde Melodie gewöhnt:

»Es wohnt ein Freund der Kinder
Hoch überm Himmelszelt,
Ein Freund, der immer treu ist,
Des Liebe uns erhält.
Irdische Freunde werden
untreu im Lauf der Zeit,
Doch ER trägt seinen Namen
Zu Recht in Ewigkeit.

Ein Obdach ist für Kinder
Hoch überm Himmelszelt,
Wenn ihr den Heiland liebet
Und fleht zum Herrn der Welt;
Ein Obdach vor den Stürmen,
Von Sünde frei und Leid,
Wo jeder kleine Pilger
Darf ruhn in Ewigkeit.«

Miss Crane beobachtete die Kinder, während sie sangen. Es war eine zerlumpte kleine Schar. In Miss Cranes Kindheit war dies eines ihrer Lieblingslieder gewesen. Und wenn es jetzt gesungen worden wäre, wie englische Kinder es sangen, mit Klavier- oder Orgelbegleitung, wie zum Beispiel in der ärmlichen Schule ihres Vaters, hätten vielleicht ihre Gefühle oder das Bedauern und die Trauer um eine verlorene Welt, einen verlorenen Trost, einen verlorenen Zauber sie überwältigt. Aber sie war weder überwältigt noch erbaut. Sie empfand das Lied als ungehörig; die Vorstellung widerstrebte ihr, diese Kinder von ihren eigenen Göttern abzubringen und sie zur Anbetung des Gottes zu bekehren, dessen Lob sie selbst als kleines Kind gesungen hatte, an den sie aber jetzt nicht mehr so recht glaubte. Aber plötzlich empfand sie eine heftige Zuneigung zu den Kindern. So hungrig, arm, elend und hoffnungslos benachteiligt sie auch waren, machten sie doch überdeutlich den Eindruck, als würden sie irgendwo – und es konnte nur dort in der Stadt der Schwarzen sein – von anderen Menschen geliebt. Doch Liebe, wie die Eltern der Kinder wohl wissen würden, genügte nicht. Liebe allein konnte Hunger und Armut nie verringern. Immerhin gab es hier kostenlose Chappattis.

Miss Crane erkannte in diesem Moment, daß die einzige Entschuldigung, die sie oder eine andere weiße Frau dafür haben konnte, allein hier auf einem Stuhl zu sitzen, einen Blumenstrauß in der Hand zu halten, sich ein Lied vorsingen zu lassen, ein Gegenstand der Ehrfurcht unwissender Kinder zu sein, darin lag, daß sie sich der Verpflichtung bewußt war, für menschliche Würde und menschliches Glück zu kämpfen. Jetzt schämte sie sich nicht mehr wirklich wegen ihrer Kleidung oder fürchtete sich nicht mehr so entsetzlich vor dem Schulgebäude oder dem Geruch brennender Kuhfladen. Kuhfladen waren nun einmal das einzige Brennmaterial. Das Schulgebäude war klein und stickig, weil nicht genug Geld dafür ausgegeben, nicht genug Geld vorhanden war, um es größer und luftiger zu machen. Ihr Kleid war nur ein Symbol für den Status, den sie genoß, und für ihre Pflicht, keine Angst zu haben und nicht furchtsam zu wirken, für ihre Pflicht, so gut es ginge, eine persönliche Haltung, eine Würde zu erwerben, damit sie einen lebendigen Beweis dafür abgeben könnte, daß es irgendwo in der Welt Hoffnung auf Besserung gab.

Als das Lied zu Ende war und sie stockend auf Hindostani gesagt hatte: »Vielen Dank. Es war sehr schön«, fragte sie Miss Williams, ob sie dableiben dürfe, während die Kinder ihre Chappattis aßen. Sie wolle ihnen auch beim Spielen zusehen, und danach, wenn Miss Williams Zeit habe, würde sie gern noch die eine oder andere Frage über die Arbeit einer Lehrerin stellen.

Und so begann für Miss Crane der lange und einsame, schwierige und manchmal gefährliche Weg, der sie viele Jahre später nach Majapur brachte, wo sie die Leiterin der protestantischen Missionsschulen wurde.

Sie hatte zwar Gandhis Porträt abgenommen, doch ein anderes Bild, das sie schon sehr viel länger besaß, blieb an der Wand über dem Schreibtisch in ihrem Schlaf- und Arbeitszimmer hängen. Es gehörte ihr seit 1914, ihrem fünften Dienstjahr in der Mission. In diesem Jahr verließ sie die Schule in Muzzafirabad, wo sie als Assistentin eines gewissen Mr. Cleghorn gearbeitet hatte, und übernahm in Ranpur zum erstenmal eine Schule in eigener Verantwortung.

Das Bild war ein Geschenk gewesen, ein Zeichen der Hochachtung. Der Leiter der Mission war persönlich zu der Feier erschienen, auf der es ihr überreicht wurde, obwohl es Mr. Cleghorn gewesen war, aus dessen Hand sie es unter dem Klatschen und Jubeln der Kinder entgegennahm. In der Schublade des Schreibtischs bewahrte sie noch immer die gravierte Plakette auf, die auf dem Rahmen befestigt gewesen war. Es war eine vergoldete, inzwischen fleckige Plakette mit der schwarzen, zwar verblaßten, aber immer noch lesbaren Inschrift: »Edwina Lavinia Crane in Würdigung ihrer Tapferkeit überreicht vom Kollegium und den Schülern der Missionsschule der Kirche von England, Muzzafirabad (Grenzstation Nordwest)«.

Sie nahm die Plakette ab, noch ehe sie Ranpur erreichte, denn das Wort Tapferkeit war ihr peinlich. Sie hatte nicht mehr getan, als auf der Schwelle der Schule stehenzubleiben, nachdem sie die Kinder hineingescheucht hatte, und in fließendem Urdu, mit Ausdrücken, die sie ihren Vorgesetzten kaum hätte wiederholen können, einem Trupp unentschlossener Randalierer den Zugang zu verwehren. Ihr waren die Männer unentschlossen vorgekommen; dann freilich, nur eine Stunde später, hatten sie oder ihre entschlosseneren Mittäter die katholische Mission weiter unten an der Straße überfallen und in Brand gesteckt, die Polizeistation angegriffen und waren dann zum Zivilistenviertel marschiert, wo sie von Militär vertrieben wurden. Die Soldaten erschossen einen der Anführer und feuerten Salven in die Luft. Vier Tage lang herrschte in der Stadt Kriegsrecht, und als der

Frieden wiederhergestellt war, entdeckte Miss Crane, daß sie auf unangenehme Weise in den Blickpunkt der Öffentlichkeit gerückt war. Der oberste Richter des Distrikts besuchte sie in Begleitung des Polizeichefs und bedankte sich bei ihr. Sie empfand es als ihre Pflicht zu sagen, sie sei keineswegs sicher, das Richtige getan zu haben. Sie frage sich sogar, ob es nicht besser gewesen wäre, zuzulassen, daß die Aufständischen verbrannten, was sie unbedingt verbrennen wollten – das Kruzifix oder die Gebetbücher. Sie hatte sie daran gehindert, und deshalb waren sie wütender als zuvor zu den Katholiken gegangen. Dort hatten sie alles niedergebrannt und viel Unheil angerichtet.

Als Mr. Cleghorn aus dem Urlaub zurückkehrte, interessierte er sich brennend für die Neuigkeiten, von denen er nur gerüchtweise gehört hatte. Sie beschloß, ihre Versetzung zu beantragen, damit sie ihrer Arbeit nachgehen konnte, ohne ständig an die, wie ihr schien, falsche Einschätzung ihrer Person erinnert zu werden. Sie erklärte Mr. Cleghorn, es sei ihr völlig unmöglich, Kinder zu unterrichten, die eine Bilderbuchheldin in ihr sähen und zweifellos ständig nur mit einem Auge auf die Tafel blickten, weil das andere in Erwartung einer neuen, von der Lehrerin siegreich zu bestehenden Gefahr unverwandt auf die Tür starrte. Mr. Cleghorn bedauerte, daß sie gehen wollte, aber er zeigte Verständnis und sagte, wenn es ihr ernst sei, würde er persönlich an die Missionsleitung schreiben, um die Angelegenheit zu erklären.

Als die Nachricht von ihrer Versetzung eintraf, stellte sie fest, daß sie befördert worden war. Man übertrug ihr die Schule in Ranpur. Vor ihrer Abreise gab es eine Teegesellschaft, und man überreichte ihr das Bild – eine größere, hübscher gerahmte Version des Bildes an der Wand hinter ihrem Pult im Klassenzimmer der Schule von Muzzafirabad. Es handelte sich um ein halb historisches, halb allegorisches Bild mit dem Titel ›Das Juwel in ihrer Krone‹ und zeigte die alte Königin (aber zweifellos dachten die Kinder inzwischen, die Dame auf dem Bild sei Miss Crane), umgeben von den charakteristischen Gestalten ihres indischen Reiches: Fürsten, Grundbesitzer, Kaufleute, Geldverleiher, Sepoys, Bauern, Diener, Kinder, Mütter und bemerkenswert sauber und ordentlich gekleidete Bettler. Die Königin saß auf einem goldenen Thron unter einem scharlachroten Baldachin inmitten ihrer weltlichen und geistlichen Würdenträger: Politiker, Soldaten und Priester. Der Thron mit dem Baldachin stand offensichtlich im Freien, denn es gab Palmen, und am Himmel brach eine strahlende Sonne aus dicken Wolken hervor, wie sie in Indien die Regenzeit, den Monsun ankündigen. Über den Wolken schwebten die Gestalten lobpreisender Engel, die mit Wohlgefallen die Szene dort unten betrachteten. Unter den Staatsmännern, die hinter dem Thron standen, sah einer wie Disraeli aus. Er hielt eine pergamentene Landkarte von Indien in der einen Hand, auf die er offenbar stolz, aber in taktvoller Bescheidenheit mit der anderen deutete. Ein indischer Fürst in Begleitung seiner Diener nahte sich dem Thron. Er trug ein Samtkissen, auf dem ein großer, funkelnder Edelstein lag, den er der Königin darbot. Die Kinder in der Schule glaubten, dieser Edelstein sei das Juwel, von dem der Titel sprach. Miss Crane sah sich veranlaßt, im Unterricht zu erklären, der Edelstein sei ein Symbol für Tribut, und mit dem Juwel im Titel des Bildes sei Indien gemeint, das 1858 von der Britisch-Ostindischen Gesellschaft (die sich bereits im siebzehnten Jahrhundert in Indien niedergelassen hatte) in die Herrschaft der britischen Krone übergegangen war, ein Jahr nach dem Aufstand der Sepoys, die im Dienst der Gesellschaft gestanden hatten, und dem Versuch, in Delhi einen alten Mogulfürsten zum König auszurufen. Das Bild müsse nach 1877 gemalt worden sein, als Disraeli die Königin Victoria überredet hatte, den Titel Kaiserin von Indien anzunehmen.

›Das Juwel in ihrer Krone‹ rief in Miss Crane sehr gemischte Gefühle hervor. Der Druck hing schon an der Wand des Klassenzimmers, seit sie als Mr. Cleghorns Assistentin nach Muzzafirabad gekommen war; sie fand ihn nützlich im Englischunterricht der Moslem- und Hindukinder: Dies ist die Königin. Das ist ihre Krone. Der Himmel dort ist blau. Hier sind Wolken am Himmel. Die Uniform des Sahib ist rot. Mr. Cleghorn, ein treu ergebenes Mitglied der Kirche und ein enthusiastischer Amateurarchäologe und Anthropologe, der sich intensiv mit der geplanten, nie verwirklichten Niederschrift einer Monographie über die Topographie und das lokale Brauchtum beschäftigte, widmete den größten Teil seiner Zeit der Arbeit für die Kirche und für die älteren Jungen in der Mittelschule. Dies ging, wie er wußte, zu Lasten der Grundschüler. Auf seine Bitte um eine dauerhafte Unterstützung in diesem Bereich seiner Pflichten hatte man ihm aus Lahore Miss Crane geschickt. Fasziniert stellte er fest, welch praktischen Nutzen sie aus einem Bild zog, das für ihn nie etwas anderes gewesen war als ein Wandschmuck, der alles ein bißchen freundlicher aussehen ließ.

Er machte gern Bemerkungen darüber, wenn er sie wieder einmal im Klassenzimmer von einem halben Dutzend Kinder umgeben antraf, die mit großen Augen von ihr zum Bild blickten, während Miss Crane Schritt für Schritt mit ihnen die verschiedenen Aspekte besprach. »Aha, Miss Crane ist wieder bei dem Bild«, sagte er dann, »wie bewundernswert, wie bewundernswert. Ich wäre nie auf den Gedanken gekommen, Englisch zu lehren und gleichzeitig die Liebe zu den Engländern.«

Sie wußte, was er mit der Liebe zu den Engländern meinte. Er dachte dabei an Liebe zu ihrer Gerechtigkeit, ihre Nächstenliebe, an die Liebe zu ihren – immerhin – guten Absichten. Wie oft seine Naivität sie auch reizte, so sehr rührte sie Miss Crane auch. Er war ein guter Mensch: unermüdlich, wißbegierig, um das Wohl anderer Menschen besorgt. Islam und Hinduismus, die sie in ihren äußeren Manifestationen immer noch ängstigten, vermochten ihn lediglich zu amüsieren (wie ein erwachsener Mann vielleicht über die rauhen, lauten, aber harmlosen Spiele von Kindern lächelt). Wenn sie auch manchmal glaubte, er sei blind für das Leiden der Menschen, so mußte sie sich doch eingestehen, daß er auf seine Weise den Ruhm Gottes nie vergaß. Nach Mr. Cleghorns Ansicht diente und verehrte man Gott am besten, indem man den Intellekt ausbildete und schärfte. Er war furchtsam – das merkte sie an seiner Angst vor Hunden, seinem tödlichen Entsetzen vor einer Schlange, die der herbeigerufene Wachmann beseitigen mußte, an dem Zukken in seinem Gesicht und dem Zittern seiner Hände, als sie ein- oder zweimal am Rand eines Dorfes Gruppen von Männern begegnet waren, die wild und drohend wirkten, in Wirklichkeit aber freundlich waren –, doch aus seiner moralischen Haltung sprach Mut, und dafür bewunderte sie ihn.

Er kämpfte lange und hartnäckig um Geldmittel, die die Mission seiner Ansicht nach zur Verfügung stellen und die er zu einem guten Zweck ausgeben könnte. Er hatte ein Ohr und ein Auge für Ungerechtigkeit und war dafür bekannt, sich beim Bezirksrichter erfolgreich für die Aussetzung verhängter Strafen oder das Niederschlagen von Verfahren einzusetzen, wenn es seiner Meinung nach angebracht schien. »Mr. Cleghorn«, pflegte der Bezirksrichter zu sagen, »ist zu schade für die Kirche. Er wäre im Staatsdienst besser aufgehoben.«

Mit größter Entschlossenheit förderte er jedoch die Ausbildung von Jungen der Mittelklasse – Anglo-Indern, Hindus, Moslems und Sikhs. Wenn sie überdurchschnittliche Intelligenz besaßen, waren sie ihm alle gleich lieb, waren »Kinder, die der Herr mit Verstand und Geist gesegnet hat«. Seine Arbeit bestand dann hauptsächlich darin, die Talente eines jungen Mannes aufzuspüren und ihn und seine Eltern davon zu überzeugen, daß man diese Talente fördern müsse. »Sehen Sie sich den jungen Shankar Ram an«, sagte er etwa zu Miss Crane, die nicht die leiseste Ahnung hatte, von wem er redete, »er will in den Staatsdienst. Alle wollen sie in den Staatsdienst. Aber welche Möglichkeiten hat er dort, abgesehen vom Post- oder Telegrafenamt? Ingenieur sollte er werden. Vielleicht liegt es ihm nicht im Blut, aber in seinem Herzen und seinem Verstand hat er das Zeug dazu.« Und so ging er daran, deprimierend oft ohne Erfolg, Mittel und Wege zu suchen, wie man den jungen Shankar Ram in die große weite Welt hinausschicken könnte, um ihn Brücken bauen zu lassen. Darin, so dachte Miss Crane immer wieder, unterscheidet er sich sehr von den üblichen Gottesmännern, denn in neunundneunzig von hundert Fällen stellte sich heraus, daß der fragliche Shankar Ram von der Bekehrung zum Christentum ebenso weit entfernt war wie die indischen Frauen vom Verlangen nach Gleichberechtigung. Wenn es um Frauen, ob englische oder indische, ging, bewies Mr. Cleghorn eine unerträglich konservative Einstellung. Für die Interessen der Frauen war er blind. »Ihr Geschlecht ist leider«, sagte er einmal, »aber nein, nicht leider, dem Himmel sei gedankt, Ihr Geschlecht, Miss Crane ist für die Ehe oder für Gott bestimmt.« Und in dem einzigen Moment persönlicher Nähe, den es zwischen ihnen je gegeben hatte, ergriff er ihre Hand und tätschelte sie, als wollte er sie trösten, weil die erste, die weltliche dieser beiden Segnungen, ihr mit Sicherheit versagt bleiben würde.

Manchmal fühlte sich Miss Crane versucht, auf das Bild an der Wand zu weisen, auf dem die alte Königin in aller Pracht auf dem Thron saß, und zu sagen: »Aber bitte, immerhin war sie eine Frau von Bedeutung.« Doch sie tat es nie. Und als sie das Geschenk auspackte, blickte sie gerührt auf die noch buntere Version der Allegorie; es rührte sie, denn sie wußte, Mr. Cleghorn, der lange und gründlich über ein Abschiedsgeschenk nachgedacht hatte, über das sie sich wirklich freuen würde, hatte bezeichnenderweise gerade das gewählt, auf das sie am besten verzichten konnte.

Ein paar Tage später, als er sie zur Bahn brachte, bis in das Erster-Klasse-Abteil für Damen, während Joseph, ein armer Junge, der in der Missionsküche gearbeitet und darum gebeten hatte, sie als Diener begleiten zu dürfen, sich um das Gepäck kümmerte, überreichte ihr Mr. Cleghorn sein persönliches Geschenk. Miss Crane packte es aus, während der Zug in das eintönige Grenzland hinausfuhr, und hielt ein Buch mit dem Titel ›Fabian Essays in Socialism‹, herausgegeben von George Bernard Shaw, in der Hand. Die Widmung lautete: »Meiner Freundin und Kollegin Edwina Crane, von Arthur St. John Cleghorn, 12. Juli 1914«.

Das Buch stand noch immer im Bücherschrank ihres Zimmers in Majapur.

Wenn sie während der Arbeit am Schreibtisch eine Pause einlegte, zu der sie sich in ihrem Alter berechtigt fühlte – einem Alter zum Nachdenken und zum Handeln –, blickte sie manchmal auf das Bild und stellte fest, daß es ihre Aufmerksamkeit fesselte. Nach all den Jahren besaß es eine gewisse Macht, sie durch das Gefühl vergangener Zeit und verblaßter Glorie zu rühren, obwohl sie wußte, die Glorie hatte es nie gegeben. Das Indien des Bildes hatte außerhalb des Goldrahmens nie existiert, die Gefühle, die das Bild erwecken sollte, waren höchstens überheblich fromm. Trotzdem umgab es, heute wie damals, ein Anflug von Würde.

Es rief in ihr immer noch Gedanken wach, die sie nur schwer analysieren konnte. Sie hatte ihr Leben auf eine praktische und unbedeutende Weise dem Versuch gewidmet, zu beweisen, daß die Angst, weil sie Vorurteile fördert, etwas Böses, der Mut aber, weil ein Zeichen von Selbstlosigkeit, etwas Gutes sei; daß die Unwissenheit, weil daraus Furcht entspringt, schlecht, das Wissen hingegen gut sei, denn je mehr man über die Vielschichtigkeit der Welt weiß, desto deutlicher sieht man, welch unbedeutende Rolle man spielt. Möglicherweise, dachte Miss Crane, verlieh die Vorstellung persönlicher Unwichtigkeit, die in den dunklen Schatten der Regenwolken hinter den bunten Farben in diesem Bild der Königin und ihrer Untertanen lag, den Gestalten einen noch strahlenderen Glanz. In der Haltung der alten Königin auf dem Thron lag für Miss Crane etwas, das sie ironisch daran erinnerte, wie sie vor Jahren in einem weißen Musselinkleid auf einem Podest gesessen hatte. Sie versuchte, in diese stilisierte Darstellung von Tributentrichtung und matriarchalischer Fürsorge eine Botschaft zu legen, aus der eine Würde ohne Pomp sprach, so wie eine Mutter, ihre eigene Mutter sie ihr als Kind vermittelt hatte, und die Aufforderung, mutig Pflichten und Aufgaben zu übernehmen; aber nicht um sich dadurch selbst zu verherrlichen, sondern um sich selbst zu verleugnen, denn nur so ließen sich Glück und Wohlergehen im umfassenderen Sinn fördern, um die Welt von den Übeln zu befreien, die das Bild außer acht ließ: Armut, Krankheit, Elend, Unwissenheit und Ungerechtigkeit.

Und es lag daran, daß sie (als sie sich spät, aber vielleicht nicht zu spät ihren eigenen Landsleuten zuwandte) in einem jungen Mann, dem Gemeinen Clancy, hinter dem jugendlichen, ungestüm männlichen Drang, sich in den Vordergrund zu schieben (und für diesen Aspekt seines Verhaltens war sie nicht blind), einen Funken Zartheit entdeckte, eine Neigung zur Selbstverleugnung, die ihn dafür sorgen ließ, daß sie ein Stück Kuchen bekam und Zucker in den Tee, und vielleicht auch daran (das gestand sie sich ein), daß er sie auf seine plebejische Weise im Aussehen an den privilegierten und hübschen Leutnant Orme erinnerte (der im Ersten Weltkrieg gefallen war und posthum das Victoriakreuz erhalten hatte), daß sie öfter an Clancy dachte als an seine derberen Kameraden. Sie vermutete, das Zarte war hauchdünn, aber es war da, zum Beispiel in seinem fröhlichen Benehmen gegen Joseph, dem er in Soldaten-Urdu harmlose Witze erzählte, über die der alte Diener lachen mußte, der sich deshalb auf die Besuche freute; es war da in seiner Freundschaft mit Barrett, einem unbeholfenen, häßlichen, unintelligenten und langweiligen jungen Mann. Seine Freundschaft mit Barrett, ebenso wie seine ausgesuchte Höflichkeit gegen sie selbst, sein ungezwungener Umgang mit Joseph und die Tatsache, daß er und Barrett regelmäßig zum Tee kamen, brachten sie dazu, darüber nachzudenken, was sie in Clancys Fall eigentlich mit Zartheit meinte und wie sie dazu kam, dieses Wort bewußt im Zusammenhang mit ihm zu benutzen. Sie wußte, Männer wie Clancy suchten sich oft Freunde, deren körperliche und geistige Merkmale die eigene Überlegenheit ins beste Licht rückten. Sie wußte, Clancy befolgte einfach eine psychologische Grundregel, indem er Barrett zu seinem Freund machte, den die anderen für einen Trottel hielten. Normalerweise hätte jemand wie Clancy einen Jungen wie Barrett als Zielscheibe des Spotts benutzt, ihn ständig verhöhnt und ihn nur dann verteidigt, wenn andere versuchten, ihn zu hänseln. Doch sie beobachtete, daß Clancy niemals zu solchen Zwecken Barrett mißbrauchte. In seiner Gegenwart machten die anderen keine Anstalten, über Barrett zu spotten. Der arme Barrett war ein Einfaltspinsel. In dieser munteren Gesellschaft hätte er auffallen können wie eine Vogelscheuche in einem jungen, grünen Weizenfeld. In Miss Cranes Augen fiel er eine Weile auf, doch dann bemerkte sie, daß er auf die anderen nicht so oder nicht mehr so wirkte, und sie vermutete, es lag daran, daß durch Clancys Einfluß Barrett im Laufe der Zeit als einer von ihnen akzeptiert wurde. Mit Clancys Hilfe entwickelte Barrett Facetten seiner Persönlichkeit, die alle als der Norm zugehörig anerkannten, und dank Clancys Beharrlichkeit übersahen sie inzwischen manche Facetten, die anfänglich fremd auf sie gewirkt haben mußten.

Barrett war es gewesen, der sich zu Beginn der Regenzeit – als der Tee schon im Haus serviert wurde und Miss Crane den Soldaten erlaubte, sich dort frei zu bewegen, ja sogar Aschenbecher und Zigaretten bereitstellte mit der Aufforderung zu rauchen, damit die jungen Männer nicht eineinhalb Stunden lang qualvollen Verzicht üben mußten und sich dann auf dem Nachhauseweg beim ersten Schritt auf der Straße mit einer Erleichterung, die Miss Crane zwar registriert, aber nicht ganz begriffen hatte, alle ihre Zigaretten anzündeten – da war es Barrett gewesen, der sich als erster über das Bild der alten Königin auf ihrem Thron unter dem Baldachin äußerte: Er tat das auf seine plumpe Weise, indem er einfach vor das Bild trat und es anstarrte. Clancy stellte sich neben ihn und sprach für beide: »So etwas bezeichnet man doch als ein allegorisches Bild, nicht wahr, Miss Crane?« Er benutzte das Wort mit einer Art Stolz auf seine mühsam erworbene Bildung, was sie liebenswert und leicht bestürzend fand. Denn als sie bemerkt hatte, daß Barrett das Bild betrachtete, war sie dicht davor gewesen zu erklären: »Es ist eine Allegorie, Mr. Barrett«, hatte es aber unterlassen, weil ihr einfiel, daß Barrett nicht wüßte, was eine Allegorie ist.

»Ja, es ist eine Allegorie«, sagte sie.

»Ein hübsches altes Bild«, erklärte Clancy, »ein sehr hübsches altes Bild. Damals war alles ganz anders, nicht wahr, Miss Crane?«

Sie fragte ihn, was er damit meinte. Er erwiderte: »Nun ja, ich meine, irgendwie einfacher, irgendwie ordentlich und klar.«

Miss Crane dachte eine Weile darüber nach und sagte: »Viele Leute glauben das. Aber eigentlich stimmt es nicht. Man könnte beinahe sagen, daß heute alles einfacher ist. Nach all den Jahren besteht kein Zweifel mehr: Indien *muß* unabhängig werden. Wenn der Krieg zu Ende ist, *müssen* wir Indien aufgeben.«

»Oh«, sagte Clancy, der immer noch auf das Bild und nicht auf sie blickte. »Ich meinte eigentlich Gott und so und das, was die Leute glaubten. Über das andere weiß ich nicht viel, nur was der Kongreß ist und was der alte Gandhi sagt. Wenn Sie mich fragen, Miss Crane, er ist verrückt.«

»Verrückt, richtig«, wiederholte Barrett pflichtschuldig.

Miss Crane lächelte.

»Früher hing sein Bild ebenfalls hier. Dort drüben. Man kann die Stelle noch sehen.«

Die beiden drehten sich um und blickten in die Richtung, in die sie wies: Das hohe schmale Rechteck etwas blasserer Leimfarbe war alles, was Miss Crane von dem Bild des lächelnden, bebrillten Mahatma geblieben war, dem Bild eines Mannes, dem sie ihr Vertrauen geschenkt hatte, das jetzt Nehru und Rajagopalachari gehörte, die offensichtlich die verschiedenen Stufen der Tyrannei besser kannten, die Menschen ausüben konnten. Wenn es eine Entscheidung geben mußte, zogen sie es vermutlich vor, noch eine Weile länger unter der Imperialmacht zu leben, nicht nur, um der Unterwerfung unter ein totalitäres Regime zu entgehen, sondern um sich ihm zu widersetzen. Ein Blick auf Clancy und Barrett und die Vorstellung, an ihrer Stelle ein paar indoktrinierte SA-Männer oder Ahnenkultanhänger vor sich zu haben, die im Heldentod ihre Hoffnung auf den Himmel sahen, sagte ihr deutlich, wen sie bevorzugte. Aus dieser Wahl sprach ein kleiner Überrest des alten Instinkts, im sichern Hafen des magischen Kreises zu bleiben, ein Wissen um den magischen Schutz, den die eigene Art gewährt, ein Vertrauen, das sie in einen jungen Mann wie Clancy zum Beispiel setzen konnte, falls der arme alte Joseph plötzlich Amok laufen sollte und bis an die Zähne bewaffnet, verrückt und gefährlich in ihr Zimmer stürzte, um sich für imaginäres oder wirkliches Unrecht zu rächen, das sie ihm nicht persönlich angetan hätte, sondern repräsentativ, weil sie von dieser Rasse und Hautfarbe war, und weil Joseph in seinem primitiven Zorn nicht länger zwischen dem Individuum und der Allgemeinheit unterscheiden könnte.

Aber auf der Waagschale lagen auch, so glaubte sie, ein intellektuelles und ein emotionales Gewicht, das den Zeiger zugunsten von jungen Burschen wie Clancy ausschlagen ließ, die vielleicht keine Ahnung von der Quelle und der Richtung des Stromes hatten, mit dem sie dennoch schwammen, eines Stromes, der nach Miss Cranes Ansicht den moralischen Lauf der Geschichte bestimmte und dessen Wasser die Balken, die das Vorurteil hineingeworfen hatte, beiseite schieben oder mit sich forttragen mußte bis zum unsichtbaren, weil immer noch fernen Meer vollkommener Harmonie, wo die Trümmer sich mit Wasser vollsaugen, verrotten und schließlich zerfallen oder wie Streichhölzer in einem majestätischen Meere verschwinden würden. Clancy war schließlich nicht einfach nur Clancy oder Clance, sondern der Sohn seines Vaters und seiner Vorväter. Und solange die Engländer zu Hause geblieben waren, hatten sie – trotz ihrer Heuchelei oder gerade deshalb – ebensoviel wie jedes andere europäische Volk dafür getan, den Strom in Bewegung zu halten; ebensoviel und vielleicht sogar einen Bruchteil mehr wegen ihrer Isolation, ihrer einzigartigen Position abseits der europäischen Landmasse – eine Position, die eine militärische Invasion erschwerte, jedoch nicht die subtilere Invasion des Geistes durch die Gedanken des europäischen Humanismus und der Renaissance, die sich in die Luft erhoben und wie Zugvögel überall dorthin flogen, wo sie immer aufs neue willkommen waren.

Miss Crane glaubte, Clancys Fähigkeit, das schwache Grollen wahrzunehmen (denn mehr hörte er nicht von dem Gewitter dieses jahrhundertelangen Flugs), versetzte ihn in die Lage, teils traurig, teils stolz zu sagen – denn Menschen seiner Art lebten heute eindeutig besser als früher –: »Damals war alles anders, irgendwie einfacher, irgendwie ordentlicher und klarer.« Er empfand, wenn auch unbewußt, die Last der Freiheit zu denken, zu handeln und je nach Glauben zu beten oder nicht zu beten; er spürte das Gewicht, mit dem jeder Akt der Befreiung die Welt beschwert, und wenn er in seiner relativen Unschuld eine religiöse anstatt einer gesellschaftlichen Botschaft aus dem Bild herauslas, die ihn zu seinem Kommentar veranlaßte, dann lief es, so sagte sich Miss Crane, letzten Endes auf dasselbe hinaus. Gott war schließlich nicht mehr als ein Symbol, das höchste Symbol der Autorität hier auf Erden. Und Clancy begann zu begreifen, daß die Ausübung von Autorität nicht einfach war, besonders dann nicht, wenn jene, die sie ausübten, nicht länger glaubten, den Himmel auf ihrer Seite zu haben.

In diesem Jahr setzte der Regen spät ein. In Majapur begann er Ende Juni. Die jungen Soldaten litten unter der extremen Hitze, die dem Monsun vorausging, und freuten sich über die ersten Regenfälle. Doch am Ende der zweiten Juliwoche klagten sie über die Nässe und die hohe Luftfeuchtigkeit.

Miss Crane ignorierte das Wetter inzwischen. In der Trokkenzeit trug sie breitkrempige Hüte, Kleider aus Baumwolle oder Wolle und vernünftige Schuhe, in der Regenzeit Blusen und Gabardineröcke, wenn nötig auch Gummistiefel, ein federleichtes Regencape und einen wasserdichten Gummihut. In Majapur und der näheren Umgebung fuhr sie mit einem klapprig wirkenden, aber robusten Raleigh-Fahrrad. Den Wagen – einen zehn Jahre alten Ford – benutzte sie nur für längere Fahrten. In der Vergangenheit hatte der Ford sie sogar bis Kalkutta gebracht, doch inzwischen traute sie ihm das nicht mehr zu. Bei den seltenen Anlässen, wenn sie nach Kalkutta fahren mußte – ein- oder zweimal im Jahr –, nahm sie den Zug und fuhr allein, denn Joseph, inzwischen fünfzig in einem Land, dessen Bewohner eine durchschnittliche Lebenserwartung von kaum vierzig Jahren hatten, hielt sich für zu alt, um sie noch zu begleiten. Er wurde mürrisch, wenn er nicht in Majapur sein konnte, und erklärte, er traue dem Chaukidar nicht zu, den Bungalow vor Dieben zu bewachen. Joseph erledigte die Einkäufe, kochte, kümmerte sich um die Vorräte und überwachte die Zwölfjährige aus dem Basar, die das Haus sauberhielt. In der heißen Zeit schlief er auf der Veranda, bei Regen und Kälte auf einem Feldbett im Vorratsraum. Sonntagabends ging er immer noch regelmäßig zur Kirche und lieh sich zu diesem Zweck das Fahrrad aus. Die Kirche – die Kirche der Mission und nicht St. Mary im Zivilistenviertel – lag nicht weit von Miss Cranes Bungalow entfernt in der Nähe der Mandir Gate-Brücke, einer der beiden Brücken, die den Fluß überspannten, der das Viertel der Weißen von der Stadt der Eingeborenen trennte.

Auf der Stadtseite der Brücke stand der Tirupati-Tempel, in dessen Bezirk sich ein Schrein mit der liegenden Gestalt des schlafenden Wischnu befand. Auf der anderen Seite, zwischen dieser und der zweiten Brücke, der Bibighar-Brücke, lebten die Eurasier, ganz in der Nähe der Depots, der Warenlager und Büros der Bahnstation. Die Bahnlinie folgte dem Flußlauf. Die Schienen überquerten die Straßen, die zu den Brücken führten. An den Brückenköpfen befanden sich auf der Seite der Weißen die Bahnschranken. Wurden sie geschlossen, um die Züge passieren zu lassen, versperrten sie den Zugang zu beiden Brücken. Sie bildeten eine Barriere zwischen den Europäern und der eingeborenen Bevölkerung. Bei geschlossenen Schranken staute sich der Verkehr in Richtung des Zivilistenviertels auf beiden Brücken. Wenn Miss Crane auf ihrem Fahrrad von der Stadt nach Hause fuhr, geriet sie manchmal in solche Staus und fand sich im Gedränge anderer Radfahrer und Fußgänger: Angestellte, die nach dem Mittagessen zu Hause in die Büros der Distriktverwaltung zurückkehrten; Dienstboten, die im Basar Gemüse eingekauft hatten und sich auf dem Weg zu den Bungalows der Weißen befanden; Schneider unterwegs zum Maßnehmen bei einem Sahib oder der Dame eines Sahib, denen die

Arbeit und die Preise der Basar-Schneider lieber waren als die des Garnisonsschneiders Darwaza-Chand; Händler mit Kisten auf dem Kopf; Bauern, die auf ihren Ochsenkarren in die Dörfer der Ebene nördlich des Bezirks zurückfuhren; Frauen und Kinder, die bettelten oder Abfälle suchten; und gelegentlich Weiße im Auto: ein Bankbeamter oder Geschäftsmann, der Polizeichef, der Kommandant der Garnison, englische und indische Offiziere in gelben Armeefahrzeugen. Manchmal sah sie auf ihrem Weg die weiße Frau – von der man sagte, sie sei verrückt –, die sich wie eine Nonne kleidete und ein Asyl für die Kranken und Sterbenden unterhielt und die von den Indern Schwester Ludmila genannt wurde. Dann nickte sie ihr zu, unterhielt sich aber nie mit ihr.

Miss Crane fuhr über die Mandir Gate-Brücke in die Stadt, um von ihrem Bungalow zur Schule im Chillianwallah-Basar zu gelangen. Ihr Weg führte sie an der Missionskirche und an der Hauptschule der Mission vorbei, über die Brücke, dann am Tirupati-Tempel vorüber, durch die engen, schmutzigen Straßen mit den offenen Läden, durch das Tor des Chillianwallah-Basars, wo man Fisch, Fleisch und Gemüse verkaufte, und schließlich in eine noch engere Straße, eine dunkle Gasse mit alten, zerfallenden Häusern, in deren Mitte eine offene Abwasserrinne verlief. Es war eine Sackgasse mit einer hohen Mauer am Ende, in der sich der Torbogen der Basarschule öffnete. Das Tor führte in einen kleinen ungepflasterten Hof, wo die Kinder spielten. Kümmerliche Bananenbäume warfen frühmorgens und am späten Nachmittag spärliche Schatten. Die rötlichbraune Erde war von der Sonne hartgebacken und von den nackten Füßen der Kinder festgetreten. Selbst in der Regenzeit trocknete die Nachmittagssonne den Lehm aus und verlieh ihm wieder seine harte, betonartige Oberfläche.

Die Chillianwallah-Basar-Schule war ein zweistöckiges Gebäude. Stufen führten zu einer Veranda, über deren Dach sich eine Reihe von Fenstern mit geschlossenen Läden befand. Das Haus war mindestens fünfzig Jahre alt und hatte einem Parsen, einem Mr. Chillianwallah gehört, der aus Bombay gekommen war und es in den neunziger Jahren des letzten Jahrhunderts in Majapur durch den Bau von Regierungsgebäuden zu etwas gebracht hatte. Mr. Chillianwallah hatte die Kaserne für die Weißen gebaut, die Kirche St. Mary, den Bungalow, in dem der Distriktskommissar zur Zeit lebte, und in einer philanthropischen Anwandlung auch den Basar in der Stadt. Noch immer in Geberlaune, hatte er das Haus in der Gasse der Kirche St. Mary überlassen; und solange die Mission noch nicht das größere Schulhaus gegenüber der Missionskirche auf der Seite der Weißen gebaut hatte, war das Haus in der Gasse der einzige Halt auf der wackeligen Leiter der Bekehrungsversuche gewesen. Nachdem 1906 die neue Missionsschule errichtet worden war, dienten das Chillianwallah-Haus und der Hof der Mission als Zufluchtsorte für die Alten, Kranken und Sterbenden; doch als die neue Schule den Strom der eurasischen Kinder nicht mehr aufnehmen konnte und die Zahl der indischen Kinder abnahm, öffnete die Mission das Haus in der Gasse wieder für den Unterricht, in der Hoffnung, die praktisch verlorene Stellung wiederzugewinnen. Die Alten, Kranken und Sterbenden hatten nun etwa dreißig Jahre warten müssen, bis Schwester Ludmila in die Stadt kam.

Die Schule im Chillianwallah-Basar war Miss Cranes zweiter Aufgabenbereich im Distrikt Majapur. Die dritte Schule befand sich in Dibrapur, in der Nähe der Kohlengruben. Die größere Schule im Zivilistenviertel gegenüber der Missionskirche führte sie mit Hilfe englischer Lehrerinnen, die ihr an Qualifikation für das Lehramt ebenso augenfällig überlegen waren wie an religiösem Eifer. Sie beaufsichtigte die Arbeit der anglo-indischen Klassenlehrerinnen und gab den älteren eurasischen und indischen christlichen Mädchen Englisch- und Mathematikunterricht. Die meisten Schüler dieser Schule wechselten später in die staatliche höhere Schule über, deren Gründung 1920 den Einfluß der Mission erheblich geschwächt hatte. Die Schule im Chillianwallah-Basar besuchten nur indische Schüler. Ihr Lehrer war ein großer, schlanker, dunkelhäutiger Christ mittleren Alters aus Madras. Er hieß F. Narayan – das F. stand für Francis, nach dem heiligen Franz von Assisi. In seiner Freizeit, von der er mehr als genug hatte, besserte er sein geringes Einkommen auf, indem er für die lokale englische Wochenzeitung ›The Mayapore Gazette‹ »Glossen« schrieb, wie er es nannte. Darüber hinaus bot er als Briefschreiber seine Dienste an, und diese wurden sowohl von seinen Moslem- wie von seinen Hindunachbarn in Anspruch genommen. Er sprach fließend Urdu, Hindi und den lokalen Dialekt und schrieb neben seiner Muttersprache Tamil und dem erworbenen Englisch ein ausgezeichnetes Urdu und Hindi. In Europa, dachte Miss Crane, hätte ein Mann mit seinen Fähigkeiten es sehr weit gebracht – aber wohl eher in der Wirtschaft und nicht als Pädagoge. Sie hatte ihn im Verdacht, weil Joseph einmal etwas dergleichen angedeutet hatte, er verkaufe empfängnisverhütende Mittel an christliche und progressive hinduistische Ehepaare. Sie mißbilligte das nicht, es amüsierte sie, denn Mr. Narayans Frau war ständig schwanger, und er hatte eine große, lärmende Schar undisziplinierter Jungen und Mädchen.

Mary Narayan, seine Frau, hatte ebenso dunkle Haut wie er; er hatte sie eines Tages aus dem Urlaub in Madras mitgebracht. Er behauptete, sie sei Christin, doch Miss Crane bezweifelte es, da sie Mrs. Narayan noch nie in der Kirche, wohl aber mehr als einmal beim Betreten und Verlassen des Tirupati-Tempels gesehen hatte. Er behauptete, sie sei inzwischen fünfundzwanzig, aber auch das bezweifelte Miss Crane. Es hätte sie nicht überrascht, wenn Francis Narayan seine Frau als Dreizehn- oder Vierzehnjährige geheiratet hätte.

Mr. und Mrs. Narayan bewohnten die oberen Räume der Basar-Schule. Ihre Kinder, bisher drei Mädchen und zwei Jungen (und ein Säugling, dessen Geschlecht Miss Crane noch nicht herausgefunden hatte), saßen in den ersten Bänken des Klassenzimmers und waren, wie Miss Crane allmählich auffiel, praktisch die einzigen regelmäßigen Schüler. Sonntagmorgens verließ Mr. Narayan mit den beiden ältesten Kindern – einem Jungen namens John Krischna und einem Mädchen, Kamala Magdalena – das Haus in der Fahrradtonga eines Konvertiten namens Peter Paul Akbar Hossain. Das Fahrzeug rollte gefährlich dicht an der Abwasserrinne entlang durch die Sackgasse und überquerte die Mandir Gate-Brücke. Dort nahmen alle am Gottesdienst in der Missionskirche teil, und Mr. Narayan half außerdem bei der Kollekte. Seine Frau, so erklärte er, müsse zu Hause bleiben und sich um die anderen Kinder kümmern. Miss Crane nahm auch diese Auskunft mit Vorbehalt entgegen und dachte, es sei vielleicht interessant, sonntagmorgens einmal am Tirupati-Tempel zu warten, um zu sehen, ob nicht Mrs. Narayans Abwesenheit in der Missionskirche vielleicht auf den lauteren Ruf des Tempelgottes Wenkataswara zurückzuführen sei, dessen Statue einmal im Jahr aus dem Heiligtum hinausgetragen und zum Flußufer hinuntergebracht wurde, um alle zu segnen, die ihm die vorgeschriebenen Opfer darbrachten.

Doch sonntagmorgens hatte Miss Crane andere Pflichten. Sie besuchte den Gottesdienst in St. Mary. Ob Regen oder Sonnenschein, sie fuhr mit dem Rad durch die gepflegten, baumbestandenen schnurgeraden Straßen des Garnisonsviertels; nur hielt sie bei unfreundlichem Wetter einen Regenschirm über sich. Miss Cranes Regenschirm war in der Gemeinde ein stehender Witz. Wenn sie in der Regenzeit den Seiteneingang erreichte und das Rad abstellte, klappte sie den Schirm energisch auf und zu, um die Regentropfen abzuschütteln. Das klatschende, an Fledermausflügel erinnernde Geräusch hörten alle in den Kirchenbänken nahe der Tür, also in den Bänken auf der Kanzelseite; und die Engländer lächelten bei dem unmißverständlichen Geräusch von Miss Cranes Ankunft ebenso sehr, wie Jahre früher die Leute in einer anderen Kirche gelächelt hatten, wenn Mr. Grant die Gebete sprach.

Einen zweiten Witz machte die Gemeinde über Miss Cranes Neigung, während der Predigt einzuschlafen. Sie tat das mit größter Diskretion, hoch aufgerichtetem Rücken und geraden Schultern. Nur die geschlossenen Augen verrieten sie, aber selbst diese schienen anfänglich nur ein Anzeichen für ihre Beschäftigung mit den Bildern zu sein, die die Worte des Geistlichen in ihr heraufbeschworen und von denen sie für einen Moment glaubte, sie müsse sich ihnen etwas ausführlicher zuwenden. Ihre Augen schlossen sich, öffneten sich, schlossen sich noch einmal, nur um sich wieder zu öffnen. Wenn ihr die Lider das dritte Mal zufielen – abrupt, niemals langsam oder schwer –, blieben sie üblicherweise geschlossen, und Miss Crane war entschwebt. Erst wenn der Geistliche ansetzte: »Im Namen des Vaters, des Sohnes und des Heiligen Geistes«, und die ganze Gemeinde erleichtert aufatmete, verriet ein leichtes Zurückzucken ihres Kopfes, daß sie kein Wort gehört und die Augen, die sich nun ebenso abrupt öffneten, zu einem kurzen Schlummer zugeklappt hatte.

Das heftige Schütteln des Regenschirms – dem Geräusch niederfahrender zorniger Engel nicht unähnlich –, der tiefe, kurze Schlaf während der Predigt, der Ruf der Unverblümtheit, in dem sie stand, ihre offensichtliche Unempfindlichkeit für die kleinen Tropfen Leutseligkeit, die jenen entfielen, die, wie die Dinge lagen, gesellschaftlich über ihr standen – all das hatte zu der Vorstellung der Engländer in Majapur beigetragen, sie sei eine Frau, deren Arbeit für die Mission ihren Horizont eher erweitert als verengt hatte. Edwina Crane hatte ganz bestimmt nichts von einer Frömmlerin an sich. Die persönliche Achtung, die man ihr etwas widerwillig entgegenbrachte, vergrößerte sich durch ihre Weigerung, sich in den Komitees, in denen sie saß, tyrannisieren zu lassen. Nach Ausbruch des Krieges hatten die englischen Damen von Majapur nicht lange gebraucht, um die Notwendigkeit bestimmter Komitees zu erkennen: Strickkränzchen-Komitees, Truppenbetreuungs-Komitees, Wohltätigkeits-Komitees, Rekrutenberatungs-Komitees, Kriegswochen-Komitees, Komitees, um die Arbeit der Freiwilligen im Krankenhaus und in der Privatklinik Greenlawns zu organisieren, und ein Komitee für die Aktivitäten der Damen, die das Wohl der Kinder von jenen indischen Müttern im Auge hatten, die bei der Erweiterung der Straße, bei der geplanten Landebahn in Banyaganj und in den Britisch-Indischen Elektrowerken arbeiteten. Mrs. White, die Frau des Distriktskommissars, hatte Miss Crane ursprünglich in das Rekrutenberatungs-Komitee berufen. Inzwischen war sie außerdem Mitglied des Wohltätigkeits-Komitees, des Komitees der Freiwilligen Krankenhaushelferinnen und des Komitees zum Wohl indischer Mütter. Untereinander sprachen die Damen über sie auf eine Weise, daß ein Fremder den Eindruck hätte gewinnen können, Miss Crane sei nichts als eine Missionslehrerin und stehe gesellschaftlich so viele Stufen unter ihnen wie überhaupt möglich, wenn man trotzdem noch geachtet werden wollte. Doch galt es allgemein als selbstverständlich, daß keinerlei Verunglimpfung beabsichtigt war, und individuell respektierte man sie, auch wenn man fand, ihre Einstellung zu den Eingeborenen sei »verschroben«.

Die Frau des Distriktskommissars hatte mit einer Äußerung für ein Urteil über Miss Crane gesorgt, das die Damen von Majapur inzwischen für richtig und endgültig hielten. »Edwina

Crane«, erklärte Mrs. White, »hat offensichtlich ihren Beruf verfehlt. Anstatt ihre Zeit in der Mission zu verschwenden und ständig das alte Lied von der Ungerechtigkeit der britischen Herrschaft zu singen und von der unerträglichen Bürde unserer dunkelhäutigen Brüder, wie ihre Kirche sie nennt, hätte sie in England Leiterin einer guten Mädchenschule auf dem Land werden sollen.«

Vor dem Krieg hatte Miss Crane sich selten in der europäischen Gesellschaft sehen lassen. Gelegentlich ein Abendessen mit dem Pfarrer und seiner Frau (der Pfarrer war dafür verantwortlich, daß Miss Cranes Angewohnheit, während seiner Predigten einzuschlafen, in der Gemeinde bekannt wurde), die alljährliche Einladung zur Gartenparty des Distriktskommissars und einmal während der kalten Monate in seinen Bungalow, wenn seine Frau »alle« einlud – dies waren die wichtigsten gesellschaftlichen Ereignisse auf ihrem Terminkalender gewesen, und sie waren es immer noch. Aber ihre Arbeit in den Komitees hatte den Kreis der Engländerinnen vergrößert, die im Garnisonsbasar stehenblieben und sich mit ihr unterhielten oder sie zum Kaffee oder Tee einluden. Zu dem Abendessen beim Distriktskommissar, dem sogenannten »DK-Dinner«, auf das Miss Crane sich jetzt vorbereitete, wurden die Engländer der höheren Ränge eingeladen und prominente Inder wie Lady Chatterjee, die Witwe Sir Nello Chatterjees, der die Technische Hochschule von Majapur gegründet hatte.

Bei diesen festlichen Anlässen trug Miss Crane ihr Braunseidenes: das kleine Abendkleid, das die blassen Fleischpolster unter ihrem inzwischen spitzen Schlüsselbein enthüllte. Sie steckte sich ein Sträußchen künstliche Blumen aus dunkel- und hellrotem Samt ans Kleid, das halblange Ärmel hatte. Sie zog zweiteilige, bis zu den Ellbogen reichende Handschuhe an, die so geschnitten waren, daß sie die eigentlichen Handschuhe ausziehen konnte und dann die knochigen, braunen Hände bis zu den Gelenken enthüllte. Das ergrauende Haar kämmte sie sich zu solchen Anlässen lockerer in die Stirn, und die Haarrolle hing ein Bruchteil tiefer als gewöhnlich in den Nacken. Ihre ungeschmückten Finger mit den kurzgeschnittenen Nägeln waren dünn, aber geschmeidig. Wie ihre Tischnachbarn wußten, verströmte sie einen Duft nach Geranien und Mottenkugeln;

wobei der erstere im Laufe des Abends immer schwächer und der letztere stärker wurde, bis schließlich beide Düfte in der Euphorie von Wein und Brandy untergingen.

Vor und nach dem Essen am Arm und während des Essens auf dem Schoß trug sie ein selbstgenähtes Handtäschchen aus braunem Satin mit einem hellroten Seidenfutter. Der braune Satin paßte weder richtig zum Braun ihres Kleides, noch bildete er einen deutlichen Kontrast. Das Täschchen ließ sich mit einer braunen Seidenschnur auf- und zuziehen; darin lagen eine silberne Puderdose – die Quelle des Geraniendufts –, ein schlichtes Batisttaschentuch, der Zündschlüssel des Ford, ein paar schmutzige Rupienscheine, ihr Terminkalender, ein silberner Bleistift mit einer roten Seidenquaste und ein grünes Fläschchen Riechsalz. Bei diesem Essen trank Miss Crane, was man ihr anbot: Sherry, weißen Burgunder, Rotwein und Brandy, und ehe sie sich mit dem Wagen auf den Heimweg machte, roch sie an dem grünen Fläschchen, um wieder einen klaren Kopf zu bekommen. Mrs. White hatte mit Erleichterung festgestellt, daß das Riechsalz stark genug war, um sie der Sorge zu entheben, Miss Crane könne möglicherweise die Kontrolle über den Wagen verlieren und im Straßengraben landen.

Zu Hause angelangt, fuhr sie den Ford in die Wellblechgarage neben dem Bungalow und ließ sich vom alten Joseph, der sie erwartete, ausschimpfen, weil sie so spät kam. Im Haus trank sie die Milch, die er gewärmt und wieder aufgewärmt hatte, aß die Kekse, die auf einem Teller unter einer Serviette bereitlagen, nahm das Aspirin, das sie, wie er sagte, nun brauchte, und zog sich zurück. Auf sein »Gott segne Sie, Madam«, erwiderte sie »Gute Nacht«, ging in ihr Zimmer und befreite sich langsam und müde aus der langen, lästigen Hülle; Joseph würde das Kleid am nächsten Morgen lüften und in die Truhe zurücklegen, in der sie die wenigen guten Stücke und die Wäsche aufbewahrte; er würde es voll Stolz tun, denn seine Herrin war trotz des Fahrrads, des Regenhuts, der Gummistiefel und ihrer Arbeit, die sie in die stinkenden Gassen der heidnischen Stadt führte, eine *Mem.*

Im Sommer des Jahres 1942 lebte Miss Crane schon sieben Jahre in Majapur; in dieser Zeit hatte sie viele Europäer kommen und gehen sehen. Der Distriktskommissar und seine Gattin, Mr. und Mrs. White, lebten erst seit vier Jahren hier, seit 1938; in diesem Jahr war der Amtsvorgänger, ein reizbarer Witwer namens Stead, der grollte, weil man ihn nie zum Hauptkommissar oder ins Staatssekretariat berufen hatte, in den Ruhestand versetzt worden. Der stellvertretende Kommissar und seine Gattin, Mr. und Mrs. Poulson, waren kurze Zeit später nach Majapur gekommen. Die Poulsons waren Freunde der Whites; Mr. White hatte sogar um die Versetzung von Poulson nach Majapur gebeten. Ronald Merrick, Polizeichef im Distrikt, war Junggeselle; man sagte ihm nach, er sei manchmal übereifrig in der Erfüllung seiner Pflichten; im Club galt er als streitsüchtig, doch die unverheirateten jungen Damen bemühten sich sehr um ihn. Er lebte erst seit zwei Jahren in der Stadt. Nur der Oberste Richter, der gemeinsam mit dem Distriktskommissar und dem Polizeichef das Triumvirat der Zivilgewalt im Distrikt bildete, war schon ebensolange in Majapur wie Miss Crane; aber er war ein Inder und hieß Menen. Miss Crane hatte ihn kennengelernt und sich mit ihm unterhalten. Menen war ein Freund von Lady Chatterjee, die auf der Europäerseite der Bibighar-Brücke in dem alten MacGregor-Haus wohnte; man nannte es so, weil es von einem Schotten dieses Namens auf den Fundamenten eines Hauses erbaut worden war, in dem ein Fürst gewohnt hatte, als Majapur noch ein Fürstentum gewesen war. Den Radscha hatte man 1814 abgesetzt, die Ostindien-Gesellschaft hatte das Fürstentum annektiert und in die Provinz eingegliedert; auf Grund seiner Größe und Bedeutung rangierte es jetzt an zweiter Stelle unter den Distrikten.

Lady Chatterjee stand an der Spitze der indischen Gesellschaft von Majapur; aber Miss Crane kannte sie kaum. Sie trafen sich bei den Whites, doch im MacGregor-Haus war Miss Crane noch nie gewesen. Man sagte, es sei der einzige Platz, an dem Engländer und Inder als Gleichgestellte oder zumindest ohne übergroße Vorsicht auf seiten der Inder oder übergroße Verlegenheit auf seiten der Engländer zusammentrafen. Im Grunde bedauerte Miss Crane es nicht, nie dorthin eingeladen zu werden. Sie hielt Lady Chatterjee für zu verwestlicht und, gesellschaftlich und intellektuell, für snobistisch. Es war amüsant, ihr an der Tafel der Whites zuzuhören; aber später, wenn die Damen sich eine Weile allein im Salon aufhielten, stellte Lady Chatterjee ihnen Fragen, die nach Miss Cranes Ansicht darauf abzielten, zu enthüllen, daß ihnen der gesellschaftliche Schliff ihres Heimatlandes oder die kosmopolitische Erfahrung im Ausland fehlte, bis sie schließlich, in würdevolles Schweigen gehüllt, das Geplauder an sich vorüberfließen ließ, ohne einen Versuch, etwas dazu beizutragen, so lange, bis die Männer wieder hinzukamen und sie von neuem Gelegenheit fand, zu glänzen und alle zum Lachen zu bringen. Den Engländerinnen fiel der Umgang mit Lady Chatterjee in Gegenwart der Männer leichter. Miss Crane kam zu dem Schluß, daß sie sich alle vor ihr fürchteten. Und Lady Chatterjee, so dachte Miss Crane, fürchtete sich zwar nicht vor ihnen, war aber ganz sicher auf der Hut und auf ihre Weise ebenso langweilig wie die Engländerinnen. Miss Crane schien sie keinerlei Gefühle entgegenzubringen. Dieses Desinteresse war vielleicht darauf zurückzuführen, daß Lady Chatterjee bei der ersten dieser Einladungen, als sie sich kennenlernten, durch direkte Fragen erfahren hatte, daß Miss Crane keine Examen, ja noch nicht einmal eine andere Qualifikation für den Lehrerberuf besaß als die oberflächliche Ausbildung in Lahore, nachdem sie die Nesbitt-Smiths verlassen hatte. Andererseits beruhte Lady Chatterjees Gleichgültigkeit vielleicht ebenso wahrscheinlich auf ihrer Ablehnung von Missionen und Missionaren und allem, was damit zu tun hatte. Lady Chatterjee mochte verwestlicht sein, aber sie kam aus einer Radschputenfamilie und gehörte zu den Hindus der alten herrschenden Kriegerkaste. Sie war klein, dünn, trug ihr ergrauendes Haar nach europäischer Mode, und wenn sie aufrecht auf dem Rand eines Sofas saß, das lose Ende ihres Saris eng um die Schultern geschlungen, und die Anwesenden mit ihren tiefdunklen, glänzenden Augen ansah, verrieten die schnabelartige Radschputennase und die blasse Haut ihre Autorität und Abkunft. Alles an ihr sprach von einer Frau, der nur der Lauf der Geschichte es verwehrt hatte, die ihr durch Geburt zustehende Macht voll und ganz auszuüben.

Seit einigen Jahren verwitwet – ihr Mann, von dem sie keine Kinder hatte, war älter gewesen als sie, ein Inder, der für seine Verdienste um die Krone und für seine Wohltätigkeit gegen seine Landsleute geadelt worden war –, schien Lady Chatterjee, wie es Miss Crane vorkam, weiterhin die Politik des verstorbenen Sir Nello zu verfolgen, sich aus beiden Welten das Beste zu nehmen. Miss Crane fand das geschmacklos. Lady Chatterjee war früher mit Sir Henry Manners und seiner Frau befreundet gewesen, als Sir Henry eine Zeitlang Gouverneur der Provinz war. Sie reiste immer noch jedes Jahr nach Rawalpindi oder Kaschmir, um Lady Manners zu besuchen, die inzwischen ebenfalls Witwe war. Daphne, eine Nichte Sir Henrys, ein eher unscheinbares, grobknochiges und bislang unverheiratetes junges Mädchen, leistete ihren Beitrag zu den Kriegsanstrengungen, indem sie als Freiwillige in Majapur im Krankenhaus arbeitete. Sie lebte als Gast bei Lady Chatterjee, deren vertrauter Umgang mit prominenten Engländern wie der alten Lady Manners ebenso wie ihre Position in Majapur als Sir Nellos Witwe, als Aufsichtsratsmitglied der Technischen Hochschule und des indischen Frauenkrankenhauses ohne Zweifel bewirkten, daß sie von den tonangebenden Kreisen der englischen Kolonie mit solch betonter Aufmerksamkeit und Ehrerbietung behandelt wurde. Den Distriktskommissar und seine Frau sprach sie mit Vornamen an (mit Stead, dem Amtsvorgänger, war das nicht so gewesen). Im Bungalow der Whites war sie stets willkommen. Sie spielte dort Bridge; und Mrs. White ging zum Bridge ins MacGregor-Haus. Aber wieviel von dieser Herzlichkeit nach Ansicht der Whites auch zu ihren Repräsentationspflichten im Dienst einer Regierung gehören mochte, die sichtbar und glaubhaft machen mußte, daß ihr das Wohl aller Menschen im Distrikt – der Inder und Engländer gleichermaßen – am Herzen liege, so schienen, nach allem, was man hörte, zwischen ihnen und Sir Nellos Witwe doch echte Sympathien und Verständnis füreinander zu herrschen.

Aber – und das interessierte Miss Crane – im MacGregor-Haus waren angeblich Inder gleichermaßen willkommen: Lehrer, Ärzte, Anwälte, Kommunalbeamte und höhere Staatsbeamte, auch manche Männer aus dem Ortsvorstand der Kongreßpartei und andere, die nicht diesem Vorstand angehörten, aber für ihre noch leidenschaftlichere antibritische Haltung bekannt waren.

Wie oft solche Männer im MacGregor-Haus liberalen Engländern gegenüberstanden, wußte Miss Crane nicht; ebensowenig wie sie wußte, ob Lady Chatterjee nun hoffte, durch solche Konfrontationen glühende antibritische Gefühle zu dämpfen oder in den Herzen der liberalen Engländer noch radikalere Emotionen zu entfachen. Sie wußte nur, daß ihrer Meinung nach Lady Chatterjee in Wahrheit die liberale Ader fehlte. Sie gestand sich jedoch ein, daß hinter ihrem fehlenden Verständnis für Lady Chatterjee die gewisse Blindheit und Taubheit lag, die durch gesellschaftliche Zurücksetzung entsteht. Indem sie sich das eingestand, gestand sie sich auch eine noch tiefere Wahrheit ein.

Und diese Wahrheit hieß: Nachdem sie praktisch ein Leben lang im Dienst der Missionsschulen gestanden hatte, war sie nun einsam. Seit dem Tod der alten Miss de Silva, der Lehrerin an der Schule in Dibrapur, gab es in Majapur und in ganz Indien keinen Menschen, ob Engländer oder Inder, den sie als Freund hätte ansehen können, als jemanden, mit dem man lange und persönliche Gespräche führt. Im Mai 1942, als Gandhi verlangte, die Engländer sollten Indien verlassen – das Land, wie er sagte, »Gott oder der Anarchie« überlassen (was bedeutete, den Japanern) –, als Miss Crane sein Bild von der Wand nahm und die indischen Damen nicht mehr zum Tee kamen, da erkannte sie, daß ihr Bungalow ohne die Damen nicht wesentlich leerer sein würde: Die Inderinnen hatten sie nie als Menschen gesehen, sondern nur als Frau, die etwas repräsentierte, das repräsentiert werden mußte. Miss Crane erkannte auch, daß sie selbst die Teegesellschaften nicht als freundschaftliche, sondern als nützliche Zusammenkünfte betrachtet hatte. Es gab niemanden in Majapur, der einfach mal bei ihr hereinschaute, und nirgendwo konnte sie selbst einfach mal hineinschauen. Wenn sie oder jemand anders uneingeladen irgendwo hinging, geschah das nicht, um menschliches Interesse zu zeigen oder zu suchen. Jetzt kamen die Soldaten anstelle der Damen. Sie kamen an einem anderen Tag: mittwochs und nicht dienstags (als halte sie den Dienstag frei, für den Fall, daß die Damen es sich doch anders überlegten). Was die Soldaten betraf, so hing in der Kaserne vermutlich ein Anschlag: »Wer einer Einladung zum Tee am Mittwochnachmittag im Haus von Miss E. Crane, Leiterin der Missionsschulen von England (Distrikt Majapur), folgen möchte, melde sich beim Fürsorgeoffizier seiner Einheit.«

Manchmal fragte sie sich, inwieweit ihr Entschluß, die Soldaten zum Tee einzuladen, von dem unbewußten Drang bestimmt gewesen war, schließlich doch Zuflucht in dem alten Kreis von Privilegien zu finden, der die Gemeinde der Weißen schützend umgab. Sie konnte nicht umhin zu erkennen, daß ihre gesellschaftlichen und politischen Ansichten nach den Maßstäben der heutigen Zeit etwas altmodisch und simplifizierend waren. Ihr fehlte eine richtige Bildung; sie war nur langsam reif geworden und hatte, wie sie vermutete, sich die Ideen der Generation vor ihr zu eigen gemacht und behandelte sie, als seien sie nagelneu. Die Ereignisse hatten sie überholt, und von ihnen ließen jüngere Leute sich tragen, die glaubten, ihr voraus zu sein. Wie es schien, verstand sie wenig von der praktischen Tagespolitik. Ihre relative Unwissenheit vertiefte die Kluft, die sie nicht nur von den jüngeren liberalen Engländern trennte, denen sie etwa beim Distriktskommissar begegnete und mit denen sich zu unterhalten ihr schwerfiel, sondern auch von Lady Chatterjee, die mit halbem Ohr vielleicht dem zuhörte, was sie über die indische Unabhängigkeit und die heilige Pflicht der Engländer, sie dem Land zu gewähren, zu sagen hatte, gleichzeitig aber den Eindruck erweckte, als wisse sie das alles schon lange und habe keine Lust, es von neuem zu hören.

»Ich bin ein Relikt der Vergangenheit«, sagte sich Miss Crane, strich im Geist »der Vergangenheit« als überflüssigen Schnörkel durch und blickte zum Bild der alten Königin auf. Sie starrte es an, als warte sie darauf, daß es etwas Schlichtes, aber Unwiderlegbares enthülle, das die Gesellschaft im MacGregor-Haus vielleicht aus den Augen verloren hätte. Ihr schien besonders bemerkenswert, daß im MacGregor-Haus weiterhin Parties gegeben wurden, obwohl die indischen Damen nicht mehr zu ihr zum Tee kamen. Die Engländer fanden das offensichtlich ganz in Ordnung, obwohl sie wußten, daß sie jetzt mit dem Rücken gegen eine Wand standen, die Stein für Stein abzutragen die Inder anscheinend entschlossen waren. Leute wie der Distriktskommissar und seine Frau hatten die Pflicht, auf dem laufenden zu bleiben, sagte man; und welcher Ort wäre dazu geeigneter gewesen als das MacGregor-Haus? So ging zum Beispiel das Gerücht, daß der Kommissar auf Anweisung der Regierung bereits eine Liste von Mitgliedern der Kongreßpartei im Distrikt Majapur zusammengestellt hatte, die bei Inkrafttreten der Notstandsgesetzgebung verhaftet werden sollten, sofern die Partei für Gandhis Resolution zum zivilen Ungehorsam stimmte. Diese Resolution sollte die Engländer zum Abzug aus Indien auffordern; man drohte, ihnen die Verteidigung des Reiches unmöglich zu machen. Sie würden ihre Armee an der Assam-Burma-Front weder ernähren, kleiden, noch bewaffnen oder mit Nachschub versorgen können, einfach deshalb, weil sich niemand bereitfinden würde, den Eisenbahnverkehr, den Post- und Telegraphendienst aufrechtzuerhalten, in den Docks, Depots, Fabriken, Bergwerken, Banken und Büros zu arbeiten oder die administrativen und produktiven Dienstleistungen einer Nation zu erbringen, die die Engländer mehr als zweihundert Jahre lang ausgebeutet hatten; und wenn es nicht gelang, Burma zu verteidigen, drohte Indien das Schicksal, sich einer anderen Nation imperialistischer Kriegstreiber unterwerfen zu müssen.

Miss Crane fürchtete die Rebellion. Ihrer Ansicht nach lag die einzige Hoffnung für das Land, das sie liebte, darin, daß seine Bevölkerung und seine Herren sich endlich als gleichwertige Partner in einem Krieg auf Leben und Tod gegen den Totalitarismus vereinigten. Hätte die Kongreßpartei sich 1939 nicht in einem Anfall von verletztem Stolz aus den Provinzregierungen zurückgezogen, weil der Vizekönig im Namen der Krone für Indien den Krieg erklärt hatte, ohne die Abgeordneten offiziell zu konsultieren; hätte Gandhi nicht in einem Geistesblitz den Augenblick der größten Schwäche Englands genutzt, um seine Forderung nach politischer Freiheit durchzusetzen; hätte man die Sache Nehru überlassen, der in Gandhi offenbar nur ein Hindernis sah, und Rajagopalachari (dem ehemaligen Regierungschef der Provinz Madras; er wollte die gesamte Nation bewaffnen und zum Kampf gegen die Japaner ausbilden), dann hätte zu diesem Zeitpunkt, so glaubte Miss Crane, ein indisches Kabinett regiert, Lord Linlithgow wäre der Generalgouverneur eines praktisch unabhängigen Dominions gewesen, und alles, was sie sich für Indien erhoffte und wofür sie betete, wäre geschehen, und der Krieg würde energisch und umsichtig geführt.

Manchmal erwachte Miss Crane mitten in der Nacht und

konnte nicht wieder einschlafen. Dann lauschte sie auf den Regen; die wachsenden Gefahren beunruhigten sie. Die Leute bereiteten sich darauf vor, diesen Gefahren zu begegnen, aber nicht, sie zu verstehen, und deshalb begegneten sie ihnen im Grunde überhaupt nicht. »Wir wissen nur«, sagte sie, »wie man den Gefahren begegnet, oder manchmal, wie man sie abwendet.«

Aber in diesem Fall ließen sie sich nicht abwenden.

In der ersten Augustwoche bekam Miss Crane eine ihrer seltenen Erkältungen. Sie hielt nichts davon, ihre Gesundheit aufs Spiel zu setzen. Sie rief in der Schule in Dibrapur an und erklärte, sie werde nicht am Donnerstag, sondern am darauffolgenden Samstag kommen. Dann ging sie nach Hause, legte sich ins Bett und schwitzte sich gesund. Am Wochenende fühlte sie sich völlig wiederhergestellt. Und so machte sich Miss Crane am Morgen des 8. August – an dem Tag, an dem der Kongreß über Gandhis Resolution abstimmte – in ihrem Ford auf den Weg nach dem etwas über siebzig Meilen entfernten Dibrapur.

Die Schule von Dibrapur, die dritte im Distrikt Majapur, für die Miss Crane verantwortlich war, stand verhältnismäßig abgelegen an der Straße ungefähr in der Mitte zwischen dem Dorf Kotali und der Stadt Dibrapur. Dibrapur lag an der Südgrenze des Distrikts Majapur. Es gab dort keine Kirche, und es lebten auch keine Weißen dort. Die sogenannten Bergwerke von Dibrapur wurden inzwischen von Aligarh, dem angrenzenden Distrikt der Provinz, verwaltet.

Die meisten Kinder, die in die Schule gingen, kamen aus Kotali. Sie mußten nur drei Meilen weit gehen. Hätten sie die Schule der Distriktsverwaltung in einem Nachbardorf besucht, wäre der Schulweg vier Meilen lang gewesen. Man hatte das Schulhaus vor Jahren an dieser abgelegenen Stelle gebaut, damit es sowohl für die Dörfer der Umgebung als auch für Dibrapur erreichbar wäre. Seit die Regierung ihr eigenes Bildungsprogramm energischer betrieb und die Distriktsverwaltung Grundschulen einrichtete, hatte die Missionsschule kaum Schüler verloren – aus dem einfachen Grund, weil sie nie viele gehabt hatte. Die Kinder aus Kotali kamen, weil die Schule näher an ihrem Dorf lag; und einige wenige Kinder aus Dibrapur kamen immer noch, weil hier Englisch unterrichtet wurde. Bei den Kindern aus Dibrapur handelte es sich gewöhnlich um die Söhne – sehr selten um die Töchter – von Ladenbesitzern; die Väter rechneten sich für ihre Söhne Chancen als Lieferanten der Regierung oder als Verwaltungsbeamte der unteren Ränge aus. Sie wußten, die Fähigkeit, sich fließend englisch zu unterhalten, stellte einen unschätzbaren Vorteil dar. Und so legten täglich bis zu einem halben Dutzend Jungen und zwei oder drei Mädchen die drei Meilen von Dibrapur bis zur Missionsschule zurück und trugen dabei, ebenso wie die Kinder aus Kotali, ihre Blechdosen mit dem Essen und die Leinentaschen bei sich. In der Missionsschule gab es keine Chappattis, nur Unterricht, gute Absichten und Medizin für verdorbene Mägen.

Das Schulhaus stand seit etwa dreißig Jahren, und immer waren irgendwelche Reparaturen notwendig. Im Sommer 1942 benötigte es eindeutig einen neuen Anstrich, auf den es bis zum Ende der Regenzeit warten mußte. Am dringendsten jedoch mußte man sich um das Dach kümmern. Miss Cranes Gedanken in diesem Sommer, soweit sie diese Schule betrafen, kreisten beinahe ausschließlich um die Kostenvoranschläge, die Mr. Chaudhuri, der Lehrer, periodisch einholte, und um die bewilligten Mittel, kurz, um das verfügbare Geld. Bislang war es Mr. Chaudhuri nicht gelungen, von irgendeinem ansässigen Bauunternehmer ein Angebot zu bekommen, in dem die geforderte Summe auch nur annähernd der vorhandenen Summe entsprochen hätte. Er schien keinerlei Geschäftssinn oder praktisches Talent zu besitzen. »Wir brauchen noch fünfhundert Rupien«, dachte Miss Crane immer wieder, »im Grunde brauchen wir sogar mehr. Erforderlich ist nicht nur eine Reparatur, sondern ein neues Dach, eigentlich sogar eine neue Schule.« Manchmal kam sie nicht umhin, sich zu fragen, ob man nicht auch einen neuen Lehrer brauchte; sie verdrängte den Gedanken aber immer als hartherzig, weil er einem persönlichen Vorurteil entsprang. Die Tatsache, daß sie und Mr. Chaudhuri aus irgendeinem Grund nicht den rechten Kontakt zueinander fanden, durfte sie für seine außergewöhnlichen Qualitäten als Lehrer nicht blind machen; soviel erkannte Miss Crane.

Mr. Chaudhuri betreute die Schule in Dibrapur seit noch nicht ganz einem Jahr. Seine Amtsvorgängerin, die alte Miss de

Silva, eine Eurasierin aus Goa, war kurze Zeit vorher gestorben. Durch Mary de Silvas Tod hatte Miss Crane den letzten Menschen auf der Welt verloren, der sie mit Edwina anredete. Bei ihrem ersten Besuch als Schulleiterin in Dibrapur, vor sieben Jahren, hatte die ältere Frau – dick, weißhaarig, schwerfällig und mit einer Stimme, die ebenso dunkel und liebenswürdig war wie ihre außergewöhnlich lebendigen schwarzen Augen – zu ihr gesagt: »Sie haben die Stelle bekommen, die *ich* wollte. Ich bin Mary de Silva. Meine Mutter war so schwarz wie Ihr Hut.«

»Ich bin Edwina Crane«, hatte Miss Crane entgegnet und den kräftigen Druck der kleinen, dicken Hand erwidert. »Ich *wußte* nicht, daß Sie die Stelle wollten, und meine Mutter ist schon so lange tot, daß ich mich nicht mehr an sie erinnern kann.«

»Wenn das so ist, werde ich Sie Edwina nennen, wenn Sie nichts dagegen haben. Ich bin zu alt, um mich vor einer *neuen* Schulleiterin zu bücken und einen Kratzfuß zu machen. Und wenn Sie nichts dagegen einzuwenden haben, wollen wir als erstes über das schreckliche Dach sprechen.«

Also hatten sie über das Dach gesprochen, über die Mauern und über den Röhrenbrunnen, der an einem anderen Platz neu gebohrt werden mußte, dann über die Kinder und über Mary de Silvas Absicht, einen Jungen namens Balarachama Rao unter allen Umständen auf die staatliche höhere Schule nach Majapur zu schicken. »Seine Eltern wollen nichts davon wissen. Aber ich will es. Auf welcher Seite stehen Sie, Edwina Crane?«

»In solchen Fragen, Mary de Silva«, erwiderte sie, »bin ich dafür, zu tun, was die zuständigen Lehrer mir raten.«

»Dann suchen Sie in Majapur eine anständige Unterkunft für den kleinen Balarachama. Da liegt nämlich das Problem. Wenn er aufgenommen wird, hat er keine Unterkunft. Die Eltern behaupten, sie hätten keine Verwandten dort. Das ist Unsinn. Inder haben *überall* Verwandte. Ich muß es wohl wissen.« Ihre Haut war nicht heller als die Haut der kleinen Miss Williams in Ranpur.

Miss Crane fand in Majapur eine Unterkunft für Balarachama und verbrachte einen Monat damit, das heißt den größten Teil ihrer Zeit, bei vier Besuchen in Dibrapur, seine Eltern zu überreden, daß sie den Jungen auf die höhere Schule gehen ließen.

Als es ihr schließlich gelungen war, sagte Mary de Silva: »Ich werde mich nicht bei Ihnen bedanken. Es war Ihre Pflicht und meine ebenfalls. Aber kommen Sie jetzt mit zu mir, und dann wollen wir eine Flasche Rum trinken, die ich seit Weihnachten im Schrank stehen habe.« Sie war mit ihr zu dem Bungalow gegangen, in dem jetzt die Chaudhuris wohnten. Er lag eine halbe Meile von der Schule entfernt. Sie trank dort Rum, hörte sich die Geschichte von Mary de Silvas Leben an und erzählte ihre eigene. Es gab noch viele Gelegenheiten, um in Mary de Silvas Wohnzimmer Rum mit Limonensaft zu trinken. Sie tranken maßvoll, aber genug, daß die Zungen sich lösten und Miss Crane das Gefühl bekam, hier in Dibrapur bei Mary de Silva nach einer lebenslangen Reise wieder einmal zu Hause zu sein. Sechs Jahre lang fuhr sie jede Woche nach Dibrapur und übernachtete bei Mary de Silva. »Wissen Sie, es ist nicht nötig«, sagte Miss de Silva, »aber es ist schön. Die letzte Schulleiterin kam nur einmal im Monat und übernachtete nie. Das war auch schön.«

Am Ende der sechs Jahre, als das Schuldach einmal repariert worden war und wieder repariert werden mußte, nachdem der neue Röhrenbrunnen gebohrt, die Wände zweimal ausgebessert und gestrichen worden waren, fand Miss Crane eines Tages das Schulhaus geschlossen. Sie fuhr weiter zu Mary de Silvas Bungalow, und dort lag die alte Lehrerin ruhig im Bett. Ihr Diener hatte sie gerade verlassen und war nach Dibrapur gelaufen, um den Arzt zu holen. Miss de Silva murmelte vor sich hin. Als sie gesagt hatte, was sie sagen wollte, nickte sie, ihre Augen richteten sich auf Miss Crane. Sie lächelte und sagte: »Edwina, mit mir ist es vorbei. Sie können sich jetzt wieder um das Dach kümmern«, dann schloß sie die Augen und starb, als habe jemand einfach eine Batterie abgehängt.

Miss Crane sorgte dafür, daß Mary de Silvas Leiche sicher und auf schnellstem Weg nach Majapur gebracht und auf dem Friedhof von St. Mary begraben wurde. Eine Aushilfskraft zu finden, überließ sie Mr. Narayan, um ihn zu beschäftigen. Dann fuhr sie nach Dibrapur zurück und gab bis zum Eintreffen des Aushilfslehrers selbst Unterricht. Außerdem schrieb sie an die Missionsleitung, informierte sie über Miss de Silvas Tod und die Schritte, die sie unternommen hatte, um den Schulbetrieb aufrechtzuerhalten, bis eine neue Lehrkraft eintraf. Sie empfahl eine Miss Smithers, mit der sie in Bihar zusammengearbeitet hatte. Miss Smithers bekam sie nicht. Als erster kam ein Vetter von Mr. Narayan, der trank, und dann, aus Kalkutta, Mr. D. R. Chaudhuri, Bakkalaureus der Philosophie und der Naturwissenschaften – diese akademischen Grade erstaunten sie nicht nur, sondern machten sie auch argwöhnisch. Auch die Missionsleitung hatte gestaunt, wie sie dem Brief entnahm, war aber nicht mißtrauisch geworden. Mr. Chaudhuri gab nicht vor, Christ zu sein, informierte man sie, andererseits bekannte er sich auch zu keiner anderen Religion. Er habe seine Stelle in einem staatlichen Lehrerseminar aufgegeben und die Mission gebeten, ihn als einfachen Lehrer zu beschäftigen. Man hatte ihm mehrere Stellungen angeboten, die er alle ablehnte, bis plötzlich der Posten in Dibrapur frei wurde, der ihm, nach Schilderungen der Missionsleitung, als »der richtige Anfang« erschien. »Natürlich ist er für Dibrapur überqualifiziert und wird wahrscheinlich nicht lange bei Ihnen bleiben«, schrieb man ihr vertraulich. »Seine Frau wird ihn begleiten. Vielleicht können Sie veranlassen, daß der Bungalow der verstorbenen Miss de Silva bis zu ihrer Ankunft entsprechend vorbereitet wird. Soweit uns bekannt ist, verfügt er über eigene, wenn auch beschränkte finanzielle Mittel. Sie werden feststellen, daß Mr. Chaudhuri ein zurückhaltender junger Mann ist und im wesentlichen nicht über die Gründe sprechen möchte, warum er seine akademische Karriere aufgegeben hat. Gespräche mit Mr. Chaudhuri und Nachforschungen haben uns jedoch davon überzeugt, daß sein Wunsch, Dorfkinder zu unterrichten, einer echten Sympathie für die unterdrückten Klassen seines Volkes entspringt und der aufrichtigen Überzeugung, daß mehr Männer mit seinen Qualifikationen bereit sein sollten, ihre persönlichen Interessen den Interessen des Landes unterzuordnen. Wir haben auch den Eindruck, er glaubt, Schulen wie die unseren seien der richtige Platz für seine Arbeit in diesem Bereich, nicht wegen der religiösen Ausrichtung unseres Unterrichts, sondern weil er nicht viel von den staatlichen Grundschulen hält. Seiner Ansicht nach werden dort Lehrer beschäftigt, denen Politik wichtiger ist als jedes pädagogische Anliegen.«

Trotz dieser vielversprechenden Ausgangsposition herrschte

zwischen ihr und Mr. Chaudhuri, wie Miss Crane es bei sich bezeichnete, eine beinahe klassische Reserviertheit – klassisch in dem Sinn, daß sie glaubte, jeder unterstelle dem anderen Scheinheiligkeit, versteckte Motive und ein zutiefst konservatives Wesen unter einer hauchdünnen liberalen Oberfläche. Dadurch schienen alle Gespräche, die sich nicht strikt um Schulangelegenheiten drehten, doppeldeutig oder bedeutungslos zu sein.

Miss Crane kämpfte wochenlang gegen ihre Vorbehalte an. Sie unterschätzte nicht ihre Trauer um die alte Lehrerin und ihre Erinnerung an sie, wenn es darum ging, sich über die möglichen Gründe für ihre Einstellung klarzuwerden. Sie wußte, man hatte Mr. Chaudhuri gesagt, sie habe Miss de Silva einmal wöchentlich besucht; also besuchte sie ihn ebenfalls einmal in der Woche und übernachtete in Miss de Silvas ehemaligem Bungalow, der kaum noch wiederzuerkennen war, denn die Chaudhuris hatten ihn in westlich-indischem Stil eingerichtet. Miss Crane tat es, um möglichen Mißverständnissen vorzubeugen, doch war ihr klar, er konnte ihre Besuche durchaus als Zeichen dafür ansehen, daß sie an seinen Fähigkeiten zweifelte. Sie hielt an den Besuchen in der Hoffnung fest, daß sie sich dort vielleicht doch wieder einmal heimisch fühlen würde.

Mr. Chaudhuri war groß, drahtig und breitschultrig, besaß das feingeschnittene Gesicht eines Bengalen und sah gut aus, wie Miss Crane erkannte, jedoch nicht auf eine Weise, die ihrem persönlichen Geschmack entsprach. Seine Gesichtszüge waren ausgeprägt und klar; sie wiesen auf Kraft hin, doch für Miss Crane sprach aus dem ganzen Gesicht eine Schwäche – aber auch wieder nicht Schwäche, denn selbst Schwäche mußte sich durch einen bestimmten Ausdruck vermitteln, und Mr. Chaudhuris Gesicht konnte nur zwei Dinge vermitteln: absolute Gleichgültigkeit und mürrische Verdrossenheit. Sie dachte, sein Lächeln müßte angenehm wirken, wenn es je bis zu seinen Augen vordringen sollte.

Sein Englisch war ausgezeichnet, in Rhythmus und Wendungen typisch indisch, doch er sprach es flüssig und schrieb es peinlich korrekt. Er unterrichtete es auch sehr gut. Im Vergleich zu ihm wirkte Mr. Narayan wie ein Basargaukler. Und doch fiel es Miss Crane nie schwer, ein offenes und ungezwungenes Gespräch mit Mr. Narayan zu führen. Bei Mr. Chaudhuri war das anders. Es hatte in ihrer beruflichen Laufbahn eine Zeit gegeben, in der sie selbst höchst empfindlich für die Empfindlichkeit der Inder gewesen war, die englisch sprachen, sogar seine feinsten Nuancen kannten, jedoch nur selten, wenn überhaupt, die schlichten, derben Redewendungen der Umgangssprache gebrauchten. So hatte sie sich lange Zeit der Versuchung widersetzt, etwa zu sagen: »Sein Sie nicht albern!« oder »Unsinn!« Seit einigen Jahren bemühte sie sich jedoch nicht mehr, ihre Zunge zu zügeln, und wünschte, sie hätte es nie getan. Wenn man sich jedes Wort überlegte, verlor man die Spontaneität, mit der man etwas sagen wollte. Inzwischen haßte sie das Gefühl, auf diese Weise unnatürlich zu wirken. Wäre ich nur immer direkt und geradeheraus gewesen, dachte sie, so hätte ich mir vielleicht Feinde gemacht, sicher aber auch Freunde gewonnen. Ein selbstbewußterer Umgangston in der ersten Zeit ihrer beruflichen Laufbahn hätte ihr vielleicht auch mehr inneres Selbstvertrauen gegeben, das sich den Menschen eines anderen Volkes wortlos als Zeichen von Ehrlichkeit und Vertrauenswürdigkeit vermittelte. Dafür war es zu spät, und sie wußte, ihre unverblümte Ausdrucksweise wirkte auf Inder oft nicht anders als die alltägliche gedankenlose Unhöflichkeit vieler Engländerinnen. Nur die Engländerinnen hatten daran ihre Freude; allerdings konnte Miss Crane mit Männern wie Mr. Narayan durchaus einen harten Schlagabtausch führen, ohne fürchten zu müssen, daß es dabei Scherben gab. Sie stellte fest, daß sie mit Mr. Chaudhuri wieder verbindlich sprach, vorsichtig und einfühlsam formulierte, dann aber die ganze Wirkung zunichte machte, wenn ihr Worte über die Lippen kamen, die ihr inzwischen selbstverständlicher waren. Zu Anfang hatte sie einmal »Unsinn!« zu ihm gesagt und sogleich bemerkt, daß ihre tastenden Versuche, ihn zur Zusammenarbeit zu bewegen, vorerst gescheitert waren. Seit diesem unglückseligen Rückschlag hatten sie keine großen Fortschritte mehr gemacht. Miss Crane vermutete, wenn Mrs. Chaudhuri eine aufgeschlossenere Frau gewesen wäre, hätte sie durch persönlichen Kontakt zu ihr mehr Erfolg bei Mr. Chaudhuri haben können. Doch abgesehen von einer Hochschulausbildung und von den Jahren, die sie zu Füßen eines Musiklehrers verbracht hatte, wußte Mrs.

Chaudhuri wenig vom Leben in der Welt und besaß eine erstaunlich altmodische Vorstellung von ihrer Rolle als Ehefrau.

Ehe sich Miss Crane am Morgen des 8. August in ihrem Ford auf den Weg nach Dibrapur machte, versuchte Joseph, sie davon abzubringen. Es würde Unruhen geben, sagte er. Er hatte Gerüchte gehört.

Sie entgegnete: »Wir hören ständig Gerüchte. Hält dich das davon ab, deine Arbeit zu tun? Natürlich nicht. Mich erwartet Arbeit in Dibrapur. Also muß ich hin.«

Er bot ihr an, sie zu begleiten.

»Und wer wird sich dann um das Haus kümmern?« fragte sie. »Nein, Joseph, für uns beide ist alles wie üblich.«

Auf dem Weg nach Dibrapur war alles wie üblich. Sie kam gegen vier Uhr nachmittags dort an, nachdem sie unterwegs eine Pause gemacht hatte, um ihre Sandwiches zu essen und den Kaffee aus der Thermosflasche zu trinken. In den Dörfern schrien Leute: »Raus aus Indien!« und andere bettelten sie um Geld an. Miss Crane fuhr langsam, um Zusammenstöße mit Kühen und Büffeln, Hunden, Hühnern und Kindern zu vermeiden; sie lächelte und winkte den Leuten zu, gleichgültig, was sie auch riefen.

In Kotali, dem letzten Dorf vor der Schule, hielt sie an und sprach mit den Müttern einiger Kinder, die Mr. Chaudhuris Unterricht besuchten. Die Mütter sagten nichts von Unruhen, und auch Miss Crane erwähnte nichts. Die Frauen wußten besser Bescheid als sie, was in der Luft lag. Kotali wirkte sehr friedlich. Hinter dem Dorf begegnete sie den Kindern, die mit ihren Blechdosen und Leinentaschen auf dem Nachhauseweg waren. Das Durchschnittsalter dieser Kinder lag bei acht Jahren. Miss Crane hielt noch einmal an und verteilte Bonbons.

Sie fuhr mit dem Wagen in den Schulhof; dort standen Bäume, und es gab Schatten. Mr. Chaudhuri räumte gerade das Klassenzimmer auf. »Gibt es Neuigkeiten?« fragte sie und hoffte dabei, wenn es schon Schwierigkeiten geben würde und es vielleicht fünf Minuten vor zwölf sei, die verbleibende Zeit zu etwas Besserem als zu Höflichkeiten zu nutzen.

»Neuigkeiten? Was für Neuigkeiten, Miss Crane?«

»Über den Ausgang der Abstimmung im Kongreß.«

»Ach so«, erwiderte er. »Nein, ich habe kein Radio gehört.«

Im Zimmer der Schule, das als Büro diente, stand ein Radio. Mr. Chaudhuri benutzte das Radio im Unterricht. Sie schaltete es ein. Es kam Musik. Sie schaltete es aus. Es war europäische Musik. In Gesellschaft der Chaudhuris hörte sie nur klassische indische Musik.

»Aber vielleicht gibt es Neuigkeiten über das Dach«, sagte er.

»Nein. Ich habe alle Kostenvoranschläge überprüft und keinen gefunden, der niedrig genug wäre. Können Sie nicht jemanden finden, der billiger ist?«

»Ich habe mich mit allen in Verbindung gesetzt, die überhaupt bereit sind, die Arbeit zu übernehmen. Wenn wir noch länger warten, werden die niedrigen Angebote auch in die Höhe gehen. Die Leute können nicht umsonst arbeiten.«

Sie wollte erwidern: »Das verlange ich nicht. Ich verlange nicht, daß sie umsonst arbeiten.« Zu Mr. Narayan hätte sie es gesagt, Mr. Chaudhuri gegenüber hielt sie sich zurück. Statt dessen sagte sie: »Nein. Also gehen wir. Ich würde gerne eine Tasse Tee trinken.« Und selbst das klang brüskierend.

Mr. Chaudhuri verschloß die Schultür mit einem Vorhängeschloß und setzte sich neben sie in den Ford. Bei ihm zu Hause war der Tee noch nicht fertig. Er entschuldigte sich nicht; aber während sie auf dem Bett lag und sich ausruhte, hörte sie, wie er seiner Frau Vorwürfe machte. Der Tee wurde auf der Veranda serviert. Mrs. Chaudhuri setzte sich nicht zu ihnen. Sie ging zwischen Küche und Veranda hin und her und brachte alles selbst herbei, lächelte, sprach aber wenig. Als alles auf dem Tisch stand, blieb sie im dunklen Türrahmen stehen, als sei sie nicht vorhanden, aber ohne ihren Mann aus den Augen zu lassen, um sofort zur Stelle zu sein, wenn etwas nicht in Ordnung sei oder fehle.

»*Das* ist es«, sagte sich Miss Crane oft, »es ist diese schreckliche feudale Haltung gegen seine Frau, die es mir so schwer macht, ihn zu mögen.«

Aber das war es nicht. Abends sang Mrs. Chaudhuri manchmal für sie. Sobald sie mit gekreuzten Beinen auf der Grasmatte saß und zart den zwiebelförmigen Tandur umfaßte, verwandelte sie sich in eine andere Frau: sie hielt den schlanken Körper selbstbewußt und anmutig aufrecht, beinahe wie Lady Chatterjee, wenn sie beim Kommissar auf dem Sofa saß. Nachdem sie ein paar Lieder gesungen hatte, sagte Mr. Chaudhuri beinahe unhörbar: »Genug.« Dann erhob sie sich und verschwand mit dem Tandur im Haus. Und Miss Crane wußte, daß die beiden sich liebten und daß Mr. Chaudhuri kein Tyrann war; die Frau zog die alten den neuen Sitten vor, denn für sie bedeuteten sie Disziplin und Tradition, waren ein Weg, um geistigen Frieden und innere Ruhe zu finden und zu bewahren.

An diesem Abend, dem Abend des 8. August, spürte Miss Crane in den Knochen, daß es ein besonderer Abend war, ein Abend der Krise. Sie wünschte sich sehr, Mr. Chaudhuri zum Reden bringen zu können, um den Schlüssel für seine Ablehnung zu finden, einen Weg, um seine Vorbehalte auszuräumen. Es wäre leichter gewesen, wenn er in seiner Einstellung ebenso altmodisch gewesen wäre wie seine Frau, denn dann hätte ihre Beziehung völlig anders ausgesehen. Aber so war es nicht; er war europäisiert. Er trug in der Schule und zumindest in ihrer Anwesenheit auch zu Hause westliche Kleidung. Sie aßen an einem Tisch, saßen auf Holzstühlen, unterhielten sich über Kunst, Musik und sprachen über die Belange der Schule, jedoch nie über Politik. Auf dem Tisch lag ein Tischtuch; sie aßen mit Messer und Gabel von normalen Porzellantellern. Mrs. Chaudhuri saß bei ihnen, beteiligte sich jedoch kaum am Gespräch und aß so gut wie nichts. Eine Frau, die Köchin, trug auf. Miss Crane hätte sich wohler gefühlt, wenn diese Frau eine Unberührbare gewesen wäre, denn das hätte bewiesen, daß die Chaudhuris sich vom starren Kastendenken emanzipiert hatten. Doch die Frau war eine Brahmanin.

Sie tranken den Kaffee im Zimmer hinter der Veranda, wo Miss Crane mit Miss De Silva in alten Korbsesseln gesessen hatte. Doch jetzt standen hier niedrige Diwane, und auf dem Boden lagen Kaschmirteppiche. Miss de Silva hatte sich mit einer Petroleumlampe zufriedengegeben; Mr. Chaudhuri sorgte mit Hilfe eines Generators, der im Hof stand, für elektrische Beleuchtung. Sie saßen im wenig schmeichelhaften Licht einer nackten elektrischen Glühbirne, um die Nachtfalter und Insekten im nächtlichen Ritual primitiven Verlangens nach etwas herumschwirrten, woran sie sich die Flügel verbrennen konnten. An diesem Punkt, nach dem Essen und vor dem Singen, pflegte Mrs. Chaudhuri sie allein zu lassen. Sie ging hinaus, vermutlich, um der Frau in der Küche zu helfen oder sie zu beaufsichtigen. Miss Crane trank den bitteren Kaffee und war sich des unfreundlichen Schweigens, das stets entstand, wenn sie mit Mr. Chaudhuri allein war, stärker bewußt als je. Sie wünschte sich sehr, etwas über die Neuigkeiten zu erfahren, gab sich aber als Beweis dafür, daß der Abend wenigstens in einer Hinsicht normal war, mit dem Üblichen zufrieden: dem Quaken der Frösche vor der Veranda, die nach dem abendlichen Regen scharenweise hervorgekommen waren.

Sie wollte fragen: »Mr. Chaudhuri, einmal ganz ehrlich, was bedeutet Ihnen die Schule?« unterließ es jedoch. Ihm diese Frage zu stellen, hätte bedeutet, einen Weg in Frage zu stellen, dem er sich, nach seinem Handeln zu urteilen, mit Leib und Seele verschrieben hatte.

»Wie albern du doch bist, Edwina Crane«, sagte sie sich später beim Auskleiden vor dem Zubettgehen. »Du hast wieder eine Gelegenheit verpaßt, denn niemand ist mehr mit dem Herzen bei einer Sache; der Kopf tut, was der Bauch will. Mr. Chaudhuri hätte geredet, wenn du die richtigen Fragen auf die richtige Weise gestellt hättest. Aber er gehört dieser Generation jüngerer Männer und Frauen an, die dasselbe gesehen und begriffen haben wie du, die außerdem aber noch andere Dinge sehen und begreifen.«

Mit diesen Gedanken schlief sie ein und wachte um vier Uhr morgens auf, als sei ihr bewußt, daß Menschen ihrer Hautfarbe einen Grund hatten, zu dieser Stunde wach und auf der Hut zu sein. Denn um diese Zeit weckte man auch den alten Mann mit der Brille und verhaftete ihn; der Distriktskommissar wurde geweckt, gewarnt und angewiesen, die Pläne durchzuführen, die das Ziel hatten, vorzubeugen und abzuschrecken. Miss Crane schlief unruhig weiter und wurde am Morgen von Mr. Chaudhuri geweckt. Er erzählte ihr, der Kongreß in Bombay habe am Vortag die Resolution des Ausschusses angenommen; der Mahatma sei verhaftet, der gesamte Ausschuß sei verhaftet, und das sei zweifellos ein Signal für Verhaftungen im ganzen Land. Um neun Uhr begleitete sie Chaudhuri zur sonntäglichen Bibelstunde in der Schule und stellte fest, daß sich nur die

Kinder aus Kotali eingefunden hatten. Deshalb schickte sie ihn mit dem Fahrrad nach Dibrapur. Kurz nach elf kehrte er zurück und berichtete, die Geschäfte in der Stadt würden geschlossen; die Polizei patrouilliere in den Straßen, es gebe Gerüchte, daß auf Befehl des Polizeichefs in Majapur drei städtische Beamte verhaftet und nach Aligarh gebracht worden seien; immer größer werdende Menschenansammlungen drohten, das Postgebäude und die Polizeistation anzugreifen.

»Dann werde ich in Majapur anrufen und mich erkundigen, was dort los ist«, erklärte Miss Crane.

Sie legte die Berichte, die sie sortiert hatte, beiseite. In Mr. Chaudhuris Bungalow gab es ein Telefon.

»Das geht nicht«, sagte er. »Ich habe es schon versucht. Wahrscheinlich ist die Leitung gekappt.«

»Ach so. Nun, dann muß einer von uns die Kinder nach Kotali zurückbringen, um zu verhindern, daß ihnen hier etwas passiert. Das werde besser ich übernehmen und mich dann auf den Weg machen. Sie kümmern sich lieber um Ihre Frau, und wenn möglich behalten Sie die Schule ein bißchen im Auge.«

Mr. Chaudhuri blickte sich in dem schäbigen kleinen Zimmer um und sah dann Miss Crane an.

»Hier gibt es nichts, was man schützen müßte«, erklärte er, »abgesehen von den Kindern. Nehmen Sie die Kinder zu sich in den Wagen, und ich werde Sie mit dem Fahrrad begleiten. Falls Ihnen auf der Straße schlechte Menschen begegnen, sind Sie sicherer, wenn ich in der Nähe bin.«

»Oh, um meine Sicherheit müssen Sie sich keine Sorgen machen. Aber was ist mit Ihrer Frau?«

»Sie sind die einzige Engländerin hier«, erwiderte er. »Meiner Frau wird nichts geschehen. Es ist sehr gut möglich, daß sie hierher kommen, nachdem sie die Post und die Polizeistation, oder worauf sie es sonst abgesehen haben, überfallen haben. Sie können aus beiden Richtungen kommen. Deshalb fahren wir mit den Kindern nach Kotali.«

Auch Miss Crane sah sich im Raum um. Das Schulgebäude erinnerte sie immer an die Schule, wo sie vor Jahren mit Mr. Grant einen Besuch gemacht hatte. Mr. Chaudhuri hatte recht. Es gab hier wenig, was man retten mußte, abgesehen vielleicht von dem Gebäude selbst, und dessen Wert war zweifelhaft. Zweifelhaft war auch, ob unter den gegenwärtigen Umständen sich einer von ihnen in die Tür stellen und einer wütenden Menge erfolgreich den Zutritt verwehren konnte. Sie warf einen Blick auf Chaudhuri und erinnerte sich an Muzzafirabad – damals war sie allein gewesen.

»Sie scheinen pessimistisch zu sein«, sagte sie.

»Ich habe die Leute gesehen und gehört, was sie reden.«

»Sind Sie sicher mit dem Telefon?«

»Ja, ich bin sicher.«

Einen Augenblick lang sahen sie sich in die Augen, und Miss Crane dachte: »So ist das, wenn es wirklich Schwierigkeiten gibt – das Körnchen Zweifel, ein Funke Mißtrauen oder Argwohn, daß einem nicht wirklich die Wahrheit gesagt wird. Wenn die Telefonleitung gekappt ist, dann ist sie gekappt. Wenn sie nicht gekappt ist, hat Mr. Chaudhuri vielleicht einfach den Hörer abgenommen, nicht sofort ein Amt bekommen und voreilig Schlußfolgerungen gezogen. Vielleicht ist sie auch nicht gekappt, und Mr. Chaudhuri weiß es, sagt es mir aber nicht, weil er möchte, daß ich mich auf den Weg nach Kotali mache.«

»Nun gut, Mr. Chaudhuri«, sagte sie, »ich glaube, Sie haben recht. Wir packen die Kinder irgendwie in den Ford, und Sie folgen uns auf dem Fahrrad.«

Er sagte: »Ich hoffe, Sie verstehen mich richtig. Ich fürchte mich nicht hierzubleiben. Wenn Sie möchten, daß das Gebäude geschützt wird, bleibe ich und lasse es darauf ankommen.«

»Vielleicht lassen sie die Schule in Frieden, wenn sie niemanden hier finden.«

»Das denke ich auch.«

Sie nickte, stand auf, nahm die Berichte vom Tisch und legte sie sorgsam zusammen. Chaudhuri wartete. »Sagen Sie mir ganz ehrlich: Ist es diesmal ernst?« fragte sie.

»Es ist ernst.«

»Sie wissen immer Bescheid«, dachte sie und dann: »Auch so ist es: Man sagt ›sie‹, als seien sie etwas anderes.«

»Also gut, Mr. Chaudhuri. Vielleicht rufen Sie schon die Kinder zusammen.«

Er nickte, ging zur Tür und hinaus in den Hof hinter dem Haus, wo die Kinder spielten.

Sie steckte die Berichte in die Aktentasche, und ihr fiel ein, daß sie die Reisetasche zwar gepackt hatte, daß sie aber immer noch in Mr. Chaudhuris Bungalow stand. Sie ging hinaus und versuchte, die lärmenden Kinder zu übertönen, die gerade erfahren hatten, daß die Schule aus sei.

»Meine Tasche«, rief sie. »Sie ist noch im Bungalow. Ich fahre rasch hinüber, um sie zu holen und mich von Ihrer Frau zu verabschieden.«

»Ich habe meine Frau zu einer Freundin geschickt«, rief er zurück, »und Ihre Tasche steht im Wagen. Ich habe sie mitgebracht.«

»Danke«, sagte Miss Crane, ging in das Büro zurück, um die Aktentasche zu holen, und drehte das Radio an. Wieder gab es nur Musik im Indischen Rundfunk – englische Musik für die Streitkräfte. Das Radio spielte, während sie die Schnallen der Aktentasche schloß. Das Radio war eine Art Lebensader. »Ich bin ruhig«, dachte sie. »Ich bin ganz automatisch ruhig, wie 1914, 1919, 1930 und bei anderen Gelegenheiten. Im Laufe von fünfunddreißig Jahren habe ich mich an Alarm gewöhnt. Aber ich fürchte mich auch. Bei solchen Gelegenheiten fürchte ich mich immer auch ein bißchen. Und ich schäme mich wegen meines Argwohns – diesmal zuerst wegen des Telefons und dann wegen der Reisetasche.«

»Mr. Chaudhuri«, rief sie durch die offene Tür, »wenn die Kinder bereit sind, gehen Sie mit ihnen nach vorne, ich lasse schon den Wagen an.«

»In meiner Stimme«, sagte sie zu sich, »liegt – immer – dieser Unterton von Autorität, dieser besondere Ton, in dem *wir* zu *ihnen* sprechen. Vielleicht bemerkt man ihn nicht, wenn wir über kleine Veränderungen der täglichen Routine reden, doch in gespannten Situationen klingt es immer, als wollten wir die Verantwortung übernehmen. Aber schließlich«, dachte sie, »tragen wir auch die Verantwortung. Wir haben eine Aufgabe und eine Pflicht zu erfüllen.« Ihre wichtigste Pflicht lag in diesem Moment im siebzig Meilen entfernten Majapur. In den Städten war die Lage stets schlimmer.

Als sie den Wagen aus dem Unterstand neben dem Schulgebäude fuhr, wartete draußen Mr. B. J. Chaudhuri, Bakkalaureus der Künste und der Naturwissenschaften, umgeben von den spielenden Kindern der Armen und manchmal auch Hungrigen.

In Zeiten politischer Unruhen lockten die Gerüchte von Aufständen in den Städten Männer aus den Dörfern an, die sich hauptsächlich für mögliche Plünderungen interessierten. Mr. Chaudhuri dachte an sie, als er von »schlechten Menschen« auf der Straße von Kotali nach Dibrapur sprach. Und Miss Crane wußte, Dibrapur zu verlassen, bedeutete möglicherweise nicht, Problemen aus dem Weg zu gehen, sondern ihnen in die Arme zu laufen.

Für sie ging es außerdem darum, von Kotali die mehr als siebzig Meilen über die Dörfer nach Majapur zu fahren. Der südliche Teil des Distrikts bestand aus leicht hügeligem, aber immer noch offenem Land, mit Feldern zu beiden Seiten der gut geschotterten Straße, mit nur wenigen Bäumen. Zumindest auf dem längsten Teil der Strecke war es möglich, Schwierigkeiten bereits aus einiger Entfernung zu sehen. Miss Crane wußte aus Erfahrung, wonach sie Ausschau halten mußte: In der Trockenzeit, wenn die Randstreifen auf beiden Seiten staubig waren wie gemahlene Kreide, verriet eine sich nähernde Wolke Menschen mitten auf der Straße; in der Nässe tauchten diese Menschen unvermittelter auf, ohne daß man durch den Staub frühzeitig gewarnt wurde; dafür konnte man dann auf den ersten Blick erkennen, daß einige Stöcke trugen. Aus drei oder vier Männern, die von einem Dorf aufbrachen, wurde im Verlauf mehrerer Meilen vielleicht ein Dutzend. Ein mit hoher Geschwindigkeit daherkommender Wagen, der keine Anstalten machte, langsamer zu werden, konnte sie im letzten Moment vielleicht auseinandertreiben, doch er wurde trotzdem Zielscheibe der Steine, die sie beim Herannahen des Fahrzeugs möglicherweise aufgehoben hatten. Miss Crane hatte einmal, bei den Unruhen von 1919, einen solchen Spießrutenlauf erlebt, doch damals saß ein energischer junger europäischer Polizeibeamter mit ihr im Wagen. Er war gekommen, um sie aus einem abgelegenen Schulhaus zu befreien, wo sie, wie der Polizeichef richtig vermutet hatte, mehr oder weniger gefangen war. »Es hängt von der Größe der Menge ab, ob ich in der Lage sein werde, mich so zu verhalten wie der junge Polizist«, dachte sie,

»hupen und einfach blindlings drauflosfahren«. Mr. Chaudhuri konnte nicht Auto fahren, und sie wußte nicht, ob sie darüber froh oder traurig sein sollte.

Die Größe der Menge richtete sich nach drei Faktoren: Die Art der Unruhen in der Stadt, die wahrscheinlich auch den Umfang der Beute bestimmten, die allgemeine Stimmung in den umliegenden Dörfern und die Anzahl der Männer dort, die Zeit und Neigung hatten, die Gelegenheit zu ergreifen, sich die Taschen zu füllen; und schließlich das Ausmaß der Kontrolle, die ländliche Polizisten und Dorfälteste ausüben konnten.

Jedes Dorf hatte seinen Wächter oder Chaukidar, der im Dienst der Regierung stand; mehrere Dörfer gehörten zu einem Polizeirevier. Erreichte ein Trupp von Plünderern ein Dorf, dessen Polizeistation mit einer entschlossenen Mannschaft besetzt war, konnte er zerstreut werden. Beschlossen die Beamten jedoch, nichts zu sehen, oder hielten sie es für klüger, sich vor der Menge zu verbarrikadieren, zog der Trupp weiter und wuchs.

Miss Crane erreichte mit den fröhlich lachenden Kindern Kotali, während Mr. Chaudhuri in einiger Entfernung hinterher radelte. Dort wurde sie von dem Chaudikar, dem Dorfältesten und mehreren Frauen und Männern empfangen, die sich gerade auf den Weg machen wollten, um die Kinder von der Schule abzuholen. Der Hauptwachtmeister der Polizeistation in Garhwar, dem nächsten Dorf an der Straße, hatte die Nachricht übermittelt, daß er die zuständige Polizeistation in Dibrapur nicht mehr telefonisch erreichen könne. Er vermutete, infolge von Gandhis Verhaftung seien Unruhen ausgebrochen, und empfahl den Bewohnern von Kotali, ihr Eigentum und ihr Leben vor Banditen und Aufrührern zu schützen.

Die Leute von Kotali seien auf den Hauptwachtmeister in Garhwar sehr wütend, sagte der Dorfälteste. Er müsse mindestens einen Tag früher unterrichtet worden sein, habe sich aber nicht die Mühe gemacht, das Dorf zu informieren. Unter diesen Umständen hätten die Eltern ihre Kinder morgens auf keinen Fall zur Schule geschickt. Die Mütter dankten Miss Crane für die sichere Rückkehr der Kinder und boten ihr Tee an. Sie trank ihn am Straßenrand und saß dabei auf einem Stuhl, den man herbeigebracht und unter einen Baum gestellt hatte. Mr. Chaudhuri bekam ebenfalls Tee.

»Ich werde um Regen beten«, sagte sie lächelnd zu ihm. »Es gibt nichts Besseres als einen tüchtigen Regenguß, um die Erregung der Leute abzukühlen. Wenn es naß ist, bleiben sie zu Hause.«

Mr. Chaudhuri erwiderte nichts. Er trank den Tee aus, erhob sich dann und unterhielt sich eine Weile mit dem Chaudikar und dem Dorfältesten. Als er zurückkam, hatte Miss Crane gerade die zweite Tasse geleert. Sie war hungrig, lehnte es jedoch ab, etwas zu essen.

»Sie müssen hierbleiben, Miss Crane«, erklärte Mr. Chaudhuri. »Hier im Dorf sind alle wegen der Kinder Ihre Freunde. Es ist zu gefährlich, nach Majapur zu fahren.«

Sie schüttelte den Kopf und stellte die Tasse auf einem Tablett ab, das ein Mädchen bereithielt. »Nein«, sagte sie, »ich muß weiterfahren.«

»Man wird hier für Sie sorgen. Der Dorfälteste lädt Sie in sein Haus ein.«

»Das ist sehr freundlich von ihm, und ich weiß es wirklich zu schätzen. Doch ich muß trotzdem versuchen weiterzukommen.«

»Dann bleiben Sie wenigstens noch eine oder zwei Stunden hier. Ich werde nach Dibrapur zurückfahren. Wer weiß, vielleicht ist alles nur ein Sturm im Wasserglas. Dann bleiben Sie noch eine Nacht im Bungalow und kehren morgen nach Majapur zurück. Bis dahin funktioniert vielleicht auch das Telefon wieder.«

»Und wenn es kein Sturm im Wasserglas ist?«

»Dann sollten Sie auf keinen Fall nach Majapur fahren. Sie sollten hier bleiben, wo Sie Freunde haben.«

»Ich habe auch in Majapur Freunde. Und außerdem, Mr. Chaudhuri, habe ich Pflichten. Ich weiß, Sie meinen es gut. Doch ich muß unter allen Umständen weiterfahren.«

»Sie haben noch nichts gegessen.«

»Ich bin nicht hungrig.«

»Ich werde Ihnen etwas zu essen besorgen.«

»Ich glaube nicht, daß ich etwas essen *kann.* In solchen Situationen wird mir immer leicht übel.« Das stimmte nicht. In solchen Situationen bekam sie immer einen wahren Heißhunger. Aber wenn sie blieb und etwas aß, dachte sie, würde ihre Entschlossenheit vielleicht ins Wanken geraten.

Zum Zeichen, daß er sich geschlagen gab, hob Mr. Chaudhuri leicht die Arme. »Dann begleite ich Sie«, erklärte er, »wir fahren am besten sofort.« Er wendete sich ab, überhörte ihren Einwand: »Seien Sie doch nicht albern! Das ist völlig unnötig«, und ging wieder hinüber zum Chaudikar und dem Dorfältesten. Zwei oder drei Kinder kamen zu ihr. Um ihr eine Freude zu machen, sagten sie einen englischen Abzählreim auf. Sie lachte und lobte sie. Mr. Chaudhuri ging die Straße entlang zum Haus des Dorfältesten. Er drehte sich um und bedeutete ihr, er würde nicht lange wegbleiben. Eine Mutter brachte einen Teller herbei, auf dem unter einer Serviette glühendheiße Chappattis lagen. Man bot ihr noch mehr Tee an. Eine zweite Frau brachte eine Schüssel Linsen und einen Löffel. Sie wies den Löffel zurück und begann zu essen. Sie brach Stücke von den Brotfladen ab und löffelte damit die Linsen. Schweißperlen traten ihr auf die Stirn. Es war so heiß und feucht. Die Leute beobachteten sie beim Essen. »Scheußlich«, dachte sie, »ich habe es schon immer scheußlich gefunden, angestarrt zu werden wie ein Tier im Zoo, während ich auf einem Stuhl unter einem Baum am Straßenrand sitze.«

»Wie Sie sehen«, sagte sie zu Mr. Chaudhuri, als er zurückkam, »hat man mir das Essen aufgezwungen.«

»Aus Freundlichkeit«, erklärte er, wie um ihr eine Lektion zu erteilen, die sie nie richtig begriffen hatte, »und auch aus Gastfreundschaft.«

»Das weiß ich sehr wohl«, konnte sie nicht umhin zu erwidern. »Aber helfen Sie mir bei den Chappattis! Es sind viel mehr, als ich schaffen kann.«

»Nein«, sagte er, »die Chappattis sind für Sie. Versuchen Sie, alles aufzuessen. Beleidigen Sie die Leute nicht! Ich bekomme auch etwas. Es wird gerade zubereitet. Dann werden wir nach Majapur aufbrechen.«

»Und was ist mit Ihrer Frau?« fragte sie.

»Sie ist bei ihrer Freundin in Sicherheit. Man wird sie benachrichtigen, daß ich Sie begleite.«

Sie hob den Kopf, begegnete seinem wachsamen Blick und sagte nach einem Augenblick: »Vielen Dank, Mr. Chaudhuri«, und dann, obwohl es sie eine gewisse Überwindung kostete: »Allein hätte ich mich gefürchtet.«

In Garhwar, dem nächsten Dorf, lagerten die Polizisten wartend am Straßenrand im Schatten eines Banyanbaumes. In der Nähe stand ein weißverputzter Hinduschrein. Der Priester, der den Schrein betreute, saß halbnackt auf dem harten Lehmboden der Veranda vor seiner Hütte und beobachtete die Gruppe. Die Polizisten waren mit Stöcken bewaffnet. Beim Herannahen des Wagens erhob sich der Hauptmann und gab ihnen das Zeichen anzuhalten. Er salutierte vor Miss Crane und erklärte in Urdu, nach einem Blick auf Mr. Chaudhuri, es sei seine Pflicht, sie zu warnen. Es sei gefährlich weiterzufahren. Er hatte Anweisung, sich in Bereitschaft zu halten und mit Schwierigkeiten zu rechnen.

»Warum hat man Ihnen diese Anweisungen gegeben?« fragte Miss Crane ebenfalls in Urdu.

Der Befehl zur Alarmbereitschaft war am frühen Morgen gekommen, und von den zu erwartenden Schwierigkeiten hatte man ihn gestern unterrichtet.

»Sie hätten sofort eine Nachricht nach Kotali schicken müssen«, sagte sie.

Er hatte eine Nachricht nach Kotali geschickt, und zwar aus eigener Initiative. Man hatte ihn nicht angewiesen, Kotali zu informieren, sondern man hatte ihn nur in Alarmbereitschaft versetzt und ihn darauf vorbereitet, mit Schwierigkeiten zu rechnen.

»Sie hätten gestern eine Nachricht schicken sollen. Aber das ist jetzt gleichgültig«, erklärte Miss Crane. Vielleicht würde er ihr freundlicherweise sagen, was in Majapur und zwischen Garhwar und Majapur vorging, wenn er Informationen darüber besaß.

»Ich habe keine Informationen«, erwiderte er, »die Telefonverbindung nach Dibrapur funktioniert nicht mehr.«

»Sie meinen, die Leitungen sind durchschnitten?«

Möglicherweise waren sie durchschnitten. Möglicherweise waren sie einfach auch nur gestört. Er hatte Nachrichten nach Kotali und in die anderen Dörfer seines Zuständigkeitsbereiches geschickt, weil man ihm befohlen hatte, sich bereitzuhalten und mit Schwierigkeiten zu rechnen, und weil er bald darauf hatte feststellen müssen, daß das Telefon nicht mehr funktionierte. Er hatte Männer und Frauen aus Garhwar mit der

Nachricht losgeschickt, denn er konnte keinen seiner Leute entbehren, falls es plötzlich zu Schwierigkeiten käme. Er hatte alles getan, was möglich war. In den Dörfern gab es viele schlechte Menschen. Sein Leben und das Leben seiner Männer war in Gefahr. Vielleicht könne die Memsahib dem Unterinspektor in Tanpur berichten, daß der Hauptkonstabler Akbar Ali in Garhwar sich wie befohlen in Alarmbereitschaft befand, jedoch keine Möglichkeiten besaß, sich mit seiner Dienststelle in Verbindung zu setzen.

»Dann glauben Sie also, daß wir Tanpur sicher erreichen?« fragte Miss Crane.

Er wußte es nicht; doch die Polizei in Tanpur, in deren Zuständigkeitsbereich die Station in Dibrapur lag, bestand aus zuverlässigen und entschlossenen Männern. Er hielt es für möglich, daß sie Tanpur erreichten. Aber es war seine Pflicht, sie vor der gefährlichen Weiterfahrt zu warnen. Aber natürlich konnte er sich nicht für die Polizeieinheiten hinter Tanpur verbürgen; dort lagen viele Dörfer voller schlechter Menschen, die vielleicht nach Tanpur unterwegs waren, vielleicht sogar nach Majapur, wenn in Majapur bürgerkriegsähnliche Zustände herrschten. Aber der Unterinspektor Govindas Lal Sahib in Tanpur war zweifellos besser in der Lage, sie über diese Dinge zu informieren.

Sie erreichten Tanpur um zwei Uhr nachmittags. Tanpur war eine kleine, schmutzige, arme Stadt, in der es nach Kot und Unrat stank. Die gesamte Polizeitruppe patrouillierte auf der Hauptstraße. Es waren sechs Mann und der Hilfsunterinspektor. Unterinspektor Govindas Lal war nicht zu sehen. Sein Stellvertreter erklärte, der Unterinspektor habe versucht, sich mit der Dienststelle des Distriktpolizeichefs Sahib in Majapur in Verbindung zu setzen. Er sei vor etwa einer Stunde mit einem Konstabler und drei Streckenarbeitern vom Post- und Telegrafenamt in einem Jeep davongefahren, um herauszufinden, wo die Telefonleitung zwischen Tanpur und Majapur durchschnitten worden sei. Auch die Telefonverbindung zwischen Tanpur und Dibrapur war gestört. Doch die Leitung nach Majapur war wichtiger. Mr. Chaudhuri setzte den Hilfsunterinspektor davon in Kenntnis, daß auch die Polizeistation in Garhwar telefonisch nicht mehr erreichbar sei. Aber auf der Strecke von Garhwar nach Tanpur, ja sogar auf dem ganzen

Weg von der Schule in Dibrapur bis hierher hatten sie keine durchtrennten Telefonleitungen gesehen. Der Hilfsunterinspektor erklärte, um von Garhwar nach Tanpur oder von Tanpur nach Garhwar zu telefonieren, müsse der Anruf über das Fernamt in Dibrapur laufen. Wie es aussah, war die Leitung entweder dicht hinter dem Fernmeldeamt in Dibrapur durchtrennt oder das Amt in Dibrapur war zerstört worden.

»Halten Sie es für sicher weiterzufahren?« fragte Mr. Chaudhuri.

»Wer kann das sagen?« erwiderte der Mann. »Wenn dem Hilfsinspektor Sahib nichts zugestoßen ist, werden Sie ihm unterwegs begegnen.« In Tanpur hatte es am Morgen Menschenansammlungen gegeben. Doch der Hilfsinspektor konnte die Leute überreden, sich wieder zu zerstreuen. Er hatte verbreitet, Truppen aus Majapur seien unterwegs, um die Ordnung aufrechtzuerhalten. Die Geschäfte waren noch immer geschlossen, und das verstieß gegen die Bestimmungen. Aber die Leute blieben in den Häusern, und nach den letzten Anweisungen, die aus Majapur eingetroffen waren, sollte man versuchen, Menschenansammlungen möglichst friedlich aufzulösen, ohne jemanden zu provozieren. Man hätte die Ladenbesitzer natürlich zwingen können, die Geschäfte zu öffnen. Doch wenn man die Leute nicht provozieren wollte, dann war es besser, nichts zu unternehmen. Also herrschte bislang Ruhe, aber er wußte nicht, wie lange der Zustand anhalten würde, wenn der Unterinspektor nicht bald zurückkäme. »Aber wir halten die Stellung schon«, sagte er plötzlich auf englisch zu Miss Crane.

»Wenn wir dem Unterinspektor begegnen, werden wir es ihm sagen.«

Aber sie begegneten dem Unterinspektor nicht. Fünf Meilen hinter Tanpur sahen sie einen umgestürzten Wagen am Straßenrand, der wie sein Jeep aussah. Man hatte ihn offensichtlich umgeworfen, als er in der Nähe eines Telegrafenmastes parkte. Wenn es sich um den Wagen des Unterinspektors handelte, dann hatte er die Stelle gefunden, wo die Leitungen durchtrennt worden waren, doch keine Zeit gefunden, sie zu reparieren. Die Drähte lagen in einem wirren Knäuel im Straßengraben.

»Wir müssen umkehren«, erklärte Mr. Chaudhuri, »man hat den Unterinspektor Govindas Lal entführt.«

»Und die Streckenarbeiter«, bemerkte Miss Crane.

»Vielleicht haben ihn die Streckenarbeiter entführt. Die Leute im Post- und Telegrafendienst sind manchmal sehr bolschewistisch.«

»Aber sie waren nur zu dritt. Und der Unterinspektor hatte einen Beamten bei sich und war vermutlich bewaffnet. Es müssen andere Männer gewesen sein.«

»Und deshalb sollten wir umkehren, Miss Crane«, erklärte Mr. Chaudhuri.

Wolken bedeckten den Himmel, aber es regnete noch nicht. »Wie lächerlich«, sagte sie, »als ich gestern auf dieser Straße fuhr, war alles so ruhig wie ein Grab und so sicher wie ein Haus. Jetzt sind plötzlich Telegrafendrähte zerschnitten, Autos umgestürzt und Polizeiunterinspektoren verschwunden. Es ist wirklich höchst *albern.*« Sie lachte: »Nein, Mr. Chaudhuri, wenn Sie wollen, bringe ich Sie nach Tanpur zurück. Aber dann fahre ich nach Majapur, denn ich habe gerade die *komische* Seite der ganzen Sache gesehen. Doch wenn ich Sie nach Tanpur zurückbringe, wissen die Leute, daß wir aus einem guten Grund umgekehrt sind, und das Verschwinden des Unterinspektors wird bekannt. Dann gerät der Hilfsunterinspektor vermutlich in Panik, und die komische Seite ist vielleicht nicht mehr komisch.«

Mr. Chaudhuri schwieg eine Weile. Dann seufzte er und sagte: »Ich kann Ihrer Logik nicht folgen, Miss Crane. Zweifellos ist sie ein Beispiel britischen Phlegmas. Sie sind verrückt. Und ich bin verrückt, Sie gehen zu lassen, ganz abgesehen davon, daß ich Sie auch noch begleite. Ich bitte Sie nur um eins: Wenn wir einen Trupp Männer auf der Straße sehen, geben Sie entschlossen Gas.«

Sie wendete den Kopf, und sie sahen sich wieder in die Augen. Sie lächelte nicht mehr. Aber nicht, weil sie böse war, daß er sie als verrückt bezeichnet hatte, oder weil sie die komische Seite bereits nicht mehr sah, sondern weil sie ein unerwartetes gegenseitiges Vertrauen spürte, ein Vertrauen, das zwischen zwei Fremden entstehen konnte, die sich zufällig gemeinsam in schwierigen Umständen befanden, die sich entweder als beängstigend oder amüsant erweisen konnten.

Miss Crane spürte noch etwas. Dieses Gefühl hatte sie schon

oft zuvor gehabt, ein Gefühl in den Schulterblättern und im Hinterkopf, das ihr sagte, sie sei im Begriff, über etwas hinwegzukommen, das sie in fünfunddreißig Jahren trotz aller Anstrengung und allen guten Willens nie hatte bezwingen können. Dieses Etwas, ob groß oder klein, versperrte trotz aller Bemühungen immer den Strom der Gedanken, der einen Mann oder eine Frau anderer Hautfarbe erreichen sollte. Ob es ein Berg war oder ein Kiesel, immer stand es im Weg und störte das ungehinderte Fließen, die Reinheit der Gedanken.

»Ja, ich will es versuchen«, erwiderte sie, »ich werde versuchen, das Gaspedal durchzutreten und meinen Fuß nicht wegzunehmen«, und wünschte, ihr stünden Worte zur Verfügung, die ihm zeigen könnten, wie sehr sie ihn in diesem Moment achtete. Sie empfand eine höhere, stärkere Achtung für ihn als für die zerlumpten, singenden Kinder damals vor vielen Jahren; höher und stärker, denn ihre Achtung für die Kinder war teilweise dem Mitleid entsprungen – und für Mr. Chaudhuri empfand sie kein Mitleid, nur Respekt und eine Zuneigung, die aus dem Vertrauen entstand, das ein Mensch in einen anderen setzen konnte, selbst wenn er vorher wenig für ihn empfand.

»Dann wollen wir weiterfahren«, sagte Mr. Chaudhuri. Seine Lippen wirkten sehr trocken. Er fürchtete sich, sie fürchtete sich ebenfalls. Aber nun sahen sie vielleicht beide die komische Seite, und sie mußte nicht nur deshalb etwas zu ihm sagen, weil seine Haut braun war oder weil sie ihn nie richtig verstanden hatte. Schließlich hatte auch er sie nie richtig verstanden. Sie fuhr weiter und begann nach einer Weile zu singen. Zu ihrer Überraschung und ihrer Freude stimmte er ein. Sie sang das Lied, das sie den Kindern am liebsten beibrachte. »Überall in Indien«, dachte sie, »leben jetzt braune und nicht ganz weiße Kinder und Erwachsene, die das Lied singen können oder sich zumindest daran erinnern werden, wenn sie es wieder hören, und vielleicht erinnern sie sich daran im Zusammenhang mit Miss Crane Mem.« Sie sangen es jetzt – nicht sentimental, sondern aus Freude, nicht andächtig, sondern aus voller Kehle, als sei es ein fröhlicher Marsch. Sie sangen es zu Ende und begannen wieder von vorne:

»Es wohnt ein *Freund* der *Kinder*
Hoch *überm* Himmels*zelt,*
Ein *Freund,* der immer *treu* ist,
Des *Liebe* uns *erhält;*
Di *da,* di da, di *da, dum*
Un*treu* im Lauf der *Zeit,*
Doch *ER* trägt seinen *Namen . . .*«

Vor ihnen versperrten die Aufrührer den Weg.

»Ich kann nicht«, sagte sie, als der Wagen sich der Gruppe näherte.

»Sie müssen«, sagte er, »hupen Sie, hupen Sie immer weiter und treten Sie aufs Gas, treten Sie aufs Gas!«

Er beugte sich aus dem Wagenfenster, um sein dunkles Bengaligesicht zu zeigen, und forderte die Männer mit energischen Handbewegungen auf, den Weg freizugeben. »Schneller«, schrie er ihr zu, »schneller! Sie werden ja langsamer. Gas geben und hupen!«

»Ich werde jemanden überfahren«, schrie sie zurück, »ich kann nicht. Ich kann nicht! Warum gehen sie nicht aus dem Weg?«

»Dann überfahren Sie eben jemanden! Schneller! Hupen!«

Als sie sich der Menge näherten, glaubte sie einen Moment lang, sie und Mr. Chaudhuri hätten gewonnen. Sie dachte, die Männer würden ausweichen, aber dann formten sie sich wieder zu einem festen Block. Sie mußten ihr weißes Gesicht gesehen haben. Ein Mann in der vordersten Reihe winkte mit den Armen und befahl ihnen anzuhalten.

»Weiter!« schrie Mr. Chaudhuri, »schließen Sie die Augen, wenn Sie müssen, aber fahren Sie weiter.«

Sie preßte die Lippen zusammen und wollte gehorchen, aber es gelang ihr nicht. Sie konnte nicht in eine Menschengruppe hineinfahren. »Tut mir leid«, rief sie und trat auf die Bremse. Das Auto blieb etwa zwanzig Meter vor dem gestikulierenden Mann stehen, doch sie ließ den Motor laufen. »Sie wären nicht aus dem Weg gegangen, es hätte Tote gegeben. Es tut mir leid.«

»Sagen Sie nichts«, befahl Mr. Chaudhuri, »überlassen Sie alles mir! Sagen Sie nichts!« Er berührte sie am Handgelenk.

»Vertrauen Sie mir«, sagte er, »ich weiß, das haben Sie nie getan. Doch vertrauen Sie mir jetzt! Tun Sie, was ich sage, *was ich auch* sage!«

Sie nickte. »Ich vertraue Ihnen. Ich werde tun, was Sie sagen.« In ihre physische Panik mischte sich ein Hochgefühl, als habe sie beim DK-Dinner zu viel Brandy getrunken. »Aber gehen Sie kein Risiko ein. Ich bin kein Risiko wert. Ich bin alt. Es ist alles vorbei, und ich habe versagt.« Sie lachte. Die Männer näherten sich siegessicher. »Schließlich haben sie es auf mich abgesehen«, sagte sie, »und nicht auf Sie. Das war es also. Wenn es hier für mich zu Ende sein soll, dann lassen Sie es zu Ende sein.«

»Bitte, Miss Crane«, sagte er, »sein Sie nicht albern!«

Der Wagen war inzwischen umstellt. Es fiel ihr schwer, die Gesichter zu unterscheiden. Sie sahen alle gleich aus; sie rochen alle gleich: nach Alkohol, Knoblauch und verschwitzter Baumwolle. Die meisten trugen weiße, handgewebte Hemden und Dhotis. Einige trugen die weißen Kappen der Kongreßpartei. Sie riefen den Spruch, den, wie es ihr schien, ganz Indien seit Beginn des Frühlings sang: *Raus aus Indien! Raus aus Indien!* Mr. Chaudhuri sprach mit dem Anführer. Der Anführer wollte wissen, was er im Auto einer Engländerin zu suchen habe. Mr. Chaudhuri beantwortete nicht seine Fragen, sondern versuchte, ihn niederzuschreien. Er versuchte ihm zu sagen, Miss Crane sei eine alte Freundin Indiens. Erst an diesem Morgen habe sie viele indische Kinder vor betrunkenen, machtbesessenen Polizisten gerettet, und jetzt sei sie auf dem Weg zu einer geheimen Besprechung des Kongreßunterausschusses von Majapur, dessen Vertrauen sie genieße. Sie unterstütze aus ganzem Herzen die Bemühungen des Ausschusses, die Engländer zu entmachten.

Der Anführer glaubte Mr. Chaudhuri nicht. Er nannte Mr. Chaudhuri einen Verräter. Kein indischer Mann mit einem Funken Selbstachtung würde sich mit dieser vertrockneten alten Jungfer von einer Memsahib in einen Wagen setzen. Sie müsse erst einmal die Kraft eines Mannes zwischen den Beinen spüren, ehe sie auch nur aussähe wie eine Frau. Und was gedenke er zu tun, wenn sie beschlossen, die Memsahib aus dem Auto zu holen, um ihr zu zeigen, wozu Frauen dawaren und was

Männer tun konnten? Natürlich würde er seine Stärke und Manneskraft nicht an einem so vertrockneten Gerippe verschwenden, sagte der Anführer großspurig und spuckte dabei auf die Kühlerhaube des Ford. »Sie spricht Hindi«, sagte Mr. Chaudhuri, »und versteht diese Beleidigungen. Schämst du dich nicht, so von einem *Guru* zu sprechen? Einer Lehrerin, einem ebenso großen *Guru* wie Mrs. Annie Besant, der Anhängerin des Mahatma? Großes Übel wird über dich und deine Nachfahren kommen, wenn du sie auch nur anrührst.«

»Dann rühren wir dich an, Bruder«, erwiderte der Anführer und riß die Wagentür auf, deren Schloß seit Monaten hätte repariert werden sollen, was Miss Crane jedoch versäumt hatte. »Fahren Sie!« sagte Mr. Chaudhuri, als sie ihn hinauszerrten. »Fahren Sie! Es ist schon alles in Ordnung. Mir wird nichts geschehen.«

»Ihr Schweine!« schrie sie in Urdu und versuchte, Mr. Chaudhuri am Arm festzuhalten. Dann gebrauchte sie die Worte, die ihr vor vielen Jahren in Muzzafirabad gute Dienste geleistet hatten: »Schweinepriester, Kuhfresser, impotente Götzendiener, Ehebrecher, von denen sich der Gott Schiwa voll Abscheu abwendet...«

»Los!« schrie Mr. Chaudhuri gellend von draußen und stieß die Tür mit dem Fuß zu, während vier Männer ihn an den Armen festhielten, »oder nehmen Sie Befehle nur von weißen Männern an? Halten Sie Versprechen nur, wenn Sie es einem Weißen geben?«

»Nein!« schrie sie zurück, »nein, nein, nein!« Sie trat aufs Gas, löste die Bremsen, würgte beinahe den Motor ab, der Wagen machte einen Satz vorwärts, blieb stehen, machte wieder einen Satz vorwärts und warf die lachenden Männer von der Kühlerhaube. Dann schoß er davon, so daß sie zur Seite springen mußten. Ein paar hundert Meter weiter hielt sie an und sah zurück. Drei Männer folgten dem Wagen. Dahinter wurde Mr. Chaudhuri von einem Mann zum nächsten gestoßen. Ein Stock fiel schwer auf seine Schulter. Sie schrie: »Nein! Nein! Mr. Chaudhuri!«, öffnete die Wagentür und stieg aus. Die drei Männer streckten lachend die Arme aus und riefen: »Ah, Memsahib, Memsahib!« und liefen auf sie zu. Miss Crane besann sich, griff in den Wagen, fand die Startkurbel und stellte sich damit drohend auf die Straße. Die drei lachten lauter und umtanzten sie grinsend, in höhnisch gespielter Verteidigung, wie abgerichtete Affen. Mr. Chaudhuri hatte schützend die Hände über den Kopf gelegt. Die Stöcke sausten in dumpfen Schlägen auf ihn nieder. Dann lag er auf den Knien, und dann konnte sie ihn nicht mehr sehen, da die Männer, die auf ihn einschlugen, dicht um ihn standen. »Ihr Teufel, ihr Teufel!« schrie Miss Crane und ging die Startkurbel schwingend auf die drei Männer los. Sie wichen in gespieltem Erschrecken zurück. Der jüngste griff in sein Lendentuch, als wollte er sich entblößen, und brüllte ihr etwas zu. Plötzlich rannten sie zu dem Anführer zurück, der sie gerufen hatte. Die anderen Kerle beugten sich über Mr. Chaudhuri, der bewegungslos auf der Straße lag. Ein paar Männer durchsuchten seine Taschen. Der Anführer deutete auf den Wagen. Fünf oder sechs Männer verließen den Kreis um Mr. Chaudhuri und kamen auf Miss Crane zu. Sie wich instinktiv zurück, blieb aber entschlossen neben dem Wagen stehen. Die Männer schoben sie grob und wütend beiseite, als schämten sie sich, nicht den Mut aufgebracht zu haben, dem Anführer ungehorsam zu sein, und über sie herzufallen. Sie bückten sich, griffen unter das Trittbrett und die Schutzbleche und begannen, den Wagen rhythmisch zu heben, bis er plötzlich umstürzte. Diese Demonstration der Stärke machte zumindest einem von ihnen Mut. Er wendete sich von dem Wagen ab, ging auf Miss Crane zu, hob die Hand und schlug sie einmal, zweimal ins Gesicht. Dann stieß er sie rückwärts an den Straßenrand, packte sie mit beiden Händen und warf sie die etwa einen Meter hohe Böschung in den Straßengraben hinunter. Sie fiel und verlor das Bewußtsein. Als sie wieder zu sich kam, ihre Sinne und ihre Kraft wiedergefunden hatte, kroch sie auf Händen und Knien die Böschung hinauf. Der Ford stand in Flammen, und sie sah die Bande bereits in einiger Entfernung weiterziehen.

Hinkend schleppte sie sich zu dem reglos daliegenden Mr. Chaudhuri. Sie kniete neben ihm nieder und rief: »Mr. Chaudhuri!« Doch wegen des blutigen Gesichts, der offenen Augen und des schrecklichen Anblicks, den die eine Seite seines Kopfes bot, konnte sie ihn nicht berühren. »Nein«, stöhnte sie, »nein, es kann nicht wahr sein! O Gott, o Gott, vergib mir! O Gott, vergib uns allen!« Sie schlug die Hände vors Gesicht und weinte. Das hatte sie seit Jahren nicht mehr getan. Und sie weinte noch eine ganze Weile.

Sie fuhr sich einmal, zweimal, dreimal mit dem Ärmel ihrer Bluse über die Augen, um die Tränen zu trocknen. Sie spürte die ersten schweren Regentropfen. Das Regencape lag hinten im Wagen. Verzweifelt sagte sie: »Aber ich habe nichts, um ihn zuzudecken... nichts... nichts.« Dann stand sie auf, bückte sich, packte ihn an den Füßen und zerrte ihn an den Straßenrand.

»Ich kann es nicht ändern«, sagte sie, als rede sie mit ihm, nachdem er blutig, schlaff und entmenscht dort lag. »Ich kann nichts tun, nichts, nichts.« Dann wendete sie sich ab und ging mit großen, unsicheren Schritten durch den Regen an dem brennenden Wagen vorbei in Richtung Majapur. Beim Gehen wiederholte sie immer wieder: »Ich kann nichts tun, nichts, nichts.«

Etwa hundert Meter hinter dem Wagen blieb sie stehen. »Doch«, sagte sie, drehte sich um und ging zurück bis zu Mr. Chaudhuris Leiche. Sie setzte sich neben ihn in den Schlamm am Straßenrand und ergriff seine Hand.

»Ich habe lange gebraucht«, sagte sie, und sie meinte damit nicht nur Mr. Chaudhuri, »es tut mir leid, daß ich zu lange gebraucht habe.«

Mr. Poulson erzählte hinterher, die Unruhen in Majapur hätten für ihn mit dem Anblick der alten Miss Crane begonnen, die im strömenden Regen am Straßenrand saß und die Hand eines toten Inders hielt. An diesem Tag, am Tag, als die Mitglieder des Kongreßunterausschusses im Distrikt verhaftet wurden, blieb es in Majapur selbst ruhig. Der Aufstand kam nur langsam in Gang. Nur in Dibrapur und in den abgelegenen Gegenden schienen die Aufständischen es eilig gehabt zu haben. Mr. Poulson verließ Majapur am Nachmittag. Einer von Mr. Merricks Polizeiinspektoren begleitete ihn. Ihrem Wagen folgte ein Lastwagen mit Polizisten. Sie wollten Gerüchten über Unruhen in den Unterbezirken nachgehen, mit denen man keine Verbindung aufnehmen konnte. In Kandgarh fand er den Unterinspektor der Polizei von Tanpur, einen Polizisten und drei Streckenarbeiter der Post und des Telegrafenamtes in der Polizeistation eingesperrt. Doch erst als er auf der Straße nach Tanpur zunächst auf den ausgebrannten Wagen von Miss Crane und dann auf Miss Crane selbst stieß, erfaßte er allmählich den Ernst der Lage.

Die Unruhen, die Mr. Poulson und andere anfangs nicht ernst nahmen, konnten erst Ende August niedergeschlagen werden. Jeder in Majapur hätte zu diesem Zeitpunkt eine andere Geschichte erzählen können, obwohl es auch Geschichten gab, die alle kannten. Zuerst einmal Miss Cranes Geschichte, obwohl man Miss Crane nach der Vergewaltigung der jungen Engländerin am späten Abend des 9. August im Bibighar-Park, während Miss Crane im ersten Delirium ihrer Lungenentzündung in einem Bett des Allgemeinen Krankenhauses lag, praktisch sofort aus den Augen verlor. Später rückte sie für kurze Zeit noch einmal in den Mittelpunkt des Interesses, als sie keinen der an jenem Tag in Tanpur festgenommenen Männer zu identifizieren vermochte. Die Leute fragten sich, ob sie tatsächlich keinen der Angreifer und Mörder Mr. Chaudhuris wiedererkannte, oder ob sie übertrieben hartnäckig daran festhielt, um jeden Preis fair gegen die verdammten Schwarzen zu sein.

Doch den Fall Bibighar-Park vergaß man nicht so bald. Er schien dem europäischen Teil der Bevölkerung der Schlüssel zu der ganzen Situation zu sein, in der man sich befand; die deutlichste Warnung vor der unübersehbaren Gefahr, die allen drohte, aber ganz besonders den Frauen. Später wurde nie ganz deutlich, ob die Schritte der Behörden nach der Vergewaltigung der jungen Engländerin im Bibighar-Park schlimmere Unruhen, als eigentlich beabsichtigt gewesen waren, auslösten, oder ob es in jedem Fall zu Gewalttätigkeiten gekommen wäre. Manche behaupteten das eine, manche das andere. Wer die Ansicht vertrat, es hätte ohne die Vergewaltigung und die darauffolgenden Vergeltungsmaßnahmen kaum Ausschreitungen gegeben oder gar keine, glaubten, der Distriktskommissar habe am Morgen des 9. August die richtigen Männer verhaften lassen. Die Maßnahmen im Zusammenhang mit dem Fall hätten schlimmere Unruhen ausgelöst als der Aufruf zum bürgerlichen Ungehorsam, der durch Verhaftungen im Keim erstickt wurde. Wer behauptete, es wäre so oder so zu Unruhen gekommen und der Fall Bibighar-Park sei bloß symptomatisch für eine allgemeine Verschwörung, meinte auch, die Mitglieder der hiesigen Kongreßausschüsse, die Mr. White verhaften lassen mußte, ob er wollte oder nicht, seien nur Strohmänner, denn die wirklichen Drahtzieher der geplanten Rebellion hätten sich an Orten wie Tanpur und Dibrapur im Hintergrund gehalten. Doch damals unterschied niemand zwischen Ursache und Wirkung; und mit den Ereignissen der folgenden drei Wochen konnte man sich erst dann auseinandersetzen, als sie tatsächlich eintraten.

Miss Crane verließ erst Anfang September das Krankenhaus – in der ersten Woche, als wieder Ruhe herrschte – und kehrte in ihren Bungalow zurück. Aber es dauerte noch zwei Wochen, ehe sie sich stark genug fühlte, die Zügel wieder in die Hand zu nehmen. Es waren daher sechs oder sieben Wochen seit dem Ausbruch der Unruhen im Distrikt Majapur und etwa drei oder vier Wochen seit ihrem Ende vergangen, als Miss Crane an einem Dienstagnachmittag ihr Haus wieder den Soldaten aus der Kaserne öffnete.

Miss Crane wußte, in mancher Hinsicht würden sie nicht mehr dieselben Jungen sein wie vor den Unruhen. Im Krankenhaus und auch danach hatte sie sich den Geschichten über die Unruhen verschlossen; aber sie wußte, man hatte das Militär gerufen, um die Zivilbehörden zu unterstützen; Mr. White, hieß es, habe den Kopf verloren und Majapur drei oder vier Tage lang dem Brigadekommandanten unterstellt. Sie hörte von Indern, obwohl sie es nicht hören wollte, daß in den wenigen Tagen unter Brigadier Reid die Lage beinahe ebenso schlimm gewesen sei wie unter General Dyer in Amritsar 1919. Man hatte zwar nicht wahllos unbewaffnete Zivilisten erschossen, doch man hatte geschossen, und auch Tote hatte es gegeben. Wenn man den Gerüchten glauben wollte, waren sechs junge Hindus, die man im Zusammenhang mit der Vergewaltigung verdächtigte oder für schuldig befand, gezwungen worden, Rindfleisch zu essen. Es gab keine öffentlichen Auspeitschungen wie unter General Dyer, als man Jugendliche auf offener Straße ergriffen und, zu dritt aneinandergefesselt, ausgepeitscht hatte, einfach weil sie im Verdacht standen, eine Engländerin überfallen zu haben. Doch die Gerüchte wollten wissen, daß man die jungen Männer nicht nur gezwungen hatte, Rindfleisch zu essen, sondern sie auch auspeitschte; inzwischen seien sie in der anonymen Masse derer untergetaucht, die mit oder ohne richterlichen Bescheid im Gefängnis saßen.

Francis Narayan erzählte ihr immer wieder, die berittene Polizei sei wiederholt in die Stadt vorgerückt, und das Militär habe das Feuer eröffnet, um Menschenansammlungen aufzulösen oder Plünderer und Brandstifter zu bestrafen. Im ganzen Distrikt seien wie in vielen anderen Provinzen überall Bahnlinien, Post- und Telegrafenämter zerstört und Warenhäuser, Läden, Häuser und staatliche Getreide- und Saatspeicher geplündert worden (Mr. Narayan wies darauf hin, daß die Leute es bedauern würden, falls die Ernte im nächsten Jahr schlecht ausfalle). Man hatte Polizeistationen in Brand gesetzt und Polizisten ermordet. In einem Unterbezirk des Distrikts, so erzählte man, habe ein indischer Richter die Kongreßfahne auf dem Gerichtsgebäude gehißt, Gefangene freigelassen, Liberale und Gemäßigte mit Strafen belegt, illegitim Steuern eingezogen und Gelder aus der Staatskasse beiseite geschafft. Miss Crane zweifelte an der Wahrheit dieser Geschichte, doch offensichtlich war einer von Mr. Whites indischen Untergebenen in Ungnade gefallen und hatte nach Wiederherstellung der Ordnung eine Stunde weinend im Bungalow des Distriktskommissars verbracht.

Miss Crane besaß inzwischen zuviel Erfahrung, um alles für bare Münze zu nehmen, was man ihr erzählte, und auch zuviel Erfahrung, um nicht zu wissen, daß ihre einfachen, frisch aus England gekommenen Soldaten, die plötzlich in einem Kolonialreich, von dem sie wenig wußten, jetzt aber nur Schlechtes denken konnten (in Erinnerung an die Heimat, die Luftangriffe und ihre gefallenen Kameraden auf der Ebene von Mandalay), zur Unterstützung der Zivilgewalt eingesetzt worden waren, um eine Rebellion niederzuschlagen, nur schwer verstehen würden, was geschehen und weshalb es geschehen war, und warum jetzt, nachdem es vorüber war, Engländer und Inder ihren Streit offensichtlich beigelegt hatten und in einer zwanghaften Harmonie wieder zusammenfanden.

In dem Wort »zwanghaft« lag so etwas wie ein Schlüssel zu der Situation, das wußte sie, die Vorstellung, daß diese merkwürdige, jahrhundertelange Beziehung wie eine Münze zwei Seiten hatte: Liebe und Haß. Aber Miss Crane war inzwischen zu müde, fühlte sich zu niedergedrückt von der Last des Klimas, des Landes und der Scharen brauner Gesichter, in die sich einige wenige arrogante weiße mischten, um etwas von der verbliebenen, durch die Lungenentzündung geschwächten Energie auf die Lösung moralischer und dialektischer Probleme zu verwenden. Aber sie wünschte, sie hätte damals, als sie noch genug Energie besaß, in jener Zeit, die so abrupt auf der Straße hinter Tanpur beendet worden war, einen der Soldaten – und sie dachte dabei an Clancy – beiseite genommen und ihm gesagt:

»Seit Jahren, seit dem achtzehnten Jahrhundert, und in jedem folgenden Jahrhundert haben wir zu Hause in England, in Whitehall erklärt, der Tag würde kommen, an dem unsere Herrschaft in Indien nicht blutig, sondern in Frieden endet. Und wir haben den Anschein erweckt, dies würde in einer Geste der Gleichheit, Freundschaft und Liebe geschehen. Seit vielen Jahren, beinahe seit einem Jahrhundert, lesen Inder die Bücher unserer Radikalen und unserer Liberalen. Es ist ein Samenkorn gelegt worden, verstehen Sie?! In die Vorstellung der Inder und in die Vorstellung der Engländer ist ein Samenkorn gelegt worden. Daraus sollte etwas Vernünftiges, Ernstes und Würdevolles erwachsen, geprägt von Achtung, Güte, Frieden und Weisheit. Denn alle diese Eigenschaften liegen in uns, in Ihnen, in mir, in dem alten Joseph und in Mr. Narayan, in Mr. White und vermutlich auch in dem Brigadier Reid. Sie lagen auch in Mr. Chaudhuri. Seit vielen Jahren haben wir das Versprechen gegeben und seit vielen Jahren Wege gefunden, die Erfüllung des Versprechens aufzuschieben, bis das Versprechen nicht länger als ein Versprechen, sondern sogar für jemanden wie mich nur noch als finstere Ausflucht erschien... von den Indern ganz zu schweigen, die das gleiche denken, fühlen und wissen wie ich. Die Tragödie ist, daß zwischen uns dieser geringfügige Unterschied der Hautfarbe steht, der uns hindert, durch die Fehler des anderen hindurch in sein Herz zu sehen. Denn wenn wir durch sie hindurch und in den andern hineinsehen könnten, wüßten wir es besser. Und wir wüßten, daß ein Versprechen ein Versprechen ist und erfüllt werden muß.«

Aber Miss Crane sagte das zu niemandem, nicht einmal zu Clancy. Und es kam der Tag, an dem Clancy wieder auftauchte, im Verein mit seinen Kameraden. Sie hatten erfahren, daß die alte Jungfer Schweres durchgemacht, daß sie sich tapfer gehalten hatte und beinahe umgekommen wäre. Deshalb bemühten sie sich, Miss Crane zum Lachen zu bringen, sie fröhlich zu stimmen, damit sie ihre Sorgen vergaß und wußte, daß sie sich unter Freunden befand, unter tapferen Burschen, die selbst einiges durchgemacht hatten und ihr für die kleine Geste dankbar waren, mit der Miss Crane sie an die Geborgenheit in der Heimat erinnerte.

Aber im Verlauf des Nachmittags hatte keiner von ihnen, nicht einmal Clancy, einen Blick für den alten Joseph. Und als sie sich verabschiedet hatten und Miss Crane Joseph beim Abräumen half, fand sie keine Worte, um den verletzten Stolz und die Selbstachtung des alten Mannes zu heilen. Deshalb überließ sie das Aufräumen schließlich ihm, zog sich in ihr Zimmer zurück, wo sie das Bild der alten Königin von der Wand nahm und in der Truhe verschloß. Sie tat es in der vagen Hoffnung, daß vielleicht die Zeit einmal kommen würde, in der man wieder einen Grund hatte, es aufzuhängen.

Teil zwei
Das MacGregor-Haus

> Dooliya le aō
> re morē babul ke kaharwa.
> Chali hoon sajan ba ke des.
> (O ihr Diener meines Vaters,
> bringt mir meine Sänfte.
> Ich ziehe in das Land meines Gemahls.)
> (Eine Morgen-Raga)

Man stelle sich als nächstes einen Park vor, nicht den Bibighar-Park, sondern den Park des MacGregor-Hauses: gleißendes Sonnenlicht und tiefe, undurchdringliche Schatten. Das Spektrum des Grüns ist außergewöhnlich – zarteste Limonenblässe, bitteres Smaragd, Halbtöne, unbestimmte Schattierungen; eine Vielzahl unterschiedlicher Blätter; ihre Beschaffenheit vermittelt sich einer imaginären Berührung durch den Anblick und stimuliert die Fingerspitzen: Blätter in zartester Entfaltung, andere, die sich schon zur Vollkommenheit entfaltet haben, und wieder andere, die dem Alter entgegentrocknen; alles ist gleichzeitig vorhanden, denn es gibt keinen Herbst. In den Schatten hängen dunkelblaue Schleier, die Indigoträume schlafender Pflanzen und die Düfte süßer, notwendiger Fäulnis; überall liegen die abgefallenen Früchte vergangener Jahre, zerfallen zu Humus und nähren die lebenden Wurzeln, die dicht gedrängt in hungriger Unbeweglichkeit unter dem Garten liegen.

Aus dem Haus dringt der Gesang eines Mädchens. Sie singt eine Raga, das Lied der jungen Braut, die sich von den Eltern verabschiedet, ehe sie die Reise in die neue, ferne Heimat antritt. Es gibt Ragas für den Morgen und Ragas für den Abend. Sie singt eine Morgenraga. Tau bedeckt den Boden. Der Garten ist noch kühl. Eine blauschwarze Krähe mit rotgelbem Schnabel stürzt im Gleitflug vom Dach des Hauses und sucht sich ihr Frühstück. Wo die Sonnenstrahlen den Rasen treffen, verwandelt sich der Tau in verstreute Kristalle.

Weiße und rote Bougainvilleabüsche umgeben den Rasen. Es sind Hybriden darunter, die in beiden Farben blühen. Außerdem gibt es Jasmin und Beete mit dunkelroter Canna. Das Haus steht mitten im Park und ist vor der Außenwelt durch ganze Bataillone von Baumreihen geschützt: Zedrach, Pipul, Gol Mohur, Tamarinde, Kasuarine und Banyan. Seine Geschichte reicht bis ins späte achtzehnte Jahrhundert zurück; es wurde von einem Fürsten erbaut, der eine Sängerin klassischer Musik leidenschaftlich liebte. Einer Frau ein Haus zu bauen, um ihre Gunst zu gewinnen, ist ein kostspieliges Vergnügen. Man erzählt, er besuchte sie morgens und abends, und sie sang für ihn – vielleicht dasselbe Lied, das das Mädchen jetzt singt. Schließlich vermochte allein ihre Stimme ihn zu bezaubern, und er gab sich damit zufrieden zuzuhören, während sie Schüler unterrichtete, die seine Billigung fanden. Scheherazade erzählte Geschichten, um die Stunde ihrer Hinrichtung aufzuschieben. Die Sängerin sang, um ihre Ehre zu schützen, und als sie starb, trauerte der Fürst. Die Leute sagten, er sei an gebrochenem Herzen gestorben. Das Haus stand verlassen und wurde geschlossen. Es zerfiel wie das Fürstentum und wurde zur Ruine. Der Sohn des Fürsten bestieg den Thron. Er verachtete den Vater wegen seiner hoffnungslosen Zuneigung zu der Sängerin. Er erlaubte niemandem, in dem Haus zu wohnen. Er baute in der Nähe ein anderes Haus: Bibighar, für seine Kurtisanen. Er war ein Lüstling, und er leerte die Schatzkammern. Sein Volk hungerte. Ein Engländer an seinem Hof wurde vergiftet; man setzte den Fürsten ab, warf ihn ins Gefängnis und annektierte sein Reich. Das Volk war froh darüber, bis die Zeit die Erinnerung an die schlechte Vergangenheit, nicht aber die schlimme Gegenwart zudeckte. Ein schottischer Nabob namens MacGregor, mit rotem Gesicht, baute das zerfallene Haus der Sängerin wieder auf. Er war ein gottesfürchtiger Mann, der die Moslems begünstigte und die Tempel fürchtete. Wie man erzählt, brannte er Bibighar bis auf die Grundmauern nieder, weil das Haus, wie er sagte, ein Greuel vor dem Herrn sei. Er wurde von aufständischen Sepoys umgebracht.

Seine junge Frau ist das erste Gespenst. Sie steht, nach der Mode jener Zeit gekleidet, auf der Veranda und wiegt sich hin und her, als halte sie ihr totes Kind in den Armen – aber die Arme sind leer. Blut klebt an ihrem zerrissenen Mieder. Sie heißt Janet MacGregor. Ein mohammedanischer Diener, Akbar Hossain, starb, als er sie verteidigte.

Wie man erzählte, hatte MacGregor das Haus auf den zerfallenen Grundmauern des fürstlichen Lustschlosses mit Bestechungsgeldern gebaut. Das Haus hat einen gepflasterten, quadratischen Innenhof; Veranden mit runden Bögen, die sowohl die Räume im Erdgeschoß als auch die im oberen Stockwerk beschatten, ziehen sich außen um das Gebäude. Die Ziegelsteine sind verputzt und in einem Cremeton gestrichen, der gelb wird, wenn er trocknet. Steinstufen führen von der mit Kies bestreuten Einfahrt zum Haupteingang. In den Bögen der Veranden hängen grüne Bambusjalousien. Je nach Tages- und Jahreszeit werden sie aufgerollt oder herabgelassen. Die obere Veranda hat eine Balustrade, die untere – sie befindet sich etwa einen Meter über dem Boden – jedoch nicht. Auf der Erde davor stehen Reihen von Tontöpfen mit Büschen, Blumen und Kletterpflanzen, die sich um die Säulen der Bögen winden. Ein alter grauhaariger Mann in einem weißen, kragenlosen Hemd und Khakishorts, die seine sehnigen, knotigen und rheumatischen Beine zeigen, hegt die Pflanzen und Blumen. Er heißt Bhalu. Seine schwarze Haut ist von der Sonne bläulichrot verbrannt. Seine nackten Zehen bohren sich in den Kies und sind so hart wie der Panzer einer Schildkröte.

Über eine der Stufen zur Veranda stolperte die junge Frau am Ende ihrer kopflosen Flucht durch die Dunkelheit aus dem Bibighar-Park; sie stolperte, fiel und kroch auf Händen und Knien das letzte Stück Weges, das sie in Sicherheit brachte, in die Sicherheit stürmischer Jahre.

Ja, ich erinnere mich an Miss Crane, sagt die alte Lady Chatterjee. Obwohl es schon lange her ist, bedaure ich heute noch, sie für eine mittelmäßige Frau gehalten zu haben. Aber ich begegnete ihr immer nur bei Connie und Robin White, bei den schrecklich langweiligen Abendessen, die die arme Connie als Frau Distriktskommissarin geben mußte, und auch nur dann, wenn sie Miss Crane brauchte, um am Tisch für die Junggesellen genug Damen zu haben. Mit Miss Crane konnte ich nichts anfangen. Abgesehen von einigen Ausnahmen, etwa Connie White und Ethel Manners, konnte ich mit den Europäerinnen nie etwas anfangen. Mit denen, die heutzutage nach Indien kommen, kann offenbar niemand mehr etwas anfangen, außer ihren Ehemännern, und manchmal noch nicht einmal sie. Die meisten sind dumme Ziegen. Damals waren sie beinahe alle Harpyien. Ich dachte immer, Miss Crane wäre auch eine Harpyie geworden, wäre sie verheiratet gewesen und hätte eine Position zu verteidigen gehabt. So war sie eine dumme Ziege mit dem Äußeren einer Harpyie, die Art Person, die nicht viel zu sagen hat, aber den Eindruck erweckt, als ob sie viel nachdenkt. Bei einem Mann ist das in Ordnung, bei einer Frau widerlich. Es gibt nicht viele Frauen in wirklichen Machtpositionen, und deshalb finde ich, wir andern haben die Pflicht, unsere Meinung zu sagen. Nur so kann die Welt uns beurteilen, es sei denn, wir gehören zu den wenigen Glücklichen, die durch Taten beweisen können, was in ihnen steckt. Wir andern müssen uns auf unsere Zunge verlassen. Ich denke an die Unterhaltungen in gemischter Gesellschaft. Von Frauengeschwätz habe ich nie viel gehalten, denn die Ansichten, die nach dem Aufheben der Tafel und vor der Rückkehr der Herren geäußert werden, erweisen sich gewöhnlich als fad. Ebensogut könnte man sich entspannen und an etwas Kaltes und Trostloses denken, zum Beispiel an Schnee.

Ich habe Miss Crane als mittelmäßig abgeschrieben, obwohl sie beim Kaffee recht amüsant und intelligent plauderte, aber bei Tisch saß sie stumm da wie ein Fisch. Ach, ganz so, *tout court,* auch wieder nicht. Nein. Schüchtern fand ich sie nie, obwohl sie mich vielleicht fürchtete. Sie schwieg auf diese ominöse Art, und deshalb hat sie mich an eine Harpyie erinnert, denn nichts ist ominöser als das Schweigen einer europäischen Harpyie. Doch zum echten Harpyienschweigen gehört immer ein hinterhältiger Blick von einer Harpyie zur anderen oder eine vulgäre kleine Grimasse. Miss Crane hatte nichts von dieser Art Harpyien an sich. Und dann beim Kaffee, wenn die echten Harpyien ihre Krallen zeigen, bewies sie wie gesagt eine erstaunliche Fähigkeit zum *Plaudern.* Sie konnte unbefangen plaudern. Das sprach dafür, daß sie eine Ziege war, und brachte mich dazu, sie für eine verworrene Liberale zu halten, für eine arme Frau, die schwer gegen die Umstände, gegen Ungerechtigkeit oder auch nur Pech zu kämpfen gehabt hatte. Darum mußte sie sich an etwas klammern, das ihren Geist tröstete und ihren Körper belebte, indem sie sich zum Beispiel auf ihrem klapprigen Fahrrad durch den Monsunregen kämpfte, um sich zu überzeugen, daß alle Kinder in ihren Schulen brav Selbstlosigkeit und Gemeinsinn lernten, daß sie sauber und vernünftig blieben und genug zu essen bekamen.

Ich erinnere mich an diese typische, alberne Geste von ihr. Sie hat ein Bild von Gandhi abgehängt, zumindest erzählte man das, weil sie der Ansicht war, der alte Knabe sei unartig, während er natürlich nur schlau war. Die Engländer haben Heilige immer verehrt, es ihnen aber sehr übelgenommen, wenn sie sich als gerissen erwiesen. Engländer, die Gandhi für einen Heiligen hielten, identifizierten sich mit den Tausenden oder Millionen Indern, die behaupteten, er *sei* es. Doch für einen Inder bedeutet Heiligkeit etwas ganz anderes als für einen Engländer. Ein Engländer sieht in einem Heiligen automatisch jemanden, der zum Märtyrer wird und dessen Logik in der entscheidenden Kraftprobe mit der strikt praktischen Welt versagt.

Der Heilige muß immer ein Heiliger *per se* sein. Engländer erwarten, daß der Heilige, von gelegentlichen Versuchungen abgesehen (wogegen man härene Gewänder zu tragen hat), so wenig von dieser Welt ist, daß er mit einem Fuß schon im Himmel steht. Und der Himmel ist natürlich das Gegenteil der Erde. In ihrer üblichen Leidenschaft für die Ordnung und für Leute, die ordentlich sind und wissen, wo ihr Platz ist, trennen sie das Materielle vom Spirituellen. Für den Hindu dagegen kann es diesen Unterschied nicht geben. Für ihn ist die materielle Welt eine Illusion und der Himmel ein Name für die Auflösung des Persönlichen. *Ich* habe die materielle Welt immer für alles andere als eine Illusion gehalten und die Vorstellung vom unpersönlichen Aufgehen in einem langweiligen kollektiven Zustand völligen Friedens – so könnte man die Gottesauffassung der Hindus beschreiben – nie als angenehm empfunden. Der springende Punkt jedoch ist, daß auf dieser schwierigen Reise von der Illusion zur Auslöschung *alles* als praktisch gilt, denn alles ist spekulativ. Um auf Gandhi zurückzukommen: Die Hindus bezeichneten ihn als Heiligen, weil er dreißig Jahre lang der *aktivste* Hindu auf der Bildfläche war. Für europäische Ohren klingt das vielleicht wie ein Paradox. Aber schließlich erfordert die Reise mit unseren Körpern von der Illusion zur Auslöschung eine ungeheure geistige und physische Ausdauer und, wenn man sich darum bemüht, die Reise für andere zu verkürzen, auch ein beachtliches Maß an Führungsqualitäten und eine beinahe hypnotische Überzeugungskraft als Redner. Die westlichen religiösen *Mores* fordern für den Übergang von der praktischen Welt des Handelns in den unpraktischen Himmel nur einen Akt, zu dem wir alle fähig sind – ich meine das Sterben –, obwohl die Enttäuschung zweifellos sofort danach einsetzt. Areligiös, wie ich nun einmal bin, kann ich die Trägheit der westlichen Religionen nur verachten. Ich muß mir vorwerfen, noch nicht einmal eine schlechte Hinduistin zu sein. Aber wenigstens mache ich nicht den Fehler, den Miss Crane gemacht hat. Wenn Gandhi seine Handlungen in der materiellen Welt weitgehend als illusionär betrachtete, als persönliche, in der Öffentlichkeit vollzogene Schritte hin zum erstrebten persönlichen Aufgehen im Absoluten, dann muß ich als praktische Frau seine Schlauheit aufrichtig bewundern, denn er hat im richtigen Moment die Katze auf die Tauben losgelassen.

Doch für die arme Miss Crane waren Tauben schutzlose Wesen und Katzen sanfte, kleine Geschöpfe, und beide mußten ihre Lektion lernen. Nachdem die ganze schreckliche Sache vorüber war, habe ich mehr über Miss Crane erfahren. Ich habe meine frühere schlechte Meinung über sie geändert und versucht, etwas wiedergutzumachen. Aber inzwischen war es schwierig, sich mit ihr anzufreunden. Und in diesem Fall blieb nicht viel Zeit. Ich habe sie wohl etwas spät hierher eingeladen, und sie ist nie gekommen. Also besuchte ich sie ein- oder zweimal. Ihre Tugenden konnte ich immer noch schwerer erkennen als ihre Schwächen. Sie erweckte in mir nach wie vor den Eindruck, sie glaube, man müsse die Tauben den Nutzen der Selbstaufgabe und die Katzen die Vorteile der Zurückhaltung lehren. Vorteile und Nutzen waren beide spirituell und für sie deshalb vom Materiellen losgelöst – und das bedeutet für mich, weil ich leidenschaftlich an allem teilnehme, was um mich herum geschieht, eine Annullierung der Natur. Ich bin keine Hinduistin, aber ich bin eine Inderin. Ich *liebe* die Gewalt nicht, aber ich glaube an ihre Unvermeidlichkeit. Sie ist so *positiv.* Ich hasse die Negation. Ich sitze hier im MacGregor-Haus in einem positiven Zustand hohen Alters. Ich sause hierhin und dorthin, überallhin, wenn mir diese knickrige Regierung eine Einladung schickt. Es kümmert mich nicht im geringsten, daß ich im neuen Indien schon ein Anachronismus zu sein scheine – eine Frau, die sich zu gut an alles erinnert, um wirklich für jemand gehalten zu werden, auf den man heute noch hören sollte. Man könnte sagen, Nehru ist es genauso ergangen. Er war mir stets sympathisch, weil er auf die Heiligkeit hat verzichten können. Ich schätze ihn immer noch, aber das einzige, worüber man zur Zeit im Zusammenhang mit ihm einigermaßen erregt diskutiert, ist die Frage seines Nachfolgers. Ich vermute, wir warten immer noch auf den Mahatma; denn der letzte hat uns enttäuscht und überrascht, weil er ein Heiliger und Märtyrer im westlichen Sinne geworden ist, als dieser dumme Junge ihn erschoß. Ich bin sicher, wir können daraus etwas lernen. Ich bin sicher, wenn der alte Mann heute noch lebte, würde er uns allen mit seinem Spinnrad eins auf den Kopf geben und uns klarmachen, daß wir, wenn es so weitergeht, schließlich auch noch anfangen werden, an Heilige zu glauben, wie sie die Engländer haben, und so die Chance verspielen, daß noch einmal einer im öffentlichen Leben unseres Landes in Erscheinung tritt. Ich habe das Gefühl, als in unserer Verfassung verankert wurde, daß wir ein weltlicher Staat sind, war das für uns Inder der Gipfel. Wir haben die vielen Jahre *legalisiert,* die wir mit den Engländern in Sünde zusammenlebten. Unsere sogenannte Unabhängigkeit war eher eine *Muß*heirat. Unsere Bauern sind die einzigen Inder, die nicht begreifen, daß wir Abendländer sind. Ich nehme an, eines Tages werden auch sie sich mit dem Gedanken anfreunden und Abendländer werden wollen wie praktisch alle Leute im Osten und im Fernen Osten.

Da sitzt sie, eine alte Radschputendame, in einen dunklen Seidensari gehüllt, auf dessen glitzernden Fäden das Licht spielt, das kurzgeschnittene weiße Haar gewellt und mit dem blauen Staub des glänzenden radschputistanischen Himmels getönt, beinahe ebenso aufrecht, wie sie vor vielen Jahren auf dem Rand eines Sofas saß und Edwina Crane zu der erschreckenden Einsicht verhalf, daß das Rezept nicht genügte, an ein paar schlichte, wohltätige Ideen zu glauben und dafür zu arbeiten.

Wenn Sie sich wirklich für Miss Crane interessieren (fährt die alte Dame fort), will ich Ihnen erklären, warum ich schließlich meine Meinung über sie geändert habe. Sie war nicht mittelmäßig. Sie bewies Mut, und das ist das Schwierigste, was ein Mensch auf der Welt beweisen kann. Davor habe ich am meisten Achtung, besonders wenn es sich um Mut im physischen Sinn handelt. Meist kann ich mich des Eindrucks nicht erwehren, daß all das Gerede über moralischen Mut nur Heuchelei ist. Moralischer Mut, das klingt nach Verweigerung. Der physische Mut ist eine Aufforderung, und das finde ich ehrlich. Es gefällt mir. Wie Sie wissen, ist physischer Mut nie ohne Moral. Wir sprechen von moralischem Mut, als sei er auf einer höheren Ebene angesiedelt. Aber physischer Mut ist gewöhnlich auch mit moralischem Mut durchsetzt und könnte in vielen Fällen ohne ihn keinen Ausdruck finden. Man könnte das Ganze möglicherweise auch umkehren. Vielleicht sind diese Vorstellungen von Mut westliche Vorstellungen und auf diese westliche Weise kategorisierbar, die sagt: Schwarz ist schwarz, und weiß ist weiß; richtig ist das Gegenteil von falsch.

In welcher Klemme sitze ich mit meinem Radschputenblut, der nicht ganz weißen Haut, meiner orientalischen Neugier, meinem Gefallen an eurer westlichen Zivilisation und meiner komischen alten Zunge, die sich nur im Englischen zu Hause fühlt! Für mein Alter rauche ich zu viele Zigaretten und trinke zu viel Whisky vom schwarzen Markt. Ich liebe die neugotischen Monstrositäten der alten öffentlichen Gebäude in Bombay und den Tempel am Meer in Mahabalipuram. Ich finde, Corbusier hat in Chandigarh etwas Interessantes gemacht, und beim Anblick des Tadsch Mahal spüre ich einen albernen Kloß im Hals. Haben Sie je den, wie man sagt, schwimmenden Palast in Udaipur gesehen? Oder kennen Sie den weiten Blick vom Arc du Carrousel über die Place de la Concorde die ganzen Champs Elysées hinunter, wenn sich abends der Verkehr am Etoile staut? Oder das menschenleere London an einem sonnigen Sonntagmorgen im Oktober? Den Malaischen Archipel aus der Luft? Die Stiefelspitze von Italien aus vierzigtausend Fuß Höhe vom Flugzeug aus? New York bei Nacht vom Beekman Tower, den ersten Blick auf Manhattan vom Deck eines Dampfers, der am späten Nachmittag den Hudson hinauffährt? Haben Sie einmal eine alte Frau gesehen, die in einem Dorf in Andhra Pradesch Wasser aus dem Brunnen schöpft, oder meine Großnichte Parvati, die den Tanbur spielt und eine Morgen- oder Abendraga singt? Natürlich haben Sie Parvati gesehen. Aber wissen Sie schon, wer sie ist?

Diese Bilder und Menschen, die ich aufgezählt habe, sind nicht kategorisierbar – außer vermutlich in den Köpfen der Menschen, die sie aufnehmen und ihre Bedeutung für sich festlegen. Ach du meine Güte, ich bin ebenso schlimm wie Sie, wie wir alle. Auch wenn ich gar keine Bedeutung suche, kommt mir ganz von selbst eine in den Sinn. Glauben Sie, das ist eine Krankheit?

Trinken Sie aus, und dann nichts wie hinein zum Abendessen.

Im MacGregor-Haus gibt es einen Raum, in dem der verstorbene Sir Nello Chatterjee die Ausbeute seines lebenslangen Sammeltriebs hortete. Er nahm alles mit, woran sein Blick hängenblieb, wenn man es als eine Kuriosität betrachten konnte. Offenbar war er vernarrt in Kuckucksuhren und billige bunte, meist orangefarbene Lederarbeiten, wie man sie südlich des Suezkanals im Roten Meer auf Proviantbooten verkauft. Die Lederarbeiten verrieten vielleicht weniger ein kindliches Entzükken an Kissen, Geldbörsen und Handtaschen als ein Vergnügen am vielversprechenden Auf und Ab der Körbe und Seile, mit denen sie von den schaukelnden, tanzenden, schwimmenden Basaren hoch auf das abweisende, felsenharte Deck eines gepanzerten Ozeandampfers gehievt wurden. Er kann nur selten der Versuchung widerstanden haben, die emporgezogene Beute zu besitzen, oder der entgegengesetzten Versuchung, zu erleben, wie der federleichte Korb hinunterschwebte, leer und nur beschwert mit den Münzen oder Scheinen, die seine Antwort und Interpretation waren zu den feilschenden Gesten der Gestalt mit dem Fes, die im langen, weiten Hemd vorsichtig in dem schmalen Boot unten das Gleichgewicht hielt.

Die Lederkissen und Börsen, die überall in diesem Zimmer des MacGregor-Hauses liegen, wirken seltsam trocken und leblos, wie Seetang, der aus seinem Element gerissen wurde. Trotzdem vermögen sie einem erfahrenen Reisenden den vertrauten Geruch von Öl und Wasser wieder in die Nase steigen zu lassen, den Anflug von Stagnation, der ein großes Schiff zu umgeben scheint, sobald es stilliegt. Auch Indien scheint vor Anker zu liegen. Die Kuckucksuhren schweigen. Es sind verzierte, artifizielle Vogelkäfige, die verstauben. Hinter ihren Türchen sitzen ein Dutzend oder mehr aufgeregter Vögel, vermutlich ganz hysterisch von der langen Einkerkerung und der Erwartung, aufgezogen und freigelassen zu werden. Zu Lebzeiten von Sir Nello erlebte der Besucher in diesem Zimmer das simultane, kakophone Schauspiel der hervorschnellenden Vögel. Lady Chatterjee erzählt, dieser Anblick habe sie stets an einen Albtraum erinnert, den sie einmal gehabt hatte, nach dem Besuch des Pariser Leichenschauhauses in Begleitung eines verliebten Studenten. Selbst als Sir Nello noch lebte, waren diese Dinge auf ihre Anweisung hin praktisch einbalsamiert, und nach seinem Tod hat sich nichts daran geändert. Deshalb findet der Besucher nicht den Mut, um eine Vorführung zu bitten; statt dessen wird er aufgefordert, den ausgestopften Tiger zu bewundern, der in albtraumartiger Unbeweglichkeit sprungbereit auf einem hölzernen Sockel lauert, und die Elfenbeinreplik des Albert-Denkmals unter Glas, dessen Spieluhr ›Home, Sweet Home‹ klimpert, die Muscheln und Steine von der Atlantikküste in Connecticut, einen Miniatureiffelturm aus Bronze und kleine Medaillons von den Verkaufsbuden um Notre Dame – sie sind kalt vom Segen der kommerziellen Frömmigkeit, die sie erwecken. Man sieht Papierlaternen aus einem Restaurant in Singapur, in gieriger Bewunderung als Zugabe zu einer ansehnlichen Rechnung mitgenommen; die abgetretenen Stiefel eines mongolischen Kaufmanns, dem Sir Nello nach einer Reise durch den Himalaja in Darjeeling begegnete und den er in eine seiner typischen, im wahrsten Sinne des Wortes einnehmenden Unterhaltungen verwickelte. Man sieht keine Waffen, keine mit Miniaturen geschmückten Mogulhandschriften, keinen alten Schmuck und keine prächtigen Elefantengeschirre, die einem geschmeichelten mittellosen Fürsten praktisch aus den Ställen entwendet wurden. Es gibt nichts Wertvolles, es sei denn in den Augen eines Exzentrikers, der die Sammlung eines anderen Exzentrikers bewundert. Zum Beispiel liegt unter Glas die alte Bruyèrepfeife, die Sir Henry Manners vor langer Zeit mit seinen dicken, aber zunehmend zittrigen Fingern gestopft hat: Sir Henry Manners, der frühere Gouverneur der Provinz, in der die Stadt Majapur 1942 eine besondere Rolle spielte. Doch zu diesem Zeitpunkt lebte Manners schon seit zehn Jahren nicht mehr dort; der Ruhestand führte ihn vorübergehend nach Kaschmir, und dann entführten ihn auf immer der Rotwein, die Sonne (beides Dinge, die er sehr liebte) und eine Krankheit, die selbst heute nur in Paris, Mexiko und Athen erfolgreich behandelt wird und von der er nichts ahnte, bis sie sich in seine Eingeweide hindurchgefressen hatte und die Leber angriff – seine Ärzte sprachen von einem krebsartigen Befall. Sir Nello ist schon beinahe ebensolange tot; er starb an schlichtem Herzversagen. Die beiden Männer waren Freunde, und die beiden Frauen waren Freundinnen und blieben es auch als Witwen, bis Lady Manners 1948 starb.

Von diesem bewundernswerten Quartett – bewundernswert, weil die vier das kleine Hindernis der Hautfarbe überwunden hatten – lebt nur noch Lili Chatterjee und kann sich all der schönen und der schlimmen Dinge erinnern. Von den anderen Beteiligten sind Reid und die junge Frau nicht mehr da, und der junge Kumar ist vergessen – vermutlich hat er seinen Namen wieder geändert. Die Whites, die Poulsons und der junge Ronald Merrick scheinen zumindest vorübergehend in der Anonymität der Zeit oder anderer Aufgaben untergetaucht zu sein. Miss Crane hat sich verbrannt. Sie alle sind zufällige Opfer der Gefahren kolonialen Ehrgeizes. Doch Museen halten die Geschichte in ihrem turbulenten Verlauf fest. So auch das MacGregor-Haus.

»Als ich Daphne zum ersten Mal sah«, erzählte Lady Chatterjee, und sprach dabei von der Nichte der alten Lady Manners, »hielt ich sie für, nun ja, gutmütig, aber nicht gerade intelligent. Sie war groß, ziemlich unbeholfen und ließ ständig etwas fallen.«

Durch das MacGregor-Haus hallt immer noch das leise Echo klirrenden Glases, das man nicht auf ein gegenwärtiges Mißgeschick zurückführen, für das man keinen Dienstboten verantwortlich machen kann. Lili Chatterjee und ihre Großnichte Parvati sind leichtfüßig, und die Dienstboten gehen barfuß:

Wie läßt sich also das gelegentliche Geräusch fester Schritte auf der Treppe nach oben oder auf den Fliesen der großen Halle erklären, wenn man nicht eingestehen will, daß Miss Manners immer noch zugegen ist? Man stellt sich vor, daß das hartnäckige Weinen des Sommerregens von Gesang untermalt wird, aber nicht von Ragas und nicht von Parvatis Stimme; diese Lieder wären auch zu neu, um sie Janet MacGregor zuzuschreiben. Janet war ohnehin eine Frau, die man sich eher schweigend als singend vorstellen kann, selbst am Ende, mit dem blutigen Mieder und dem herannahenden Tod. Stammte das Blut von ihrem Kind oder von ihrem Mann? Vielleicht war es ihr eigenes Blut. Die Geschichte verzeichnet die Antwort nicht, stellt noch nicht einmal die Frage danach. Janet MacGregor ist ein privates Gespenst, eine unsichtbare Randnotiz auf den Besitzurkunden des MacGregor-Hauses, das aus europäischem in indischen Besitz überging, als Sir Nello es Anfang der dreißiger Jahre kaufte, um damit seine Rückkehr in die Provinz und den Distrikt seiner Geburt anzuzeigen. Lili Chatterjee war seine zweite, fünfzehn Jahre jüngere Frau. Beide schenkten ihm keine Kinder, und möglicherweise erklärt das die Kuckucksuhren. Und Nello war Lilis zweiter Mann: ihr erster war ein Radschputenprinz, der sich beim Polo das Genick brach. Sie hatte auch von diesem sportlichen Erben eines alten Throns keine Kinder. Und das in Verbindung mit ihrem gleichfalls kinderlosen Leben an Nellos Seite erklärt vielleicht die unbelastete Weisheit, ihre Fähigkeit zu freimütigen Kommentaren und Ratschlägen. Sie war nicht nur Witwe eines Fürsten, sondern auch Tochter eines Fürsten. Ihre Erziehung begann in Genf und fand ihren Abschluß in Paris. Als zweiten Ehemann wählte sie einen Mann, der das Talent besaß, Geld nicht nur zu verdienen, sondern auch auszugeben, denn mit ihrer akademischen Ausbildung und ihren Erfahrungen in der Welt blieb ihr nach dem Verlust des privilegierten Status nur der gesunde Menschenverstand. Es gab – gibt vielleicht noch immer, obwohl Lili Chatterjee nie etwas davon erwähnt – Verwandte, die kein Wort mehr mit ihr sprachen, nachdem sie aus der Radschputenkaste in die Waishyakaste geheiratet hatte. Sir Nellos Vater war nur ein Strafverteidiger gewesen.

Und (so sagt sie) Nellos Großvater und dessen Vorväter seien nichts anderes als wohlhabende Kaufleute und kleine Grundbesitzer gewesen. »Nello besaß in der Nähe von Tanpur ererbtes Land, aber das ist schon lange her. Ich glaube, Nello schenkte einiges davon den Bauern. Zumindest erzählte er mir das. Vielleicht war es auch nur ein Märchen und er hatte diese Idee von Tolstoi. Er liebte ›Auferstehung‹. Er war immer leicht zu beeindrucken und eifrig bemüht, in die Tat umzusetzen, was ihn beeindruckte. Bei uns Indern ist das oft der Fall. Nello war ein phantastischer Schauspieler. Auf einer Party mimte er einmal Henry Manners. Der Gouverneur hörte davon, und als sie sich das nächste Mal trafen – Nello wurde als Ratgeber in Fragen der Industrialisierung der Provinz häufig zum Gouverneur gebeten –, als sie sich also das nächste Mal trafen, sagte Henry: ›Na los, Chatterjee, lassen Sie mal sehen!‹ Und das Bezeichnende an Nello ist, daß es ihn unwiderstehlich reizte, den Mann zu imitieren, der ihm gegenübersaß. Er liebte Zuschauer, die ihn nach den allerstrengsten Maßstäben beurteilen konnten. So wurden sie Freunde, und deshalb gab Henry ihm die alte Bruyèrepfeife, die Sie in der Vitrine gesehen haben. Henry sagte, Nellos Darbietung würde durch eine richtige Pfeife im Mund anstelle der gespielten noch besser. Natürlich wurde sie nicht besser. Aber Nello tat, als glaube er es, und auch das ist sehr indisch: lieber etwas vorgeben als jemanden beleidigen. Nello mochte nicht einmal das Gefühl der Pfeife im Mund. Er hat nie geraucht und auch nie getrunken. Im Grunde war er insgeheim geradezu süchtig nach Entsagung. Vermutlich machte er deshalb soviel Geld. Die Religion nahm er halb ernst. Einmal fragte er mich: ›Lili, was würdest du sagen, wenn ich ein *Sannyasin* werde?‹ Wissen Sie, was das ist? Ein Mann gibt alles auf, verläßt sein Haus, seine Familie und macht sich mit einem Stab und einer Bettelschale auf den Weg. Ich erwiderte: ›Also dann, Nello, begleite ich dich.‹ Damit war die Sache erledigt.

Sannyasa, müssen Sie wissen, ist das vierte und letzte Stadium auf Erden. Ich meine, im Sinne des Hinduismus. Das erste Stadium erfordert Disziplin, Erziehung und ein keusches Leben. Im nächsten hat man die Aufgabe, eine Familie und einen Hausstand zu gründen. Im dritten – ich glaube, ihr Engländer bezeichnet es als die besten Jahre eines Mannes, das mittlere Alter, aber in Wirklichkeit ist es die Zeit, in der die Kinder den

Vater nicht mehr ganz ernst nehmen und glauben, alles besser zu wissen –, im dritten Stadium bereitet man sich darauf vor, die Bande zu lösen. Man sorgt dafür, daß die Kinder verheiratet sind und auf eigenen Füßen stehen, segnet die Enkelkinder und versucht, niemandem im Weg zu stehen. Danach erreicht man das vierte Stadium. Man zieht in den Wald, ehe man zittrig, klapprig und für die anderen nur noch eine Last ist. Man versucht, die Zeit aufzuholen, in der man versäumt hat, sich religiöse Verdienste zu erwerben, die man natürlich das ganze Leben lang erwerben kann, am besten jedoch am Ende des Lebens, wenn man die weltlichen Besitztümer aufgibt, sich von den weltlichen Zielen abwendet, um das Ich zu vergessen. Die Idee des *Sannyasa* entsetzt die Engländer natürlich schon immer. Sie finden es schrecklich, sich aller Verantwortung auf diese Weise zu entziehen und zu erwarten, in Zukunft von der Mildtätigkeit Fremder zu leben. Ich weise sie dann immer darauf hin, daß auch sie ihre *Sannyasins* haben: Es sind all die armen alten Leute, die niemand mehr will und die man ins Altersheim schickt. Sie müssen zugeben, die Hindus sind sehr praktisch. Man muß sich nicht den Kopf über die religiöse Seite zerbrechen. Es ist in dieser Hinsicht wie mit den Kühen. Die Kuh wurde heilig und Rindfleisch unrein, damit die Bauern, wenn sie hungerten, die Kühe nicht aufaßen. Aßen sie die Kühe, gab es keine Milch, keine Ochsen, die die Karren zogen, mit denen sie ihre Erzeugnisse zum Markt brachten oder die Felder pflügten, Wasser schöpften und die Mühlsteine drehten. Nun ja, jeder weiß das. Und mit *Sannyasa* ist es nicht anders. Wir überreden die alten Leute, sich auf den Weg zu machen, geben ihnen das Gefühl, sich dadurch Verdienste zu erwerben, und haben so einen Mund weniger zu füttern. Wir stellen auch sicher, daß sie ernährt werden und nicht hungern müssen, indem wir anderen, die es sich leisten können, das Gefühl geben, sich ebenfalls Verdienste zu erwerben, wenn sie einem wandernden *Sannyasin* eine Kupfermünze oder eine Handvoll Reis schenken. Wie Sie sehen, haben wir unser eigenes System sozialer Sicherheit. Wir haben es schon sehr viel länger als alle anderen, und niemand muß dafür Steuern zahlen.

Auch eine Frau kann *Sannyasin* werden. Glauben Sie, *ich* werde es tun? Wird das MacGregor-Haus mein Ashram? In letzter Zeit bin ich viel allein, wie Sie sicher daran erkennen, daß ich unaufhörlich rede. Aber ich dachte eigentlich an Miss Crane. Edwina hieß sie, sagen Sie? Das wußte ich nicht. Es fällt mir schwer, mich an den Namen zu gewöhnen. Ich hätte eher an Mildred gedacht. Für mich war sie jedenfalls immer die Crane oder Miss Crane. Ein Vogel mit langen Beinen und sehr langem Hals, der flügelschlagend versucht, sich in Sicherheit zu bringen, allerdings zu langsam, so etwa in Zeitlupe, wie im Film, verstehen Sie? Bei einem meiner drei oder vier Besuche nach dem Unglück, als die Leute schon sagten, sie sei nicht mehr ganz klar im Kopf, bemühte ich mich, von ihr zu erfahren, weshalb sie sich aus der Missionsarbeit zurückgezogen hatte. An der Wand hingen keine Bilder mehr. Aber ich sah die beiden hellen Flecken, wo einmal Bilder gewesen sein mußten. Über den einen leeren Fleck wußte ich Bescheid, aber nicht über den anderen. ›Wie ich sehe, beginnen Sie bereits zu packen‹, sagte ich. Sie hatte Gandhis Porträt abgehängt, soviel wußte ich, doch ich war neugierig zu erfahren, um wen es sich auf dem anderen Bild gehandelt hatte. Um Nehru? Den Gründer der Mission? Das Licht der Welt?

Aber sie erwiderte nur: ›Nein, ich muß nicht packen‹, und so vermutete ich, die Missionsleitung habe ihr erlaubt, in dem Bungalow zu bleiben. Sie müssen ihn sich unbedingt ansehen. Es gibt ihn immer noch. Ich bin gestern erst auf dem Weg in das Purdah-Krankenhaus dort vorbeigefahren. Ich bin immer noch im Komitee und mache mich unbeliebt. ›Vorsicht‹, sagen sie, ›die alte Chatters kommt.‹ Ich tauche dort jeden zweiten Dienstag im Monat auf und fahre gewöhnlich über die Bibighar-Brücke. Doch die Straße bekommt zur Zeit einen neuen Belag, und der Verkehr staut sich für Ewigkeiten. Also fuhren wir diesmal über die Mandir Gate-Brücke, und Shafi, der dumme Bursche, irrte sich in der Kreuzung. Deshalb kamen wir nicht an der alten Missionskirche vorbei, sondern an Miss Cranes Bungalow. Ich war diese Straße seit Jahren nicht mehr gefahren. Dort drängen sich inzwischen die Händler, die im Basar ausgezogen sind. Auf Miss Cranes kleiner Veranda saß ein großer, grober Kerl, kratzte sich zwischen den Zehen und hatte ein Transistorradio angestellt. Ein paar Ziegen fraßen, was von dem ehemaligen Rasen übriggeblieben ist, und ein halbes Dutzend

Kinder spielte Hüpfspiele. Miss Crane hatte immer so einen hübschen Garten. Das Interesse am Gärtnern schien das einzige zu sein, das wir teilten. Ich sagte zu ihr, sie müsse einmal kommen, um sich den Garten anzusehen, wenn es ihr bessergehe, aber sie kam nie. Der Garten ist noch genau wie damals, also können Sie es sich gut vorstellen. Bhalu pflanzt Jahr um Jahr die gleichen Blumen in dieselben Beete. Er war schon immer ein ordentlicher Mann. Daphne pflückte Ringelblumen für den Eßtisch, zertrat dabei aber die Beetränder. Sie wohnte erst ein paar Tage hier, als Bhalu zu mir kam und mich anflehte, die junge Memsahib zu bitten, ihm nicht mehr zu helfen. Er glaubte, er habe das Recht, die Blumen zu pflücken, weil er sie *pflanzte*. Ich erklärte ihm, die junge Memsahib liebe Blumen und wolle gern helfen. Obwohl sie immer lächle, habe sie großes Unglück hinter sich; mit Ausnahme ihrer Tante Ethel habe sie die ganze Familie verloren. Deshalb müßten wir Geduld haben und vielleicht versuchen, sie für Farne und immergrüne Pflanzen zu interessieren, die als üppige Büsche wachsen und auf dem Tisch sehr viel dekorativer seien als Ringelblumen. Jetzt pflückt Parvati die Blumen. Aber sie ist leicht wie eine Feder, und der alte Bhalu ist nur allzu froh, weil er etwas mehr Zeit hat, vor sich hinzudösen und zu träumen, er sei wieder beim Militär und pflege den Garten von Colonel James Sahib. Ich habe nicht die leiseste Vorstellung, wer dieser Colonel war. Je älter Bhalu wird, desto mehr wird der Colonel in seiner Phantasie zu einem Prominenten, und wie es inzwischen aussieht, muß er mindestens der Adjutant des Vizekönigs gewesen sein. Früher galt es für indische Familien als Statussymbol, einen Dienstboten zu haben, der für die Briten der alten Sorte gearbeitet hatte. Das hat sich auch nicht geändert, doch diese Dienstboten sind inzwischen alle so alt und nutzlos, daß man sich sein Personal besser vom Basar holt und es anlernt. Für Bhalu war Nello nur *chota Sahib*. So nannten Dienstboten, die für *Ihre* Landsleute gearbeitet hatten, ihre indischen Herren, um sie von den britischen *burra Sahibs* zu unterscheiden. *Burra* bedeutet groß, und *chota* klein, aber das wissen Sie vermutlich. Nello lachte darüber, aber ich glaube, es hat ihn ein bißchen verletzt, daß sein Obergärtner ihn einen *chota Sahib* nannte.

Ich wünschte, Daphne hätte Nello gekannt, aber natürlich

war er bereits einige Jahre tot, als sie hierherkam, um bei mir zu wohnen. Sie hatten beide die gleiche Art Humor. Bei einer großen Frau ist so etwas auffälliger, nicht wahr? Oder will ich damit sagen, daß große Frauen lustiger sind als normal große? Aber kleine Frauen sind doch oft auch lustig, oder? Ich meine, kleine Engländerinnen. Inderinnen sind meist klein und zierlich. Sehen Sie sich Parvati an. Wenn sie groß sind, benehmen sie sich schrecklich ernst und werden manchmal aggressiv. Es hat den Anschein, als müßten sie eine besondere Position verteidigen. Wenn sie ihren Mann überragen, wird die Situation bedrohlich. Ich war einen Zoll kleiner als Nello und fünf Zoll kleiner als mein erster Mann Ranji.

Ich versuche mich daran zu erinnern, wie groß Miss Crane war. Natürlich größer als ich, aber für eine Engländerin vermutlich von durchschnittlicher Größe. Ich kann mich nur noch deutlich an den Hals, an die Beine und die Nase erinnern. Ich sah sie meist, wenn sie sich bei Connie Whites Dinnereinladungen setzte oder aufstand, und dann, als ich sie im Englischen Krankenhaus besuchte und später in ihrem Bungalow, als es ihr noch nicht gut genug ging, um aufzustehen. Bei meinem ersten Besuch in ihrem Bungalow lag sie auf einem Ruhebett auf der Veranda. Es war nicht ganz einfach, sie im Englischen Krankenhaus zu besuchen. Wenn meine englischen Freunde krank waren, gingen sie meist in die Privatklinik Greenlawns und nahmen Zimmer, die sie sich nicht leisten konnten. Mit Dr. Mayhew konnte ich einen Besuch dort immer arrangieren. Lag jemand im Allgemeinen Krankenhaus, hatte er so gut wie immer ein Zimmer auf der Privatstation, und ich mußte nur Ian Macintosh, den Chirurgen, anrufen und ihn bitten, die diensthabende Schwester von meinem Kommen zu unterrichten. Aber Miss Crane lag nicht privat, sondern in einem Zimmer mit drei oder vier Betten; und als ich beschloß, sie zu besuchen, hatte Ian gerade keinen Dienst. Ich hatte mich noch nie zuvor am Haupteingang anmelden müssen. Das Mädchen dort, eine Anglo-Inderin, aber so weiß wie eine Europäerin, erklärte, ich könne Miss Crane nicht besuchen. Als ich mich nicht abweisen ließ, forderte sie mich auf, in der Halle zu warten, und tat nur so, als habe sie der Stationsschwester eine Nachricht geschickt. Statt dessen hatte sie die Schwester vor meinem Auftauchen gewarnt. Es war ziemlich albern, denn Daphne arbeitete damals als Freiwillige im Krankenhaus und *wohnte* bei mir. Aber als Inderin war mir der Zutritt eigentlich sowieso verwehrt, beziehungsweise, ich war nicht gerne gesehen. Es gab zwar kein Gesetz, doch es war eine ungeschriebene Regel. Ich hätte ohne weiteres in den Militärflügel gehen können, denn dort lagen indische Berufsoffiziere. Das heißt, ich hätte Leutnant Shashardri oder seine Frau ohne weiteres besuchen können, doch die Zivilabteilung war für mich tabu. Als Mrs. Menen, die Frau des Oberrichters, krank wurde, nahm sie sich ein Zimmer im Greenlawns, denn Ian Macintosh sorgte dafür, daß es dort keine Rassentrennung gab, solange die Patienten das Zimmer bezahlen konnten. Aber selbst dort galt die ungeschriebene Regel, daß nur bestimmte indische Patienten aufgenommen wurden. Im Grunde war es unwichtig, und es entstanden daraus keine größeren Schwierigkeiten, denn wenn ein Inder reich genug war, um sich ein Zimmer dort leisten zu können, aber nicht zu den bestimmten Indern gehörte, hatte er mit größter Wahrscheinlichkeit eine Frau, der es nie in den Sinn gekommen wäre, in ein anderes als das Purdah-Krankenhaus zu gehen.

Wie auch immer, da saß ich nun in der Halle und hoffte, man würde mir nicht im geringsten ansehen, daß ich wußte, daß etwas nicht in Ordnung war. Es dauerte auch nicht lange, bis diese Ziegen von freiwilligen Helferinnen unter irgendeinem Vorwand in der Rezeption auftauchten, um sich davon zu überzeugen, daß eine Inderin doch tatsächlich die Stirn besaß, sich beim Empfang anzumelden und erwartete, einen Krankenbesuch machen zu dürfen. Ich kam mir wie ein Tier im Zoo vor, aber damals war das öfter der Fall. Ich glaube, ich säße immer noch dort, wenn nicht Bruce Mayhew einen Termin gehabt hätte. Er stürmte herein, blieb verblüfft stehen und sagte: ›Hallo Lili, weshalb um alles in der Welt sitzt du *hier*?‹ Ich erzählte ihm von meiner Absicht, Miss Crane zu besuchen, und den Bemühungen des Mädchens am Empfang, die Stationsschwester zu erreichen. Ich wollte die Kleine nicht in Schwierigkeiten bringen, aber natürlich wußte Bruce sofort, was gespielt wurde. Er erklärte, es sei nicht notwendig, die Stationsschwester zu bemühen. Er sei ohnedies auf dem Weg dorthin und würde mich begleiten. Als wir in das Zimmer kamen, in dem Miss

Crane lag, blieb er lange genug, um den anderen Engländerinnen klarzumachen, daß ich *jemand* war. Aber es half nichts. Bruce ging schließlich, und im nächsten Moment läutete eine der Frauen. Normalerweise wäre eine Pflegerin gekommen, aber diesmal erschien die Stationsschwester. Ich wußte, Bruce hatte beim Weggehen mit ihr gesprochen, er bestätigte es mir später. Er ging eigens in das Schwesternzimmer, um sich dafür zu entschuldigen, daß er ohne ihre ausdrückliche Erlaubnis eine Besucherin zu Miss Crane gebracht hatte. Er erwähnte nicht, wer ich war, denn er wußte, das erübrigte sich. Ich meine, ihm war klar, daß man ihr gesagt hatte, eine Inderin habe versucht, Zutritt zur Station zu erlangen. Sie hatte sich bewußt in ihrem Zimmerchen eingeschlossen, damit man sie nicht ›finden‹ konnte. Jedenfalls rauschte sie ein paar Minuten, nachdem Bruce sich verabschiedet und nur wenige Sekunden, nachdem die Frau geklingelt hatte, ins Zimmer. Sie blieb wie angewurzelt stehen, als sei sie völlig überrascht, jemanden dort anzutreffen, und fragte: ›Was tun Sie denn hier? Wissen Sie nicht, daß jetzt keine Besuchszeit ist?‹ Ich erwiderte, Dr. Mayhew habe es mir erlaubt, da man sie nicht finden konnte. ›*Ich* bin für diese Station verantwortlich, nicht Dr. Mayhew‹, verkündete sie. ›Bitte gehen Sie auf der Stelle.‹ Dann fragte sie: ›Haben Sie geklingelt, Miss Crane?‹ als habe Miss Crane sie gerufen, um mich hinauswerfen zu lassen. Aber noch ehe Miss Crane antworten konnte, legte die Frau los, die tatsächlich geklingelt hatte: ›Nein, ich war es, ich werde in meiner Ruhe gestört.‹ Sie sprach wie die Frau eines Vorarbeiters bei den Britisch-Indischen Elektrowerken: Dialekt, gefärbt mit dem, was sie in einem oder zwei Jahren gelernt hatte, während sie den Frauen der Direktoren zuhörte. Entschuldigung! Ich bin schrecklich snobistisch, nicht wahr? Aber ich war ärgerlich und wütend, nicht nur über das, was da vorging, sondern weil ich einsah, daß ich mich wahrscheinlich in der Frage der offiziellen Besuchszeiten tatsächlich ins Unrecht gesetzt hatte. Doch Daphne erzählte immer, niemand halte sich an die Besuchszeiten, und die Leute würden praktisch zu jeder Tages- oder Nachtzeit erscheinen. Ich *sah* auch andere Besucher. Es war mein Pech, daß keine der anderen Frauen in Miss Cranes Zimmer Besuch bekam. Außerdem war es schrecklich unfair, weil die arme Miss Crane in all der Zeit, die sie dort lag, nur zweimal Besuch hatte, und zwar vom Pfarrer und von Mr. Poulson – der eigentlich in offizieller Funktion kam. Zu mehr blieb dem armen Mann keine Zeit. Wie Sie sich erinnern, hatte er sie aus ihrer unglücklichen Lage gerettet. Nachdem Miss Crane die Lungenentzündung überstanden hatte, mußte er ihr eine Menge Fragen über die Männer stellen, die Mr. Chaudhuri ermordet hatten. Er *mußte* es nicht tun, eigentlich war es Ronald Merricks Aufgabe. Aber Mr. Poulson und Mr. White wußten, man mußte mit Miss Crane behutsam umgehen. Und sie wußten auch, daß Merrick nicht gerade ein behutsamer Mann war. Die Antworten von Miss Crane erwiesen sich alles andere als hilfreich. Im Krankenhaus war sie nicht mehr beliebt. Die Leute glaubten, sie verschweige etwas, damit ein indischer Mörder ungestraft davonkomme. Als ich sie besuchte, lag sie schon seit drei Wochen im Krankenhaus, und man hatte sie gerade erst in dieses Zimmer mit den Ziegen und den Harpyien verlegt. Bruce Mayhew hatte mir auf dem Weg nach oben erzählt, er freue sich, daß ich sie besuchen wolle. Sie hatte beinahe keine weißen Freunde. Am Anfang machte man im Krankenhaus großes Aufhebens um sie, denn man wußte, sie hatte beim Ausbruch der Unruhen viel durchgemacht. Man hätte gern eine Heldin aus ihr gemacht, die Feuer speit und dafür sorgt, daß ein paar Rebellen am Strick baumeln. Aber Miss Crane hielt nichts vom Feuerspeien, und obwohl man schließlich ein paar Männer faßte, die den Mob angeführt und Mr. Chaudhuri umgebracht hatten, war das nur der Hartnäkkigkeit des Unterinspektors in Tanpur zu verdanken. Die Leute vertraten alle die Ansicht, der Gerechtigkeit wäre schneller Genüge getan worden, wenn Miss Crane die Polizei mit brauchbaren Personenbeschreibungen unterstützt hätte. Ich glaube, mein Besuch half ihr nicht, und ganz bestimmt nützte es *mir* nichts, *sie* zu besuchen, obwohl *mir* unter diesen Umständen kaum etwas genützt hätte. Die wenigen weißen Freunde, die sie besaß, hatten keine Zeit, sie zu besuchen, und ihre indischen Freunde wagten nicht einmal den Versuch. Ein paar Soldaten aus der Kaserne sammelten Geld und schickten ihr Blumen. Sie bekam auch ein paar Geschenke von armen Indern wie Mr. Narayan, der an der Chillianwallah-Schule unterrichtete. Vermutlich waren es mehr Geschenke, als bei ihr ankamen. Das

Krankenhauspersonal mußte nicht einmal einen Blick auf die Karte werfen, um zu wissen, ob die Blumen von Indern oder Europäern kamen. Ich nehme an, die meisten wurden weggeworfen, und deshalb erfuhr Miss Crane nie, wie sehr die Inder sie mochten – nicht nur, weil sie nichts aussagte, woran sie sich nicht ganz genau erinnerte, sondern einfach als Person. Ich weiß, Connie White und Mavis Poulson *beabsichtigten* immer, sie zu besuchen, aber die Lage war so schrecklich, beinahe wie bei einer Belagerung, und sie fanden nie die rechte Gelegenheit. Miss Crane muß das Gefühl bekommen haben, daß sich niemand um sie kümmerte. Und mein Besuch, nun, Sie müssen bedenken, daß die Inder gerade zu diesem Zeitpunkt bei den Weißen kaum beliebt waren, und dann war natürlich noch diese andere Sache. Sie wußten alle, daß Daphne bei mir wohnte. Das sagte ich mir, als ich meinen Zorn und meine Empörung über den Hinauswurf durch diese Hyäne von einer Schwester überwunden hatte.

Mein Hinauswurf wurde mehr oder weniger erträglich durch die Tatsache, daß es Miss Crane gleichgültig zu sein schien, ob ich blieb oder ging, und so löste sich die Angelegenheit von selbst. Die Schwester stand vor dem Bett, ich erhob mich, und Miss Crane sagte: ›Vielen Dank für Ihren Besuch, Lady Chatterjee.‹ Aber sie sagte es so, als sei es von mir zu spät, oder als sei es für sie zu spät, oder als könne nichts, was jetzt noch geschah, etwas an ihrer Sicht der Dinge ändern. Ein paar Tage später rief Bruce mich an und erklärte, ich könne Miss Crane jederzeit besuchen. Ich solle mich nur am Empfang melden. Offensichtlich hatte er einen großen Aufruhr veranstaltet. Er meinte, dem Personal sei einfach nicht klargewesen, wer ich sei. ›Aber natürlich war ihnen das klar, Bruce‹, erwiderte ich. ›Wäre ich eine einfache Mrs. Chatterjee gewesen, hätten sie das ganze nur als einen Witz betrachtet, etwas, das man zur Kenntnis nimmt und wieder vergißt. Aber eine Lady Chatterjee, die Witwe eines Mannes, den ihr eigener König geadelt hat – das hat der Sache Gewicht gegeben. Sie mußten eine Haltung dazu einnehmen, unabhängig von ihrem Neid, weil sie nicht selbst von Adel sind. Schließlich schickte praktisch jeder Inder zu dieser Zeit seine Titel, Auszeichnungen und Orden an den Vizekönig, damit er sie dem König George oder wem auch immer zurückgab. Wenn man das nicht für schrecklich hielt, fand man es nur recht und billig, denn die Europäer sahen immer leicht amüsiert auf die Titel von Indern herab. Ich nehme an, wenn Nello noch gelebt hätte, wäre er wie all die anderen zu dem einfachen Mr. zurückgekehrt. Heutzutage führen immer noch viele Leute ihre Titel, obwohl die Regierung sie nicht anerkennt. Aber *damals* fragte man mich dauernd: ›Weshalb verzichtest du nicht auf die Lady? Nello hätte den Sir abgelegt.‹ Ich erwiderte dann immer: ›Ich kann nicht für einen toten Ehemann handeln. Wenn ich die Lady ablege, entehre ich *ihn,* um meinen eigenen Seelenfrieden zu haben. Außerdem hat er seinen Titel *verdient.*‹

Manche Leute in Majapur behaupteten, ich sei nur aus reinem Snobismus noch mit Lady Manners befreundet. Aus indischem Snobismus natürlich, der zum Beispiel darin besteht, Engländer beim Vornamen anzureden. Das gleiche sagten sie, als ich Daphne einlud, bei mir im MacGregor-Haus zu wohnen. Sie war die Tochter von Henry Manners' Bruder. Connie White berichtete mir, die Leute versuchten, Daphne an Plätzen wie dem Gymkhana Club die kalte Schulter zu zeigen, indem sie vorgaben, nicht zu wissen, wo Daphne wohnte, um dann verächtlich zu lächeln oder vorgeblich schockiert zu sein, wenn sie sagte, im MacGregor-Haus. Daphne ging nur selten in den Club – zumindest in der Anfangszeit –, denn ich durfte nicht einmal als Gast dort erscheinen. Selbst in Begleitung des Distriktskommissars oder des Vizekönigs hätte man mich nicht reingelassen. Daphne ging nur wegen der anderen Mädchen hin, die mit ihr im Krankenhaus arbeiteten. Aber dann versuchte Ronald Merrick, sie zu erobern. Er ging mit ihr aus, und mit ihm war sie auch mehrmals im Club. Und auch das nahm man ihr übel. Mr. Merrick war so ungefähr der begehrteste Junggeselle am Ort. Er sah eigentlich ganz gut aus, wenn man das von einem Mann mit einem zynischen Blick sagen kann. Doch das Wesentliche war seine Position als Polizeichef des Distrikts. Alle unverheirateten jungen Mädchen, die sich nicht allzusehr daran störten, daß er aus keiner nennenswerten ›Familie‹ kam, machten sich Hoffnungen, ihn einzufangen. Er hatte keine von ihnen sonderlich beachtet, und deshalb reagierten sie nicht gerade sehr freundlich, als es Daphne gelang, ohne auch nur einen

Finger zu rühren. Weder Robin White noch Jack Poulson mochten ihn besonders, aber sie sagten, er leiste gute Arbeit. Richter Menen konnte ihn nicht ausstehen, sprach es aber nie offen aus. Ich lud ihn ein, denn ich hatte mich gut mit seinem Amtsvorgänger verstanden, einem älteren Mann namens Angus MacGilvray. Ich nahm an, Mr. Merrick würde es mir verübeln, wenn er nicht einmal eine Einladung erhielt. Aber es überraschte mich, daß er tatsächlich kam. Obwohl er natürlich nur erschien, weil sich ihm hier Gelegenheit bot, Inder bei einer privaten Geselligkeit kennenzulernen. Man konnte geradezu sehen, wie sein Verstand arbeitete, wie er sich belanglose Dinge einprägte, die er hörte, damit er zu Hause Eintragungen in die Geheimakten machen konnte. Solche Unterlagen wurden geführt, um bei Unruhen die einflußreichsten Kongreßleute und alle, die man als gefährlich einstufte, auf der Stelle verhaften zu können. Ich vermutete, er machte sich an Daphne heran, weil er es als seine Pflicht betrachtete, mit jemandem auf freundschaftlichem Fuß zu stehen, durch den er vielleicht Dinge erfuhr, die sich hier ereigneten und von denen er bei seinen Besuchen nichts sah oder hörte. Er vermutete im MacGregor-Haus eine Art Cliveden, eine Brutstätte indischer Intrigen, ein Treibhaus für englische Rote – das wäre natürlich das genaue Gegenteil von Cliveden, aber Sie wissen schon, was ich meine. Aber ich glaube, ich habe mich geirrt. Die Gründe für seine Bemühungen um Daphne waren weit vielschichtiger. Als ich erkannte, wie vielschichtig, war es zu spät.

Ich wünsche oft, ich könnte das alles noch einmal erleben, allerdings mit dem Wissen, das ich heute besitze. Nicht nur wegen Daphne, sondern auch wegen Miss Crane. Ich glaube, ich hätte Miss Crane davon abbringen können, auf diese besonders schreckliche Weise eine *Sannyasin* zu werden. Es ist völlig in Ordnung, alles aufzugeben, solange man genau weiß, was man besessen *hat.* Die arme Miss Crane wußte das nicht. Als ich sie das letzte Mal in ihrem Bungalow besuchte und sie in ihrem Zimmer mit den beiden leeren Stellen an der Wand saß, fragte sie mich: ›Weshalb besuchen Sie mich eigentlich, Lady Chatterjee?‹ Und mir fiel keine andere Antwort ein als: ›Um zu sehen, ob Sie etwas brauchen.‹ Also, ich frage Sie, wozu sollte das gut sein? Können Sie sich eine Frau wie Miss Crane vorstellen, die zugibt, daß sie Hilfe braucht? Was hätte ich Ihrer Meinung nach antworten sollen? Was hätte ich statt dessen sagen sollen? Wenn sie noch dort wohnen würde und nicht dieser fette Kerl, der mit seinen Zehen spielt und Filmmusik aus seinem kleinen Radio hört, würde ich wahrscheinlich antworten: ›Ich bin gekommen, weil keiner von uns aufgeben darf, und ich sehe, daß Sie dabei sind aufzugeben.‹

Ich muß noch einmal nachdenken. Wenn ich es mir richtig überlege, habe ich sie *dreimal* besucht, nicht viermal. Das erste Mal im Krankenhaus, dann, als sie immer noch bettlägerig war und auf der Veranda ruhte, während ihr alter Diener die ganze Zeit über in der Tür stand und aufpaßte, daß sie sich nicht zu sehr aufregte. Und noch einmal ein paar Wochen später, als ich erfuhr, daß sie zur allgemeinen Überraschung ihre Stellung aufgegeben hatte. Nach meinem ersten Besuch in ihrem Bungalow hatte ich das Gefühl, ich sollte mich eine Weile fernhalten. Aber dann erfuhr ich, daß sie die Soldaten wieder zum Tee einlud. Da dachte ich, jetzt ist die Zeit gekommen. Jetzt können wir uns wirklich kennenlernen. Doch ich besuchte sie nicht sofort, ich hatte viel zu tun. Ich ging erst, als ich erfuhr, daß sie ihren Posten aufgegeben hatte, und als die Leute erzählten, sie sei nicht mehr ganz richtig im Kopf. Ich besuchte sie an einem Nachmittag. Der Diener war auf der Veranda. Das ist an und für sich nichts Besonderes. Aber ich erkannte, daß er Wache stand. Er erklärte, Miss Crane sei sehr beschäftigt und könne niemanden empfangen. Ich wollte schon gehen, als sie rief: ›Wer ist es?‹ Er ging hinein, kam zurück und bat mich einzutreten. Sie saß in ihrem Schlafzimmer in einem Sessel. Sie stand nicht auf und bot mir auch keinen Platz an. Ich setzte mich trotzdem, und dann fragte sie mich: ›Weshalb besuchen Sie mich eigentlich, Lady Chatterjee?‹ Ich dachte einen Augenblick nach und gab dann diese alberne Antwort: ›Um zu sehen, ob Sie etwas brauchen.‹ ›Sehr freundlich von Ihnen, aber ich brauche nichts‹, sagte sie. Ich sagte: ›Wie ich höre, wollen Sie sich von der Arbeit in der Mission zurückziehen?‹ Sie nickte nur mit dem Kopf. Ich sah mich im Zimmer um, wie man sich bei jemandem umsieht, von dem man gerade erfahren hat, daß er auszieht. Ich entdeckte die beiden hellen Flecken auf der Wand. Der eine mußte von Gandhis Bild, der andere von einem anderen Bild stammen. Deshalb machte ich die Bemerkung über das Packen. ›Ich muß nicht packen‹, erwiderte sie, und nach einer Weile, während ich überlegte, weshalb nicht, *lächelte* Miss Crane. Aber sie lächelte vor sich hin, und das Lächeln galt nicht mir. Deshalb dachte ich: ›Also stimmt es. Sie ist verrückt.‹ Und weil ich dachte: ›Oh, sie ist verrückt‹, fragte ich sie nicht, was ihre Bemerkung zu bedeuten habe. Ich sagte nicht: ›Die Mission überläßt Ihnen also den Bungalow?‹ Ich fragte nicht, denn es kam mir zu unwahrscheinlich vor, und ich glaubte, ihre Antwort würde in mir nur das Gefühl verstärken, sie sei nicht ganz richtig im Kopf. Ich fühlte mich nicht der Peinlichkeit gewachsen, den Beweis dafür zu erhalten. Also beließ ich es dabei, daß sie nicht packen müßte. Arme Miss Crane! Ich hätte nicht lokkerlassen sollen, ich hätte fragen sollen, weshalb. Sicher wäre sie nicht gleich mit der Sprache herausgerückt. Das Schreckliche ist, hinterher kam mir der Gedanke, sie habe vielleicht erst in diesem Moment, als wir zusammensaßen und darüber sprachen, daß sie nicht packen müßte, wirklich begriffen, weshalb sie nicht packen würde, und erkannt, weshalb es keinen Grund dafür gab. Das Lächeln, verstehen Sie, das auf ihr Gesicht trat, nachdem sie gesagt hatte: ›Oh, ich muß nicht packen, ich werde nicht packen. Es wird nicht nötig sein.‹ Danach wechselte sie das Thema. Sie erkundigte sich nach Daphne. ›Wie geht es Miss Manners?‹ Einfach so, in einem Ton, in dem man sich nach einer *Kollegin* erkundigt, als repräsentierten sie beide etwas gemeinsam, und ich glaube, so war es auch. Sie kannte den jungen Kumar nicht. Hätte sie gewußt, was mit Harry Kumar geschehen war, hätte sie vermutlich im selben Ton gefragt: ›Wie geht es Miss Manners?‹, dann aber hinzugefügt: ›Stimmt es, was ich höre? Ich habe gehört, was sie mit dem jungen Mr. Kumar gemacht haben, stimmt das?‹«

Das Abendessen ist die einzige Mahlzeit, die Parvati gemeinsam mit der Familie einnimmt; und die Familie besteht sozusagen aus Lili Chatterjee und der jungen Parvati. Sind keine Gäste eingeladen, bietet sich folgendes Bild: Die alte Frau und das junge Mädchen sitzen an einem Ende des langen polierten Eßtischs, wo für zwei Personen gedeckt ist. Sie unterhalten sich auf Englisch, denn Englisch ist selbst jetzt noch die Sprache der indischen Gesellschaft, so wie vor einem halben Jahrhundert die gebildeten Russen Französisch sprachen.

Ein junger Mann bedient sie. Er kann höchstens ein Junge gewesen sein, als Miss Manners im Haus lebte, und damals sogar noch ein kleiner Junge. Er ist relativ neu im Haushalt. Er stammt aus dem Süden und ist eine Art Cousin von Bhalu, dem alten Gärtner. Ram Dass, sie nennt ihn Ramu, hat die Stelle als Hausboy auf Empfehlung des alten Bhalu bekommen, aber er hat mit dem Gärtner wenig zu tun, denn Bhalus Position ist sehr viel niedriger als seine. Und Lady Chatterjee amüsiert es, daß er jetzt sogar die Verwandtschaft leugnet. Manchmal kann man hören, wie sie sich in den Dienstbotenunterkünften hinter dem Haus streiten. Der Koch verachtet beide. Er hat früher für eine Maharani gearbeitet. Außerdem gibt es Sushila, die das Haus sauberhält. Lady Chatterjee übersieht geflissentlich, daß der moslemische Chauffeur, der hübsche, grinsende Shafi, mit Sushila schläft. Es ist nicht so einfach, genug Diener zu finden, und die Löhne steigen von Jahr zu Jahr. Manche Räume im MacGregor-Haus bleiben verschlossen.

Wenn alle Jalousien heruntergelassen sind, bleibt das Haus selbst mittags kühl und dunkel. Die Räume sind sehr hoch, und die Gedanken der Menschen sind dort in Gefahr, wie entflogene Kanarienvögel immer wieder aufzusteigen, sich im Kreis zu drehen und in dunkle Ecken und Nischen zu flattern, die, wie man sich vorstellen kann, nie mehr von Menschenhand berührt worden sind, seit MacGregor das Haus wieder aufgebaut hat. Selbst abends gelingt es dem künstlichen Licht von Lampen und Wandleuchtern nicht, die entlegeneren Winkel und Regionen dieser Räume zu erhellen, die weit außer Reichweite eines Mannes liegen würden, der auf der Schulter eines anderen steht. Am besten beschränkt man sich bei Eindrücken auf all das Gewöhnliche, das in Augenhöhe liegt. Denn sonst werden die Halsmuskeln ebenso wie die Sinne überanstrengt von den längst verflossenen Jahren, die mit der Gegenwart zusammenprallen. In den Räumen im Erdgeschoß herrscht allerdings immer die beruhigende Atmosphäre des Faßlichen, Greifbaren; und das Zimmer hier liegt in den unteren Ebenen wie der Nebel eines jungen Tages in uralten Mulden und Senken. Wenn man nach oben steigt, stellt sich zum ersten Mal das Gefühl ein, in die Vergangenheit vorzudringen. Es verläßt einen nie mehr, gleichgültig wie oft man diesen Weg täglich zurücklegt. Schließlich ist es nun einmal das Besondere von Schlafzimmern, daß sie die intimen Empfindungen ihrer ehemaligen Bewohner besser bewahren als die allgemein zugänglichen Räume unten.

Lady Chatterjee holt irgendwo einen Schlüssel – kein Gast dringt je hinter die Barriere vor, wo der Haushalt geführt und gelenkt wird – und geht die Stufen der breiten, polierten Holztreppe hinauf, die sich von der Halle mit den schwarzen und weißen Fliesen zu den vielen Treppenabsätzen und Fluren emporschwingt. Sie öffnet die Mahagonitür mit dem Messingknopf zu dem Zimmer, in dem Miss Manners schlief und das sie immer noch Daphnes Zimmer nennt. Es riecht muffig und so unbenutzt wie Sir Nellos Museum mit den Schuljungenkuriositäten, das passenderweise direkt darunter liegt. Wenn die Bambusjalousien hochgezogen sind, hat man einen Blick über den Garten. Durch die Lücken zwischen den niedrigeren, buschigen Bäumen sieht man die Ebene um Majapur und verschwommen die Hügel am Horizont. Ein oder zwei Meilen entfernt ragt der Kirchturm von St. Mary auf, der für seinen Hintergrund immer noch so irrelevant wie jede Architektur, ob englisch oder indisch, in dieser seltsam unfertigen Landschaft zu sein scheint, in der das monotone Lied der niemals ruhigen Krähen wie ein Geschrei von Geschöpfen klingt, die erst halb entwickelt oder noch gar nicht geboren, aber schon von Begierden getrieben sind, die die Welt schließlich als Hunger erkennen wird.

Auf dem Sekretär liegen zwei der Briefe, die Miss Manners an ihre Tante geschrieben und die Lady Manners später Lili Chatterjee gegeben hat – möglicherweise, weil sie die Briefe oder die Erinnerungen, die sie weckten, nicht wollte; und diese Briefe enthüllen vielleicht einen ähnlichen Hunger und widersprüchliche Triebe: ungeordnet, irrelevant. Sie muß sie zu der gleichen Begleitmusik geschrieben haben – es sei denn, sie schrieb nachts, wenn die Krähen in ungeduldiger Erwartung des Morgens unruhig schlafen –, zu der sie nun nach so langer Zeit gelesen werden. Die Briefe, die man zur Begleitung dieser unaufhörlichen, gleichbleibenden Töne liest, sind seltsam tot und merkwürdig unartikuliert. Weshalb etwas anderes vorgeben?

Sie lassen die Schreiberin nicht lebendig werden; es sind nur Briefe, wie das Foto von Miss Manners nur ein Foto ist. Das Foto hat mit kalligraphischem Schwung ein gewisser Subhas Chand signiert, der die Porträts jener Leute der Garnison aufnahm, die Freunden und Verwandten dokumentieren wollten, was Majapur aus ihnen gemacht hatte. Wie Lady Chatterjee erzählt, entstanden seine Bilder in einer Ecke der Apotheke von Dr. Gulab Singh. Auch Clancy ließ sich dort porträtieren: ein gutaussehender, vorwärtsdrängender junger Mann in makelloser Khakiuniform, der das Gesicht voll der Kamera zuwendet und in freundschaftlicher Gemeinsamkeit mit dem derben Barrett vor dem (wiederum irrelevanten) Hintergrund einer Samtdraperie mit romantischem Farn (Frauenhaarfarn in einem Messingtopf auf einer neoromantischen Säule, um die sich kein Friedhofsefeu windet, obwohl sich der Eindruck dem phantasievollen Betrachter unangenehm aufdrängt) starr in die Welt blickt.

Auch die Bilder von Clancy liegen irrelevant wie Erinnerungsstücke an eine Weihnachtsfeier zwischen der von niemandem beanspruchten Habe Miss Cranes, die immer noch in der Hauptverwaltung der Mission in Kalkutta aufbewahrt wird. Es sind nicht nur moderige Relikte von Miss Crane, sondern Zeugnisse einer standhaften christlichen Aufrichtigkeit und des uninteressierten Schulterzuckens ihrer entfernten Verwandten – Nachkommen der armen Cousinen, die beim Tod ihres Vaters mit der leisen Hoffnung auf materielle Zuwendungen zum Begräbnis kamen, dann verschwanden, sie vergaßen und sie der Versuchung enthoben, in ihre leeren Taschen zu greifen, falls das tapfere Beerdigungsgesicht und die Beteuerungen der Unabhängigkeit sich als trügerisch erweisen sollten. Nachdem man in Kalkutta bereits Bilder von Clancy gesehen hat, lösen Technik und Signatur von Subhas Chand, das unverkennbare mattglänzende Sepiapapier, das er für seine Abzüge benutzte (stets im kleinen Kabinettformat 10 × 14), einen sanften Nachhall des Wiedererkennens aus, wenn man Miss Manners Porträt in seinem versilberten Rahmen zum ersten Mal von seinem Platz auf dem Frisiertisch nimmt. Hier saß sie und bürstete ihre offenbar kurzgeschnittenen, welligen sepiabraunen Haare.

»Das kann Ihnen (bemerkt Lady Chatterjee und verreibt einen bräunlichen Fleck auf dem Silberrahmen) keinen richtigen Eindruck von ihr vermitteln. Ich finde, Bilder von Menschen zu betrachten, die man nicht persönlich kennt oder kannte, sondern nur vom Hörensagen, ist höchst unbefriedigend. Natürlich ist es faszinierend, das Porträt von jemandem zu betrachten, dessen Namen einmal viele Leute auf den Lippen hatten, wie man so sagt. Vielleicht geht es Ihnen jetzt so. Aber wenn die erste Neugier befriedigt ist, folgt eine Art Antiklimax, nicht wahr? Vielleicht empfindet man überhaupt nichts dabei, denn man kann nie völlig sicher sein, daß der Mensch überhaupt so ausgesehen hat, oder ob es überhaupt sein Bild ist. Wissen Sie, wenn ich Bilder von mir und Nello betrachte – etwa dieses da unten, das auf der Gartenparty in Simla aufgenommen wurde, wo wir zwischen Lord Willingdon und dem Aga Khan stehen –, muß ich manchmal genauer hinsehen und denke: Ist das wirklich Nello? Habe ich wirklich so ausgesehen? Habe ich jemals so blasiert gelächelt? Ich lächle beinahe kokett-blasiert etwas an, das auf dem Bild nicht zu sehen ist, das aber meinen Blick auf sich gezogen hat. Ich habe keine Ahnung, was meinen Blick auf sich gezogen haben könnte, und erinnern kann ich mich schon gar nicht. Deshalb beginne ich mich zu fragen, ob die Frau auf dem Bild (die ich *gefühlsmäßig* ohnedies nicht bin) keine Doppelgängerin ist, und der Dicke neben ihr nicht jemand, der Nello beinahe ebenso geschickt imitiert, wie Nello Henry Manners imitierte. Willingdon und der Aga Khan wirken echt, aber wenn man so hohe Tiere trifft und sich mit ihnen unterhält, neigt man dazu, sie nur in zwei Dimensionen zu sehen. Das tut auch die Kamera, und deshalb wirkt das fotografische Ergebnis natürlich authentisch.

Daphne ließ sich von Subhas Chand zwei oder drei Monate nach ihrer Ankunft hier fotografieren. Es war nicht ihre Idee. Lady Manners schrieb mir: ›Sag Daphne, ich hätte gern ihr Bild zum Geburtstag. Aber sie soll sich nicht die Mühe machen, es zu rahmen, denn ich besitze kistenweise Rahmen durch Henrys altes Gouverneuralbum.‹

So nannten sie und Henry ihre Fotosammlung: das Gouverneuralbum. Es enthält alles, angefangen bei alten Daguerreotypien von Henrys Pa mit dem Fuß auf einem toten Büffel bis hin zu Gruppenaufnahmen von irgendeinem Gelage, auf dem alle

Fürsten mit Ausnahme eines einzigen finster in die Kamera blicken, weil Henrys hübscher Adjutant das Protokoll durcheinandergebracht und einen alten Knaben, dem nur neun Schuß Salut zustanden, näher beim Gouverneur plaziert hatte als einen anderen, der elf Salutschüsse beanspruchen konnte. Und dann gehören dazu auch die Aufnahmen, die Henry und Henrys Pa von den Dienstboten geschenkt bekamen – furchtsame ältere Männer mit weißen Schnurrbärten und verrutschten Turbanen, die sich das Aussehen von Stammesangehörigen geben. Henry hat nie ein Foto weggeworfen. Sie wurden alle gerahmt und begleiteten ihn, wohin er auch versetzt wurde. Nach seinem Tod ließ Ethel sie in Kisten packen. Ich frage mich oft, wessen Bild sich ursprünglich in diesem alten Silberrahmen befand. Ich bekam ihn zusammen mit Daphnes Porträt und den beiden Briefen. Ich glaube, wenn Daphne mir auch einen Abzug geschenkt hätte, als sie sich von Subhas Chand für Tante Ethel aufnehmen ließ, ich glaube, wenn ich es schon immer gehabt hätte, würde ich mehr Ähnlichkeit darin finden, als ich jetzt finde. Aber ich bekam es erst später. Es kam hierher, in dieses Haus, in dieses Zimmer, als Daphne nicht mehr lebte und nicht mehr selbst zurückkommen konnte. Vermutlich lehnte ich es ab. Es schien mir irgendwie nicht hierher zu gehören. Na gut, es ist Daphne – sie besaß dieses hoffnungsvolle Lächeln –, vielleicht hat sie beinahe einen von Subhas Chands Scheinwerfern umgeworfen, ehe sie sich setzte, und sich gedacht: ›Schon wieder. Sieht mir ähnlich, Tante, ich bin wie ein Elefant im Porzellanladen.‹ Ein liebes Lächeln, nicht wahr? Und das sieht man. Aber bei Fotografen wie Subhas sieht die Haut der Leute wie Wachs aus: keine einzige kleine Falte, und um die Augen, wo Fältchen sein müßten, zumindest jedenfalls Linien, ist alles retuschiert und geglättet. Es ist einfach nicht die wirkliche Daphne, die einen anlächelt.

Sie blinzelte immer, wenn sie zu sprechen begann, als könnte sie die ersten Worte nicht mit offenen Augen hervorbringen. Oft schloß sie auch die Augen, wenn sie aufhörte zu sprechen. Dieser Anflug eines Lächelns, den Sie auf dem Foto sehen, stellte sich automatisch ein, sobald sie die Augen schloß, als würden Lider und Lippen von denselben Nerven gesteuert. Das tat sie aus Nervosität. Ich hielt sie zunächst für affektiert. Ich traf sie zum ersten Mal, als ich hinauf nach Pindi fuhr, um Weihnachten bei Ethel Manners zu verbringen. Es war Daphnes erstes Weihnachtsfest in Indien, und Ethel wollte sie aufheitern. Ich hatte erwartet, sie würde Trübsal blasen, statt dessen blinzelte sie mich an und plauderte mit mir. Ich spürte eine Affektiertheit, ehe ich die Eigenart genau ausmachen konnte, ehe ich das Blinzeln *bemerkt* hatte. Aber sobald ich Ursache und Wirkung trennte, erkannte ich, daß es sich bei der scheinbaren Affektiertheit ganz schlicht um Schüchternheit handelte. Das Schließen der Augen und das Lächeln sollten ihr in Gesellschaft Sicherheit geben. Die Manieriertheit verschwand, sobald sie jemanden besser kannte. Doch wenn ein Fremder den Raum betrat, stellte es sich sofort wieder ein. Aber die Leute mochten Daphne instinktiv. Sie überließ sich nicht ihrer Schüchternheit und schien nie um ein Wort verlegen zu sein.

Es ist dem alten Subhas Chand jedoch nicht gelungen zu verbergen – zumindest nicht vor mir –, daß sich die junge Frau auf dem Bild mit einer Brille wohler fühlte. Daphne mußte beim Schreiben oder Lesen eine Brille tragen. Die Augenärzte behaupteten, sie brauche die Brille eigentlich immer, doch ihre Tante riet ihr ab, sie ständig zu tragen. Sie sagte, Brillen seien ein großer Unsinn für junge Leute. Sie wollte damit sagen, daß Brillen einfach nicht attraktiv sind – besonders nicht bei Mädchen. Ich riet ihr ebenfalls ab, nicht weil ich dachte, eine Brille könne unattraktiv sein, sondern weil ich wußte, man kann durch Übungen das Sehvermögen verbessern, etwa wenn man die Augen in kaltem Wasser badet, abwechselnd in die Nähe und in die Ferne sieht und bei konzentrierter Arbeit, etwa beim Briefeschreiben oder Lesen, aufblickt und einen Gegenstand in der Nähe betrachtet. ›Aber Tante‹, sagte sie dann – sie hatte sich angewöhnt, mich Tante zu nennen –, ›ich kann nicht weit sehen. Ich sehe nicht einmal richtig, was in der Nähe ist.‹ Dort an diesem Fenster stand sie, setzte die Brille auf und nahm sie wieder ab. Schließlich konnte sie die Hügel erkennen. Sie wollte so gern alles sehen, was es zu sehen gab. Indien war, wie wir es nannten, eine große Sache für sie. Sie hatte sich schon immer gewünscht, hierherzukommen. Sie war im Pandschab geboren, erinnerte sich aber an nichts mehr, denn ihre Mutter hatte das Klima nicht vertragen, und der Vater war aus dem Militärdienst ausgeschieden. Er ließ sich in England als Arzt nieder, als Daphne praktisch noch ein Baby war. Der Vater war Militärarzt und sehr viel jünger als sein Bruder Henry. Ich glaube, damals hatte er nichts dagegen, Indien zu verlassen. Offensichtlich entschied er sich dafür, Arzt zu werden und nicht in die Verwaltung zu gehen, damit er nicht sein ganzes Leben lang mit seinem gescheiten Bruder konkurrieren mußte. Nach allem, was man hört, war seine Frau, Daphnes Mutter, ein Drachen. Es mußte alles nach ihrem Kopf gehen, und sie war entsetzlich versnobt. Es paßte ihr offenbar nicht, als Frau eines untergeordneten Militärarztes in Indien zu leben. Jura und Medizin sind zwei Gebiete, auf denen wir Inder schon immer geglänzt haben. Deshalb hatte George – Daphnes Vater – vermutlich für Mrs. Manners Geschmack zu viele indische Kollegen. Ihr Mann sollte eine Koryphäe sein, mit einer Praxis in der Harley Street und jeder Menge Berufungen an erste Krankenhäuser. Aber als er es in dieser Richtung schon ziemlich weit gebracht hatte, änderte sie den Kurs und sah sich nun als die tonangebende Dame der Gesellschaft irgendwo auf dem Land. Also hatte man fortan eine Wohnung in der Stadt und ein Haus in Wiltshire; der arme George arbeitete sich zu Tode und sauste immerzu von einem Platz zum anderen. Man kann sich vorstellen, welche Wirkung das auf ihn hatte, denn Daphne sagte einmal zu mir: ›Mein armer Daddy hat es immer bedauert, Indien verlassen zu haben. Ich wollte, er wäre mit mir hier und könnte alles wiedersehen.‹ Es gab Zeiten, in denen ich dachte, sie bemühe sich, Indien kennenzulernen, um nachzuholen, was ihr Vater versäumt und, vermutlich eingestandenermaßen mit Bedauern, ihrer Mutter zuliebe aufgegeben hatte. Und wie anscheinend all diese zarten Frauen, die das indische Klima nicht vertragen, war auch Daphnes Mutter stark wie ein Ochse – zumindest, bis sie Krebs bekam. Und das ist meiner Ansicht nach eher eine Krankheit der Starken als der Schwachen.«

Man stelle sich jetzt also Daphne Manners vor, ein großes, junges Mädchen (um einen nicht allzu genauen Ausdruck Lady Chatterjees zu übernehmen), an der Balkonbrüstung vor ihrem Zimmer lehnend und konzentriert (wie man vielleicht in Gedanken verloren nach zwei Menschen Ausschau hält, die einem fehlen, weil sie tot sind, und die man jetzt betrauert) auf eine Landschaft hinausblickend, die bestens dazu geeignet ist, auch dem einfühlsamsten westlichen Gemüt einen gewissen kulturellen Schock zu versetzen. Da gibt es (selbst an diesem günstig gelegenen Punkt über einem Garten, dessen Blüten einen Wohlgeruch verströmen, wenn man sich dicht über sie beugt) einen alles durchdringenden Geruch, der von der stillen, in der Hitze zitternden Ebene aufsteigt; er kommt vom weiten Panorama der Felder, vom Fluß, von den dichtgedrängten menschlichen Behausungen (zwischen denen hier und da, spitz oder zwiebelförmig, eine Kirche oder ein Tempel aufragt), aus den Straßen und Gassen und den vereinzelten, weißen Bungalows, den Privathäusern, den öffentlichen Gebäuden, der Bahnstation, der Rückseite des MacGregor-Hauses. Ein Geruch, was für einer? Könnte es Kot sein?

Der Neuankömmling wird den Geruch nach ein paar Monaten nicht mehr wahrnehmen. Allgegenwärtig, verwandelt er sich – etwas Abstoßendes wird nach Stadien des beinahe Interessanten, weil Vertrauten, zu etwas beinahe Attraktivem – in eine Essenz, die ein empirisch ausgerichteter Geist destilliert, so daß ein Kenner, der vorübergehend darauf verzichten muß und sich an einem weniger übelriechenden Ort daran erinnert, ihn insgeheim als das subkontinentale Äquivalent des beißenden Rauchs von Holzfeuern am Ende eines kupferflammenden Herbstes empfindet. Aber lassen wir den erzwungenen Verzicht von kurzer Dauer sein: ein Urlaub in Europa, dann und wann ein sportliches Unternehmen in der reinen Luft oberhalb der Schneegrenze des Himalaja. Denken wir zum Beispiel nicht an eine achtzehnjährige Abwesenheit, beendet durch Zufall, Glück und die lepidopteristische Absicht, die Wahrheit über Miss Crane, Miss Manners und den jungen Kumar einzufangen, und die Wahrheit über die Ereignisse, die zunächst Majapur zu verwirren und dann zu zerschmettern schienen, es aber offenbar unberührt gelassen haben; denn es steht noch immer, ein massives, besitzergreifendes (nicht nur von sich selbst, sondern in seiner architektonischen, handwerklichen Gestaltung auch von der Landschaft, in die es zaghaft vordringt) Gebilde aus Mörtel und Ziegelstein. Nein, denken wir nur an eine kurze Abwesenheit, nach welcher der zurückkehrende Reisende bei der Wiedervereinigung besitzergreifend, ja sogar dankbar ausruft: Ah, Indien! Sonst wird sich die Nase blähen, die nicht an den Geruch gewöhnt ist, obwohl sie sich vorbereitet glaubt, nach achtzehn Jahren mit einem allzu schnellen Flug über Beirut und Bahrein (mit entsprechend aufregenderem Ambiente und zunehmender Wärme, in der sich die Gerüche entfalten wie die geheimgehaltenen, aber erstaunlichen Ingredienzen eines raffinierten Parfüms auf der warmen Haut einer Frau); sie wird sich blähen angesichts der bedenklichen Enthüllungen auf der Fahrt im Wagen oder im Taxi vom Flughafen Santa Cruz in Bombay über eine Straße, die durch Felder führt, auf denen man die Ursache des durchdringenden Geruchs entdecken kann – und zwar in Gestalt der Arbeiter, die im frühen Morgenlicht dort hocken und ihre Häufchen auf die Erde fallen lassen, wo sie liegenbleiben, trocknen, verkrusten, zerfallen, sich in die Lüfte erheben und mit den wehenden Winden vermischen.

Während man von dem Raum Besitz ergreift, um, wie Lady Chatterjee sagt, die Umgebung kennenzulernen, in der Daphne einmal lebte; während man über die großen Flächen nackten Fußbodens zwischen dem vom Moskitonetz verhüllten Bett und der Tür geht, die in das angrenzende Badezimmer führt, spielt man vielleicht, indem man versucht, von einer Kaschmirteppichinsel zur anderen zu gelangen, ohne sich die Füße in dem durchfurchten Meer dunkelgebeizter Dielen zu benetzen, eine Variante dieses alten Kinderspiels, bei dem man vermeiden muß, auf die Ritzen zwischen den Pflastersteinen zu treten, und man überlegt, ob Daphne wohl Zeit für ähnliche Absurditäten hatte. Das Badezimmer ist lang und schmal. Die bis in Schulterhöhe reichenden grün glasierten Kacheln an den Wänden spiegeln undeutlich die Gegenstände des Badezimmers und seinen kopflosen Benutzer. Vielleicht war sich Daphne wegen ihres schlechten Sehvermögens dessen nicht bewußt und ging mit großen Schritten, blind für das enthauptete Spiegelbild, von der Tür bis zu dem Porzellanthron. Der Wasserbehälter hängt hoch oben, und er entleert sich, wenn man an einer langen Kette zieht, als beabsichtige man zu klingeln. Der verzierte Griff ist so geformt, daß er sich bequem in die Handfläche legt, und unterstreicht das Luxuriöse eines hierzulande verhältnismäßig seltenen Apparates. Die Porzellanbadewanne ist so groß wie ein künstlicher Teich, der zur Zeit leer ist, als sei das Wasser für die jährliche Reinigung abgelassen. Die Krallenfüße mit Schwimmhäuten gehören einem toten, amphibischen Ungeheuer, das dazu verurteilt ist, die Badewanne zu tragen wie Atlas die Welt. Die riesigen Messinghähne lassen an den doppelten Wasserstrahl denken, den eine starke Schiffspumpe hervorstößt. Doch nur das kalte Wasser fließt. Als der widerspenstige Hahn sich schließlich dreht, dringen aus der Warmwasserleitung nur ein hohles, heiseres Röcheln und ein Schauer von Rostflocken. Doch das kalte Wasser ist warm genug. Die Luft im Bad ist stickig. Es gibt keinen Ventilator und nur ein Fenster hoch oben über der Toilette. Am anderen Ende des Badezimmers – fünfzehn Schritte mit nackten Füßen über den lauwarmen Mosaikfußboden, der leicht uneben ist und den Fußsohlen die nicht unangenehme Empfindung vermittelt, über die Reste der Honigwaben einer längst vergessenen Spezies von Riesenbienen zu gehen – steht ein altmodischer Waschtisch mit einer Marmorplatte; an der Wand darüber hängt ein Ormuluspiegel. Auf der Platte befinden sich schlichte weiße Porzellanseifenschalen und ein weißer Krug; darunter steht ein Schmutzwasserbehälter mit einem Deckel und einem geflochtenen Griff. Hier ist auch der Handtuchhalter – die Miniaturausgabe eines Gymnastikgeräts mit parallelen Mahagonistangen und senkrechten Pfosten. Daran hängen riesige, flauschige Handtücher und Waffeltücher in abnehmender Größe. Auf allen finden sich die blauen, gestickten Initialen: LC.

Man kehrt zum anderen Ende zurück und besteigt im wahrsten Sinne des Wortes den Thron; er steht auf einem großen Podest, auf dem noch der alte Teppich liegt, blaurot wie verschimmelte Kirschen. Der prunkvolle Papierhalter lenkt die Aufmerksamkeit auf sich. Löwen mit goldenen Mähnen und vergoldeten Gesichtern halten im vergoldeten Rachen jeweils ein Ende der Stange mit der Rolle beigebraunen, holzfaserhaltigen Kriegspapiers. Im Rachen des linken Löwen (und vermutlich auch in dem seines Gefährten auf der anderen Seite) verschwindet der kleine Finger bis zum Handballen. Der Kopf ist groß wie eine geballte Faust, so groß, daß seine Wange beinahe die Wange des vergoldeten Gegenstücks berührt. Das Ganze wirkt, als grinsten zwei große Katzen über die simple Aufgabe, etwas für eine zwar auch katzenhafte, wegen des Papiers aber lächerlich menschliche Funktion bereitzuhalten.

Liegt man in der Badewanne, beschäftigen sich die Augen mit der einsamen Fünfundsiebzig-Watt-Birne in einem Lampenschirm, der wie der Aladinshut eines Pantomimen aussieht, und versuchen, die ferne, hohe Decke darüber zu sehen. Ein Messingkrug, vom häufigen Fallen auf den Mosaikboden zerbeult, hängt in einem Holzgestell, das quer über der Badewanne liegt. Das Schöpfgefäß. Man erinnert sich, seift sich ein, stellt sich auf, schöpft, gießt, schöpft wieder und versucht, die Augen vor dem eindeutig anderen Geschlecht verschließend, sich vorzustellen, man wäre Miss Manners, die sich nach einem schweren Tag auf der Station des Krankenhauses von Majapur erfrischt.

(An Lady Manners)

MacGregor-Haus
MacGregor Road
Majapur I.
26. Februar 1942

Liebe Tante Ethel,

Bitte verzeih, daß ich nicht früher geschrieben habe, ich hoffe, du hast Lilis Telegramm mit der Nachricht von unserer Ankunft hier erhalten. Ich denke schon. Ich kann kaum glauben, daß schon eine Woche vergangen ist, seit wir uns von Dir in Rawalpindi verabschiedet haben. Es war sehr lieb von Dir, mich fort zu lassen. Die Tage sind wie im Flug vergangen, und wenn ich zurückblicke, so scheinen es kaum genug für all das gewesen zu sein, was wir getan haben. Ich komme gerade von meinem *zweiten* Arbeitstag im Krankenhaus zurück; daran kannst Du erkennen, daß ich die Zeit genutzt habe.

Hinter Lahore wurde die Reise sehr interessant. Sie gefiel mir sehr viel besser als die Reise allein im letzten Jahr von Bombay nach Pindi, die mich eher ängstigte, weil alles so neu und fremd war. Ich glaube, diesmal machte es mir Spaß, weil ich inzwischen ein bißchen Bescheid weiß und ich außerdem mit Lili fuhr. Sie ist *wirklich* eine außergewöhnliche Frau, nicht wahr? Diese schrecklichen Engländerinnen im Abteil stiegen am nächsten Morgen in Lahore aus. Sie waren wirklich abscheulich und wechselten kein höfliches Wort mit uns. Und dann diese Berge von Gepäck, die mehr als das halbe Abteil füllten! Sie belegten das kleine WC länger als eine Stunde mit Beschlag, nachdem der Zug den Bahnhof verlassen hatte. Dann saßen sie trinkend, rauchend und redend Ewigkeiten beisammen, als seien Lili und ich Luft, während wir versuchten einzuschlafen. (Wir hatten das obere und das untere Bett auf der einen Seite des Abteils, und sie das obere und untere auf der anderen Seite.) Ich war hundemüde und wachte erst auf, als der Zug bereits in Lahore hielt. Sie machten ein furchtbares Theater beim Aussteigen. Irgend jemand holte sie ab, ich glaube der Mann der einen, die ihren Verstand mit dem Kopftuch zusammenhalten mußte. Der Mann kam schließlich in das Abteil, um etwas zu suchen, was die mit dem Kopftuch als verloren oder *gestohlen* beklagte. Sie standen schon eine Weile auf dem Bahnsteig, während die Kulis das Gepäck ausluden, und er kam in der Absicht herein, unhöflich zu werden. Dem armen Burschen war es schrecklich peinlich, als er *mich* sah. Ich vermute, sie hatten sich bei ihm nur über Lili beklagt. Ich saß ungekämmt auf dem oberen Bett und ließ *unsere* Taschen nicht aus den Augen. Lili war schon seit fünf Uhr wach und angezogen (das erzählte sie mir später). Sie saß unter mir, wirkte frisch, kühl und schön und las in einem Buch. Sie tat, als bemerke sie nichts von dem, was um sie herum vorging. Er entschuldigte sich jedenfalls und stellte das Abteil auf den Kopf. Auch die Kulis stellten alles auf den Kopf, suchten unter den Sitzen und überall, wo nicht allzu deutlich der Verdacht entstehen konnte, daß die Frauen angedeutet hatten, *wir* hätten gestohlen, was die eine vermißte. Dann rief eine der beiden in den Gang: »Es ist alles in Ordnung, Reggie, man hat es glücklicherweise gefunden.« Das ›glücklicherweise‹ gefiel mir. Reggie war inzwischen so rot wie eine Tomate und verschwand mit eingekniffenem Schwanz. Ich glaube, draußen auf dem Bahnsteig stritten sie sich. Als letztes hörten wir, wie die Harpyie laut verkündete: ›Es ist mir völlig gleichgültig. Das Ganze ist eine Schande. Ich weiß nicht, was aus diesem Land noch werden soll. Erste Klasse *ist* schließlich Erste Klasse.‹ Lilis Ausdruck Harpyie ist einfach passend, findest Du nicht auch?

Aber danach wurde alles wunderbar. Wir hatten das ganze Abteil für uns und bekamen ein köstliches Frühstück serviert. Weißt Du, bis zu diesem Zeitpunkt konnte ich die Geschichte nie ganz glauben, die Du mir erzählt hast, daß ein paar englische Fatzkes Sir Nello einmal aus dem Erster-Klasse-Abteil hinauswerfen ließen. Ich war immer der Ansicht, wenn die Eisenbahn einem Inder eine Fahrkarte Erster Klasse verkauft, sollte ihn auch niemand daran hindern dürfen, in dem Abteil zu sitzen, für das er bezahlt hat. Ich glaube, wenn Du uns in Pindi nicht auf den Bahnhof gebracht hättest, hätten diese beiden Frauen Lili und mir auch Schwierigkeiten gemacht. Mir natürlich nur, weil ich mit Lili reiste. Bist Du deshalb zuerst in das Abteil gegangen und hast Dich auf diese herrlich herablassende Neunzehnte-Jahrhundert-Manier mit ihnen unterhalten, ehe sie Lili sahen und begriffen, daß sie mit einer Inderin im Abteil sitzen würden?

Wenn ich daran denke, wie schrecklich es ist, zu Hause zu reisen, in den verdunkelten, ungeheizten Wagen, in denen nur ein schwaches blaues Licht brennt, wenn die Bahnhöfe alle im Dunkeln liegen und die Menschen sich nicht nur in den Gängen, sondern auch in den Abteilen drängen ... aber im großen und ganzen hilft jeder jedem, und alle geben sich Mühe, freundlich zu sein. Es macht mich richtig wütend, wenn ich erlebe, was hier passiert. Also wirklich, Tante, viele Weiße in Indien wissen überhaupt nicht, daß sie leben. Natürlich bin ich zu Hause nie Erster Klasse gefahren, und manchmal entstand unter den einfachen Soldaten Unmut, wenn sie sich wie Ölsardinen in den Abteilen drängen mußten, während so ein grünes Bürschchen, das gerade aus der Kadettenschule kam, vergleichsweise bequem reiste. Aber so ist das nun einmal beim Militär. *Dies hier* sind Zivilisten. Nun ja, ich darf mich nicht allzu sehr darüber aufregen.

In Majapur ist es sehr viel wärmer als in Pindi. Ich schlafe nur unter einem Bettlaken, und es wird nicht lange dauern, bis ich die ganze Zeit den Ventilator laufen lassen muß. Lili hat mir ein herrliches Zimmer gegeben, ganz für mich allein, mit einem phantastischen Bad (obwohl der Toilettensitz leicht kitschig ist, und es gibt einen unglaublichen Papierhalter mit zwei Löwenköpfen). Das MacGregor-Haus ist faszinierend. Ich muß mich immer wieder daran erinnern, daß Du es nicht kennst, denn Onkel Henry war schon pensioniert und hatte die Provinz verlassen, als Nello das Haus kaufte. Aber natürlich erinnerst Du

Dich an Majapur, obwohl Lili sagt, seitdem habe sich vieles verändert. Zum Beispiel gibt es jetzt die von Nello gebaute und finanzierte Technische Hochschule, wofür er geadelt wurde, und dann die neuen Gebäude der Britisch-Indischen-Elektrowerke. Draußen in Banyaganj wird ein Flughafen gebaut, und die Engländer klagen, das habe ihnen die Entenjagd verdorben. Hitler würde sich freuen! (Es gibt dort ein paar Seen, an denen die Europäer mit Vorliebe Picknicks veranstalten, wie Lili sagt.) Vor ein paar Tagen gingen wir zum Distriktskommissar und seiner Frau, Robin und Constance White, zum Abendessen. Sie erzählten, sie hätten Dich und Onkel Henry vor vielen Jahren kennengelernt. Aber sie vermuten, Du wirst Dich nicht mehr an sie erinnern, denn sie waren damals noch sehr in den unteren Rängen. Mr. White arbeitete zu dieser Zeit noch unter einem gewissen Mr. Cranston, und sie sagten, an den würdest Du Dich bestimmt erinnern, und sei es auch nur wegen dieser einen Geschichte. Er bereiste seinen Distrikt und war in einem Lager. Du und Onkel Henry, Ihr beide befandet Euch ebenfalls gerade auf einer Dienstreise und habt ihn unangemeldet besucht. Er badete in einem Teich. Ihr seid offenbar eine Ewigkeit am Ufer stehengeblieben und habt Euch mit ihm unterhalten. Er stand bis zur Hüfte im eher trüben Wasser stramm, bemühte sich, vernünftig und höflich zu antworten, und wagte nicht, sich zu bewegen, denn er trug keine Badehose. Hinterher glaubte er, Ihr hättet das sehr wohl gewußt und ihn nur zu Eurem Vergnügen nicht aus dieser peinlichen Situation entlassen. Ich versprach Mr. White, Dir das zu schreiben und zu fragen, ob Du es wirklich gewußt hast, denn er war sich nie so ganz sicher, und Mr. Cranston offenbar auch nicht. Aber es ist eine der komischen Geschichten über den Gouverneur und seine Gattin, die jahrelang kursierte – wie Du daran sehen kannst, daß sie nach all dieser Zeit neulich hier in Majapur wieder erzählt wurde.

Ich mochte Mr. White und seine Frau, obwohl *sie* wie alle *pukka-Mems* anfangs furchteinflößend wirkt. (Vor *Dir* fürchtete ich mich auch.) Aber sie scheinen beide Lili zu bewundern und zu achten. Es war ein ganz ungezwungener Abend. Nur noch zwei Männer waren eingeladen, damit Lili und ich Tischherren hatten – Mr. Macintosh, der Chirurg am Allgemeinen Krankenhaus, ein Witwer und ein alter Freund von Lili, und

Richter Menen. Er ist verheiratet, doch seine Frau liegt zur Zeit in der Privatklinik. Ich mochte den Richter. Er besitzt einen köstlichen Humor, wie ich erst im Lauf des Abends feststellte. Zuerst hielt ich ihn für arrogant und kritisch und führte das auf einen Minderwertigkeitskomplex zurück, denn er war der einzige Inder in der Gesellschaft. Er ist sehr viel älter als Mr. White, aber natürlich braucht ein Inder länger, um in eine hohe Stellung zu gelangen. Jedenfalls begriff ich nach einer Weile, daß er mich auf den Arm nahm, was mir sofort klargeworden wäre, wenn es sich um einen Engländer gehandelt hätte. Es erinnerte mich an mein erstes Zusammentreffen mit Lili, an diese trockenen, amüsanten Bemerkungen, die sie manchmal macht. Wäre sie Engländerin, würde man sofort lachen, aber so fragt man sich (wie ich mich gefragt habe), bis man sie näher kennenlernt: ›Worauf will sie hinaus? Was steckt hinter dieser Bemerkung? Wie soll ich antworten oder reagieren, ohne sie zu beleidigen oder den Anschein zu erwecken, beleidigt zu sein?‹

Lili erzählt, viele der Engländer hier stehen dem Distriktskommissar ziemlich kritisch gegenüber. Sie glauben, er sei zu den Indern freundlicher, als absolut notwendig ist, und behaupten, er werde schon noch merken, daß man ihn ausnützt. Sie schwärmen immer noch von der »guten alten Zeit« unter seinem Amtsvorgänger, einem Mr. Stead, der »die Zügel fest in der Hand hielt« und im Distrikt keinen Zweifel daran aufkommen ließ, »wer der Herr im Haus ist«. Diese Einstellung habe ich in den zwei Tagen, in denen ich im Krankenhaus arbeitete, nur zu deutlich erlebt. Ich sehe jetzt, welches Glück es für mich war, bei Dir leben zu können und mich nicht mit den durchschnittlichen Engländern abgeben zu müssen. Die Oberschwester ist eine großartige Frau. Sie lebt schon seit vielen Jahren in Indien und weiß Bescheid. Beim Vorstellungsgespräch sagte sie etwas sehr Interessantes. Dieses Gespräch kam durch die Vermittlung von Lili und dem Chirurgen zustande, im medizinischen Bereich der Gott über allem, was im Distrikt geschieht – aber das weißt Du ja! Die Oberschwester sagte: ›Sie haben drei Fürsprecher, Mr. Macintosh, mich und Ihren Namen, der für die Leute in dieser Gegend immer noch etwas bedeutet, obwohl damals viele die progressive Politik Ihres Onkels nicht billigten. Wenn Sie klug sind, halten Sie sich an diese drei, vermeiden aber eine zu offensichtliche Verbindung mit dem vierten.‹ Ich wußte, wen sie mit dem vierten meinte, und ich muß sagen, ich ging sofort zum Angriff über. ›Meine eigentliche Fürsprecherin ist Lady Chatterjee‹, erklärte ich. Sie sagte: ›Ich weiß, und hauptsächlich deshalb nehme ich Sie auch. Selbst Freiwillige müssen mir erst ihre Eignung beweisen. Aber dies hier ist ein *britisches* Allgemeines Krankenhaus, und ich bin die Oberschwester. Ich habe schon vor langer Zeit die Lektion gelernt, die ich lernen mußte, um meine Arbeit richtig zu tun. Und diese Lektion verlangte, alle Überlegungen als unwesentlich auszuklammern, die nichts mit dem Wohl der Patienten und der Tüchtigkeit des Personals zu tun haben.‹ (Sie spricht so förmlich, als habe sie ihre Rede auswendig gelernt.) ›Es gibt vieles‹, fuhr sie fort, ›was Ihnen an der Atmosphäre instinktiv mißfallen wird, in der Sie arbeiten sollen. Ich verlange von Ihnen nicht, daß Sie Gefallen daran finden, doch ich verlange und fordere, daß Ihre Arbeit von der Atmosphäre nicht beeinträchtigt wird.‹ ›Vielleicht sollte man die Atmosphäre ändern‹, erwiderte ich. Weißt Du, in diesem Moment war mir völlig gleichgültig, ob ich im Krankenhaus arbeiten durfte oder nicht. Schließlich würde man mich nicht einmal dafür *bezahlen.* Sie erwiderte wie aus der Pistole geschossen: ›Sicher, und ich hoffe, das wird auch eines Tages geschehen. Wenn Sie es vorziehen, bis dahin zu warten und jemand anderem die lohnende Aufgabe zu überlassen, kranken Menschen das Leben nach Kräften zu erleichtern, müssen Sie es mir nur sagen. Ich habe volles Verständnis dafür. Obwohl ich eigentlich sicher bin, daß Sie zu Hause, wenn Sie nach einem Bombenangriff Verwundete in der Ambulanz ins Krankenhaus brachten, auch nicht überlegt haben, welche Vorurteile und welche Einstellung zum Leben diese Menschen hatten. Ich glaube, es lag Ihnen mehr daran zu verhindern, daß sie sterben.‹ Natürlich hatte sie recht. Ich starrte sie durch diese schreckliche Brille an, ohne die ich mich nicht sicher fühle, und wünschte, ich würde immer noch einen Krankenwagen fahren. Irgendwie empfand ich einen gewissen Reiz dabei, obwohl ich sehr oft auch schreckliche Angst hatte. 1940. Wie lange das zurückzuliegen scheint! Es sind erst achtzehn Monate, aber wie man sagt, liegen eine Welt und ein Zeitalter dazwischen. Hier hat der Krieg erst begonnen – und manchmal denke ich, viele Leute haben das überhaupt noch nicht begriffen. In England schien er seltsamerweise bereits vorüber oder bereits so selbstverständlich zu sein, als würde er noch Jahrhunderte dauern. In Majapur denke ich öfter als je zuvor an den armen Papa und den armen David. Der Krieg, in dem sie gefallen sind, hat Majapur gerade erst erreicht. Manchmal habe ich das Gefühl, als warte ich darauf, daß sie noch einmal umkommen, und dann wieder sind sie für mich wie Menschen, die auf einem anderen Planeten gelebt haben und gestorben sind. Ich bin froh, daß Mami das alles nicht mehr erleben mußte. Ich kann nicht, wie die meisten Engländer hier, den Indern vorwerfen, daß sie den Gedanken an einen Krieg ablehnen, denn in einem solchen Krieg haben sie doch nichts zu melden. Immerhin habe ich ihn erlebt, zwar in einer bescheidenen Rolle als Zivilistin, doch die meisten Leute, die hier die Parole verkünden, die Japse und die Hunnen müßten geschlagen werden (diese *schrecklichen* altmodischen Ausdrücke scheinen ihnen Mut zu machen; mich deprimieren sie immer), haben noch nie einen feindlichen Schuß gehört. Das britische Indien lebt noch immer im neunzehnten Jahrhundert. Für sie ist Hitler nur ein *Witz*, denn ›er war ein Anstreicher, und selbst in Uniform sieht er noch wie ein Anstreicher aus‹. Ein dreifach Hoch auf die Kavallerie! Auf die Marine! Tut mir leid. Ich glaube, ich habe zuviel von Tante Lilis Whisky getrunken. Ich muß mich gleich aufdonnern, denn wir geben eine Party, zu der kein Geringerer als der Polizeichef persönlich erscheinen wird. Lili sagt, er ist Junggeselle – ich hoffe, ein überzeugter! Ich kann diesen Typ Mann nicht ausstehen, der so tut, als habe er nicht bemerkt, daß ich nicht wirklich attraktiv bin. Erinnerst Du Dich noch an Mr. Swinson?!! Liebe Tante, ich hab Dich lieb und denke oft an unsere Zeit in Pindi. Ich würde wirklich gerne im Mai mit Dir allein nach Srinagar fahren, aber Tante Lili scheint entschlossen zu sein, mich hierzubehalten, und natürlich habe ich jetzt meine Verpflichtungen im Krankenhaus. Und auf diese Weise sehe ich mehr von Indien. In der Zivilabteilung arbeiten noch ein paar andere Freiwillige wie ich, aber natürlich spielen die offiziellen Hilfsdienstfreiwilligen und Sanitätsschwestern die erste Geige. Du solltest sehen, was manche von ihnen für Allüren haben. Zu Hause wären sie einfache Nachtwachen oder höchstens Pflegerinnen. Hier rangieren sie als Krankenschwestern. Weder von ihnen noch von den Freiwilligen erwartet man, daß sie niedere Arbeiten verrichten. Das bleibt alles den armen kleinen Anglo-Inderinnen überlassen. Heute rollte ich Meile um Meile Bandagen – mein Beitrag zum zivilen Kriegseinsatz. Bindenwickeln ist eine *saubere* Arbeit. Aber ich habe dabei den ganzen Tag gestanden, und meine Füße sind schwer wie Blei. Der Boy hat mir gerade das Bad eingelassen. Mehr in Kürze. Mir gefällt es hier, aber ich finde es wieder so fremd, wie vor einem Jahr, als ich nach Indien kam. Majapur ist leicht abweisend, wie es das gute alte Pindi nicht ist. Hängt es damit zusammen, daß dort hauptsächlich Moslems leben und hier Hindus? Bitte gib gut auf Dich acht und denke oft an Deine Dich liebende Nichte.

Daphne

MacGregor-Haus
MacGregor Road,
Majapur I.
Freitag, 17. Juli 1942

Liebe Tante Ethel,

Vielen Dank für Deinen Brief und die Neuigkeiten aus Srinagar. Freue mich, daß das Foto wohlbehalten und rechtzeitig zu Deinem Geburtstag angekommen ist, freue mich jedoch noch mehr, daß Dir der Kleiderstoff gefällt. Ich fand das Foto so schrecklich, daß ich Dir zum Ausgleich noch etwas schenken mußte. Aber als ich dann über die Farbe des Stoffes nachdachte, für den ich mich entschieden hatte, wurde ich das Gefühl nicht los, alles nur noch schlimmer gemacht zu haben. Ich fürchte, ich habe nicht viel Gefühl für Kleider, obwohl ich das Gefühl hatte, dieser Stoff müßte Dir gut stehen. Ich bin erleichtert, da Du das auch findest! Hoffe nur, der alte Hussein verdirbt ihn nicht. Eigentlich ist er ein besserer Schneider als der Mann, den wir hier haben. An Deinem Geburtstag haben Lili und ich Dir zu Ehren eine Eistorte gegessen, zusammen mit ein paar Leuten, die dann noch zu Drinks blieben (ich glaube, das war in Deinem Sinn!).

Die Regenzeit hat mit großer Verspätung nun wirklich begonnen, und alle Leute in Majapur decken sich für den Fall einer Hungersnot mit Lebensmitteln ein. Ich meine, jeder in Majapur, der es sich leisten kann. Jack Poulson sagt, es ist der Fluch Indiens, daß die Mittelklasse und die Reichen die Läden stürmen, sobald auch nur eine Krise *droht*. Aber das ist offenbar noch gar nichts im Vergleich zu der Korruption in den höheren Kreisen, wo Lebensmittel im großen Stil verschoben werden.

Der Rasen vor dem Haus ist unglaublich grün. Ich mag die Regenzeit. Aber wie feucht alles wird! Der Boy putzt täglich *alle* meine Schuhe, nur um zu verhindern, daß sie schimmeln. Ich habe mir ein großes Cape und eine Art Südwester gekauft, obwohl ich beides eigentlich nicht brauche, denn ich werde meist in Mr. Merricks Wagen zum Krankenhaus und wieder zurück gebracht. Er schickt ihn mit einem Polizeifahrer vorbei (einem äußerst militanten Moslem, der uns erzählt, alle Hindus hätten in ihren Häusern Waffen versteckt, um Engländern und Moslems die Köpfe abzuschneiden). An Tagen, an denen es kein Benzin gibt (oh, wie wir uns alle *darüber* beklagen!), schickt Mr. Merrick den offiziellen Polizeiwagen, der ostentativ in einem dringenden Einsatz unterwegs ist (und Gefangene vom Gefängnis zum Gericht befördert). Mir ist das ein bißchen peinlich, und ich habe ihm wiederholt gesagt, daß ich ohne weiteres auch mit dem Fahrrad fahren oder eine Tonga nehmen kann. Aber er behauptet, da überall die vom Kongreß inspirierten antibritischen Gefühle wieder aufflammen und das MacGregor-Haus isoliert am Rand des Garnisonsviertels liegt, sei es seine Pflicht, darauf zu achten, daß mir nichts geschieht.

Ich mag ihn inzwischen mehr als am Anfang. Ich kann meine Augen nicht davor verschließen, daß er freundlich und aufmerksam ist. Was gegen ihn spricht, ist sein Benehmen (und manchmal natürlich etwas, das hinter seinem Benehmen steckt). Und ein Polizeichef ist einem selbstverständlich nie so ganz geheuer. Aber inzwischen habe ich mich an ihn gewöhnt – und auch etwas verkraftet, das ich Dir, glaube ich, erzählen muß – und finde es ganz amüsant, mit ihm auszugehen. Nur manchmal nicht, wenn er seinen offiziellen Ton annimmt, wie etwa kürzlich, als er mich vor meiner Beziehung zu Mr. Kumar, wie er es nannte, warnte. Er behauptete, die Leute würden schon darüber reden, und zwar nicht nur Engländer, sondern auch

Inder. Ich muß gestehen, ich habe gelacht und unüberlegt geantwortet: ›Ach, hören Sie auf, immer den Polizisten zu spielen!‹ Ich begriff sofort, daß ich das am allerwenigsten hätte sagen dürfen, denn er nimmt seine Aufgabe sehr ernst und ist stolz darauf, es soweit gebracht zu haben. Er ist entschlossen, seine Arbeit so glänzend wie möglich zu erledigen, ohne Rücksicht darauf, wer ihn deshalb vielleicht ablehnt.

Ich glaube, ich muß es Dir erzählen. *Aber bitte behalte es für Dich,* ich habe es noch niemandem erzählt, selbst Tante Lili nicht. Vor ungefähr einem Monat lud er mich zum Abendessen in seinen Bungalow ein. Er hatte sich ungeheure Umstände gemacht, und ich habe die beste englische Mahlzeit gegessen, seit ich in Indien bin (abgesehen von damals, als Du die Swinsons eingeladen hattest und sie schon vorher laut verkündeten, daß sie indisches Essen nicht mochten). Zu seinen Gunsten spricht meiner Ansicht nach auch, daß sein Hausboy ihm offensichtlich sehr ergeben ist und es ihm Freude machte, zum Dinner für Zwei bei Kerzenlicht alles richtig zu arrangieren. Den Vorwand für das Dinner, wenn es überhaupt eines Vorwandes bedurfte, boten ein paar Schallplatten, die ich hinterher hören sollte. Du erinnerst Dich sicher, ich habe Dir damals von einem Fest mit einer Parade und Marschmusik berichtet, das vom Militär Ende April veranstaltet wurde, und wo ich Brigadier Reid kennenlernte, der sagte, er habe uns in Pindi gesehen? Ich ging mit ein paar Mädchen aus dem Krankenhaus zu dem Fest und hinterher mit ein paar jungen Offizieren in den Club. Später am Abend kam Ronald Merrick auf einen Sprung in den Club (er hatte alle Hände voll zu tun, um die Ordnung in der Menge aufrechtzuerhalten usw.). Wir äußerten uns alle lobend über die Musik und die Parade – es *war* auch faszinierend –, und ich scheine begeisterter davon gesprochen zu haben als die anderen. Jedenfalls drehte Ronald sich nach mir um und fragte: ›Oh, Sie mögen Militärkapellen? Ich auch.‹ Anscheinend besaß er stapelweise Schallplatten mit Marschmusik. Er sagte, ich müsse sie irgendwann einmal anhören.

Nun war es also soweit. Dabei mag ich Märsche eigentlich gar nicht so sehr. Jedenfalls nicht genug, um sie mir auf Schallplatten anzuhören. Deshalb schob ich es immer wieder hinaus, wenn er auf dieses Thema zu sprechen kam. Ich hatte die Sache mit den Platten eigentlich schon beinahe vergessen, als er mich schließlich zum Abendessen einlud. Ich nahm die Einladung an, ehe ich richtig wußte, was ich tat, und als er sagte: ›Gut, dann könnten Sie hinterher ein paar Schallplatten anhören, die ich Ihnen schon seit langem vorspielen wollte‹, dachte ich, ›mein Gott, worauf habe ich mich eingelassen?‹ Aber es war nicht so schlimm (ich meine die Musik). Wir waren schon ziemlich oft zusammengewesen, und an Gesprächsstoff mangelte es uns nicht. Die Musik war inzwischen nur *ein* Aspekt eines netten Abends. Ich kannte seinen Bungalow bereits, allerdings von einem Frühschoppen (Bier) am Sonntagmorgen mit vielen anderen Leuten. Aber jetzt, ohne andere Gäste, bemerkte ich, wie gemütlich und angenehm es dort war. Er raucht nicht und trinkt kaum, und deshalb reicht sein Geld vermutlich auch weiter als bei andern Männern in ähnlichen Positionen. Natürlich ist der Bungalow hauptsächlich mit Dienstmöbeln eingerichtet, aber er besitzt auch ein paar phantastische eigene Sachen. Zum Beispiel eine tolle Musiktruhe mit einem Plattenspieler, auf dem er mir Märsche von Sousa vorspielte. Dann hat er sehr hübsches Eßgeschirr und einen wundervollen persischen Teppich. Er sagte, er habe ihn auf einer Auktion in Kalkutta erstanden. Aber sein Geschmack bei Bildern beeindruckte mich wirklich. In seinem Benehmen ist er sehr konventionell, und man würde eher etwas Nichtssagendes an seinen Wänden erwarten. Und wirklich, im Eßzimmer hängen Jagd- und Polobilder, und in seinem Schlafzimmer eine David-Wright-Schöne (er führte mich durch den ganzen Bungalow, aber er machte es auf eine so nette Weise, daß die Sache mit dem Schlafzimmer keineswegs peinlich war, wie vielleicht bei einem anderen Mann). Aber im Wohnzimmer hing nichts außer zwei recht guten Reproduktionen der Henry-Moore-Zeichnungen von Menschen, die sich während der Luftangriffe in den U-Bahnschächten zusammendrängen. Es fällt mir schwer, sie anzusehen, aber ich bewundere sie. Er schien sich so rührend zu freuen, als ich sagte: ›Oh, Henry Moore! Was sind Sie doch für ein erstaunlicher Mann!‹ Noch etwas anderes beeindruckte mich. In der Toilette (in der Gästetoilette im Flur) hatte er den Boy beauftragt, parfümierte Seife (Coty Chypre) und ein kleines rosa, offensichtlich nagelneues Handtuch hinzulegen. Ich hatte das Gefühl, beides war speziell für diesen Anlaß gekauft. (In seinem Badezimmer lag Lifebouyseife. Also ziehe keine falschen Schlußfolgerungen!)

Es gab noch eine Überraschung. Nachdem er ein paar von diesen Sousa-Märschen gespielt hatte, legte er eine andere Platte auf und sagte: ›Diese Art Musik liebe ich ebenfalls.‹ Und was glaubst Du, war es? ›Clair de lune‹ aus Debussys ›Suite bergamasque‹, gespielt von Walter Gieseking. Es gehörte zu den Lieblingsstücken meines Bruders David. Als die Musik einsetzte, dachte ich: ›Wann habe ich Ronald erzählt, daß David das mochte?‹ Ich wußte, ich hatte es ihm nie erzählt. Es war außergewöhnlich. Zuerst dieses schreckliche (manchmal jedoch mitreißende) Geschmetter der Sousa-Märsche und danach diese zarte Mondscheinmusik, die zu hören ich kaum ertragen konnte, die mir aber trotzdem gefiel, obwohl es für einen Polizisten etwas sehr Ungewöhnliches zu sein schien, sie ebenfalls zu mögen.

Unterdessen brachte der Hausboy den Kaffee – *türkischen Kaffee.* Es gab Brandy und Liköre (Curaçao oder *Crème de Menthe,* höchst langweilig). Die Flaschen waren alle noch nicht geöffnet – sie kamen frisch aus dem Laden, nur für mich. Wenn ich jemals noch einmal dort zu Abend essen sollte, wird die Brandyflasche vermutlich noch genauso voll sein, wie ich sie zurückgelassen habe. Während wir Kaffee tranken, stellte er viele Fragen über meine Familie. Er wollte wissen, wie David umgekommen ist, er wollte etwas über Papa und schließlich über mich wissen, was ich über das Leben denke und so Sachen. Aber er fragte in einem angenehmen Plauderton, und das löste mir die Zunge. (Beim Verhör muß er ein Zauberkünstler sein. Das ist nicht fair. Aber Du weißt schon, wie ich das meine.) Allmählich merkte ich, daß er über sich selbst sprach, und ich dachte: ›Die Leute mögen dich nicht sehr, aber im Grunde bist du *freundlich,* und deshalb kommen wir beide immer so überraschend gut miteinander aus.‹ Er erzählte, er stamme aus einer ›ganz gewöhnlichen Familie‹. Seinem Vater sei es zwar finanziell recht gut gegangen, aber er habe trotzdem nur die Grundschule besucht, und seine Großeltern seien ›ziemlich einfache Leute‹ gewesen. Er hat hart gearbeitet und es im indischen Polizeidienst bis jetzt schon weit gebracht. Er hält das für einen wichtigen, wenn auch nicht besonders attraktiven Dienst und bedauert am meisten, daß es ihm bisher nicht erlaubt worden ist, zum Militär überzuwechseln. Außerdem bedauert er, daß er nie wirklich eine ›Jugend‹ gehabt oder ›das richtige Mädchen‹ getroffen hat. Er fühlt sich oft ›ziemlich einsam‹. Er weiß, sagte er, daß er nicht viel zu ›bieten‹ hat und daß ich aus ›anderen Verhältnissen‹ komme als er. Unsere Freundschaft bedeute ihm viel, sagte er.

Dann wurde er wortkarg. Ich wußte einfach nicht so recht, was ich sagen sollte, denn mir war unklar, ob ich richtig oder falsch verstanden hatte, worauf er hinauswollte. Wir starrten uns gewissermaßen eine Weile schweigend an. Dann sagte er: ›Ich frage Sie nur, wenn Sie Zeit gehabt haben, darüber nachzudenken, ob Sie es für möglich halten, sich mit mir zu verloben.‹

Weißt Du, Tante, daß dies der einzige Heiratsantrag ist, der mir je gemacht wurde? Ich bin sicher, daß Dir in meinem Alter schon Dutzende gemacht worden waren. Findet jedes Mädchen den ersten Antrag so seltsam bewegend? Ich vermute, es hängt von dem Mann ab. Aber wenn er, verstehst Du, in Ordnung und anständig ist, dann *muß* man doch gerührt sein, gleichgültig, was man für ihn als Menschen *empfindet.* Ich glaube nicht, daß man meine Gefühle für Ronald Merrick je anders als mit flüchtige Zuneigung bezeichnen könnte. Er ist blond, jungenhaft, hat blaue Augen und sieht eigentlich schrecklich gut aus. Aber da war und ist (vielleicht mehr als je) eine gewisse Reserviertheit (aus meiner Sicht), die damit zusammenhängen muß, daß er meinem Gefühl nach im Umgang mit anderen nie *wirklich* offen und aufrichtig ist. In seiner Gegenwart kann ich nie ganz *natürlich* sein, doch ich bin nicht sicher, ob das an mir oder an ihm liegt. Aber als er sein Ersuchen (man kann es wohl kaum als Heiratsantrag bezeichnen, oder?) vorgebracht hatte, wünschte ich sehr, ich wäre in der Lage gewesen, ihm seinen Wunsch zu erfüllen und ›Ja‹ zu sagen. Wissen Männer eigentlich, wie verletzlich sie aussehen, wenn sie diese dicke, gleichgültige Haut abstreifen, die sie meist zu tragen scheinen, wenn mehr als zwei Personen in einem Zimmer sind? Sie sind viel verletzlicher als Frauen, wenn *sie* sich eine Blöße geben.

Das Außergewöhnliche an der Sache war, daß er dabei noch nicht einmal meine Hand berührt hat. Damals verstärkte dieses Nichtberühren meinen Wunsch, ihn nicht zu verletzen. Als ich später darüber nachdachte, verstärkte es das Gefühl der Kälte, das die ganze Situation umgab. Wir saßen jeder in einer Ecke des Sofas. Vielleicht hätte ich meine Brille hervorholen und aufsetzen sollen. Im Rückblick kann ich wirklich nicht sagen, ob ich das Gesagte schockierend fand oder nicht. Es schien ein Schock, zumindest eine Überraschung zu sein. Aber im nachhinein weiß ich, der ganze Abend lief *eindeutig* darauf hinaus, und deshalb weiß ich nicht, weshalb ich hätte überrascht sein oder glauben sollen, ich sei schockiert. Es mußte wohl schon vieles vorher gesagt worden sein, was ich im stillen registrierte, ehe er mit der Sprache herausrückte. An irgendeinem Punkt kam ich zu der Erkenntnis, daß er mich trotz seines guten Aussehens körperlich abstieß. Aber ich glaube, das war später und nur vorübergehend, als ich klargestellt hatte, daß ich ihn zwar nicht verletzen wollte, aber nie daran gedacht hatte und auch nie daran denken werde, ihn so zu sehen, wie ich ihn seiner Ansicht nach sehen sollte. Das schwache Gefühl des Widerwillens stellte sich vermutlich ein durch die Erleichterung, eine schwierige Situation gemeistert und mich so weit *in mich* zurückgezogen zu haben, daß kein Platz für andere blieb, wer immer es auch sein mochte. Inzwischen machte ich mir mehr Sorgen um die möglichen Auswirkungen meiner ›Ablehnung‹. Ganz ehrlich, ich bin sicher, ich habe nicht mehr gesagt als: ›Vielen Dank, Ronald, aber…‹, doch das genügte bereits. Du weißt, daß man davon spricht, wie Gesichter ›sich verschließen‹. Ich glaube ›abschließen‹ kommt dem näher, denn verschließen suggeriert eine Art *Verengung*, eine *Veränderung*. In Wirklichkeit bleibt das Gesicht jedoch völlig unverändert, nur das Licht geht aus, wie in einem Haus, dessen Bewohner weggehen. Wenn man dann an die Tür klopft, bleibt alles still.

Wir hörten noch ein paar Märsche, und dann fuhr er mich nach Hause. Wir unterhielten uns ganz unbeschwert, über nichts Besonderes. Als wir das MacGregor-Haus erreichten, fragte ich ihn, ob er noch zu einem Schlummertrunk mit hineinkommen wolle. Er lehnte ab, begleitete mich aber die Stufen der Veranda hinauf. Wir gaben uns die Hand. Er hielt meine einen Augenblick fest und sagte: ›An manche Vorstellungen muß man sich erst gewöhnen.‹ Daraus entnahm ich, daß er noch nicht aufgegeben hatte. Aber das sagte schon wieder ein anderer Mensch, der Polizeichef des Distrikts, der Ronald Merrick, an dem mir nichts liegt. Und es war dieser Ronald Merrick, der mich später – erst vor ein paar Tagen – wütend machte, weil er mich vor ›meinem Umgang mit dem jungen Kumar‹ warnte.

Einer der Diener wartete auf der Veranda. Ich dankte Ronald für den Abend und wünschte dann beiden eine gute Nacht. Während ich nach oben ging, hörte ich den Wagen davonfahren, und der Diener begann abzuschließen. Ich wußte, Tante Lili hatte sich vorgenommen, einmal früh schlafenzugehen, und deshalb ging ich nicht mehr in ihr Zimmer. Im Haus war alles sehr ruhig. Mir wurde zum ersten Mal bewußt, daß es angeblich darin spukt. Man hatte nicht das Gefühl, daß es auf unheimliche Weise spukt. Ich empfand es einfach als groß, leer, irgendwie trostlos und von den falschen Leuten bewohnt. Was wollte ich Dir jetzt sagen? Ich fürchtete mich nicht, aber ich wollte plötzlich bei *Dir* sein.

Ich habe es Dir nie erzählt, aber es gab eine Zeit – mein zweiter Monat in Indien im letzten Jahr –, in der ich ohne Zögern nach Hause gefahren wäre, wenn mir jemand eine Überfahrt angeboten hätte. Ich war weiß Gott gern bei Dir. Aber in diesem zweiten Monat, vielleicht auch nicht den ganzen Monat lang, sondern zwei oder drei Wochen, beherrschte mich ständig ein Angstgefühl, anders kann ich es jetzt nicht bezeichnen. Ich haßte alles. Ich haßte es, weil ich mich davor fürchtete. Es war alles so fremd. Ich konnte es kaum ertragen, den Bungalow zu verlassen. Ich hatte furchtbare Träume, aber nicht *von* etwas Bestimmtem; ich träumte nur von Gesichtern. Sie tauchten aus dem Nichts auf, wirkten zunächst normal, verzerrten sich dann aber, explodierten und hinterließen eine leere Stelle. Dort tauchten dann andere auf und nahmen ihren Platz ein. Es handelte sich nicht um Gesichter von Leuten, die ich kannte. Es waren Leute, die ich auf erschreckende Weise in allen Einzelheiten erfand – erschreckend, weil es mir unmöglich schien, sich Gesichter so genau vorzustellen. Vermutlich war ich von der Idee besessen, von Fremden umgeben zu sein, und sie ließen mich selbst in meinen Träumen nicht los. Ich habe Dich nie danach gefragt, aber ich glaube, an dem Tag auf der Veranda mit dem *Durzi* wußtest Du, wie es um mich stand. Ich weiß noch, wie Du mich angesehen hast, als ich die Beherrschung verlor und ihm die Bluse aus der Hand riß, die er kopierte, so gut er konnte. Weißt Du, wenn ich bei den Swinsons gelebt hätte, wäre dies vermutlich der Punkt gewesen, von dem es kein Zurück mehr gibt.

Ich hätte mich in den sterilen, kleinen kulturellen Zirkel englischer Frauen – auch Männer, aber in erster Linie Frauen – integriert, die im Ausland in einer Kolonie leben.

Ich vermute, es ist nur natürlich, daß wir überall, wohin wir gehen, jemanden brauchen, den wir kennen und der sich als zuverlässig erwiesen hat. Wenn es kein Mensch ist, muß es *irgend etwas* sein. Während dieser schwierigen zwei oder drei Wochen in Pindi hing ich geradezu lächerlich an meinem Gepäck, an meinen Kleidern, als seien sie das einzige, worauf ich mich verlassen konnte. Sogar Du schienst mich im Stich gelassen zu haben, verstehst Du? Du kanntest alles und jeden, und ich fühlte mich von Dir abgeschnitten, weil *ich* nichts und niemanden kannte. Daran änderte auch nichts, daß Du oft mit mir ausgegangen bist und mich überallhin mitgenommen hast. Du hast den Schmutz, die Armut und das Elend hingenommen, als existierten sie nicht, obwohl ich wußte, daß Du in Wirklichkeit anders darüber denkst. Aber deshalb habe ich Hussein die Bluse aus der Hand gerissen. Ich konnte nicht ertragen, wie er sie hochhielt, sie prüfend betrachtete und *mit seinen schwarzen Fingern berührte.* Ich *haßte* mich selbst wegen dieses Gefühls, aber ich konnte nichts dagegen tun, und deshalb schrie ich ihn an. Ich ging in mein Zimmer, setzte mich hin und wäre am liebsten in Tränen ausgebrochen. Ich wollte gerettet und nach Hause gebracht werden, nach Hause. Ich hatte noch nie so schmerzlich empfunden, daß ich jetzt, nachdem Mammi, Papa und David nicht mehr leben, kein Zuhause mehr in England habe.

Etwas Ähnliches passierte mir in der zweiten Woche hier im MacGregor-Haus, als meine anfängliche Neugier auf die Umgebung gestillt war. Doch in Majapur waren der Bungalow in Pindi und Du für mich zum *Zuhause* geworden. Ich hoffe, meinen Briefen war das nicht anzumerken, und Du hast Dir nicht zu viele Sorgen gemacht. Ich habe es überwunden. Mir gefällt das jetzt alles. Aber eine Zeitlang haßte ich Majapur. Ich fragte mich, was um alles in der Welt mich dazu gebracht hatte, an diesen schrecklichen Ort zu kommen. Ich unterstellte selbst Tante Lili, mich nur deshalb eingeladen zu haben, weil ich Engländerin bin und sie darauf stolz sein kann, daß eine Weiße in ihrem Haus wohnt. (Ist das nicht abscheulich?) Wenn ich an die Bahnfahrt zurückdachte, beurteilte ich diese beiden widerlichen Frauen sogar weniger kritisch. Schließlich, so dachte ich, wie konnten sie wissen, daß Lili nichts tun würde, was sie *abstoßend* fänden? Im Krankenhaus stellte ich fest, wieviel einfacher es war, sich mit anderen Engländerinnen zu unterhalten, selbst wenn ich in allem, was sie sagten, eine andere Meinung vertrat. Menschen desselben Volkes verständigen sich im Gespräch mit Kürzeln, nicht wahr? Es kostet weniger Anstrengung, mehr auszudrücken. Man gewöhnt sich an diese Mühelosigkeit so sehr, daß alles, was einer Anstrengung bedarf, körperlich und geistig ermüdend wirkt. Man wird reizbarer, dann müder und schließlich noch reizbarer, weil man versucht, sich die Gereiztheit nicht anmerken zu lassen.

Ich glaube, deshalb *blieb ich meinem Entschluß nicht treu, nie in den Club zu gehen. Ursprünglich hatte ich mir das vorgenommen, weil es Lili Chatterjee nicht möglich sein würde, mich dorthin zu begleiten.* Ich habe nie viel für den Club übrig gehabt, aber er amüsiert mich – er ist so selbstbewußt auf Exklusivität bedacht und doch so vulgär. Irgend jemand ist immer betrunken. Die Gespräche sind meist sehr ordinär. Und doch halten seine Mitglieder irgendwie, Gott weiß wie, den Schein von Anstand aufrecht. Es ist beinahe so, als gebe es geheiligte *Regeln* für herzlosen Klatsch und unerträgliches Benehmen. Es dauerte eine Woche oder auch zwei, ehe mir klar wurde, daß die meisten Frauen, die ich im Club traf, mich ablehnten und auch viele Männer peinlich berührt waren, weil ich im MacGregor-Haus wohne. Wie groß meine Erleichterung darüber gewesen sein muß, *dort einfach unter meinesgleichen zu sein,* zeigt sich daran, daß ich diese Ablehnung nicht sofort bemerkt habe.

Mammi hat einmal zu mir gesagt: »Du scheinst aber auch *jeden* zu mögen. Das ist unnatürlich und verhängnisvoll. Du wirst viel Zeit verschwenden, ehe du herausgefunden hast, welche Leute *es wert sind, daß du sie kennst.*« Ich glaubte immer, sie meinte »wert« im Sinne von Ambitionen. Jetzt überlege ich, ob sie nicht meinte, »wert« im Interesse meiner *Privatsphäre, meines Seelenfriedens und meiner Sicherheit.* Aber sie hatte in beiden Fällen unrecht, nicht wahr? Ich bin sicher, diese Sehnsucht nach Sicherheit und Frieden ist falsch, und wir sollten unsere Geduld immer und immer wieder bis zum äußersten auf die Probe stellen. Wir sollten uns selbst aufs Spiel setzen und das Wagnis eingehen, daß andere das ausnützen, ganz gleichgültig, ob sie schwarz oder weiß sind.

Aber das ist nicht leicht! An dem Abend, als ich von Ronald Merrick zurückkam, hatte ich auf der Treppe das Gefühl, daß mich oben etwas Unangenehmes erwartete. Ich wollte mich umdrehen, davon- und zurück zu ihm laufen, ausgerechnet zu ihm. Ich blieb auf halbem Weg sogar stehen, blickte in die Halle hinunter und bemerkte diesen Diener, einen Jungen namens Raju, der zu mir hinaufstarrte. Meine Güte, er wollte sich nur vergewissern, daß er nicht das Licht ausschaltete, ehe ich den Treppenabsatz erreicht hatte. Er tat nur seine Pflicht. Aber ich sagte mir vor: ›Was starrst *du* mich so an?‹ Ich trug mein langes grünes Kleid, das Dir so gut gefällt und meine schrecklichen Schultern zeigt. Ich hatte das Gefühl – nun, Du weißt, was für ein Gefühl. Er war zu weit entfernt, und ich konnte seinen Gesichtsausdruck nicht sehen. Ich sah nur einen braunen Fleck in weißem Hemd und weißer Hose. Plötzlich tauchte an dem Punkt, an dem sich sein Gesicht befand, eines meiner imaginären Gesichter auf: das Gesicht eines Menschen, den ich noch nie gesehen hatte. Ich rief: »Gute Nacht, Raju!« und hörte ihn sagen: »Gute Nacht, Madam!« Er ist Christ und kommt aus Südindien, deshalb sagt er »Madam«. Dann stieg ich weiter die Treppe hinauf. Als ich oben ankam, rechnete ich wohl damit, unserem Hausgespenst Janet MacGregor zu begegnen. Aber da war nichts. Ich habe sie *noch* nicht gesehen. Ich empfand Erleichterung, fühlte mich aber auch betrogen.

Eines Tages muß ich Dir von Hari Kumar erzählen. Bisher ist er in meinen Briefen an Dich eigentlich nur ein Name. Und ich muß Dir von einer seltsamen Frau berichten, die Schwester Ludmila genannt wird. Sie trägt die Tracht einer Nonne und sammelt Leichen auf. Ich wollte, Du wärest hier, damit ich jederzeit mit Dir reden könnte. Gerade habe ich den Gong zum Abendessen gehört. Es gießt in Strömen, und die Eidechsen an

den Wänden spielen Versteck. Sie geben so eigenartige abgebrochene Laute von sich. Lili und ich sind beim Abendessen heute allein, und ich vermute, wir werden hinterher Mah-Jongg spielen. Ich hoffe, morgen werde ich mit Mr. Kumar den hiesigen Hindutempel besuchen.
Alles Liebe, Daphne

Ich wünschte, Sie hätten während der Regenzeit hier sein können (sagt Lady Chatterjee), dann hätten Sie es so gesehen, wie es Daphne am besten gefiel. Aber ich verstehe. Sie müssen herumreisen, und die Regenzeit wäre dazu nicht sehr geeignet. Der Garten wirkt bereits trocken, welk und braun. Aber ich liebe ihn zu jeder Jahreszeit und ganz besonders abends, wie jetzt. Ich sitze immer auf der vorderen Veranda, denn hier riecht man den Fluß nicht. Ich bemerke den Geruch nicht, aber ich weiß, englische Gäste bemerken ihn. Außerdem kann man von hier die Auffahrt hinunterblicken, die sehr hübsch ist. Man kann an die Leute denken, die früher hier heraufkamen, und man kann sich vorstellen, wer jetzt wohl kommen könnte. Wenn die Lampen auf der Veranda brennen wie jetzt, kann man gerade noch die Beete mit den Canna erkennen. Bei Mondschein ist es am schönsten ohne Beleuchtung. Aber wenn ich meine Party für Sie gebe, werden wir alle Lampen einschalten, auch die im Park. Ich würde sie jetzt einschalten, um Ihnen die Wirkung zu zeigen, aber wegen des Kriegs mit China sind wir aufgefordert, soviel wie möglich zu sparen. Ich vermute, das erstreckt sich auch auf die Elektrizität.

Dann will ich also weiter über Miss Crane sprechen. Sie war eine altmodische englische Liberale, und zwar in dem Sinn, wie ich gelernt habe, diesen Begriff zu verstehen: jemand, der wahrscheinlich nicht die Gabe besitzt, viele Freundschaften zu schließen. Bei Miss Crane, glaube ich, lag der Fall noch extremer: Ich glaube, sie besaß überhaupt nicht die Gabe, Freundschaften zu schließen. Sie liebte Indien und alle Inder, aber keinen bestimmten Inder. Sie verabscheute die englische Politik, und deshalb lehnte sie alle Engländer ab, es sei denn, es stellte sich heraus, daß sie denselben Grundsätzen folgten wie sie. Ich glaube, ich will damit sagen, daß sie die meiste Zeit mit dem Kopf Freundschaften schloß, aber selten mit dem Herzen.

Um jemanden zu bestrafen, dessen Verhalten sich nicht mit ihren Vorstellungen von dem, wofür er stand, deckte, nahm sie sein Bild von der Wand. Welch eine wirkungslose Geste! Aber wie symptomatisch und wie bezeichnend für ihre Schwäche! Als Geste fehlte ihr sogar die pathetische Absurdität, das Porträt des schwarzen Schafs der Familie mit dem Gesicht der Wand zuzudrehen. Darin läge zumindest ein verständlicher menschlicher Zorn, etwas Positives – das wäre immer noch so, wenn heutzutage jemand noch so etwas tun würde. Aber Miss Crane besaß Mut. Mut besitzen die Miss Cranes der Welt oft, und ich glaube, sie wurde am Ende deshalb verrückt, weil auch sie den Mut besaß, die Wahrheit zu sehen, wenn auch nicht, mit ihr zu leben. Sie sah ein, daß sie sich mit all ihren guten Gedanken in einem Vakuum befand. Ich habe eine Theorie: Sie erkannte deutlich, aber zu spät, daß sie sich nie die Hände schmutzig gemacht und für die Sache den Kopf hingehalten hatte, die – wie sie glaubte – ihr immer am Herzen lag. Das erklärt, weshalb Mr. Poulson sie im strömenden Regen am Straßenrand fand und sie die Hand dieses toten Lehrers, Mr. Chaudhuri, hielt.

Daphne jedoch, Daphne war anders. Würden Sie das nicht auch sagen? Haben Sie diese beiden Briefe inzwischen gelesen? Machen Sie sich nicht die Mühe, sie zu kopieren. Sie können sie mitnehmen. Geben Sie sie mir irgendwann zurück, wenn Sie sie nicht mehr brauchen. Ich kenne sie beinahe auswendig. Ich wünschte nur, ich hätte damals etwas von diesen Briefen gewußt. Ja, ich wünschte es, frage mich aber auch: Was hätte es genützt, wenn ich es gewußt hätte? Was hätte ich tun können, wenn ich sie gesehen hätte? Daphne mußte ihren eigenen, wundervollen Fehler begehen. Ich sage bewußt wundervoll. *Sie* hat sich nie gescheut, sich schmutzig zu machen. Sie hat sich mit Begeisterung in alles gestürzt. Je mehr sie sich vor einer Sache fürchtete, desto entschlossener war sie, auf die Erfahrung nicht zu verzichten. Am Ende legte sie sich mit uns allen an. Wir haben uns *vor* ihr gefürchtet, und wir haben um sie gefürchtet. Aber noch mehr haben wir uns vor dem gefürchtet, was sie offensichtlich auslöste wie eine Pandora, die sich auf den Speicher schlich und den Deckel von der Büchse riß.

Sitze ich deshalb immer hier auf der vorderen Veranda? Das

sind die Stufen, wissen Sie. Natürlich wissen Sie es. Ihre Augen wandern immer wieder dorthin. Sie blicken immer wieder die Auffahrt hinunter, beinahe, als erwarteten sie, jemanden zu sehen, der in der Dunkelheit den ganzen Weg von Bibighar bis hierher gerannt ist. An diesem Abend saß ich mit Mr. Merrick in der Halle. Dort drüben, am Eingang zum Wohnzimmer. Wir konnten die Treppe von dort nicht sehen. Er hatte seinen Wagen im Schatten ein Stück weit von der Treppe geparkt. Als ich hinterher darüber nachdachte, überlegte ich, ob er ihn dort abgestellt hatte, damit nicht für jeden sofort ersichtlich wäre, daß er sich hier befand, im MacGregor-Haus, während im englischen Majapur die Gerüchte von Aufständen und Unruhen in den Unterbezirken und die Gerüchte über Miss Crane sich überschlugen, die schon im Krankenhaus lag.

Beim Hereinkommen fragte er mich: »Ist hier alles in Ordnung, Lady Chatterjee?« und das hat mich amüsiert. Zum ersten Mal, seit wir uns kannten, schien er mich als eine von ›ihnen‹ zu behandeln, als sei ich Lady Green, Brown oder Smith, die allein in einem Haus am Rand der Gefahrenzone lebte. Ich bot ihm einen Drink an. Er erklärte, er habe nicht viel Zeit, akzeptierte ihn aber bereitwillig. Ich fand das ungewöhnlich, denn er gehörte eher zu den abstinenten Männern. Ich weiß noch, daß ich dachte: »Wenn du besorgt, wenn du beunruhigt bist, wenn Leben in dein Gesicht kommt, dann siehst du wirklich gut aus.« Ich sagte: »Wie ich vermute, sind Sie gekommen, um Daphne zu sehen, aber sie ist im Club.« Er erwiderte: »Ja, im Krankenhaus hat man mir gesagt, sie sei direkt in den Club gegangen. Aber dort ist sie nicht.« – »Ach nein?!« sagte ich und wurde ebenfalls unruhig, versuchte aber, mir nichts anmerken zu lassen, und sagte: »Ich bin sicher, es ist alles in Ordnung.«

Plötzlich fragte er ganz offen: »Ist sie bei Hari Kumar?« Ich antwortete: »Nein, ich glaube nicht.« Ich hatte nicht daran gedacht, daß sie bei Kumar sein könnte. Ich hatte sogar den Eindruck, die Beziehung, vor der Mr. Merrick sie gewarnt hatte, sei zu Ende. Ich wußte nicht, daß Mr. Merrick sie gewarnt hatte. Ich wußte nicht, daß er ihr einen Heiratsantrag gemacht hatte. Das verschwieg sie mir alles. Doch es war ihr nicht gelungen, ihre Gefühle für Kumar vor mir zu verbergen, und ich wußte auch, daß sie ihn seit mindestens einer Woche nicht mehr gesehen hatte – in Wirklichkeit eher seit drei Wochen. Als Mr. Merrick daher fragte: »Ist sie bei Kumar?« habe ich ganz aufrichtig geantwortet: »Nein, ich glaube nicht.« Dann überlegte ich.

Man erwähnte Kumars Namen Mr. Merrick gegenüber nicht freiwillig. Er sagte: »Aber wo kann sie abends um diese Zeit sein?« Ich erwiderte: »Nun ja, vermutlich bei Freunden«, ging zum Telefon und rief mehrere Leute an, bei denen sie hätte sein können. Es dauerte eine Ewigkeit, die Leitungen in Majapur waren durch Dienstgespräche blockiert. Mr. Merrick ging immer wieder auf die Veranda hinaus und kam zurück, sobald ich den Hörer auflegte. »Sie wird bald hier sein«, sagte ich, »trinken Sie doch noch einen!« Zu meiner Überraschung lehnte er auch diesmal nicht ab. Er trug immer noch Uniform. Er wirkte schrecklich müde.

»Ist die Lage ernst?« fragte ich. »Es sieht so aus«, antwortete er und stieß dann hervor: »Verdammter Mist!« und sah mich an, als wolle er sich bei mir dafür entschuldigen, daß er geflucht hatte. »Einige Leute, die Sie kennen«, erklärte er, »sitzen im Gefängnis.« Ich nickte. Ich wußte, wer. Ich wollte nicht über sie sprechen. »Und hier bin ich«, sagte er, »und sitze mit einem Drink bei Ihnen. Haben Sie etwas dagegen?« Ich lachte und sagte: »Nicht das Geringste. Es sei denn, Sie bringen mich in der grünen Minna hinter Schloß und Riegel, sobald Sie das Glas geleert haben, weil ich verdächtigt werde, eine heimliche Revolutionärin zu sein.« Er lächelte, sagte aber nichts und ich dachte: »Oh, ist es wirklich soweit?« Dann kam er auf diese besondere Sache zu sprechen. »Ich habe sie gebeten, mich zu heiraten. Hat sie es Ihnen gesagt?« Das versetzte mir einen Schock. Ich verneinte und begriff zum ersten Mal, wie gefährlich die ganze Situation war. »Wie geht es Miss Crane?« fragte ich, denn ich wollte mit ihm nicht über Daphne oder Hari Kumar sprechen. Auch nicht darüber, wo sie vielleicht waren. Mr. Merrick mochte den jungen Kumar nicht, und ich muß gestehen, auch ich hatte ihm gegenüber gemischte Gefühle. Mir kam er immer zu großspurig vor, und er war einmal in Schwierigkeiten geraten. Mr. Merrick hatte ihn einmal verhört. Damals kannte ich ihn nicht. Eine Freundin – Anna Klaus vom Purdah-Krankenhaus – rief mich eines Tages an und berichtete, die Polizei habe diesen Jungen scheinbar grundlos verhaftet. Nun ja, Sie kennen mich. Ich erkundigte mich bei Richter Menen nach ihm. Soweit ich sehen konnte, stellte sich alles als eine Seifenblase heraus. Man hatte ihn nicht verhaftet, sondern nur zum Verhör mitgenommen. Wie sich herausstellte, kannte ihn mein alter Freund Vassi. Das ist Mr. Srinivasan, der noch lebt, und den Sie unbedingt kennenlernen müssen. Jedenfalls lud ich Kumar eines Abends ein, weil meine Neugier geweckt war, und so trat er in mein Leben, vielmehr in Daphnes Leben. Er war in England aufgewachsen. Sein Vater hatte ungeheure Pläne mit ihm. Aber diese Pläne lösten sich alle in nichts auf, da der Vater bankrott war, als er starb. Der arme Hari mußte nach Hause, nach Majapur zurück. Natürlich war es für ihn nicht mehr das Zuhause. Als sein Vater ihn nach England brachte, war er zwei Jahre, und als er zurückkam, achtzehn. Er sprach wie ein junger Engländer, er benahm sich wie ein Engländer und dachte wie ein Engländer. Wie man erzählt, schrieb er seinen Namen, wie sein Vater es getan hatte: Coomer. Harry Coomer. Aber vermutlich setzte seine Tante dem ein Ende. Sie war seine engste Verwandte, und ich glaube, auf ihre eher orthodoxe Hinduart behandelte sie ihn sehr gut, aber das heißt nur, sie war nicht streng genug und ließ zu, daß er seine Zeit verschwendete. Was auch heißt, sie ließ ihm Zeit, über sein Unglück nachzudenken. Es machte mir Sorge, wie Daphne sich zu ihm hingezogen fühlte, da ich mir nicht sicher sein konnte, daß er dieselben Gefühle für sie hatte. Sie wußte, was ich für Vorbehalte hatte, und Kumar wußte es auch. Vielleicht hätte ich sie äußern sollen. Aber ich habe es nicht getan. Und ich glaube, ich muß mir die Schuld dafür geben, wenn sich so etwas wie Heimlichkeit in Daphnes »Umgang«, wie Mr. Merrick es nannte, mit Mr. Kumar einschlich. Als Mr. Merrick an diesem Abend hier saß und erklärte, er habe Daphne gebeten, ihn zu heiraten, und als mir klar wurde, wie gefährlich das alles sein konnte, fiel mir wieder ein, daß sie an diesem Morgen besonders glücklich gewirkt hatte – nicht glücklicher, als sie meistens war, so lange ich sie kannte, aber doch auffällig glücklich, weil sie seit Tagen Trübsal geblasen hatte und kaum woanders hingegangen war als in den Club. In ihrer typischen Weise behauptete sie, es sei mit ihr alles in

Ordnung. Plötzlich schien es überhaupt keinen Zweifel daran zu geben, daß sie bei Kumar war, daß sie heute morgen glücklich gewesen war, weil sie sich wieder trafen. Ich zweifelte nicht daran, und ich glaube, Mr. Merrick auch nicht. Nachdem ich glaubte, sicher zu wissen, daß sie mit Kumar zusammen war, glaubte ich auch zu wissen, wo, und beging den Fehler anzunehmen, wenn *ich* es wußte, könnte Mr. Merrick es ebenfalls erraten, dort hingehen und sie zusammen finden. Und das wollte ich nicht. Ich sagte mir, je weniger Worte darüber gemacht werden, desto besser, denn dort, wo ich die beiden vermutete, hatte Mr. Merrick den jungen Kumar auch zum ersten Mal gesehen und ihn zum Verhör mitgenommen. So hatte der Kreis sich geschlossen, und ich hatte das Gefühl, ein schreckliches Unglück sei unvermeidlich. Also sorgte ich dafür, daß wir nicht mehr über Daphne sprachen, und erkundigte mich nach der armen, alten Miss Crane, die man ins Krankenhaus gebracht hatte. Ich fragte: »Wie geht es Miss Crane?« und er antwortete: »Soweit ich weiß, gut.« Dann stand er nach einem Blick auf seine Uhr auf und bat um die Erlaubnis, das Telefon zu benutzen, um seine Dienststelle anzurufen. Ehe er den Apparat erreichte, kam ein Anruf. Es war der Distriktskommissar. Mr. Merrick hatte seinen Leuten gesagt, wo sie ihn finden würden. Ich erinnere mich, wie Mr. Merrick den Hörer abnahm und wie er Robin White versicherte, er habe persönlich alle seine Patrouillen kontrolliert. In der Stadt herrsche augenblicklich Ruhe. Alle Läden im Basar hätten geschlossen. Die Leute schienen zu Hause zu bleiben, beinahe als herrsche offizielle Ausgangssperre. Dann sagte er: »Nein, ich bin hier, weil Miss Manners vermißt wird.« Er sagte das so, als habe ich sie als vermißt *gemeldet*. Das Wort »vermißt« schien mir lächerlich und gleichzeitig zutreffend. Er redete noch eine Weile und übergab dann mir den Hörer. Er sagte, Robin wolle mich sprechen, und er entschuldigte sich dafür, daß er nicht warten, sondern sofort losfahren würde. Robin fragte: »Lili, was ist mit Daphne?« Ich sagte: »Ich weiß es wirklich nicht. Ich dachte, sie sei vom Krankenhaus direkt in den Club gegangen. Aber Mr. Merrick sagt, dort ist sie nicht. Und jetzt mache ich mir auch Sorgen. Ist die Lage ernst?« fragte ich, und er antwortete: »Nun, Lili, wir wissen es nicht. Möchtest du zu uns kommen und hier übernachten?« Ich lachte und fragte: »Weshalb? Flüchten die Leute in die Keller?«

Wie Sie vielleicht wissen, bestand der Plan, englische Frauen und Kinder an Orten wie dem Club, in Smiths Hotel und im Bungalow des Distriktskommissars in Sicherheit zu bringen und schließlich in der alten Kaserne, wenn die drohenden Unruhen tatsächlich ausbrechen und die Lage so schlimm werden sollte wie damals bei dem Aufstand, was ein paar Schwarzseher behaupteten. Robin hatte den Plan mit Brigadier Reid ausgearbeitet. Aber ich hörte ihn zum ersten Mal ernsthaft davon sprechen. »Nein, noch nicht«, sagte er, »aber ein oder zwei Frauen, deren Männer im Einsatz unterwegs sind, wohnen im Club.« Ich sagte, »da kann ich doch nicht hin, Robin, oder?« Hinterher sagte er mir, er sei sich nicht ganz sicher gewesen, wie er das aufnehmen sollte. Er habe von mir noch nie ein bitteres Wort gehört. Aber es sollte nicht bitter klingen. Es rutschte mir einfach so heraus. Ich konstatierte einfach automatisch meine Position. Er sagte: »Ruf mich an, wenn Daphne zurückkommt! Vielleicht rufst du auf jeden Fall in einer halben Stunde an.« Ich versprach es. Als ich auflegte, war Mr. Merricks Auto nicht mehr da. Es war beinahe neun Uhr. Daphne hatte immer angerufen, wenn etwas Unvorhergesehenes eintrat, was bedeutete, daß sie nicht zur üblichen Zeit zurück sein würde. »Vielleicht hat sie versucht anzurufen, ist aber einfach nicht durchgekommen«, dachte ich, aber ich glaubte es eigentlich nicht. Ich hatte nur ein Bild klar vor Augen: Daphne und der junge Kumar und der Ort, den man das Asyl nannte. Ich war selbst nie dort gewesen, eigentlich etwas Unverständliches für mich. Trotz allem, was Anna Klaus mir erzählt hatte, graute mir davor. Mir graute auch vor der Frau, der es gehörte. Sie nannte sich Schwester Ludmila. Sie sammelte Sterbende von der Straße auf. Daphne war von Schwester Ludmila schrecklich beeindruckt. Jedenfalls ging ich hinter das Haus, um zu sehen, was die Dienstboten trieben. Mir fiel plötzlich auf, daß sich keiner in der Nähe aufhielt. Sie waren den ganzen Tag über auffallend mürrisch gewesen. Ich fand niemand in der Küche; niemand kümmerte sich um das Abendessen. Ich ging zur Küchentür und rief über den Hof. Nach einer Weile tauchte Raju auf. Er sagte, der Koch fühle sich nicht wohl. Ich erwiderte: »Du meinst, er ist betrunken. Richte ihm aus, um halb zehn gibt es

Abendessen, oder ihr könnt euch alle, auch du, eine neue Stelle suchen. Raju, du hast vorne im Haus zu sein!«

Ich ging ins Wohnzimmer zurück, goß mir einen Whisky ein, und dann hörte ich Raju vor dem Haus. Ich dachte: »Er ist auch betrunken und kann sich nicht mehr auf den Beinen halten. Es klingt ganz so, als sei der dumme Kerl auf die Nase gefallen.« Ich ging hinaus, um mit ihm zu schimpfen. Es war nicht Raju. Ich konnte es zuerst gar nicht begreifen. Sie kroch auf allen vieren. Sie war auf den Stufen gefallen und hatte sich verletzt. Aber sie war nur gefallen, weil sie bereits verletzt und vom Rennen erschöpft war. Sie blickte hoch und sagte: »Oh, Tante!« Sie trug immer noch die Khakiuniform aus dem Krankenhaus, aber sie war zerrissen und mit Schlamm beschmiert. Sie blutete im Gesicht. Selbst als sie »oh, Tante!« sagte, konnte ich nicht fassen, daß dies Daphne war.

Zu Ehren des Fremden sind die Lampen im Park des MacGregor-Hauses eingeschaltet. Die Büsche und Sträucher, die mit Hilfe einer ganzen Batterie Scheinwerfer künstlich erleuchtet werden, wirken höchst theatralisch. Kein Lufthauch ist zu spüren. Doch die reglosen Blätter und Zweige sind unnatürlich. Die Scheinwerfer haben nicht nur helle Flächen geschaffen, sondern auch große pechschwarze Teiche der Dunkelheit. Manchmal erscheinen die Männer und Frauen, mit denen man sich unterhält, während man auf dem Rasen von einer Gruppe zur anderen geht, als Silhouetten. Eine Drehung des Kopfes enthüllt jedoch vielleicht den Glanz in einem klaren, transparenten Auge, und die Bewegung eines Arms zeigt die skelettartige Form einer Hand, die ein Glas hält, das Licht und Flüssigkeit zu gleichen Teilen füllen. In der Dunkelheit sind die Leuchtkäfer der glühenden Zigaretten seltsam statisch und erwachen ebenso seltsam plötzlich zum Leben.

Die Menschen im Park sind die Erben. Irgendwo, zeitlich weiter entfernt als örtlich, brennt das Feuer, das Edwina Crane verzehrte. Es flammt unbemerkt auf, die Flammen züngeln und greifen um sich. In der erleuchteten Dunkelheit nimmt man vielleicht diese zusätzliche Helligkeit wahr. Man hört vielleicht hinter dem Stimmengewirr der nächtlichen Partykonversation das bedrohliche Knistern des Holzes.

Im Hof hinter Miss Cranes Bungalow stand ein Schuppen. In echt englischer Manier bewahrte sie dort ihre Gartenwerkzeuge auf. Wie typisch war es doch von ihr (an einem windstillen Tag, als die erste Hitzewelle nach dem Monsun das Holz ausgetrocknet und es auf die Monate der Wärme vor dem kühlen Wetter vorbereitet hatte, in denen es sich knarrend zusammenziehen würde), einen Platz zu wählen, an dem ein Brand den Bungalow nicht gefährden würde. Sie schloß sich dort ein, tränkte die Wände mit Petroleum, setzte sie in Brand und starb, wie zu hoffen ist, in den wenigen Sekunden, die die explosionsartig erhitzte Luft brauchte, um ihr den Atem aus den Lungen zu brennen.

Man erzählt, daß sie für diesen Akt, durch den sie eine *Suttee* wurde (wie Lady Chatterjee erklärt, wird man so zum *Sannyasin,* ohne zu wandern), zum ersten Mal in ihrem Leben einen weißen Sari trug. Der Sari stand für ihre Wahlheimat, das Weiß für Witwenschaft und Trauer. Und es kursiert die Geschichte, daß Joseph, der mit leeren Händen von einem sinnlosen Auftrag, zu dem sie ihn weggeschickt hatte, zurückkam, im Hof auf die Knie fiel und in den rauchenden Scheiterhaufen rief: »Oh, Madam, Madam!« so wie einige Wochen vorher Miss Manners auf die Knie gefallen war, aufgeblickt und gesagt hatte: »Oh, Tante!«

Auf solche Weise rufen Menschen nach Erklärungen für die Dinge, die ihnen widerfahren. Und so ziehen Situationen und Menschen die Aufmerksamkeit auf sich, wie Spielzeug, nach dem Kinder greifen, um ihre grausamen, aber notwendigen Spiele zu spielen.

Teil drei
Schwester Ludmila

Ihre Herkunft lag im dunkeln. Manche behaupteten, sie sei mit den Romanows verwandt; andere, sie sei eine ungarische Bäuerin, eine russische Spionin, eine deutsche Abenteuerin, eine aus dem Kloster geflohene französische Novizin. Aber das waren alles Mutmaßungen. Nur eines stand fest, zumindest für die Europäer in Majapur: Sie mochte noch so heilig erscheinen, sie besaß trotzdem kein Recht, sich Schwester zu nennen. Die katholische und die protestantische Kirche versagten ihr die Anerkennung, fanden sich aber mit ihrer Existenz ab, denn sie hatte schon vor langer Zeit den Kampf um die Tracht gewonnen, indem sie dem zornigen katholischen Priester, der bei ihr erschien, um diesem Frevel ein Ende zu setzen, erklärte, sie habe ihre Kleidung selbst entworfen. Zwar besitze eine echte Ordensfrau einen höheren Status und ein größeres Anrecht auf das ewige Leben, könne aber wohl kaum den alleinigen Anspruch auf Demut oder auf eine besondere Anfälligkeit für einen Hitzschlag erheben: Deshalb trage sie das lange, leichte Gewand aus dünner grauer Baumwolle (weder von einem Kreuz noch von der Büßerkordel geschmückt, sondern um die Hüfte von einem ganz normalen Ledergürtel gehalten, wie man ihn überall im Basar kaufen konnte) und die ausladende Flügelhaube aus gestärktem weißen Leinen, die Nacken und Schultern vor der Sonne schützt und selbst in dunkelster Nacht zu sehen ist.

»Aber Sie nennen sich Schwester Ludmila«, sagte der Priester.

»Nein. Die Inder nennen mich so. Wenn Sie etwas dagegen haben, müssen Sie sich an die Inder wenden! Außerdem sagt das Sprichwort: Gott kann man nicht täuschen.«

Damals, 1942, machte sich Schwester Ludmila jeden Mittwochmorgen zu Fuß auf den Weg. Sie verließ die Gruppe alter Gebäude, in denen sie die Hungernden speiste, die Kranken pflegte und all jene wusch und tröstete, die ohne ihre nächtlichen Expeditionen auf der Straße gestorben wären.

An einer Kette, die an ihrem Gürtel befestigt war, trug sie

eine verschlossene Ledertasche. Ihr folgte ein kräftiger junger Inder, der mit einem Stock bewaffnet war. Nur selten begleitete sie derselbe Inder länger als ein oder zwei Monate. Mr. Govindas, der Geschäftsführer der örtlichen Zweigstelle der Imperial Bank of India – das Ziel ihrer Mittwochsausflüge –, fragte sie einmal: »Schwester Ludmila, woher kommt dieser junge Mann?« »Ich nehme an, vom Himmel.« »Und der junge Mann, der Sie im letzten Monat begleitet hat, kam er auch vom Himmel?« »Nein«, erwiderte Schwester Ludmila, »er kam aus dem Gefängnis und ist seit kurzem auch wieder dort.« »Genau davor möchte ich Sie warnen«, erklärte Mr. Govindas, »ich möchte Sie vor der Gefahr warnen, einem jungen Mann einfach deshalb zu vertrauen, weil er stark genug aussieht, um Sie zu beschützen.«

Schwester Ludmila lächelte nur und überreichte ihm ihren Barscheck.

Woche für Woche erschien sie bei Mr. Govindas, um zweihundert Rupien abzuholen. Die Schecks stammten von der Imperial Bank of India in Bombay, die inzwischen zur Staatsbank geworden ist, und Mr. Govindas ist längst pensioniert. Doch kann er sich noch gut an Schwester Ludmila erinnern.

Da Schwester Ludmila niemals Geld einzahlte und Mr. Govindas wußte, daß sie auch ihre Rechnungen mit Schecks bezahlte, konnte er nur vermuten, sie habe entweder ein großes Vermögen, oder ihr Konto werde regelmäßig von einer anderen Seite aufgefüllt. In der seit langem bestehenden Anweisung der Zweigstelle in Bombay, die die Auszahlungen in Majapur autorisierte, wurde ihr Name als Mrs. Ludmila Smith angegeben, und so unterschrieb sie auch die Schecks. Mr. Govindas erkundigte sich schließlich eingehend bei einem Freund in Bombay und erfuhr auf diese Weise, daß das Geld von der Staatskasse eines kleinen europäischen Fürstentums überwiesen wurde. Man durfte vermuten, daß es sich um eine Art Pension handelte, denn Mr. Smith, ihr Ehemann, war Ingenieur gewesen und im Dienst des Fürsten gestorben. Schwester Ludmila ließ sich die zweihundert Rupien folgendermaßen auszahlen: fünfzig Rupien in Fünfrupienscheinen, hundert Rupien in Einrupienscheinen und fünfzig Rupien in kleinen Münzen. Mr. Govindas vermutete, daß sie die meisten Münzen und einen beträchtlichen Teil der Einrupienscheine an die Armen verteilte und mit dem Rest die Löhne ihrer Helfer und gelegentliche Einkäufe auf dem Markt bezahlte. Er wußte, Fleisch, Getreide und Gemüse lieferten die Händler auf Monatsrechnungen; Arzneimittel kaufte sie in der Apotheke von Dr. Gulab Singh Sahib mit einem Rabatt von 12½ % plus 5 % für monatliche Zahlung. Er wußte auch, Schwester Ludmila trank täglich ein Glas Orangensaft und nahm abends eine Mahlzeit zu sich, bestehend aus Reis oder Hülsenfrüchten, gefolgt von saurer Milch oder Quark. Nur freitags aß sie ein bescheidenes Gemüsecurry und Fisch an den christlichen Feiertagen. Die restlichen Lebensmittel brauchte sie für die Mahlzeiten ihrer Helfer und der Hungernden. Er wußte über sie noch vieles dergleichen. Manchmal dachte er, wenn er alles, was er von ihr wußte oder über sie hörte, aufschreiben würde, könnte er damit mehrere Briefbogen der Bank füllen. Obwohl er soviel wußte, glaubte er doch, nichts Wichtiges über sie zu wissen. Und mit dieser Ansicht stand Mr. Govindas 1942 in Majapur nicht allein.

Ihr Alter etwa. Ja – wie alt war sie? Unter den nonnenhaften Falten und den wehenden Flügeln aus gestärktem Leinen umgab ihr, wie manche sagten, undurchdringliches Gesicht ständig ein reines, hehres Licht. Sie besaß die Hände einer Frau, die anderen die Arbeit stets zugewiesen hatte. Sie waren von der Zeit beinahe unberührt geblieben. Nur ein einziger goldener Ring schmückte ihren Ringfinger. Ein hochgeschlossener, gestärkter weißer Leinenkragen schützte ihren Hals und bedeckte Brust und Schultern. Sie hatte dunkle, tiefliegende Augen, und man ahnte die hohen Backenknochen – vielleicht ein Beweis für ihr Madjarenblut. Die ebenfalls dunkle und tiefe Stimme stand im Einklang mit ihren Augen. Sie sprach gut Englisch, aber etwas abgehackt, und ein miserables Basar-Hindi. Mr. Govindas hatte Engländer sagen hören, sie spreche Englisch mit deutschem Akzent. Man sagte auch, sie besäße außer einem britischen auch einen französischen Paß. Man schätzte sie auf etwa fünfzig Jahre, vielleicht auch fünf Jahre jünger oder älter.

Schwester Ludmila nahm die zweihundert Rupien in Empfang und verstaute sie in der Ledertasche, die mit einer Kette am Gürtel befestigt war. Dann verabschiedete sie sich von Mr. Govindas, dankte ihm dafür, daß er sie persönlich von seinem inneren Heiligtum zur Tür geleitete, und machte sich auf den Rückweg. Der derzeitige junge Mann begleitete sie; er hatte während der zehn Minuten, die es etwa dauerte, den Scheck einzulösen, auf der Straße gehockt und sich mit jedem unterhalten, der zufällig auch wartete oder gerade nichts zu tun hatte. Meist waren es vulgäre Unterhaltungen, die der Leibwächter mit seinen zufälligen Gesprächspartnern führte. Die alten Männer erkundigten sich, ob die verrückte Weiße ihn schon zu sich ins Bett genommen oder ob er sich schon überlegt habe, wann er mit dem Geld davonlaufen würde, das er bewachen sollte. Es waren gutmütige, derbe Späße, doch man hätte vielleicht immer den Unterton einer bedrohlichen Unsicherheit entdecken können. Für den Geschmack eines gesunden Mannes schien ihr Tun zu eng mit dem Tod verknüpft zu sein.

Die Zweigstelle der Imperial Bank befand sich in den Arkaden der Victoria Road, dem wichtigsten Einkaufszentrum des Europäerviertels. Der Rückweg zum Asyl führte Schwester Ludmila durch das eurasische Viertel an der Missionskirche vorbei, über die Bahnschranke, an der sie, wie Miss Crane – der sie zunickte, mit der sie aber nie sprach – manchmal warten mußte, ehe sie im Gedränge die Mandir Gate-Brücke überquerte. Nachdem sie das andere Ufer erreicht hatte und der Tirupati-Tempel hinter ihr lag, blieb sie stehen und verteilte Geld an die Bettler und an den Leprakranken, der mit gekreuzten Beinen auf der Erde saß, die rosa Flecken seines befallenen Körpers zur Schau stellte und ihr die schlaffen, ausgemergelten Arme entgegenstreckte. Auf dieser Seite des Flusses brannte anscheinend die Sonne noch glühender und unbarmherziger, als wären die Gerüche von Armut und Schmutz im Schatten verschwendet. Jede Farbe verlor den Vorzug des Einmaligen, des Überraschenden. In Bodennähe verengte sich das Spektrum auf matte, fahle Grau- und Gelbtöne. Selbst die rote Blüte, der das mäßigende, komplementäre Grün fehlte, wurde im geflochtenen Haar einer Frau zu einem stumpfen Braun versengt. Schwester Ludmilas weiße, gestärkte Haube wirkte hier wie ein prähistorischer Vogel, der wunderbarerweise erschienen war und weithin sichtbar durch die Luft schwebte, hüpfte und sprang.

Hinter dem Tempel teilt sich die Straße und wird zu zwei

engen Gassen. In der Einmündung steht im Schutz eines heiligen Baums ein Schrein, lagern wiederkäuende Kühe, sitzen alte Männer und Frauen, die die Finger an die Nasenflügel legen. Am Anfang der Gasse, die nach rechts zum Gefängnis führt, wirbt das Majestic-Kino für ein Epos aus dem Ramajana (heute wie damals). Die linke Abzweigung ist schmaler, dunkler und führt an den offenen Läden vorbei zum Chillianwallah-Basar. Dorthin ging Schwester Ludmila vor all den Jahren; ihr folgte der junge Mann; ein Dutzend Kinder, die alle auf einen Anna hofften, rannten neben und vor ihr her. Sie ging aufrecht, hielt die verschlossene Tasche in den verschränkten Armen und achtete nicht auf die Rufe der Händler, die sie aufforderten, Betel, Stoffe, Wasser, Melonen oder Jasmin zu kaufen. Am Ende der Gasse bog sie links ab und betrat den Chillianwallah-Basar durch den offenen Torbogen in der hohen Betonmauer, die ihn umgab.

In der Mitte des ummauerten Platzes befinden sich die Fisch- und Fleischstände – große, offene Schuppen mit betonierten Fußböden und schrägen Wellblechdächern, die auf Betonpfeilern ruhen. Im Freien haben Frauen entlang der Umfassungsmauer auf Matten ihre in allen Regenbogenfarben leuchtenden Gemüse und Gewürze ausgebreitet. Sie sitzen inmitten ihrer Waren und halten die ruhenden Waagschalen wie die kauernden Statuen einer merkantilen Justitia, der man nicht die Augen verbunden hat und die deshalb wachsam alles beobachtet. Schwester Ludmila kaufte bei einer Frau grüne Chilis; dann setzte sie ihren Weg fort, bis sie den Ausgang am anderen Ende des ummauerten Platzes erreichte. Hier bog sie vor dem offenen Tor ab und stieg eine wacklige Holztreppe hinauf. Sie verschwand in der offenen Tür im oberen Stockwerk des Gebäudes – offenbar handelte es sich um ein Lagerhaus, dessen Seiten an dieser Stelle Teil der Basarmauer sind. Auf der Fassade verkünden blaue Schriftzeichen auf verblaßtem weißen Hintergrund: »Romesh Chand Gupa Sen, Lieferanten«. Ihr Leibwächter wartete am Fuß der Treppe. Er kauerte sich auf den Boden und rauchte eine Bidi. Die ungewohnte Verzögerung auf dem Heimweg machte ihn ungeduldig. Nach zehn Minuten tauchte Schwester Ludmila wieder in der offenen Tür auf, stieg die Stufen hinunter und ging vor ihm her aus dem Basar durch ein Gewirr von Gassen und Gäßchen mit alten moslemischen Häusern. Die Haustüren waren verschlossen, und die Fenster in den oberen Stockwerken verschwanden hinter Fensterläden. Plötzlich endeten die Häuser abrupt; vor ihr lag offenes Gelände, auf dem verstreut die Hütten und Schuppen der Unberührbaren standen (und immer noch stehen). Dahinter befindet sich ein Wasserreservoir; an einem Ende sind die farbigen Saris und dunklen Lappen zum Trocknen ausgebreitet. Sie gehören den schwarzhäutigen, mit Armreifen behängten Frauen, die mit nackten Beinen im hüfthohen Wasser stehen und sich waschen. Man sieht drei Bäume; aber sonst wirkt die Gegend öde und trostlos. Krächzende Krähen flattern und kreisen in der Luft auf ihrem Weg zum Fluß, der dort, wo Schwester Ludmila ging, nicht zu sehen ist. Man kann ihn aber ahnen und riechen, denn hinter einer Erhebung scheint das Land abzufallen, um in einiger Entfernung wieder anzusteigen. Auf der gegenüberliegenden Seite befinden sich Lagerhäuser, Schuppen und Anlagen der Eisenbahn. Schwester Ludmila folgte einem Weg, der etwa parallel zu dem gewundenen Flußbett verläuft und zu einem torlosen Eingang in einer halb zerfallenen Mauer eines Grundstücks führte. Dort stehen drei niedrige, einstöckige Gebäude, Relikte aus dem frühen neunzehnten Jahrhundert. Früher einmal baufällig, aber inzwischen notdürftig repariert und mit weißer Leimfarbe gestrichen, wirken sie ruhig, stumm, streng, funktional; heute gehört zu ihnen noch ein viertes, modernes Gebäude. Dies war das Asyl, das inzwischen einen anderen Namen trägt.

Schwester Ludmila? Schwester? (Eine Pause.) Das habe ich vergessen. Nein, ich erinnere mich. Kleide dich in das Gewand der Demut, sagte ER. Also gehorchte ich. Der Priester, der hierherkam, war sehr zornig. Ich schickte ihn weg. Als der Priester gegangen war, fragte ich Gott, ob ich klug gehandelt hatte. Klug und richtig, erwiderte er und lachte. Er liebt Späße. Welche Chance haben wir, glücklich zu werden, wenn Gott nie glücklich ist? Wir ziehen die Gesichter lang. Wir sind traurig und lächeln nie, wenn wir beten. Wie kann man den Gedanken an die Ewigkeit ertragen, wenn im Himmel Lachen nicht erlaubt ist... oder Weinen, wenn man so will? Ist unsere Fähigkeit zu lachen und zu weinen nicht der Maßstab unserer Menschlichkeit? Darum geht es nicht. Sie sind nicht deshalb gekommen. Ich habe mich bei Ihnen noch nicht dafür bedankt. Also tue ich es hiermit. In letzter Zeit habe ich wenig Besucher, und keinen von denen, die kommen, kann ich sehen. Nachdem sie gegangen sind, beschreibt ER sie mir. Tut mir leid wegen deiner Augen, sagte ER, aber ich kann nichts dagegen tun, es sei denn, du möchtest ein Wunder. Nein, sagte ich, kein Wunder, vielen Dank! Ich werde mich daran gewöhnen, und vermutlich wirst DU mir helfen. Außerdem nützen die Augen ohnedies nicht mehr viel, wenn man so lange gelebt hat, nur mühsam an Krücken herumhumpeln kann und die meiste Zeit des Tages im Bett verbringt. Mir könnten nur drei Wunder helfen: das eine für die Augen, das andere für die Beine und das dritte, um mich zwanzig Jahre jünger zu machen. Drei Wunder für eine alte Frau! Welch eine Verschwendung! Außerdem, sagte ich, sind Wunder dazu da, die Zweifler zu überzeugen. Wofür hältst DU mich? Für eine Ungläubige?

Es wird interessant sein, zu hören, wer Sie sind und wie Sie aussehen, wenn Sie gegangen sind... ich meine aus SEINER Sicht. Für mich ist es beinahe eine Erleichterung, daß ich nichts mehr sehe. Ich fühle mich Gott jetzt näher. Es ist amüsant, sich den Tag zuerst von einem der Helfer und nachher von IHM beschreiben zu lassen. Es regnet, sagen sie; Schwester, hören Sie den Regen nicht auf dem Dach? Heute war es heiß und trocken, erzählt ER mir, nachdem sie gegangen sind und ich meine Gebete gesprochen habe, um ihn zu rufen. Meine Gebete holen IHN immer herbei. Gleichgültig, wie beschäftigt ER auch sein mag, ER findet immer die Zeit, vorbeizukommen, ehe ich einschlafe. Meist spricht ER von alten Zeiten. Heute bist du in der Hitze und der Trockenheit zur Bank gegangen, sagt ER, du erinnerst dich doch? Sicherlich erinnerst du dich an deine Erleichterung, wenn Mr. Govindas deinen Scheck akzeptierte, und der Angestellte kam mit den zweihundert Rupien zurück? Erinnerst du dich, daß du MIR gedankt hast? Gott sei Dank, sagtest du in einer Stimme, die nur ich hören konnte, die Zahlungen sind nicht eingestellt worden. Du dachtest an die Zeit in Europa, als deine Mutter sagte: Die Zahlungen sind eingestellt worden, und ich muß hungern, obwohl ich eine Frau bin, die für ein Leben in Glanz und Reichtum bestimmt ist. Ich liebte meine Mutter. Ich fand sie schön. Wenn es ihr gutging, gab sie den Schwestern Geld. Sie sind so gekleidet, erklärte sie als Antwort auf meine Frage, denn das sind die Gewänder der Demut, und Gott hat ihnen befohlen, sie anzulegen.

Eines Tages gingen die Schwestern an uns vorüber. Schwester, sagte meine Mutter zu einer, hier ist etwas für Ihre Büchse. Aber sie gingen weiter. Meine Mutter rief ihnen nach. Sie hatte gerade eine besondere Glückssträhne gehabt. Ich weiß noch, daß sie mir sagte: In dieser Woche hatte ich besonderes Glück gehabt. Sie kaufte Handschuhe und gutes, mageres Fleisch. Sie wollte den Schwestern Geld geben, aber die gingen vorüber. Sie rief ihnen nach: Wird nicht unser aller Schicksal vom Zufall bestimmt? Ist die eine Münze schmutziger als die andere?

Sie verstehen...? Ja, Sie verstehen. Was ich Ihnen eben erzählt habe, geschah in Brüssel. Ich erinnere mich an eine schöne Wohnung und dann an eine ärmliche. Wir werden bald nach Petersburg zurückkehren, sagte meine Mutter. Aber manchmal sagte sie auch, wir würden nach Berlin und dann wieder, wir würden nach Paris zurückkehren. Ich fragte mich, wo wir wirklich wohnten und wohin wir gehörten. Wir lebten immer in dem Gefühl, alles sei nur vorübergehend. Selbst ein sechsjähriges Kind konnte es spüren. Seit dieser Zeit habe ich es immer empfunden. Ich bin sechs Jahre älter als das Jahrhundert. Es war das Jahr 1900. Ich weiß noch, daß meine Mutter sagte: Heute ist der erste Tag des neuen Jahrhunderts. Es war ein aufregender Moment. Wir hatten Handschuhe, warme Mäntel und feste Schuhe. Der Zauber von Weihnachten lag immer noch über den Straßen. Ich sah in jedem Gesicht den Ausdruck der Zufriedenheit bei dem Gedanken, daß das neue Jahrhundert begonnen hatte. Meine Mutter sagte: In diesem Jahr werden wir Glück haben. Oh, die Wärme unserer ineinanderliegenden Hände in den Handschuhen! Ich erinnere mich an unsere zufriedenen und glücklichen Spiegelbilder in den Schaufenstern; meine Mutter beugte sich zu mir herunter, um mir ein Versprechen oder einen Einfall zuzuflüstern; sie legte den behandschuhten Finger auf das Glas und deutete auf eine Schachtel kandierter Früchte in einem Nest aus spitzenumrandetem Papier. Ein Herr mit einem Pelzkragen am Mantel lüftete vor uns den Hut. Meine Mutter nickte. Wir spazierten durch die Straße voller Menschen. Es gab einen Park, einen zugefrorenen See, und in einer Bude wurden geröstete Kastanien verkauft. Vielleicht war das in einem anderen Winter und an einem anderen Ort. Ich habe vermutlich all das Schöne, was ich als Kind erlebte, gesammelt, und in meiner Erinnerung scheint es sich an diesem ersten Tag unseres glücklichen neuen Jahrhunderts ereignet zu haben. Dem glücklichen neuen Jahr war ein schönes Weihnachtsfest mit gutem Essen vorausgegangen. Ein Herr, der Zigarren rauchte, hatte mir eine Puppe mit flachsblonden Haaren und leuchtendblauen Augen geschenkt. Die unerfreulichen Dinge haben sich in meiner Erinnerung alle an dem Tag ereignet, an dem die Schwestern sich weigerten, die Geldspende meiner Mutter anzunehmen. Ich glaube, da war ich ein bißchen älter. Bestimmt lebten wir damals in der armseligen Wohnung. Von dem Geld, das die Schwestern nicht angenommen hatten, kaufte mir meine Mutter Kandiszucker und gebrannte Mandeln. Ich sah zu, wie sie der Verkäuferin die schmutzigen Münzen gab und dafür die Tüten entgegennahm. Sie hielt mir die Tüten in einer der behandschuhten Hände hin. Ich fürchtete mich vor den Süßigkeiten, denn sie waren mit Geld gekauft, das die Schwestern abgelehnt hatten, und das bedeutete Geld, das Gott abgelehnt hatte, denn ich glaubte, die Schwestern stünden mit ihm in direkter Verbindung. Weshalb gehen sie so gekleidet? hatte ich gefragt. Meine Mutter antwortete: Gott hat ihnen befohlen, sich in die Gewänder der Demut zu kleiden. Alles, was die Schwestern taten, trug den Stempel der besonderen Macht Gottes. Ich verstand die volle Bedeutung von »schmutzig« nicht, doch wenn das Geld für die Süßigkeiten schmutzig gewesen war, dann mußten auch die Süßigkeiten und die Handschuhe meiner Mutter schmutzig sein. Der Handschuh meiner Hand, bei der sie mich hielt, war ebenfalls beschmutzt, und der Schmutz würde durch das weiche Leder in meine Handfläche dringen. Doch am schlimmsten war das Gefühl, daß Gott mit uns nichts zu tun haben wollte. Die Schwestern waren SEINE besonderen Werkzeuge. Wenn sie sich von uns abwendeten, dann hatte auch ER sich von uns abgewendet.

Ah, doch plötzlich sah ich die Wahrheit! Wie konnte ich so blind gewesen sein? Er würde zornig auf sie sein, weil sie das

Geld meiner Mutter zurückgewiesen hatten! Ich wußte nicht genau, was Demut war. Doch wenn er einmal gezwungen gewesen war, ihnen zu befehlen, sich in diese Tracht zu kleiden, war das dann nicht eher ein Zeichen der Strafe als der Gnade? War dies nicht auch die Tracht der Buße? Was hatten die Schwestern getan, wofür sie nun diese besondere Kleidung tragen mußten? Welche noch schrecklichere Tracht würde ER ihnen als zusätzliche Strafe anbefehlen? Sie hatten Geld zurückgewiesen. Das Geld sollte Menschen helfen, denen nach Gottes Willen geholfen werden sollte: den Armen, den Hungrigen. Wie arm und wie hungrig mußten solche Menschen sein, wenn sie noch ärmer waren als wir und immer hungerten? Die Schwestern, die in Gewändern durch die Straße gingen, die eine frühere Schmach verrieten, hatten jene Armen zu noch größerer Armut und noch schlimmerem Hunger verurteilt. Würde ER ihnen jetzt ein rotes, häßliches Zeichen auf die Stirn drücken, damit die Armen ihnen bei ihrem Herannahen aus dem Wege gehen konnten? Würde ER ihnen befehlen, Kleider zu tragen, in denen sie nicht wagten, sich zu zeigen, weil sie fürchten mußten, ausgelacht und mit Steinen beworfen zu werden? Ich umklammerte die Hand meiner Mutter und fragte: Mutter, was wird ER mit ihnen machen? Sie schaute mich verständnislos an. Deshalb wiederholte ich meine Frage: Was wird ER machen? Was wird Gott den Schwestern diesmal antun? Sie erwiderte nichts, sondern ging weiter und hielt mich fest bei der Hand. Wir kamen an einer Bettlerin vorbei. Ich zog an der Hand meiner Mutter. Wir müssen ihr etwas von dem Kandiszucker geben, sagte ich. Meine Mutter lachte und gab mir statt dessen eine Münze. Ich legte sie in die schmutzige Hand der Frau. Gott segne dich, sagte sie. Ich fürchtete mich. Doch wir hatten gute Schuhe, Handschuhe, warme Mäntel und den Segen Gottes. Wir hatten das Unrecht der Schwestern wiedergutgemacht. Zu Hause würde das Feuer im Kamin brennen, und es gab immer noch Kandiszucker und gebrannte Mandeln zu essen. Ich fragte meine Mutter: Ist *das* unser glückliches Jahr? Zum ersten Mal glaubte ich zu wissen, was sie mit Glück meinte. Es war eine Wärme im Herzen. Man merkte, daß man unbewußt lächelte, und konnte sich nicht daran erinnern, weshalb man lächelte. Dieses Lächeln hatte ich oft auf den Lippen meiner Mutter gesehen.

Das Asyl? Ja, es hat sich verändert. Jetzt sind hier Waisenkinder untergebracht. Es ist ein neues Gebäude hinzugekommen, und es steht unter der Leitung wohltätiger Inder. Nur wenige erinnern sich noch an den alten Namen: das Asyl. Aus Barmherzigkeit erlaubt man mir zu bleiben und mein Leben in diesem Zimmer zu beenden. Manchmal kommen die Kinder ans Fenster und starren herein, halb furchtsam und halb belustigt über die bettlägerige Alte. Ich höre, wie sie flüstern, und kann mir vorstellen, wie sie plötzlich die Hände über den Mund legen, um ein Lachen zu unterdrücken. Ich höre, wenn eine der Helferinnen sie ruft; dann entfernt sich das Geräusch ihrer kleinen, trappelnden nackten Füße, und dann höre ich in der Ferne ihr Geschrei, das mir verrät, daß sie den Anblick bereits vergessen haben, der sie eben noch so sehr fesselte und belustigte. Eines der Kinder, ein kleines Mädchen bringt mir süßsauer riechende Ringelblumen, deren Stengel und Blätter bei der Berührung leicht klebrig sind. Ihre Eltern sind in Tanpur verhungert. Sie kann sich nicht an sie erinnern. Ich erzähle ihr Geschichten aus dem Ramajana und von Hans Christian Andersen und spüre, wie ihre Augen gebannt und voll Verwunderung über mich hinaus in eine Welt der Legenden und Phantasien, in die Realität hinter den Illusionen blicken. Welch ein Segen ist Blindheit für die Alten! Jetzt danke ich Gott dafür. Es gab eine Zeit, da weinte ich, denn die Welt habe ich immer gerne betrachtet. Aber ich trocknete meine Tränen und wollte IHN damit nicht belästigen, sondern habe IHN angelächelt und gesagt: Welch ein Glück, wenn ER ins Zimmer kam, um sein Bedauern auszudrücken. Welch ein Glück, sagte ich, die Welt, die DU geschaffen hast, ist ein wunderbarer Ort. Wie sieht es denn im Himmel aus? Oh, Schwester Ludmila, sagte ER, genau wie hier. ER hat es sich angewöhnt, mich um der alten Zeiten und vielleicht auch um SEINETWILLEN so anzureden. Ist mir vergeben? fragte ich. Wofür? wollte ER wissen. Dafür, daß ich mich Schwester nenne, daß ich zulasse, daß die anderen mich so nennen, und daß ich das Gewand der Demut trage. Was soll dieser Unsinn? fragte ER. Stell dir vor, heute ist Mittwoch. Es war heiß und trocken, und Mr. Govindas hat deinen Scheck akzeptiert. Was ließ dich glauben, Mr. Govindas würde ihn akzeptieren und dem Kassierer übergeben? Wie du weißt, ist er ein wichtiger Mann in der Welt.

Aber Sie sind nicht hierhergekommen, um darüber zu sprechen. Verzeihen Sie mir. Erlauben Sie einer blinden, alten Frau eine Bemerkung: Sie haben keine Stimme wie jemand, für den mit dem Wort Bibighar allein schon alles gesagt ist, oder für den Bibighar ein Fall ist, über den man die Akte dann und dann öffnen und dann und dann wieder schließen kann. Erlauben Sie mir noch eine Bemerkung: Trotz materieller Beweise ist Ihnen klar, daß ein bestimmtes historisches Ereignis keinen eindeutigen Anfang und kein befriedigendes Ende hat. Es ist so, als würde man die Zeit raffen. Ist das so richtig gesagt? Als würde man die Zeit raffen, und als würden die Räume sich verzahnen. Als hätte Bibighar sich beinahe noch nicht ereignet und doch schon ereignet, so daß man gleichzeitig Vergangenheit, Gegenwart und Zukunft in der hohlen Hand hält. Den Weg, den Sie gekommen sind, das Tor, durch das Sie gegangen sind, die Gebäude, die Sie hier im Asyl sehen, sind für mich trotz des neuen vierten Gebäudes derselbe Weg, den ich ging, dieselben Gebäude, zu denen ich zurückkehrte, als ich den schlaffen Körper des jungen Mr. Coomer ins Asyl brachte. Coomer. Harry Coomer. Manchmal Kumar ausgesprochen und Harry manchmal Hari. Er war ein schwarzhaariger, tiefbrauner junger Mann, ein Geschöpf der Dunkelheit. Hübsch. Und so muskulös! Ich habe ihn einmal ohne Hemd gesehen, als er sich an der Pumpe wusch. Die alte Pumpe. Es gibt sie nicht mehr. Können Sie sich vorstellen, wo sie war? Unter dem neuen Gebäude. Nach dem, was man mir sagt, muß es aussehen wie ein Phantasiegebilde von Corbusier.

Aber früher, vor Corbusier, stand dort nur die Pumpe, und der junge Kumar wusch sich dort an dem Morgen, nachdem wir ihn wie tot im Schmutz nahe am Fluß gefunden und auf der Bahre hierhergebracht hatten. Bei diesen nächtlichen Ausflügen nahmen wir immer eine Bahre mit. Als wir zurückkamen, hat ihn Mr. de Souza untersucht und gelacht. Er ist betrunken, Schwester, sagte er. In all den Jahren, seit ich für Sie arbeite, habe ich mir immer wieder gesagt, eines Nachts bringen wir noch eine Schnapsleiche auf der Bahre ins Asyl. De Souza. Ist das ein neuer Name für Sie? Er stammte aus Goa. Er hatte irgendwelche portugiesischen Vorfahren, aber das war schon viele Generationen her. In Goa heißt jede zweite Familie de

Souza. Er war dunkel, ein oder zwei Schattierungen dunkler als der junge Kumar. Ihnen ist lieber, wenn ich Kumar sage. Warum auch nicht? Wenn man ihn sprechen hörte, konnte man ihn sich als Coomer vorstellen. Aber wenn man ihn sah, nun ja, dann war Coomer nicht mehr möglich. Natürlich war sein richtiger Name Kumar. Er sagte mir einmal, daß er für die Weißen unsichtbar geworden sei. Aber ich habe gesehen, wie weiße Frauen ihn verstohlen beobachteten. Trotz seiner dunklen Haut war er nach westlichen Maßstäben hübsch.

Auch die Polizei beobachtete ihn, und der Polizist hat ihn auch so angesehen. Dem Polizisten habe ich nie getraut. Er war blond, sah auch gut aus, hatte Muskeln, rote Arme mit feinen, blonden Haaren, und seine Augen waren blau, blaßblau wie die Augen einer Puppe. Er sah gut aus, aber er roch nicht gut. Ich bin in der Welt herumgekommen, und sein Geruch gefiel mir nicht. Und wer ist das da, fragte er, auch einer von Ihren Helfern? Der Junge dort? Der Junge, der sich da an der Pumpe wäscht? Das war an dem Morgen, als der Polizist ins Asyl kam, sechs Monate vor der Geschichte im Bibighar-Park. Sie suchten einen Mann. Fragen Sie mich nicht, wen sie suchten, oder weshalb! Ich weiß nicht, ob der Mann ein aufrührerisches Flugblatt gedruckt, Arbeiter zum Streik oder zum Aufstand aufgerufen haben sollte, sich der Verhaftung widersetzt hatte oder aus dem Gefängnis entflohen war. Ich weiß es nicht. Die britische Polizei konnte sich alles herausnehmen. Die Provinz unterstand wieder dem britischen Gouverneur, denn die Kongreßregierung war zurückgetreten. Der Vizekönig hatte den Krieg erklärt. Also sagte der Kongreß, wir erklären keinen Krieg, und trat aus der Regierung aus. Alles, was Anstoß erregte, war ein Vergehen. Man konnte einen Mann ohne Verfahren einsperren. Sogar Händler, die ihre Läden zu unvorschriftsmäßiger Zeit schlossen, wurden bestraft. Wenn man heute von diesen Dingen hört, etwas darüber liest und darüber nachdenkt, wirken sie kaum glaubhaft. Damals war das nicht so. Es ist niemals so.

Da stand er, dieser Merrick, der Polizist mit den behaarten, roten Armen und den puppenblauen Augen, und beobachtete den jungen Kumar an der Pumpe. Später sah ich, wie andere ihn bei anderen Gelegenheiten genauso beobachteten. Ich verstand es nicht ganz. Was hätte ich tun können, selbst wenn ich es verstanden hätte? Alles voraussehen? Eingreifen? Die Dinge so beeinflussen, daß es nie zu den Ereignissen sechs Monate später im Bibighar-Park gekommen wäre?

Für mich begann die Bibighar-Affäre in der Nacht, als wir den jungen Kumar wie tot an dieser einsamen Stelle in der Nähe des Flusses fanden. In einiger Entfernung standen die Hütten und Schuppen der Ausgestoßenen, doch es war schon spät, und nirgendwo waren Lichter zu sehen. Es war reiner Zufall, daß wir ihn entdeckten, auf dem Rückweg von unserem nächtlichen Rundgang durch den Basar, am Tirupati-Tempel vorbei und am Flußufer entlang. Unser Weg führte uns auf die andere Seite des Wasserreservoirs, wo die Frauen der Unberührbaren ihre Kleider waschen. Das haben Sie sicher auf dem Weg hierher gesehen. Wir gingen wie immer, Mr. de Souza mit der Fackel an der Spitze, dann kam ich und hinter mir ein Junge mit der zusammengeklappten Bahre in der einen Hand und einem festen Stock in der anderen. Nur ein einziges Mal sind wir angegriffen worden, doch die Männer rannten davon, als der Junge den Stock fallen ließ, auf sie losging und dabei die Bahre über dem Kopf kreisen ließ, als wäre sie federleicht. Der Junge damals war ein guter Junge. Junge Männer von dem Schlag, wie ich sie brauchte, um hauptsächlich die Bahre zu tragen, fingen meistens nach einem Monat an, sich zu langweilen, und wenn sie sich erst einmal langweilten, hatten sie gewöhnlich nur noch Unfug im Kopf. Ich versprach ihnen nie mehr als vier oder fünf Wochen Arbeit. Gegen Ende dieser Zeit hielt ich die Augen nach einem anderen kräftigen Burschen offen, der sich im Basar herumtrieb und gerade aus seinem Dorf oder einem entfernten Distrikt angekommen war. Die Burschen suchten Arbeit, weil sie glaubten, hier liege das Geld auf der Straße. Manchmal kam so ein Junge auch zu mir, weil er gehört hatte, daß man bei der verrückten Weißen, die nachts auf der Suche nach Toten und Sterbenden durch die Straßen zog, leicht Geld verdienen konnte. Mitunter war sein Vorgänger eifersüchtig auf den Neuen und versuchte, ihn schlechtzumachen. Aber üblicherweise war er froh, sich mit einer Belohnung in der Tasche und einem Empfehlungsschreiben, in dem seine Ehrlichkeit und Arbeitswilligkeit gepriesen wurden, davonmachen zu können. Manche dieser jungen Männer meldeten sich zum Militär, nachdem sie die Soldaten in den Kasernen gesehen hatten, andere wurden Diener bei Offizieren, einer wanderte ins Gefängnis, und ein anderer zog in die Provinzhauptstadt und wurde Polizist. Die Polizei erschien häufig im Asyl. Den Jungen, der Polizist wurde, hatte die Uniform und die damit verbundene Autorität gereizt. In den Dörfern sind die Polizisten Einheimische. Für einen Jungen haben sie nicht diese Faszination wie die Polizisten hier in der Stadt. Ein paar von den Jungen schickten mir Briefe, um zu berichten, was aus ihnen geworden war. Solche Briefe rührten mich immer sehr, denn die jungen Männer konnten alle nicht schreiben und mußten einem Schreiber gutes Geld bezahlen, um mir ein paar Zeilen zu schicken. Nur ein einziges Mal kam ein Junge wieder hierher ins Asyl, um zu betteln.

Wir sind also durch die Dunkelheit gegangen. ›Hierher‹, rief ich Mr. de Souza zu. ›Leuchten Sie mit Ihrer Taschenlampe in den Graben!‹ Damals sah ich besser als alle anderen. Ich kannte jeden Schritt unseres Weges und wußte, wo ein Stein oder ein Schatten sein sollte und wo nicht. Manche Bilder stehen einem noch nach vielen Jahren sehr lebhaft vor Augen; und mit diesen Bildern verbindet sich das Gefühl, das einen in jenem Augenblick erfaßte. Manchmal weiß man, daß ein solches Bild, das sich aus den vielen hundert Eindrücken, die man täglich aufnimmt, herausgelöst hat, einen für immer begleiten wird. Ah, denkt man, das werde ich nie vergessen! Nein, das ist nicht ganz richtig. Das denkt man nicht, es ist eine Empfindung, nicht ein Gedanke, eine Empfindung wie bei einer unerklärlichen Temperaturschwankung, und erst einige Tage später stellt sich der Gedanke ein: ›Ich glaube, das werde ich nicht vergessen‹, wenn man die Empfindung schon vergessen hat. So war das in der Nacht damals mit dem jungen Kumar, verstehen Sie? Der Strahl der Taschenlampe traf sein Gesicht; wir beide knieten im Graben. Über uns stand der Junge und trug die zusammengeklappte Bahre schräg auf einer Schulter, ein junger Riese, der sich dunkel gegen die Sterne abhob. Ich muß aufgeblickt und ihn aufgefordert haben, die Bahre bereitzuhalten. Der Fluß verbreitete einen intensiven Geruch. In windstillen Nächten bleibt das Wasser noch warm, nachdem die Erde sich schon abgekühlt hat, und der Geruch in der Nähe des Ufers ist dann sehr stark. Der Wind trägt die Gerüche bis zum Asyl. Der Fluß fließt am

Tempel vorbei und erreicht die Stelle, die den Ausgestoßenen zugewiesen ist. Wenn die Ausgestoßenen aus irgendeinem Grund hier in den Fluß gehen, verunreinigen sie nicht das Wasser, in dem die gläubigen Hindus baden, für die natürlich die Verunreinigung von den anderen Städten flußaufwärts nicht zählt. Dort am Fluß, wo wir im Graben knieten, mischten sich die Gerüche des Wassers mit denen von Exkrementen. Im Morgengrauen verrichten dort die Unberührbaren ihre Notdurft. Ohne den Segen Gottes, der einen schützt, ist es ein schrecklicher Ort. Der arme Kumar! Dort lag er, an diesem Ort menschlicher Erniedrigung. In Indien starben und sterben noch immer Menschen im Freien ohne Beistand, ohne Obdach, weil man vor der Würde des Todes keine Achtung hat.

›Wer ist das, Mr. de Souza?‹ fragte ich. Es war eine Routinefrage. Er kannte viele Leute. Es war der erste Schritt zur Identifikation. Manchmal wußte er, wer es war, manchmal wußte ich es, manchmal der Bahrenträger. Zum Beispiel, wenn bekannt war, daß jemand vor Hunger oder an einer unheilbaren Krankheit sterben würde, ein Mann, der nicht ins Krankenhaus ging oder aus eigenem Antrieb ins Asyl kam, ein Mann, der keine Angehörigen hatte, weil sie entweder gestorben waren oder verstreut lebten, oder ein Mann, der sich nichts mehr von der Welt erhoffte, sondern nur noch von einer glücklicheren Reinkarnation oder dem ewigen Vergessen. Aber im allgemeinen wußten wir, wo wir solche Männer – manchmal auch Frauen – finden würden; und die Nacht kam, in der sie nicht mehr daran dachten, Widerstand zu leisten, und es nicht mehr als Niederlage empfanden, wenn wir sie auf unsere Bahre legten und zum Asyl brachten. Die Brahmanenpriester übernahmen es gegen Bezahlung, die Leichen der Verstorbenen angemessen zu beseitigen. Ob Hindus, Mohammedaner oder der Staat, alle holten ihre Toten bei uns ab. Die Sterbenden, die wir fanden und nicht identifizieren konnten, gehörten nach ihrem Tode dem Staat. Man brachte sie ins Leichenschauhaus, und wenn sich innerhalb von drei Tagen keine Angehörigen meldeten, überließ man sie den Studenten in den Krankenhäusern. Jeden Morgen fanden sich Frauen im Asyl ein, deren Ehemänner, Söhne oder auch Liebhaber in der Nacht zuvor nicht nach Hause gekommen waren. Auch die Polizei kam häufig. Aber um all das kümmerte ich mich nicht. Ich überließ diese Dinge Mr. de Souza. Meine Aufgabe waren die Sterbenden, nicht die Toten, denn für die Toten konnte ich nichts tun. Für die Sterbenden konnte ich das Wenige tun, das weder ich noch die Schwestern für meine Mutter hatten tun können: ihnen ein sauberes Bett geben, die Hand halten, mit einem Wort durch die Schichten der Bewußtlosigkeit hindurch den kalten, hinschwindenden Kern der scheidenden Seele erwärmen.

›Wer ist das?‹ fragte ich Mr. de Souza. Er war ein mutiger und ein begabter Mann, ein abgefallener Katholik, der für seine Arbeit im Asyl nichts nahm außer Unterkunft, Verpflegung und Bekleidung. ›Ich weiß nicht‹, antwortete er und drehte den jungen Kumar um, weil er sehen wollte, ob er Wunden im Rücken hatte. Denn als wir ihn gefunden hatten, lag er halb auf der Seite, für einen Betrunkenen eine ungewöhnliche Stellung. Jemand war vor uns dagewesen, verstehen Sie, und hatte ihm die Taschen geleert, irgendwer aus den Hütten, der beobachtet hatte, wie er am Ufer entlangtorkelte, und der inzwischen mit der Brieftasche wieder ins Haus gegangen war, das Licht gelöscht hatte und nun Schlaf vortäuschte. Eine unnatürliche, wachsame Stille umgab die Hütten.

Wir drehten den jungen Kumar wieder auf den Rücken und leuchteten ihm mit der Taschenlampe noch einmal ins Gesicht. Und daran erinnere ich mich, an dieses Bild: Der Gesichtsausdruck hat sich nicht verändert, obwohl der Körper einmal, zweimal umgedreht worden war. Die Augen waren geschlossen, das schwarze Haar fiel in die Stirn, die selbst im Zustand der Empfindungslosigkeit zornig gerunzelt zu sein schien. Oh, diese entschlossene Ablehnung! Damals sah man diesen Ausdruck oft auf den Gesichtern junger Inder. Aber bei Kumar besaß er eine ungewöhnliche Kraft. Wir legten ihn auf die Bahre, und ich ging auf dem Weg zum Asyl voran. Wir brachten ihn hierher in dieses Zimmer, wo ich jetzt liege und wo Sie sitzen. Früher diente es Mr. de Souza als Büro. Mein Zimmer befand sich im Nachbargebäude, wo früher die Klinik war. Jetzt ist dort die Krankenstation der Kinder. Und hier in diesem Zimmer hat Mr. de Souza sich über den jungen Kumar gebeugt und dann plötzlich gelacht: ›Er ist betrunken, Schwester! Darauf habe ich die ganze Zeit gewartet, seit ich für Sie arbeite, das hat uns noch gefehlt, daß wir eine Schnapsleiche nach Hause bringen.‹

›Er ist noch ein Junge‹, erwiderte ich. ›Wer so betrunken ist, muß auch unglücklich sein. Lassen Sie ihn liegen.‹

Und so blieb er hier liegen. Vor dem Einschlafen betete ich für ihn. Jeden Abend nahm ich das Bild eines der Geretteten mit in den Schlaf, und es erfüllte mich beinahe mit Genugtuung, daß es diesmal das Gesicht eines jungen Mannes war, der weder sterben würde, noch an Verletzungen litt. Wissen Sie, wir gingen an Plätze, die selbst die Polizei aus Furcht vor Angriffen mied, und deshalb brachten wir hin und wieder Verwundete und Verletzte mit zurück. In solchen Fällen benachrichtigten wir die Polizei. Manchmal kamen die Polizisten auch unaufgefordert, wie an dem Morgen, als der junge Kumar hier bei uns war. Aber noch nie zuvor war der Polizeichef persönlich gekommen. Wäre er am Tag zuvor oder danach gekommen, hätte es die Bibighar-Affäre vielleicht nie gegeben. Dann hätten Sie vielleicht sogar Bibighar erwähnen können, und ich hätte mit diesem Namen nichts anderes verbunden als Ruinen und einen Park. Aber Merrick kam gerade an diesem Tag. Er trug ein Hemd mit kurzen Ärmeln, und man sah seine roten Arme. In seinen blauen Augen lag eine Klarheit, eine Entschlossenheit, sich nichts entgehen zu lassen, eine Besessenheit, unter allen Umständen Beweise zu finden. Aber wofür? ›Ich möchte‹, sagte er, ›die Frau sprechen, die sich Schwester Ludmila nennt.‹

Mr. de Souza erwiderte: ›*Wir* sind es, die sie so nennen.‹ Mr. de Souza fürchtete sich vor niemandem. Ich befand mich drüben, in dem kleinen Zimmer nebenan, wo man jetzt die Kleidung für die Kinder aufbewahrt, die Bücher, Papier und Bleistifte, Spiele, Gummibälle und Cricketschläger. Aber damals hielten wir dort besondere Arzneimittel von Sahib Dr. Gulab Singh unter Verschluß, und dort stand auch der Safe für das Geld, das ich jede Woche von der Zweigstelle der Imperial Bank abhob. Auch Mr. de Souza hatte einen Schlüssel für den Safe. Er schlief hier, wo ich jetzt liege. Sein Schreibtisch stand dort, wo Sie sitzen, und der Tisch dort am Fenster, vor dem die Kinder auftauchen, unter der Glühbirne, die mich jetzt nachts nicht mehr blendet. Dort stellten wir beim Zurückkommen die Bahre ab. Manchmal machten wir uns mehr als einmal auf den

Weg. Und dort stand Merrick. Es war ein Mittwochmorgen. Ich öffnete den Safe, um die Tasche und das Scheckbuch herauszunehmen, und hörte durch die offene Tür, wie er sagte: ›Ich möchte die Frau sprechen, die sich Schwester Ludmila nennt.‹

›Wir sind es, die sie so nennen‹, erwiderte Mr. de Souza. ›Im Augenblick ist sie beschäftigt. Kann ich Ihnen vielleicht helfen?‹ Und Merrick fragte: ›Und wer sind *Sie*?‹ Mr. de Souza lächelte, ich hörte das Lächeln in seiner Stimme. ›Ich bin niemand und kaum Ihrer Beachtung wert.‹ In einem Polizeiprotokoll, wie man das nennt, klingen solche Worte vielleicht unterwürfig. Ich hörte den Trotz darin. Deshalb ging ich hinaus und sagte: ›Vielen Dank, Mr. de Souza‹ und sah Merrick vor mir stehen. Er hatte einen kleinen Rohrstock in der Hand, trug Shorts und ein Hemd mit kurzen Ärmeln und einen Sam-Browne-Gürtel mit einer Pistole im Halfter. Er musterte uns mit seinen puppenblauen Augen. ›Mrs. Ludmila Smith?‹ fragte er. Ich nickte. Er sagte: ›Mein Name ist Merrick. Ich bin der Polizeichef des Distrikts.‹ Das wußte ich schon, denn ich hatte ihn gesehen, wenn er hoch zu Roß seine Leute befehligte, die bei Festen in der Menge für Ordnung sorgten, und wenn er in seinem Jeep über die Mandir Gate-Brücke fuhr. Rajendra Singh, der Unterinspektor des Ortes, begleitete ihn. Dieser Mann nahm Bestechungsgelder und stahl den Männern, die er verhaftete, die Uhren. Eine von diesen Uhren trug Rajendra Singh an jenem Morgen. Sie war schöner als die Uhr an Mr. Merricks Handgelenk, vermutlich aber weniger zuverlässig. Die Inder hatten schon immer einen Hang zum Prunkvollen und die Engländer zum Geraden und Funktionalen. Aber an Mr. Merrick war nichts Gerades. Er funktionierte falsch wie eine Uhr, die rückwärts geht und mittags für alle Eingeweihten Mitternacht anzeigt. Vielleicht hätte man das Schicksal auch nicht aufhalten können, wenn man alles so arrangiert hätte, daß Kumar und Merrick sich niemals begegnet wären. Aber es tut mir doch leid, daß es hier geschah, obwohl vermutlich auch das vorherbestimmt war und schon auf den Mauern geschrieben stand, als ich zum ersten Mal hierherkam, die zerfallenen Gebäude sah und erkannte, daß sie meinen Zwecken dienen würden.

›Was kann ich für Sie tun?‹ fragte ich und entließ Mr. de Souza mit einer Geste, denn ich wußte, das würde Merrick gefallen. Dadurch zeigte ich zugleich, daß ich hier das Sagen hatte, ich in meiner weißen Haube und dem Gewand der Demut, das Merricks Uniform in nichts nachstand. Man lebt nicht umsonst in der Welt. Man lernt die Regeln, die ungeschriebenen Gesetze und die kleinen Seitenwege im Labyrinth der Etikette. Ich bot Mr. Merrick Mr. de Souzas Stuhl an, doch er zog es vor, stehen zu bleiben. Er sagte, er wolle das Asyl durchsuchen. Wieder erteilte ich mit einer Geste meine Zustimmung oder deutete zumindest das Wissen an, daß es sich nicht lohnte, sich einer solchen Ankündigung zu widersetzen, daß die Durchsuchung nur etwas Lästiges sei, womit er, Merrick, sich das Leben schwermache und seine Zeit verschwende. Ich erkundigte mich nicht einmal, wen oder was man suchte. In einer solchen Situation hätte man so viel sagen können. Bei weniger Erfahrung mit öffentlicher Machtbefugnis hätte ich vielleicht alles gesagt. Und er war wachsam. Er sah mich an und zeigte mir allein mit den Augen, daß er instinktiv die Gründe für meine widerstandslose Einwilligung erkannte. Er nahm an, daß ich meines Wissens nichts zu verbergen habe, doch er erkannte in mir auch eine Frau, die oft mehr Glück als Verstand gehabt hatte, und das mußte ja nicht immer so bleiben.

›Wo sollen wir also beginnen?‹ fragte er. Ich sagte, wo er wolle. Als wir nach draußen kamen, sah ich seinen Wagen am Tor und einen Polizisten davor stehen. Nachdem er sich die beiden ersten Gebäude angesehen hatte und wir uns dem dritten näherten, fiel mein Blick auf Kumar, der mit nacktem Oberkörper an der Pumpe stand und den Kopf unter das Wasser hielt. Er richtete sich auf. Wir waren knapp hundert Meter von ihm entfernt. Er sah sich um. Merrick blieb stehen und blickte zu ihm hinüber. ›Und wer ist das?‹ fragte er, ›auch einer von Ihren Helfern?‹ Er starrte Kumar über die Entfernung hinweg an. Ich rief Mr. de Souza herbei, der uns in einigem Abstand folgte. ›Er hat die Nacht hier verbracht‹, erklärte ich Mr. Merrick. ›Vielleicht weiß Mr. de Souza, wie er heißt.‹ Ich hatte ja bis zu diesem Augenblick noch nicht mit Kumar gesprochen. De Souza hatte mir am Morgen nur berichtet, dem Jungen gehe es gut, er habe nur einen Kater, sei schweigsam und nicht besonders dankbar dafür, ins Asyl gebracht worden zu sein. Bisher hatte er seinen Namen noch nicht genannt. Ich dachte, de Souza sei vielleicht zu dem Jungen gegangen, während Mr. Merrick mit der Durchsuchung beschäftigt war, und habe erklärt: ›Die Polizei ist hier, also wie heißen Sie?‹ und den Namen erfahren.

›Mr. de Souza‹, begann ich, ›der Junge, der die Nacht bei uns verbracht hat...?‹ Und de Souza antwortete beiläufig: ›Wie Sie sehen, ist er wieder in Ordnung und macht sich gerade bereit zu gehen‹. – ›Tut mir leid, niemand kann gehen, bevor ich es erlaube‹, sagte Merrick, nicht zu mir, sondern zu dem Unterinspektor. Geschickt, nicht wahr, damit vermied er eine direkte Konfrontation. ›Stehen wir etwa alle unter Arrest?‹ fragte ich, lachte jedoch und deutete an, daß ich ihn, Arrest hin, Arrest her, durch das dritte Gebäude führen wollte. Er lächelte und sagte, wie ich zweifellos erraten habe, suchten sie jemanden, und ging mit mir und Mr. de Souza weiter. Auf ein Zeichen von Merrick blieb der Unterinspektor zurück, um Kumar nicht aus dem Auge zu lassen. Auf den Verandastufen des dritten Gebäudes blieb Merrick stehen und drehte sich um. Ich drehte mich auch um. Kumar wusch sich immer noch unter der Pumpe. Der Unterinspektor stand breitbeinig, die Hände auf dem Rücken verschränkt, immer noch dort, wo wir ihn zurückgelassen hatten. Ich sah Merrick von der Seite an. Auch er beobachtete den Jungen. Sie bildeten ein Dreieck, Merrick, Kumar, Rajendra Singh, alle in gleichem Abstand voneinander. Es war so eine Art Konstellation, etwas wie eine gefährliche geometrische Anordnung von Persönlichkeiten. ›Dieses Gebäude, in dem wir uns gerade befinden‹, sagte er, die Augen aber immer noch auf Kumar und nicht auf mich gerichtet, ›nennt man das Totenhaus, nicht wahr?‹ Ich lachte und sagte, meines Wissens würden es nur Leute so nennen, die noch nie im Asyl gewesen seien. ›Gibt es heute morgen Tote?‹ erkundigte er sich. ›Nein, heute morgen nicht. Schon seit mehreren Tagen nicht.‹ ›Obdachlose?‹ ›Nein, ich biete Obdachlosen keine Unterkunft.‹ ›Den Hungernden?‹ ›Die Hungernden kennen die Tage, an denen es Reis gibt. Heute ist kein solcher Tag.‹ ›Den Kranken?‹ ›Die Krankenstation ist nur abends geöffnet. Nur Leute, die es sich nicht leisten können, einen Vormittag oder einen ganzen Arbeitstag zu verlieren, kommen zu uns in die Sprechstunde.‹ ›Und Ihre medizinischen Qualifikationen?‹ ›Mr. de Souza betreut die Krankenstation. Er hat seine bezahlte Stellung als Laienpraktiker aufgegeben, um bei mir umsonst zu arbeiten. Die städtische Gesundheitsbehörde besucht uns manchmal. Man ist dort zufrieden mit dem, was man hier vorfindet. Als Polizeichef sind Sie doch sicher über solche Dinge informiert.‹ ›Und die Sterbenden?‹ ›Dr. Krishnamurti und auch Dr. Anna Klaus vom Purdah-Krankenhaus stellen unentgeltlich ihre Dienste zur Verfügung. Natürlich lege ich Ihnen auch gerne meine Besitzurkunden für Land und Gebäude vor.‹

›Eine merkwürdige Einrichtung‹, sagte Mr. Merrick.

›Ein merkwürdiges Land.‹

Wir betraten das dritte Gebäude. In einem Zimmer standen sechs Betten, im anderen vier. Im Jahr der Hungersnot waren sie ständig belegt. Im Jahr der Cholera ebenfalls. Zur Zeit herrschte weder eine größere Hungersnot noch eine Choleraepidemie. Trotzdem verging kaum eine Woche, in der nicht zwei oder drei Betten benutzt wurden. An diesem Morgen waren sie jedoch alle leer. Die weißen Leintücher leuchteten. Merrick sagte nichts, schien aber erstaunt zu sein. Diese Sauberkeit, dieser Komfort. Wofür? Für die Sterbenden? Für die ausgehungerten, ungewaschenen Sterbenden? Welche Verschwendung! Gehen Sie in den Basar, sehen Sie sich um, und innerhalb von ein paar Stunden haben Sie genügend Anwärter für alle Betten gefunden – Anwärter, denen diese Betten helfen, die darin gesund werden würden. Die Welt hat ein begründetes Interesse an allen, die wieder gesund werden können. Einmal drehte er sich um, als wolle er etwas sagen, überlegte es sich aber anders. Das Asyl überstieg sein Fassungsvermögen. Er hatte noch nicht begriffen, daß in dieser so effizient organisierten Zivilisation nur ein Dienst offen blieb, den ich leisten konnte, und in einem Land wie Indien stand für diese Dienstleistung offiziell weder Zeit noch Energie zur Verfügung. Eine Frau wie ich konnte diese Dienstleistung mit Hilfe unverlangter, unverdienter und ihr nicht zustehender Rupien verrichten. Denn in diesem Leben gibt es für die Lebenden keine Würde, außer vielleicht, wenn sie lachen. Wenn die Welt einem Menschen das Schlimmste angetan hat, und ein Mensch der Welt das Schlimmste angetan hat, dann sollte er wenigstens in den Genuß der Würde kommen.

Dann sollte er die Welt so sauber und friedlich verlassen, wie es in einem sauberen, weichen Bett nur möglich ist. Und das ist wenig genug.

Vielleicht war es Merrick innerlich, in seinen Knochen, in seiner Seele bewußt, was dieser Raum zu bedeuten hatte, in dem er stand, er mit seinen Shorts, dem kurzärmeligen Hemd, dem Gürtel und dem Pistolenhalfter. Er warf einen Blick auf den glänzenden Fußboden und dann, in einer Art kindlicher Ungezogenheit, auf meine Hände. Ja, sie waren immer weich und weiß. ›Wer macht hier die Arbeit?‹ fragte er. ›Jeder‹, antwortete ich, ›der sich ein paar Rupien verdienen will.‹ Weshalb sollte ich selbst arbeiten, wenn ich unverdiente Rupien besaß, die einer von den Unberührbaren, die Sie auf dem Weg hierher beim Waschen im Wasserreservoir gesehen haben, helfen konnten, sich den Kochtopf zu füllen? ›Wo sind Ihre Helfer heute?‹ wollte er wissen. Ich führte ihn hinter das Gebäude, wo sich die Unterkünfte der Helfer befanden. Vielleicht sah er auch dort den Unterschied zwischen dem Platz für die Lebenden und dem Platz für die Toten: das verräucherte Küchenhaus, der Lehm und die Strohdächer, Männer und Frauen, die ihre Rupien verdienten und in Hütten wohnten, die unter den Lebenden als sauber galten, im Vergleich zu den Räumen der Sterbenden aber schmutzig waren. Er befahl ihnen, ihre Unterkünfte zu verlassen und sich im Hof aufzustellen. Dann ging er allein in die Hütten hinein und kam unverrichteter Dinge wieder heraus; er hatte niemanden gefunden, der sich dort verborgen hielt. Mit dem Stöcklein wies er auf die Leute. ›Dies sind also Ihre ständigen Helfer?‹ fragte er, und ich erklärte ihm, im Asyl gebe es niemanden, der fest angestellt sei. Ich stellte Leute ein und entließ sie, ohne deshalb ein schlechtes Gewissen zu haben, denn ich wollte das bißchen Lohn, das ich zahlen konnte, so weit streuen wie möglich. ›Dann ist Mr. de Souza also auch nicht fest angestellt?‹ ›Nein‹, erwiderte ich, ›das Asyl gehört ihm ebensosehr wie mir. Er begreift den Sinn. Diese Leute interessieren sich nur für die Rupien.‹

›Rupien‹, sagte er, ›haben im Leben eine große Bedeutung‹ und lächelte dabei unverwandt. Doch ein Mann mit einer Pistole am Gürtel hat immer ein ganz besonderes Lächeln. Im großen Krieg bemerkte ich zum ersten Mal, daß ein bewaffneter

Mann auf eine Weise lächelt, die einen aus seinen Gedanken heraushält. So auch Merrick. Nachdem er seine Neugier gestillt und gesehen hatte, daß das Totenhaus keine Geheimnisse barg, erklärte er: ›Dann bleibt also nur Ihr nächtlicher Gast.‹ Mit den Worten ging er zur vorderen Veranda zurück, zurück in diese gefährliche geometrische Konstellation. Am oberen Ende der Treppe blieb er stehen, blickte zu dem Unterinspektor, der sich nicht von der Stelle gerührt hatte, und dann zu Kumar, der neben der Pumpe stand und sich das Hemd zuknöpfte. Er lächelte, ich meine Mr. Merrick, er stand lächelnd da und sagte: ›Vielen Dank, Schwester Ludmila. Ich muß Ihre Zeit nicht länger in Anspruch nehmen.‹ Er salutierte, indem er mit der Spitze des Stocks seine Mütze berührte, übersah Mr. de Souza, der hinter uns wartete, und ging die Stufen hinunter. Im gleichen Moment setzte sich auch der Unterinspektor in Bewegung. So näherten sie sich aus zwei Richtungen dem jungen Kumar, der immer noch dort stand, sich das Hemd zuknöpfte und die Manschetten umkrempelte. Er wartete. Er hatte die beiden gesehen, machte aber keinen Versuch, ihnen auszuweichen. Ohne den Kopf zu wenden, fragte ich Mr. de Souza leise: ›Wer ist der Junge?‹ ›Er heißt Coomer.‹ ›Coomer?‹ ›In Wirklichkeit Kumar. Ich glaube, er ist ein Neffe von Romesh Chand Gupta Sen.‹ ›Oh‹, sagte ich und erinnerte mich, etwas über ihn gehört zu haben. Aber wo und wann? ›Warum Coomer?‹ fragte ich. ›Ja, warum?‹ fragte Mr. de Souza. ›Es wäre wohl das beste und sicherlich interessant, hinunterzugehen.‹ Also folgten wir Mr. Merrick und hörten so die ersten Worte, die ersten Worte, die zu der Affäre im Bibighar-Park führten. Während wir uns näherten, hörten wir Merrick. Eine klare Stimme, als rede er mit einem Dienstboten. Das war der Ton. Und die Sprache war das Urdu der Engländer. *Tumara nām kya hai*? Wie heißt du? Er benutzte das vertrauliche *tum* anstelle der Höflichkeitsform. Und Kumar sah ihn überrascht an. Er spielte eine Überraschung, die er nicht empfand, die er aber schuldig zu sein glaubte, denn er befand sich in der Öffentlichkeit.

›Wie bitte?‹ fragte er. Und ich hörte ihn zum ersten Mal reden. *In perfektem Englisch, mit besserer Aussprache als Merrick*! ›Es tut mir leid, ich spreche nicht Indisch.‹ Was für ein Gesicht! Dunkel und schön. Selbst nach westlicher Auffassung schön, er war sehr viel schöner als Merrick. Und dann begann Unterinspektor Rajendra Singh, ihn in Hindi anzubrüllen, er solle nicht unverschämt sein, dieser Sahib, der ihm die Frage gestellt habe, sei der Polizeichef. Er möge sich gefälligst zusammennehmen und vernünftig antworten, wenn man mit ihm rede. Als er schwieg, blickte Kumar wieder Merrick an und fragte: ›Hat der Mann mich nicht verstanden? Es ist sinnlos, Indisch mit mir zu reden.‹ ›Schwester Ludmila‹, fragte Merrick, ohne Kumar aus den Augen zu lassen, ›gibt es hier ein Zimmer, wo wir den jungen Mann verhören können?‹ ›Verhören? Weshalb verhören?‹ fragte Kumar. ›Mr. Kumar‹, erklärte ich, ›sie sind von der Polizei. Sie suchen jemanden. Es ist ihre Pflicht, jeden zu verhören, den sie hier finden und für den ich nicht bürgen kann. Wir haben Sie hierhergebracht, weil wir Sie im Graben gefunden hatten. Wir glaubten, Sie seien verletzt, aber Sie waren nur betrunken. Und was ist daran so schlimm? Außer dem Kater.‹ Verstehen Sie, ich versuchte zu glätten, die Sache mit einem Scherz aufzulösen oder zumindest mit einem anderen Lächeln als dem von Mr. Merrick. ›Kommen Sie‹, sagte ich, ›kommen Sie ins Büro‹ und wollte vorausgehen. Aber die Bibighar-Affäre war schon zu weit gediehen. Sie hatte in diesen wenigen Sekunden ihren Anfang genommen und konnte nicht mehr aufgehalten werden, weil Mr. Merrick war, wie er war, und weil der junge Kumar war, wie er war. Oh, wären die beiden sich doch nie begegnet! Wäre Kumar doch nie betrunken gewesen oder hierhergebracht worden! Hätte es doch nie diese nächtliche Prozession gegeben – wir vier, ich mit der Taschenlampe voran, gefolgt von Mr. de Souza und dem Jungen mit der Bahre, und darauf der junge Kumar, der sich inzwischen erholt hatte und an der Pumpe im Hof vor Merrick stand.

›Ist das Ihr Name: *Kumar*?‹ fragte Merrick. Kumar erwiderte: ›Nein, aber wir können es dabei belassen.‹ Merrick lächelte wieder und sagte: ›Ich verstehe. Und Ihre Adresse?‹

Kumar starrte immer noch in gespielter Überraschung von mir zu Merrick und fragte: ›Was soll das alles bedeuten? Kann jeder einfach so daherkommen?‹

›Kommen Sie‹, sagte ich, ›gehen wir ins Büro. Und seien Sie nicht albern.‹

›Ich glaube‹, sagte Mr. Merrick zu mir, ›wir werden Ihre Zeit nicht mehr in Anspruch nehmen. Vielen Dank für Ihre Hilfsbereitschaft.‹ Er gab Rajendra Singh ein Zeichen, der vortrat, den Jungen am Arm fassen wollte, aber abgeschüttelt wurde. Es geschah nicht heftig, sondern eher mit einem Achselzucken, wie um eine widerwärtige Berührung zu vermeiden. In diesem Moment hätte Merrick der Sache vielleicht Einhalt gebieten können. Aber er tat es nicht. Rajendra Singh war kein Mann, der sich abschütteln ließ, wenn ein Mr. Merrick dabeistand und ihm den Rücken stärkte. Außerdem überragte er Kumar. Er schlug ihm mit dem Handrücken ins Gesicht. Es war ein weicher Schlag, der Kumar nur streifte. Er sollte eher beleidigen als Schmerz zufügen. Ich wurde wütend und rief: ›Genug.‹ Das verhinderte weitere Handgreiflichkeiten und ersparte Kumar fatale Vergeltungsmaßnahmen. Ich erklärte: ›Dies ist mein Grund und Boden, und ich dulde ein solches Verhalten nicht.‹ Dieser Unterinspektor war ein Feigling und fürchtete nun, zu weit gegangen zu sein. Bei dem Schlag hatte er Kumar gleichzeitig am Arm gepackt, aber nun ließ er ihn los. ›Und Sie‹, sagte ich zu Kumar, ›werden jetzt besser vernünftig. Das ist die Polizei. Und wenn Sie nichts zu verbergen haben, müssen Sie nichts befürchten. Kommen Sie!‹ Und wieder wollte ich sie ins Büro führen. Doch Merrick wollte den geraden, einfachen Weg nicht. Er hatte sich bereits für den gewundenen, tragischen entschieden und sagte: ›Wir scheinen über das Stadium hinaus zu sein, in dem ein Gespräch in Ihrem Büro eine befriedigende Maßnahme gewesen wäre. Ich nehme ihn in Gewahrsam.‹

›Mit welcher Begründung?‹ fragte Kumar.

›Ohne Begründung. Mein Wagen wartet. Also holen Sie Ihr Gepäck.‹

›Aber ich habe eine Anzeige zu erstatten‹, sagte Kumar.

›Dann erstatten Sie sie auf dem *Kotwali*.‹

›Dieser Kerl mit dem Bart hat mich grundlos angegriffen.‹

›Widerstand gegen die Staatsgewalt ist auch ein Vergehen‹, erwiderte Mr. Merrick und wendete sich mir zu. ›Schwester Ludmila, besitzt dieser Mann etwas, das ihm zurückgegeben werden muß?‹ Ich sah Kumar an. Seine Hand fuhr zur Hosentasche. Erst jetzt hatte er daran gedacht, nach seiner Brieftasche zu suchen. Ich erwiderte: ›Wir haben nichts gefunden. Wir durchsuchen die Taschen der Leute, um sie zu identifizieren.‹

Kumar schwieg. Vielleicht, dachte ich, glaubt er, wir hätten ihn bestohlen. Erst als ich sah, wie seine Hand in die Hosentasche fuhr, wußte ich sicher, daß man ihn ausgeraubt hatte, als er in der Nacht betrunken im Graben am Fluß lag. Ein anderer an seiner Stelle hätte ausgerufen: ›Meine Brieftasche‹, oder: ›Sie ist verschwunden! Mein Geld!‹ alles, um von sich abzulenken. O ja, ein anderer hätte so etwas gerufen, vielleicht nicht als Ablenkungsmanöver, aber doch im ersten Erschrecken über den plötzlichen Verlust. Für Inder bedeutete so ein Verlust in jenen Tagen immer einen kleinen Weltuntergang. Und Kumar war Inder. Aber er hatte nicht entsetzt aufgeschrien. Statt dessen ließ er die Hand sinken und sagte zu Merrick: ›Nein, nichts, nur eine Sache.‹

›Und das wäre?‹ fragte Merrick immer noch lächelnd, als ob er schon wüßte, was es war.

›Eine Erklärung: Ich folge Ihnen unter Protest.‹

Und das alles mit einer Aussprache, die bei weitem englischer klang als Merricks. In Merricks Augen sprach das gegen ihn. Denn Merricks Stimme hatte einen anderen Ton, einen Ton, der eher von Bemühungen und Ehrgeiz zeugte als von guter Erziehung. Ein Rätsel! Faszinierend! Ganz besonders für mich, eine Ausländerin. Ich hatte einmal einen Engländer gekannt, eher von Merricks als von Kumars Schlag, und der schimpfte oft über dieses lässige und doch wie gestochen scharfe Englisch der Privilegierten und Mächtigen. Trotz der Umkehrung der Lage, bedingt durch die Hautfarbe, wirkten die alten Ressentiments immer noch und trugen zur Verschärfung des Konflikts bei. Kumar drehte sich um und ging zum Tor hin und zu dem wartenden Wagen. Merrick sah das mit Gelassenheit, denn schließlich hatte er ja den Unterinspektor, der Kumar auf dem Fuße folgte. Auch der war Inder. Auf diese Weise gesellte sich schwarz zu schwarz. Merrick salutierte noch einmal mit dem Stöckchen, dankte mir für die Unterstützung und unterhielt sich weiter mir mir, während ich die Entwicklung der Dinge zwischen dem Unterinspektor und Kumar aus immer größer werdender Entfernung beobachtete. Der Polizist holte Kumar ein, schob und zerrte ihn vorwärts. Schließlich kam es zu einem, wie es von meinem Platz aus schien, gewaltsamen Zusammenstoß zwischen Rajendra Singh, Kumar, einem Polizisten und der Rückseite des Wagens. Kumar wurde hinten hineingeschoben oder -gestoßen, vielleicht auch geschlagen, so daß er eher in den Wagen fiel als hineinstieg. Der Polizist folgte ihm. Der Unterinspektor wartete auf Merrick. ›Warum lassen Sie zu, daß Ihre Männer ihn so behandeln?‹ fragte ich. Es überraschte mich nicht, sondern schmerzte mich nur. Es war eine gewalttätige und schwierige Zeit. Merrick hatte sich bereits zum Gehen gewendet, näherte sich dem Wagen und gab vor, nicht zu hören. Am Wagen sprach er mit dem Unterinspektor, der dann ebenfalls hinten einstieg. Ja, so war das. Solche Dinge geschahen jeden Tag.

Verstehen Sie, zu diesem Zeitpunkt wußte ich nicht, was man Kumar vorwarf. Ich konnte schon gar nicht beurteilen, was er sich womöglich hatte zuschulden kommen lassen. Ich hatte nur die Dunkelheit in ihm gesehen und die Dunkelheit in dem Weißen. Zwei solche Dunkelheiten in Opposition zueinander können ein blendendes Licht hervorrufen. Vor so einem Licht müssen gewöhnliche Sterbliche ihre Augen bedecken.

Wie freundlich von Ihnen, so bald wiederzukommen. Haben Sie inzwischen Bibighar gesehen? Die Ruinen des Gebäudes und den Park, der inzwischen so verwildert ist, wie die meisten Inder es lieben? Man erzählt mir, daß sich nichts geändert hat. Manchmal gehen selbst heute indische Familien dort zum Picknick hin, und die Kinder spielen im Park. Die Europäer meiden Bibighar, es sei denn, um sich umzusehen, sich lustig zu machen und sich an dieses andere Bibighar in Kanpur erinnern zu lassen. Nachts war es dort schon immer einsam. Man sagt, es spukte im Park, und selbst für Liebespaare war es kein guter Platz. Bibighar wurde von einem Fürsten erbaut und von einem Engländer zerstört. Verzeihung! Sie haben recht, mich zu korrigieren, von einem Schotten. Entschuldigen Sie, ich hatte das momentan vergessen. Welch feine Unterschiede!

Bibighar. Es bedeutet: das Haus der Frauen. Dort wohnten seine Kurtisanen. Ich meine, die Kurtisanen des Fürsten. Haben Sie das Purdah-Krankenhaus hier in der Stadt gesehen, in der alten Schwarzenstadt, wie man sie früher nannte? Hinter Chillianwallah? Das Purdah-Krankenhaus, das jetzt von Häusern umgeben und umgebaut ist? Als in Majapur ein einheimischer

Herrscher regierte, war es ein Palast. Die Engländer hatten damals ihre Stellung nur durch Handel, Habgier und Geschäfte errungen. Sie folgten dem Drang, die Welt, die Gott ihnen gegeben hatte, zu öffnen wie eine Auster, in der man eine Perle vermutet. Hier gab es nur schwarze Perlen. Sie waren selten und unendlich begehrenswert. Aber man mußte mutig und habgierig sein, um sie zu sammeln. Gehen Sie einmal in den alten Palast, in das Purdah-Krankenhaus und sehen Sie sich an, was von dem alten Gebäude geblieben ist – der lange, schmale Gang mit den winzigen, stickigen Räumen. Solche Räume mußten die englischen Kaufleute aufsuchen, um ihre Geschäfte abzuschließen. Die Abmessungen der Räume vermitteln den Eindruck von Grausamkeit und Unerbittlichkeit. So muß es auch in Bibighar gewesen sein. Wir werden es nie genau wissen, denn es stehen nur noch die Grundmauern. Kein Künstler hat je ein Bild von dem Haus gemalt, wie es aussah, ehe es der Schotte zerstörte. Die Bibighar-Brücke wurde erst später gebaut. Wenn der Fürst seine Frauen besuchen wollte, muß er entweder die Mandir Gate-Brücke oder die Sänfte und das Boot benutzt haben, wie sein Vater vor ihm bei seinen Besuchen im Haus der Sängerin, das er ebenfalls auf dieser Seite des Flusses erbaut hatte. Dieses Haus hat der Schotte wieder aufgebaut und ihm seinen Namen gegeben. Ja, und in diesem Haus wohnen Sie jetzt. War das MacGregor-Haus auch ein Gewirr winziger Räume und niedriger, dunkler Gänge, ehe der Schotte es wieder aufbaute und umbenannte? Oder gewährte man der Sängerin ungewöhnlich viel Raum? Ließ man ihr Platz, damit ihre Stimme und ihre Seele sich entfalten konnten?

Gehen Sie ins Purdah-Krankenhaus. Lady Chatterjee wird Sie hinbringen. Bitten Sie darum, daß man Ihnen das Zimmer ganz oben in dem alten Turm zeigt. Von dort können Sie über die Dächer der Schwarzenstadt und über den Fluß blicken. Dann können Sie sogar das Dach des MacGregor-Hauses sehen. Ich frage mich, wie oft der Fürst in seiner Liebe zu der Sängerin die Stufen hinaufstieg, um dorthin zu blicken. Ich frage mich, ob sein Sohn ebenfalls auf den Turm stieg, um Bibighar auf der anderen Seite des Flusses zu sehen. Damals muß es auch möglich gewesen sein, von Bibighar das Haus der Sängerin zu sehen. Die beiden Häuser liegen nur eine Meile voneinander entfernt. Das ist nicht weit, aber für eine Frau, die durch die Nacht rennt, weit genug.

Damals, als Majapur noch ein Fürstentum war, standen dort noch keine anderen Gebäude. Die beiden Häuser waren weithin sichtbare Zeichen in der Landschaft, Denkmäler der Liebe: die Liebe des Vaters zur Sängerin und die Liebe des Sohnes zu den Kurtisanen. Dieser Sohn verachtete seinen Vater wegen einer Zuneigung, die nie eine Erfüllung fand, so heißt es in der Geschichte. Ich stelle mir vor, daß der Sohn Tag für Tag in den Turm des Palastes oder in den höchsten Raum des Bibighar hinaufstieg, um zu dem anderen Haus hinüberzublicken, dem Haus der Sängerin. Er wollte sich am Anblick des Zerfalls weiden und sagte sich: *Das ist das Schicksal einer Liebe, die sich nie erfüllt hat.* Und Nacht für Nacht feierte er seine Gelage in Bibighar, seinem privaten Bordell, und dachte an das andere Haus, das nur eine Meile entfernt stand und mit jedem bröckelnden Stein mehr zur Ruine wurde. Inzwischen steht Bibighar nicht mehr, aber das Haus der Sängerin gibt es immer noch. Das eine wurde zerstört und das andere wieder aufgebaut – und beides von ein und demselben Mann, von diesem MacGregor.

Ich muß Ihnen etwas erklären. 1942, in dem Jahr der Bibighar-Affäre, lebte ich seit mehr als sieben Jahren in Majapur und wußte wenig von Bibighar und wenig von MacGregor. Den meisten Leuten ging es nicht anders. Bibighar. MacGregor. Für uns waren das nur Namen. Wir sagten etwa: Man geht über die Bibighar-Brücke und am Bibighar-Park vorbei, biegt dann ab in die MacGregor Road und folgt ihr bis zum MacGregor-Haus, an der Kreuzung MacGregor Road und Curzon Road. Die Curzon Road führt direkt zur Victoria Road und in den Basar des Europäerviertels.

Das wäre auch der kürzeste Weg zur Bank gewesen. Von hier bis zur Bibighar-Brücke ist es nicht weit. Aber ich nahm meistens den anderen Weg. Ich ging durch den Chillianwallah-Basar und am Tirupati-Tempel vorbei. Das wirkliche Leben in Majapur spielt sich auf der Seite der Mandir Gate-Brücke ab. Ich überquerte die Brücke, ging an der Missionskirche und der Mädchenschule vorbei, dann durch das eurasische Viertel, durch die Bahnhofstraße und über die Bahnlinie, die Hastings Avenue entlang und kam von dieser Seite in die Victoria Road.

Doch nach diesem Tag im August 1942 bekamen die Namen Bibighar und MacGregor einen besonderen Klang und eine neue Bedeutung in unseren Unterhaltungen. Was ist Bibighar, fragten wir. Wer war MacGregor, wollten wir wissen. Und plötzlich schien es nicht an Leuten zu mangeln, die es uns sagen konnten. MacGregor zum Beispiel. Man erzählte, er sei ein gottesfürchtiger Mann gewesen, habe Moscheen und Moslems begünstigt und sich vor den Tempeln gefürchtet. Bibighar brannte er nieder, weil er darin einen Frevel sah. Er zündete es an und ließ alles bis auf die Grundmauern, den Park und die Umfassungsmauer zerstören. Man erzählte auch, er habe das getan, nachdem ein Engländer am Hof des Fürsten vergiftet worden sei. Die britische Regierung, die alte Ostindien- Gesellschaft, benutzte diesen Zwischenfall als Vorwand für die Annektierung des Fürstentums. Aber MacGregor brannte Bibighar nicht so schnell nieder. In den Urkunden von Majapur taucht MacGregor zum ersten Mal 1853 auf – also vier Jahre vor dem Aufstand, aber beinahe dreißig Jahre nach der Annektierung. Majapur war 1853 nicht die Hauptstadt des Distrikts. MacGregor war kein Regierungsvertreter, sondern ein privater Kaufmann, einer von denen, deren Geschäfte nun florierten, nachdem die alte Ostindien-Gesellschaft den Handel eingestellt hatte, aber weiterhin regierte. Er hatte sein Vermögen mit Gewürzen, Getreide, Tuch und Bestechung erworben. Seine alte Fabrik mit dem Lagerhaus stand dort, wo sich jetzt das Bahndepot befindet. Es gibt immer noch ein Anschlußgleis, das seinen Namen trägt. Majapur wurde erst zehn Jahre nach seinem Tod an das Bahnnetz angeschlossen. Also muß man seinen Einfluß immer noch gespürt und die Erinnerung an ihn bewahrt haben. Man kann sich vorstellen, wie seine beladenen Wagen sich auf der Straße in Bewegung setzten, die später die Grand Trunk Road wurde. Man kann sich Majapur vorstellen, als es noch keine Eisenbahn gab. Auf der anderen Seite des Flusses standen immer noch viele Gebäude. Es gab keine Kasernen, kein Europäerviertel. Ich glaube, an der Stelle, wo sich heute St. Mary befindet, stand eine Kapelle, und wo das Gerichtsgebäude steht, ein Haus, wo der Bezirksrichter auf seinen Rundreisen die Gerichtsverhandlungen abhielt. Damals hatte die Bezirksverwaltung ihren Sitz in Dibrapur. Der Regierungsbeauftragte für den Distrikt wohnte in diesem Haus, wenn er nach Majapur kam, um Petitionen entgegenzunehmen, Streitfälle zu entscheiden und Steuern einzuziehen. Ich frage mich, wie oft er sich vorsichtige Beschwerden anhören mußte, die sich bei genauerem Hinsehen als Beschwerden über MacGregor entpuppten? Ich stelle mir MacGregor mit einem roten Gesicht vor, mit vielen blauen, geplatzten Äderchen. Er war der eigentliche Herrscher von Majapur, und er kümmerte sich nicht im geringsten um die Behörden; er terrorisierte Kanzleiangestellte, Kaufleute, Grundbesitzer, Distriktbeamte und Zivilisten; er war korrupt und gewalttätig – und doch zog er Majapur aus der Apathie, in die es nach der Annektierung gesunken war, obwohl durch diesen Akt eigentlich die alte, feudale, rückständige Provinzstadt in eine aufblühende, moderne Gemeinde hätte verwandelt werden sollen, die sicher und zufrieden unter der britischen Herrschaft lebte. Ich glaube, die Händler und Landbesitzer, mit denen er es zu tun hatte, verstanden ihn. Wie man sagt, verstand er sich auf die Sprache der geschmierten Hand. Es ist eine internationale Sprache. Ich glaube, bei MacGregor wußten sie immer, woran sie waren, nicht jedoch mit dem strengen, unbestechlichen, ach so perfekten, ach so englischen Distriktbeamten.

Sehen Sie, diese Fakten passen nicht zu der Geschichte, daß MacGregor Bibighar niederbrannte, weil das Haus in seinen Augen ein Frevel war. Aber schließlich ist das auch die europäische Version der Geschichte. Vielleicht hat er diese Geschichte auch seiner Frau erzählt, die er erst heiratete und nach Majapur brachte, nachdem er sein Vermögen erworben und das Haus der Sängerin wieder aufgebaut und ihm seinen Namen gegeben hatte. Zu dieser Zeit war Bibighar schon abgebrannt. Nach der indischen Version nicht, weil es in seinen Augen und in den Augen des Herrn ein Greuel war, nachdem es doch schon zwanzig oder dreißig Jahre leerstand, sondern weil er sich in eine Inderin verliebte und sie an einen jungen Mann ihrer Hautfarbe verlor. Aus indischer Sicht gibt es zwei Versionen über die Zerstörung von Bibighar. Die eine sagte, er habe entdeckt, daß die Inderin und ihr Liebhaber sich in Bibighar trafen, und in seinem eifersüchtigen Zorn soll er das Haus in Brand gesteckt haben. Nach der zweiten erklärte er seiner Geliebten, sie müsse das MacGregor-Haus verlassen und künftig in Bibighar leben. Er zeigte ihr das Haus und die Reparaturen, die er hatte durchführen lassen, das Mobiliar und die Kleider, die ihr dort ein angenehmes und luxuriöses Leben bieten sollten. Als sie ihn fragte, weshalb sie das MacGregor-Haus verlassen müsse, erwiderte er: Ich reise nach Kalkutta und werde mit einer englischen Frau zurückkommen. Deshalb schlich sie sich in der Nacht mit ihrem Geliebten davon. Als er ihr Verschwinden entdeckte, befahl er, Bibighar bis auf die Grundmauern niederzubrennen und völlig zu zerstören.

Das klingt doch wahrscheinlicher, nicht? Beide Geschichten klingen wahrscheinlicher als das Märchen, er habe Bibighar in heiligem Zorn in Brand gesetzt. Der arme MacGregor! Ich kann ihn mir nur als einen Mann mit heftigen Leidenschaften und Gefühlen vorstellen, denen jede Zartheit fehlt. Ich frage mich... hätte er den Sepoy-Aufstand wohl überlebt, wenn er Bibighar nicht in Brand gesetzt hätte, wie ein Kind, das ein Spielzeug zerstört, mit dem es nicht spielen darf? Die rebellischen Sepoys ermordeten ihre Offiziere in Dibrapur, streiften dann ziellos durchs Land und marschierten schließlich in Richtung Majapur, in der vagen Absicht, Delhi zu erreichen oder sich mit größeren Verbänden der Aufständischen zu vereinen. Offenbar ist nicht bekannt, wo MacGregor getötet wurde – vielleicht auf den Stufen seines Hauses oder zusammen mit dem Moslemdiener Akbar Hossain, dessen Leiche man am Tor fand. Die Geschichte erweckt den Eindruck, nichts hätte MacGregor retten können, weil die Sepoys wußten, daß er Bibighar zerstört hatte. Gerüchte kursierten, daß seine indische Mätresse und ihr Liebhaber bei dem Brand umgekommen seien. Man fragt sich, ob Janet diese Geschichten kannte. War sie mit MacGregor glücklich? Oder war ihr Leben in Majapur eine ständige Qual? Sucht ihr Gespenst nur nach dem toten Kind? Oder will es die Weißen warnen und ihnen sagen, daß das MacGregor-Haus für sie kein guter Ort ist?

Es ist merkwürdig, aber zwischen dem Haus der Sängerin und dem Haus der Kurtisanen bestand immer eine besondere Beziehung, also zwischen dem MacGregor-Haus und Bibighar. Es scheint, als seien die dunklen Ströme eines menschlichen Konflikts die eine Meile weit vom einen Haus zum anderen geflossen, sogar dann noch, als Bibighar schon zerstört war. Den Verlauf dieser Ströme kann man erkennen, wenn man dem Weg folgt, auf dem die junge Frau durch die Dunkelheit rannte. Ein Strom. Das Fließen eines unsichtbaren Gewässers. Keine Brücke hat gehalten, die je darüber geschlagen wurde. Sie verstehen, was ich Ihnen sage? MacGregor und Bibighar sind der Ort der Weißen und der Ort der Schwarzen. Um von einem zum anderen zu gelangen, konnte man nicht einfach über eine Brücke gehen. Man mußte seinen Mut zusammennehmen, sich in die Flut stürzen, sich von ihr treiben lassen, wohin sie wollte. Miss Manners besaß diesen Mut.

Ich glaube, anfangs liebte sie Kumar nicht. Sie fühlte sich von ihm körperlich angezogen, und das ist immer ein mächtiger Trieb. Aber ich habe beobachtet, wie andere weiße Frauen ihn ansahen. Denen fiel es nicht schwer, der Versuchung zu widerstehen, denn für sie stand er auf der falschen Seite des Flusses, und es hätte sie mit Abscheu erfüllt, auch nur ihre Finger in dieses Wasser zu tauchen. Vielleicht gab es Momente, in denen auch Miss Manners diesen Abscheu spürte. Aber sie wehrte sich gegen das Gefühl, weil sie wußte, daß es dem widersprach, was sie empfunden hatte, als sie ihn zum ersten Mal sah. Und dann sperrte sie sich grundsätzlich gegen die Möglichkeit eines solchen Abscheus. Sie erkannte, es nützte nichts, darauf zu warten, bis eine Brücke gebaut werden würde. Es ging darum, sich in die Fluten zu wagen und sich *dort* zu treffen. Man mußte zulassen, daß die Strömung sie beide mitriß. Es ist, als ob sie sich gesagt hat, schließlich geht es im Leben nicht nur darum, auf dem Trockenen zu stehen und hin und wieder nasse Füße zu bekommen. Es ist nur eine Illusion, daß manche an dem einen und andere am gegenüberliegenden Ufer stehen. Solange wir diesen Platz nicht verlassen, leben wir nicht, sondern träumen. Also heißt es springen! Ins Wasser springen! Der Schock wird uns wecken. Sogar wenn wir ertrinken, werden wir zumindest ein oder zwei Augenblicke vor unserem Tod wach und lebendig sein.

Sie ist mehrmals ins Asyl gekommen. Sie ist mit ihm gekommen, mit Kumar. Sie hatte ihn eines Tages gefragt (zumindest vermute ich, daß sie ihn gefragt hatte): Weißt du etwas über diese Frau, über die Frau, die sich Schwester Ludmila nennt?

Damit wiederholte sie etwas, was Mr. Merrick ihr erzählt hatte oder auch Lady Chatterjee. Kumar hat vielleicht gelächelt und genickt. Vielleicht hat er ihr sogar erzählt, daß ich ihn einmal betrunken gefunden, ihn für tot gehalten und auf einer Bahre ins Asyl gebracht habe. Aber ich glaube nicht – das wird er für sich behalten haben. Aber sie kamen hierher. Sie sahen sich alles an. Sie gingen Hand in Hand. Miss Manners schien das ganz natürlich zu finden, aber ich glaube, er nicht. Ich meine, er schien sich der möglichen Wirkung einer solchen Geste auf unbeteiligte Beobachter bewußt zu sein. Sie offensichtlich nicht. Sie kam auch mehrmals allein. Sie brachte Obst und wollte sich nützlich machen. Das hatte sie sich vorgenommen. Einmal bot sie mir Geld an. Ihre Mutter war ein Jahr vor Kriegsausbruch gestorben, Vater und Bruder waren beide gefallen. Sie besaß eine kleine Erbschaft, doch das ganze Vermögen ihrer Tante, Lady Manners' Vermögen, sollte nach dem Tod der alten Dame auf sie übergehen. Nein, sagte ich, ich brauche kein Geld, es sei denn, die Zahlungen werden eingestellt. Wenn sie eingestellt werden, sagte ich, dann werde ich mich an Sie wenden. Wie kann ich sonst helfen, fragte sie. Weshalb wollen Sie helfen, erwiderte ich. Es gibt sicher zahllose andere Möglichkeiten, eine gute Sache zu unterstützen. Ich weiß noch, wie sie mich ansah. Wenn wir allein waren, trug sie oft eine Brille. Ich glaube, daß *er* sie nie mit Brille gesehen hat. Es war Eitelkeit, daß sie in seiner Gegenwart keine Brille trug. Sie sagte: ›Es geht mir nicht darum, einer guten Sache zu dienen.‹ Ich dankte ihr mit einem Lächeln, verstand sie aber nicht völlig. Später begriff ich es. Ja, ich glaube später. Sie zerlegte ihr Verhalten nicht in Einzelteile. Sie versuchte, immer eine Ganzheit zu erreichen. Wo es Ganzheit gibt, geht es nicht um eine gute Sache. Es gibt nur Leben. Es ist der Beitrag des eigenen Lebens zum Ganzen, der Einsatz aller Kräfte zum Wohl der Welt in ihrer Gesamtheit. Dies, wie der Mut zum Sprung ins Wasser, ist eine Ganzheit, die ich nie besessen habe.

Sie kennen natürlich das Bild des tanzenden Schiwa? Der Gott mit den zwei Beinen und vier Armen, der in einem Kreis kosmischen Feuers tanzt und springt, der den einen Fuß hebt und den anderen auf die Gestalt des Unwissens und des Bösen setzt, um es an seinem Platz zu halten. Sie können ihn dort hinter mir an der Wand sehen, aus Holz, mein tanzender Schiwa. Der Tanz der Schöpfung, der Erhaltung und der Zerstörung. Ein geschlossener Kreis. Eine Ganzheit. Ein schwieriger Gedanke. Man muß ihn mit dem Herzen annehmen und nicht mit dem Intellekt. Auch sie betrachtete meinen kleinen Schiwa aus Holz. Sie kniff die Augen zusammen und setzte die Brille auf. Sie war groß, größer als ich und hatte den kräftigen Knochenbau der Menschen aus dem Norden. Ich würde nicht sagen, daß sie hübsch war, aber anmutig, das war sie. Man spürte die Freude in ihr. Daran änderte auch eine gewisse Ungeschicklichkeit nichts. Sie verursachte öfter kleinere Unfälle. Einmal zum Beispiel ließ sie einen Kasten mit Arzneiflaschen fallen. Sie trafen sich mehrmals hier, sie und der junge Kumar. Sie kam von der Arbeit im Krankenhaus und half hier noch abends bei der Sprechstunde, während sie auf ihn wartete. Einmal verspätete er sich. Wir gingen aus dem Sprechzimmer und warteten in meinem Zimmer auf ihn. Ich hatte den Eindruck, ursprünglich wollte er nicht kommen, hatte es sich dann aber anders überlegt. Ich ließ die beiden allein. Und an dem Abend, als die Sache im Bibighar-Park geschah, kam er überhaupt nicht. Bei Einbruch der Dunkelheit ging sie allein weg. Ich begleitete sie zum Tor. Sie fuhr mit dem Fahrrad und bog in die Straße zur Bibighar-Brücke ein. Ich bat sie, vorsichtig zu sein. In der Stadt war es immer noch ruhig, aber auf dem Land ringsherum nicht. Sie erinnern sich, an diesem Tag kam es in Dibrapur und Tanpur zu den ersten Unruhen. Sie hatte an diesem Tag im Krankenhaus die Frau von der Mission gesehen, die man am Straßenrand gefunden hatte, wo sie die Hand eines toten Inders hielt. Sie sah die Frau, kurz bevor sie das Krankenhaus verließ. Sie kam mit Sicherheit hierher ins Asyl, um den jungen Kumar zu treffen. Aber der kam nicht. Wir saßen in meinem Zimmer, und sie erzählte mir von der Frau, die eine Lungenentzündung hatte, weil sie stundenlang im Regen auf der Straße gesessen und den Toten bei der Hand gehalten hatte. Crane hieß sie, Crane. Miss Crane. Es regnete auch, während wir uns unterhielten und auf den jungen Kumar warteten, der nicht kam. Doch bei Einbruch der Dämmerung hörte es auf zu regnen, und die Sonne kam noch einmal hervor. Ich erinnere mich an das Licht auf Miss Manners' Gesicht. Sie wirkte sehr müde. Als die Helligkeit schwand, sagte Miss Manners, sie müsse nach Hause, und machte sich mit dem Fahrrad auf den Weg. Sie fuhr über Bibighar. Das Fahrrad hat man dann in der Chillianwallah Bagh im Graben gefunden, in der Nähe des Hauses von Mrs. Gupta Sen, wo Hari Kumar wohnte. Merrick hat es gefunden, so erzählte man. Aber weshalb hätte Hari das Fahrrad stehlen und in der Nähe seiner Wohnung liegen lassen sollen, was ihn verdächtig machen mußte, wenn er zu den Männern gehörte, die sie vergewaltigt hatten?

Sehen Sie, als Miss Manners ging, das Fahrrad durch das Tor schob, sich umdrehte, um mir zuzuwinken, dann aufstieg und in die untergehende Sonne fuhr, spürte ich, daß sie sich entfernte und daß ich ihr nicht mehr helfen konnte. Ich dachte an den jungen Kumar, der erst einige Monate zuvor in Merricks Wagen mitgenommen und alleine an einen Ort gebracht worden war, wo ihn ebenfalls keine Hilfe mehr erreichte. An diesem Tag, an dem Merrick den jungen Kumar zum Verhör mitnahm, sagte ich zu Mr. de Souza: Kumar? Kumar? Der Neffe von Romesh Chand Gupta Sen? Glauben Sie wirklich? Dann ging ich mit ihm ins Büro zurück, um meine Vorbereitungen zu beenden, bei denen Mr. Merrick mich unterbrochen hatte. Es war ein Mittwoch. Ich wollte zur Bank gehen und vorher noch beten, daß mich bei meinem Eintreten Mr. Govindas nicht verlegen beiseite nehmen und sagen würde: ›Schwester Ludmila, in dieser Woche gibt es kein Geld. Wir haben aus Bombay erfahren, daß die Überweisungen eingestellt worden sind.‹

Aber als ich in die Bank kam, der Junge wartete draußen, trat Mr. Govindas aus seinem Büro, lächelte wie üblich und geleitete mich hinein. Dort nahm ich Platz, unterhielt mich mit ihm, während sie meinen Scheck über zweihundert Rupien einlösten. ›Schwester Ludmila‹, fragte er, ›dieser junge Mann da draußen, woher kommt er?‹ Für uns beide war das ein alter Scherz, deshalb erwiderte ich: ›Vom Himmel vermutlich.‹ ›Und der Junge davor, kam er auch vom Himmel?‹ ›Nein‹, sagte ich, ›er kam aus dem Gefängnis, und da ist er seit kurzem wieder.‹ ›Genau davor möchte ich Sie warnen: Sie dürfen nicht einfach einem jungen Mann trauen, weil er stark genug aussieht, um Sie zu beschützen.‹

Aber das wußte ich natürlich. Ich wußte, daß so ein junger

Mann sich nach ein oder zwei Wochen langweilt und daß er dann auf dumme Gedanken kommt. Der Junge an diesem Tag langweilte sich bereits. Als ich mit den zweihundert Rupien und der verschlossenen Tasche an der Kette um die Hüfte aus der Bank trat, klatschte er mit Leuten, die nichts Besseres zu tun hatten, und trennte sich nur widerwillig von ihnen. Aber er folgte mir; er kannte seine Pflicht. So kehrten wir zurück. Wir gingen durch das Eurasierviertel, an der Missionskirche vorbei, über die Mandir Gate-Brücke zum Tirupati-Tempel. Ich bin nie in diesem Tempel gewesen. Der Tempel ist dem Gott Wenkataswara geweiht, eine Verkörperung des Wischnu. Im Tempelhof steht ein Schrein mit einer Statue des schlafenden Wischnu. Wir sprachen über diese Statue des schlafenden Wischnu, Miss Manners und ich, an diesem Abend der Bibighar-Affäre. Kumar hatte Miss Manners vor zwei oder drei Wochen dorthin mitgenommen, obwohl er an solche Dinge nicht glaubte. Doch sie wollte den Tempel sehen. Sein Onkel hatte den Besuch mit dem Brahmanenpriester verabredet. Und so waren sie dort gewesen, und jetzt erzählte sie mir davon, denn ich war noch nie in dem Tempel gewesen. Es hörte auf zu regnen, und die Sonne kam heraus. Sie leuchtete ihr ins Gesicht, sie beleuchtete ihre Müdigkeit, ihr Schlafbedürfnis. Ich konnte mir wegen ihres müden Gesichts gut vorstellen, was sie mir erzählte. Außerdem hatte ich eine Statue das schlafenden Wischnu im Tempel von Mahabalipuram gesehen. Dieser Tempel steht im Süden, nicht weit von Madras, am Meer. Sie müssen wissen, daß es im Süden einen sehr berühmten Tirupati-Tempel gibt. Er steht hoch oben auf einem Hügel. Der Tempel hier in Majapur ist nach ihm benannt. Man sagt, die Leute von Majapur seien ursprünglich aus dem Süden gekommen. Ein Maharadscha heiratete ein Mädchen aus Südindien und baute den Tempel ihr zu Ehren und zu Ehren des Gottes, zu dem sie betete. Seit dieser Zeit haben sich die Einwohner so sehr vermischt, daß es heute unmöglich ist, die unterschiedliche Herkunft zu entdecken.

Aber es gibt in Majapur den Tirupati-Tempel. Mandir bedeutet Tempel. Es ist ein Wort aus dem Norden. Und so begegnen sich der Süden und der Norden. Der Tirupati-Tempel, das Mandir-Tor. In alten Zeiten umgab eine Mauer die Stadt, und abends wurden die Tore geschlossen. Damals ging man durch das Mandir-Tor zu der Mandir-Tortreppe. Kam man von Norden, mußte man mit dem Boot den Fluß überqueren und dann die Stufen zum Mandir-Tor hinaufgehen. Später wurde die Mandir Gate-Brücke gebaut. Die Treppe blieb erhalten, wurde aber zu der Treppe, die Sie heute noch sehen und die nur noch zum Tirupati-Tempel hinaufführt. Im Süden der Stadt gab es weitere Tore. Ein Bibighar-Tor gab es nie. Ich glaube, die Mauer stand schon nicht mehr, als Bibighar erbaut wurde. Die Bibighar-Brücke stammt aus der Zeit nach MacGregor. Welch eine Mischung! MacGregor, Bibighar, Mandir und Tirupati.

Als ich an jenem Tag, von dem Jungen gefolgt, der mit seinem Stock bewaffnet war, die Bank verließ, durchquerte ich das Eurasierviertel. Ich kam an der Missionskirche vorbei, wo die Eurasier den Gottesdienst besuchten. Die Kirche von England im Kleinformat. An der Bahnschranke mußte ich warten, denn sie war geschlossen, um einen Zug durchzulassen. Schließlich ging ich inmitten der Menge über die Mandir Gate-Brücke und blieb auf der anderen Seite stehen, um Geld an die Bettler und an den Leprakranken, der immer dort saß, zu verteilen. Seine Gliedmaßen erinnerten an die Äste eines Baums, den man beschnitten hat, um ihn zum Blühen zu bringen. Dann, am heiligen Baum, bog ich in die linke Straße ein, ging an den offenen Läden vorbei, ohne auf die Rufe der Verkäufer zu achten, die Betel, Stoffe, Wasser, Melonen und Jasmin zum Verkauf anboten, und durch den offenen Torbogen in der Mauer, die den Chillianwallah-Basar umgibt. Dort blieb ich stehen und kaufte Chilischoten, die Mr. de Souza gerne aß. Dann führte mich mein Weg an den lauten Fleisch-, den stinkenden Fischständen und den kauernden Gestalten der Marktfrauen vorbei, deren Waagen reglos wie schlafende Metallreptilien neben ihnen lagen. Ich stieg die Treppe hinauf zu den Räumen von Romesh Chand Gupta Sen. Seine verwitwete Schwägerin, Mrs. Gupta Sen wohnte in einem dieser Betonhäuser, die im neu erschlossenen Chillianwallah-Bauland in der Chillianwallah Bagh stehen.

›Verhaftet!‹ sagte er, Romesh Chand, der Onkel. ›Dieser Bengel‹, sagte er, ›dieser Bengel ist noch mein Tod! Für wen hält er sich denn eigentlich? Weshalb kann er nicht den Weg der Ehre und des Gehorsams gehen, wie sich das für einen jungen Inder gehört?‹ Er rief jemand, indem er mit einer kleinen Messingglocke läutete, als sei das Büro ein Tempel, und ich verstand den Ungehorsam des jungen Kumar besser, wenn ich an die Stimme dachte, die ich heute morgen gehört hatte, an das Englische, an die Muskeln und an das gute Aussehen. Verstehen Sie? Wie fremd ihm dieses Milieu hier sein mußte, das Gewirr kleiner, schmutziger Räume über dem Warenlager des Lieferanten. Wie fremd ihm das alles war! Kumar sprach Englisch mit einem Akzent, wie man ihn auf einer *Public School* lernt. Sein Vater hatte ihn nach England gebracht, als er noch zu klein war, um sich später an den Ort erinnern zu können, wo er geboren war. Er hatte dort gelebt, in England, bis er achtzehn Jahre alt war. Sein Onkel in Indien war ein Banian und saß im Achkan, einer hochgeschlossenen, langen Jacke mit Stehkragen, am Schreibtisch und herrschte über Bürogehilfen, die zwischen schmuddeligem Papier in kleinen, abgetrennten Zellen auf dem Boden hockten und von denen einer Papiergeld sogar zwischen den Zehen hielt. Nach dem Tod seines Vaters und der Rückkehr nach Indien mußte Kumar eine Zeitlang dort arbeiten. Aber er hatte sich dagegen aufgelehnt und schrieb jetzt für die ›Mayapore Gazette‹. Soviel hatte ich erfahren. Ich stellte keine Fragen. Ich ging einfach dorthin, um den Onkel von Mr. Merricks Vorgehen zu unterrichten, damit Schritte unternommen werden konnten. Was für Schritte? Das wußte ich nicht. Er läutete mit seiner kleinen Glocke nach dem Kanzleivorsteher und schickte ihn mit einer Nachricht zu einem Anwalt, mit der Aufforderung, sofort zu kommen. Es gab kein Telefon im Büro. Man sah, daß Romesh Chand nicht an Telefone glaubte, nicht an die Notwendigkeit von Telefonen oder an ein Geschäftsgebaren, das man als ›modern‹ oder ausländisch hätte ansehen können. Aber er glaubte an seine Macht, an seine Bedeutung. Er wollte wissen, wieso sein Neffe im Asyl gewesen sei. Ich sagte nicht die ganze Wahrheit. Ich erklärte nur, er habe die Nacht dort verbracht, am Morgen sei die Polizei auf der Suche nach einem Mann erschienen und habe Kumar als einzigen Fremden zum Verhör mitgenommen. ›Es ist sehr freundlich von Ihnen, mich davon in Kenntnis zu setzen‹, sagte er. Ich erwiderte, es sei keine Mühe gewesen, und verabschiedete mich. Aber den ganzen Tag über mußte ich immer wieder an Kumar denken. Nachmittags schickte ich Mr. de Souza in den Basar, damit er soviel wie möglich über die Angelegenheit in Erfahrung bringen sollte. Ich ging ins Purdah-Krankenhaus, um mit Anna Klaus zu sprechen, der Ärztin aus Berlin, die nach Indien gekommen war, um sich vor Hitler zu retten. Sie war eine gute Freundin von mir. Nachdem sie meine Ansichten über den jungen Kumar gehört hatte, telefonierte sie mit Lady Chatterjee, die dem Krankenhaus-Komitee angehörte. Nach dem Anruf sagte sie: ›Das ist alles, was ich tun kann. Lady Chatterjee wird mit Richter Menen oder dem Distriktskommissar sprechen... vielleicht. Dein Mr. Merrick wird erleben, daß man ihm Fragen stellt. Soweit ist alles in Ordnung. Aber es kommt darauf an, was dein junger Mr. Kumar getan hat. Oder weswegen man ihn in Verdacht hat. Wenn es sich auch nur im entferntesten um etwas Subversives handelt, können sie ihn ohne jede Entschuldigung einsperren.‹ Das wußte ich. Ich kehrte hierher zurück und stellte fest, daß Mr. de Souza mehr wußte als ich. ›Es ist alles in Ordnung‹, sagte er, ›sie haben ihn nur ein paar Stunden auf der Polizei behalten. Als der Anwalt in Romesh Chands Auftrag auf der Polizeiwache erschien, hatten sie ihn bereits gehen lassen.‹ Ich fragte de Souza, woher seine Informationen stammten. Er hatte mit dem Kanzleivorsteher von Romesh Chand gesprochen, der eigentlich nichts über die Vorgänge hätte wissen sollen, aber alles erfahren hatte, als er sich mit dem Kanzleiangestellten des Anwalts unterhielt. ›Also‹, sagte Mr. de Souza, ›es ist alles wieder in Ordnung, und wir können Mr. Kumar vergessen.‹ ›Ja‹, erwiderte ich, ›es ist in Ordnung.‹ Abends besuchte mich Anna Klaus hier im Asyl, und ich erzählte ihr, was ich wußte. Sie sagte ›Wie gut, dann ist also alles vorbei.‹ Und wieder stimmte ich zu, glaubte es aber nicht. Auf dem nächtlichen Rundgang mit der Bahre mußte ich immer wieder daran denken, daß nicht alles in Ordnung und nicht alles vorbei war. Ich fragte mich: ›Habe ich etwas falsch gemacht? Hätte ich Romesh Chand nicht informieren sollen? Hätte ich Dr. Klaus nicht veranlassen sollen, von einflußreichen Leuten Fragen stellen zu lassen?‹ Der junge Kumar wurde verhört, und danach ließ man ihn laufen. Und danach erschien der Anwalt seines Onkels auf der Polizeistation. Merrick erfuhr es vermutlich, kümmerte sich aber nicht darum. Ein indischer Anwalt zählte nicht. Doch später an diesem Tag, als für Merrick der

Fall des jungen Kumar bereits abgeschlossen und vergessen war, hatte er vielleicht einen Anruf des Richters oder des Distriktskommissars erhalten; vielleicht rief auch jemand im Auftrag des Distriktskommissars oder des Richters an und erkundigte sich: ›Wer ist dieser Kumar, den Sie zum Verhör mitgenommen haben?‹ Und Merrick hatte vielleicht erwidert: ›Er ist nicht mehr hier. Weshalb fragen Sie?‹ Und der Anrufer, egal wer, würde gesagt haben: ›Na, dann ist ja wohl alles in Ordnung. Man hat uns gefragt, was vorgefallen ist. Ihr junger Verdächtiger scheint eine Menge einflußreicher Freunde zu haben.‹

All das Gute, das Kumar vielleicht selbst für seinen Fall getan haben mochte, indem er die Fragen vernünftig beantwortete, nachdem er erst einmal auf der Polizeiwache war, konnte wieder dadurch zunichte gemacht worden sein, daß man sich von höchster Stelle nach ihm erkundigte. Das würde Kumar in Mericks Augen nur schaden. Bei Merrick stand Kumar schon als ein junger Inder auf der schwarzen Liste, der besser Englisch sprach als er selbst, und nun auch noch als einer mit Freunden, die sich an Richter Menen oder den Distriktskommissar wenden konnten, als sei er ein Weißer und kein Schwarzer. Außerdem hatte er ihn so hochnäsig angeschaut und gefragt: ›Versteht dieser Kerl nicht, daß es keinen Sinn hat, mit mir Indisch zu reden?‹

Und später, ja später war er in aller Öffentlichkeit, hier im Asyl mit der weißen Miss Manners Hand in Hand gegangen, so daß jeder es sehen konnte. Vielleicht zeigten sich die beiden auch an anderen Plätzen, wo Merrick davon erfuhr oder es sogar sah. Ich hörte erst, als es zu spät war, daß Merrick auch Miss Manners kannte. Alle Europäer kannten sich, doch wie es schien, kannten sich Merrick und Miss Manners auf eine ganz besondere Weise. Und erst am Abend von Bibighar begriff ich, daß es darum ging. Merrick tauchte hier auf, als es dunkel war. Er kam allein in seinem Wagen. Er sagte: ›Ich glaube, Sie kennen eine junge Frau namens Daphne Manners. Ich komme gerade vom MacGregor-Haus. Sie ist noch nicht zu Hause. Haben Sie Daphne Manners gesehen?‹ ›Ja‹, sagte ich, ›sie war hier. Aber bei Einbruch der Dunkelheit ist sie gegangen.‹ Ich ahnte nicht, daß persönliche Interessen hinter seinen Fragen standen. Im Distrikt gab es Unruhen. Und er war Polizist. Ich dachte nur an das Mädchen und daran, was ihr zugestoßen sein mochte. Verstehen Sie, ich nahm an, Lady Chatterjee habe die Polizei verständigt, weil Miss Manners nicht nach Hause gekommen war.

Er fragte: ›Weshalb war sie hier?‹ Ich erzählte ihm, daß sie uns manchmal in der Sprechstunde half. Das schien ihn zu überraschen, und er sagte: ›Das wußte ich nicht. Ich wußte, daß sie einmal hier war, denn sie hat davon gesprochen. Wie oft kommt sie?‹ ›Sehr selten‹, erwiderte ich. Denn plötzlich wurde ich vorsichtig. Dann wollte er wissen, ob sie an diesem Abend allein gewesen sei, ob sie erwähnt habe, wohin sie gehe, als sie das Asyl in der Dämmerung verließ. ›Ja, sie kommt allein. Sie war heute abend allein hier, und soviel ich weiß, wollte sie nach Hause‹, erwiderte ich. ›Auf welchem Weg?‹ ›Von hier‹, erwiderte ich, ›ist der kürzeste Weg über Bibighar. Sind Sie vom MacGregor-Haus nicht so gekommen?‹ Offenbar nicht. Er war zunächst zur Polizeistation auf der Seite der Mandir Gate-Brücke gefahren, hatte sich dann daran erinnert, daß Miss Manners einmal von einem Besuch im Asyl erzählt hatte, und kam nun aus der anderen Richtung. ›Vermutlich sind Sie ihr deshalb nicht begegnet‹, sagte ich, und Merrick entgegnete: ›Aber wie Sie sagen, hat sie das Asyl schon bei Einbruch der Dunkelheit verlassen. Ich war erst mehr als eine Stunde nach dem Dunkelwerden im MacGregor-Haus und bin bis beinahe neun Uhr geblieben. Zu dieser Zeit war sie noch nicht zurück.‹

Dann, weil ich mir Sorgen um sie machte, vergaß ich für einen Moment die Sache mit Merrick und Kumar und sagte etwas, was ich nicht hatte sagen wollen und was ihm unvermeidlich Kumar ins Gedächtnis zurückrufen mußte. ›Vielleicht hat sie bei Mrs. Gupta Sen hereingeschaut‹, sagte ich. Als ich sein Gesicht sah, tat es mir leid, daß ich das gesagt hatte. Statt von Mrs. Gupta Sen hätte ich ebensogut auch gleich von Kumar sprechen können. Er sagte: ›Ach so!‹ In seinen Augen lag ein Lächeln. Alles fügte sich zusammen, fügte sich wieder zu dieser gefährlichen geometrischen Konstellation, vor der ich schon gewarnt war. Merrick und Kumar bildeten zwei Spitzen eines Dreiecks; die dritte Spitze war diesmal nicht Rajendra Singh, sondern Miss Manners. Ich hatte ein Gefühl, das uns manchmal alle überkommt, das Gefühl, sich wieder in einer Situation zu befinden, die man schon von einer früheren Gelegenheit kennt. Ich sah mich wieder in eine tragische Entwicklung verflochten, nachdem ich aus dem anderen Fall oder den anderen Fällen nichts gelernt hatte, als Merrick und ich vielleicht so hier in diesem Zimmer standen, hier, wo ich jetzt im Bett liege und Sie mir Fragen stellen, und an Kumar dachten und an das vermißte Mädchen, das gefunden werden mußte. Die Entdeckung, daß Merrick nicht nur von Amts wegen um Miss Manners besorgt war, und mein Verrat, als ich das Haus in der Chillianwallah Bagh erwähnte und Mrs. Gupta Sen, waren die Sprungfedern, die jedesmal berührt werden mußten, wenn unser Leben einen Kreis vollendet hatte, und wir wieder den Punkt erreichten, an dem Merrick und ich hier im Zimmer standen. Und die Sprungfedern *wurden* jedesmal berührt, wurden mit derselben Gewißheit berührt, wie der Tag auf die Nacht folgt. Sie wurden berührt, ehe man wußte, was das für Federn waren. Ich hätte wissen müssen, daß Merrick Daphne Manners kannte. Es war dumm von mir. Es war der Preis, den ich dafür bezahlte, daß ich mich den Belangen der Sterbenden und nicht der Lebenden widmete. Ich hätte nicht einfach voraussetzen dürfen, daß sie nicht auch mit Mr. Merrick befreundet sein könnte, nur weil sie eine Freundin von Hari Kumar war. Wäre ich nicht so dumm gewesen, hätten wir vielleicht aus dem Kreislauf des Unvermeidlichen ausbrechen können. Merrick wäre nicht mit der Überzeugung gegangen, allein Kumar könne das Rätsel um das Verschwinden des Mädchens lösen.

Doch damals wußte ich nicht, daß Merrick sie kannte oder auf seine merkwürdige Art mochte. Nachdem ich gesagt hatte: ›Vielleicht hat sie bei Mrs. Gupta Sen hereingeschaut‹, erriet ich es jedoch, denn ich sah die Erregung hinter seinen ausdruckslosen, aber verräterischen puppenblauen Augen. Auf Kumar hatte er es schon lange abgesehen, ihn hatte er sich als Opfer ausgewählt, als er im Hof stand und beobachtete, wie Kumar sich an der Pumpe wusch, und ihn danach zum Verhör mitnahm, um die Dunkelheit genauer zu betrachten, die diese Dunkelheit in ihm anzog. Eine andere Dunkelheit, aber auch eine. Bei Kumar eine Dunkelheit der Seele, bei Merrick eine Dunkelheit des Geistes, des Herzens und des Körpers. Und auch hier ging es, aber in einem unnatürlichen Kontext, um die

Anziehungskraft von Schwarz auf Weiß, um die Anziehungskraft des Entgegengesetzten. Aber in diesem Fall auf jemanden, der vermutlich nie in die Tiefen seiner innersten Triebe hinabgetaucht war – ganz zu schweigen von denen des Lebens oder der Welt –, sondern immer auf dem Trockenen am sterilen Ufer gestanden hatte, und den seine Einsamkeit und das Vorurteil abschirmten: das Vorurteil, das er übernommen hatte, weil er zu den weißen Männern gehörte, die das Land eines schwarzen Volkes beherrschten.

Merrick wußte seit langem von der Beziehung zwischen Miss Manners und Kumar. Deshalb ist mir klar, daß er schon daran gedacht hatte, vielleicht von Kumar erfahren zu können, wo sie sich aufhielt. Aber es gibt etwas, das Sie vielleicht noch nicht wissen. Ich erriet es zum Teil, als sie an jenem Abend zu mir kam, am Abend, als Kumar nicht erschien. Und bei einer späteren Gelegenheit erfuhr ich dann alles. Das war, als sie sich verabschieden kam, bevor sie in den Norden fuhr, zu ihrer Tante, Lady Manners, wo sie bleiben wollte, bis alles vorüber wäre. Sie war schwanger. Sie machte kein Geheimnis daraus. Zunächst unterhielten wir uns über gewöhnliche und unwichtige Dinge. Ihre Ruhe machte mir Eindruck. Ich erinnere mich, gedacht zu haben: Es ist die Ruhe einer schönen Frau. Aber wie Sie wissen, war sie nicht schön, alle, mit denen Sie gesprochen haben, werden es Ihnen bestätigen, und Sie haben selbst ihr Bild gesehen. An einem Punkt des Gesprächs schwiegen wir beide. Doch es war nicht ein Schweigen, wie wenn einem der Gesprächsstoff ausgegangen ist. Es war das Schweigen des Einverständnisses und der Zuneigung, wobei man sich aber nicht im klaren darüber ist, was man der Freundschaft gerade in diesem Moment zumuten kann. Ich entschied mich, über Kumar zu sprechen, und fragte: ›Wissen Sie, wo er ist?‹ und meinte damit, in welchem Gefängnis. Ich mußte nicht einmal seinen Namen nennen. Sie sah mich an, und der Ausdruck auf ihrem Gesicht verriet mir zwei Dinge: Sie wußte es nicht, hatte aber einen Augenblick lang gehofft, daß ich etwas wußte, und gab auch diese Hoffnung nun auf. Sie schüttelte den Kopf. Sie hatte sich nach ihm erkundigt. Aber niemand von den Verantwortlichen gab ihr Auskunft. Sie war auch in dem Haus in der Chillianwallah Bagh gewesen, in der Hoffnung, seine Tante wisse etwas.

Aber Mrs. Gupta Sen kam nicht einmal aus ihrem Zimmer, um mit ihr zu sprechen. Ich vermute, im Augenblick wagte sie nicht, mehr zu unternehmen, da sie fürchtete, ihm zu schaden. Man hatte Kumar zusammen mit anderen Männern in der Nacht von Bibighar verhaftet. Wie Sie sich erinnern, hatte man an diesem Tag mehrere Leute aus politischen Gründen in Untersuchungshaft genommen. Man erzählte, die Gefangenen seien in geschlossenen Eisenbahnwaggons an einen unbekannten Ort gebracht worden. Man erzählte auch, die Festnahme der fünf oder sechs jungen Männer habe die Unruhen in der Stadt ausgelöst. Die Unruhen waren zweifellos geplant. Vielleicht verschlimmerten sie sich auf Grund der Gerüchte über die schrecklichen Dinge, die den Verhafteten nach Bibighar angetan wurden. Vielleicht schienen sie auch nur schlimmer zu sein, weil die Engländer nach dieser Nacht glaubten, ihre Frauen seien nicht mehr sicher. Man sagte, Bibighar habe den Ausschlag dafür gegeben, daß der Distriktskommissar sich überreden ließ, den Ausnahmezustand zu erklären, und das Militär zu Hilfe rief, ehe es tatsächlich notwendig war. Vermutlich wird man die Wahrheit nie erfahren. Ehe Miss Manners kam, um sich von mir zu verabschieden, glaubte ich, es könne ihr vielleicht auf der Seele lasten, daß sie unfreiwillig im Mittelpunkt all dieser Schwierigkeiten gestanden hatte. Doch als sie kam, ging von ihr diese Ruhe und Konzentration aus. Sie wirkte, wie wohl alle Frauen wirken, die zum ersten Mal schwanger sind und merken, daß die Welt um sie her relativ unwichtig geworden ist. Ich legte ihr die Hand auf den Arm und fragte: ›Werden Sie durchhalten? Werden Sie bis zum Ende durchhalten?‹ Sie erwiderte: ›Weshalb fragen Sie?‹ Sie lächelte, und ich wußte, sie würde durchhalten. Ich fragte: ›Hat man versucht, Sie davon abzubringen?‹ Sie nickte. Ja, man hatte es versucht. Sie sagte: ›Nach dem, was man zu hören bekommt, wäre alles furchtbar einfach, sozusagen meine Pflicht.‹

Aber natürlich war es alles andere als einfach. Für die anderen wäre es vielleicht einfach gewesen. Sogar eine Verpflichtung. Es loswerden, abtreiben! Den widerwärtigen Embryo aus dem Leib reißen und den Straßenkötern vorwerfen. Ich hörte, wie eine Frau das sagte, eine Weiße. ›Stimmt es‹, fragte sie eine andere, ›die kleine Manners ist schwanger und nach Kaschmir gefahren, um das Baby zu kriegen?‹ Sie kauften in Gulab Singhs Apotheke Kosmetika. Das Leben verlief inzwischen wieder normal. Und als man der Frau bestätigte, daß dies die Wahrheit zu sein schien, bemerkte sie: ›Was sollen wir davon halten? Hat es ihr etwa *gefallen*?‹ Arme Miss Manners! Wie schnell aus ihr ›die kleine Manners‹ wurde. Vielleicht hatte man sie schon vor Bibighar manchmal so genannt. Aber unmittelbar nach Bibighar sprachen die Europäer ihren Namen mit der gleichen Ehrerbietung aus, wie sie vielleicht von Heiligen oder Märtyrern sprechen. Doch jetzt hieß es ›die kleine Manners‹. Und dann dieser häßliche Kommentar: ›Vielleicht hat es ihr gefallen‹. Die Frau lächelte und erklärte laut: ›Wenn mir das passiert wäre, ich hätte es mir in aller Öffentlichkeit abtreiben lassen, direkt vor ihrem verdammten Tempel, und den ganzen Dreck den Straßenkötern vorgeworfen oder ihren Priestern ins Maul stopfen lassen.‹ Unterdessen wählte sie immer noch Puder und Lotions für ihre weiße Haut aus, und es gelang ihr, wie diese Art Frauen das auch heute noch macht, mit dem Verkäufer zu reden, ohne ihn auch nur anzusehen oder mit ihren Händen in seine Reichweite zu kommen. Vielleicht war es eine von den Frauen, die ich ein paar Monate früher dabei beobachtet hatte, wie sie den jungen Kumar ansahen, als er mich in die Apotheke begleitete. Er hatte mich unterwegs getroffen, und wir unterhielten uns eine Weile. Dann bot er an, mir die Medikamente ins Asyl zu tragen, die ich kaufen wollte, denn an diesem Tag begleitete mich niemand. Kumar und ich waren Freunde geworden. Zumindest hatte ich das Gefühl, obwohl er immer noch von der Idee besessen war, daß er überhaupt keine Freunde habe. Als wir die Apotheke verließen, sagte er: ›Haben Sie gesehen, ich bin für die Weißen unsichtbar geworden!‹ Vielleicht war ihm entgangen, was die weißen Frauen ihm für Augen gemacht hatten. Vielleicht hatte er nur bemerkt, wie sie sich an ihm vorbeidrängten oder ihm den Rücken zukehrten oder den Verkäufer zu sich riefen, mit dem er gerade redete. Aus diesem Grund ging er ungern in die Geschäfte des Europäerviertels. Doch ich wußte, er sehnte sich danach, dorthin zu gehen, um wieder zu den Engländern zu gehören, denn England war die einzige Welt, die er kannte. Er verabscheute die Schwarzenstadt auf dieser Seite des Flusses ebensosehr wie jeder Weiße, der gerade aus England kam, sie verabscheut hätte. Er verabscheute sie noch mehr, denn er mußte in der Schwarzenstadt leben, er spazierte nicht nur gelegentlich mal hindurch auf dem Weg zurück zur Brücke, ins Europäerviertel und in die Welt des Clubs, wo die Weißen sich trafen.

Aber Kumar ist ein Fall für sich, nicht wahr? Ihm müssen Sie auch noch nachgehen. Ich werde Ihnen einen Namen nennen, der Ihnen vielleicht helfen kann. Möglicherweise habe nur ich ihn gehört, oder die anderen haben ihn schon lange vergessen. Colin. Colin Lindsey. Kumar erzählte mir von Colin, als ich ihn zum zweiten Mal betrunken erlebte. Er hatte sich auch beim ersten Mal wegen Colin betrunken, damals, als wir ihn fanden und ins Asyl brachten. In England war Colin Lindsey Kumars bester Freund gewesen. Sie besuchten dieselbe Schule. Colin wollte seine Eltern überreden, sich um Hari zu kümmern, nachdem Haris Vater tot war, und ehe Hari gezwungenermaßen nach Indien zurückkehrte. Damals war Hari noch nicht ganz achtzehn, durch und durch Engländer, mit englischer Aussprache, englischen Manieren und dem englischen Namen Harry Coomer. Er beherrschte keine indische Sprache. Er war ein Engländer mit schwarzer Haut, der in Majapur für die Weißen unsichtbar wurde, wie er es nannte.

Aber für die Frauen in der Apotheke war er nicht unsichtbar, auch nicht für Miss Manners oder für Merrick. Und ich habe Ihnen etwas über Merrick erzählt und davon, was er über die Verbindung zwischen Miss Manners und Kumar schon wußte. An dem Tag, als sie zu mir kam, um sich zu verabschieden, sagte ich zu ihr: ›Miss Manners, ich muß Ihnen ein Geständnis machen. Es lastet schwer auf meinem Gewissen.‹ Und ich erzählte ihr, wie Merrick an jenem Abend in das Asyl gekommen war und ich nicht wußte, daß sie und Merrick sich besser kannten, als weiße Zivilisten und Militärs sich üblicherweise kennen. Ich sagte ihr, daß ich erst damals begriffen hatte, daß er sich nicht nur dienstlich dafür interessierte, daß eine junge weiße Frau als vermißt gemeldet worden war. Und wie ich dann, in meiner Besorgnis, ihr sei möglicherweise etwas zugestoßen, vergessen hatte, wie gefährlich es war, ihm gegenüber den Namen Kumar zu erwähnen. Ich hatte zu spät begriffen, daß es besonders gefährlich war, den Namen Kumar auch nur andeutungsweise im Zusammenhang mit ihr zu erwähnen, und gesagt: ›Vielleicht hat sie bei Mrs. Gupta Sen hereingeschaut.‹

›Weshalb machen Sie sich darüber Sorgen?‹ fragte sie, ›weshalb belastet es Ihr Gewissen? Ich weiß, daß Mr. Merrick hierher kam und anschließend zu Haris Tante fuhr.‹ Ich sagte: ›Aber später ging er noch einmal dorthin. Er fuhr von hier zum Haus in der Chillianwallah Bagh. Dort fragte er nach Hari, und man hat ihm gesagt, Hari sei nicht zu Hause. Danach fuhr er zum MacGregor-Haus zurück und hörte, daß Sie in diesem Zustand zurückgekommen waren. Er zog sofort Patrouillen zusammen, umstellte den Bibighar-Park, verhaftete die ersten fünf jungen Inder, die er dort fand, *und fuhr dann noch einmal zu dem Haus in der Chillianwallah Bagh.* Er ging mit ein paar von seinen Leuten hinein und fand Hari, man sagt, mit Wunden im Gesicht, die er auswusch, um Beweise zu vertuschen. Und draußen im Straßengraben lag Ihr Fahrrad.‹

›Ja‹, erwiderte sie, ›das stimmt. Woher wissen Sie das?‹

›Von Mr. de Souza‹, erwiderte ich. ›Er hat eine Menge Freunde und erfährt vieles. Manches ist wahr, anderes sind nur Gerüchte. Dies ist offensichtlich wahr, und es lastet auf meinem Gewissen. Hätte ich das Haus in der Chillianwallah Bagh nicht erwähnt, wäre Mr. Merrick nicht dorthin gefahren, um Hari Kumar zu suchen. Denn *Sie* haben nichts gesagt. Wir wissen alle, daß *Sie* nichts gesagt haben. Sie erklärten, die Männer nicht gesehen zu haben, von denen Sie überfallen wurden. Wir wissen, Sie haben niemanden belastet. Wir wissen es von Lady Chatterjee. Ich weiß es von Anna Klaus. Wir wissen, daß Sie sich sogar geweigert haben, die anderen verhafteten jungen Männer zu identifizieren, weil Sie auf Ihrer Aussage beharrten, in der Dunkelheit niemanden deutlich gesehen zu haben. Mich beschäftigt eine Frage: Hätten Sie den Vorfall überhaupt gemeldet, wenn Merrick nicht zum MacGregor-Haus zurückgekehrt wäre und Sie in diesem Zustand vorgefunden hätte?‹

Miss Manners überlegte einen Augenblick und erwiderte dann: ›Warum hätte ich es geheimhalten sollen? Es wurde ein Verbrechen verübt. Es waren fünf oder sechs Männer. Und vier fielen über mich her. Was wollen Sie damit sagen? Glauben Sie auch, daß Hari etwas damit zu tun hatte?‹

›Nein‹, entgegnete ich, ›das nicht. Ich versuche nur, mich zu entlasten. Und ich bitte Sie, mir dabei zu helfen. Sehen Sie, da ist noch etwas, an das ich mich erinnere. An diesem Abend kamen Sie in das Asyl, um auf Hari zu warten. Während Sie warteten, erzählten Sie mir von dem Besuch im Tempel, und dabei hatte ich den Eindruck, daß Sie ihn seitdem nicht mehr gesehen hatten – zwei Wochen oder sogar noch länger. Am Tag des Tempelbesuchs war es zwischen Ihnen zu Unstimmigkeiten gekommen. Zum Streit. Es enttäuschte Sie, überraschte Sie jedoch nicht, daß er bei Einbruch der Dämmerung immer noch nicht ins Asyl gekommen war und Sie allein nach Hause fahren mußten. Als Sie gingen, hatte ich die Vorstellung, Sie würden zu ihm nach Hause fahren, um ihn zu sehen, um Ihre Meinungsverschiedenheiten beizulegen. Deshalb sagte ich zu Merrick, Sie seien möglicherweise in der Chillianwallah Bagh. Das ließ Merrick sofort an Kumar denken, denn er wußte, wo er wohnte. Merrick erinnerte sich sicher noch deutlich an den Tag, als er ihn zum Verhör mitnahm. Damals konnte ich mir das alles nicht völlig klarmachen, als Merrick am Abend von Bibighar hier im Zimmer stand. Aber ich dachte mir's schon und hätte es nur noch nicht ausdrücken können. Später wurde es mir dann klar, als ich hörte, daß Kumar einer von den verhafteten jungen Männern war und daß er zusammen mit den anderen weggebracht worden war. Da erinnerte ich mich daran, wie Merricks Gesichtsausdruck sich verändert hatte, als ich sagte, vielleicht seien Sie bei Mrs. Gupta Sen. Er hat sich im Zimmer umgeblickt, als ob er sehen könnte, daß Sie und Kumar bei anderen Gelegenheiten hier gewesen waren, daß Sie sich hier getroffen und daß Sie an diesem Abend hier auf Kumar gewartet hatten. Er blickte sich um, als habe er nun endlich einen der Plätze entdeckt, wo Sie und Kumar sich öfter getroffen hatten.

Mir entging nicht, was diese Entdeckung für ihn bedeutete, und daß er nicht einfach wie ein Polizist Nachforschungen über eine vermißte junge Frau anstellte. Ich hatte es schon ein oder zwei Augenblicke früher geahnt, als er so überrascht war, zu hören, daß Sie uns manchmal in der Sprechstunde halfen. Er war so überrascht wie jemand, der ein Recht zu haben glaubte, über Ihr Tun umfassend informiert zu sein. War es so?‹

›Ja‹, erwiderte sie, ›er schien der Ansicht zu sein, daß er ein Recht darauf hatte.‹

›Er wußte von Ihnen und Kumar?‹

›Alle auf der anderen Seite des Flusses wußten es‹, sagte sie, ›Mr. Merrick hat mich vor dieser Beziehung gewarnt.‹

Und ich sagte: ›Kam es vielleicht nach dieser Warnung zu dem Streit zwischen Ihnen und Kumar, als Sie den Tempel besucht haben? Und haben Sie sich danach nicht wieder getroffen, so daß Mr. Merrick glauben konnte, Sie hätten seine Warnung beherzigt?‹

›Ja‹, erwiderte sie, ›ich glaube, so war es. So könnte es für ihn ausgesehen haben.‹

Sehen Sie, sie konnte mich also nicht von dem Vorwurf, von der Schuld entlasten, Merrick den verräterischen Hinweis gegeben zu haben: ›Vielleicht hat sie bei Mrs. Gupta Sen hereingeschaut.‹ Ich war es gewesen, die den bestehenden Verdacht in ihm neu belebt hatte, daß Miss Manners und Kumar heimlich hier im Asyl zusammenkamen. Ich zeigte ihm einen Weg, wie er Kumar bestrafen konnte, den er sich ja bereits als Opfer ausersehen hatte. Merrick war ein Mann, der nicht lieben konnte. Er konnte nur strafen. Mein Herz sagt mir, daß dies die Wahrheit ist. Merrick wollte Kumar und nicht Miss Manners. Und vermutlich bewirkte erst ihre Beziehung zu Kumar, daß Merrick auf Miss Manners überhaupt aufmerksam wurde. So sehe ich es. Und ich sehe noch etwas.

Der junge Kumar war an diesem Abend im Bibighar-Park. Vielleicht auch an einem anderen Abend. Denn das Kind, mit dem sie schwanger ging, war sicher Kumars Kind. Weshalb sollte sie sonst während der Schwangerschaft wie eine Frau im Zustand der Gnade gewirkt haben? Weshalb sonst hätte sie sich geweigert, das Kind loszuwerden, abzutreiben, den Hunden vorzuwerfen? Weshalb sonst? Oder sollte sie die Folgen ihres Tuns mit allen Konsequenzen hingenommen haben, nachdem sie den Sprung gewagt hatte, auch den Überfall im Dunkeln durch eine Bande von Rohlingen? Sollte sie geglaubt haben, nach dieser Gewalttat *Indien* im Leib zu tragen? Aber paßt dies zu dem Bild, das sich mir bot, als sie mir so ruhig, so konzentriert gegenübersaß und in Gedanken bereits das Kind stillte und glaubte, den Geliebten nicht völlig verloren zu haben, solange sie das Kind hatte?

Eines hätte ich sie gern gefragt. Ich habe sie nicht gefragt, zum Teil, weil ich die Wahrheit ahnte, und zum Teil, weil ich glaubte, sie würde mir darauf nicht antworten. Um Kumars willen. Es gibt besondere Wege, wie ein Mensch einem anderen Schweigen auferlegen kann. Und sie hatte sich und die Erinnerung an Kumar in diese Art Schweigen gehüllt. Man haßte sie deshalb; die Europäer haßten sie deshalb. So wie sie die Frau aus der Mission, Miss Crane, kritisierten. Man kritisierte sie, weil sie nicht in der Lage war, die Männer zu identifizieren, die den Lehrer ermordet hatten. Doch im Fall von Daphne Manners lag die Sache noch schlimmer. Denn eine Zeitlang nach der Vergewaltigung galt sie als eine unschuldige junge weiße Frau, die schwarze Barbaren mißhandelt und geschändet hatten. Es dauerte eine Weile, bis die Leute erkannten, daß ihnen eine öffentliche Rache verweigert wurde. Denn auch Miss Manners identifizierte niemanden. An einem Punkt der Untersuchung soll sie gesagt haben, es hätten durchaus auch englische Soldaten mit geschwärzten Gesichtern wie bei einem Einsatz sein können. Denn sie hatte sich erkundigt, ob die festgenommenen Männer alle Hindus seien, und als man das bejahte, erklärte sie, dann müsse ein Irrtum vorliegen, denn zumindest einer der Männer, die sie vergewaltigt hatten, sei beschnitten gewesen. Und das hieß, es handelte sich vermutlich um einen Moslem. Sie erklärte, mit Bestimmtheit zu wissen, daß er beschnitten gewesen sei, und sie würde auch sagen, weshalb sie das wisse, wenn man es wirklich so genau erfahren wolle. Sie sagte das vor den Zeugen bei der inoffiziellen Anhörung, die im MacGregor-Haus stattfand. Es kam zu dieser Anhörung, weil die Weißen nach einem Prozeß gierten. Aber was für ein Prozeß konnte das sein, wenn es so aussah, als würde das Opfer vor Gericht sogar die eigenen Soldaten verdächtigen? Und außerdem bereit war, in aller Öffentlichkeit so unschickliche Einzelheiten wie die Beschneidung eines Mannes zu erörtern? Also bekamen sie keinen Prozeß. Aber wozu brauchten sie auch einen Prozeß? Die festgenommenen jungen Männer mußten keiner Tat schuldig gesprochen werden. Man konnte sie wie zahllose andere einfach einsperren und Gott weiß wohin schaffen. Und Kumar mit ihnen.

Dann wendeten sich natürlich alle gegen sie. O nein, nicht in der Öffentlichkeit, nicht in ihrer Gegenwart, sondern wenn man unter sich war. Die Inder durften nicht erfahren, was die Engländer dachten. Aber zum ersten Mal hörte man Engländer in ihren Gesprächen Fragen stellen, die Inder die ganze Zeit über gestellt hatten. Was hatte Miss Manners überhaupt nachts im Bibighar-Park zu suchen gehabt? Offensichtlich war sie doch freiwillig in den Park gegangen, denn es war nie die Rede davon gewesen, daß man sie vom Fahrrad gezerrt hätte, als sie vorbeifuhr. Und wenn sie vom Fahrrad gezerrt worden wäre, hätte sie dann nicht wenigstens einen der Täter sehen müssen? Gab es nicht auf der gegenüberliegenden Straßenseite eine Laterne? Und befanden sich nicht weniger als hundert Meter entfernt die Bahnschranke und das Wärterhäuschen, in dem der Bahnwärter mit seiner Familie lebte? Die Leute dort sollen alle geschworen haben, sie hätten nichts gesehen oder gehört, bis Mr. Merricks Patrouillen ins Haus gestürmt waren und sie einen nach dem anderen verhört hatten.

Ich will Ihnen die Geschichte erzählen, auf die man sich schließlich einigte und die auch von allen englischen Klatschmäulern in Majapur als die unangenehme Wahrheit akzeptiert wurde. Sie müssen nicht weit nach dem Urheber dieser Version suchen, nicht weiter als bis zu Mr. Merrick. Sie ging, so erzählte man, in den Bibighar-Park, weil Kumar sich dort mit ihr verabredet hatte. Man konnte ja deutlich genug sehen, was für eine Art Inder Kumar war. Der schlimmste Typ des gebildeten Schwarzen – eitel, arrogant, aufgeblasen. Seine Eitelkeit konnte nur durch den Umgang mit einer weißen Frau befriedigt werden. Und nur ein so reizloses Mädchen wie Daphne Manners konnte sich zu einer solchen Beziehung verleiten lassen. Schließlich war er so sicher, alles von ihr haben zu können, daß er manchmal sogar die Unverschämtheit besaß, sich tagelang, sogar wochenlang nicht blicken zu lassen. Oder er hatte die Stirn, sich mit ihr zu verabreden und nicht zu erscheinen, sich in aller Öffentlichkeit mit ihr zu streiten und sie zu demütigen. Und dann erlaubte er ihr gnädig, ein oder zwei Stunden mit ihm zusammenzusein. Unterdessen bereitete er die größte aller Demütigungen vor, die aller Wahrscheinlichkeit nach nicht zufällig mit dem Zeitpunkt zusammenfiel, den jene Inder gewählt hatten, die glaubten, den Engländern zeigen zu können, wer Herr im Land sei. Tagelang vor dem geplanten Aufstand hielt er sich von ihr fern und entfachte in ihr ein leidenschaftliches Verlangen nach ihm. Dann übersandte er ihr die Aufforderung, sich im Bibighar-Park mit ihm zu treffen. Sie beeilte sich, zu dem Rendezvous zu gehen, und fand nicht nur Kumar vor, sondern auch eine Bande von Rohlingen, die sie einer nach dem andern systematisch vergewaltigten. Die Schande und die Demütigung ließen Miss Manners schweigen. Welche Engländerin würde in einem solchen Fall die Wahrheit gestehen wollen? Doch der junge Kumar war nicht so klug, wie er zu sein glaubte. Das waren die sogenannten gebildeten Inder noch nie gewesen. Er war inzwischen so arrogant und borniert geworden, daß er ihr Fahrrad stahl und noch nicht einmal genug Verstand hatte, es wenigstens in einiger Entfernung von seiner Wohnung liegen zu lassen. Vielleicht dachte er sich, es sei nicht weiter wichtig, denn er erwartete, die Engländer würden im Morgengrauen alle um ihr Leben kämpfen. Denn etwas anderes stand fest. Ein so eitler Bursche spielte trotz seines sogenannten englischen Benehmens bei dem Aufstand mit größter Wahrscheinlichkeit die Rolle eines Verräters. O nein, mit dem jungen Kumar mußte man kein Mitleid haben. Er verdiente alles, was die Polizei mit ihm anstellte. Auch mit dem Mädchen mußte man kein Mitleid haben. Sie bekam ebenfalls, was sie verdiente.

So redeten die Engländer. Ich sprach darüber mit Anna Klaus. Anna mochte Miss Manners. Anna Klaus behandelte sie nach der Vergewaltigung. Ich fragte sie nicht nach dem Wahrheitsgehalt des anderen Gerüchts, das kursierte: Anna Klaus habe dem Distriktskommissar gegenüber erklärt, ihrer Ansicht nach sei Miss Manners vor dem Überfall keine *Intacta* gewesen. Denn was konnte dies im Bibighar-Fall beweisen? Zweifellos hatte der Kommissar Gründe anzunehmen, er müsse Dr. Klaus diese Frage stellen, wenn er sie tatsächlich stellte. Sehen Sie, nachdem alles vorüber war und die Engländer ihre Macht wieder fest in Händen hielten, bestand in Majapur eine Zeitlang, ehe anderer Klatsch das Thema verdrängte, der Wunsch, Miss Manners und ihren guten Ruf zu vernichten und die Erinnerung an sie auszulöschen.

Vielleicht wäre es auch gelungen, wenn nicht ein Umstand es verhindert hätte: Majapur ist eine indische Stadt. Nachdem sich die Gemüter wieder beruhigt und die Engländer die einundzwanzig Tage dauernde Sensation der Ereignisse im Bibighar-Park vergessen hatten, erinnerten sich die Inder immer noch daran. Sie verstanden den Fall nicht. Möglicherweise hätten sie ihn auch wegen der Strafen, die, wie man hörte, verhängt worden waren, ebenfalls gerne vergessen. Doch aus all dem, aus all den Rätseln und Geheimnissen schien sich für die Inder etwas herauszukristallisieren – vielleicht nicht deutlich, aber doch hartnäckig, wie der Schmerz in einer alten Wunde, die sich längst geschlossen hat: Daphne Manners hatte sie geliebt. Sie hatte die Inder nicht verraten, selbst als es so aussah, als hätten die Inder sie verraten. Wenige Inder bezweifelten, daß sie von Indern vergewaltigt worden war. Allerdings glaubten die Inder nicht, daß sich unter den verhafteten jungen Männern auch nur einer der Verantwortlichen befinde. Und diese Überzeugung teilten sie mit Miss Manners – das wußten sie. Wenn man so will, war es ein Kreuz, das sie gemeinsam mit ihr trugen. Und so kam es, daß die Inder sie nach der Affäre verehrten, und zwar wegen der Dinge, die sie, wie man hörte, gesagt hatte und die für Inder damals ebenso schockierend waren wie für Engländer. Und besonders deutlich erinnerten sie sich an den einen Satz: »Es hätten durchaus auch englische Soldaten mit geschwärzten Gesichtern sein können.«

Bitte! Wieviel Mut gehörte dazu, so etwas zu sagen! Damals! Als es im Europäerviertel von weißen Soldaten wimmelte, als die Japaner in Burma an die Tore hämmerten und die Briten geneigt waren, alles als Verrat zu betrachten, was nicht durch und durch patriotisch klang. Und Sie dürfen nicht vergessen, es war eine besondere Zeit. Alle waren sehr gereizt, denn alle waren aufgerüttelt. Was für eine weiße Imperialmacht war das, die von einer gelben Armee aus Malaya hinaus und bis nach Burma gejagt werden konnte? Die Inder stellten diese Frage ganz offen. Die Briten stellten sie nur in der ungewohnten Stille des eigenen Herzens. Sie beteten um Zeit, Stabilität und Treue, Dinge, die man gewöhnlich nicht erntet, wenn man sie nicht zuerst gesät hat.

Doch vielleicht wurden die Gebete Ihrer Landsleute erhört. Denn die Engländer sind ein seltsames Volk. Wenn sie in der Sonne gehen, sind sie sich im allgemeinen der Länge oder der Kürze des Schattens, den sie werfen, deutlich bewußt.

Teil vier
Ein Abend im Club

Der Provinzdistrikt Majapur ist wie zu Zeiten der Engländer noch heute in fünf Verwaltungsbezirke aufgeteilt. Er umfaßte eine Fläche von 2346 Quadratmeilen. 1942 lebten dort eineinviertel Millionen Menschen, heute, 1964, sind es eineinhalb Millionen, von denen einhundertsechzigtausend auf die Stadt Majapur entfallen und etwa zwanzigtausend auf den Vorort Banyaganj, wo sich der Flughafen befindet. Es gibt eine tägliche Flugverbindung mit einer Viscount nach Kalkutta und zweimal wöchentlich mit einer Fokker nach Agra, und dort hat man Anschluß nach Delhi. Die Umgebung des Flughafens ist zum Zentrum der inzwischen angesiedelten Leichtindustrie geworden. Zwischen Banyaganj und Majapur stehen die modernen, personalsparenden, weißgestrichenen Betonhäuser der neuen britischen Kolonie, noch näher an der Stadt sieht man die alten Britisch-Indischen Elektrizitätswerke. Sie sind in letzter Zeit vergrößert worden, sind aber immer noch von britischem Kapital abhängig. Von hier an befindet sich der Reisende, der Majapur noch von früher kennt und mit dem Flugzeug angekommen ist, auf vertrauterem Boden, wenn er zuerst an dem roten Backsteingebäude der Technischen Hochschule, gegründet und durch eine Stiftung finanziert von Sir Nello Chatterjee, und dann an der cremefarbig verputzten höheren Schule vorbeifährt. Kurz hinter der Schule taucht die Eisenbahnlinie auf, die einer Flußbiegung folgt. Und von dort führt die Grand Trunk Road direkt in den früheren Garnisonsbezirk und das Zivilistenviertel.

Der Besucher geht vom Garnisonsbasar, der noch immer das bevorzugte Einkaufszentrum von Majapur ist, durch die Mahatma-Gandhi Road, die frühere Victoria Road, kommt an den Polizeikasernen auf der linken Seite, dann am Gericht auf der rechten Seite vorbei. Es folgen mehrere Gebäude im Schatten hoher Bäume; dies ist der frühere und auch noch der heutige Sitz der Distriktsverwaltung. Ganz in der Nähe steht der Bungalow, den man früher die Junggesellenburg nannte, ebenfalls umgeben von Bäumen. Aber er ist durch eine hohe Mauer geschützt, und man sieht ihn nur vage am Ende der Auffahrt. Hier wohnten früher drei oder vier von Mr. Whites unverheirateten Verwaltungsbeamten der Unterbezirke, meist indische Beamte auf Zeit. Es folgen auf beiden Seiten der Straße andere Bungalows, deren Stil und Größe sie ebenfalls als Relikte aus der Zeit der Engländer ausweisen. Im größten wohnte früher Mr. Poulson, Stellvertreter von Mr. White und Richter, zusammen mit seiner Frau. Beinahe gegenüber steht der Bungalow des Polizeichefs des Distrikts. Eine Viertelmeile weiter stößt die Mahatma-Gandhi Road auf die südöstliche Seite eines großen quadratischen Platzes, bekannt als *Maidan,* dessen samtiges, kurzgeschnittenes Gras während und nach der Regenzeit grün, in der jetzigen Jahreszeit aber braun ist. Geht man in nördlicher Richtung weiter durch die Hospital Road, erreicht man das Allgemeine Krankenhaus und die Privatklinik Greenlawns. Wendet man sich dann nach links, das heißt nach Westen, und schlendert die Club Road entlang, erreicht man schließlich das Gymkhana, den Sportplatz. Dort, wo die frühere Victoria Road, die Hospital- und die Club Road sich kreuzen, sieht man von weitem das Clubhaus und das Krankenhaus. An der Club Road, gegenüber dem *Maidan,* kann man immer noch den Bungalow des Distriktskommissars sehen in seiner mauerbewehrten und baumumstandenen Abgeschiedenheit.

Abends um halb sieben ist die Sonne hinter den Bäumen untergegangen, die das Clubgebäude auf der Westseite umstehen, und läßt ihre dunklen Silhouetten deutlich hervortreten. Der Himmel über dem *Maidan,* der tagsüber farblos wirkte, als habe die Hitze seine Pigmente ausgebleicht, erlebt jetzt eine bemerkenswerte Verwandlung. Das Blau zeigt sich nun endlich, aber in das Blau drängt sich bereits das Gelb der gebrochenen Sonnenstrahlen und überschwemmt den Himmel mit einem erstaunlich leuchtenden Grün. Im Osten, wo es bereits Nacht ist, verdunkelt es sich zu Violett, und im Westen, wo die Helligkeit sich noch behauptet, rötet es sich. An den Rändern des *Maidan* stehen vereinzelt Bäume; es sind die Wohnstätten der kreisenden, heiser krächzenden Krähen, und Lady Chatterjee bemerkt, daß eine Amerikanerin sie einmal als diese »verwünschten Vögel« bezeichnet habe. Ja, in Indien sind sie allgegenwärtig. Während man in Gesellschaft von Lady Chatterjee in einem grauen Ambassador, der einem Anwalt namens Srinivasan gehört, den man noch nicht kennt, aber bald kennenlernen wird, langsam durch die Club Road fährt, überläßt man sich vielleicht einer Laune und projiziert das greifbare Jetzt in das verklärte Damals; eine lebendige Verbindung stellen ganz gewiß die Krähen dar, die vertrauten Geister toter weißer Sahibs und ihrer lebenden schwarzen Erben. Zu dieser Tageszeit bevölkert die indische Mittelklasse den *Maidan* und genießt den vergleichsweise kühlen Abend. Man sieht sogar Frauen und Mädchen. Sie schlendern über den Platz, sitzen und unterhalten sich; die Kinder spielen. Doch der alles bestimmende Eindruck ist das Weiß: die Kappen, die Kleidung der Männer und die Hemden der Jungen – ein Weiß, das ebenso wie das braune Gras vom Abendlicht berührt und in ein Rosa verwandelt wird, das so zart ist wie das Gefieder dieses außergewöhnlichen Vogels, des Flamingos. Eine bemerkenswerte Stille umgibt die Spaziergänger; sie erwecken den Eindruck – ja, welchen Eindruck? Der Befangenheit, weil sie eine alte, unsichtbare Grenze überschritten haben? Oder vermittelt sich dieser Eindruck nur einem Engländer infolge seines immer noch vorhandenen Bewußtseins eines rassischen Privilegs, das inzwischen offiziell aufgehoben ist, so daß er sich an einem Samstagabend – während er auf Einladung eines Brahmanenanwalts in Begleitung einer Radschputendame von einem Moslemchauffeur durch das schnell schwindende Licht in Richtung Club gefahren wird, in einem Licht, in dem das alte schöne Majapur zwischen Tag und Nacht schwebt, während er also jeder Verantwortung enthoben ist und deshalb auch jedes Gefühls von Würde, soweit er es nicht innerlich aufbringt – vielleicht in einem ähnlichen Schwebezustand befinden wird, im Bann der Geschichte seines Volks und im Sog einer Strömung, die nicht abgewartet hat, bis dieses Volk sie in ihrer ganzen Gewalt begriff. Und im Vorüberfahren erinnert er sich vielleicht voll Sentimentalität daran, daß der *Maidan* einst den Beamten und Militärpersonen vorbehalten war, und er überläßt sich flüchtig dem leisen Stich eines vage verallgemeinernden Bedauerns, daß der *Maidan* nicht mehr aussieht wie früher, als er um diese Tageszeit meist verlassen lag, bis auf ein paar späte Reiter, die nach Hause trabten.

Aber bei bestimmten Gelegenheiten war der *Maidan* damals sogar noch dichter bevölkert als an diesem Abend. Die Engländer hielten dort ihr jährliches Sportfest ab und die Gartenschau; er bot den Rahmen für die prunkvollen Schauspiele, wie sie das Militär einschließlich der Militärkapelle zugunsten der Kriegswoche veranstaltete. Auch Daphne Manners ging manchmal hin, in Begleitung anderer Mädchen aus dem Allgemeinen Krankenhaus und mehrerer junger Offiziere aus den Offiziersquartieren, die man neben der Kirche St. Mary auf der anderen Seite des *Maidan* sieht. Die Gartenschau findet immer noch statt, sagt Lady Chatterjee. Bis vor ein paar Jahren hat sie sogar selbst dort ausgestellt. Doch die Rosen, früher Rosen von Engländerinnen, die sich fern der Heimat fühlten und sich nur selten Hoffnung auf Ferien in Europa machen konnten, sind auch nicht mehr das, was sie einmal waren. Den meisten Platz in den Zelten nehmen blühende Sträucher und riesiges Gemüse ein. Auch das Sportfest gehört noch zu den jährlichen Ereignissen, denn Majapur ist immer noch eine Garnisonsstadt, das heißt eine Stadt, die ein gewisses Traditionsbewußtsein pflegt. Die Kricketwoche lockt die meisten Menschen an, noch mehr als früher. Aber schließlich wird heute jedes Ereignis auf dem *Maidan* von mehr Zuschauern besucht. Denn obwohl auch früher zu den englischen Gymkhanas, Gartenschauen und Kricketwochen Inder kamen, mußten die Besucher doch entweder eingeladen sein oder die Eintrittskarte bezahlen können, und den *Maidan* umgaben damals ein äußerer Zaun aus Pfählen und Seilen und ein innerer Zaun aus Pfosten und Sackleinwand (nur beim Kricket mußte man aus praktischen und auch aus ästhetischen Erwägungen auf die Sackleinwand verzichten). Diese Zäune wiesen den Vorübergehenden wirkungsvoll darauf hin, daß eine private Veranstaltung stattfand. Heutzutage gibt es nur noch Zäune, die – etwa beim Sportfest – dazu dienen, die Zuschauer von den Teilnehmern zu trennen. Gewisse einflußreiche Inder in Majapur, die Erben des Bürgerstolzes, empfinden es als einen Fehler, daß der *Maidan* jetzt für Hinz und Kunz offensteht. Das Sportfest im letzten Jahr (erklärt Lady Chatterjee) wurde von Leuten gestört, die zwar nicht dort über den

Maidan zogen, wo die Wettbewerbe stattfanden, die sich aber unter die zahlenden Zuschauer mischten, und sogar in den Erfrischungszelten auftauchten, weil sie glaubten, sie stünden für alle offen. Das Durcheinander war so groß, daß ein gewisser Mr. Mitra, der Sekretär des Clubs, seinen Rücktritt anbot und von dieser dramatischen Aktion erst dann Abstand nahm, als sein Komitee mit knapper Mehrheit beschloß, in Zukunft zu dem alten System der doppelten Absperrung zurückzukehren. Und was das Kricket anging, so hatten in den letzten fünf Jahren die Spieler zweimal aus Protest gegen das Rowdytum unter den rauflustigen Zuschauern den Platz verlassen. Beim zweiten Mal stürmten die Zuschauer als Vergeltungsmaßnahme gegen die Arroganz der Spieler das Feld. Es folgte eine hitzige Schlacht; die Polizei trieb die Menge mit Knüppeln auseinander, ganz wie früher bei Kämpfen ernsterer Natur.

Natürlich sind die Briten, die heutzutage in Majapur leben, von solchen Problemen nicht mehr berührt – soweit man das Lady Chatterjees Äußerungen entnehmen kann (bei solch heiklen Fragen hat sie eine ganz eigene Art, still und aufrecht dazusitzen und nach einer knappen Antwort das Thema zu wechseln). Nur selten (oder zumindest zögert sie, das Gegenteil zu beschwören) sieht man bei einer öffentlichen Veranstaltung auf dem *Maidan* jemanden von der englischen Kolonie. Die Engländer stellen nicht bei der Gartenschau aus; beim Gymkhana beteiligen sie sich nicht an den Wettbewerben; sie spielen dort nicht Kricket. Es scheint das ungeschriebene Gesetz zu gelten, daß der *Maidan* sie nichts mehr angeht. Sie erwähnen ihn nicht einmal mehr, es sei denn als Kürzel für etwas bekanntermaßen Fremdes. Es kann sogar vorkommen, daß man eine Dame fragt (zum Beispiel die Engländerin, die mit einer anderen in der Lounge Bar des Gymkhana Club sitzt und in einer nicht allzu neuen Ausgabe des ›Sunday Times Magazine‹ blättert – das heutige Äquivalent zum ›Tatler‹ oder ›Onlooker‹), ob sie die Gartenschau im letzten Monat besucht habe, und nur einen verständnislosen Blick erntet; worauf sie die Frage zurückgibt wie einen schmuddeligen, kleinen Ball, der ihr vor die Füße gerollt ist, und ihrerseits fragt, als habe man sie in einer Fremdsprache angeredet, die sie zwar gelernt hat, für die sie jedoch weder besondere Fähigkeiten noch Neigungen hat: »Gartenschau?« Und wenn man erklärend sagt: »Ja... die Gartenschau auf dem *Maidan*«, löst das nur hochgezogene Augenbrauen und herabgezogene Mundwinkel aus, als beredten Hinweis darauf, daß man etwas geradezu Lächerliches vermutet hat.

Außer dieser Engländerin und ihrer Begleiterin sitzen noch andere Engländer in der Bar. Aber Lady Chatterjee ist die einzige Inderin. Sie hat sich nur hingesetzt (zusammen mit ihrem Gast), weil der erste, dem sie im Club begegnete, nachdem sie festgestellt hatte, daß Mr. Srinivasan noch nicht da war, ein Engländer namens Terry war, der gerade vom Tennisspiel kam und sie fröhlich begrüßte, mit dem Vorwurf, sie komme zu selten in den Club. Er bestand darauf, daß sie unbedingt einen Drink nehmen sollte, während sie auf ihren Gastgeber warteten. Dann geleitete er sie und ihren Hausgast zu dem Tisch, an dem schon die beiden englischen Damen saßen, und verließ sie, um zu duschen und sich umzuziehen. Zurück blieben Lady Chatterjee, in ihren Sari gehüllt, der Fremde in seine Unwissenheit und der Tisch in verlegenes Schweigen, das nur durch Lady Chatterjees Versuche durchbrochen wurde, dem Gast seine Umgebung zu erklären, und die Versuche des Gastes, mit Terrys Damen zu plaudern, was wegen mangelnden Entgegenkommens immer mühsamer wird und zu langen Pausen führt.

Man fragt sich, inwieweit sich der Club seit den Tagen von Daphne Manners geändert hat. Das Personal trägt immer noch weiße Turbane mit Bändern in denselben Farben wie die breiten Schärpen um die Taille über den knielangen weißen Jacken. Weiße Hosen bauschen sich über nackten braunen Füßen und wecken Erinnerungen an lautlose, fügsame Dienstbarkeit. Vielleicht entdeckt man im Dekor dieser Club-Bar kurzlebige Veränderungen: die Resopalplatte auf der Theke anstelle der alten Holzplatte, die poliert werden mußte; glänzende Chintzgardinen, mit abstrakten Spiralen anstelle der Zentifoliarosen bedruckt; und die Sessel, in deren strenger, skandinavischer Härte man sich wehmütig an die bequemen alten Korbstühle mit Kissen erinnert.

Aber es wäre albern anzunehmen, daß dieser Zeitgeschmack besonders viel zu bedeuten hätte, oder den Schluß zu ziehen, die offenkundige Vorliebe der wenigen anwesenden englischen Clubmitglieder für diesen Raum beweise an sich schon ihre unbewußte Entschlossenheit, sich nur mit dem zu identifizieren, was progressiv und deshalb überlegen ist. Die Lounge Bar war bei den Damen von Majapur wegen der Veranda, von der aus man den Tennisspielern zusehen kann, schon immer beliebt. Zumindest im Augenblick sind die einzigen Damen im Club Engländerinnen, abgesehen von Lady Chatterjee. Wenn die indischen Damen sich im allgemeinen zu Hause immer noch wohler fühlen, wem außer ihnen kann man den Vorwurf machen, daß der Raum immer noch so wirkt, als sei er ausschließlich den Europäern vorbehalten?

Aber weshalb sind auch keine indischen Männer im Raum? Und weshalb sitzen einige englische Männer nicht bei ihren Frauen in der Lounge Bar, sondern stehen in einem Nebenraum, wo Drinks serviert werden, und unterhalten sich dort mit Indern? Und wie bringen sie es fertig (sogar auf die Entfernung, und obwohl man sie nur zwischen den quadratischen Säulen auf der anderen Seite des Flurs und hinter den weit geöffneten Türen des alten Rauchzimmers sieht), den Eindruck einer beinahe altjüngferlichen Etikette, einer Zimperlichkeit zu vermitteln, wie sie für Männer, die unter sich sind, unnatürlich ist? Und weshalb hört man immer, wenn einer sich aus der Gruppe löst, den Flur überquert und die Lounge Bar betritt, um sich zu seiner Begleiterin zu setzen, beinahe augenblicklich ein etwas zu lautes Lachen von ihm, während sie mit den Schultern zuckt und ihm verstohlen zulächelt? Weshalb kehrt er jetzt die aggressive, bewußte Männlichkeit hervor, die im Rauchzimmer zeitweilig aufgehoben zu sein schien?

Die Ankunft eines grauhaarigen, blaßbraunen, etwas über sechzigjährigen Mannes beendet nur vorübergehend solche stillen Überlegungen. Mr. Srinivasan ist von mittlerer Größe, dünn, und sein Benehmen ist formvollendet. Seine Haut glänzt wie poliert. Seine Kleidung ist makellos. Der federleichte Anzug, der geschlossene Kragen und die Krawatte heben einen anderen interessanten Unterschied hervor: Die Erben erscheinen korrekt gekleidet, während die Engländer dicke, nackte Hälse und fleischige Arme zur Schau tragen. Mr. Srinivasan entschuldigt sich förmlich und altmodisch dafür, zu spät zu kommen und beim Eintreffen seiner Gäste nicht bereits hier gewesen zu sein, um sie zu begrüßen. Außerdem macht er einen

Scherz (der früher unter den Engländern gang und gäbe war) über die Majapurzeit, die offenbar immer noch etwa eine halbe Stunde hinter der indischen Normalzeit herhinkt. Man erhebt sich, um ihm die Hand zu schütteln, und begegnet dem milden, aber durchdringenden Blick, der die Bereitschaft verrät, den subtilsten Affront zu parieren, den eine durch Erfahrung geschärfte Sensibilität zu entdecken vermag. Lady Chatterjee redet ihn mit Vassi an und sagt: »Du kennst doch Terry Grigsons Frau?«, und Srinivasan verbeugt sich in Richtung der Engländerin, die sich immer noch schützend in den seichten Zauber des ›Sunday Times Magazine‹ vertieft; durch ein leichtes Heben des Kopfes (was ein Blick auf Mr. Srinivasan gewesen wäre, wenn sich nicht gleichzeitig die Lider gesenkt hätten) und durch eine Bewegung der Lippen (aus der ein ›guten Abend‹ hätte werden können, wenn sie sich tatsächlich weiter als um einen behauchten Spalt geöffnet hätten) gelingt es ihr, ein Auftauchen aus der Lektüre anzudeuten. Ihre Begleiterin wird ebenfalls vorgestellt, nickt, und da sie jünger und deshalb vielleicht weniger von alter Würde gehemmt ist, scheint es, als könne man sie in die allgemeine Unterhaltung einbeziehen, doch mit einem perfekten Gefühl für den richtigen Moment hält ihr Mrs. Grigson das ›Sunday Times Magazine‹ hin und macht sie auf ein ungewöhnliches Detail der Kathedrale von Coventry aufmerksam, worauf sie sich beide in den illustrierten Komplexitäten der modernen angelsächsischen Kunst verlieren; und es drängt sich der unfreundliche Gedanke auf, daß die Kunst für Engländer schon immer bei solchen Gelegenheiten einen gewissen Ablenkungswert besaß.

Und man könnte auch den Eindruck gewinnen, daß Mr. Srinivasan sich in der Lounge Bar nicht ganz wohl fühlt; und wenn es ihm gelungen wäre, seine Geschäfte in indischer Normalzeit anstatt in Majapurzeit abzuwickeln, hätte er am Eingang des Clubs gewartet, als sein zweitbester Wagen, der Ambassador, vorfuhr, um seine Insassen abzusetzen, und dann hätte er sie in das alte Rauchzimmer geführt, statt sie dem jovialen Terry Grigson zu überlassen, dessen Frau keinen Spaß versteht, bei der aber Mr. Srinivasan und seine Gäste aus Gründen der Höflichkeit nun aushalten müssen, zumindest so lange, bis Terry vom Duschen und Umkleiden zurückkommt.

Und da kommt er, strahlend, mit rotem Gesicht, in einem zerknitterten Buschhemd und einer weiten, zerknitterten grauen Hose, aber nicht ehe Mr. Srinivasan mit seinem dünnen, beinahe tuberkulösen Finger einen Kellner herbeigewinkt, sich bei allen erkundigt hat, was sie trinken möchten, und den Kellner mit der Bestellung weggeschickt hat; sogar Mrs. Grigson hat ihn einer Antwort gewürdigt, ebenso wie ihre Begleiterin, die ihr Stichwort von Mrs. Grigson bekam: »Für mich nichts, danke!« Terry kommt, nachdem der Kellner mit einer so verkürzten Bestellung gegangen und ehe er mit drei einsamen Gin-Tonics auf einem Tablett wieder da ist. Zu diesem Zeitpunkt hat Mr. Srinivasan auch Terry gefragt, was er trinken möchte; er bedankt sich und sagt: »Für mich ein Bier!« Die Gin-Tonics treffen ein. Srinivasan sagt zum Kellner: »Ein Bier für Mr. Grigson«, und Mrs. Grigson schiebt Terry das leere Glas hin und sagt: »Bestell' mir noch so einen, Terry!« was er mit einer kurzen, beinahe persönlichen Geste zum Kellner hin tut. Der anderen Frau fehlt Mrs. Grigsons Nerv für gezielte Beleidigungen, und sie würde ohne Drink bleiben, wenn Terry sie nicht, während Srinivasan sich mit Lili Chatterjee unterhält, fragen würde: »Wie ist es mit dir, Betty?« Das ermöglicht ihr, mit den Achseln zu zucken, das Gesicht zu verziehen und zu sagen: »Ich glaube, für mich auch einen!« Da kein Geld den Besitzer wechselt und auch keine Rechnungen zum Abzeichnen präsentiert werden, fragt man sich, wer für die beiden Drinks bezahlen wird, vertraut aber darauf – da Grigson beinahe zwanghaft vertrauenerweckend aussieht –, daß er später dafür sorgen wird, daß Mr. Srinavasans Rechnung an der Bar nicht mit einem Betrag belastet wird, den seine Frau und ihre Freundin um alles in der Welt nicht von einem Inder beglichen sehen möchten.

Und nun befolgt eine rundliche Engländerin am Nebentisch möglicherweise ein anderes ungeschriebenes Gesetz; sie hat vielleicht sogar ein geheimes Stammessignal erhalten und beugt sich herüber; sie stellt Mrs. Grigson eine Frage, was dazu führt, daß Mrs. Grigson den eckigen Körper um ein oder zwei Grad neigt und gleichzeitig die Position ihres Stuhles ein klein wenig verändert, wodurch sie einen geringen, aber wahrnehmbaren Abstand schafft, um sich von den anderen, mit denen sie am Tisch sitzt, abzusondern. Es ist schwer zu hören, was ihr Interesse erweckt, denn Lili Chatterjee, Mr. Srinivasan (und zur Ehrenrettung seiner Mannschaft) Mr. Grigson unterhalten sich ebenfalls angeregt; der Fremde kann nur beobachten und möglicherweise falsche Schlüsse ziehen: möglicherweise falsch, aber wahrscheinlich nicht falsch. Nichts ist unausgesprochen deutlicher als eine gesellschaftliche Abfuhr – eine Abfuhr, die in diesem Fall auch den Fremden trifft, denn er ist mit einer Inderin und als Gast eines Inders erschienen.

Und weil man momentan nicht bei der Sache ist und ohnehin nicht genau weiß, worüber die anderen reden, kann man Terry Grigsons wenig hübsches Gesicht beobachten und den altvertrauten Ausdruck der Anspannung erkennen, der tiefsitzenden Vorbehalte, der das Lächeln modifiziert und auf die diplomatische Absicht hinweist; aber auf längere Sicht wird sich diese Absicht wohl kaum gegen die Kompromißlosigkeit seiner abweisend segregationistischen Frau durchsetzen lassen. Das ist vielleicht schade, wenn man an die großen Reden zu Hause denkt, über die Bedeutung von Handel und Export, und wie wichtig es sei, im Ausland einen guten Eindruck zu machen.

»Nein«, sagt Terry Grigson, nachdem Mr. Srinivasan der Form halber gefragt hat, ob er und seine Frau zusammen mit dem Trio Srinivasan, Lili Chatterjee und dem Hausgast sich dem Dinner im Club anschließen wollen. »Es ist sehr freundlich von Ihnen, aber wir gehen zu Rogers Abschiedsparty und müssen noch nach Hause und uns umziehen.«

Dieser Roger, so entnimmt man dem Gespräch, ist der Generaldirektor der Britisch-Indischen Elektrizitätswerke, der in den Ruhestand geht. Beinahe jeden Monat verschwindet ein weiteres Mitglied dieser wechselnden europäischen Bevölkerung, geht in den Ruhestand, kehrt nach England zurück oder wird an einen anderen Ort versetzt. Doch für jede Abschiedsparty gibt es eine Einzugsparty oder eine Party, um die Ankunft einer Ehefrau zu feiern, die ihrem Mann an den Ort gefolgt ist, wo er die nächsten ein oder zwei Jahre seinen Lebensunterhalt verdienen wird. Wo immer er das auch tut – bei den Britisch-Indischen Elektrowerken, bei diesem oder jenem Industrieprojekt oder als Lehrer eines abstrusen Fachs an der Technischen Hochschule – der Lebensunterhalt wird von jemandem verdient werden, dem man überragende Fähigkeiten, zu lenken und zu leiten, zu organisieren, zu planen oder zu lehren zuspricht. Er wird Mitglied dieser neuen Rasse von Sahibs. Er ist, auf welchem Gebiet auch immer, ein Experte.

»Es gibt eine interessante, obwohl zweifellos apokryphe Geschichte über den heutigen Status englischer Experten in Indien«, sagt Mr. Srinivasan mit seiner hohen, aber melodiösen Anwaltsstimme, als die Gesellschaft in der Lounge Bar sich trennt, nachdem Terry Grigson schnell sein Bier und die Damen ebenso schnell ihren Gin-Fizz ausgetrunken haben und gegangen sind, um sich für den Anlaß, Roger eine gute Reise zu wünschen, passender zu kleiden. Nach ihrem Weggang hat Mr. Srinivasan Lady Chatterjee und den Fremden durch die Lounge, den Säulengang und durch die offenen Türen in das bequeme alte Rauchzimmer geleitet. Dort stehen Armsessel und Palmen in Töpfen; an den Wänden hängen von Fliegen beschmutzte Jagddrucke; und trotz der scharfen Currydüfte, die von den sich langsam drehenden Deckenventilatoren vom angrenzenden Speisesaal herbeigetragen werden, denkt man irgendwie an aufgewärmte Sauce und kaltes Hammelfleisch. Hier sitzt jetzt nur noch ein Engländer. Er wirft einen Blick auf Mr. Srinivasan und seine Gäste, wahrt aber die blasse Maske seiner Anonymität; diese Maske trägt er scheinbar als Abwehr gegen die jungen, vermutlich unerfahrenen Inder, die eine Gruppe bilden, deren zurückhaltender, kühler, umringter und ausgefragter Mittelpunkt er ist. Und nur weil man sich bei Mr. Srinivasan erkundigt, wer dieser Weiße sei, und Mr. Srinivasan erklärt, daß er es nicht wisse, aber annehme, daß es sich um einen »angereisten Experten« handelt, wird die interessante, aber vielleicht apokryphe Geschichte erzählt.

»Da war ein Engländer«, sagt Mr. Srinivasan, »der nach Hause wollte. Ein ganz gewöhnlicher Tourist. Er kam mit einem Hindugeschäftsmann ins Gespräch, der seit Monaten versuchte, einen Kredit von der Regierung zu erhalten, um seine Fabrik vergrößern zu können. Ein Freund hatte dem Geschäftsmann gesagt: ›Du kannst unmöglich einen Regierungskredit bekommen, weil du keinen englischen technischen Berater beschäftigst.‹ Also fragte sich der Geschäftsmann: ›Wo kann ich einen solchen Berater finden, und wieviel wird er mich kosten, wenn ich annehmen muß, daß er zumindest einen Zwei- oder Dreijahresvertrag erwartet?‹ Dann traf er diesen englischen Touristen, der keine Rupien mehr hatte. Der Geschäftsmann fragte ihn: ›Sir, ich glaube, Sie sind interessiert zu verdienen Rupien fünftausend?!‹ Der englische Tourist hatte keine Einwände. ›Dann alles, was Sie müssen machen, Sir‹, erkärte der Hindu, ›ist Abreise zwei Wochen verschieben, inzwischen ich schreibe an Leute in Neu-Delhi.‹ Dann telegrafierte er an die Regierung: ›Wie steht es mit Kredit? Ich beschäftige bereits technischen Experten aus England und habe keine Antwort von Ihnen.‹ Darauf erhielt er sofort die telegrafische Nachricht, daß Regierungsvertreter an einem bestimmten Tag seine Fabrik besichtigen würden. Also ging er zu dem englischen Touristen, gab ihm die fünftausend Rupien und sagte: ›Die sind Montag in meiner Fabrik, verstehen Sie zufällig etwas von Radiobauteilen?‹, worauf der englische Tourist erwiderte: ›Nein, leider verstehe ich nur etwas von alten Baudenkmälern.‹ ›Macht nichts‹, sagte der Hindu, ›wenn ich Sie Montag mit Ellbogen anstoße, Sie jedesmal sagen: ›So macht man das in Birmingham.‹ Also fand am Montag in den Direktionsräumen das höchst eindrucksvolle Treffen statt zwischen dem Hindugeschäftsmann, der alles über die Herstellung von Radiobauelementen wußte, dem englischen Touristen, der nichts wußte, und den Regierungsvertretern, die ebenfalls nichts wußten. Vor dem Mittagessen machten sie einen Rundgang durch das Fabrikgelände, und gelegentlich fragte einer der Regierungsbeauftragten den Engländer: ›Was geschieht hier?‹ Der Hindu stieß den Engländer mit dem Ellbogen an, und der Engländer, ein Mann von Ehre, ein Mann, der sein Wort hielt, sagte: ›So macht man das in Birmingham.‹ Nach einem heiteren Mittagessen flogen die Regierungsbeauftragten zurück nach Delhi, der englische Tourist buchte seinen Rückflug Erster Klasse mit BOAC, und der Hindugeschäftsmann nahm innerhalb einer Woche einen beachtlichen Regierungskredit entgegen, mit einem Glückwunschtelegramm von Premierminister Nehru persönlich.‹«

Und ganz am Rande stellt der Fremde fest, daß die neue Welle der Satire auch die Küsten Indiens erreicht, von wo manche Rinnsale bis ins Landesinnere, bis nach Majapur durchsikkern.

Mr. Srinivasan ist der älteste Herr im Rauchzimmer.

»Ja, natürlich«, sagt er und spricht von den jüngeren Männern, den Indern, »sie sind alle Geschäftsleute. Kein vernünftiger junger Mann in Indien geht heute in den Verwaltungsdienst oder in die Politik. Diese Burschen dort sind alles aufstrebende Führungskräfte.«

Mehrere der aufstrebenden Führungskräfte tragen Buschhemden. Aber die Buschhemden sind adrett gebügelt. Ihre Uhren haben alle vergoldete, flexible Armbänder. Einer von ihnen kommt herüber und erkundigt sich bei Lady Chatterjee nach ihrem Befinden. Er lehnt Srinivasans Einladung zu einem Drink höflich ab und erklärt, er müsse auf schnellstem Weg zu einer Verabredung. Er ist ein energischer, lebhafter junger Mann und heißt Surendranath. Nachdem er sich verabschiedet hat, erklärt Mr. Srinivasan: »Er ist so ein Fall. Sein Vater ist höherer Beamter bei der Justiz. Aber Surendranath ist Elektroingenieur, vielmehr ein junger Mann mit dem Diplom eines Elektroingenieurs, der als persönlicher Assistent des Stellvertretenden Marketingdirektors der Britisch-Indischen Elektrowerke, eines Inders, arbeitet. Er hat sein Diplom in Kalkutta gemacht und in England Marketing gelernt, eine Umkehrung der alten Ordnung. Früher hätte man das Diplom in London gemacht und die Absatzmethoden entweder außer acht gelassen oder aber später gelernt, während man Stufe um Stufe auf der wackeligen Leiter von Prestige und Einfluß vorwärtsstolperte. Surendranath ist auf kommerziellem Gebiet geschickt und ist in jeder Hinsicht ein sehr fortschrittlicher junger Mann, mit Ausnahme seines Privatlebens, das heißt seiner bevorstehenden Hochzeit. Er hat überhaupt nichts dagegen, daß seine Eltern sie arrangieren, denn in solch relativ unwichtigen Dingen vertraut er ihrem Urteil.

Der dünne, wissensdurstig wirkende junge Mann dort ist auch ein solcher Fall. Er heißt Desai. Sein Vater war 1942 zusammen mit mir interniert, denn wir waren beide führende Mitglieder des hiesigen Unterausschusses der Kongreßpartei. Ich traf seinen Vater im letzten Jahr zufällig in Neu-Delhi, und er erzählte mir, der junge Desai habe einmal zu ihm gesagt: ›Nur, weil du einmal im Gefängnis gesessen hast, glaubst du, über alles Bescheid zu wissen.‹ Sie stritten sich über Nehru, den dieser so sanft wirkende junge Mann als einen Größenwahnsinnigen bezeichnete, der sich schon 1948 selbst überlebt gehabt habe, aber mit katastrophalen Folgen weiterhin in der Vergangenheit lebe und Indien in Zustände zurückwerfe, die schlimmer als zu Zeiten der Engländer seien, denn er habe keine Ahnung von den ökonomischen Strukturen und Sachzwängen. Mein alter Freund Desai war Staatssekretär im Ministerium für Erziehungs- und Sozialwesen in der Provinzregierung, die 1937 ins Amt kam und 1939 abdankte. Ehe er Staatssekretär wurde, arbeitete er als Beamter auf Zeit und als Anwalt wie ich. Aber sein Sohn, der junge Mann dort drüben, ist ein angehender Experte für Zentrifugalpumpen, und er behauptet, Leute wie wir seien für die industrielle und landwirtschaftliche Rückständigkeit Indiens verantwortlich, denn anstatt alles wirklich Wichtige zu lernen, hätten wir unsere Zeit über politischen Spielen mit einer imperialistischen Macht vertan, die uns, wie jeder Narr wußte, bei diesem Spiel schlagen würde, selbst wenn ihr beide Hände gebunden wären. Solche Vorwürfe sind natürlich eine heilsame Erfahrung für einen alten Mann wie mich, der damals geglaubt hat, auf dem richtigen Wege zu sein.

Ich vermute, Sie haben bemerkt, daß mit Ausnahme von mir keine alten Männer hier im Raum sind. Wo sind die alten Gefährten meiner politischen Verbrechen? Bitte, Lili, setze nicht dein undurchdringliches Prinzessinnengesicht auf! Du kennst die Antwort. Tot, nicht mehr hier, im Ruhestand oder in den Höhlen, wo sie die Mühlen unserer Verwaltung bedienen, die zwar sehr langsam, aber nicht immer sehr fein mahlen. Vielleicht finden Sie einen oder zwei im anderen Club. Sie wissen nicht, daß es einen anderen Club gibt? Ach, das ist eine interessante Geschichte. Der Gatte dieser Dame hier gehörte zu den Gründungsmitgliedern.«

»Nello gab Geld, ging aber nur selten hin«, sagt Lady Chatterjee.

»Er wählte auch den Namen, nicht wahr?«

Manchmal könnte man glauben, Mr. Srinivasan betreibe mutwillig Selbstparodie.

Lady Chatterjee erklärt: »Man wollte den Club MHC nennen, und Nello brachte nur zuwege, daß man auf das H verzichtete.«

»So wurde aus MHC der MC, was schlicht für Majapur Club steht. Das H hätte ihn zum Majapur Hindu Club gemacht. Wie auch immer. Ein englischer Witzbold taufte ihn Indian Club, was, glaube ich, eine Keule ist, die man beim Bodybuilding benutzt. Unter den indischen Intellektuellen war er auch als der Majapur Chatterjee Club, abgekürzt MCC, bekannt. Wie man ihn auch nennen mochte, er war immer der *falsche* Club. Natürlich sollte er ursprünglich ein Club im englischen Stil für clubfähige Inder sein, aber man schlug das H für Hindu nicht umsonst vor. Er wurde zu einem Ort, an dem das Wort Hindu wichtiger war als das Wort Club, und Hindu bedeutete nicht Kongreßpartei. Nein, nein, übersehen Sie den Unterschied nicht. Hindu bedeutete in diesem Fall Hindu Mahasabha. Hindu-Nationalismus, Hindu-Engstirnigkeit. Es bedeutete reiche, ungebildete *Banias*, Grundbesitzer, die schlechter Englisch sprachen als der jüngste englische Unterbezirksbeamte sein bemühtes, aber stokkendes Hindi. Es bedeutete, ohne Schuhe und mit untergeschlagenen Beinen auf dem Stuhl zu sitzen, entsetzliche vegetarische Gerichte zu essen und abscheuliche Fruchtsäfte zu trinken. Majapur ist nicht Bombay, verstehen Sie, und infolgedessen war der Majapur Club nicht der Willingdon Club, den unser Vizekönig Lord Willingdon im Zorn gegründet hat, weil man die indischen Gäste, die er ahnungslos zu einem privaten Bankett in den Royal Yacht Club eingeladen hatte, am Eingang abwies, als sie in ihren Rolls Royce vorfuhren. Alles ging so schnell, daß er erst zu spät begriff, was passiert war. Nun ja, vielleicht dachte der liebe alte Nello an einen kleinen Willingdon Club in Majapur. Aber was geschah? Ein Inder nach dem anderen, der sich über den Club gefreut hätte, denn er kam damals dem am nächsten, was er bekommen konnte, um die Früchte eines, wie Ihre Landsleute ihn gelehrt hatten, wichtigen Aspekts der Zivilisation zu genießen – einer nach dem anderen von diesen Indern ging nicht mehr in den Majapur Club. Und je mehr von ihnen wegblieben, desto selbstbewußter steckten die Banias die Beine unter den Tisch ... beziehungsweise kreuzten sie auf den Stuhlsitzen ...

Ich glaube, im Speisesaal ist inzwischen angerichtet.«

»Sehen Sie«, erklärt Mr. Srinivasan, nachdem er sich für das Fehlen von Rindfleisch und den Überfluß an Hammel entschuldigt hat, »diese alten Männer, meine Mitstreiter, meine alten Gefährten im Verbrechen und im Unglück, alle, die noch nicht tot sind und noch in Majapur leben, ziehen im Majapur Club weniger Aufmerksamkeit auf sich als im Gymkhana Club. Sehen Sie sich nur die jungen Gesichter ringsherum an. So viele dieser jungen Männer sagen uns, daß wir nicht erwarten dürfen, anderen ewig die Geschichten über den Kampf gegen die Engländer und ihre Vertreibung auftischen zu können. Deshalb gehen manche von uns überhaupt nicht mehr zum Essen aus, sondern besuchen sich nur noch gegenseitig. Sie sitzen wie alte Soldaten zusammen und reden über die längst vergangenen Kämpfe. Und wenn es darum geht, ein paar Stunden in einem Club zu verbringen, ziehen die meisten – ich allerdings nicht – die Gesellschaft von Männern vor, die sich auf Lorbeeren einer anderen Art ausruhen, Männer, mit denen man sich leichter identifizieren kann als mit den Mitgliedern hier. Denn hier sind alle progressiv und kritisieren unsere Vergangenheit. Ich meine, es fällt uns zum Beispiel leichter, uns mit Männern wie Mr. Romesh Chand Gupta Sen zu identifizieren. Er ist inzwischen ein ehrfurchtgebietender Gentleman von beinahe achtzig Jahren, der immer noch jeden Morgen in sein Büro über dem Lager im Chillianwallah-Basar geht – und das sehr zum Verdruß seiner Söhne und Enkelsöhne, wie ich hinzufügen muß. An einem Abend in der Woche geht er in den Majapur Club, um mit Männern über Geschäfte zu reden, die sich damals nicht für Politik interessierten und sich jetzt weder für technische Experten noch für Theorien industrieller Expansion interessieren. Damals wie heute wollen sie nichts anderes als Geld verdienen und gute Hindus sein.«

Es hat Krabbencocktails gegeben. Jetzt wird das Lammcurry aufgetragen. Der Oberkellner kommt, um das Servieren zu beaufsichtigen. Er entzieht sich dieser Pflicht jedoch bald und begrüßt eine Gruppe Engländer, zwei Paare, die vorhin in der Lounge Bar saßen. Er weist auf den Tisch, den er für sie reserviert hat, doch sie ignorieren seine Geste und gehen zu einem anderen, der ihnen besser gefällt. Beide Männer tragen immer noch Shorts. Ihre Beine sind bis zu den Fußknöcheln nackt. Die Frauen haben dicke, sommersprossige Arme und tragen ärmellose, weite Baumwollkleider. Ohne die Strickjacken, die sie – wie man weiß – zu Hause abends über die Sommerkleider ziehen, wirken sie wie gekochte und gehäutete Tomaten. Sie sind jung. Sie sitzen nebeneinander und ihren Männern gegenüber. Es ist ein Akt unabsichtlicher Segregation, die den Indern inzwischen möglicherweise vertraut ist, denn sie gewöhnen sich an eine neue Rasse von Sahibs und Memsahibs aus Stenvenage und Luton. Aber wenn sie sich daran erinnern, wie kritisch die Engländer alten Stils über die indische Sitte urteilten, Männer und Frauen so bewußt zu trennen, daß eine gemischte Gesellschaft beinahe über das hinausging, was englische Gastgeber sich vorzustellen wagten, werden sie sich vielleicht immer noch darüber wundern.

Seit Daphne Manners' Zeit hat sich der Speisesaal vermutlich ebenso wie das Rauchzimmer kaum verändert. Es ist ein quadratischer Raum mit weißen und schwarzen Fußbodenplatten. Die Wände sind bis in Schulterhöhe mit Eichenholz getäfelt und darüber weiß gestrichen. Drei ebenfalls getäfelte quadratische Säulen stützen die Decke an scheinbar willkürlich gewählten, vermutlich aber strategisch wichtigen Punkten. Es gibt etwa zwanzig Tische, manche sind rund, andere rechteckig, alle mit einer weißen Tischdecke, versilbertem Besteck, Essig- und Ölfläschchen, zu Bischofsmützen gefalteten Servietten, einer schlanken Chromvase mit ein paar Astern und einer Glaskaraffe mit Wasser, über der schützend ein Musselintuch liegt. Es gibt einen großen Kamin im Tudorstil, dessen schwarze Öffnung ein gerahmter Gobelinschutzschirm teilweise verdeckt. Über dem Kamin hängt ein Porträt von Nehru, der heiter und gelassen, aber irgendwie verwundert dreinblickt. Man darf annehmen, daß sich in diesem Rahmen ein farbiges Porträt von George VI. mit einem ähnlichen Gesichtsausdruck befand, als Daphne Manners hier speiste. An der Decke hängen vier Ventilatoren an schlanken Röhren, die durch das Kreisen der Propellerflügel unsicher schwanken. Es gibt zwei Türbogen, einer führt in das Rauchzimmer und der andere in die große Halle. Eine dritte Tür führt nur in die Küche. An der Wand neben dem Küchenausgang steht eine gewaltige Anrichte aus Eiche.

Im oberen Fach liegen Servietten, Messer, Gabeln und Löffel. Dort stehen auch die Wasserkaraffen. Im unteren Fach sind gefüllte Brotkörbchen, Schalen mit Obst, Flaschen mit Gewürzen, Essig und Öl. Das Licht kommt von wuchtigen Wandleuchtern in der Art von Kerzenhaltern und ein paar hölzernen Kronleuchtern mit Pergamentschirmen. Tagsüber fällt es durch die Fenster, die auf die Veranda mit den Säulen an der Vorderseite des Hauses hinausgehen. Die Fenster stehen jetzt offen, und die Vorhänge sind zurückgezogen, um die Nachtluft hereinzulassen.

Man kann sich gut vorstellen, wie der Club vor all den Jahren einmal ausgesehen hat – besonders an einem Samstagabend, wenn eine Musikkapelle in der Lounge Bar spielte, wenn man die alten Flechtrohrtische und -stühle entfernt und den Speisesaal ausgeräumt hatte, um Platz für ein kaltes Büfett zu schaffen. In dem gepflasterten Hof auf der Rückseite – er reicht bis zu den Tennisplätzen – hingen bunte Lichterketten in den Bäumen. Hier draußen saßen die Paare, um sich vom Tanzen abzukühlen und auf den nächsten Foxtrott oder Quickstep zu warten. Ein paar Leute schwammen in dem kleinen beleuchteten Swimmingpool hinter den Umkleide- und Duschräumen. Heute abend liegt er im Dunkeln; er muß erst gereinigt werden (erklärt Mr. Srinivasan, der seine Gäste nach dem Eisbecher, der auf das Lammcurry gefolgt ist, herumführt). Er wird nur noch selten benutzt, denn er steht allen zur Verfügung, und keine der beiden Rassen scheint an der Benutzung Gefallen zu finden, solange nicht sicher ist, daß der Badende vor ihm rein oder sauber war. Man erzählt sich, daß vor zwei oder drei Jahren ein Engländer alle Toiletteneimer in ihn entleert habe.

»Ich habe vorhin schon darüber gesprochen«, sagt Mr. Srinivasan und geht auf dem Rückweg durch die inzwischen verlassene Lounge Bar zum Rauchzimmer voran, das sich inzwischen gefüllt hat; man sieht sogar ein paar Damen in Saris, Frauen von Offizieren, wie man erfährt, »ich habe Ihnen von einem Mann erzählt, zu dem alte Knaben wie ich, die mit Akten und Paragraphen großgeworden sind und deren tägliches Brot die Politik war, besser passen als zu den Leuten, die wir hier im Gymkhana Club treffen.«

Mr. Srinivasan hebt den Finger, ein Kellner kommt und nimmt eine Bestellung auf Kaffee und Brandy entgegen.

»Und ich erwähnte Romesh Chand Sen«, fährt er fort, »er ist ein typischer Fall. Bei Romesh Chand kam das Geschäft immer zuerst und die Politik zuletzt. Nun ja, noch nicht einmal zuletzt. Es gab sie überhaupt nicht. Er hat dreimal ein Vermögen gemacht. Das erste im Frieden, das zweite im Krieg und das dritte seit der Unabhängigkeit. Keiner seiner Söhne durfte sich nach der staatlichen höheren Schule noch weiterbilden. Ich fragte ihn, weshalb. Er erklärte es mir: ›Um im Leben Erfolg zu haben, ist es notwendig, wenig zu lesen, noch weniger zu schreiben, einfache Dinge im Kopf ausrechnen zu können und immer den eigenen Vorteil im Auge zu behalten.‹ Er heiratete ein Mädchen, das nicht einmal seinen Namen schreiben konnte. Sie konnte auch keinen Haushalt führen, aber seine Mutter brachte es ihr bei. Zu nichts anderem sind Mütter da. Als sein jüngerer Bruder ein Mädchen namens Shalini Kumar heiratete, prophezeite Romesh, aus dieser Verbindung könne nichts Gutes entstehen, denn sie entstammte einer Familie, in der die Kinder eine Bildung erhielten, selbst wenn die Eltern nicht ganz an Bildung glaubten. Und was geschah? Shalinis Bruder verließ Indien und lebte in England, und Shalini selbst konnte ein wunderbares Englisch schreiben. Sie wurde in jungen Jahren Witwe. Sie werden es vielleicht kaum glauben, doch beim Tod ihres Mannes taten die Frauen aus Romesh Chands Familie alles, um sie zu überreden, daß sie unter Mißachtung des Gesetzes eine *Suttee* werden müßte. Natürlich fand sie sich nicht dazu bereit. Welche vernünftige Frau möchte bei lebendigem Leibe auf dem Scheiterhaufen ihres Mannes verbrennen? Außerdem weigerte sie sich, das Haus ihres verstorbenen Mannes in der Chillianwallah Bagh zu verlassen. Ich erzähle Ihnen das, weil es für Sie von Interesse sein könnte.

Romesh Chand bestand darauf, daß ihr anglisierter Neffe Hari Kumar aus England zurückgeholt wurde, als ihr Bruder, Haris Vater, starb und ihn heimat- und mittellos zurückließ. Wir vermuteten eigentlich, Haris Vater habe Selbstmord begangen, als er nach einer ganzen Reihe törichter Spekulationen nicht mehr weiterwußte. Aber sei es wie es sei, als Mrs. Gupta Sen die Nachricht vom Tod ihres Bruders erhielt, bat sie Romesh um Geld, damit Hari in Berkshire bleiben, die Public School beenden und auf die Universität gehen könne. Das war... wann? 1938. Sie besaß praktisch keine eigenen Mittel. Sie lebte als Witwe allein in dem Haus in der Chillianwallah Bagh, im wesentlichen von der Mildtätigkeit ihres Schwagers Romesh. Weil sie sich immer einen Sohn, ein eigenes Kind gewünscht hatte, stimmte sie Romeshs Gegenvorschlag zu, Hari sollte nach Hause geholt werden, bei ihr leben und lernen, ein guter Hindu zu sein. Um diesen befriedigenden Zustand zu erreichen, erklärte Romesh sich sogar bereit, Haris Überfahrt zu bezahlen und Mrs. Gupta Sens monatliche Zuwendung zu erhöhen. Sie hatte lange allein gelebt und selten das Haus verlassen. Sie war beinahe selbst eine gute Hinduistin geworden.

Sie lebte in sehr einfachen Verhältnissen. Auf den jungen Hari muß das wie ein Schock gewirkt haben. Von außen sah das Haus in der Chillianwallah Bagh modern aus. Ich nehme an, so sieht es immer noch aus. Ich glaube, man bezeichnet so etwas als eine Sonnenfalle. Alle Häuser in der Chillianwallah Bagh-Siedlung entstanden Ende der zwanziger Jahre. Zuvor war es Ödland und wurde Chillianwallah Bagh genannt, weil es zum Grundbesitz eines Parsen namens Chillianwallah gehörte. Auch die Parsen waren immer sehr geschäftstüchtig, doch sie sind weit mehr verwestlicht und kaum noch Inder. Ein Syndikat von Geschäftsleuten aus Majapur, allen voran der alte Romesh Chand, kaufte das Land von Chillianwallahs Erben. Romesh Chand wäre nie in eines dieser modernen Häuser im europäischen Stil gezogen, die dort gebaut werden sollten, doch die zu erwartenden Profite fand er keineswegs überspannt. Nur um die Erschließung mit Strom, Wasser und Kanalisation sicherzustellen, wofür es einen Regierungskredit gab, sorgte er dafür, daß sein ansonsten wenig nützlicher jüngerer Bruder – Shalini Kumars Mann – einen Sitz im Stadtrat bekam. Und so entstanden schließlich diese Betonmonster von Sonnenfallen – Sonnenfallen nur der Architektur nach, denn bei soviel Sonne ist es notwendig, sie draußen zu halten und nicht noch einzufangen. Man braucht sehr kleine Fenster, nicht wahr, es sei denn, man hat breite, altmodische Veranden. Und eines dieser Häuser, Nummer zwölf, bezog Romeshs Bruder mit seiner Frau Shalini. In ihm sollte beinahe zehn Jahre später der junge Hari leben;

das Haus muß ihm einen Schock versetzt haben. Innen sind diese Bauten dunkel und stickig; sie haben kleine Zimmer, steile Treppen, keinen vernünftigen Grundriß und Bäder im indischen Stil. In Nummer zwölf gab es praktisch kein Mobiliar, denn Mrs. Gupta Sens Mann hatte zwar beim Einzug vieles gekauft, doch mit einem Kredit von Romesh, der in der Zwischenzeit das meiste wieder verkauft hatte, um sein Geld zurückzubekommen. Auch das Haus gehörte ihm, weil er eine Hypothek darauf hatte. Ich weiß das alles, denn ich war, wie Sie in England sagen würden, der Familienanwalt.

Ja, Sie haben recht! Lili hat gewettet, daß Sie es erraten würden. Ja, wirklich, ich war es, ich war der Anwalt, den Romesh Chand an jenem Morgen rufen ließ, als Schwester Ludmila in sein Büro kam und ihm berichtete, daß die Polizei Hari Kumar mitgenommen hatte. Sie glaubten, er sei festgenommen worden. Es war sechs Monate vor meiner eigenen Festnahme. Es störte Romesh nie, daß ich politisch engagiert war. Er verstand den Nutzen der Politik ebenso wie das Gesetz der sich verringernden Erträge. Nachdem ich auf der Polizei erfahren hatte, daß Hari sich schon wieder auf freiem Fuß befand, kehrte ich in mein Büro zurück, schickte meinen Angestellten mit einer Nachricht zu Romesh und machte mich auf den Weg zu dem Haus in der Chillianwallah Bagh, um herauszufinden, was eigentlich passiert war.

Hari kam nicht aus seinem Zimmer. Aber Mrs. Gupta Sen und ich waren gute Freunde. Wir unterhielten uns immer englisch; mit Romesh mußte ich Hindi sprechen. Sie bat mich: ›Sagen Sie Romesh, es war alles ein Irrtum. Er muß sich wirklich keine Sorgen machen.‹ Ich erkundigte mich, ob es stimmte, was ich auf der Polizei erfahren hatte, daß Hari betrunken gewesen sei und die Verrückte ihn in ihr sogenanntes Asyl gebracht habe. Ich wußte nicht, daß er je zuviel getrunken hatte. Er bereitete der Familie großen Kummer, doch er schien bisher immer vernünftig und klar zu handeln. Sie wußte nicht, ob er betrunken gewesen war. Sie sagte: ›Aber ich weiß, daß sein Leben hier und deshalb auch mein Leben immer unerträglicher wird.‹

Hari Kumar, müssen Sie wissen, war typisch für diese Art junger Leute, die Nello im Sinn hatte, als er den Majapur Club gründete und finanzierte. Aber zu Haris Zeiten drängten sich dort schon die Banias, die herumsaßen wie Buddhas und über die Geheimnisse von Gewinn und Verlust meditierten. Und natürlich gab es dort keine Frauen. Es war nicht Absicht der Gründer gewesen, einen reinen Männerclub zu schaffen. Aber das war er geworden und ist er auch geblieben. Und unter anderem deshalb bin ich, als Ausnahme von der Regel, ein treuer Anhänger des Gymkhana Clubs. Die Dame dort drüben ist die Frau von Oberst Varma. Sie ist bezaubernd. Sie müssen Sie kennenlernen. General Mukerji und Frau sind heute abend nicht hier, aber das liegt zweifellos daran, daß sie zu Rogers Abschied Nummer eins eingeladen sind. Nächsten Samstag findet der Abschied Nummer zwei statt, und sogar ich bin dazu eingeladen.«

»Ich auch«, sagt Lady Chatterjee, »ich sollte mit den anderen Direktoren der Technischen Hochschule zu Nummer eins gehen. Doch ich habe abgesagt, und deshalb komme ich ebenfalls zu Nummer zwei.«

»Gehen wir zusammen? Gut. Und Ihnen, mein lieber Freund, ist vermutlich nicht entgangen, daß inzwischen alle Engländer den Club verlassen haben.«

»Um zu Roger zu gehen?«

»O nein! Von Ihren Landsleuten, die heute abend hier waren, sind nur Mr. und Mrs. Grigson und die Dame, die Mrs. Grigson begleitet hat, auf der Party Nummer eins. Die Grigsons gehören zu den oberen Rängen, die anderen Engländer, die Sie gesehen haben, zu den unteren. Die gehen alle zu Nummer zwei. Für Roger sind sie Vorarbeiter. Wie man weiß, hat Roger den Gymkhana sogar einmal als den Vorarbeiterclub bezeichnet. Ein Herr von der Sorte, die Roger als Vorarbeiter bezeichnet, hat auch die Toiletteneimer in den Swimmingpool geleert. Nachher kam einer seiner Freunde auf die Idee, ein kleines Diwali zu veranstalten – eine Parodie auf unser Lichterfest. Sie beschafften sich ein paar Kerzen, stellten sie in die Eimer, zündeten sie an und ließen sie auf dem Wasser schwimmen. Einige anwesende indische Mitglieder beschwerten sich beim Clubsekretär, und eines unserer jüngsten und stärksten Mitglieder beschwerte sich sogar direkt bei den Herren, die sich auf unsere Kosten so gut amüsierten. Doch sie drohten, ihn in den Swimmingpool zu werfen, mit Ausdrücken, die ich nicht wiederholen kann. Als unbeteiligter Zuschauer fand ich die ganze Situation höchst interessant. Es war ein Beispiel für die Art Clubspäße, von denen wir aus zweiter oder dritter Hand gehört hatten; ich mußte unwillkürlich an Studentenstreiche aus meiner Collegezeit denken. Diese Demonstration war jedoch kaum ein Studentenstreich. Natürlich waren die Herren betrunken, aber *in vino veritas.* Sie hatten ihre Hemmungen abgelegt. Verzeih, Lili, dir ist das Thema unangenehm. Bitten wir doch Oberst Varma und seine Frau, sich zu uns zu setzen.«

Der Oberst ist ein großer, drahtiger Mann, seine Frau gepflegt und drahtig. Sie trägt die traditionelle Kleidung mehr wegen der theatralischen Wirkung als aus Überzeugung oder wegen der Bequemlichkeit. Die feste glatte Schale hauchdünner Maskulinität, die dem Äußeren der britischen Offiziersfrauen etwas Hartes verleiht, umgibt auch Mrs. Varma. Welches Entsetzen müssen solche Frauen im zarten Herzen jedes neu ernannten Unteroffiziers auslösen! Ihr Verstand ist so scharf und vermutlich ebenso gefährlich wie der Paradesäbel ihres Mannes. Heute abend ist der Oberst in Zivil. Sie gehen ins Kino, in die Zehn-Uhr-Vorstellung. Sie wollen sich den englischen Film im Eros ansehen, nicht den indischen im Majestic. Eine Zeitlang dreht sich die Unterhaltung um Paris. Der Film spielt in Paris – man sagt, der Film selbst sei schlecht, die Aufnahmen seien interessant –, und dann verabschieden sich die Varmas. Mr. Srinivasans Gesellschaft bricht auf, und Lili geht sich die Nase pudern.

»Während wir auf Lili warten«, sagt Mr. Srinivasan, »will ich Ihnen etwas zeigen.« Er geht voraus in die Halle mit den schwarzen und weißen Bodenfliesen zu einer geschlossenen Mahagonitür mit einem Türschoner und einem Knopf aus Messing zwischen zwei ausgestopften Büffelköpfen. Die ausgestopften Köpfe und die Tür tragen Inschriften, letztere auf einer emaillierten Plakette, erstere auf Elfenbein. Den ersten Büffel stiftete Major W. A. Tyrrell-Smith 1915, den zweiten Mr. Brion Lloyd 1925. Das Emailleschild an der Tür verkündet: Sekretär.

Mr. Srinivasan klopft an, und als niemand antwortet, öffnet er die Tür und schaltet das Licht ein. Man sieht ein kleines Büro mit einem alten Rollschreibtisch, das nur selten benutzt zu werden scheint. »Als erster indischer Sekretär des Gymkhana, nämlich von 1947 bis 1950, besitze ich ein gewisses Recht, hier einzutreten«, sagt er und geht zu einem Bücherschrank, in dem ein paar verstaubte Bände die Verwaltungsgeschichte des Clubs enthalten. Darunter befinden sich Exemplare, die wie Hauptbücher gebunden sind; auf dem Rücken steht in Goldprägung »Mitglieder« und darunter in Schwarz die entsprechenden Jahreszahlen.

»Das wird Sie interessieren«, sagt er und greift nach dem Buch mit dem Aufdruck: »1939–1945«.

Die Seiten sind horizontal blau und vertikal rot schwach liniert; und so entstehen Spalten für das Datum, den Namen des Mitglieds und den Namen seines Gastes.

»Wenn Sie es durchblättern, werden Sie die Unterschriften von ein oder zwei indischen Mitgliedern sehen. Aber es handelte sich natürlich um lauter Offiziere mit einem Patent des Königs und Kaisers. Im großen und ganzen fanden es diese Gentlemen nur angenehm, hier Tennis zu spielen und dann in ihr Quartier zurückzukehren. Der Clubvorstand geriet in ein Dilemma, als indische Offiziere mit dem Patent des Königs in Majapur auftauchten. Es galt als selbstverständlich, daß jeder hier stationierte Offizier automatisch Mitglied wurde. Er war sogar verpflichtet, den Clubbeitrag zu zahlen, ganz gleichgültig, ob er in den Club kam oder nicht. Man konnte einem Offizier nicht den Zutritt verwehren, weil er Inder war, denn damit hätte man die Uniform des Königs beleidigt. In den dreißiger Jahren war davon die Rede, einen anderen Club zu gründen und den Gymkhana ranghöheren Offizieren vorzubehalten; dadurch wäre es unwahrscheinlich gewesen, daß je ein stationierter indischer Offizier Anspruch auf Mitgliedschaft gehabt hätte. Aber das Geld fehlte einfach, und die indischen Offiziere lösten das Problem ohnedies mehr oder weniger selbst, indem sie ihre Besuche auf den Tennisplatz beschränkten. Man benutzte nie den Swimmingpool, betrat nur selten die Bar und besuchte nie das Restaurant. Es gab für beide Seiten genügend Entschuldigungen, um das Gesicht zu wahren. Der Inder konnte vorgeben, abstinent zu sein und allzu ungern hierherzukommen, um wirklich am Clubleben teilnehmen zu können. Die Engländer akzeptierten das als einen höflichen, sehr vornehmen Weg, nicht direkt darauf hinzuweisen, daß der Sold des Inders unter dem seiner weißen Offizierskameraden lag und er es sich deshalb nicht leisten konnte, mit den anderen mitzuhalten. War er verheiratet, war die Situation noch einfacher. Die Engländer setzten immer voraus, Inderinnen empfänden es als anstößig, in gemischter Gesellschaft zu erscheinen; und so bestand ein stillschweigendes Einvernehmen, daß ein verheirateter indischer Offizier noch seltener als seine unverheirateten Kameraden im Club erschiene, weil er es vorzöge, zu Hause bei seiner Frau zu bleiben.

Und tatsächlich entstand daraus auf beiden Seiten erstaunlich wenig Mißstimmung. Ein Inder, der sich um ein Offizierspatent bemühte und es erwarb, wußte, welchen Problemen er vermutlich begegnen würde. Meistens genügte es ihm zu wissen, daß ihm der Zutritt im Gymkhana nicht einfach deshalb verwehrt werden konnte, weil er Inder war; und den englischen Mitgliedern genügte es, daß er sich mit größter Wahrscheinlichkeit dort nicht länger aufhalten oder sie durch seine Anwesenheit in Verlegenheit bringen würde. Und natürlich konnte man sich immer darauf verlassen, daß die englischen Kommandeure alle Schwierigkeiten ausbügeln würden, die in Einzelfällen entstanden. Erst nach Kriegsbeginn, als sich die Garnison nicht nur mit einer größeren Zahl indischer Offiziere füllte, sondern auch mit englischen Reserveoffizieren, mußte der Vorstand eine *Regelung* beschließen und in Kraft setzen. Aber glücklicherweise bot sich bei einer realistischen Analyse der damaligen Situation von selbst eine Lösung an. Erstens bedeutete der Zustrom von Offizieren in die Garnison eindeutig eine schwere Belastung der Clubeinrichtungen. Zweitens waren die neuen Offiziere nicht nur auf Zeit ernannt, sondern blieben meist auch nur eine begrenzte Zeit am Ort. Ich meine, sie konnten praktisch jederzeit versetzt werden. Und natürlich gab es unter ihnen Männer, die aus allen Bereichen des zivilen Lebens zum Militärdienst eingezogen worden waren, also Männer, die sich in der Atmosphäre eines Clubs, nun ja, nicht recht wohlfühlten. Und so sah sich der Vorstand zum ersten Mal genötigt, Wege zu ersinnen, um Landsleute und Inder vom Club fernzuhalten. Wir, die als Mitglieder nicht in Frage kamen, beobachteten das alles als Zuschauer mit großem Interesse. Der Vorstand fand schließlich einen hinreißenden englischen Kompromiß. Für die Dauer des Krieges mußten besondere Maßnahmen getroffen werden, um die Annehmlichkeiten des Clubs so vielen Offizieren wie möglich zugänglich zu machen. Um das zu erreichen, setzte man die automatische Mitgliedschaft für alle, mit Ausnahme der Berufsoffiziere, außer Kraft und führte zwei neue Arten der Mitgliedschaft ein. Offiziere auf Zeit und Reserveoffiziere konnten entweder die außerordentliche Mitgliedschaft erwerben, was hieß, sie bezahlten den Clubbeitrag – womit natürlich Offiziere aus gutem Haus angesprochen werden sollten, von denen man annehmen konnte, daß sie wußten, wie sie sich zu verhalten hätten –, oder die zeitweilige Sondermitgliedschaft, die das Sondermitglied berechtigte, die Clubeinrichtungen an bestimmten Wochentagen zu benutzen; sie konnte jedoch ohne Begründung entzogen werden. Nach außen sollte dies darauf hinweisen, daß der Vorstand der zeitlich begrenzten Stationierung in Kriegszeiten wohlwollend Rechnung trug. In Wirklichkeit bedeutete der Vorbehalt begründungslosen Ausschlusses, daß jedem Reserveoffizier, der sich schlecht benahm, nun der Einlaß verwehrt werden konnte. Das zeitweilige Sondermitglied mußte seine Rechnungen sofort bezahlen, wenn es den Speisesaal benutzte, das Gedeck, und daneben einen Betrag für die Unterhaltung der Clubanlagen, falls man den Swimmingpool oder die Tennisplätze benutzte. Der Zeitweilige durfte bei jedem Besuch nur einen ›anerkannten‹ Gast mitbringen, für den er ein zusätzliches Gedeck bezahlen mußte. ›Anerkannt‹ bedeutete offiziell vom Vorstand anerkannt, daneben bedeutete es aber auch, daß der Kommandeur des Offiziers den Gast anerkannte, und sicherlich mußte der Kommandeur diesen jungen ahnungslosen Männern, die nur für eine bestimmte und begrenzte Aufgabe Uniform trugen, erst klarmachen, was für Gäste im Club zugelassen waren. Offiziell hieß es, dies sei eine Gewähr, daß ein junger Mann keine Frauen von zweifelhaftem Charakter mitbringe. Inoffiziell hieß das, er durfte keine anglo-indische oder indische Frau mitbringen und keinen anglo-indischen oder indischen Mann, es sei denn, dieser besaß selbst ein Offizierspatent des Königs. In jedem Fall rechnete man sich aus, daß die Ausgaben für einen Abend im Club so weit angestiegen waren, daß kein Offizier auf Zeit es sich leisten konnte, mehr als einmal im Monat in den Club zu gehen, wenn er nicht finanziell gutgestellt war. Damals erlebte Smith's Hotel seine eigentliche Blüte, das Garnisonsrestaurant ebenfalls, und auch der indische Majapur Club erfreute sich ungewohnter Beliebtheit. Der Besitzer des chinesischen Restaurants im Garnisonsbasar verdiente ein Vermögen, und einen Platz im Eros-Kino mußte man zwei bis drei Tage im voraus bestellen. Der alte Gymkhana Club – nun ja, es gab unerfreuliche Zwischenfälle, doch im großen und ganzen gelang es, den Ruf rein weißer Exklusivität zu wahren.

Merkwürdig und ungewöhnlich war jedoch, daß selbst in diesen euphorischen Zeiten, mit ihren Lockerungen, die von den Reaktionären als Vorzeichen des Verfalls bezeichnet wurden, indische Angehörige des Staatsdienstes, selbst die höheren Beamten, nicht als Gäste und schon gar nicht als Mitglieder zugelassen wurden. Und das bedeutete, daß der liebe alte Menen, unser Oberster Richter und ein wirklicher Gentleman, nicht in den Club durfte, nicht einmal als Gast des Distriktskommissars. Es gab keine schriftlich fixierte Regelung. Es war schlicht ein ungeschriebenes Gesetz, das der Vorstand rigoros anwendete, und das, wenn Sie Menen als bestes Beispiel nehmen, von den Betroffenen nie in Frage gestellt wurde.

Doch hier in diesem Buch werden Sie entdecken, daß der Distriktskommissar Mr. Robin White bereits am 22. Mai 1939 die Tollkühnheit besaß, nicht weniger als drei Inder, die nicht einmal ein Patent des Königs und Kaisers besaßen, nämlich den Minister für Erziehungs- und Sozialwesen der Provinz, den Sekretär des Ministers – mein alter Freund Desai – und mich in den Club *mitzunehmen,* wobei er das Glück hatte, auch eingelassen zu werden. Das ist natürlich Mr. Whites Handschrift. Können Sie aus der Schrift auf den Charakter eines Menschen schließen? Nun ja, aber das alles ist eine lange Geschichte, und wir müssen heute abend darauf verzichten. Lili wird uns schon suchen.«

Ehe das Buch geschlossen wird, fallen beim flüchtigen Blättern im Jahr 1942 vertraute Namen auf. Die Clubregel verlangte, daß ein Mitglied sich bei seinem ersten Besuch eintrug, und dann jedesmal, wenn es einen Gast mitbrachte. Die beinahe unleserliche Unterschrift des Brigadiers Reid taucht im April auf; Robin White ein- oder zweimal als Gastgeber von Männern, die Mr. Srinivasan als Angehörige des Ministeriums, der Finanzbehörde, als den Hauptkommissar identifiziert, und – einmal – des Gouverneurs und seiner Gemahlin. Mehrfach erscheint auch eine seltsam gerundete und kindliche Unterschrift, die man mühelos als die von Ronald Merrick erkennt, und von derselben Hand der Name seines Gastes, Miss Daphne Manners.

Im Februar 1942 schrieb sich ein Hauptmann Colin Lindsey ein – vermutlich bei seinem ersten Besuch als temporäres Sondermitglied des Gymkhana Clubs von Majapur. Hauptmann Lindseys Unterschrift ist klar und kräftig, ganz anders als die Unterschrift, die nicht daneben steht, die man sich aber gut dazu vorstellen kann: die Unterschrift seines Jugendfreundes Harry Coomer, der etwa um diese Zeit betrunken von Schwester Ludmila im Elendsviertel der Stadt aufgelesen worden war, wo die Unberührbaren in Schmutz und Armut lebten.

Nachts vermittelt das Gebiet der alten Garnison nördlich vom Fluß immer noch die Vorstellung eines Raumes, der eben erst beginnt, dem Vormarsch von Mörtel und Ziegelstein, den zivilisatorischen Theorien von einer notwendigen, aber unauffälligen kolonialen Urbanisierung zu erliegen. Vom inzwischen dunklen und verlassenen *Maidan,* wo sich die ununterbrochenen warmen, sogar sinnlichen, Luftströmungen ballen und die Wangen als ein kaum wahrnehmbarer, eher enervierender als erfrischender Windhauch treffen, strömt eine Dunkelheit der Seele aus, eine Schwere, die sich ums Herz legt und eine Trauer weckt, wie sie vielleicht in jemandem anwächst (Jahr um Jahr, bis die Last zugleich unerträglich und lieb geworden ist) und ihn körperlich niederdrückt, jemanden, der sich an den Zweck oder die Bedingungen seines Exils gewöhnt, sie aber nie ganz akzeptiert hat; und er sieht im Vorhandensein dieses sonst bedeutungslosen Platzes, der seltsamerweise und doch so poetisch den Namen *Maidan* trägt, den Beweis für die Sorge und Umsicht jener Menschen, die vor ihm dort glebt haben, für ihre Anhänglichkeit an das, was in ihrer Erinnerung typisch heimatlich war: das Schweigen und die Dunkelheit als Segen über einem unveräußerlichen, nicht umzäunten Morgen Gemeindeland, der durch sein Vorhandensein zumindest den wechselnden Charakter der Jahreszeiten illustrierte. Hier ein Haus, dort ein Kirchturm. Und über alles spannt sich der sanftblaue Himmel. Oder es ziehen drohende Wolken darüber. Oder der Himmel ist grau, grau wie der Stein einer normannischen Kirche. Oder dunkel: ein nach oben offenes schwarzes Stahlgefäß für verstreute magnetische Lichtfunken. Oder aber, je nach extrovertierter oder introvertierter Laune, ein erstaunliches Zyklorama, nur von den glitzernden nächtlichen Punkten einer präzisen, aber unberechenbaren geometrischen Anordnung erleuchtet.

Und in der Nacht verstärkt sich dieser besondere Geruch: eine trockene, stechende Mischung aus Staub und dem Rauch der Kuhfladenfeuer – ein Geruch, an den man sich erst gewöhnen muß, der mit der Zeit sich aber untrennbar mit der Vorstellung verbindet, die der Reisende, der Kenner, der im Exil Lebende von Indien hat: ein Land primitiver, vielleicht sogar tragischer Schönheit. Der Geruch scheint keine sichtbare Quelle zu haben. Es ist nicht nur der Geruch von Behausungen. Vielleicht ist es der Geruch, den das Land nach jahrhundertelangen Erfahrungen mit seinen Bewohnern angenommen hat. Man riecht ihn draußen in der weiten Ebene genauso wie hier in der Stadt. Und weil es auch der Geruch der Ebene ist und man ihn – vielleicht eine Spur stärker – riecht, während der Wagen um eine Ecke biegt und an einem offenen Verkaufsstand am Straßenrand vorüberfährt, den eine Petroleumlampe erleuchtet, vertieft sich das Gefühl des Durchdringenden, Allgegenwärtigen, des Grenzenlosen, Unermeßlichen, der endlosen, endlosen Meilen von Erde und Stein, die sich hinter dem Lichtkreis der Lampe erstrecken.

Es ist der größere Wagen, der Studebaker. Man ist auf dem langen Weg nach Hause: nordwärts, entlang der Westseite des *Maidan*, mit dem alten Smith's Hotel zur Linken, das im Stil eines Schweizer Chalets gebaut und nur schwach beleuchtet ist, wie es sich für eine Institution gehört, die schon viele Jahre hinter sich gebracht, aber noch nicht ausgedient hat. Es ist die Church Road. Sie führt zur Kirche St. Mary und zum Wohnviertel der Offiziere. Über diese Straße radelte die alte Miss Crane Sonntag um Sonntag, ob Regen oder Sonnenschein; hier kann sich nicht viel verändert haben, obwohl die Banyanbäume, die tagsüber die Straße überschatten und die Äste zu einem grünen, nachts theatralisch beleuchteten Tunnel ineinander schlingen, in den letzten zwanzig Jahren sicherlich ein paar Wurzeln mehr in die Erde gesenkt haben. Die Church Road ist eine Verlängerung der Mandir Gate Bridge Road, und zu dieser Stunde muß der Wagen langsam fahren wegen der trägen Prozession der Karren, die von weißen, höckrigen Ochsen gezogen heimwärts in die Dörfer der Ebene im Norden von Majapur rollen. Durch die offenen Fenster des Studebaker hört man die Glocken an den Hälsen der Tiere gedämpft, aber unüberhörbar im heißen Fahrtwind. Die Karren kehren ohne ihre Ladung landwirtschaftlicher Produkte zurück, die im Chillianwallah-Basar verkauft worden sind. Jetzt sind sie sehr viel leichter und nur mit den Einkäufen und mit den Kindern der Bauern beladen – die meisten liegen zusammengedrängt auf den Karren und schlafen, doch ein paar sitzen aufrecht und starren wie in einem Wachtraum in die Scheinwerfer.

Während der Studebaker die halbe Rundung eines Verkehrskreisels abfährt und rechts in die Straße einbiegt, die an der Nordseite des *Maidan* entlangführt, kann der Kirchturm von St. Mary den Fremden einen Augenblick lang ebenfalls in einen Wachtraum versetzen. Er ist so englisch, so vollkommen englisch! Er muß sehr der Kirche ähneln, die Miss Crane vor so vielen Jahren in einem Distrikt des Pandschab betrat, um ein Selbstbild zu finden, das sie nicht herabsetzen würde. Der gleiche graue Stein. Das gleiche tröstliche Aussehen, das verspricht, hier werde Englands persönlicher Schutzgeist beherbergt. Aber heute besuchen nur noch wenige Engländer den Gottesdienst. Es ist die Kirche der anglo-indischen Gemeinde geworden. Der Pfarrer ist Ehrwürden A. M. Ghosh. Gibt es vielleicht einen Gemeindewitz über seinen heiligen Namen?

Nahe bei St. Mary und dem Friedhof steht das Pfarrhaus. Wie die Kirche liegt es heute abend im Dunkel. Links folgen ein paar Bungalows, in Verlängerung der Gebäudereihe, die an der Ecke mit St. Mary beginnt und bis zu den ersten Militärunterkünften gegenüber dem *Maidan* reicht. Bei Tag und aus der Luft erkennt man die Militärunterkünfte als einen geometrischen Komplex von Straßen und einer Ansammlung alter und neuer Gebäude: Die roten, von Bäumen überschatteten viktorianischen Kasernen stehen ganz in der Nähe der Straße, die der Studebaker entlangfährt. Die neueren, niedrigeren Betonblocks liegen weiter hinten. Aber nachts entsteht von der Straße aus der Eindruck von Weiträumigkeit, und ein paar einsame Lichtpunkte weisen auf vereinzelte Bewohner hin. Erst ein Stück weiter taucht die alte Artilleriemesse auf, ein großes Gebäude im palladianischen Stil, und man sieht die ersten *Jawans:* zwei Wachsoldaten an einem weißen Schlagbaum, der den freien Zugang zu einer Linkskurve verwehrt, die sich im Dunkel verliert. Die alte Artilleriemesse dient heute als Hauptquartier des Dienstbereichs. 1942 war sie das Hauptquartier der Brigade, die unter dem Kommando des Generals Reid stand. Nachdem die Messe hinter einem liegt, verengt sich der Raum. Verputzte Mauern hinter Bäumen und Nebenstraßen, hin und wieder von Straßenlaternen erhellt, markieren das gepflegte Wohngebiet für die ranghöheren Offiziere. Und dann taucht das Hauptgebäude des Allgemeinen Krankenhauses auf. Es ist wie ein Ozeandampfer erleuchtet. Der Studebaker biegt rechts in die Hospital Road ein; diese Straße verläuft am östlichen Rand des *Maidan* und führt zurück zu der T-Kreuzung von Hospital Road, Club Road und Mahatma Gandhi Road – der früheren Victoria Road –, der Hauptstraße des Zivilistenviertels.

»Wir wollen die Fahrt noch ein wenig ausdehnen«, sagt Mr. Srinivasan, »es ist noch nicht spät.« Er gibt dem Chauffeur Anweisung, vorbei an der Junggesellenburg, dem Gerichtsgebäude und der Polizeikaserne in den Garnisonsbasar zu fahren, dann rechts abzubiegen und der Straße zu folgen, durch die Schwester Ludmila zur Imperial Bank (inzwischen die State Bank) of India und zurück ging, durch die engeren Straßen, wo die Eurasier in kleinen Bungalows lebten, die bis zu den Bahnanlagen reichten, und nach einer Linkskurve wieder aus dem Viertel hinaus und in die Mandir Gate Bridge Road, an der großen Missionsschule und der Missionskirche vorbei (die beide immer noch bestehen) bis zur Bahnschranke, wo der Wagen anhalten muß, um den Postzug abzuwarten, der von Westen kommt und jeden Moment vorbei muß.

Hinter der Bahnschranke liegt die Brücke und dahinter die Schwarzenstadt, die immer noch hell erleuchtet und von Leben erfüllt ist. Neonlichter erhellen die Stufen, die vom Fluß zum Tirupati-Tempel führen. Männer gehen die Treppe hinauf und hinunter; sie kommen aus dem Tempelbezirk oder betreten ihn durch das Tor am Fluß. Die warme Luft trägt den Geruch des Wassers durch die offenen Fenster des wartenden Wagens herein.

»Die Bahnschranken werden immer genau zu der Zeit geschlossen«, klagt Mr. Srinivasan, »wenn der Zug fahrplanmäßig zu erwarten ist, selbst wenn man genau weiß, daß er eine halbe Stunde Verspätung hat. Ich will die Zeit dazu benutzen, ihnen die Geschichte zu erzählen, wie Robin White den Erziehungsminister, meinen alten Freund Desai und mich im Mai 1939 in den Club mitnahm.«

»Wir saßen um sechs Uhr abends nach drei harten Konferenzstunden alle im Bungalow des Distriktskommissars, als Robbie fragte: ›Wie wäre es mit einem Drink im Club?‹ Natürlich dachten wir an den Majapur Club, aber dann sagte er: ›Im Gymkhana.‹ Wir staunten. Der Minister bat darum, ihn zu entschuldigen. Vielleicht glaubte er, es handle sich um einen Scherz. Doch Mr. White wollte nichts davon wissen. Er sagte: ›Es ist alles vorbereitet, der Wagen wartet draußen. Wir bleiben nur eine Stunde.‹ Also machten wir uns auf den Weg. Ich betrat den Club zum ersten Mal, es war das erste Mal, daß ein indischer Zivilist den Club betrat. Und auch das letzte Mal, denn der Vorstand sorgte dafür, daß Mr. White diese gesellschaftliche Taktlosigkeit nicht wiederholte. Sie hätten das Gesicht des Portiers sehen sollen, als wir am Club vorfuhren und er den Wagenschlag öffnete und uns sah! Robbie sagte zu ihm: ›Hossein, informieren Sie den Sekretär, daß ich mit dem Erziehungsminister und seiner Begleitung hier bin.‹ Es war ein aufregender Moment! Desai und ich gingen langsam hinter Mr. White und dem Minister her, langsam, denn Robbie wollte dem Portier offensichtlich Zeit lassen, hineinzugehen und den Sekretär zu suchen. Auf der Veranda blieben wir alle stehen, und obwohl es beinahe dunkel war, stellte sich Robbie demonstrativ dort auf und erklärte uns mit großer Geste die Clubanlagen. In Wahrheit hielt er uns dort fest, bis er annehmen konnte, der Sekretär sei gefunden und vorgewarnt worden. Verstehen Sie, inzwischen wußte ich, daß der Besuch keineswegs vorbereitet, sondern nur als Möglichkeit ins Auge gefaßt worden war. Mit typisch britischer Vorsicht hatte der Distriktskommissar gewartet, um erst einmal herauszufinden, was für ein Mann der Erziehungsminister war, ehe er das Risiko einging, ihn in den Club mitzunehmen. Aber es war alles in Ordnung. Es hatte sich herausgestellt, daß der Minister eine Public School besucht und am Balliol College in Oxford studiert hatte, daß er mit dem Kommissar nicht nur die Liebe zu Shakespeare, Dryden und Henry James teilte, sondern auch das Interesse an den staatlichen höheren Schulen und den Schulen der Distriktsverwaltung. Außerdem amüsierte sie ein Streit über Rudyard Kipling, den Mr. White nur wenig, der Minister aber, hierin T. S. Eliot vorwegnehmend, sehr hoch schätzte. Es ist immer wichtig, ein Thema zum Streiten zu haben, denn dabei sieht man am besten, aus welchem Holz der andere geschnitzt ist.

Der Sekretär kam auf die Veranda. Er hieß Taylor, ein ehemaliger einfacher Kavallerist, der den Status eines Gentleman erreicht hatte, als er zum Leutnant und Quartiermeister befördert wurde. Sein Amt im Club verdankte er der Tatsache, daß man alles, was er über die Organisation des jährlichen Sportfestes nicht wußte, auf die Rückseite einer Dreipence-Münze hätte schreiben können. Ich sah, wie er aus seinem Büro in die Halle kam. Robbie White hatte auch im Hinterkopf Augen. Er drehte sich um und rief: ›Oh, hallo Taylor! Wir haben die Ehre, einen Vertreter der Provinzregierung zu Gast zu haben. Gestatten Sie mir, Herr Minister, Sie mit unserem wichtigsten Mitglied, dem Sekretär Leutnant Taylor bekanntzumachen!‹ Der arme Taylor geriet dadurch in eine unmögliche Situation, denn einerseits haßte er Inder, andererseits liebte er Distriktskommissare, und daß er selbst für einen wichtigen Mann gehalten wurde, gefiel ihm auch nicht schlecht. Robbie wußte das. Robbie war Vorstandsmitglied und hatte viel zu sagen im Club, aber er war klug genug gewesen, seit Monaten seinen Plan im stillen zu schmieden und auf die richtige Gelegenheit zu warten. Ich meine die Gelegenheit, Gäste in den Club mitzubringen, denen man gesellschaftlich nicht ohne weiteres absprechen konnte, daß sie verdienstvolle Männer waren. Selbst ein Minister der Provinzregierung ist ein Minister des Staates, und wie sehr sich der altgediente englische Kolonialist auch an seiner Hautfarbe stoßen mochte, konnte man doch nicht leugnen, daß der Minister nach einer demokratischen Wahl ernannt worden war. Diese Wahl hatte mit voller Billigung des Generalgouverneurs stattgefunden und mit seiner Erlaubnis. Sie stand völlig im Einklang mit der offiziellen englischen Politik, dem indischen Reich Schritt für Schritt den Status eines autonomen Dominions zu gewähren.

Wie dem auch sei, Robbie White begab sich in die Schußlinie. Ein Club war ein Club, eine private Institution, zu der Außenseiter selbst als Gäste des Kommissars keinen Zutritt hatten, wenn nicht ein offizieller Clubvertreter es erlaubte. Man erinnere sich an Lord Willingdon und das Fiasko im Royal Yacht Club von Bombay. Aber Robin kannte seinen Mann. Der Sekretär war ganz blaß geworden, aber er traute sich nicht, eine Szene zu machen. Er versuchte, uns durch den Flur in den kleinen Vorraum zu führen, doch Robin wußte, er hatte gewonnen, deshalb marschierte er geradewegs ins Rauchzimmer, ohne im geringsten auf das tödliche Schweigen zu achten, das sich ausbreitete.

Meine Güte, war ich verlegen! Ich werde das nie vergessen. Verstehen Sie, denn es kam ja auch noch ein Stolz hinzu, den ich nicht richtig beschreiben kann. Da stand ich, ein Mann gerade in den mittleren Jahren, und hatte mir nie träumen lassen, auch nur einen Fuß in dieses Heiligtum zu setzen. Wissen Sie, was mir am meisten dort auffiel? Die altmodische Schäbigkeit. Ich weiß nicht mehr, was ich eigentlich erwartet hatte. Aber es war wie ein Schock. Ich muß das erläutern. Mit Schock meine ich so einen Schock, wenn man etwas wiedererkennt. Ich vermute, indem die Engländer uns den Zutritt verwehrten, erweckten sie in uns nur allzu leicht die Vorstellung, der Club sei ein Ort, wo sich ihre schlimmste Seite verräterisch enthüllte. Das Gegenteil war der Fall. Das Gegenteil fiel ins Auge, und man begriff sofort, daß man das eigentlich hätte erwarten müssen. Vielleicht verstehen Sie das besser, wenn ich Ihnen Robin White so beschreibe, wie ich mich an ihn erinnere. Er war ein recht junger Mann, noch nicht vierzig. Er war sehr groß und hatte eines von diesen schmalen englischen Gesichtern, die uns abstießen, wenn wir sie zum ersten Mal sahen, weil sie unfähig schienen, irgendwelche Emotionen auszudrücken. Und wir haben uns gefragt: Ist dieser Bursche nun sehr gescheit und meint es womöglich gut mit uns, oder ist er ein Dummkopf? Wenn er ein Dummkopf ist, ist er dann ein nützlicher Dummkopf oder ein gefährlicher? Was weiß er? Was um alles in der Welt denkt er? Wenn er lächelt, lächelt er dann über unsere Späße oder über seine eigenen? Ist das Abscheu vor uns, daß er diese kühle, unmerkliche Distanz wahrt, oder ist es Schüchternheit? Das andere typisch englische Gesicht, das extrovertierte Gesicht war uns beinahe angenehmer, obwohl wir wußten, es bestanden kaum Chancen, daß es länger als sechs Monate offen und freundlich bleiben würde. Zumindest gab einem diese Art Gesichter kein Rätsel auf. Die einzelnen Stadien seiner Verwandlung waren nicht nur klar erkennbar, sondern auch vorauszusehen. Aber bei diesem schmalen, introvertierten Gesicht dauerte es lange, bis es einen nicht mehr befangen machte. Ein Mann mit einem solchen Gesicht tauchte oft auf und verschwand wieder, ohne daß wir je die Wahrheit über ihn herausfanden. Manchmal hörten wir nichts mehr von ihm. Manchmal wieder erfuhren wir, daß er inzwischen eine wichtige Position einnahm, und dann erkannten wir zumindest, daß er kein Dummkopf gewesen war, obwohl der Ruf, den er sich später erwarb, möglicherweise bewies, daß er auch kein guter Freund gewesen war.

Bei Robin Whites Vorgänger Stead wußten wir zum Beispiel alle, woran wir waren. Es gab Mitglieder des örtlichen Kongreßunterausschusses, die Steads Regime vorzogen, denn Stead war beinahe eine Karikatur des traditionellen cholerischen Verwaltungsbeamten. Wir sagten immer, er bestraft den Distrikt, um sich für die – wie er findet – unfaire Behandlung durch seine Vorgesetzten zu rächen. Wenn er 1937 nicht schon beinahe im Pensionsalter gewesen wäre, hätte unser erster Innenminister der Provinz versucht, ihn in die relativ harmlose Position des Hauptkommissars befördern zu lassen, und den Anspruch eines Inders auf seine Nachfolge unterstützt. In diesem Fall hätten wir Robin White nicht bekommen. Wir hätten schlechter fahren können, aber ich glaube nicht besser. Das war meine persönliche Ansicht. Sie wurde nicht von allen geteilt. Manche von uns zogen, wie schon gesagt, Stead vor, denn er gab unserem Ausschuß Gelegenheit zu vielen Beschwerden beim Kongreßvorstand in Delhi, wo in der zentralen gesetzgebenden Versammlung Fragen gestellt wurden, und den Bezirks- und Stadträten gab er Anlässe zu vielen Beschwerden bei der Provinzregierung. Zu viele von uns ließen sich lieber in kurzfristige Kontroversen verwickeln, anstatt eine langfristige Politik zu verfolgen, die von der Kooperation zur Autonomie führen konnte.

Sie müssen wissen, Stead war ein Freund der Moslems, wenn Freund das richtige Wort für einen Mann ist, der im Grunde alle Inder für minderwertig hielt. Er machte aus seinen Sympathien kein Geheimnis, und damit schürte er dies lächerliche Feuer in der Gemeinde noch zusätzlich. Zwei seiner Unterbezirksbeamten waren Moslems. Nachdem die Kongreßpartei in der Provinzregierung an die Macht gekommen war, versetzte er einen dieser Moslems aus einem ländlichen Gebiet nach Majapur. Das bedeutete, dieser Mann wurde faktisch Stellvertretender Kommissar und Nebenrichter in der Stadt. Leider gehörte dieser Syed Ahmed zu den militanten Moslems. Er verurteilte Moslems generell nur zu leichten Strafen oder sprach sie frei. Hindus dagegen wurden streng bestraft. Als Vergeltungsmaßnahme beschloß der Distriktrat, in dem es eine Hindumehrheit gab, daß die Moslemkinder in den Dorfschulen Kongreß-Lieder singen und vor der Kongreß-Fahne salutieren mußten. Kommunale Differenzen haben immer die Tendenz, sich lawinenartig auszuweiten. Es kam zu Unruhen in Tanpur, das dem zweiten Moslem von Steads Unterbezirksbeamten unterstand. Dieser Mann hieß Mohammed Khan. Unser Ausschuß beschwerte sich bei der Regierung darüber, daß Mohammed Khan und Syed Ahmed die Moslems zu Unruhen anstifteten. Die Verwaltung unterstand nicht den Ministerien, doch unter Umständen konnte man Druck ausüben, besonders wenn man triftige Gründe vorzuweisen hatte. Der Hauptkommissar wies Stead schließlich an, Syed Ahmed nach Tanpur zu versetzen. Mohammed Khan wurde in einen anderen Distrikt geschickt, und Stead erhielt einen jungen englischen Stellvertretenden Kommissar namens Tupton aus einem anderen Distrikt. Das änderte nicht viel, denn auch Tupton hielt Moslems für mannhafter als Hindus, und Stead lachte sich ins Fäustchen – bis er in den Ruhestand versetzt wurde und wir Robin White bekamen. Es dauerte nicht lange, bis Robin mit Tupton die Klingen kreuzte und dafür sorgte, daß er von einem Mann seiner Wahl, dem jungen John Poulson ersetzt wurde.

Ich muß sagen, an der Art, wie er sich Tupton vom Hals schaffte und Poulson hierher holte, erkannten wir gleich, daß hinter diesem nicht unfreundlichen, aber seltsam ausdruckslosen Gesicht mehr steckte, als man auf den ersten Blick vermutete. Die Tatsache, daß er Tupton versetzen ließ, machte deutlich, daß er begriffen hatte: Sein Stellvertreter war ein unnötiges Ärgernis. Nachdem außerdem klar wurde, daß er nicht die umgekehrte Richtung einschlug und die Hindus anstelle der Moslems unterstützte, sondern darauf bedacht war, beiden Gruppen freundlich zu begegnen, wußten wir, er war der faire Typ. Außerdem hatte er etwas Staatsmännisches an sich. Er forderte die Distrikt- und Stadträte in höchst diplomatischer Form auf, noch einmal die bereits verabschiedete Regelung zu beraten, die das Salutieren vor der Kongreß-Fahne in den Grundschulen zur Pflicht erhob. Ich erinnere mich noch an die Formulierungen aus seinem Brief. ›Die Kongreßpartei, wie mir durchaus bewußt ist, findet ihre Anhänger nicht nur bei einer Mehrheit der Hindus, sondern auch bei einer sehr großen Zahl von Moslems. Ich gebe jedoch zu bedenken, daß sie sich zwar als eine grundsätzlich indisch-nationale Partei versteht, und daß es zwar richtig ist, indische Kinder durch rituelle Ehrerweisung zu einem patriotischen Gefühl nationaler Pflicht hinzuführen, aber vielleicht unklug, in ihren Köpfen den Eindruck einer Trennung zu hinterlassen, welche die Kongreßpartei richtigerweise nach besten Kräften aufzuheben bemüht ist.‹

Sehen Sie, damit hatte er unsere schwache Stelle getroffen, oder zumindest die schwache Stelle all derer, die die Feinheiten der englischen Sprache zu würdigen wußten. Als ein Mitglied des Unterausschusses – und er besaß die Weitsicht, uns eine Kopie seines Briefes an die Distrikt- und Stadträte zu schicken –, als Mitglied des Unterausschusses, der über seine Vorlage beriet, sprach ich eine Stunde lang darüber, was die Worte ›Eindruck‹ und ›Trennung‹ in seinem Brief zu bedeuten hatten.

Vielleicht ist die Kongreßpartei für Sie ein Synonym für Hindus. Für uns hieß die Partei ursprünglich immer der Gesamtindische Kongreß – übrigens von einem Engländer gegründet. Aber da es in Indien schon immer mehr Hindus als Moslems gab, stellten die Hindus selbstverständlich immer die Mehrheit der Mitglieder. Das allein machte den Kongreß noch nicht zu einem Instrument der Hindupolitik. Leider gibt es immer eine Grauzone gefährlicher Unzulänglichkeit zwischen einer Politik und ihrer Verwirklichung. Stimmen Sie mir zu? Na, als Engländer, als Angehöriger eines Volkes, das einmal über uns geherrscht hat, müssen Sie mir wohl zustimmen. Gab es etwa keine Grauzone gefährlicher Unzulänglichkeit zwischen Ihrer liberalen Londoner Regierungspolitik für Indien und ihrer Verwirklichung hier am Ort? Was hatte Mr. Stead mit offizieller englischer Politik zu tun, abgesehen davon, daß er sie durch seine persönlichen Leidenschaften und Vorurteile tatkräftig hintertrieb? Stimmen Sie mir nicht zu, daß die Mr. Steads Ihres Landes sich mit Händen und Füßen gegen alle Direktiven des Parlaments und der Regierung wehrten, wenn sie ihnen unannehmbar schienen? Genauso unannehmbar wäre es für die Besatzung eines belagerten Forts, die weiße Fahne zu hissen, wenn man noch genug Munition hat. Haben solche Leute sich nicht immer als das empfunden, was in der offiziellen Gleichung nicht auftauchte, als das inoffizielle, aber sehr aktive Sammelbecken der alten britischen Tugenden, die die Politiker ihrer Ansicht nach aus den Augen verloren oder nie besessen hatten? Finden Sie nicht auch, daß Ihre Landsleute, die Sie heute abend beobachtet haben, im allgemeinen noch immer in einem traumatischen Prozeß befangen sind, der sie dazu bringt, die Direktiven Ihrer Regierung zu Hause, nämlich exportier' oder stirb, zu ignorieren? Glauben Sie nicht, daß wir mit den Russen oder den Amerikanern besser zurechtkommen würden?

Und nicht anders war es auch mit den Kongreß-Mitgliedern, verstehen Sie? Vielleicht sogar in einem höheren Maß, denn der offizielle Kurs der Partei schwankte zwischen den Extremen dieses seltsam weltfremden Mannes und unserem weltklugen Pandit aus Kaschmir, der stets wußte und vielleicht immer noch weiß, daß der Spatz in der Hand besser ist als die Taube auf dem Dach.

Weshalb sollte man also erwarten, daß der Kongreß sich an Regeln hielt, an die sich sonst niemand hielt? An zahllosen

Orten wie Majapur wurde die Partei kleinlich exklusiv, ebenso wie Stead kleinlich unzugänglich wurde und Ihre Landsleute in der Lounge Bar kleinlich insular geworden sind. Sie brauchen das Geld, das sie verdienen, das Geld, das wir ihnen auch gern zahlen, doch sie demonstrieren, daß sie die Leute verachten, bei denen sie das Geld verdienen.

Verzeihen Sie, Lili gibt mir ein Zeichen, daß ich endlich den Mund halten soll. Aber ich bin ein alter Mann. Ich habe ein Recht zu sagen, was ich denke... oder nicht? Und natürlich auch, vom Thema abzuschweifen. Ich sprach über den Brief des Distriktskommissars und über die durch und durch englische Elastizität des Satzes: ›Doch vielleicht ist es unklug, in ihren Köpfen den Eindruck einer Trennung zu hinterlassen, welche die Kongreßpartei richtigerweise nach besten Kräften aufzuheben bemüht ist.‹

Er forderte uns nicht nur auf, uns zur offiziellen Parteilinie zu bekennen, nach der der Kongreß eine Körperschaft darstellte, die ganz Indien repräsentierte: Er wies uns auch sehr behutsam auf etwas hin, das wir im tiefsten Innern alle wußten: Viele unserer örtlichen Aktivitäten widersprachen der Parteilinie, wenn man die Parteilinie an der höchsten Ebene maß, auf der sie ihren Ursprung nahm, und natürlich ganz besonders, wenn solche Aktivitäten sich auf Kinder richteten. ›Vielleicht ist es unklug, in ihren Köpfen den Eindruck zu hinterlassen ...‹ Das brachte uns dazu, über die Köpfe nachzudenken, in denen wir einen Eindruck hinterließen: die Köpfe von Kindern. Wenn wir einmal die Tatsache anerkannten, daß wir als Erwachsene handelten, die die Härten des parteipolitischen Alltags kannten, aber etwas für die Kinder tun wollten, die davon nichts ahnten, mußten wir auch die Tatsache anerkennen, daß diese Kinder nun schon seit langem den Kongreß mit dem Hinduismus gleichsetzten und das Singen von Kongreß-Liedern und das Salutieren vor der Kongreß-Fahne als einen Akt des Widerstands ansahen, aber nicht nur gegen die britische Herrschaft, sondern auch gegen die nationalen Bestrebungen der Moslems. Und zwar deshalb, weil wir, die Erwachsenen, die Probleme auf diese bequeme Weise vereinfacht hatten.

Leider wurden meine Argumente, mit denen ich die Eingabe des Distriktskommissars befürworten wollte, meine Argumente für eine Abschaffung des morgendlichen Rituals in den Schulen unseres Distrikts von einer Fünf-zu-Zwei-Mehrheit abgelehnt. Als eine disziplinarische Übung übertrug man es mir, die Antwort des Ausschusses an Mr. White zu entwerfen. Ich erinnere mich nur noch an einen Satz, denn der Rest meines Entwurfs wanderte in den Papierkorb. Und nur dieser Satz wurde in den Brief aufgenommen. Ich will ihn zitieren. Aus dem Kontext gerissen, ergibt er beinahe keinen Sinn, doch interessanterweise erkannte der Kommissar seinen Verfasser. Als wir uns das nächste Mal trafen, wiederholte er ihn: ›Das Salutieren vor der Fahne des Indischen Nationalkongresses sollte nicht Gegenstand einer kleinlichen kommunalen Interpretation sein.‹ Er sagte: ›Ich stimme dem völlig zu. Zumindest in einem Punkt hat der Ausschuß meinen Brief beantwortet.‹ Von diesem Augenblick an waren wir Freunde, und als er hörte, daß ich mich mit Mr. Desai und dem Erziehungsminister zum Lunch getroffen hatte, lud er mich deshalb auch in seinen Bungalow ein, wo über die Ausweitung der Grundschulausbildung in seinem Distrikt gesprochen wurde. Wie Ihnen vermutlich nicht entgangen ist, waren unsere Provinzregierungen inzwischen über die Anfangsschwierigkeiten hinaus. Aber natürlich schrieben wir bereits das Jahr 1939, obwohl an dem Abend, als er uns in den Club mitnahm, keiner von uns ahnen konnte, daß am Ende des Jahres die Regierung wegen dieser lächerlichen Debatte über die Verletzung der Geschäftsordnung durch den Vizekönig, der Deutschland den Krieg erklärt hatte, zurückgetreten sein würde. Niemand ahnte auch, daß wir danach wieder in das alte autokratische Regime britischer Gouverneure mit einem ernannten Rat zurückfallen würden. Als wir an diesem Abend in den Gymkhana Club gingen, schien sich die ganze Welt vor uns zu öffnen.

Aber das ist der Punkt, auf den ich so umständlich hinauswill. Erst als ich mit Desai, dem Minister und Mr. White in den Club kam, begriff ich wirklich, wofür Männer wie Robin White standen, wofür sie trotz aller engstirniger Opposition standen. Ich meine damit nicht Opposition in Whitehall, sondern Opposition hier, am Ort, in Majapur. Jetzt sah ich, wie gut er in den Club paßte. Wie gut der Club zu ihm paßte. Wie er, so hatte auch der Club keinen Ausdruck, den man leicht deuten konnte.

Der Club war schäbig und bequem, aber auch ehrfurchtgebietend – vermutlich, weil die Engländer als herrschende Klasse ihm solche Bedeutung beimaßen. Doch die Mehrzahl der Leute dort – nun ja, man spürte, gleichgültig, wie sehr sie auch davon überzeugt sein mochten, für den Club wie geschaffen zu sein, so war der Club in Wirklichkeit doch nicht für sie geschaffen. Im Club, genauer gesagt im Rauchzimmer, sah ich zum ersten Mal Robin Whites wahres Gesicht. Es schien so herrlich zu den schäbigen Ledersesseln zu passen, die so abschreckend aussahen, sich aber als erstaunlich bequem herausstellten, wenn man darin saß. Und Robin blickte die Diener an, wenn er mit einem von ihnen sprach. Man sah, daß er einen kurzen, aber klaren Eindruck von ihnen als Menschen gewann. Er fühlte sich ihnen nicht überlegen, sondern nur für sie verantwortlich. Dieses Verantwortungsgefühl ließ ihn seine privilegierte Stellung mit Würde tragen. Eine solche Haltung erweckt immer Vertrauen. Blitzartig – verzeihen Sie das dramatische Adjektiv –, blitzartig empfand ich wirklich, was in der Vorstellung der Engländer hinter all diesem Humbug von Macht und Einfluß lag, obwohl es ihnen nur selten gelang, es zu zeigen. Und deshalb liebe ich diesen Club seit damals...«

»Auch heute noch...?«

»Nun ja... ich liebe ihn, wie er gewesen ist, und wenn man weiß, was man sucht, ist er auch heute eigentlich nicht anders. Man sah und sieht durch den äußeren Schein hindurch. Allerdings muß der durchschnittliche Engländer, jetzt, nachdem die Verantwortung abgegeben wurde, keinen äußeren Schein mehr wahren. Und es entsteht diese interessante Situation, daß sich das Entleeren von Toiletteneimern in den Swimmingpool auch als eine Geste *Ihrer* einst unterprivilegierten Landsleute gegen all jene sozialen Kräfte interpretieren läßt, die heute nicht mehr wirken, von denen sie aber früher auf ihren Platz verwiesen wurden. Ich meine damit, bitte verzeihen Sie mir, so viele von Ihren Experten heute sind nicht mehr das, was die Clubmitglieder vor zwanzig Jahren als Gentlemen bezeichnet hätten... es sind, wie die englischen Damen von Majapur damals gesagt hätten, ›auch Menschen‹ oder ›auch Engländer‹. Sehen Sie, man schickt heutzutage so einen Burschen nach Majapur, um uns beizubringen, wie man eines von diesen komplizierten technischen Dingern bedient. Natürlich wird er als Mitglied einer höheren Rasse behandelt. Aber ich glaube nicht, daß er im allgemeinen ein besonderes Gefühl der *Verantwortung* hat, uns etwas zu lehren, sondern nur das Bedürfnis, seinen Lebensunterhalt in relativ angenehmer Umgebung zu verdienen. Er hat die Vorstellung, daß auch anderen Leuten Dinge leichtfallen müßten, die ihm so leichtfallen, und deshalb wird er wahrscheinlich schnell ungeduldig. Wir begreifen sehr schnell die äußeren Aspekte von Maschinen und Geräten, nicht aber ihre innere Logik. Das meinen junge Männer wie Surendranath und Desai, wenn sie sagen, wir hätten unsere Zeit mit politischen Spielereien verschwendet. Unsere Unzulänglichkeit gibt dem Experten jedenfalls das Gefühl beträchtlicher Überlegenheit, und es verschafft ihm auch einen leichten Kitzel, dessen er sich möglicherweise auch schämt, weil er automatisch berechtigt ist, Mitglied des Gymkhana Clubs zu werden. Er lacht über das, was der Club einmal repräsentiert hat: die altmodische Förmlichkeit und Spiegelfechterei der englischen Oberschicht – und vermutlich kommt er deshalb in Shorts und kurzärmligem Hemd in den Club und gebraucht vulgäre Ausdrücke. Der Experte weiß praktisch nichts über die britisch-indische Geschichte, und deshalb ist für ihn alles, was damit in Verbindung zu stehen scheint, nur ein Beispiel für den alten britischen Snobismus. Damit schreibt er in gewisser Weise auch *uns* ab. Natürlich steht hinter all dem etwas anderes: sein natürliches Mißtrauen gegen uns, seine natürliche Abneigung gegen Menschen mit dunkler Haut, eine Abneigung, von der er vielleicht noch gar nichts weiß, die er aber nach einiger Zeit hier an sich bemerkt. Das Mißtrauen und die Abneigung teilt er mit seinen Vorgängern vom alten Schlag, doch er besitzt den Mut, sie rücksichtslos zu zeigen, etwa indem er Toiletteneimer in den Swimmingpool leert. Daneben gibt es eine noch subtilere Komplikation. In seinem Herzen teilt er mit der alten englischen herrschenden Klasse, die er angeblich verabscheut, den Wunsch, daß man im Ausland zu ihm aufblickt. Und er teilt auch das Gefühl eines Verlusts mit ihr, denn er konnte das Erbe des Empire nicht antreten, in dem er stets nur eine Institution der herrschenden Klasse gesehen hat. Wollte man ihm das offen sagen, könnte er es beim besten Willen nicht verstehen, und was er versteht, würde er leugnen. Aber wir verstehen es. Für uns ist es klar. Aber am klarsten, nachdem es keine offizielle Fremdherrschaft und keine mystische Gewalt einer fremden Führungsmacht mehr gibt, die im öffentlichen und privaten Leben den äußeren Schein verlangte, und am deutlichsten wird, daß hinter all dem äußeren Schein die Angst und Abneigung zwischen uns standen, die in der Frage der Hautfarbe wurzelten. Sogar wenn wir uns liebten, herrschte diese Angst; und wo es nur Angst und keine Liebe gab, da herrschte Abneigung. In dieser seltsamen Haßliebe zogen wir immer den kürzeren, denn, sehen Sie, da die Welt nun einmal war und ist, was sie ist, erkannten *wir* und erkennen immer noch nur allzu deutlich, daß Sie uns in der Anwendung praktischen Wissens weit voraus waren und weit voraus sind, und wir setzen helle Haut immer noch mit höherer Intelligenz gleich. Sogar mit Schönheit. Die Sonne bei uns scheint zu stark. Sie macht uns dunkel und schwächt uns. Blässe ist ein Synonym für den Erfolg in der Welt, denn Blässe ist das Zeichen intellektueller, nicht physischer Anstrengung, und der Erfolg in der Welt wird selten ausschließlich mit Muskelkraft erreicht. Aha ... da kommt endlich der Zug.«

Und bald darauf öffnen sich die Bahnschranken mit einer mechanischen Präzision, an der man nicht die einheimische Erfindung, sondern die ausländische Konstruktion erkennt, und geben die Straße frei, die zur Brücke, zum Tempel und zur Schwarzenstadt führt. Der Studebaker (auch ein Import, den sein amerikanischer Besitzer mit einem hübschen Gewinn einem brahmanischen Freund von Mr. Srinivasan in Kalkutta verkauft hat) gleitet weiter, und unten glitzert der Fluß mit den künstlichen Juwelen der nächtlichen Beleuchtung. Der Verkehr in der Gegenrichtung – von der Schwarzenstadt in das Zivilistenviertel (die alten bildhaften Bezeichnungen halten sich lange) – setzt sich in Bewegung, wird aber von einer kürzeren Prozession von Karren mit den weißen, höckrigen Ochsen aufgehalten, deren runde Augen im Scheinwerferlicht rot leuchten.

»Halt!« ruft Mr. Srinivasan unvermittelt. »Möchten Sie vielleicht den Tempel sehen? Es ist doch noch nicht zu spät? Sag ja, Lili, wir wollen unserem Gast heute abend wenigstens *etwas* zeigen, das wirklich *indisch* ist.« Er fordert den Moslemfahrer auf, an der nächstbesten Stelle zu parken.

Am Brückenkopf, drüben auf der Seite der Schwarzenstadt – der Tirupati-Tempel liegt zur Linken – mündet die Straße in einen Platz, an dessen anderem Ende der heilige Baum und der Schrein stehen. Rechts, dem Tempel beinahe gegenüber, befindet sich das Majestic-Kino, in dem stets vor vollem Haus ein Epos aus dem Ramajana läuft. Wie man sich vielleicht erinnern wird, teilt sich die Straße hinter dem Platz und führt rechts in Richtung Gefängnis und links zum Chillianwallah-Basar. Eine einzige Straßenlampe in der Nähe des heiligen Baums beleuchtet den Platz. Aber es ist nicht dunkel, denn die Geschäfte sind noch geöffnet, und die offenen Ladenfronten werden von nackten Glühbirnen oder grellen Gaslampen beleuchtet, deren blendende Helligkeit in den Augen schmerzt. Von irgendwo aus nächster Nähe – ja, aus dem Kaffeehaus – ertönt aus einem Lautsprecher Schallplattenmusik, ein beliebter Schlager der Zelluloid-Zivilisation: Saiteninstrumente, Blech- und Schlaginstrumente begleiten eine dünne, nasale Frauenstimme. Der Blick fällt auf ein oder zwei Kühe, abgestellte Fahrradrikschas und viele Menschen. Mehrere Bettlerinnen laufen auf den Studebaker zu; sie tragen schlafende Kinder in den mit Reifen behängten Armen. Ihre Augen und die Nasenringe fangen einzelne Lichtfunken ein, die verlöschen und wieder aufglimmen.

Die Frauen erreichen den Wagen, drängen sich um ihn und begleiten ihn, halb laufend, halb rennend. Wenn er anhält, strecken sie die Hände durch die geöffneten Wagenfenster herein. Mr. Srinivasan muß ihnen schließlich mit der Polizei drohen. Sie weichen zurück, aber gerade weit genug, daß die Insassen aussteigen können. Der Chauffeur bleibt beim Wagen, und ihn lassen sie in Ruhe. Doch die hartnäckigsten Frauen folgen der Gruppe die kurze Strecke zum Tempel. Während man sich einen Weg durch die Menge bahnt, glaubt man hin und wieder, die Frauen hätten aufgegeben. Eine Hand, die leicht am Ärmel zupft, beweist das Gegenteil. Der Frau in die Augen zu blicken, wäre fatal. In Indien muß man nur allzu oft den Blick abwenden. »Sie dürfen ihnen nichts geben«, sagt Mr. Srinivasan. Einem Beobachter der Szene wäre nicht entgangen, daß die Bettlerin sich auf die verwundbarste Flanke des Trios konzentriert, das sich dem Tempel nähert: auf den Weißen. Der Beobachter würde vielleicht auch bemerken, daß die Frau, die ihre stumme

Bitte durch diese Geste, die kurze Berührung des weißen Mannes am Ärmel, vorbringt und jetzt leise flüstert, wobei sie ihr Bettelvokabular auf das eine, drängend wiederholte Wort »Sahib, Sahib« beschränkt, sich erst als letzte mit der Niederlage abfindet und den Besuchern beinahe bis zum Tempeleingang folgt.

»Leider müssen Sie die Schuhe ausziehen«, erklärt Mr. Srinivasan. »Die Socken können Sie anbehalten, wenn Sie wollen.«

Socken? O nein, wenn schon, denn schon!

Das offene Tor ist ziemlich schmal, doch die Mauern sind dick, denn der Eingang befindet sich am Fuß eines hohen Turms, den Reihe um Reihe immer kleiner werdende gemeißelte Steinfiguren überziehen. Einzelheiten sind im Dunkeln nicht zu erkennen. Im Torbogen hockt ein Tempeldiener neben einer Petroleumlampe, umgeben von Sandalen und Schuhen. Mit Kreide markiert er die Schuhsohlen und übergibt Mr. Srinivasan einen Papierstreifen. Der Steinfußboden unter den nackten Sohlen ist warm und eher rauh. Über vier Stufen steigt man in den großen Tempelhof hinunter. Die Füße treten auf Sand. Menschen gehen, Menschen beten, Menschen sitzen auf dem Boden und scheinen sich zu unterhalten. Der Hof ist nur schwach beleuchtet. In der Mitte erhebt sich das quadratische Gebäude des inneren Heiligtums; Stufen führen hinauf, und geschnitzte Säulen tragen ein reich verziertes Dach. Entlang den Mauern gibt es noch andere Heiligtümer. Manche liegen im Dunkeln, andere sind beleuchtet, um anzuzeigen, daß der Gott oder die Göttin wachen. Die Statuen sind oft nicht größer als Puppen; sie sind bemalt und mit Girlanden behängt. Im großen Heiligtum läutet eine Glocke: Ein Anbeter des Wenkataswara zeigt dem Gott an, daß er um Einlaß bittet. Die drei Besucher gehen langsam durch den Hof, bis sie den Eingang zum Heiligtum des Gottes Wenkataswara erreichen. Ein Mann mit glattrasiertem Kopf, nackter Brust und der heiligen Schnur über der hellbraunen Schulter steht an einer Säule. Es ist ein Tempelpriester. Der schwarzhäutige Gläubige im Lendentuch steht in Gebetshaltung – beide Arme über den Kopf erhoben, die Handflächen aneinandergelegt – in der offenen Tür des Heiligtums. Das kurze Seil am Eisenklöppel der Glocke, die am Dach hängt, bewegt sich noch. Es ist nur möglich, einen kurzen Blick auf das innere Heiligtum zu werfen: Im Herzen des Steins glänzen Gold, Silber und Ebenholz. Ein bittersüßer Geruch liegt in der Luft. Der Boden unter den Füßen wechselt immer wieder von Kies zu samtweichem Sand. Durch den Flußeingang dringt der Geruch des Wassers in den Tempel.

Im Hof stehen Bäume. Tagsüber spenden sie Schatten. Hinter dem großen Heiligtum befindet sich das Heiligtum des schlafenden Wischnu. Der Steinboden des Heiligtums ist schwarz und glänzend poliert. Im Innern liegt der in Stein gehauene Gott und schläft, im dämmrigen Licht der Öllampen in den Mauernischen, bis in alle Ewigkeit und träumt, wie es scheint, schöne Träume. Er ist größer als ein liegender Mensch, untrennbar verbunden mit seinem steinernen Lager, aus dem er herausgemeißelt ist. Er ist glatt und nackt; er hat breite Schultern und volle Lippen, die sich zu einem sanften Lächeln wölben. Die Augenlider sind geschlossen, doch es wirkt, als könne er die Augen im nächsten Moment sinnlich und wollüstig öffnen. Sobald sich der Eindruck des bevorstehenden Erwachens verfestigt hat, suggerieren die starren Glieder eine verborgene Beweglichkeit, als könne man zumindest erwarten, der Gott werde die Starre seines langen Schlafes abschütteln. Dann würde die zart gemeißelte, aber kraftvolle Hand vom steinernen Kissen fallen und auf die Brust sinken. Dann würden sich vielleicht die vollen Lippen teilen, und er würde ein Wort sprechen, leise wie im Traum, mit ihm jedoch ein Geheimnis enthüllen, das jeden zufällig anwesenden Sterblichen, sei es Mann oder Frau, befähigen würde, die Geheimnisse irdischer Macht und des Friedens im Jenseits zu enträtseln.

»Es tut mir leid, daß wir Sie nicht in das Allerheiligste führen können«, sagt Mr. Srinivasan, »obwohl es mir vielleicht gelingen würde, wenn ich den Priester davon überzeugen könnte, daß Sie Buddhist sind. Vielleicht ein andermal. Lili sieht müde aus.«

Nicht nur müde, sondern merkwürdig fehl am Platze.

»Heutzutage«, erklärt Srinivasan, während die Schuhe gesucht, die Socken aus den Taschen gezogen und dem Bewacher ein paar Münzen gegeben werden, »heutzutage unterstehen die Tempel alle der Regierung. Man kann sagen, die Priester sind Beamte geworden. Sie beziehen ein Gehalt und erheben Gebühren nach amtlichen Richtlinien. Das verringert die früher übliche Geldschneiderei erheblich. Dies ist eines der Dinge, auf denen wir alten Kongreßmitglieder bestanden haben ... Indien sollte ein säkularer, demokratischer Staat, keine von Priestern beherrschte Autokratie sein.«

Ehe man den Wagen erreicht hat, drängen sich dieselben Bettlerinnen wieder heran. In der Sicherheit des Studebaker sagt Srinivasan: »Jetzt sind wir wohl heilig, und es ist angebracht, mildtätig zu sein«, und wirft ein paar Münzen aus dem Wagenfenster. Die Frauen suchen sie im Staub, der Wagen setzt sich unbehindert in Gang und biegt in die linke Straße ein, die vom Platz abgeht. Hier ging Schwester Ludmila mit der an der Hüfte angeketteten Ledertasche entlang. Es ist eine grell beleuchtete, enge Gasse, in der sich die Menschen drängen. Die Motorhaube des Studebakers erinnert an den Bug eines Bootes, das sich seinen Weg auf einer vielbefahrenen Wasserstraße bahnt. Der Chauffeur fährt mit Kupplung und Hupe. Am Ende der Straße befindet sich der ummauerte Chillianwallah-Basar; die Stadt ist plötzlich dunkel und wie ausgestorben. Der Markt ist geschlossen, und die Läden vor den Fenstern der Häuser sind zugezogen. Nur ein paar Lichter sind zu sehen. Die Scheinwerfer lassen dichte, eckige Schatten entstehen. Durch die schmalen Lücken zwischen den verlassenen Gebäuden dringt der Geruch vom Fluß.

Der Wagen fährt um eine Ecke, und der alte Palast, das Purdah-Krankenhaus, wird einen Moment lang sichtbar: eine hohe Mauer mit eisernem Tor, dichtes Blätterwerk dahinter und Licht, das durch die Blätter fällt. Ein weißgelb gefleckter Hund läuft vor dem Wagen über die Straße. Vorne weitet sich der Himmel und bietet Sterne in Konkurrenz zu den Waren in den Läden. Irgendwo zur Linken liegen die Gebäude, die einmal als das Asyl bekannt waren, und zur Rechten die Chillianwallah Bagh-Siedlung.

»Man sagt, sie ist seit vielen Jahren tot«, erklärt Mr. Srinivasan und meint Mrs. Gupta Sen, die vor ihrer Heirat Shalini Kumar war. Der Wagen fährt durch eine Gegend mit ordentlich angelegten, aber nicht asphaltierten und schlecht beleuchteten Straßen, wo die Sonnenfallen der reichen Kaufleute hinter hohen Mauern stehen. Vereinzelt fällt Licht durch die geschlossenen Fensterläden. Die hohen, schwarzen und fedrigen Silhouetten der Kokospalmen lehnen wie betrunken in den Lücken zwischen den Häusern. Der Wagen biegt zweimal ab. Aber die Straßen mit ihrer Ansammlung von Häusern sehen alle gleich aus. Das Haus Nummer zwölf ist ein anonymer dunkler Klotz. In der kalten Jahreszeit wohnt regelmäßig ein Enkel von Romesh Chand für ein paar Monate dort. Auf Srinivasans Anweisung hält der Wagen vor dem eisernen, mit einem Vorhängeschloß gesicherten Tor. Man spürt nichts außer der nächtlichen Wärme und sieht nichts außer den Schatten im Gelände und dem Abflußrohr, das von der Straße über den Regenwassergraben zum Tor führt. Hier im Gras fand man das Fahrrad.

Und Kumar? Wo ist der jetzt? Srinivasan zuckt mit den Achseln. Vielleicht ist er tot. Nach Kumars Verhaftung im Zusammenhang mit der Vergewaltigung im Bibighar-Park wollte Romesh Chand nichts mehr mit ihm zu tun haben. Vielleicht wollte auch Kumar nichts mehr mit seiner Familie zu tun haben. Nun ja, Indien ist ein riesengroßes Land, in dem man sich leicht verliert. Und wieder überkommt einen das Gefühl von Unermeßlichkeit (Schwere, Flachheit, keine Orientierungsmerkmale), eine Unermeßlichkeit, die sich auf das Gemüt legt, eine Weite von betäubender Grenzenlosigkeit. Hier auf der Erde ist nichts wahrscheinlich und alles möglich. Nur aus der Luft kann man etwas wie ein Muster, einen Plan, eine fruchtlose menschliche Absicht entdecken. Der Studebaker gleitet vorwärts, verloren, getrieben, doch dem automatischen Fortgang unterworfen. Er fährt über die Verlängerung der Chillianwallah Bagh Road, die in südlicher Richtung zum heute nicht mehr vorhandenen Südtor der alten, ummauerten Stadt führt und auf die Nordseite der Bibighar-Brücke.

Die Brücke hat eine niedrige Steinbrüstung und ist gewölbt, als krümme sie sich ständig vor rheumatischen Schmerzen, weil ihre Pfeiler schon so lange im Wasser stehen. Und so geht die Fahrt, nachdem der Reisende das unsichtbare Wasser wieder überquert hat (das in dieser weniger gut beleuchteten Gegend nicht glitzert), nordwärts weiter zur zweiten Bahnschranke: aus der Ewigkeit zurück zum Vergänglichen, von den Wassern, deren Quellen in den verschneiten, fernen Berghängen sprudeln, zu den parallelen Stahlsträngen, die die Züge ostwärts zu der Küste tragen, die man sich nicht vorstellen kann.

Und hier steht die Hütte des Schrankenwärters. Inzwischen leuchtet dort eine Neonlampe. Der gut gefederte Wagen schaukelt weich über die unebenen Holzplanken zwischen den Schienen. Unschwer kann man sich vorstellen, wie es ist, mit dem Fahrrad das Gleis zu überqueren, während die Ampeln auf Grün stehen und von links der rauchige, metallische Geruch der Eisenbahn dringt, der überall auf der Welt der gleiche ist und ganz sicher auch vor zweiundzwanzig Jahren nicht anders war, so daß es möglich ist, heftig einzuatmen und zu denken: Dieser Geruch stieg ihr in die Nase, als sie mit dem Fahrrad von Schwester Ludmilas Asyl nach Hause fuhr.

Aber weiter vorne gibt es eine Veränderung. Die Straße wird neu asphaltiert. Man erinnert sich, daß Lili Chatterjee es erwähnt hat. Dort stehen jetzt Warnlampen, wölben sich Schotterhügel, und in x-förmigen Lattenkreuzen liegen lange Absperrstangen: ein vertrautes Zeichen für Straßenbauarbeiten. Die Straßenbauarbeiten zwingen den Wagen auf die rechte Fahrspur und damit näher an die Mauer des Bibighar-Parks heran.

Es ist eine ganz normale Mauer, wie man sie überall in Indien findet, kaum mehr als mannshoch, der graue Putz abbröckelnd. Alt! Bäume schirmen das Innere ab. Während der Wagen entlangfährt, sagt niemand etwas, doch das Schweigen sagt genug.

Bibighar.

Nach einer gewissen Zeit gewinnt selbst der traurigste Name eine Art Schönheit.

Von hier aus folgt der Wagen dem Weg, den die junge Frau in der Dunkelheit gerannt ist. Ja, das muß sie gespürt haben: die Weite, das grenzenlose Gelände hinter der Dunkelheit der Häuser und Wohnungen. Sie rannte durch diese gewöhnlichen Straßen, durch diese unauffälligen, unbeleuchteten Alleen. Und die ganze Zeit über dieser merkwürdige Geruch – nun nicht mehr der Geruch der Eisenbahn, sondern der Geruch des Landes, mit dem sie sich vielleicht abgefunden hatte oder den sie nicht mehr bemerkte, wenn sie ihn nicht sogar brauchte oder liebte.

Teil fünf
Der junge Kumar

Als Hari Kumars Vater in Edinburgh an einer Überdosis Schlaftabletten gestorben war und die Anwälte dem jungen Mann erklärten, es sei nicht einmal genug Geld vorhanden, um Mr. und Mrs. Carter zu bezahlen, die das Haus in Berkshire führten, rief er die Lindseys an und fragte sie, was er ihrer Ansicht nach tun sollte. Obwohl die Anwälte es ihm auszureden versuchten, hielt er an der altmodischen Idee fest, für die Schulden seines Vaters, sofern es tatsächlich Schulden wären, verantwortlich zu sein. Die Lindseys fanden die Geschichte der Anwälte von einem Bankrott ebenso unglaubwürdig wie er selbst. Sie luden ihn ein, sofort nach Didbury zu kommen und bei ihnen zu wohnen. Er sollte sich keine Sorgen machen. Mr. Lindsey würde sich mit den Anwälten treffen und versuchen, etwas Vernünftiges von ihnen zu erfahren.

Der Tod seines Vaters ereignete sich während der Osterferien 1938, ein paar Wochen vor Haris achtzehntem Geburtstag. Die Lindseys befanden sich zu dieser Zeit in Paris. Wären sie zu Hause gewesen, hätte Hari die Ferien vermutlich bei ihnen verbracht, und sie hätten ihm mit Sicherheit bei der Beerdigung Beistand geleistet. Er verbrachte die Ferien meist bei den Lindseys. Ihr Sohn Colin war sein bester Freund. Bis zum Tag vor ihrer Abreise nach Paris war er bei ihnen gewesen. Wenn sein Vater ihm nicht aus Edinburgh geschrieben und angekündigt hätte, er werde nach Sidcot kommen, um mit ihm Pläne für die Zukunft zu machen, wäre er auch nach Paris gefahren, die Zustimmung seines Vaters wie üblich voraussetzend. Statt dessen traf der Brief ein, und Hari fuhr nach Hause. Er stellte fest, daß sein Vater noch nicht angekommen war, und traf die Haushälterin, Mrs. Carter, und ihren Mann in schlechter Stimmung an. Sie hatten ihn nicht erwartet, und die Carters erklärten, ihnen sei nichts davon bekannt, daß sein Vater Edinburgh verlassen wolle. Er mochte die Carters nicht besonders. In Sidcot hielt sich das Personal selten lange. Die Carters waren nun schon seit einigen Jahren da, und das war schon so etwas wie ein Rekord.

Hari wußte nicht mehr, wie viele Haushälterinnen, Hausdiener und Gärtner sein Vater beschäftigt hatte. Früher, ehe er die Aufbauschule besuchte und dann nach Chillinghborough gegangen war, hatten sich unangenehme Gouvernanten und Erzieher ebenso regelmäßig abgewechselt wie das Hauspersonal. Manche machten kein Hehl daraus, daß sie den Dienst bei einem weißen Gentleman vorzögen. Für Hari war das Haus nie das gewesen, was er seit seiner Bekanntschaft mit den Lindseys als ein Heim zu betrachten gelernt hatte. Seinen Vater sah er drei- oder viermal im Jahr, und dann selten länger als eine Woche. An seine Mutter konnte er sich nicht erinnern. Soviel er wußte, war sie bei seiner Geburt in Indien gestorben. Auch an Indien konnte er sich nicht erinnern.

Es fiel ihm schwer, die Geschichten der Anwälte zu glauben, weil es am Geld anscheinend nie gemangelt hatte. Als er alt genug war, um die Abstufungen des Reichtums zu begreifen, wurde ihm klar, daß das Haus in Sidcot beträchtlich größer und teurer eingerichtet war als das der Lindseys. Und außer dem Haus in Sidcot gab es noch eine Anzahl Wohnungen in London, wo sein Vater einzog oder auszog, nach einem Prinzip, das Hari nicht verstand und für das er sich nur soweit interessierte, als es nötig war, die neue Adresse und die Telefonnummer jedesmal sorgfältig zu notieren, damit seine Briefe auch ankamen und er damit rechnen konnte, zur richtigen Wohnung zu gehen, wenn sein Vater in der Schule anrief und Hari am Ende des Semesters vor der Heimfahrt zum Lunch einlud. Bei solchen Gelegenheiten nahm er meist Colin mit. Und Colin bemerkte einmal, als er sich in der luxuriösen, aber ungastlichen Wohnung umsah: »Dein Vater muß stinkreich sein.« Hari erwiderte achselzuckend: »Ich glaube, ja.«

Vermutlich in diesem Moment begann er bewußt, seinen Vater mit kritischen Augen zu betrachten, der Englisch in einem abstoßenden Singsang sprach, den Familiennamen »Coomer« schrieb und die Leute aufforderte, ihn David zu nennen, weil Duleep so schwer auszusprechen sei. Duleep hatte für sein einziges noch lebendes Kind, den einzigen Sohn (der Sohn, um den er gebetet, nach dem er sich gesehnt und dessen Leben er bis ins kleinste vorausgeplant hatte) den Namen Hari gewählt, weil Hari so leicht auszusprechen und nur orthographisch vom Diminutiv des Sachsen Harold verschieden war, des englischen Königs aus der Zeit, bevor die Normannen kamen.

Es heißt, Duleep Kumar sei gegen den Wunsch seiner Eltern und nur mit ihrer zögernden Einwilligung nach England gegangen, um Jura zu studieren. Ungefähr zur selben Zeit gab Miss Crane ihre Stellung bei den Nesbitt-Smiths auf und trat in den befriedigenderen Missionsdienst; und um dieselbe Zeit starb auch in ebenso großer, wenn auch nicht so sensationeller Armut wie Duleep die Mutter eines kleinen Mädchens, das ins Waisenhaus kam und sich in späteren Jahren Schwester Ludmila nannte.

Die Kumars waren Grundbesitzer in einem Distrikt der Vereinigten Provinzen. Nach indischen Maßstäben waren sie reich und einer fremden Krone treu ergeben, die bereit schien, das Eigentumsrecht zu respektieren. Es gab viele Kumars, aber, wie sehr auch die Leute ihrer eigenen Hautfarbe zu ihnen aufblikken mochten, es fiel Duleep doch irgendwann in seiner Jugend auf, daß jeder noch so unbedarfte weißhäutige Bengel, der sein erstes Jahr im Staatsdienst absolvierte, sie brüskieren konnte, indem er sie auf der Veranda des geheiligten kleinen Bungalows warten ließ, aus dessen von Fächern gekühlten Räumen der Hauch von müheloser Überlegenheit wehte. Duleep spürte, Macht beruhte nicht auf Geld, sondern auf dieser magischen Kombination von Wissen, Benehmen und Rasse. Sein Vater – einer von denen, die man oft hatte warten lassen – widersprach ihm. »Am Ende«, sagte er, »zählt nur das Geld. Was ist schon eine Brüskierung, was eine Beschimpfung? Nichts. Es kostet nichts, sie auszuteilen, und nichts, sie entgegenzunehmen. Verletzter Stolz ist in der Wärme einer gutgefüllten Brieftasche schnell wieder geheilt. Der junge Mann, der mich warten läßt, ist ein Esel. Er weigert sich, Geschenke anzunehmen, weil er gelernt hat, in jedem Geschenk eines Inders eine Bestechung zu sehen. In seiner Heimat wäre er weniger vorsichtig. Aber in vierzig Jahren ist er ein armer Mann und lebt in seiner kalten Heimat nur von einer kleinen Pension.«

»Aber in diesen vierzig Jahren«, stellte Duleep fest, »hat er Macht ausgeübt.«

»Was ist das schon für eine Macht?« fragte sein Vater, »er legt ein paar Landstreitigkeiten bei, überwacht die Instandhaltung von öffentlichen Einrichtungen, den Ausbau einer Straße, den Bau einer Kanalisation, und er zieht im Namen der Regierung Steuern ein. Er bestraft einige tausend Männer, läßt ein gutes Dutzend auspeitschen und schickt ein paar hundert ins Gefängnis. Du wirst ein vergleichsweise reicher Mann sein. Deine Macht ist greifbar und sichtbar, wenn du dir das Land betrachtest, das dir gehört. Du wirst nur ein einziges Problem haben – die leichte Unannehmlichkeit, beim Nachfolger dieses jungen Mannes auf der Veranda warten zu müssen, einem Nachfolger, der ebenfalls keine Geschenke annimmt und ebenfalls Macht ausübt, wie du das nennst, und dessen einziger Reichtum bei seinem Tod in den Erinnerungen an die Kolonialzeit besteht.«

Duleep lachte. Er lachte über den trockenen Humor seines Vaters. Aber in erster Linie lachte er, weil er es besser wußte. Beim Tod seines Vaters würde das Land, auf dessen Besitz er so stolz war, unter seine Kinder aufgeteilt werden, später unter seine Kindeskinder und dann unter die Kinder seiner Kindeskinder. Am Ende würde nichts mehr übrig sein, und die Macht würde Feld um Feld, Dorf um Dorf geschwunden sein. Im geheiligten Bungalow würde dann immer noch ein junger Mann sitzen und sich darauf vorbereiten, mit freundlichem, aber unverbindlichem Gesichtsausdruck den Geschichten von Leid, Armut und Ungerechtigkeiten zuzuhören, während er zugleich an die eigene Karriere dachte, an den Aufstieg Schritt für Schritt in den Fußstapfen seines Vorgängers, bis er schließlich einen Staatssekretärsposten im Ministerium, einen Sitz im Rat des Generalgouverneurs oder einen Stuhl im höchsten Gerichtshof bekäme.

Duleep Kumar war das jüngste Kind einer Familie mit vier Jungen und drei Mädchen. Vielleicht galt eine Familie mit sieben Kindern als glückbringend, denn nach seiner Geburt (im Jahre 1888) schienen die Eltern einige Jahre damit zufrieden zu sein und nicht an weiteren Nachwuchs zu denken. Er war das Baby, der letztgeborene Sohn. Vielleicht wurden seine Brüder und Schwestern mit der Zeit eifersüchtig, weil man ihn mit Aufmerksamkeit und Zuneigung überschüttete. Ganz sicher zeigte Jahre später, als es um die Zukunft seines Sohnes Hari ging, keines der älteren Geschwister Duleeps, die ihn überlebten, die Neigung, dem Jungen zu helfen. Auf lange Sicht hätten sich diese Dinge vielleicht besser entwickelt, wenn es keinen überlebenden Kumar gegeben hätte, der sich überhaupt für ihn interessierte. Aber da war noch Shalini, das Mädchen, das Duleeps Mutter geboren hatte, als er elf Jahre alt war. Alles weist auf eine besondere Bindung zwischen dem letztgeborenen Sohn und der letztgeborenen Tochter hin; aller Wahrscheinlichkeit nach beruhte sie auf Duleeps Distanz zu den älteren Brüdern und Schwestern, nachdem die erste Welle elterlicher Zuneigung abgeebbt war, was ihn schon in jungen Jahren die Welt um ihn her sehr kritisch und die Welt draußen voll Sehnsucht ansehen ließ. Von den vier Brüdern absolvierte nur Duleep die staatliche höhere Schule und besuchte danach das staatliche College. Seine Familie hielt das Studium am College für Zeitverschwendung und widersetzte sich dem Plan, ließ sich aber schließlich umstimmen. In späteren Jahren zitierte er gern die Ergebnisse einer Volkszählung, die um diese Zeit in der Provinz stattfand. Danach lebten dort vierundzwanzigeinhalb Millionen Männer und dreiundzwanzig Millionen Frauen. Von den Männern konnten eineinhalb Millionen lesen und schreiben; von den Frauen weniger als fünfundsechzigtausend, zu denen seine drei älteren Schwestern nicht gehörten. Sein Vater und die älteren Brüder konnten die Umgangssprache lesen und schreiben, Englisch jedoch nur sprechen. Weil der junge Duleep sehr bald eine gute Kenntnis der Verwaltungssprache besaß, begann er, den Vater bei seinen Bittgängen zum Unterbezirksbeamten zu begleiten und gewann erste Einsichten in die Geheimnisse hinter dem ausdruckslosen Gesicht weißer Autorität. In ihm wuchs eine dreifache Entschlossenheit: der bodenständigen Familientradition zu entrinnen, ein Mann zu werden, der nicht um Vergünstigungen bat, sondern sie gewährte, und Shalini vor der Unwissenheit und häuslichen Tyrannei zu bewahren, die nicht nur seine Schwestern, sondern auch die Frauen der älteren Brüder klaglos hinzunehmen schienen, als könnten Frauen vom Leben nicht mehr erwarten. Er brachte der dreijährigen Shalini das Hindi-Alphabet bei; als Fünfjährige konnte sie Englisch lesen.

Duleep war inzwischen sechzehn. Das staatliche College, das er besuchen wollte, befand sich am anderen Ende der Welt:

hundert Meilen entfernt. Seine Mutter weinte, weil er von zuhause fortging; die älteren Schwestern und Schwägerinnen benahmen sich, als habe er etwas Schändliches vor. Sein Vater verstand ihn nicht, gab ihm jedoch am Abend vor der Abreise seinen Segen und brachte ihn am Morgen in einem von Ochsen gezogenen Sänftenwagen zum Bahnhof.

Und vielleicht begann hier Duleep Kumars Tragödie, wie man es nennen könnte. Er war ein Junge, dessen Verlangen nach Erfolg immer gerade eine Spur größer war als seine Fähigkeit, Erfolg zu erringen. Und er hatte sich an die beharrlichen Widerstände der Familie gegen sein Verlangen gewöhnt. Fern von zuhause und in Gesellschaft anderer Jungen von unterschiedlicher Herkunft, aber mit ähnlichen Zielen, begann das ursprüngliche Gefühl der Frustration, an dem dieses Verlangen sich entzündet hatte, zu schwinden. Hier saßen alle in einem Boot. Aber im Laufe der ersten Studienjahre wurde er sich auf unangenehme Weise des Vorgangs bewußt, der die geistig Beweglichen von den Langsamen trennte. Zum ersten Mal im Leben mußte er sich eingestehen, daß andere nicht unbedingt klüger waren, aber manchmal doch schneller auffaßten als er. Bei der Analyse dieses Phänomens fand er bald eine Erklärung. Die Schnellen kamen alle aus progressiven Familien, in denen die ganze Zeit über Englisch gesprochen wurde. Unter den Lehrkräften waren die Engländer in der Überzahl. Auf der staatlichen höheren Schule war zwar auch meist in Englisch unterrichtet worden, aber von Indern. Duleep verstand immer, was die indischen Lehrer sagten, und hatte oft das Gefühl, er könnte es besser ausdrücken. Jetzt saß er in Vorlesungen, und es gelang ihm immer weniger, nicht so sehr den Worten als den Gedanken hinter den Worten zu folgen. Und er wagte nicht, Fragen zu stellen. Niemand stellte Fragen. Alle hörten aufmerksam zu und füllten ihre Hefte mit säuberlichen und genauen Aufzeichnungen dessen, was ihrer Meinung nach gesagt worden war. Fragen stellen hieß, seine Unwissenheit eingestehen. In einer so stark von Konkurrenzdenken beherrschten Welt wie dieser wäre ein solches Eingeständnis möglicherweise fatal gewesen.

Er entdeckte jedoch einen neuen Widerstand: nicht die Frustration einer engstirnigen, orthodoxen Hindufamilie, sondern die der englischen Sprache. Wenn er den anderen Studenten zuhörte, staunte er darüber, daß sie nicht in der Lage zu sein schienen, den Unterschied zwischen ihrer eigenen Sprechweise und der der Engländer zu bemerken. Es ging nicht nur um die Aussprache oder die Idiomatik. Er war zu jung, um das Problem formulieren zu können. Doch er war sich bewußt, einem anderen wichtigen Geheimnis auf die Spur gekommen zu sein. Wenn es gelang, dieses Geheimnis zu lüften, könnte er vielleicht verstehen, was bei dem Unterbezirksbeamten wie schlichte Arroganz und bei den englischen Lehrern wie intellektueller Hochmut wirkte.

Es kam eine Zeit, als er seinem Sohn Hari erklären konnte: »Es geht nicht nur darum, daß ein Fremder, mit dem du telefonierst, glaubt, mit einem Engländer der Oberschicht zu sprechen. Du mußt tatsächlich in deinem Denken und Verhalten einer *sein.* In deinem Alter sprach ich nicht nur mit einem stärkeren Hindu-Akzent als heute, sondern alles, was ich sagte, war eine bewußte Nachahmung der Menschen, die über uns herrschten, denn es entsprach auch meinem Denken. Wir gestanden uns das nicht unbedingt ein, aber so kam es ihnen vor, wenn sie uns zuhörten. Meist amüsierte es sie, manchmal reizte es sie, und daran hat sich bis heute nichts geändert. Sie konnten uns nie zuhören und vergessen, daß wir ein untergebenes, ein unterlegenes Volk waren. Je idiomatischer wir uns auszudrükken versuchten, desto naiver erschien unser Denken, denn wir dachten in einer fremden Sprache und hatten sie nie richtig in Beziehung zu unserer eigenen gesetzt. Hindi ist knapp und schön. In dieser Sprache können wir Gedanken denken, die den Vorzug der Einfachheit und Wahrheit besitzen. Und in entsprechend einfachen, knappen und wahrhaftigen Ausdrücken können wir sie uns mitteilen. Englisch ist nicht knapp, doch es ist schön. Man kann nicht sagen, es sei eine aufrichtige Sprache, denn es kennt allzu viele Spitzfindigkeiten. Es ist die Sprache eines Volkes, das in dem vermutlich wohlverdienten Ruf steht, falsch und heuchlerisch zu sein, denn seine Sprache ist so dehnbar, so voll trügerischer Aussagen, die in diesem Jahr das eine bedeuten und im nächsten Jahr etwas ganz anderes. Zumindest ist es in der geschriebenen Sprache so, und die Engländer vertrauen gewöhnlich ihre edelsten Ziele und Absichten dem Papier an. Geschrieben wirkt das Englisch wie eine Methode, Zeit und Vertrauen zu gewinnen. Gesprochen ist Englisch selten schön. Dann ist es knapp wie Hindi, aber grausamer. Wir haben unser Englisch aus Büchern gelernt, und die Engländer, wohl wissend, daß Bücher und Leben zwei völlig verschiedene Dinge sind, haben uns einfach ausgelacht. Sie lachen uns immer noch aus. Weißt du, sie haben mich in dem indischen College ausgelacht, das ich besuchte, ehe ich hierherkam und diese erste entsetzliche Zeit meines Jurastudiums begann. Auf dem College habe ich gelernt, wie wichtig es ist, ein tiefes Verständnis der Sprache zu erwerben, im Mündlichen wie im Schriftlichen eine echte Vertrautheit mit ihr zu gewinnen. Aber natürlich lernte ich das meiste aus Büchern. Ein Kapitel Macaulay war soviel leichter zu verstehen und war ganz sicher auch sehr viel aufregender als ein Satz von Mr. Croft, unserem Geschichtslehrer. Schließlich versuchte ich sogar, Macaulaysche Prosa zu sprechen. Später erfuhr ich, daß unter den englischen Lehrkräften jeder mühsame Weg zu einer einfachen Hypothese als ein ›Kumarismus‹ bezeichnet wurde. Und es dauerte noch länger, bis ich wirklich begriffen hatte, daß ein Kumarismus nichts Bewundernswertes, sondern eher etwas Albernes war. Aber ich glaube, diese traurige Berühmtheit hat mir geholfen, mich durchzubeißen. Ich stand noch weit unten auf der Liste, doch nach meinen Maßstäben war es schon ein Triumph.«

Im Glanz dieses Triumphs kehrte er mit neunzehn Jahren nach Hause zurück – nicht zum ersten Mal, seit er im Sänftenwagen zum Bahnhof gefahren war. Natürlich hatte er die Ferien oft genug dort verbracht. Doch er kam zum ersten Mal als junger Mann, der seinen Wert unter Beweis gestellt hatte und dessen Ziele notwendigerweise darauf hinausliefen, die Reise über das dunkle Wasser nach England zu machen, um dort die Prüfungen für den indischen Verwaltungsdienst abzulegen. Damals wurden sie nur in England abgenommen; diese Regelung beschränkte die Zahl indischer Anwärter sehr wirkungsvoll.

Duleep mußte erleben, daß die Eltern seinen akademischen Erfolg ohne großen Jubel aufnahmen. Sie machten sich Sorgen über sein Versäumnis, eine vorrangige Pflicht zu erfüllen: er sollte heiraten, sich fortpflanzen, sicherstellen, daß zumindest ein Sohn da wäre, der für ihn den Beerdigungsritus leiten und ihn in Ehren auf den Weg in eine andere Welt bringen konnte.

Sie dachten an ein Mädchen, das Kamala hieß. Nach Aussagen der Astrologen stand sie in einer glückverheißenden Konstellation zu ihm. Das Mädchen war fünfzehn, eigentlich schon beinahe sechzehn, sagten sie.

»Kamala!« schrie er, »wer oder was ist Kamala?« und wollte nicht einmal die Antwort hören.

Der Familiensitz der Kumars war eine weitläufige Ansammlung niedriger, ländlicher Gebäude, die sich um einen zentralen Innenhof gruppierten. Er lag in einem großen ummauerten Gelände am Rand des bedeutendsten Dorfes ihrer Ländereien und nur fünf Meilen von der Stadt entfernt, wo der englische Unterbezirksbeamte sein Büro hatte. »Fünf Meilen im Ochsenkarren zum nächsten Vorposten der Zivilisation«, dachte Duleep, »oh, was für ein Gefängnis!« Er spielte mit Shalini, wiederholte mit ihr alles, was er ihr vor drei Monaten, bei seinem letzten Besuch, beigebracht hatte, und freute sich, daß sie es immer noch wußte. Inzwischen bewunderten sie sich gegenseitig. In seinen Augen war sie ein liebenswertes, hübsches und intelligentes Kind, und für sie war er ein gutaussehender, gottähnlicher, aber wunderbarerweise irdischer und verspielter Bruder, dessen Weisheit kein Ende und dessen Freundlichkeit keine unerklärlichen Grenzen plötzlichen Schweigens oder unvermittelter Zornesausbrüche kannte, zumindest dann nicht, wenn sie allein zusammen waren. Doch sie hörte, wie er ihre Brüder anschrie und sich mit dem Vater stritt. Einmal, als er sich allein glaubte, hörte sie ihn auch weinen; und sie pflückte Blumen, um seine Traurigkeit zu vertreiben, damit er wieder lächeln und ihr Geschichten von Rama, dem Gottkönig, erzählen sollte.

Schließlich beschloß er, den Eltern einen Handel vorzuschlagen. Er wollte prinzipiell in eine Heirat mit Kamala einwilligen. Aber von Heirat konnte keine Rede sein, ehe er die Studien in England nicht beendet und die Prüfungen abgelegt hatte. Er wollte nur einem förmlichen Verlöbnis zustimmen. Und wie lange er in England bleiben würde, wollte sein Vater wissen.

Vielleicht zwei oder drei Jahre. Sein Vater schüttelte den Kopf. Dann würde Kamala bereits achtzehn oder neunzehn sein und immer noch bei ihren Eltern leben. Wollte Duleep seine Frau zur Zielscheibe des Spotts machen, noch ehe sie in sein Bett kam? Hatte er an die Kosten für das Studium in England gedacht? Woher sollte das viele Geld kommen? Duleep war auf diesen Einwand gefaßt. Er wollte seinen älteren Brüdern soviel von seinem Erbe abtreten, wie das Studium in England kosten würde.

»Ein Sack faßt nur soundso viele Pfund, und du kannst nicht abtreten, was du noch nicht besitzt«, erklärte sein Vater, »außerdem macht dich dein Erbe für deine zukünftigen Schwiegereltern zu einer guten Partie.«

»Meine Bildung, meine Karriere bedeuten ihnen nichts?« fragte Duleep.

Sein Vater schüttelte den Kopf. »Was du deine Karriere nennst, hat noch nicht begonnen. Vielleicht übersiehst du den Vorteil der Mitgift, die deine Frau in diesen Haushalt einbringen würde. Damit könnte sich vielleicht das Geld aufbringen lassen, um dich nach England zu schicken. Doch zuerst müßtest du heiraten. Du bist schon neunzehn. Deine Brüder haben alle früher geheiratet. Deine zukünftige Frau wird bald sechzehn sein. In diesem Alter waren deine älteren Schwestern schon verheiratet, und ich habe schon dreimal eine Mitgift aufbringen müssen. Ich kann das Geld nicht herbeizaubern, und in wenigen Jahren muß ich für Shalini noch eine Mitgift bezahlen.«

Familienangelegenheiten waren etwas, wofür man immer Zeit hatte. Die Verhandlungen mit seinem Vater zogen sich über viele Tage hin. Gegen Ende ging Duleep zu ihm und erklärte: »Also gut, ich heirate Kamala. Aber danach fahre ich sofort ab nach England.«

Zu diesen Gesprächen trafen sie sich in dem Raum, den sein Vater seit einigen Jahren zum Meditieren gewählt hatte. Das hätte sie alle auf das vorbereiten können, was sich später ereignen sollte. In diesem Raum gab es keine Möbel. Sie saßen auf Binsenmatten, die auf dem Kachelboden lagen. Die weißgetünchten Wände schmückte nichts als ein bunter Druck des Glücksgottes Ganescha in einem kleinen Rosenholzrahmen. Und auf dem Sims des kleinen, unverglasten vergitterten Fensters stand ein Zinnkrug mit Ringelblumen, hin und wieder auch Jasminzweigen.

»Ich wünsche nicht«, erklärte sein Vater und erhob damit einen neuen Einwand, »daß du in den Verwaltungsdienst gehst. Wenn du dich nicht damit zufriedengibst, dich um deinen Grundbesitz zu kümmern, schlage ich vor, du wirst Anwalt. Ich glaube, das kannst du in Kalkutta studieren.«

»Was hast du gegen den Verwaltungsdienst?« fragte Duleep.

»Es ist die Verwaltung einer ausländischen Regierung. Ich müßte mich für meinen Sohn schämen, wenn er in ihren Diensten steht. Er sollte sich lieber in den Gerichten der Verwaltung widersetzen und so seinem Volk helfen.«

»Schämen?« fragte Duleep. »Du schämst dich nicht, wenn der unbedeutende Burra-Sahib dich auf seiner Veranda warten läßt. Du hast selbst gesagt: Was ist schon eine Beschimpfung? Was ist schon verletzter Stolz?«

»Ich müßte mich schämen«, erwiderte der alte Kumar, »wenn der unbedeutende Burra-Sahib mein Sohn wäre.«

Das war ein heikler Punkt. Duleep brauchte ein oder zwei Tage, um das zu verdauen und sich darüber klarzuwerden, was es mit dieser plötzlichen Antipathie seines Vaters – wenn sie nicht neu war, dann hatte er sie zumindest bis dahin gut verborgen gehalten – gegen die Briten auf sich hatte.

»Also gut«, erklärte Duleep ein paar Tage später. »Ich habe darüber nachgedacht. Ich will Anwalt werden. Vielleicht sogar Barrister. Aber dazu muß ich in England studieren.«

»Und du heiratest Kamala?«

»Ja, Vater, zuerst heirate ich Kamala.«

Von seinen nächsten Angehörigen hatten nur die Mutter und eine Tante seine zukünftige Frau Kamala Prasad gesehen. Zu diesem Zweck hatten sie den Prasads einen Besuch abgestattet. Sie waren zufrieden mit dem, was sie gesehen und über die Erziehung des Mädchens gehört hatten, und berichteten es Duleeps Vater. Der alte Kumar sah sich in seinen Absichten auch von den Astrologen bestärkt, er war mit der versprochenen Mitgift zufrieden, und deshalb mußte man seiner Ansicht nur noch eins tun – vorausgesetzt, Duleep fügte sich gehorsam: die Abmachung durch eine förmliche Verlobung besiegeln und dann ein Datum für die Hochzeit festsetzen.

Kamala Prasad lebte etwa zwanzig Meilen entfernt. Zur Verlobungszeremonie reisten nur die Männer der Familie Prasad zu den Kumars: der Vater der künftigen Braut, ihr Onkel und zwei ihrer verheirateten Brüder. Sie brachten Süßigkeiten und kleine Geldgeschenke mit. Doch sie kamen in erster Linie, um sich davon zu überzeugen, daß das Haus, in dem Kamala leben sollte, ihren Erwartungen entsprach. Duleep hatte erlebt, wie seine Brüder die gleichen Pflichten erfüllten, und so verbeugte er sich vor seinem zukünftigen Schwiegervater; er kniete nieder, um in einer Demutsgeste seine Füße zu berühren. Der Schwiegervater zeichnete das *Tilak* auf Duleeps Stirn – das Zeichen für Glück. Die Gäste blieben noch eine Zeitlang sitzen, unterhielten sich sehr höflich, nahmen Erfrischungen zu sich und machten sich wieder auf den Weg zur Bahnstation, der ersten Etappe ihrer Heimreise. Die Zeremonie beeindruckte Duleep wenig; sie kam ihm eigentlich sinnlos vor. Aber für Shalini war es wie eine Märchenhochzeit, denn Duleep stand im Mittelpunkt des Geschehens. »Wirst du an deinem Hochzeitstag ein Schwert tragen und auf einem Pferd reiten wie ein König?« fragte sie.

»Ich nehme es an«, erwiderte er und lachte. Bei sich dachte er jedoch: »Welch eine Farce!« Sein Hauptinteresse richtete sich auf die Vorbereitungen, die er mit dem Rat und der Hilfe des Rektors am Staatlichen College traf, um im September zu Beginn des Herbstsemesters nach England zu reisen.

Die Verlobungszeremonie fand im Januar statt, und beinah augenblicklich gab es Schwierigkeiten, einen Termin für die Hochzeit zu finden. Nach Aussage der Astrologen lag der ideale Zeitpunkt in der zweiten Märzwoche. Duleep schlug die erste Woche im September vor. Das Schiff, auf dem er durch einen Agenten in Bombay die Überfahrt gebucht hatte, lief in der zweiten Woche aus. Die Astrologen schüttelten die Köpfe. Wenn die Hochzeit nicht in der zweiten Märzwoche stattfinden konnte, mußte man sie auf die vierte Oktoberwoche verschieben.

»Welch ein Unsinn«, erklärte Duleep, »sie wollen nichts anderes sagen, als daß es im April zu heiß und von Juni bis Oktober wahrscheinlich zu feucht sein wird.« Er wollte keinesfalls vor seiner Abreise nach England beinahe sechs Monate lang das Leben eines Ehemanns führen. Er wollte keinesfalls mit einem kaum sechzehnjährigen Mädchen schlafen, gleichgültig, wie hübsch, wie reif sie auch sein mochte. Er würde die Zeremonie über sich ergehen lassen, er würde sogar ein oder zwei Nächte bei ihr verbringen, damit sie nicht entehrt würde, doch er wollte nicht mit ihr schlafen. Er würde sie küssen, nett zu ihr sein und ihr sagen, es wäre noch früh genug, wenn sie die Pflichten einer Ehefrau und die Bürde der Mutterschaft auf sich nähme, sobald er als junger Mann, aber schon qualifiziert für einen ehrenhaften Beruf aus England zurückkam. Er hoffte beinahe, sie würde reizlos sein.

Manchmal wachte er mitten in der Nacht mit dem Gedanken auf, alles sei falsch gewesen, was er seit Verlassen des Colleges gemacht hatte. Er hatte den Plan aufgegeben, in den Verwaltungsdienst einzutreten. Er hatte sich den Forderungen seiner Eltern nach einer Heirat unterworfen. Er hatte sich verpflichtet, auf einen Beruf hin zu studieren, der ihm nicht am Herzen lag. Er hatte nur seine Entschlossenheit bewahren können, nach England zu gehen. Wenn er morgens aufwachte, genügte die Aussicht auf England, um ihn den neuen Tag strahlend und fröhlich beginnen zu lassen, und konnte nicht umhin, für die Wärme elterlicher Zufriedenheit dankbar zu sein, die ihn nun umgab. Einmal hörte er, wie sein Vater zu einem alten Freund sagte: »Nach der Heirat wird Duleepji natürlich in England sein Studium fortsetzen.« Es klang, als wäre dies der Wunsch seines Vaters und nicht der eigene. Duleep kam zu dem Schluß, daß väterlicher Stolz wie ein gutes Samenkorn selbst im steinigsten Boden gedeihen konnte, solange dieser Boden zuerst mit dem Schweiß kindlicher Pflichterfüllung getränkt worden war. Doch im Dunkel, im Halbschlaf und im halbwachen Zustand suchte er erfolglos nach einer praktischen Deutung des einen, herausfordernden Wortes: England! Er suchte nach einer Deutung, die ihn erleichtern, die ihm Mut machen würde, aber nicht nur in Hinblick auf sein allgemeines Verlangen, sondern auch auf sein besonderes Ziel. Macht – in dem Sinn, wie er sie verstand – schien sich nun in ihren Möglichkeiten verringert zu haben durch diese vorschnelle und fragwürdige Übereinkunft, in den Dienst des Gesetzes zu treten, wo Macht interpretiert, vielleicht in Frage gestellt, aber nie direkt ausgeübt wurde. Er dachte: »Vielleicht habe ich einen verhängnisvollen Fehler begangen. Vielleicht wächst in mir die dunkle Wurzel einer Pflanze, die Kompromiß heißt. Sie bringt nur übelriechende Blüten hervor.« Damit drehte er sich um und schlief wieder ein. Die Hand lag auf der festen Brust des unterwürfigen, liebenden Mädchens, das ihn jetzt immer in seine Träume begleitete.

Er setzte sich durch. Die Astrologen entdeckten unerwartet eine Konjunktur glückverheißender Sterne. Die Hochzeit sollte in der ersten Septemberwoche stattfinden. »Siehst du, Shalini«, sagte er zu seiner kleinen Schwester, »es war alles Unsinn, wie ich gesagt habe.« Er versagte sich aber hinzuzufügen: »Die Prasads wie die Kumars tragen die Bürde zu vieler Töchter. Sie sind nur allzusehr daran interessiert, Kamala loszuwerden, auch wenn es am Ende des feuchten Monsuns sein muß.« Während er Shalini ansah, schätzte er die Bürde ab, die sie bereits im neunten Lebensjahr für ihre Eltern darstellte, wenn sie an die notwendige Mitgift dachten, an ihren Wunsch, die Tochter glücklich zu machen, einen standesgemäßen Bräutigam für sie zu finden und sie in einen Haushalt zu entlassen, der ihnen Ehre und ihr ein gutes Leben bescherte. Shalini sollte einen Mann bekommen, der sie freundlich behandelte und für den sie Zuneigung empfinden und dem sie eine pflichtbewußte Ehefrau sein könnte, womit sie ihm und seiner Familie, sich selbst und ihrer eigenen Familie Zufriedenheit schenken würde.

»Ich hoffe«, sagte er zu sich, wenn er an seine eigene zukünftige Frau dachte, »ich bringe es über mich, sie nicht allzu abscheulich zu finden.«

Die erste Gästeliste, die sein Vater für den Bräutigam aufstellte, enthielt beinahe dreihundert Namen. Nach Verhandlungen mit der Familie Prasad schrumpfte sie auf etwas weniger als zweihundert zusammen. Von seiten der Braut waren doppelt so viele Gäste zu erwarten. Die Kosten der Hochzeit waren für die Familie der Braut ruinös. Mitte August begannen die Prasads sich zu versammeln. Auch die Kumars versammelten sich. Sie kamen aus dem Pandschab, aus Madras, aus Bengalen, aus Lucknow und der eigenen Provinz, auch aus Bombay und sogar aus dem fernen Rawalpindi. Duleep war der letzte Sohn des alten Kumar. In seiner Generation würde es noch eine Hochzeit geben: Shalinis Hochzeit. Das Haus war voller Leute. Auch das Gästehaus, das für die Hochzeiten von Duleeps

Schwestern außerhalb des Grundstücks errichtet worden war, quoll über von Menschen.

Am frühen Morgen des Hochzeitstages machte man sich auf den Weg nach Delali. Wie durch ein Wunder hatte es aufgehört zu regnen. Man sah darin ein gutes Omen. Die ersten Zeremonien fanden schon seit zwei Tagen in Kamalas Heim statt. Für den Bräutigam und seine Begleitung waren drei Wagen des Zugs nach Delali reserviert worden. Am Bahnhof erwartete sie eine Abordnung der Prasads. Man brachte Duleep und seine Familie zum Haus eines Bruders des Brautvaters. Dort wurde Duleep wie ein Kriegerkönig gekleidet. Er zog eine eng anliegende weiße Hose und eine gestickte Jacke an. Er erhielt ein Schwert, man legte ihm einen Mantel um und setzte ihm einen mit Goldmünzen besetzten Turban mit einer Rauschgoldkrone auf, an der Rosen- und Jasmingirlanden hingen, die sein Gesicht halb verdeckten. Ihr süßer, betäubender Duft stieg ihm in die Nase. Als es Abend wurde, geleitete man ihn hinaus zu dem mit einer Schabracke geschmückten Pferd. Er saß auf. Der Brautführer, ein junger Vetter, saß hinter ihm im Sattel. Der feierliche Zug zum Haus der Braut begann um halb sieben. Männer mit Laternen, Trommeln, Trompeten und Feuerwerkskörpern begleiteten die Prozession. Der Lärm und die Explosionen erfüllten die Abendluft. Duleep bekam Kopfschmerzen. Die Einwohner von Delali folgten dem Zug, denn sie wollten mit eigenen Augen sehen, was für einen Mann die jüngste Tochter des alten Prasad sich hatte einfangen können. Sie riefen ihm gutmütige Beschimpfungen zu, die Duleeps Gefährten ebenso gutmütig erwiderten.

Am Eingang des Brauthauses saß er ab. Man führte ihn in den Hof der verheirateten Frauen. Dort nahm er Platz und ließ die erste Prüfung über sich ergehen.

»Du fährst also nächste Woche nach England«, sagte eine der Frauen, »bist du so schnell erschöpft, daß du davonlaufen mußt?«

»O nein«, erwiderte Duleep ganz im Ton dieser Herausforderung, »aber ein junger Ehemann tut gut daran, sich an das wahre Sprichwort zu halten: ›Halte Maß in allen Dingen.‹«

»Die Braut hat vielleicht andere Vorstellungen«, entgegnete eine zweite Frau.

»Der Honig«, antwortete Duleep, »schmeckt nach langer Enthaltsamkeit doppelt süß.«

»Und wenn der Honig bitter wird?« erkundigte sich eine Frau noch anzüglicher.

»Dem liebenden Gaumen schmeckt auch der bitterste Honig süß.«

Die Frauen lachten und verbargen ihre Gesichter. Duleep war ein Mann. Diese Nachricht wurde schnell der Braut überbracht, die nach dem rituellen Reinigungsbad schon seit Stunden in ihrem inneren Gemach wartete. Dort bemühten sich die Frauen um sie, deren Aufgabe es war, sie in die roten Gewänder zu kleiden, ihr den schweren Schmuck anzulegen, Handflächen und Fußsohlen mit Henna zu bestreichen und ihre Augen mit Kohle zu schminken.

»Er ist so hübsch wie ein Prinz«, erzählten sie, »und unerschrocken dazu. Oh, was für Augen! Aber er ist auch sanft. Ganz gewiß, du hast Glück. Solche Ehemänner wachsen nicht auf den Bäumen. Es wird sich lohnen, nach dem ersten Vorgeschmack auf ihn zu warten.«

Die zweite Prüfung war die Zeremonie selbst. Sie sollte zu der glückbringenden Stunde – eine halbe Stunde vor Mitternacht – beginnen und würde gemäß den vedischen Riten mehrere Stunden dauern. Duleep saß neben seiner Braut vor dem heiligen Feuer. Der Pandit saß ihnen auf der anderen Seite gegenüber. Sie war dicht verschleiert und hielt den Kopf gesenkt. Duleep wagte nicht, sie anzusehen. Doch er nahm ihren Duft, ihre zierliche Gestalt und die Pracht wahr, die sie im Augenblick umgab. Ihr Schleier war an den Knauf seines Schwertes gebunden – in früherer Zeit hätte er mit dem Schwert zum Beweis seiner Kraft einen Ast vom Baum abschlagen müssen. Ihr Bund war nun schon unauflöslich, er galt für das Leben und womöglich noch länger. Und er hatte noch nicht einmal ihr Gesicht gesehen. Sie hatte ihn noch nicht angeblickt. Wenn sie überhaupt etwas von ihm sah, konnte es unmöglich mehr sein als seine goldenen, bestickten Schuhe und die Beine in der eng anliegenden Hose – es sei denn, sie hatte ihn heimlich gemustert. Das glaubte er aber nicht. Der Pandit intonierte Mantras. Weihrauch wurde in die Flammen geworfen. Duleep und Kamala umschritten das Feuer, Duleep voran. Dann noch einmal, und diesmal ging Kamala voran. Man gab ihr Reis in die geöffneten Hände, sie ließ die Körner in Duleeps Hände gleiten, und er warf sie in die Flammen. Gemeinsam taten sie die sieben glückverheißenden Schritte. Dann rezitierte der Pandit ihre Namen und die Namen ihrer Ahnen. Daraufhin führte man Kamala davon. Er würde erst wieder in der übernächsten Nacht in ihre Nähe kommen, wenn seine Mutter sie zu Hause in sein Zimmer brachte. Doch inzwischen war es Morgen. Also würde Kamala am nächsten Tag die Reise in Duleeps Haus antreten und dabei Kleider tragen, die die Kumars als Geschenke für sie mitgebracht hatten.

Duleep schlief lange, stand auf, aß etwas und inspizierte die Mitgift. Sie lag auf Tischplatten ausgebreitet. Für den Fall, daß ein unerwarteter Regenguß den Ablauf der Feierlichkeiten stören würde, hatte man Zeltplanen darüber gespannt. Es gab Kleider für ihn und die Braut, Schmuck, Kästchen mit Silbermünzen und Hundert-Rupienscheinen, zeremonielle Familiengewänder, Geschirr, Haushaltsutensilien und, in einer Schatulle, Besitzurkunden für Land. Er ging an diesem Tag früh zu Bett. Er staunte über so viel persönlichen Reichtum, über den Preis, den der Vater eines Mädchens dem Ehemann entrichten mußte. Am nächsten Morgen kleidete man ihn wieder in seine königlichen Gewänder. Man legte ihm das Schwert in einer Samtscheide an, und er bestieg das Pferd mit der prächtigen Schabracke, um den Zug der Sänftenwagen zum Bahnhof anzuführen. Die kleine Gestalt seiner immer noch verschleierten Ehefrau, in roten Gewändern und mit kostbarem Schmuck behangen, wurde von ihrem Vater und ihrer Mutter zur Sänfte geführt. Er glaubte zu sehen, wie sie vor dem Besteigen der Sänfte einen Augenblick zögerte und weinte; und nur einige tröstende und ermutigende Worte der Mutter vermochten sie zum Platznehmen zu bringen. Die Vorhänge wurden geschlossen. Die Träger nahmen die Sänfte hoch. Und die Frauen, die ihr folgten, sangen das Lied der Braut: die Morgen-Raga. Es ist das Lied des Mädchens, welches das Heim seiner Kindheit verläßt und zum Haus des Gatten reist.

Dooliya le aō
re morē babul ke kaharwa.
Chali hoon sajan ba ke des.

Am Rand ihres eigenen Dorfes, das sie auf dem Weg vom Bahnhof gegen Abend erreichten, erwartete sie offenbar die ganze Bevölkerung. Die verheirateten Frauen drängten sich um die Sänfte (eine Sänfte der Kumars, denn die Sänfte der Prasads war in Delali zurückgeblieben). Sie hoben die Vorhänge und begutachteten die Braut. Aus den Blicken, die sie ihm nachher zuwarfen, schloß er, daß sie keinen größeren Makel entdeckt hatten. Von der Familie war nur Shalini zurückgeblieben. Sie kam ihnen entgegengerannt, griff nach dem Zügel des Pferdes, das wie die Sänfte am Bahnhof auf die Gesellschaft gewartet hatte.

»Duleep, Duleep«, rief sie, »wie schön du bist! Weshalb hast du sie geheiratet? Weshalb hast du nicht auf mich gewartet?« Besitzergreifend und voll Stolz führte sie das Pferd zum Haus. Aber später, nachdem sie schon längst hätte schlafen sollen, kam sie in das Zimmer, in dem er auf die Braut wartete, und sagte: »Es tut mir leid, Duleep.«

»Was tut dir leid?« fragte er und setzte sie auf sein Knie. Sie schlang ihm die Arme um den Hals.

»Ich habe sie gesehen«, erwiderte sie.

»Und warum tut es dir dann leid?« und dabei klopfte sein Herz so laut, daß er den Schmerz und die Ungewißheit kaum ertragen konnte.

»Weil sie wie eine Prinzessin ist«, erzählte ihm Shalini, »hast du um sie gekämpft? Hast du böse Geister erschlagen und sie gerettet? Hast du das getan, Duleepji? Hast du das getan?«

»Ich nehme es an«, erwiderte er, küßte sie und schickte sie weg. Dann wartete er in dem Zimmer, in das seine Mutter in kürze Kamala führen würde, um sie in seine Obhut zu geben.

Das Problem war, so erzählte er Hari viele Jahre später, er verliebte sich in Kamala, als er sie entschleierte und sie vor sich sah. Vielleicht entsprach das der Wahrheit und war der Grund dafür, warum sein Jurastudium in England von Anfang an ein Fehlschlag wurde. Nach seiner Rückkehr konnte er die Niederlage deshalb so schwer ertragen, weil sein Vater kein Wort des Vorwurfs über die vergeudeten Jahre und das verschwendete Geld verlor. Vieles belastete ihn nun: das Wissen, daß sein

Verstand mit den Besseren nicht Schritt halten konnte; und das Wissen, daß man in England immer und immer wieder Nachsicht mit ihm gehabt hatte, weil er als Inder unter beträchtlichen Kosten den weiten Weg zurückgelegt und es sich in den Kopf gesetzt hatte, aus eigener Kraft den Status eines Unterprivilegierten zu überwinden, in den er hineingeboren war. Und schließlich das Wissen, daß seine Eltern nicht schuld waren an der Tatsache, daß er in England oft gefroren, sich elend und eingeschüchtert gefühlt hatte, daß ihn der Schmutz, das Elend und die Armut, der Anblick barfüßiger Kinder, zerlumpter Bettler, betrunkener Weiber und die offensichtliche Grausamkeit gegen Tiere und Menschen oft zutiefst entsetzt hatten – Sünden, die zu begehen oder zu dulden man in Indien nur die Inder für fähig hielt. Schuld geben konnte er seinen Eltern nur an der verfrühten Ehe, die sie ihm aufgezwungen hatten und die seine ehrgeizigen akademischen Pläne störte, aber sie konnten nichts für seine Bestürzung und auch nicht für die ständigen Beweise, die er unter den Engländern dafür erhalten hatte, daß er in ihrem Heimatland ein Fremder war. Man hatte ihn immer freundlich, ja sogar mit Achtung, aber immer mit Zurückhaltung behandelt, einer Zurückhaltung, die mit dem besten und deshalb förmlichen Benehmen Hand in Hand ging. Er sehnte sich nach dem ungezwungenen und offenen Leben in der Heimat. Duleep erkannte, daß man unter den Engländern aufwachsen mußte, um die Geheimnisse ihres Engländertums zu ergründen. Für ihn war es dazu zu spät. Nicht aber für seinen Sohn. An Nachkommen dachte er nie im Plural. *Ein* Sohn genügte. Ein Sohn, der in den Genuß der Vorteile käme, auf die er selbst hatte verzichten müssen, würde Erfolg haben, wo er versagt hatte.

Das Problem lag darin, dachte Duleep, daß Indien ihn geprägt hatte; und nichts konnte diese Prägung mehr löschen. Unter den dünnen Schichten der Anglisierung lag dickes Indertum; die von den Eltern arrangierte Ehe hatte das nur bestätigt und verstärkt. »Und ein *indischer* Inder«, erklärte er Hari, »hat in einer anglo-indischen Welt einfach keine Zukunft.« Duleep war sich einer Sache sicher: Trotz aller gegenteiligen Behauptungen würden die Engländer auch nach seinem Tod an ihrem Empire festhalten und bis weit in Haris Leben hinein – wenn nicht sogar darüber hinaus. Wenn Duleep überhaupt eine Theorie über den möglichen Abzug der Engländer besaß, dann folgende: Die Engländer warteten auf indische junge Männer, die ebenso englisch, vielleicht sogar noch englischer waren als sie selbst, so daß die Übergabe der Macht für sie kaum schmerzlicher wäre als für einen Mann, der seinem Adoptivsohn das Geschäft übergibt, das er in einer Zeit wechselhaften Glücks aus dem Nichts aufgebaut hat.

So einfach sah Duleep die indische Unabhängigkeit. Für ihn war sie eine Frage der Evolution und weniger der Politik, von der er nichts verstand. Er glaubte an die intellektuelle Überlegenheit der Engländer. Erwiesenermaßen beherrschten sie ihr Reich nicht mit physischer Stärke. Sie beherrschten es mit den Waffen gesitteter Intelligenz; das vergleichbare indische Arsenal wirkte dagegen primitiv. Das bewies das Beispiel des blaßhäutigen jungen Mannes, der auf der Veranda des Unterbezirksbeamten saß. Niemand hatte *ihn* gezwungen, ein sechzehnjähriges Mädchen zu heiraten. Diesem Mann war es gleichgültig, ob er mit oder ohne direkte männliche oder weibliche Erben ins Grab gelegt würde. Ihn lenkte von seinen Pflichten oder seinen ehrgeizigen Zielen nie das sinnliche, überwältigende Gefühl ab, einem Mädchen gegenüberzustehen, einem Mädchen, das von der Mutter des Bräutigams ins Zimmer geschoben wurde, einem Mädchen, das ihn nach der Entschleierung mit dem schlichten Drang erfüllte, es zu besitzen, die Geister der Disziplin, des Lernens und der Enthaltsamkeit zu vergessen und auszutreiben und mit voller Energie den zweiten Lebensabschnitt zu beginnen, den Geister völlig anderer Natur begleiteten...

»Die Tatsache, daß ich mich in deine Mutter verliebte«, erklärte er Hari, »hat eines bewiesen, das in sich vieles andere bewies. Es bewies mein indisches Wesen. Es ging nicht nur darum, daß sich einem jungen Mann die Gelegenheit bot, seinen Geschlechtstrieb zu befriedigen, wie es ja auch verständlich wäre. Ohnedies, welcher junge Mann könnte dieser Erregung widerstehen, wenn er den Schleier entfernt und dann nicht enttäuscht ist von dem, was er sieht, und wenn er nun weiß, er kann mit dem Mädchen, das so unterwürfig vor ihm steht, machen, was er will? Nein, so einfach ist es nicht. Verstehst du, in diesem Moment begann für mich automatisch der zweite Lebensabschnitt nach dem Hindukodex. Ich wurde Ehemann und Hausvater. In meinem Herzen galt von nun an all mein Streben nur noch der Familie, der noch nicht existenten Familie von Söhnen und Töchtern. Begreifst du das? Verstehst du diesen starken psychologischen Sog? Oh, nun ja, natürlich erwartete mich Lust, sinnlicher Genuß. Aber wohin sollte dieser Genuß führen, wenn nicht zu Glück und Erfüllung für mein eigenes Fleisch und Blut? Ganz sicher hätte darauf nicht eine weitere lange Zeit der Enthaltsamkeit folgen dürfen, eine Zeit des Lernens und der Ausbildung. Ich hatte im Nu diesen Abschnitt hinter mir gelassen. In der Welt der Hindus war ich kein Student mehr, sondern ein Mann mit seinen Verantwortungen, Pflichten und Vergnügungen, die nicht die gleichen sind wie für einen Jungen und auch nicht für einen Studenten. Und doch war ich für die Leute hier im Westen noch ein Junge, ein Student. Ich war eine lebendige Lüge, nicht wahr?«

Auf diese Weise entschuldigte Duleep Kumar sein Versagen, sofern tatsächlich von einem Versagen die Rede sein konnte. Doch er quälte sich damit, weil ihm weder Vater noch Mutter Vorwürfe machten. Vielleicht machte ihm seine Frau Kamala Vorwürfe. Für sie hatte ebenfalls der zweite Lebensabschnitt begonnen, nachdem er in sie eingedrungen war, sie aufgerissen, dann verlassen und mit den Erinnerungen an diesen einschneidenden und schmerzlichen Übergang vom Kind zur Frau alleingelassen hatte. Sie verbrachte einen Teil des Jahres bei den eigenen Eltern und den anderen Teil bei Duleeps Eltern. Bei seiner Rückkehr begrüßte sie ihn mit einer Unterwürfigkeit, in die sich etwas Bitterkeit mischte, so daß Duleep es spürte und zu dem Schluß kam, wenn man die Situation nüchtern betrachtete, hatte er sich von beiden Welten das Schlechteste eingehandelt. Schließlich brachte er keinen Sack voll Gold, keine fürstlichen Gewänder, keine Mittel zurück, sie aus der Tyrannei eines matriarchalischen Haushalts zu befreien; und das hatte sie sich von seinem Aufenthalt in England möglicherweise versprochen. Sicher besaß sie keine genaue Vorstellung von seinen Absichten bei der Abreise, aber ganz gewiß verstand sie die Niederlage bei seiner Rückkehr.

»Ich ging fort«, erzählte Duleep, »als ein gefürchteter, aber angebeteter Gatte. Ich kehrte zurück als ein halber Mann, nach traditionellen Vorstellungen und Bräuchen der Hindus unrein, denn ich hatte das dunkle Wasser überquert. Doch offensichtlich hatte ich es ohne erkennbaren Vorteil getan. Ich ließ mich überreden, die fünf Erzeugnisse der Kuh zu verzehren, um mich zu reinigen. Dazu gehörten auch der Dung und der Urin, aber natürlich nicht ihr Fleisch.«

In England verheimlichte er immer, daß er verheiratet war. Er schämte sich, es einzugestehen. Etwa einen Monat lang hatte er die Nachricht von Kamalas Schwangerschaft erwartet und gefürchtet. Erleichterung und Enttäuschung wogen einander auf. Er hätte den Gedanken nicht ertragen können, Vater zu werden. Aber die Freude über die Freiheit, die ihm blieb, weil er es nicht wurde, trübte der Gedanke an mögliche Zweifel an seiner Männlichkeit. Er sehnte sich danach, Briefe zu erhalten, doch sie erfüllten ihn mit Frustration und Verzweiflung. Sein Vater schrieb in Hindi, mit der Adresse auf den Umschlägen in englischen Großbuchstaben, wie Kinder sie im Kindergarten malen. Jeder Brief war eine Predigt, förmliche Botschaften des Vaters an den Sohn. Die wenigen Briefe, die er von Kamala erhielt, klangen so naiv wie die eines Kindes. Sie waren das Resultat stundenlanger Mühen und Unterweisungen. Er wußte, seine Briefe mußten ihr vorgelesen werden. Nur die Briefe an und von Shalini bereiteten ihm Freude.

Er kehrte zu seiner Frau zurück und hatte sich nicht für die Laufbahn, die ihm nicht am Herzen lag, qualifiziert. Er machte sich daran, Kamala das Schreiben beizubringen. Sie fügte sich unwillig. Sie wollte nicht mehr lernen, als sie schon wußte. Sie empfand es als Zeitverschwendung und als Affront gegen den Stand einer verheirateten Frau. Ihre Schwägerinnen machten sich über sie lustig, wenn sie Kamala über den Büchern entdeckten. »Nur weil Shalini klüger ist als du, benimmst du dich so albern«, sagte er, als sie vorgab, die Lektion vom Vortag vergessen zu haben.

Das alte weitläufige Haus war ein Bienenkorb der Untätigkeit. Die Frauen stritten sich untereinander. Die Stimme der Mutter, die alle anderen laut und gebieterisch übertönte, vermochte nur einen schwelenden Waffenstillstand zu stiften. Der Vater meditierte stundenlang allein. Seine Brüder vertrödelten die Tage bei Glücksspielen und Hahnenkämpfen. Eine Zeitlang verfiel Duleep ebenfalls in eine ähnliche Trägheit. Er mußte nie mehr einen Finger rühren. Er mußte nicht arbeiten. Er spielte mit der inzwischen beinahe zwölfjährigen Shalini. »Wir warten darauf, daß unser Vater stirbt«, sagte er sich, »dann werden wir das Vergnügen haben, uns um das Erbe zu zanken. Wir werden uns drei oder vier Jahre lang zanken. Dann sind die Kinder meiner Brüder alt genug, um zu heiraten. Das umsichtig gehortete Geld wird verschwendet; man wird das Land aufteilen und verkaufen, und meine Prophezeiung wird sich bewahrheiten.«

Er hatte zuerst mit der Idee gespielt, das Studium in Indien fortzusetzen, dann mit dem Gedanken, sich um eine Anstellung im öffentlichen Dienst der Provinzverwaltung zu bewerben. Er dachte auch daran, mit seiner Frau einen eigenen Hausstand zu gründen. Doch er wollte Shalini nicht zurücklassen. Die Eltern wollten sie nicht die Schule besuchen lassen. Er versuchte, einen Lehrer der Zenana-Mission für sie zu gewinnen, einer Organisation, die Lehrer in orthodoxe indische Häuser schickte, um die Frauen zu unterrichten; aber die Mission verlor das Interesse, als man erfuhr, daß nur ein junges Mädchen am Unterricht teilnehmen würde. Duleep erkannte, daß Shalinis Erziehung für ein paar Jahre lang oder sogar länger seine Sache sein würde. Inzwischen war Kamala schwanger, und er machte schon Pläne für die Zukunft seines Sohnes, eine Zukunft, von der es manchmal höchst unwahrscheinlich war, daß sie so aussehen würde, wie er sie für seinen Sohn wünschte. Er konnte sich nicht vorstellen, daß sich Kamala überreden ließe, mit ihm das dunkle Wasser zu überqueren. Er konnte sie sich in England nicht vorstellen. Er wußte, er würde sich ihrer schämen. In England wäre *sie* eine Zielscheibe des Spotts, und hier war er es. Für dieses Problem schien es keine Lösung zu geben. Sein Sohn würde genau mit denselben Nachteilen aufwachsen, unter denen er zu leiden gehabt hatte. Er hätte sich selbst Vorwürfe machen können, weil er dieses Mädchen geheiratet hatte, oder er hätte seinen Eltern Vorwürfe machen können, weil sie ihn zu der Heirat gezwungen hatten. Er hätte Indien die Schuld geben können und der Hindutradition. Einfacher war es, Kamala die Schuld zu geben. Sie war bereits schrill und fordernd geworden. Sie stritten sich dauernd. Er liebte sie nicht mehr. Gelegentlich empfand er Mitleid mit ihr.

Ihr erstes Kind, eine Tochter, lebte nur zwei Tage. Ein Jahr später, 1914, im ersten Jahr des Krieges zwischen England und Deutschland wurde eine zweite Tochter geboren. Sie lebte ein Jahr. Ein drittes Kind, wieder eine Tochter, kam 1916 tot zur Welt. Die arme Kamala schien nicht in der Lage zu sein, ein gesundes Kind zur Welt zu bringen – von einem Sohn ganz zu schweigen. Auch in dieser Hinsicht enttäuscht, wurden ihre Streitereien bitter. Er entdeckte, daß sie ihm die Schuld an ihrem Versagen gab. Es war ihre Pflicht, einen gesunden, starken Sohn zu gebären. Sie war dazu entschlossen. »Aber wie kann ich meine Pflicht allein erfüllen?« fragte sie, »du bist der Grund. Die vielen Jahre, in denen du die Bücher studiert hast, haben deine Männlichkeit geschwächt.« Außer sich vor Zorn, nahm er Geld und verließ das Haus in der Absicht, nicht mehr zurückzukehren. Ihm schwebte unbestimmt vor, sich als Freiwilliger zum Militär zu melden. Doch dann dachte er an Shalini und kam nach Hause zurück, als er das letzte Geld ausgegeben hatte. Er kam ohne einen Pfennig und in Schande zurück. In dem Monat seiner Abwesenheit war Shalini mit einem gewissen Prakash Gupta Sen verlobt worden. Die Gupta Sens waren durch Heirat schon mit dem Zweig der Kumars in Lucknow verwandt.

Shalini beklagte sich bei ihm – nicht wegen der Verlobung, sondern wegen seiner Abwesenheit während der zeremoniellen Formalitäten. »Warum bist du nicht zurückgekommen, Duleepji?« wollte sie wissen, »wenn du hier gewesen wärst, hättest du mit meinem Vater und deinen Brüdern nach Majapur gehen können. Du hättest mir sagen können, was für ein Mann dieser Prakash wirklich ist. Sie sagen, er ist intelligent und sieht gut aus. Warum weiß ich nicht, was du über ihn denkst? Dir hätte ich glauben können.«

»Mehr fällt dir nicht ein? Mehr bedeutet es dir nicht? Du willst nur wissen, wie er aussieht?«

Aber sie war schon eine Frau geworden.

»Was kann es anderes bedeuten, Duleepji? Außerdem bin ich fünfzehn. Man kann nicht sein Leben lang ein Kind bleiben.«

Shalinis Hochzeit fand beinahe ein Jahr später statt – 1917. Wieder füllte sich das Haus. Duleep staunte darüber, wie gelassen Shalini die Situation hinnahm und wie sie aufblühte in der

Wärme konventioneller Schmeicheleien, die jeder Braut gewährt werden. Entsetzen packte ihn, als er Prakash Gupta Sen sah. Der junge Mann war dick, eitel, aufgeblasen und geil. In wenigen Jahren sollte sich das nur allzu deutlich erweisen. Duleep ging Shalini aus dem Weg. »Mein Mut ist dahin«, sagte er sich, »warum mache ich keine Szene? Warum lasse ich etwas so Schreckliches geschehen?« Er kannte die Antwort: »Weil du besiegt bist. Du hast von der Zukunft nichts mehr zu erwarten. Du bist nur halb anglisiert. Die stärkere Hälfte ist immer noch indisch. Der Gedanke, daß auch andere von der Zukunft nichts zu erwarten haben, gefällt dir.«

In der Nacht von Shalinis Hochzeit schlief er wieder mit seiner Frau. Sie weinte. Beide weinten und gelobten sich, in Zukunft freundlich, verständnisvoll und nachsichtig zu sein. Am Morgen beobachtete er von der Pforte aus Shalinis rituellen Abschied. Sie bestieg die Sänfte ohne Zögern.

Duleep erkannte nun wenigstens eines: Er hatte Shalini geholfen, ihren Verstand zu entwickeln und ihren Horizont zu erweitern, und dabei hatte er ihr etwas beigebracht, was er selber nie gelernt hatte – moralischen und physischen Mut zu schätzen. Er sah Shalini nur noch bei zwei Anlässen: in der Woche, die sie nach der Hochzeit mit Prakash im elterlichen Haus verbrachte, und fünf Jahre später, als er sie vor seiner Abreise mit seinem zweijährigen Sohn Hari zum *Rakhi-Bandan*-Fest in Majapur besuchte. Er brachte ihr Kleider als Geschenke mit und erhielt von ihr einen Armreif aus Elefantenhaar. Es war das Fest, an dem Brüder und Schwestern das gemeinsame Band erneuern und sich Pflichterfüllung und Zuneigung geloben. Zu dieser Zeit war seine Frau Kamala schon seit zwei Jahren tot, und die arme Shalini hatte noch immer kein Kind. Ihr Mann verbrachte, wie Duleep wußte, die meiste Zeit bei Prostituierten. Ein paar Jahre später starb er an einem Schlaganfall im Haus seiner Favoritin.

»Stell' dir vor«, schrieb Shalini danach an ihren Bruder, »Prakashs Schwestern haben mir tatsächlich nahegelegt, ich solle zu Ehren eines solchen Mannes *Suttee* werden und mir dadurch Verdienste erwerben!«

Und Duleep erwiderte aus Sidcot: »Verlaß Majapur und komm zu uns nach England!«

»Nein«, schrieb sie zurück, »meine Pflicht – soweit ich eine habe – hält mich hier fest. Ich habe das Gefühl, Duleepji, daß wir uns nie wiedersehen werden. Spürst Du das nicht auch? Wir Inder sind sehr fatalistisch! Vielen Dank für die Bücher, die Du mir geschickt hast. Sie sind meine größte Freude. Dank auch für das Foto von Hari. Was für ein hübscher Junge er ist! Für mich ist er mein englischer Neffe. Wenn er je nach Indien kommt, werde ich ihn eines Tages sehen, falls er es dann über sich bringt, seine alte indische Tante zu besuchen. Denk daran, ich lebe nicht noch einmal dreißig Jahre. Duleepji – ich freue mich so sehr für Dich. Auf dem Bild von Hari sehe ich wieder meinen lieben Bruder, auf dessen Knien ich immer gesessen habe. Nun gut, genug von diesem Unsinn!«

Solche Geschichten erzählte Duleep im Laufe der Zeit seinem Sohn. In den wenigen Wochen der englischen Kindheit, die Hari nach dem Tod des Vaters noch blieben, erzählte Hari sie seinerseits Colin Lindsey. Für ihn waren es Geschichten, die in keinem Zusammenhang mit seinem Leben standen – selbst dann nicht, als die Tante mit dem seltsamen Namen Shalini schon die Überfahrt für ihn gebucht und bezahlt hatte.

Es gab noch eine andere Geschichte, und auch sie erzählte er Colin. Sie kam ihnen beiden unglaubhaft vor, aber nicht, weil sie sich nicht vorstellen konnten, daß sie sich ereignet hatte, sondern weil sie beide sich nicht vorstellen konnten, daß sie sich in Harry Coomers Familie ereignet haben sollte.

Und dies war die Geschichte: Zwei Wochen nach Shalinis rituellem Besuch im Haus ihrer Eltern und eine Woche, nachdem sie endgültig mit ihrem Mann nach Majapur abgereist war, verkündete der Vater seine Absicht, sich aller weltlichen Güter zu entledigen, sich von seiner Familie zu verabschieden, seine Verpflichtungen hinter sich zu lassen und durch das Land zu wandern: Er wollte *Sannyasin* werden.

»Ich habe meine Pflicht erfüllt«, sagte er, »es ist wichtig zu erkennen, daß sie erfüllt ist. Es ist wichtig, anderen nicht zur Last zu fallen. Jetzt habe ich nur noch Pflichten vor Gott.«

Seine Familie war entsetzt. Duleep versuchte ihn umzustimmen, aber sein Entschluß stand fest. »Wann wirst du uns also verlassen?« fragte Duleep.

»In sechs Monaten. Solange werde ich brauchen, um alle meine Angelegenheiten zu regeln. Das Erbe wird zu gleichen Teilen unter euch vier aufgeteilt. Das Haus soll deinem ältesten Bruder gehören. Deine Mutter muß solange hier wohnen dürfen, wie sie will. Dein ältester Bruder und seine Frau werden die Oberhäupter der Familie. Alles wird so sein, als sei ich bereits tot.«

Duleep schrie: »Das nennst du gut? Das nennst du fromm? Du willst unsere Mutter verlassen? Du willst dich lebendig im Nichts begraben? Du willst um dein Brot betteln, obwohl du reich genug bist, hundert Bettler zu ernähren?«

»Reich?« fragte sein Vater, »was ist Reichtum? Heute besitze ich Reichtümer. Mit einem einzigen Federstrich unter ein Dokument kann ich mich von meinem Reichtum, wie du das nennst, befreien. Aber welcher Federstrich unter welchem Dokument wird meine Befreiung von der Last eines weiteren Lebens nach diesem sicherstellen? Auf eine solche Befreiung kann man nur hoffen, man kann sie sich nur verdienen, wenn man alle irdischen Bande abstreift.«

Duleep sagte: »O ja! Wie schön! Wie könntest du dich jetzt noch schämen, wenn dein Sohn ein kleiner Burra-Sahib wäre? Was würde es jetzt für dich bedeuten, was ich bin oder wo ich bin? Habe ich dir deshalb nachgegeben? Nur um zu erleben, wie du mich abschüttelst, davongehst und mich, meine Brüder und meine Mutter zurückläßt?«

»Solange es Pflichten gibt, muß es Gehorsam geben. Meine Pflicht dir gegenüber ist erfüllt. Dein Gehorsam gegen mich ist nicht länger erforderlich. Du hast jetzt andere Pflichten. Und auch ich habe noch eine Pflicht, wieder eine ganz andere Pflicht!«

»Es ist ungeheuerlich!« schrie Duleep, »ungeheuerlich, grausam und selbstsüchtig! Du hast mein Leben zerstört. Ich habe mich für nichts geopfert.«

Wie Duleep schon früher festgestellt hatte, fiel es leichter, anderen als sich selbst die Schuld zu geben. Aber er bedauerte den Ausbruch. Er litt sehr darunter, wenn er daran dachte. Er versuchte darüber mit seiner Mutter zu sprechen, aber sie widmete sich in dieser Zeit stumm und unnahbar ihren Pflichten. Als der Zeitpunkt näherrückte, an dem der Vater sie verlassen wollte, ging Duleep zu ihm und bat ihn um Vergebung.

»Du warst immer mein Lieblingssohn«, gestand der alte Kumar, »es war Sünde, für den einen mehr zu empfinden als für den anderen. Es wäre besser gewesen, du hättest keinen Ehrgeiz entwickelt. Du wärst besser als deine Brüder gewesen. Ich konnte nicht anders, ich mußte strenger mit dem einzigen Sohn sein, der immer bereit schien, der väterlichen Autorität zu trotzen. Ich schämte mich, weil ich ihn vorzog. Ich gebrauchte meine Autorität vielleicht über das vernünftige Maß hinaus. Ein Vater bittet seinen Sohn nicht um Vergebung. Es steht ihm nur zu, ihn zu segnen und der Fürsorge dieses Sohnes die gute Frau, seine Mutter, anzuvertrauen.«

»Nein«, widersprach Duleep weinend, »diese Pflicht fällt nicht mir zu, sondern deinem ältesten Sohn. Belaste mich nicht damit!«

»Die Bürde fällt dem Herzen zu, das sie am bereitwilligsten trägt«, sagte der alte Kumar, kniete nieder und berührte die Füße seines jüngsten Sohnes, um sich zu demütigen.

Schon bei den Vorbereitungen auf den Weg des *Sannyasin* schien der alte Kumar seinem Stolz die härtesten Schläge versetzen zu wollen. Er unterzog sich keinen Ritualen. Er kleidete sich nicht in das lange Gewand. Am Morgen des Abschieds erschien er nur im Lendentuch, mit einem Stab und einer Bettelschale vor dem Haus. Mit versteinertem Gesicht füllte seine Frau eine Handvoll Reis in die Schale. Dann ging er durch das Tor hinaus auf die Straße und verließ das Dorf.

Eine Zeitlang folgten sie ihm in einigem Abstand. Er blickte nicht zurück. Als Duleep und seine Brüder stehenblieben, ging die Mutter allein weiter. Sie sahen ihr nach, sagten aber nichts, sondern warteten auf ihre Mutter, die sich nach einer Weile an den Straßenrand setzte und dort blieb, bis Duleep zu ihr ging, sie zum Aufstehen drängte und zum Haus zurückführte.

»Man darf sich nicht dem Kummer überlassen«, sagte sie ihm später, als sie auf dem Bett in ihrem abgedunkelten Zimmer lag, aus dem die Diener auf ihren Befehl alles entfernt hatten, was Bequemlichkeit oder Luxus verhieß. »Es ist der Wille Gottes.«

Von diesem Tag an führte seine Mutter das Leben einer Witwe. Sie übergab die Schlüssel des Haushalts ihrer ältesten Schwiegertochter und zog in ein Zimmer an der Rückseite des Hauses, dessen Fenster auf die Unterkünfte der Dienstboten hinausging. Sie kochte für sich und aß allein. Sie verließ das Grundstück nicht mehr. Nach einiger Zeit nahmen ihre Söhne und Schwiegertöchter die Situation als unabänderlich hin. Durch dieses Verhalten erwirbt sie sich Verdienste, sagten sie und schienen sich damit abzufinden, sie zu vergessen. Nur Duleep besuchte sie jeden Tag in ihrem Zimmer, setzte sich eine Weile zu ihr und sah ihr beim Spinnen der Baumwolle zu. Um überhaupt noch den Kontakt aufrechtzuerhalten, erzählte er ihr Dinge, auf die sie nicht antworten mußte, oder stellte ihr einfache Fragen, auf die sie mit einem Nicken oder einem Kopfschütteln antworten konnte.

Auf diese Weise erzählte er ihr manche Neuigkeiten: das Ende des Krieges zwischen England und Deutschland; geschäftliche Angelegenheiten, für die er sich zu interessieren begann; die erneute Schwangerschaft seiner Frau Kamala; und das wiederum totgeborene Kind, ein Mädchen. Einmal erzählte er von einem Gerücht, wonach einer der Kumars aus Lucknow bei einer Reise durch Bihar seinen Vater erkannt, aber nicht mit ihm gesprochen hatte. Er sah ihn mit seiner Bettelschale auf dem Bahnsteig eines Bahnhofs. Die Mutter unterbrach nicht einmal das Spinnen. 1919 berichtete er ihr von den Unruhen im Pandschab, erwähnte jedoch nicht das Massaker indischer Zivilisten durch die unter britischem Kommando stehenden Ghurka-Einheiten in Amritsar. Im selben Jahr erzählte er ihr auch, daß Kamala wieder schwanger war, und 1920, wenige Wochen nach dem Holi-Fest, daß er einen Sohn hatte. Inzwischen führte die alte Frau beim Spinnen gemurmelte Selbstgespräche. Er wußte nicht mehr genau, ob sie überhaupt hörte, was er sagte. Sie sah ihn nicht einmal an, als er ihr von Hari erzählte, und reagierte auch zwei Tage später nicht, als er ihr berichtete, Kamala sei gestorben und er habe nun einen gesunden, kräftigen Sohn, aber keine Frau mehr. Sie blickte auch nicht auf, als er zu lachen begann. Er lachte, weil er nicht weinen konnte, weil er nicht um Kamala weinen konnte, nicht um seinen Sohn, um seinen Vater oder um die verrückte, alte Mutter. »Sie hat es geschafft, Mutter, siehst du?« schrie er sie hysterisch auf englisch an. »O ja, sie kannte ihre Pflicht, weiß Gott! Sie kannte ihre Pflicht und hat sie am Ende auch erfüllt. Dabei zählte nicht, daß sie ihr Leben dafür opfern mußte. Wir kennen alle unsere Pflicht, nicht wahr? Und auch ich kenne meine Pflicht. Nun habe ich endlich einen Sohn und habe gegen ihn eine Pflicht zu erfüllen. Aber du bist auch noch da, und Vater hat mir die Pflicht auferlegt, mich auch um dich zu kümmern.«

Noch achtzehn Monate mußten vergehen, ehe er von dieser Pflicht befreit wurde. Eines Morgens kam er in das Zimmer seiner Mutter, fand das Spinnrad verlassen und die alte Frau im Bett liegend. Als er sie anredete, öffnete sie die Augen und sagte:

»Dein Vater ist tot, Duleepji.« Ihre Stimme klang nach dem langen Schweigen rauh und brüchig. »Ich habe es im Traum gesehen. Ist das Feuer schon angezündet?«

»Das Feuer, Mutter?«

»Ja, Sohn. Das Feuer muß angezündet werden.« Sie schlief ein.

Abends wachte sie auf und fragte ihn noch einmal: »Sohn, ist das Feuer angezündet?«

»Sie bereiten es vor.«

»Weck mich, wenn sie damit fertig sind.«

Sie schlief bis zum nächsten Morgen. Dann öffnete sie die Augen und fragte: »Schlagen die Flammen hoch, Duleepji?«

»Ja, Mutter«, antwortete er, »das Feuer brennt.«

»Dann ist es Zeit«, sagte sie, lächelte, schloß die Augen, sagte »ich fürchte mich nicht«, und wachte nicht wieder auf.

Seine Mutter war im Oktober 1921 gestorben. Ein Jahr später hatte er seinen Grundbesitz an die Brüder verkauft und seine Schwester Shalini in Majapur besucht. Dann fuhr er mit seinem Sohn nach Bombay und schiffte sich ein nach England. Bei der Abreise befand er sich in relativ guten finanziellen Verhältnissen, und im Verlauf der nächsten sechzehn Jahre gelang es ihm, sein Kapital und seine Einkünfte von Zeit zu Zeit durch gewinnbringende Investitionen und erfolgreiche Geschäfte zu vergrößern. Vielleicht stimmte es, daß er, wie er es einmal nannte, einen fatalen Fehler hatte, doch wenn es ein Fehler war, dann führte er nicht zu Kompromissen, wie er geglaubt hatte. In der Jugend hatte er ganz bestimmt Kompromisse geschlossen, doch im frühen Mannesalter hatte er seine Pflicht getan.

Der Fehler war vielleicht eher im Wesen seines leidenschaftlichen Strebens zu suchen. Er mochte von Anfang an mit Mängeln behaftet gewesen sein, oder die Mängel stellten sich mit den Frustrationen ein, die das Streben eines anderen Mannes vielleicht hätten dämpfen können, es in ihm jedoch wachsen und erstarken ließen, bis zu einem Punkt, an dem dieses leidenschaftliche Streben sein Denken und Handeln beherrschte und alles nur noch um Hari kreiste.

Ein Außenstehender konnte sich das Leben, die Zeiten und den Charakter von Duleep Kumar – oder Coomer, wie er sich bald nannte – vor Augen führen und einen Mann, eine Laufbahn und eine Herkunft erkennen, die weder für sich allein genommen noch in ihrer Verbindung einen Sinn ergaben. Der einzige Sinn war Hari: Haris Gesundheit, Haris Glück, Haris Zukunft; Macht für Hari in einer Welt, in der Jungen wie Hari gewöhnlich nichts dergleichen erwarten durften – dies war der Maßstab, an dem Duleep seinen Erfolg oder sein Versagen maß. Und nur dies stand ihm als Ziel bei jeder Unternehmung vor Augen, auf die er sich einließ.

Als Colin Lindseys Vater sein Versprechen wahrmachte und sich mit den Anwälten traf, um eine vernünftige Erklärung für die scheinbar absurde Geschichte zu finden, Duleep Kumar sei als Bankrotteur gestorben, erklärte ihm der Seniorpartner der Anwaltskanzlei:

»In seinem Heimatland hätte Coomer vermutlich ein Vermögen erworben und es behalten. Er hat mir einmal erzählt, als junger Mann habe er immer nur Beamter oder Anwalt werden wollen und nicht im Traum daran gedacht, Geschäftsmann zu werden. Merkwürdigerweise besaß er wirklich ein Gespür für finanzielle Transaktionen. Ich meine, ein Gespür im europäischen Sinn. Im Grunde genommen war dies das Englischste an ihm. In seiner Heimat hätte er jeden durchschnittlichen Geschäftsmann leicht in die Tasche gesteckt. Er sah die Dinge großzügig, nicht engstirnig an. Ich möchte sagen, er hat zumindest jedes Unternehmen auf diese Weise angefangen. Aber bald beschränkte sich alles nur noch darauf, so schnell wie möglich für seinen Sohn Geld herauszuholen, damit er etwas werden sollte, was er nun einmal nicht ist. Wie schade! In den letzten ein, zwei Jahren, als es mit seinen Geschäften allmählich abwärts ging, habe ich ihn immer gewarnt und versucht, ihn von törichten Spekulationen abzubringen. Und ich vermute, an diesem Punkt setzen sich – nun ja, das Blut, die Abstammung und dergleichen schließlich doch durch. Er bekam es mit der Angst zu tun. Nach dem Chaos zu schließen, das er zurückließ, hat er am Ende einfach den Kopf verloren. Und natürlich fühlte er sich allem nicht mehr gewachsen. Ich glaube, er hat sich nicht deshalb umgebracht, weil er sich den Konsequenzen nicht gewachsen fühlte, sondern weil er nicht ertragen konnte zu wissen, was diese Konsequenzen für seinen Jungen bedeuten würden: mit eingekniffenem Schwanz nach Indien zurückzukehren. Wissen Sie, Coomer hätte in ziemlich ernste Schwierigkeiten geraten können. Seinem Sohn habe ich nichts davon erzählt. Vermutlich ist es am besten, er erfährt nie etwas davon. Aber nach dem, was die Bank sagt, sieht es in einem Fall nach Urkundenfälschung aus.«

Mr. Lindsey war schockiert.

Der Anwalt bemerkte es und sagte: »Seien Sie froh, daß Sie sich nie an Coomers Geschäften beteiligt haben.«

»Dazu hätte ich nie das Geld gehabt«, erwiderte Lindsey, »eigentlich kannte ich ihn gar nicht. Uns tat nur der Junge leid. Es überrascht mich, daß Sie sagen, sein Vater soll ihn so sehr geliebt haben. Soweit wir es beurteilen können, war das Gegenteil der Fall. Ich vermute, wir sind eine ziemlich weichherzige Familie, mein Sohn nicht ausgenommen. Vor ein paar Jahren hat er Harry eingeladen, die Sommerferien bei uns zu verbringen, als er hörte, daß Harry sonst allein bleiben würde. Und so ist das seither geblieben.«

Der Anwalt erklärte: »Verstehen Sie, Mr. Lindsey, Coomer diente Harrys Interessen am besten dadurch, daß er sich von ihm fernhielt. Ich will damit nicht sagen, daß er bewußt versucht hätte, bei anderen den Eindruck zu erwecken, sein Sohn werde vernachlässigt, damit sie ihn zu sich einluden und er dadurch die Engländer so kennenlernte, wie sie wirklich sind. Er hielt sich von Harry fern, weil er wußte, wenn Harry sich nach seinen Wünschen und Vorstellungen entwickelte, mußte der Zeitpunkt kommen, wo Harry sich seiner schämte. Da war zum Beispiel Coomers Akzent. Er sprach ziemlich gut englisch, aber natürlich mit einem indischen Akzent. Und er wollte unter allen Umständen vermeiden, daß Harry etwas davon übernahm. Er hat es mir einmal erzählt. Er sagte, er warte auf den Tag, an dem Harry sich nicht mehr viel aus seiner Gesellschaft machen werde. Er wollte vermeiden, daß der Junge sich seines Vaters schämte, es aus Pflichtgefühl jedoch nicht zeigen wollte. Er hatte nur ein Ziel vor Augen: Harry sollte die beste englische Ausbildung, die beste englische Erziehung bekommen, die man für Geld kaufen konnte.«

Nicht nur für Geld, dachte Lindsey. Die bittere Saat war gesät. Vermutlich warf er auch deshalb schließlich alle Zweifel daran über Bord, ob es vernünftig sei, den abenteuerlichen Vorschlag seines Sohnes Colin abzulehnen, Harry solle künftig bei ihnen leben, wenn es sich einrichten ließe. Nicht so sehr der Schock, den sein bürgerliches Empfinden durch die Mitteilung erhielt, der Vater des jungen Coomer habe ein Dokument gefälscht, führte zu seinem unwiderruflichen Entschluß, sondern die Erkenntnis, daß die Einsamkeit des jungen Coomer nicht die Folge einer Vernachlässigung, sondern einer bewußten Strategie war, die ein ganz besonderes und nicht gerade redliches Ziel verfolgte – dem Sohn Eingang in eine Gesellschaft zu verschaffen, die ihm natürlich verschlossen geblieben wäre, hätte der Vater sich nur auf die eigenen Hilfsmittel verlassen.

Jetzt erinnerte sich Lindsey – oder gestattete vielmehr den Erinnerungen, in den Vordergrund seines Bewußtseins zu treten – an die Bemerkungen von Freunden, auf deren Urteil er etwas gab, es sei denn, es stieß mit seinen liberalen Überzeugungen zusammen (die etwas schief auf dem Sockel seiner angeborenen Sippeninstinkte ruhten). Er konnte sich nicht wörtlich an solche Bemerkungen erinnern, aber deutlich genug an die Gedanken, die dahinterstanden: In Indien konnte man damit rechnen, daß die Eingeborenen meist im Allgemeininteresse handelten, solange man sie beschäftigt hielt. Der echte Inder, der Mann, dem man am ehesten trauen konnte, war aller Wahrscheinlichkeit nach der eigene Diener, der das Brot verdiente, das er unter dem Dach seines Herrn aß; und an zweiter Stelle kam der einfache Bauer. Er haßte die Blutsauger der eigenen Rasse und kümmerte sich nicht um die Politik, sondern wie ein vernünftiger Mensch um das Wetter, um die Ernte und gerechte Behandlung. Er respektierte Unparteilichkeit und repräsentierte die Majorität dieser einfachen Nation, die ansonsten durch den zu engen Kontakt mit den modernen Ideen der westlichen Gesellschaft verdorben wurde. Am wenigsten konnte man (nach den Worten dieser Leute, die es weiß Gott wußten, denn sie waren dort gewesen oder hatten Verwandte, die dort gewesen waren) dem verwestlichten Inder trauen, denn er war eigentlich überhaupt kein Inder. Die einzigen Ausnahmen von dieser Regel fand man unter den Maharadschas. Diese Menschen gehörten von Geburt an in die kosmopolitischen Reihen all jener, deren Aufgabe es ist, Autorität auszuüben, und deshalb waren die Maharadschas daran interessiert, den alten sozialen *Status quo* aufrechtzuerhalten.

Eine Zeitlang hatte Colin geglaubt, Harrys Vater sei ein Maharadscha oder zumindest ein reicher Großgrundbesitzer, der an Bedeutung einem Maharadscha nahekäme. Im Verlauf der Jahre war dieser Eindruck allmählich korrigiert worden (manchmal durch dieselben Freunde, die behaupteten, Haris Vater sei vermutlich der Sohn eines einfachen Zamindar – was immer das sein mochte). Aber war der erste Eindruck jemals soweit korrigiert worden, daß er auch nur annähernd der Wahrheit entsprach? War alles nur ein Schwindel gewesen? Lindsey mochte dies nicht glauben. Aber nun glaubte er es, und er kehrte von seinem uneigennützigen Besuch bei den Anwälten mit dem Gefühl zurück, er und sein Sohn seien mehr oder weniger getäuscht worden. Man hatte sie an der Nase herumgeführt und in eine unangenehme Affäre hineingezogen, weil sie nur allzu bereit gewesen waren, das Beste von den Menschen zu glauben, das Schlimmste auszuschließen und die Warnungen jener zu überhören, die mit angesehen hatten, wie die Lindseys Harry Coomer praktisch adoptierten, und deren Gesichter manchmal deutlich verrieten, daß ihrer Meinung nach nichts Gutes daraus entstehen könne.

Als Lindsey an diesem Tag beim Abendessen dem Gespräch zwischen seinem blonden, gutaussehenden Sohn mit dem schwarzhaarigen, braunhäutigen Harry zuhörte, dachte er zu seiner eigenen Überraschung: »Wie erstaunlich! Wenn man die Augen schließt und nur zuhört, kann man keinen Unterschied bemerken. Die beiden scheinen sich auf derselben Wellenlänge zu unterhalten.«

Aber Lindsey konnte die Augen nicht länger verschließen. Er nahm Harry beiseite und sagte zu ihm: »Tut mir leid, mein Junge! Ich kann nichts für dich tun. Die Anwälte haben mich davon überzeugt.«

Harry nickte. Er wirkte enttäuscht. Aber er sagte: »Trotzdem vielen Dank, für den Versuch, meine ich!« Er lächelte und wartete – vielleicht – darauf, daß ihm Lindsey wie üblich den Arm auf die Schulter legte.

Aber an diesem Abend sah sich Lindsey zu dieser herzlichen Geste nicht in der Lage.

Berge von Blättern, die sich feucht und kalt anfühlten, wie früh am Morgen nach einer Frostnacht Ende Oktober, das waren seine klarsten Erinnerungen. Für Hari bedeutete England eine angenehme Kühle, ein frischer, prickelnder, würziger Duft; ein leichter Wind, der die Täler füllte und über die Kämme der Hügel strich; keine dicke, abgestandene Luft voll drückenden Gestanks. England, das waren der Park und das Weideland hinter dem Haus in Sidcot, die Giebel des Hauses, die bleigefaßten, rautenförmigen Fensterscheiben und die üppigen Glyzinien.

Wenn er mitten in der Nacht in dem schmalen Bett seines Zimmers in dem Haus Nr. 12 im Chillianwallah Bagh aufwachte, schlug er nach den Mücken, hielt sich die Ohren zu, weil die Frösche so laut quakten und die Eidechsen an den heißen Wänden und an der Decke keckerten. Der Morgen begann für ihn nach unruhigen Träumen von der Heimat, und sofort überwältigte ihn der Alptraum des Tages, der Widerwille gegen alles, was das fremde Land darbot: die krächzenden Krähen draußen, die dicken, bernsteinfarbenen Schaben, die mit schwerem Körper, leichtem Kopf und unruhigen, fedrigen Fühlern vom Schlafzimmer in das angrenzende Bad marschierten. Aber es gab kein Bad, sondern nur einen Wasserhahn, einen Eimer, eine kupferne Schöpfkelle, einen Betonboden und eine schleimige Abflußrinne, in der das schmutzige Wasser durch ein Loch in der Wand abfloß und platschend auf den festgebackenen Lehm im Hof fiel; und mit dem Wasser versickerte Schicht um Schicht seines Engländertums, versickerte auch die Hoffnung, daß er sich alles nur eingebildet hätte, was seit dem Tag geschehen war, als er den Brief seines Vaters erhalten hatte, der ihn aufforderte, nach Sidcot zu kommen, um mit ihm über seine Zukunft zu sprechen. Über diese Zukunft? Die Unterredung hatte nie stattgefunden, also war dies vielleicht auch nicht die Zukunft. Sein Vater war in Sidcot nicht eingetroffen, hatte Edinburgh gar nicht verlassen, sondern war in seinem Hotelzimmer gestorben.

Manchmal, wenn er einen Brief von Colin Lindsey bekam, starrte er auf die Handschrift des Umschlags, als müsse er einen inneren Dämon, der närrischerweise größere Erwartungen und Hoffnungen hegte als er selbst, erst davon überzeugen, daß dieser Brief nicht von seinem Vater stammte und nicht besagte, alles sei nur ein Mißverständnis gewesen. Er sehnte sich nach Briefen aus England, doch wenn sie eintrafen und er sie aufriß und las, zuerst schnell und dann ein zweites Mal langsam, stellte er fest, daß der Tag sich auf eine Weise verdunkelt hatte, die in ihm Gedanken an eine Gewalttat aufsteigen ließen, eine Gewalttat ohne Motiv und ohne Ziel, abgesehen davon, daß sie ihn auf wunderbare Weise wieder in die heimische Luft und Heide bringen sollte, unter Menschen, deren Verhalten ihn nicht abstieß. In dieser Stimmung beantwortete er nie einen Brief. Er wartete, bis sich der schlimmste Schmerz gelegt hatte, und erst ein oder zwei Tage später machte er den ersten Versuch, eine Antwort aufzusetzen, die ihn nicht als Feigling entlarven würde. Denn das durfte nicht sein, es lag außerhalb der Wertmaßstäbe, an denen er festhalten mußte, wenn es ihm gelingen sollte, den Alptraum bis zu seinem unvorstellbaren, unvorhersehbaren, aber vermutlich logischen Ende durchzustehen.

Deshalb ahnte Colin Lindsey nie etwas von der Last des Exils, mit der sein Freund zu kämpfen hatte. In einem Brief schrieb Colin: »Es freut mich, daß Du Dich anscheinend langsam eingewöhnst. Ich lese ziemlich viel über Indien, damit ich mir klarer vorstellen kann, wie es Dir da geht. Klingt alles phantastisch. Würde Dich gerne besuchen. Hast Du in letzter Zeit ein fettes Wildschwein gestochen? Wenn ja, laß den Kadaver bloß nicht vor einer Moschee liegen, sonst machen Dich die Anhänger des Propheten zur Schnecke! Der gute Rat eines alten Hasen! Wir haben am letzten Samstag gegen die Wardens unentschieden gespielt. Uns fehlt der Biß, Coomer, mit dem eleganten Schrittwechsel und den langsamen, lässigen Rechtsschlägen. Komisch, sich vorzustellen, daß bei Euch die Kricketsaison anfängt, wenn es hier an der Schule mit dem Fußball losgeht. Aber ich werde dieses Jahr keinen Ball sehen. Hat sich inzwischen entschieden, was Du machen wirst? Ich verlasse die Schule mit Sicherheit Ende des Sommersemesters. Dad sagt, er würde für einen Einpauker berappen, wenn ich mich immatrikulieren will (es bestünden Hoffnungen), aber ich habe beschlossen, lieber das Angebot meines Onkels anzunehmen und in das Londoner Büro der Ölgesellschaft zu gehen, mit der er etwas zu tun hat.«

Hari antwortete ein paar Tage später: »Du erinnerst Dich, es hieß immer, nach dem Abgang aus Chillingborough sollte ich erst mal büffeln, um in London die Examen für den indischen Staatsdienst zu machen; und dann sollte ich hier rüber, um die Praxis zu lernen. Inzwischen kann man die Examen auch hier machen, aber ich glaube, daraus wird nichts. Dem alten Schwager meiner Tante gehört irgendein Geschäft in Majapur, und soviel ich weiß, soll ich dort eintreten. Aber zuerst muß ich die Sprache lernen. Mein Onkel glaubt zwar, mein Englisch könnte nichts schaden, aber, sagt er, wenn ich kein Wort von dem verstehe, was neunzig Prozent der Leute, mit denen ich zu tun habe, reden, dann nützt ihm das nicht viel. Zur Zeit gießt es in Strömen. Manchmal hört es auf, dann kommt die Sonne zum Vorschein, und alles dampft. Man sagt, es regnet bis September und wird dann kühler – aber nur für ein paar Wochen. Im neuen Jahr wird es ziemlich bald wieder heiß, und nach allem, was ich höre, kann man im April und im Mai nicht einmal mehr schwitzen. Ich habe Dünnpfiff und kriege nichts herunter außer Obst, obwohl ich mir beim Aufwachen immer Speck und Eier vorstelle. Grüße bitte Deine Mutter und Deinen Vater von mir, bringe mich bei Conolly und Jarvis in Erinnerung, natürlich auch bei dem alten Drachen.«

Einmal, als er einen solchen Brief verschloß, war er versucht, ihn zu zerreißen und einen anderen zu schreiben, um Colin eine Vorstellung davon zu geben, was es bedeutete, in einer Stadt wie Majapur plötzlich auf der falschen Seite des Flusses zu leben. Dann hätte er geschrieben: »Hier gibt es nichts, was nicht häßlich ist. Die Häuser, die Stadt, der Fluß, die Landschaft. Alles wird von den Leuten, die dort leben, auf die Ebene widerlicher, uniformer Verwahrlosung gezogen. Wenn es Ausnahmen gibt, findet man sie zweifellos auf der anderen Seite des Flusses, im sogenannten Zivilistenviertel. Vielleicht könntest Du Dich mit der Zeit daran gewöhnen, sogar Gefallen daran finden, denn *Du* würdest im Zivilistenviertel wohnen und hättest da Deine Zuflucht. Aber ich wohne hier in der Chillianwallah Bagh. In einem modernen Haus, wie sie das nennen. In ihren Augen ist man jemand, wenn man in einem von diesen erstickenden Betonklötzen wohnt. Es stinkt überall nach Abwässern. In meinem Zimmer – wenn man es als Zimmer bezeichnen kann: unverglaste, vergitterte Fenster, es erinnert eher an eine Zelle – stehen ein Bett (ein mit Schnurgeflecht bespannter Holzrahmen), ein Stuhl, ein Tisch. Tante Shalini hat ein abscheuliches violettes, mit Silber besticktes Stück Tuch darübergelegt. Außerdem gibt es einen Kleiderschrank, der hier *Almirah* heißt, mit einer Tür, die nicht schließt. Meine Überseekiste und die Koffer schimmeln. An der Decke hängt ein Ventilator. Nachts bleibt er öfter stehen; dann wacht man auf und glaubt zu ersticken. Meine Tante und ich leben allein. Wir haben vier Dienstboten. Sie wohnen im hinteren Teil des Grundstücks. Sie sprechen kein Englisch. Wenn ich mich unten in einem Zimmer aufhalte, betrachten sie mich durch Türen und Fenster, denn ich bin der Neffe aus ›Bilaiti‹. Ich glaube, meine Tante ist eine gute Frau. Sie ist noch nicht vierzig, wirkt aber eher wie fünfzig. Wir verstehen uns nicht. Sie bemüht sich mehr darum, mich zu verstehen, als ich mir die Mühe mache, sie zu verstehen. Aber zumindest ist sie erträglich. Die anderen verabscheue ich. Für die bin ich unrein. Sie möchten, daß ich Kuhpisse trinke, um mich von dem Makel zu reinigen, im Ausland gelebt und das verbotene Wasser überquert zu haben. Reinigen! Ich habe gesehen, wie Männer und Frauen in einer unbewohnten Gegend in der Nähe des Flusses in aller Öffentlichkeit ihre Notdurft verrichten. Nachts dringt der Geruch vom Fluß in mein Zimmer. In einer Ecke meines Badezimmers gibt es ein Loch im Boden und zwei fußförmige Erhebungen, auf die man sich stellt, ehe man sich hinhockt. Im Bad wimmelt es von Fliegen und Kakerlaken. Man gewöhnt sich an sie, aber nur, wenn man seine Vorstellungen von der Zivilisation aufgibt. Anfangs erfüllen sie einen mit Entsetzen, sogar mit Grauen. Anfangs ist der Stuhlgang ein Gang durchs Fegefeuer.

Aber im Vergleich zu draußen und dem, was dort geschieht, ist das Haus ein Hort des Friedens und der Sauberkeit. Wir bekommen unsere Milch direkt von der Kuh. Gott sei Dank kocht Tante Shalini sie ab. Der Milchmann kommt morgens und melkt die Kuh, die er an einem Telegrafenmast vor dem Haus festbindet. An den Pfosten bindet er auch ein totes, ausgestopftes Kalb, das die Kuh ableckt. Auf diese Weise gibt sie weiterhin Milch. Das Kalb mußte verhungern, weil der Milchmann die Kuhmilch an die guten Hindus verkauft. Seit ich das weiß, trinke ich meinen Tee nur noch mit Zitrone oder Limone, wenn Tante Shalini im Basar welche bekommt. Ich bin nur einmal im Basar gewesen, in der ersten Woche nach meiner Ankunft Ende Mai. Es war unerträglich heiß, fast 40 Grad im Schatten. Ich hatte noch nicht ganz begriffen, was mit mir geschah. Ich begleitete Tante Shalini in den Basar, um ihr eine Freude zu machen, und sie schien unbedingt zu wollen, daß ich mitginge. Und was erlebte ich? Eine Art Alptraum? Der Leprakranke am Eingang zum Beispiel, den niemand weiter zu beachten schien. War er wirklich? Und ob! Seine linke Hand, oder was davon noch übrig war, berührte mich am Ärmel. Tante Shalini legte ihm eine Münze in seine Schale. Sie kennt Leprakranke. Für sie ist das etwas Alltägliches. Und als sie ihm die Münze in seine Bettelschale legte, erinnerte ich mich an eine Geschichte meines Vaters, die ich Dir erzählt habe und die wir beide nicht ganz glauben konnten – wie mein Großvater als Bettler von zu Hause weggegangen sein soll, um sich dadurch Verdienste zu erwerben und Teil des Absoluten zu werden. Endete er auch als Leprakranker? Oder wurde er einfach eins mit Gott?

All die Geschichten, die mir mein Vater erzählte, schienen mir damals nur Geschichten zu sein. Klang alles sogar ein bißchen romantisch. Um sie ganz zu verstehen, mußt Du Dir vorstellen, daß sie hier oder an einem ähnlichen Ort, der womöglich noch primitiver ist, tatsächlich passieren können. Ich sehe mir Tante Shalini an und versuche sie mir als junges Mädchen vorzustellen, das man unbedingt mit diesem Burschen verheiraten mußte, der dann an Syphilis oder etwas ähnlichem gestorben ist, jedenfalls in einem Bordell. Ich wünschte, Vater hätte mir das nicht erzählt. Ich merke, daß ich sie bei Tisch beobachte, und hoffe, sie berührt die Teller nur am äußersten Rand. Arme Tante Shalini! Sie stellt mir Fragen über England, Fragen, die man nicht beantworten kann, denn zu Hause werden sie nie gestellt.

Zu Hause! Es entschlüpft mir immer noch. Aber dies hier ist mein Zuhause, nicht wahr, Colin? Ich meine, ich werde morgen nicht in Chillingborough oder Sidcot aufwachen oder in ›meinem‹ Zimmer in Didbury, wie wir es immer nannten. Ich werde aufwachen und als erstes die Krähen hören. Ich wache um sieben Uhr auf, und alle im Haus sind seit mindestens einer Stunde auf den Beinen. Von draußen kommt der Geruch von Essen herein, etwas, das in Ghi gebraten wird. Beim Gedanken an das Frühstück dreht sich mir der Magen um. Ich höre, wie die Dienstboten sich anbrüllen. In Indien brüllen alle. Am Tor steht ein Hausierer oder ein Bettler. Auch er brüllt. Oder ich höre den Mann, der immer schreit. Als ich ihn zum erstenmal hörte, dachte ich, er ist ein Irrer, der irgendwo ausgerissen ist. Aber er ist ein Irrer, der noch nie eingesperrt gewesen ist. Sein Irrsinn gilt als Zeichen, daß Gott ihn persönlich zur Kenntnis genommen hat. Deshalb ist er heiliger als alle sogenannten vernünftigen Menschen. Vielleicht liegt hinter der Vorstellung von seiner Heiligkeit der andere Gedanke, daß es für einen Inder das einzig Vernünftige ist, wahnsinnig zu sein, und daß sich das insgeheim jeder wünscht.

Vermutlich scheint morgens schon die Sonne. Das grelle Licht schmerzt in den Augen, wenn man aus dem Fenster blickt. Es gibt keine Abstufungen. Das Licht ist einfach hart und grell, und wenn eine Wolke vorüberzieht, breitet sich plötzlich ein Schatten aus. Später wird es regnen. Regnet es heftig genug, hört man das Gebrüll der Leute nicht mehr. Aber nach einer Weile macht einen auch der trommelnde Regen ganz krank. Seit ich hier bin, rauche ich, obwohl die Zigaretten immer feucht sind. Etwa gegen elf Uhr kommt ein alter Mann ins Haus. Er heißt Pandit Babu Sahib und soll mir angeblich Hindi beibringen. Meine Tante bezahlt den Unterricht. Der Pandit trägt einen schmutzigen Turban auf dem Kopf und hat einen grauen Bart. Er riecht nach Knoblauch. Mir wird übel, wenn ich seinen Atem rieche. Der Unterricht ist ein Witz, denn er spricht ein Englisch, das ich nicht verstehe. Manchmal kommt er einfach nicht oder erst eine Stunde später. Die haben hier alle eine andere Vorstellung von Zeit. Für mich sind die Leute hier immer noch ›die‹.

Du fragst mich, was ich machen werde. Ich weiß es nicht. Ich bin im Augenblick auf die Gnade der angeheirateten Familie meiner Tante angewiesen. Offensichtlich leben immer noch ein paar Kumars in Lucknow, und ein Bruder von Tante Shalini lebt mit seiner Frau im alten Haus der Kumars in den Vereinigten Provinzen. Aber die wollen nichts mit mir zu tun haben. Als Tante Shalini die Nachricht von Vaters Tod erhielt, hat sie ihnen geschrieben. Sie zeigten kein Interesse. Vater hatte sich von allen außer Tante Shalini gelöst. Vor der Emigration nach England verkaufte er seinen Grundbesitz an die Brüder. Tante Shalini glaubt, die noch lebenden Brüder fürchten, ich könne beabsichtigen, einen Teil des Besitzes zurückzufordern. Sie schlägt vor, ich solle mir einen Anwalt nehmen, um nachzuprüfen, ob der damalige Verkauf ordnungsgemäß abgewickelt worden ist. In dieser Hinsicht ist sie wie alle Inder. Sie scheinen glücklich zu sein, wenn sie sich in einen langen und ruinösen Rechtsstreit hineinziehen lassen können. Ich möchte damit nichts zu tun haben. Deshalb bin ich von ihr und ihrem Schwager Romesh Chand Gupta Sen abhängig, bis ich meinen Lebensunterhalt selbst verdienen kann. Aber wie soll ich das ohne irgendeine anerkannte Qualifikation? Tante Shalini würde mich an einem indischen College studieren lassen, aber sie kann das nicht entscheiden, denn Romesh Chand hält die Hand auf den Geldbeutel. (Schließlich gehört die Tante zum Besitz der Gupta Sens.) Es gibt hier eine Technische Hochschule, die ein reicher Inder namens Chatterjee gegründet hat. Manchmal denke ich daran, mich dort einzuschreiben und mich um ein Examen oder Diplom als Ingenieur, oder was der Laden sonst zu bieten hat, zu bemühen.

Weißt Du, was das Schlimmste ist? Nun ja, nicht das Schlimmste, aber etwas, das mir völlig gegen den Strich geht. Weder Tante Shalini noch Romesh Chand oder einer ihrer Freunde und Verwandten kennen irgendwelche Engländer, jedenfalls nicht privat und niemand Wichtiges. Tante Shalini nicht, weil sie überhaupt kaum Bekannte hat. Die andern wollen mit Engländern schon aus Prinzip nichts zu tun haben. Dies hier ist eine starre, geschlossene, pseudo- orthodoxe Hindugesellschaft. Langsam beginne ich zu begreifen, wogegen mein Vater sich auflehnte. Ich glaube, wenn sie ein paar englische Bekannte hätten, würde es nicht lange dauern, bis sich jemand stärker für meine Zukunft interessierte. Meine fünf Jahre Chillingborough können doch nicht einfach umsonst gewesen sein; es muß doch alle möglichen Stipendien und freie Studienplätze geben, die ich bekommen könnte. Aber Tante Shalini weiß nichts davon; sie scheint sich zu fürchten, das Thema bei irgend jemandem anzusprechen. Die Gupta Sens wollen eindeutig nichts davon wissen. Romesh Chand sagt, ich werde in seinem Geschäft nützlich für ihn sein. Ich habe seine Büros gesehen. Ich glaube, ich würde verrückt, wenn ich dort arbeiten müßte. Das Hauptbüro befindet sich über einem Lagerhaus im Chillianwallah-Basar und ein kleineres Büro auf dem Bahngelände. Er ist ständiger Getreide- und Gemüselieferant für die Garnison auf der anderen Seite des Flusses, außerdem Getreidehändler auf eigene Rechnung. Tante Shalini sagt, er hat seine Finger noch in vielen anderen Unternehmen. Ihm gehört das meiste Land im Chillianwallah Bagh. Über dieses Indien liest Du nichts in Deinen Büchern. Es ist das habgierige Indien, der kaufmännische Mittelstand, der sein Geld unter den Fußbodendielen aufbewahrt und Weizen und Reis hortet, bis es eine Hungersnot gibt und man das Getreide mit beträchtlichem Profit verschachern kann, selbst wenn das meiste schon verdorben ist. Man verkauft es an den Staat und besticht den Regierungsagenten, damit er die vielen Würmer übersieht. Oder man verkauft es an die Regierung, solange es noch in Ordnung ist und es noch keine Hungersnot gibt, und läßt es in den staatlichen Lagerhäusern verderben – es sei denn, man kauft das aus den Lagerhäusern gestohlene Getreide billig auf, lagert es ein, bis ein Regierungsvertreter bestochen werden kann, es noch einmal zu kaufen. Tante Shalini erzählt mir solche Geschichten. Sie ist sehr naiv. Sie erzählt mir das, um mich zum Lachen zu bringen. Sie begreift nicht, daß sie von Menschen redet, für die ich verwandtschaftliche Zuneigung empfinden sollte, von ihrem verstorbenen Ehemann Prakash Gupta Sen zum Beispiel. Irgendwie muß ich mich aus dieser unmöglichen Situation herauskämpfen. Aber wohin soll mich der Kampf führen?«

Ja, wohin? Colin hätte ihm nicht helfen können, eine Antwort auf diese Frage zu finden, und Hari stellte sie nie einem anderen als sich selbst. Und auch das dauerte einige Monate, bis er sie sich so direkt und unverblümt stellte. Vorher hatte er seine Situation nicht als real hinnehmen können. Die Situation enthielt allzu starke phantastische Züge, lächerliche, aber nicht komische; Züge, die im Widerspruch zu jedem Gedanken an eine Zukunft standen, die aus dieser Situation hervorgehen sollte. Der Zukunft zuliebe mußte zuerst dieses Phantastische vernichtet werden. Etwas aus der realen Außenwelt mußte dagegen aufgeboten werden und es zertrümmern. In dieser Zeit hielt er an seinem Engländertum fest wie an einem Schutzpanzer, mit der gleichen leidenschaftlichen Überzeugung, mit der sein Vater einst geglaubt hatte, daß es genüge, in England zu leben, um das Leben an sich zu verändern. Und da Hari nun seinen englischen Charakter für das eine und einzige kostbare Geschenk hielt, das sein Vater ihm gemacht hatte, zog er es vor zu vergessen, daß er ihn einmal kritisiert und sich Jahr um Jahr mehr für ihn geschämt hatte. Er gewöhnte sich an, sich bei allem Entsetzlichen, das er sah, jedesmal vorzusagen: »Genau das hat mein Vater gehaßt, das wollte er mir ersparen, und das trieb ihn in den Wahnsinn.« Den Selbstmord seines Vaters konnte er sich nur mit Wahnsinn erklären. Und er war alt genug, um zu ahnen, daß Einsamkeit den Wahnsinn nur noch gesteigert hatte. Wäre Duleep Kumar nicht einsam gewesen, hätte er vielleicht den Mut aufgebracht, sich der finanziellen Katastrophe zu stellen, von der die Anwälte seinen Sohn überzeugten, die sie ihm aber nie zu seiner Zufriedenheit erklären konnten. In Majapur erkannte Hari in der Katastrophe das Werk eines bösen Geistes, der auch sein Leben überschattete.

Während der ersten Regenzeit, die er erlebte, war er in einer chronisch schlechten körperlichen Verfassung. Alles, was er aß, wurde in seinen Gedärmen zu Wasser. Unter solchen Umständen verliert jeder Mensch den Mut. Seine Unpäßlichkeit und sein Abscheu vor allem, was außerhalb des Hauses Nr. 12 in der Chillianwallah Bagh lag, hielten ihn manchmal tagelang im Haus fest. Die schwülen, feuchten Nachmittage verschlief er wie betäubt und fürchtete sich immer mehr vor dem Moment, in dem Tante Shalini seine Gesellschaft wünschte oder einen Spaziergang vorschlug, weil es aufgehört hatte zu regnen und der Abend nach ihren Begriffen kühl war. Dann spazierten sie zum stinkenden Fluß, gingen auf der Verlängerung des Chillianwallah Bagh zur Bibighar-Brücke. Aber dort kehrten sie um, als wäre die andere Seite für sie verboten oder zumindest unerwünscht. In all der Zeit von Mai bis Mitte September ging er nicht ein einziges Mal über den Fluß ins Zivilistenviertel, anfangs deshalb nicht, weil kein Anlaß bestand, später, weil ihm das andere Flußufer als ein Ort der *Freiheit* erschien und er die Zeit für noch nicht reif hielt, um sich dorthin zu wagen. Er wollte den bösen Geist nicht herausfordern.

Er überquerte den Fluß zum erstenmal in der dritten Septemberwoche des Jahres 1938, nachdem die Regenzeit vorüber war und er seine Krankheit überstanden hatte. Es gab keine Entschuldigung mehr, wenn er nicht wenigstens den guten Willen zeigte, es dem Onkel Romesh Gupta Sen recht zu machen. Ja, er hatte beschlossen, alles zu tun, was in seiner Macht stand, um den Onkel für sich einzunehmen, denn er hatte mit dem Anwalt seines Onkels gesprochen, einem Herrn Srinivasan. Und nun hoffte er, den Onkel überreden zu können, daß er ihn auf die Technische Hochschule schickte oder auf das College in der Provinzhauptstadt.

»Ich werde genau das werden«, sagte er zu sich, »was ich nach dem Willen meines Vaters werden sollte. Und auf diese Weise werde ich's dem bösen Geist heimzahlen. Ich will ein Inder sein, den die Engländer mit offenen Armen aufnehmen und anerkennen.«

Beim Tod seines Vaters hatte sich ihm die Frage einer moralischen Schuldenlast gestellt.

Romesh Chand hatte ihm aufgetragen, Mr. Nair, dem Bürovorsteher im Lagerhaus auf dem Bahngelände, ein paar Schriftstücke zu überbringen. Hari fuhr mit einer Fahrradrikschah. Die meisten Kleidungsstücke, die er aus England mitgebracht hatte, nutzten ihm hier wenig. Seine Tante hatte ihm geholfen, sich beim Schneider im Basar mit Hemden und Hosen einzukleiden. An diesem Tag trug er eine weiße, weite Hose, dazu ein weißes Hemd mit kurzen Ärmeln und einen beigefarbenen Tropenhelm. Nur die Schuhe waren englisch; sie waren Handarbeit und sehr teuer. Inzwischen hatte einer von Tante Shalinis Dienern sie so auf Hochglanz gebracht, wie es ihm selbst noch nie gelungen war.

Auf der Mandir Gate-Brücke geriet der Verkehr ins Stocken. Ein offener Lastwagen mit Säcken voller Getreide, direkt vor der Rikscha, versperrte den Blick. Ein schwitzender, halbnackter Kuli saß auf einem Sack und rauchte eine Bidi. Neben seiner Rikscha wartete eine andere, dahinter ein Bus. Die Rikscha stand direkt gegenüber dem Tempel. Am Straßenrand kauerten Bettler in der Nähe des Tempeltors. Hari wendete den Blick ab, um nicht womöglich den Leprakranken unter ihnen zu erkennen. Vom anderen Ufer hörte er das Rattern des Zuges, aber wegen des Lastwagens konnte er ihn nicht sehen. Noch fünf Minuten vergingen, dann setzte sich der Verkehr wieder in Bewegung. Das steinerne Brückengeländer war weiß gestrichen. Er hatte kurz den Eindruck von Wasser und Weite, von sanft gerundeten Sandbänken zwischen kleinen Buchten und Landzungen. Dann holperten die drei Räder der Rikscha über die Holzbohlen des Bahnübergangs, und er befand sich in der anderen Hälfte der Welt.

Seine Enttäuschung war ebenso groß, wie seine Erwartung es gewesen war. Entlang der Straße von der Mandir Gate-Brücke bis zum Bahnhof standen Gebäude, die ihn an die Häuser an der Verlängerungsstraße des Chillianwallah Bagh erinnerten. Aber ehe der Rikschafahrer unter heftigem Klingeln und einem warnenden Zuruf an einen alten Mann, der einen wildgewordenen Wasserbüffel verfolgte, nach rechts abbog, fiel Haris Blick auf Bäume, und dahinter schien sich ein weiter Platz zu öffnen. Der Rikschafahrer hielt im Hof vor dem Güterbahnhof, der wie alle Güterbahnhöfe häßlich und zweckmäßig aussah; Hari wies ihn an zu warten. Dem Fahrer schien das nicht zu passen, doch Hari verstand nicht, was er sagte. Er ging davon, ohne zu bezahlen, denn er wußte, dies war die sicherste Methode, ihn zum Bleiben zu bewegen. Er betrat den Lagerschuppen mit der Aufschrift *Romesh Chand Gupta Sen & Co. Heereslieferungen.* Im Innern schlug ihm, wie in einem solchen Gebäude zu erwarten, der dumpfe Geruch von Sacktuch entgegen. Es war dunkel und verhältnismäßig kühl. Arbeiter trugen Getreidesäcke von einem Stapel zu dem sonnenbeschienenen Rangiergleis auf der anderen Seite des Lagerhauses und luden sie auf einen Güterwaggon. Staub und Spreu hingen in der Luft. In der Mauer neben sich entdeckte er eine offene Tür und eine Reihe Fenster zu der riesigen Lagerhalle. Hier war das Büro. Es wurde von nackten Glühbirnen erhellt. Er trat ein. Der Bürovorsteher war nicht da. Zwei oder drei junge Männer in Dhotis und handgewebten Baumwollhemden saßen an Tischplatten, die über Holzböcke gelegt waren, und machten Eintragungen in Kontorbücher. Sie blieben sitzen. Im Büro seines Onkels über dem Lagerhaus im Chillianwallah-Basar standen die jungen Angestellten jedesmal auf, wenn er ihre dumpfen, schlecht beleuchteten Zimmer betrat. Das war ihm peinlich. Trotzdem, er vermutete, daß die Angestellten hier im Lager auf dem Güterbahnhof sehr wohl wußten, wer er war, und ihm fiel der Unterschied im Verhalten auf. Für einen Moment fühlte er sich herabgesetzt. Er fragte nach dem Bürovorsteher. Der Mann, den er angesprochen hatte, antwortete in fließendem Englisch, aber offensichtlich in der Absicht, ihn zu brüskieren.

»Dann gebe ich die Papiere Ihnen«, sagte Kumar und legte sie ihm auf den Schreibtisch. Der junge Mann griff danach und warf sie in einen Drahtkorb.

»Sie tragen übrigens den Vermerk ›dringend‹«, machte Kumar ihn aufmerksam.

»Warum geben Sie sie dann mir? Weshalb nehmen Sie die Papiere nicht und suchen Mr. Nair im Büro des Bahnhofsvorstehers?«

»Das ist Ihre Aufgabe, nicht meine«, antwortete Kumar und wandte sich zum Gehen.

»Die Papiere sind Ihnen anvertraut, nicht mir.«

Sie starrten sich an.

Kumar sagte: »Wenn Sie nicht in der Lage sind, die Papiere zu bearbeiten, dann lassen Sie sie eben in Ihrem Drahtkörbchen liegen. Ich bin nur der Botenjunge.«

Als er die Tür erreicht hatte, rief der andere hinter ihm her: »Hören Sie mal, Coomer!«

Hari drehte sich verärgert um, denn nun hatte er den Beweis, daß der andere wußte, wer er war.

»Wenn Ihr Onkel wissen möchte, wem Sie die Papiere übergeben haben, sagen Sie ihm, Moti Lal.«

Hari glaubte nicht, daß er den Namen behalten würde, aber er sollte Grund genug haben, sich an ihn zu erinnern.

Draußen vor dem Lager wurde der Rikschafahrer frech und wollte auf der Stelle bezahlt werden. Kumar stieg ein und forderte ihn auf, zum Garnisonsbasar zu fahren. Er hatte sich die Worte in Hindi bereits zurechtgelegt. Der Bursche schüttelte den Kopf, aber Kumar wiederholte den Befehl mit erhobener Stimme. Der Fahrer griff nach der Lenkstange, drehte die Rikscha herum, lief ein paar Schritte neben dem Fahrrad her und schwang sich dann auf den Sattel. Kumar mußte ihn noch einmal anschreien, weil er den Weg zurückfuhr, den sie gekommen waren. Es gab Streit. Kumar erriet, warum der Bursche so hartnäckig war. Er wollte einen Inder keine so weite Strecke fahren. Inder bezahlten selten mehr als den Mindestfahrpreis.

Schließlich fügte sich der Fahrer und bog zum Garnisonsbezirk ab. Es ging durch breite Alleen mit weit auseinanderstehenden Bungalows. Hier gab es Schatten, und Kumar hatte den Eindruck vormittäglicher Ruhe, wie zu Hause zwischen Frühstück und Mittagessen während der Ferien in Didbury. Die Straße war asphaltiert, die Gehwege nicht. In der plötzlichen Stille hörte man das rhythmische Klicken der Pedale. Er zündete sich eine Zigarette an, denn der Geruch der Lederpolster und der Schweißdunst des Fahrers stiegen ihm jetzt deutlicher in die Nase.

Die Rikscha bog mehrmals links und rechts ab. Kumar überlegte, ob der Bursche absichtlich Umwege machte, aber dann, an einer T-Kreuzung, sah er eine Arkade mit Geschäften und über einem das Schild: *Dr. Gulab Singh Sahib Ltd., Apotheke.* Sie hatten die Victoria Road erreicht. Er befahl, links abzubiegen, und jedesmal, wenn der Fahrer über die Schulter zurückblickte, bedeutete er ihm mit einer knappen Handbewegung, weiterzufahren. Er wollte sehen, was hinter dem Garnisonsbasar läge. Er wollte bis zu dem Platz fahren, der, wie er wußte, der *Maidan* genannt wurde.

In den Arkaden der Victoria Road entdeckte er Engländerinnen. Wie blaß sie aussahen! Ihre Autos parkten im Schatten auf der einen Seite des Basars. Es gab hier Schatten, denn vormittags um halb elf warf die Sonne noch Schatten. Er sah auch Pferdetongas. Die Tongawagen leuchteten in bunten Farben, und das Pferdegeschirr schmückten silberne Plättchen und rote und gelbe Federbüsche. Einige Engländerinnen trugen Hosen. Flüchtig registrierte er, daß sie darin häßlich aussahen. Aber dieser Eindruck verdrängte nicht das wohltuende Gefühl, endlich wieder unter Menschen zu sein, die er verstand. Er blickte von einer Straßenseite zur anderen: Hier war ein Geschäft mit dem Firmenschild *Darwaza Chand, Zivil- und Militärschneider,* dort die *Imperial Bank of India,* die Büros der ›Mayapore Gazette‹, für die er sich interessierte, weil Tante Shalini die ›Gazette‹ eigens für ihn abonniert hatte, damit er die Lokalnachrichten auf Englisch lesen konnte. Die Geschäfte im Garnisonsviertel annoncierten alle in der ›Gazette‹, und deshalb waren ihm die Namen vertraut. Er wünschte sich, viel Geld zu besitzen, damit er dem Rikschafahrer befehlen könnte, vor der Imperial Bank zu halten. Er würde hineingehen und einen Scheck einlösen; danach über die Straße zu Darwaza Chand schlendern und ein paar anständige Anzüge und Hemden bestellen. Er wünschte auch, er hätte den Mut, in das English Coffee House zu gehen, ein oder zwei Tassen Kaffee zu trinken, eine Zigarette zu rauchen und mit den zwei hübschen weißen Mädchen zu plaudern, die gerade im Eingang verschwanden. Wie gern hätte er dem Rikschafahrer auch auf den knochigen Rücken geklopft, damit er am Sportgeschäft anhielt! Er würde aussteigen und das Gewicht und die Elastizität der englischen Kricketschläger aus Weidenholz überprüfen, die dort so teuer verkauft wurden. Der Anblick der Schläger im Schaufenster weckte in ihm den Wunsch, auszuholen und einen verirrten Ball zurückzuschlagen. Er würde sich einen Schläger aussuchen und dann im chinesischen Restaurant auf der anderen Straßenseite etwas Vernünftiges essen. Am Abend würde er ins Eros-Kino gehen, wo um halb acht oder um halb elf ein Film lief, den er vor Monaten schon mit den Lindseys im Carlton am Haymarket gesehen hatte. Er wünschte sich, die Lindseys wären hier, und dann könnten sie zusammen den Film noch einmal ansehen. Als er an dem Kino vorbeifuhr – ein Gebäude mit weiß verputzter Fassade und einem eisernen Scherengitter, das die dunkle Öffnung des Foyers verschloß, davor ein großer mit Kies bestreuter Vorplatz –, empfand er den Schmerz des Exils stärker als je.

Er befahl dem Burschen, in Richtung *Maidan* zu fahren. Das Kino war das letzte Gebäude des Garnisonsbasars – oder das erste, je nachdem aus welcher Richtung man kam. Es folgte ein Stück schattiger Straße mit niedrigen Mauern beiderseits, dahinter die Hütten und Lagerschuppen des Stadtbauamts. Der Rikschafahrer fuhr auf dieser Strecke schneller und überquerte die Kreuzungen von Victoria- und Grand Trunk Road; sie kamen am Gericht vorbei, an der Polizeikaserne, der Distriktverwaltung, der Junggesellenburg, dem Bungalow des Polizeichefs und dem Bungalow, den die Poulsons 1939 beziehen sollten.

So erreichte er schließlich den *Maidan.* Er ließ den Rikschafahrer anhalten. Der riesengroße Platz war beinahe leer. Er entdeckte zwei Reiter, weiße Kinder auf Ponys. Stallknechte rannten hinter ihnen her. Die Krähen kreisten krächzend in der Luft, doch wirkten sie auf Hari nicht mehr wie Raubvögel. Hier herrschte Frieden. Hari dachte: »Ja, es ist schön hier.« In der Ferne auf der anderen Seite des *Maidan* sah er den Kirchturm von St. Mary. Er stieg aus, stellte sich in den Schatten eines Baumes, sah sich um und lauschte. Mit halbgeschlossenen Augen konnte er sich beinahe vorstellen, er stünde im Park von Didbury. Der Regen hatte seine grüne Spur auf dem Rasen hinterlassen. Doch das wußte er nicht, denn er hatte den *Maidan* noch nie im Mai mit dem ockergelben, verbrannten Gras gesehen.

Hari wollte auf einem Pferd sitzen, reiten und die frische Luft im Gesicht spüren. Konnte man hier irgendwo ein Pferd mieten? Er drehte sich nach dem Rikschafahrer um. Es war nicht möglich, ihn zu fragen. Er kannte die richtigen Worte nicht. Vielleicht mußte er sie auch nicht kennen, mußte auch nicht fragen, denn er ahnte die Antwort: Der *Maidan* war den *Sahibs* vorbehalten. Trotzdem glaubte er, er müsse nur mit einem von ihnen sprechen, um anerkannt und zugelassen zu werden. Er stieg wieder in die Rikscha und wies den Fahrer an, zum Garnisonsbasar zurückzufahren. Er wollte in Dr. Gulap Singhs Apotheke ein paar Dinge kaufen – Odol-Zahnpasta und Pearsseife. Verstohlen griff er in die Brieftasche. Er besaß einen Fünf-Rupienschein und vier Ein-Rupienscheine, also etwa fünfzehn

Shilling. Der Rikschafahrer würde drei fordern, sich aber schließlich mit zweien zufriedengeben.

Auf dem Rückweg fiel ihm auf, daß sich nur sehr wenige Fahrradrikschas auf der Straße befanden. Er sah Wagen, Fahrräder und Pferde-Tongas. In den Fahrradrikschas saßen nur Inder. In einer hatte der Fahrgast seine nackten Füße in den Sandalen auf einen Lattenkäfig mit lebenden Hühnern gestellt. Hari empfand, wie die Schmach auf ihn abfärbte, in einer Rikscha fahren zu müssen. Damit gab er zu erkennen, daß er sich außerhalb seines eigenen Elements, der Schwarzenstadt, befand, denn die Fahrradrikschas kamen alle von der anderen Seite des Flusses.

Vor der Apotheke ließ er halten, stieg aus, ging die Stufen hinauf und befand sich in den schattigen Arkaden. In Gulab Singhs Schaufenster lagen Artikel, deren Marken ihm so vertraut, die so angelsächsisch waren, daß er vor Freude am liebsten aufgeschrien hätte – oder vor Verzweiflung. Er konnte es nicht sagen. Er betrat das Geschäft. Im Innern war es dunkel und kühl. Er sah lange rechteckige Glaskästen auf hohen Beinen wie in einem Museum. Es roch schwach nach Pfeffer und stark nach Salben. An einem Ende befand sich eine Theke. Mehrere Engländerinnen gingen, begleitet von indischen Verkäufern, durch den Laden. Er entdeckte einen Mann, der entfernt Mr. Lindsey ähnelte. Die Kleidung des Engländers machte nur allzu deutlich, was er selbst trug: Babu-Kleidung, Basarzeug. Die englischen Kunden unterhielten sich. Wenn er darauf achtete, verstand er jedes Wort. Der Mann, der wie Mr. Lindsey aussah, fragte: »Warum ist es noch nicht da? Sie haben Dienstag gesagt. Heute ist Dienstag! Dann hätte ich es ebensogut selbst bestellen können. Nun gut, geben Sie mir das andere und schicken Sie den Rest schnellstens vorbei.«

Kumar stand an der Theke und wartete darauf, daß der Verkäufer den Engländer zu Ende bedient hatte. Der Engländer warf ihm einen Blick zu und richtete seine Aufmerksamkeit wieder auf den Verkäufer, der einen unidentifizierbaren Pappkarton verpackte.

»Gut«, erklärte der Engländer und nahm das Paket, »ich erwarte, daß der Rest bis sechs Uhr heute abend geliefert wird.«

Der Mann ging, und Kumar fragte: »Haben Sie Pearsseife?«

Der Verkäufer, ein Mann, der etliche Jahre älter war als Kumar, legte den Kopf von einer Seite auf die andere und ging davon. Kumar war nicht sicher, daß er ihn verstanden hatte. Ein anderer Verkäufer kam durch eine Tür mit der Aufschrift »Arzneimittel«. Er trug ein Päckchen, das er einer Kundin übergab, die die Auslagen in einem Glaskasten betrachtete. Am anderen Ende des Geschäfts befand sich die Nische für Porträtaufnahmen. Kumar wartete. Als er seinen Verkäufer wieder entdeckte, öffnete der Mann gerade einen Glaskasten für eine Gruppe Engländerinnen.

Kumar entfernte sich von der verlassenen Theke und brachte sich in eine Position, die es ihm seiner Meinung nach ermöglichen mußte, den Blick des Verkäufers auf sich zu ziehen. Er hatte richtig gerechnet: Der Mann sah ihn an, allerdings mit einem Ausdruck, als erinnere er sich nicht, je auf Pearsseife angesprochen worden zu sein. Kumar wünschte, die Kunden des Verkäufers wären Männer. Er hätte das Gespräch unterbrechen können, ohne als unhoflich zu gelten. Aber so sah er sich in der unwürdigen Rolle eines unbeteiligten Zuschauers. Der Verkäufer machte sich das zunutze und versteckte sich, wie Kumar sich sagte, hinter Frauenröcken. Er blickte sich um und entdeckte den Mann, der aus dem Raum mit den Arzneimitteln gekommen war und gerade wieder zurückging. Er sagte: »Ich habe jemanden gefragt, ob Sie Pearsseife haben.«

Der Verkäufer blieb stehen, aber möglicherweise nur, weil Kumars Stimme mit dem charakteristischen Sahib-Tonfall ihn automatisch zum Stehenbleiben veranlaßte. Einen Augenblick lang wirkte er verwirrt und versuchte, den Eindruck seiner Augen mit dem Eindruck seiner Ohren in Einklang zu bringen. »Pears?« sagte er schließlich, »o ja, wir führen Pears. Für wen bitte?«

Diese Frage hatte Kumar nicht erwartet, und er verstand sie nicht sofort. Wen glaubte dieser Bursche vor sich zu haben? Einen *Babu*, der für seinen Herrn einkaufte?

»Für mich natürlich«, erwiderte er.

»Ein Dutzend oder zwei Dutzend?«

Kumars Mund wurde trocken.

»Ein Stück«, erklärte er und versuchte, gelassen zu wirken.

»Wir verkaufen sie nur im Dutzend«, erklärte der Mann,

»aber ich nehme an, ein Stück bekommen Sie im Basar.« Dann fügte er etwas in Hindi hinzu, das Kumar nicht verstand.

»Tut mir leid«, sagte er, »ich spreche kein Hindi. Was wollten Sie sagen?«

Dabei wurde ihm bewußt, daß er in seiner Verärgerung die Stimme gehoben hatte und andere Leute im Laden die Szene beobachteten. Er fing den Blick einer Engländerin auf. Sie wendete sich langsam mit einem Lächeln ab, für das er nur zwei Worte finden konnte: unfreundlich, verächtlich.

»Ich habe gesagt«, erwiderte der Mann, »wenn Sie nur *ein* Stück Pearsseife wollen, bekommen Sie es im Chillianwallah-Basar billiger, denn dort halten sie sich nicht an feste Ladenpreise.«

»Vielen Dank«, sagte Kumar, »vielen Dank für die freundliche Auskunft«, und ging hinaus.

Das Bürozimmer im Chillianwallah-Basar, in dem Kumar arbeitete, war größer als die anderen Räume. Er teilte es mit drei anderen englischsprechenden Angestellten. Sie fürchteten sich vor ihm wegen seiner Manieren und der verwandtschaftlichen Beziehung zu ihrem Arbeitgeber. Sie waren stolz darauf, eine Sprache fließend zu beherrschen, die sie für Englisch hielten – das in Romesh Chands Lagerhaus sonst nicht verbreitet war –, verübelten ihm sein Eindringen, fühlten sich aber durch seine Anwesenheit auf perverse Weise auch wieder in ihrem Gefühl geschmeichelt, etwas Besonderes zu sein. Diese jungen Männer bedienten sich nie ihrer Muttersprache, wenn sie es vermeiden konnten, und blickten deshalb auf die Angestellten in den kleinen, stickigen Kabinen herab. Das waren die älteren Angestellten, die ihre Geschäfte und die Korrespondenz in der Landessprache abwickelten. Kumar hatte durch sein Hinzukommen die Überlegenheit der Jüngeren bestätigt, gefährdete jedoch gleichzeitig ihre Sicherheit. Sie wagten in seiner Anwesenheit nicht mehr, Romesh Chand oder die Bürovorsteher zu kritisieren, denn Kumar konnte ja unter anderem ein Spion der Familie sein. Und selbst nachdem sie in dieser Hinsicht beruhigt waren, quälte sie noch die Frage, wer von ihnen seine Stelle an diesen anglisierten Burschen abtreten müßte, der nichts vom Geschäft verstand, sich aber wie ein Burra-Sahib benahm. Ihr Benehmen gegen ihn war eine Mischung aus Mißtrauen, Ehrfurcht, Neid und Unterwürfigkeit.

Sie ekelten ihn an. Er fand sie rückgratlos, schlimmer als einen Haufen Mädchen, der an einem Tag kicherte und am nächsten schmollte. Es fiel ihm schwer, zu verstehen, was sie sagten. Ihre Worte gingen alle ineinander über. Sie sangen ihre Sätze. Sie hatten eine merkwürdige Aussprache. Anfangs bemühte er sich, sie zu verstehen, erkannte dann aber, wie gefährlich es war, sich allzu eifrig darum zu bemühen. Er fragte sich, wie lange jemand unter ihnen arbeiten konnte, ohne in die gleichen Sprechgewohnheiten zu verfallen, ohne die fremden Denkgewohnheiten zu übernehmen, von denen ihre Sprache geleitet wurde. Abends in seinem Zimmer sprach er manchmal laut mit sich selbst und versuchte, Veränderungen in Tonfall, Aussprache und Klang seiner Stimme zu entdecken, um sie korrigieren zu können. Seine englische Stimme und die englischen Gewohnheiten zu behalten, wurde ihm immer wichtiger. Selbst das katastrophale Erlebnis in Gulab Singhs Apotheke änderte nichts daran. Er erinnerte sich, daß sein Vater gesagt hatte: »Wenn du telefonierst, glauben die Leute, mit einem Engländer zu sprechen.« Im Büro seines Onkels gab es kein Telefon. Im Haus Chillianwallah Bagh Nummer 12 gab es keines. Und hätte es eines gegeben, so wäre kein Engländer dagewesen, der anrief oder den man anrufen konnte. Doch dieses Fehlen alles Englischen in seinem äußeren Leben erschien ihm nur als logische Verlängerung des Phantastischen, von dem sein inneres Leben bedrückt war.

In dieser Zeit nach dem Besuch der Apotheke kam ihm zum erstenmal der Gedanke, er sei für die Weißen unsichtbar geworden, auch wenn es einige Zeit dauerte, bis er diese Vorstellung so klar formulieren konnte. Als er sich daran gewöhnt hatte, auf dem Weg vom Basar zum Lagerhaus am Bahnhof über den Fluß zu gehen; als er sich daran gewöhnt hatte, daß die Engländer durch ihn hindurch zu sehen schienen, wenn er zufällig einem in die Augen blickte, kam er beinahe selbst auf den Gedanken, unsichtbar zu sein; aber es dauerte noch etwas länger, bis diese Vorstellung ihn zu den natürlichen Folgerungen führte: Seinem Vater war es gelungen, aus ihm ein Nichts zu machen – ein Nichts in der Schwarzenstadt, ein Nichts im Garnisonsviertel;

selbst in England war er ein Nichts, denn dort war er inzwischen nicht mehr als eine Erinnerung, ein vertrauter, aber möglicherweise unwirklicher Namenszug unter nichtssagenden Briefen an Colin Lindsey. Diese Briefe waren nichtssagend, denn im Laufe der Monate entfernten sie sich weiter und weiter von der Wahrheit. Diese Briefe waren eigentlich nur noch eine Übung, mit der Kumar sein englisches Wesen pflegte. Er wußte das. Er wußte, seine Briefe waren unbefriedigend. Er erkannte die Zeichen der Entfremdung, die man aus Colins Antworten herauslesen konnte. Aber die Verbindung zu Colin blieb ihm weiterhin wertvoll. Colins Unterschrift unter einem Brief gab ihm den notwendigen Beweis, daß sein Leben in England nicht nur eine Illusion gewesen war.

Wo zieht man den Schlußstrich unter die Geschichte von Hari Kumar, Harry Coomer: die Geschichte seines Lebens vor Bibighar?

Schwester Ludmila sagte, Bibighar begann für sie an dem Morgen, als Kumar von Merrick im Polizeiauto mitgenommen wurde. Also muß Kumars Geschichte zumindest bis zu diesem Punkt, jedenfalls bis zu dem Moment verfolgt werden, als Mr. de Souza ihn im Dunkeln umdrehte und sein Gesicht mit der Taschenlampe anleuchtete. So eine Dunkelheit! sagte Schwester Ludmila; ein Gesichtsausdruck, der ihr von den Gesichtern junger Inder vertraut war, dem aber in Haris Fall eine besondere Bedeutung zukam.

Und wohin wendet man sich, um etwas über Kumars Leben vor Bibighar zu erfahren? Nun, da haben wir den Anwalt Srinivasan, da haben wir Schwester Ludmila. Shalini Gupta Sen ist nicht mehr da, und auch Gupta Sen kann man nicht mehr fragen. Es gibt andere Zeugen; und insbesondere gibt es diese Unterschrift im Mitgliedsbuch des Gymkhana Club. Und im Mitgliedsbuch des Indischen Clubs von Majapur von 1939 findet sich auch die Unterschrift von Hari Kumar. Der Chatterjee Club, der andere Club, der falsche Club. Die Unterschrift findet sich in einem Geschäftsbuch, das in etwa den Büchern ähnelt, die man im richtigen Club benutzte. Der Eintrag steht unter einem Datum im Mai 1939; kurioserweise fällt es beinahe mit dem Tag zusammen, an dem der Distriktskommissar eine

Tradition in Frage stellte und mit indischen Gästen den Eintritt in den Club erzwang.

»Ich nahm den jungen Kumar in den Indischen Club mit«, erzählt Mr. Srinivasan, »weil ich das Gefühl hatte, daß er so etwas brauchte. Wir trafen uns nur ein paarmal. Ich fürchte, er mochte mich nicht besonders. Er mißtraute mir, denn ich war der Anwalt seines Onkels. Abgesehen von seinen englischen Manieren, die ich übertrieben fand, gefiel er mir als Mensch, wenn auch nicht als Typ. Wenn wir uns besser verstanden hätten, wenn er mir vertraut hätte, hätte ich vielleicht etwas für ihn tun können. Ich hätte ihn vielleicht zu Lili Chatterjee mitgenommen und ihm Einladungen zu englisch-indischen Parties verschafft. Aber als er zu der Clique im MacGregor-Haus stieß, war es zu spät. Er hatte es schon mit der Polizei, mit Merrick verdorben, und man hatte ihn zum Verhör auf die Wache gebracht. Der Abend, an dem ich ihn in den Indischen Club mitnahm, war kein Erfolg. Die Banias saßen dort – wie üblich mit den Füßen auf den Stühlen. Er verabscheute das alles. Ich glaube nicht, daß er noch einmal in den Club ging. Ein paar Wochen später gab er die Stelle im Büro seines Onkels auf. Er hatte Wind von der Ehe bekommen, die die Gupta Sens für ihn arrangieren wollten, und er hatte die Hoffnung aufgegeben, von seinem Onkel die Zustimmung zum Studium an der Technischen Hochschule zu erhalten. Das kann ich Ihnen sagen, er wäre ohne seine Tante Shalini in einer üblen Lage gewesen, als er Romesh Chands Büro verließ. Der alte Mann wollte eigentlich nichts mehr mit ihm zu tun haben. Ich erinnere mich noch, wie sie bat und flehte, damit Romesh die Unterstützung nicht strich, die er ihr bezahlte. Nun ja, er strich sie nicht, aber er kürzte sie. Sie knauserte und sparte und versagte sich so manches, um Hari ein Taschengeld geben zu können. Natürlich bekam er von ihr Essen, Unterkunft und Kleidung. Ich sagte ihr, auf diese Weise würde er nie lernen, auf eigenen Füßen zu stehen. Er war schon neunzehn, in unseren Augen ein Mann. Aber sie wollte keine Kritik an ihm hören. Sie dürfen keinen falschen Eindruck gewinnen, er legte nicht einfach die Hände in den Schoß. Ich erinnere mich, daß er sich zum Beispiel um eine Stelle bei den Britisch-Indischen Elektrowerken bewarb. Er ging zu zwei oder drei Vorstellungsgesprächen, und eine Zeitlang sah es aus, als hätte er es geschafft. Natürlich waren sie an ihm interessiert. Seine englische Public School-Bildung war nicht umsonst gewesen. Es zählte nicht, daß er keine Examen vorweisen konnte. Sie hätten ihm alles beibringen können, was er wissen mußte, und ihn für die Verwaltung ausgebildet. Aber er scheiterte an einem der Engländer dort, wie mir Shalini Gupta Sen erzählte. Den Grund kann man leicht erraten. Wissen Sie, damals blickte man auf die Leute aus der Wirtschaft herab; man dachte, sie stünden auf der niedrigsten Stufe der anglo-indischen Gesellschaft. Sogar Schullehrer standen höher. Der Mann, dem Hari gegen den Strich ging, sprach vermutlich mit einem Midland-Akzent und stieß sich daran, daß ein Inder Englisch wie ein Generaldirektor sprach.

Nach dem Debakel mit den Britisch-Indischen Elektrowerken versuchte ich Romesh davon zu überzeugen, daß die Talente des Jungen nicht richtig genutzt würden. Doch ich will Ihnen gestehen, daß mir dieses Problem keine schlaflosen Nächte bereitete. Sie möchten doch, daß ich offen bin? Offen gestanden, mir lag nicht viel an Indern von dem Schlage, wie Duleep Kumar aus seinem Sohn einen gemacht hatte. Vergessen Sie bitte nicht, damals war ich noch nicht fünfzig. Mein Hauptinteresse galt der Politik. Und mit Hari Kumar konnte ich nicht über Politik sprechen. Sein Vater hatte ihm zweifellos beigebracht, daß indische Politik Unsinn, reine Mache sei. Hari nahm Politik nicht ernst. Er wußte eigentlich nichts darüber. Er hatte zum Beispiel keine Vorstellung davon, welchen Schritt vorwärts die Regierungsgewalt in den Provinzen für den Kongreß bedeutet hatte. Ihm war nicht recht klar, daß die Provinz, in der er lebte, einmal direkt von einem britischen Gouverneur und einem ernannten Rat regiert worden war. Er nahm die Demokratie als selbstverständlich hin. Er hatte nie eine Autokratie erlebt. Politisch war er völlig naiv. Wie die meisten Engländer. Damals hatte ich keine Zeit für solche Leute. Heutzutage bin ich natürlich selbst politisch naiv. Es ist ein Schicksal, das uns alle erwartet, jedenfalls alle von uns, die in jüngeren Jahren eine klare politische Meinung vertraten. Ganz besonders erwartet dieses Schicksal alle diejenigen, die für ihre politische Meinung im Gefängnis gesessen haben. Das Gefängnis hinterließ ein unangenehmes Mal. Seitdem messen wir den Dingen, die uns dorthin gebracht hatten, zu große Bedeutung bei.«

Als Hari die Stelle bei seinem Onkel aufgab, erklärte er Pandit Baba Sahib, er brauche keinen Unterricht in Hindi mehr. Die Absicht war, seiner Tante eine unnötige Geldausgabe zu ersparen. Er hatte genug Hindi gelernt, um Befehle zu geben; er hatte gelernt, was der durchschnittliche Engländer in Indien für lernenswert hielt. Seine Vorstellungsgespräche bei den Britisch-Indischen Elektrowerken fielen in den Anfang der Regenzeit von 1939. Die Absage traf ihn schwer, obwohl er nach dem letzten Gespräch damit rechnete. Zum erstenmal schrieb er einen Brief an Colin, der dem jungen Lindsey eine deutlichere Vorstellung von dem gab – oder hätte geben müssen –, womit Hari Kumar kämpfen mußte.

»Es bestand die große Wahrscheinlichkeit, daß ich in die Heimat geschickt würde, um die technische Seite der Sache zu lernen«, berichtete er seinem Freund in Didbury, »zuerst in Birmingham und dann im Londoner Büro der Muttergesellschaft. Beim ersten Gespräch mit einem netten Menschen namens Knight verlief alles glatt. Er war von 1925 bis 1930 in Wardens. Er gehörte zur Mannschaft der Wardens im Spiel von 1929 gegen Chillingborough, als sie uns anscheinend mit zweiundzwanzig Läufen Vorsprung geschlagen haben. Über die Stelle sprachen wir eigentlich nicht, obwohl Knight London und Birmingham erwähnte und meine Hoffnungen weckte. Es schien die Antwort auf ein Gebet zu sein, eine Antwort, die in all den Monaten vor der Haustür gelegen hatte. Ich erzählte ihm die ganze Geschichte mit Vater usw. Er schien Verständnis zu zeigen. Das nächste Gespräch führte ich mit dem Direktor, und das verlief schon kritischer – vermutlich deshalb, weil er nur die höhere Schule und ein bißchen Universität hinter sich hatte, wie Knight hatte durchblicken lassen. Trotzdem glaubte ich immer noch, die Sache laufe gut, sogar als er mir einen Dämpfer gab in Hinblick auf die Ausbildung in England. Er sagte, es bestehe eine Art Übereinkommen mit der Technischen Hochschule hier, in erster Linie unter ihren Abgängern nach jungen Indern mit Führungsqualitäten zu suchen. Aber sie arbeiteten zusammen mit der Hochschule an einem Projekt, das externe Lehrgänge für ihre ›hoffnungsvollen jungen Männer‹ vorsah. Es hat etwas mit praktischer Ausbildung in der Firma und theoretischer Schulung an der Hochschule zu tun. Falls ich ein Diplom der Hochschule erwerben würde, wäre es vielleicht möglich, mich für eine zusätzliche intensivere Ausbildung nach Hause zu schicken. Er machte viel Wind darum, daß ich nicht auf der Universität war, und sagte: ›Nun ja, Coomer, in Ihrem Alter haben die meisten jungen Inder schon das erste Examen in Geistes- oder Naturwissenschaften.‹ Ich hätte am liebsten gesagt: ›Aber was für eines‹, unterließ es aber, denn ich dachte mir, daß ihm der Unterschied zwischen einem TH-Absolventen aus Majapur und einem, der in Chillingborough eine humanistische Bildung mitbekommen hat, doch wohl klar wäre. Immerhin endete das zweite Gespräch noch in einem optimistischen Ton. Ich sprach anschließend noch einmal ein paar Minuten mit Knight. Er sagte, seit wir uns vor einem Monat unterhalten hätten, habe er an jemanden im Londoner Büro geschrieben, und der habe sich mit dem alten Drachen in Verbindung gesetzt und eine günstige Auskunft über mich bekommen.

Ich mußte zwei weitere Wochen auf das Gespräch Nummer drei warten, das mir sowohl Knight als auch der Direktor angekündigt hatten, obwohl sie bei mir den Eindruck erweckten, es handele sich lediglich um eine Formalität. Es handelte sich um ein Gespräch mit dem Leiter der Technischen Ausbildung. Dieser Mensch hieß Stubbs, und man kann ihn am besten als einen Schreihals bezeichnen. Als erstes schob er mir einen kleinen Zylinder über seinen riesigen Schreibtisch und forderte mich auf, ihm zu sagen, was das sei und wozu es diene. Ich sagte, keine Ahnung, aber es sehe aus wie eine Art Ventil. Er grinste höhnisch und fragte: ›Wo kommen Sie denn her, Bürschchen? Frisch vom Baum, wie?‹ Dann griff er nach einem Formular und las mir eine Reihe Fragen vor. Schon lange, ehe er damit zu Ende war, sagte ich: ›Ich habe Mr. Knight gesagt, daß ich nichts von Elektrizität verstehe.‹ Er ignorierte das. Vielleicht hätte ich Mr. Knight nicht erwähnen sollen. Er machte weiter, bis er mir die letzte Frage vorgelesen und ich zum letztenmal: ›Weiß nicht‹, geantwortet hatte. Dann starrte er mich an und fragte: ›Was sind Sie für ein Komiker, oder was? Wollen Sie mir die Zeit stehlen?‹ Ich antwortete, das müsse er entscheiden. Er lehnte sich in seinen Drehstuhl zurück, und wir starrten uns, wie es schien, eine Ewigkeit lang an. Dann sagte er: ›Wir sind ganz allein hier im Zimmer, Coomer, oder was weiß ich, wie Sie heißen. Ich will Ihnen was sagen! Ich mag keine kleinen schwarzen Bolschies auf meiner Seite des Schreibtischs.‹ Ich stand auf und verließ das Zimmer. Genau das hatte er beabsichtigt, und mir blieb keine andere Wahl, wenn ich nicht vor ihm kriechen wollte.

Jetzt weißt Du also, was ich bin, Colin: ein kleiner schwarzer Bolschie! (Erinnerst Du Dich an Parrott, diesen Schweinehund, in unserem ersten Jahr in Chillingborough?) Ich bin ein kleiner schwarzer Bolschie, denn ich kann Tacitus übersetzen, hab' aber keine Ahnung von dem Zeug, von dem dieser Stubbs geredet hat. Und das war noch nicht das Ende. Etwa drei Tage später erhielt ich einen Brief von Knight, der mich bat, in sein Büro zu kommen. Er erklärte, es gebe im Moment keine freien Stellen. Er war wie verwandelt: verwirrt und verlegen, benahm sich zwar, wie sich das unter alten Chillingburianern gehört, aber dahinter nichts als Unfreundlichkeit. Stubbs muß ihnen eine schöne Geschichte erzählt haben. Und weil Stubbs ein Weißer ist, meinten sie wohl, ihm glauben zu müssen. Schließlich gab es für die Stelle, um die ich mich beworben hatte, sicher zwanzig Bakkalaureaten aus Majapur, ob Nieten oder nicht, die sicherlich alle bereit waren, nach Stubbs' Pfeife zu tanzen.

Eines ist mir ein Rätsel: Warum durfte Stubbs den Ton angeben? Warum er? Knight wußte doch sicher, was das für einer ist. Aber er machte auch nicht die geringste Andeutung, daß er gerne meine Version der Geschichte hören würde. Er erwähnte mein Gespräch mit Stubbs überhaupt nicht. Als ich ging, wunderte ich mich, weshalb er sich überhaupt die Mühe gemacht hatte, mich kommen zu lassen. Er hätte mir die Absage auch schriftlich mitteilen können. Später begriff ich, er wollte mich vermutlich noch einmal sehen – sozusagen mit Stubbs' Augen und mit dem im Gedächtnis, was Stubbs ihnen erzählt hatte. Ich vermute, daß ich bei dem zweiten Gespräch mit Knight keinen besonders guten Eindruck gemacht habe. Es war kaum meine Schuld. Sobald ich vor ihm saß, wußte ich, daß es nichts werden würde, und war schrecklich enttäuscht. Ich versuchte, es nicht zu zeigen, und das wirkte auf ihn, als läge mir nichts an der Stelle. Aber mir lag verdammt viel daran, Colin. Nach einiger Zeit versandete das Gespräch, weil er mir nichts mehr zu sagen hatte, und ich nichts hätte sagen können als etwa: ›Bitte,

Sir, geben Sie mir eine Chance.‹ Vielleicht wartete er darauf, daß ich ›Sir‹ zu ihm sagte. Ich glaube nicht, daß ich ihn beim ersten Gespräch ein einziges Mal mit ›Sir‹ angeredet habe, aber wenn es so war, hatte er nicht darauf geachtet. Doch nach dem Gespräch mit Stubbs wartete er vermutlich auf so etwas. Wie auch immer, plötzlich sah er mich nicht mehr an. Also stand ich auf und bedankte mich. Er sagte, er würde sich eine Notiz über mich machen für den Fall, daß sich noch etwas ergäbe, und stand ebenfalls auf. Aber er blieb hinter seinem Schreibtisch und streckte mir nicht die Hand hin. Ich glaube, er hatte beabsichtigt, mir einen Tip zu geben, etwa daß wir hier nicht mehr in Chillingborough wären und daß ich lernen müßte, wie man sich gegen Weiße benimmt. Das lag jedenfalls in der Luft. Sein Schreibtisch stand zwischen uns. Plötzlich war es zu einem Privileg geworden, daß ich überhaupt in sein Zimmer kommen durfte, und ich sollte das zu schätzen wissen. Ich kann mich nicht daran erinnern, wie ich hinausgegangen bin – ich weiß nur, wie ich vor dem Fabriktor stand, auf mein Fahrrad stieg und die Grand Trunk Road entlang zur Bibighar-Brücke und zurück auf meine Seite des Flusses fuhr.«

Nach dem Debakel, wie Srinivasan es nannte, mit den Britisch-Indischen Elektrowerken tat Hari eine Zeitlang nichts. Er bedauerte, den Brief an Lindsey geschrieben zu haben, bedauerte es mehr und mehr, als Woche um Woche verging und er keine Antwort bekam. Andere Dinge fügten sich in dieses Bild: Mr. Lindseys Haltung gegen ihn während seiner letzten Tage in England, die er bisher auf die Verlegenheit zurückgeführt hatte, ihm finanziell nicht helfen zu können; die Erlebnisse auf dem Schiff, wo die Engländer, die sich seit Southampton ungezwungen mit ihm unterhalten hatten, später, sobald Suez hinter ihnen lag, kleine, abgeschlossene Gruppen zu bilden begannen, so daß er während der letzten Tage nur noch Engländer zu Gesprächspartnern hatte, die die Überfahrt zum erstenmal machten. Er hatte eine Kabine mit zwei anderen jungen Männern geteilt, indischen Studenten, die nach Hause zurückkehrten. Mit ihnen hatte er sich nicht sehr gut verstanden, denn er entdeckte, daß sie nichts gemeinsam hatten. Sie fragten ihn nach seinen Ansichten zu Themen, über die er nie nachgedacht hatte.

Sie hatten politische Ökonomie studiert und beabsichtigten, Universitätslehrer zu werden. Er fand sie unglaublich langweilig und altjüngferlich. Anscheinend schockierte es sie, daß er nackt schlief und sich in der Kabine an- und auszog, statt in der kleinen Toilette.

Und so gelangte Hari Schritt um Schritt zu der schmerzlichen Erkenntnis, daß die Pläne seines Vaters für ihn auf einer Illusion beruhten. In Indien konnten sich Inder und Engländer nie von gleich zu gleich begegnen. Es zählte nicht, wie ein Mann dachte, sprach und sich benahm. Vielleicht traf das auch auf England zu, und die Lindseys waren die Ausnahme von der Regel gewesen. Er machte seinem Vater keine Vorwürfe. Sein Zorn richtete sich gegen die Engländer, weil sie die Illusion nährten, auf die sein Vater hereingefallen war. Hätte er mehr Sympathie für seine Landsleute empfunden, hätte er sich in diesem Stadium vielleicht auf ihre Seite gestellt und nach einer Gelegenheit gesucht, es den Engländern heimzuzahlen. Aber ihm lag nichts an den Indern, er mochte keinen von denen, die er kennengelernt hatte, und was er über ihre Methoden des Widerstandes gegen die englische Herrschaft wußte oder las, kam ihm kindisch und untauglich vor. Ohnedies trauten die Inder *ihm* nicht. Die Engländer anscheinend auch nicht. Er erkannte, daß er für die Welt zu einem Nichts geworden war. Aber er selbst empfand sich nicht als ein Nichts. Selbst wenn er ganz allein auf der Welt war, konnte er kein Nichts sein. Und er war nicht völlig allein. Es gab zu Hause immer noch Colin und in Majapur Tante Shalini. Die Zuneigung zu ihr, die er zunächst nur widerwillig als Zuneigung erkannt hatte, war inzwischen echt. In ihrer Selbstlosigkeit sah er den Beweis für eine Sorge um sein Wohlergehen, die ebenso stark war oder vielleicht noch stärker als Mrs. Lindseys liebevolle Sorge, der sie so überschwenglich, offen und herzlich Ausdruck verliehen hatte. Er mußte erkennen, daß Tante Shalini ihm auf ihre eigenartige, unaufdringliche Weise wirklich zugetan war. Die Schwierigkeit war, daß ihre Liebe über die abgekapselte kleine Welt hinaus, die einzige Welt, die sie kannte, die ihn aber zu ersticken drohte und ihn oft mit Entsetzen erfüllte, nicht bis zu ihm durchdringen und ihm keinen Mut machen konnte. Es fiel ihm schwer, sich auch nur kurz in diese Welt zu begeben, um ihr zu beweisen, daß er ihre Liebe mit Liebe erwiderte. Um in diese Welt eintreten zu können, mußte er sich schützen, indem er seine Verachtung nährte und sein Mißfallen zeigte. Er konnte nicht verhindern, daß Tante Shalini oft glaubte, die Verachtung und Abneigung richteten sich gegen sie. Wenn sie ihm Geld gab, konnte er ihr nicht richtig danken. Es war Gupta Sens Geld. Vielleicht verstand sie, was er gegen dieses Geld hatte und daß er um so mehr dagegen hatte, je dringender er es brauchte. Vielleicht hatte er sie aber auch mit den schroffen Worten verletzt, mit denen er es entgegennahm. Sie gewöhnte sich jedenfalls an, das Geld in einem Umschlag auf den Tisch seines Zimmers zu legen. Es rührte ihn, daß sie seinen Namen auf dem Umschlag immer »Harry« schrieb.

Es rührte ihn auch, daß sie ihn als Familienoberhaupt anzusehen schien, wie es sich in einer Hindufamilie gehörte, denn er war ein Mann, potentieller Gatte einer Frau, Ernährer und Vater von Kindern. Hari konnte es sich nicht vorstellen, verheiratet zu sein. Indische Mädchen interessierten ihn nicht. Die englischen Mädchen, die er im Garnisonsviertel sah, schienen sich hinter den Falten eines unsichtbaren Purdah-Vorhangs zu bewegen, der ihre Körper unwirklich und geschlechtslos erscheinen ließ. Sein Verlangen kreiste um ein anthropomorphes Wesen, dessen Geschlecht durch die Form der Schenkel und der üppigen Brüste eindeutig, dessen Hautfarbe jedoch unklar war. Es lag stumm, blind und unbeweglich unter seinem Körper, der nachts unter der Anspannung des Wachens oder Schlafens manchmal in das Nichts eindrang und sich von der Last des leidenschaftlichen, aber ziellosen Drangs befreite.

Vier Wochen nach dem letzten Gespräch mit Knight bewarb Hari sich um eine andere Stelle. In der Zwischenzeit hatte er versucht, die Logik einer Situation zu erkennen, die er jetzt als wirklich und nicht illusionär akzeptierte. Das kostbare Geschenk seines Vaters, sein englisches Wesen, war in vieler Hinsicht eindeutig ein Nachteil, doch trotzdem sah er grundsätzlich darin einen Vorteil. Es war das einzige, was ihn auszeichnete. Er war kräftig, gesund und sah nicht schlecht aus, aber das galt auch für zahllose andere junge Männer. Nur beherrschte er die englische Sprache, und das hob ihn über die anderen hinaus.

Die Logik verlangte, daß er sich diesen Vorteil zunutze machte. Er dachte daran, als Privatlehrer seinen Lebensunterhalt zu verdienen. Er konnte jungen Männern helfen, ihre Aussprache zu verbessern. Aber dieses Leben reizte ihn nicht. Er bezweifelte, daß es bewegt genug wäre oder daß er die Geduld besäße – vom Können ganz zu schweigen –, die das Unterrichten verlangte. Die andere Möglichkeit – vielleicht die einzige andere – schien sehr viel interessanter zu sein.

Er las die ›Mayapore Gazette‹ jetzt schon seit mehr als einem Jahr und erkannte, wo seine Qualifikationen ihm einen Platz sichern konnten. Die Zeitung gehörte einem Inder, wurde von einem Inder herausgegeben und verriet die Handschrift von indischen Mitarbeitern und Redakteuren. Die Leitartikel und die allgemeinen Nachrichten waren von ziemlich hohem Niveau; doch die Lokalnachrichten waren oft unbeabsichtigt komisch. Hari vermutete, daß die angebliche Beliebtheit der Zeitung bei den Engländern in Majapur darauf beruhte, daß sie etwas zu lachen hatten und gleichzeitig ihre Namen in den Klatsch- und Sportspalten gedruckt sehen konnten. Für eine Zeitung im indischen Besitz verfolgte sie sehr geschickt einen neutralen Kurs. Politisches Engagement überließ sie den lokalen Zeitungen in der Landessprache, von denen es mehrere gab, und der englischsprachigen Zeitung ›The Mayapore Hindu‹, die für manche englischen Amtspersonen zur Pflichtlektüre gehörte und von manchen auch zum Vergleich ihrer Meldungen mit denen im ›Statesman‹ aus Kalkutta und der ›Times of India‹ gekauft, von den meisten aber ignoriert wurde. Mehr als einmal war der ›Mayapore Hindu‹ verboten worden.

Nachdem Hari beschlossen hatte, sich bei der ›Mayapore Gazette‹ um eine Stelle zu bemühen, verbrachte er mehrere Tage damit, Beispiele besonders schlechter Syntax und Ausdrucksweise aus alten Nummern ab- und umzuschreiben. Als er überzeugt war, der Arbeit gewachsen zu sein, die ihm vorschwebte und die ihm, wie er hoffte, der Chefredakteur übertragen würde, schrieb er einen Brief und bat um ein Gespräch. Er machte mehrere Entwürfe, bis er den Eindruck hatte, sich auf das Wesentliche beschränkt zu haben. Unter den Überschriften der Leitartikel auf der Mittelseite der ›Gazette‹ stand der Name B. V. Laxminarayan, also mußte das der Chefredakteur sein. Er teilte Mr. Laxminarayan mit, er suche eine Stellung. Er schrieb, wie alt er war, und gab in Stichworten Einzelheiten über seinen Werdegang an. Um ihm die Mühe einer Antwort zu ersparen, schlug er vor, Mr. Laxminarayan in zwei oder drei Tagen anzurufen, um zu hören, ob er Zeit für ein Gespräch habe. Nach einigem Zögern beschloß er hinzuzufügen, Mr. Knight von den Britisch-Indischen Elektrowerken sei vermutlich bereit, die Referenzen an ihn weiterzuleiten, die der Rektor von Chillingborough ihm ausgestellt habe. Er unterschrieb den Brief mit »Hari Kumar« und vermerkte auf dem Umschlag »persönlich«, um die Wahrscheinlichkeit zu verringern, daß ein um die Sicherheit der eigenen Position besorgter Angestellter ihn öffnete und zerriß. Er hatte nicht umsonst im Büro seines Onkels gearbeitet. Er bezweifelte, daß Mr. Laxminarayan Knight kennen oder gut genug kennen würde, um ihn anzurufen; sollte sich eine dieser Annahmen jedoch als falsch erweisen, so würde Knight wohl nicht die Unverfrorenheit besitzen, dem Inder etwas anderes zu erzählen, als daß sie mehrere Gespräche geführt, aber keine freie Stelle für Hari gefunden hatten. Außerdem verließ er sich darauf, daß Knight als Gentleman einem möglichen Arbeitgeber nichts Schlechtes über einen jungen Mann sagen würde, gegen dessen Schulmannschaft er einmal Kricket gespielt hatte.

Haris zweite Annahme bestätigte sich. Laxminarayan kannte Knight, allerdings nicht gut genug, um ihn anzurufen, wenn er nicht gerade eine Information über die Britisch-Indischen Elektrowerke bestätigt haben wollte. Und wegen Kumar hätte er ihn ohnedies nicht angerufen. Laxminarayan schätzte Mr. Knight nicht; er bezeichnete ihn insgeheim als einen doppelgesichtigen, berufsmäßigen Charmeur, dessen liberale Neigungen schon lange von der tödlichen Furcht vor den gesellschaftlichen Konsequenzen einer Provokation erstickt worden waren. »Knight«, so erzählte er Hari später, »ist inzwischen nur noch eine Marionette.« Er mußte dieses harte Urteil über Knight fällen, um es von sich selbst abzuwenden.

Laxminarayans Interesse erwachte, als er den mit »Hari Kumar« unterschriebenen Brief las. Doch als er antwortete: »Rufen Sie mich auf jeden Fall an, obwohl ich im Augenblick keine freie Stelle habe«, beabsichtigte er nicht, ihn zu beschäftigen. Der in Kalkutta lebende Eigentümer der Zeitung, Mr. Madhu

Lal, hatte ihn sogar angewiesen, die Unkosten zu senken und einen vernünftigeren Nettogewinn im Verhältnis zur Gesamtinvestition zu erwirtschaften. Nach Laxminarayans persönlicher Meinung würde sich die Auflage der ›Gazette‹ steigern lassen, wenn die Zeitung deutlich für die Sache des indischen Nationalismus eintrat. Er wußte, die ›Gazette‹ war den Mitgliedern des örtlichen Kongreß-Unterausschusses ein Dorn im Auge, und für die Engländer war sie eher ein Witz. Er glaubte, die Zeitung ließe sich selbst unter den Engländern besser verkaufen, wenn er deren Blut in Wallung brachte. Der derzeitige Leserstamm – selbstbewußte, verwestlichte Inder und snobistische Engländer – würde erhalten bleiben, denn diese Leute waren nun einmal naturgemäß Schafe. Doch er rechnete sich aus, daß er im Verlauf von zwölf Monaten die wöchentliche Auflage um fünf- bis zehntausend Exemplare steigern konnte, wenn Madhu Lal ihm erlaubte, das Blatt zum Sprachrohr einer informierten und kritischen lokalen und nationalen Meinung zu machen – nicht hinduistisch, nicht islamisch, nicht britisch, sondern indisch im besten Sinne.

Laxminarayan glaubte standfest an seine Zeitung. An sie zu glauben, ermöglichte ihm, weiterhin an sich selbst zu glauben; offene Kritik an ihren Unzulänglichkeiten zu üben, war eine lohnendere Beschäftigung, als seine eigenen Fehler zu kritisieren. Er hatte einen Weg gefunden, negatives Handeln durch positives Denken zu ersetzen; vielleicht war das gar nicht so schlecht. Er hatte sich zu sehr auf die Kompromisse der frühen mittleren Jahre eingelassen, als daß er den rebellischen Funken seiner Jugend – auf praktische und vernünftige Weise – zu neuer Glut hätte anfachen können. Von Haris Standpunkt aus gesehen war das ganz sicher nicht so schlecht. Als Laxminarayan ihn zum erstenmal traf, dauerte es nicht länger als ein paar Minuten, bis der unterdrückte Dämon in dem älteren Mann aufbegehrte und – erfolglos – versuchte, sein Urteil zu beeinflussen. Dem Dämon gefiel dieser Kumar gar nicht: das Benehmen, die Stimme, die Art, wie dieser Bursche mit hoch erhobenem Kopf und übereinander geschlagenen Beinen dasaß, mit der einen schwarzen Hand auf der Schreibtischkante – der Embryo eines schwarzen Sahib, der mit der Selbstsicherheit eines Sahib sprach, einer Selbstsicherheit, die sich augenblicklich als ein im Interesse der Höflichkeit maßvoll beherrschtes Überlegenheitsgefühl mitteilte. Der Dämon hörte nur auf, sich zu sträuben, weil Laxminarayan gegen diesen Widerstand dickfellig geworden war und weil er Kumars potentiellen Wert erkannte, seinen Wert für eine Zeitung, wie die ›Gazette‹ sie nach Mr. Madhu Lals Wünschen sein sollte. Als Kumar ihm ein paar schriftliche Proben seines Talents als Redakteur vorgelegt hatte – Absätze und Spalten, die Laxminarayan als Auszüge aus alten Nummern erkannte, umgeschrieben in ein schlichtes, klares Standardenglisch, wie es in hektischen Zeiten selbst dem überarbeiteten Chefredakteur nicht immer zu Gebote stand –, da wußte Laxminarayan, er würde Kumar eine Stelle anbieten. Vielleicht müßte er sich dafür von einem der jungen Männer trennen, der ihm Sorgen machte, an dem ihm aber am meisten lag – einem Burschen mit wenig Talent, aber viel Herz, der sich mit größter Wahrscheinlichkeit irgendwann einmal als Klotz am Bein erweisen würde.

Laxminarayan. Heute wohnt er in einem Bungalow, der früher einer eurasischen Familie gehörte, die 1947 aus Majapur wegzog, einem Bungalow in der Curzon Road. Er ist inzwischen ein alter Mann. Er schreibt an einem Geschichtswerk über die Ursprünge des indischen Nationalismus, das vermutlich nie fertig und schon gar nicht veröffentlicht werden wird. Es ist seine Apologie für viele Jahre persönlicher Kompromisse. Er gibt zu, daß Madhu Lals Politik sich ausgezahlt hat, denn die ›Mayapore Gazette‹ erscheint immer noch. Hätte man sie ihm, Laxminarayan, überlassen, so hätte sie vielleicht 1942 nicht überlebt – in diesem Jahr wurde der ›Mayapore Hindu‹ zum dritten oder vierten Mal verboten. Aber heute amüsiert ihn der hinduistisch-nationalistische Standpunkt der ›Gazette‹. Sie gibt sich den Anschein, schon immer eine Sache vertreten zu haben, die zu unterstützen hier inzwischen populär geworden ist. Der neue Eigentümer ist ein Brahmane, ein Flüchtling aus Pakistan. Der neue Chefredakteur ist ein Vetter des Eigentümers. Da die Politik jetzt im Mittelpunkt steht, räumt das Blatt den Reden und Aktivitäten von Morarji Desai den breitesten Raum ein. Für das nächste Jahr ist eine simultane Ausgabe in Hindi geplant, als erster Schritt zum völligen Verzicht auf das Englische. Das bedauert Mr. Laxminarayan mehr als alles andere, denn zeitlebens hatte er eine Haßliebe, sagt er, zur englischen Sprache. Es ist die Sprache, in der er gelernt hatte, seine revolutionären Gedanken zu formulieren. Diese Sprache gab sich auch so bereitwillig dazu her, den Mittelweg, den er so vorsichtig einschlug, wie den Weg der Vernunft aussehen zu lassen und nicht wie den Schleichweg eines Mannes, der schließlich kalte Füße bekommen hatte.

»Was bin ich jetzt?« (würde er fragen, wenn man ihn in seinem Haus besuchen würde, wo ihn seine Enkelkinder umgeben, deren hohe, laute Stimmen aus jedem Zimmer und aus dem sonnigen, nach englischen Maßstäben verwilderten Garten zu dringen scheinen). »Also gut, ich will es Ihnen sagen. Ich bin ein alter Mann, der einen der größten Umbrüche der modernen Geschichte erlebt hat – die erste und, wie ich glaube, die von größter Leidenschaft getragene aus einer ganzen Reihe von Umwälzungen und Rebellionen gegen die Herrschaft des weißen Mannes. Inzwischen sind sie so an der Tagesordnung, daß sie beinahe langweilig wirken. Und ich habe nicht einmal einen Kratzer davongetragen. Nun bin ich im Ruhestand und lebe von meiner Pension. Ich bin Ehrenmitglied des *Mayapore Club,* wo sich die guten Hindus treffen. Junge Journalisten, die erfahren, daß ich die ›Gazette‹ durch die stürmischen Jahre vor der Unabhängigkeit gesteuert habe, kommen zu mir und sagen: ›Sir, bitte erzählen Sie uns, wie das zur Zeit der Engländer wirklich war.‹ Ebenso wie bei Ihnen junge Leute gelegentlich vielleicht fragen: ›Wie war das eigentlich in der Zeit von Hitler und Mussolini?‹ Die alten Kolonialengländer sind zum Mythos geworden. Unsere jungen Männer treffen auf die neuen Engländer und fragen sich: ›Was sollte die ganze Aufregung? Diese Leute sehen nicht wie Ungeheuer aus, und sie scheinen sich für dieselben Dinge zu interessieren wie wir. Sie haben für die Vergangenheit ebenso wenig übrig wie wir, nur daß wir uns fragen, was die ganze Aufregung eigentlich sollte, und bezweifeln, daß unsere heutige Regierung besser ist, oder daß diese Regierung uns tatsächlich repräsentiert. Sie kommt uns eher wie ein faules Zweckbündnis der alten religiösen Orthodoxie mit den alten Revolutionären vor, und solche Leute haben nichts zu sagen, was wir hören wollen.‹

Ich stellte Kumar ein und entließ dafür später einen jungen Mann namens Vidyasagar, der 1942 zusammen mit anderen Redaktionsmitgliedern des ›Mayapore Hindu‹ verhaftet wurde und ins Gefängnis wanderte. Man bat mich, in der unangenehmen Sache, in die der junge Kumar während der Bibighar-Affäre verwickelt war, etwas zu unternehmen. Ich muß gestehen, ich lehnte es ab. Niemand bat mich um meine Dienste im Falle des armen Vidyasagar, den man mit fünfzehn Stockhieben bestrafte, weil er gegen die Gefängnisordnung verstoßen hatte. Natürlich hätte ich in beiden Fällen ohnehin nichts erreicht. Aber es fiel mir unangenehm auf, daß damals, als beide aus unterschiedlichen Gründen im Gefängnis saßen, sich nur für Kumar Leute fanden, die für ihn eintraten, Leute, die mich anriefen und fragten: ›Können Sie nicht erreichen, daß Hari aus dem Gefängnis kommt? Sie waren doch sein Arbeitgeber. Können Sie nicht etwas für ihn tun? Können *Sie* nicht beweisen, daß er sich nicht in der Nähe des Bibighar-Parks aufgehalten hat?‹ Das waren Leute wie Lady Chatterjee und dieser Knight von den Britisch-Indischen Elektrowerken, den wahrscheinlich das schlechte Gewissen plagte. Selbst der Stellvertretende Kommissar, Mr. Poulson, ließ mich rufen und erkundigte sich bei mir nach Haris politischen Verbindungen. Ich antwortete: ›Mr. Poulson, er hat keine, ebensowenig wie ich. Er ist ein Speichellecker der Obrigkeit.‹ Ich war wütend. Ich sah nicht ein, weshalb ich einen Finger rühren sollte, um ihm zu helfen. Wenn die Engländer nicht selbst sahen, daß er unschuldig war, wie konnte ich mich dann einmischen? Er war englischer als die Engländer.«

Eine Woche, nachdem Hari seine Stelle bei der ›Mayapore Gazette‹ angetreten hatte, erhielt er einen Brief von Colin Lindsey. Er war Ende Juli 1939 datiert. Colin entschuldigte sich für sein langes Schweigen. »Vor ein paar Monaten bin ich in die Territorialarmee eingetreten, und Dein letzter Brief erreichte mich im Ausbildungslager«, schrieb er. »Man hat uns ordentlich in Trab gehalten. Wenn es Krieg gibt – und alle Vorzeichen sprechen dafür –, werde ich mich um ein Offizierspatent bemühen; ansonsten macht es mir großen Spaß, den unbesoldeten Gefreiten zu spielen. (Sie haben mich im Sommer dazu gemacht.) Ich nehme an, Du denkst auch daran, Dich zur Armee zu melden, Harry? Ich meine, wenn irgend etwas geschieht. Wie man sagt, ist die indische Armee ein toller Haufen, und es gibt nicht mehr nur englische Offiziere. Vielleicht begegnen wir uns in irgendeinem Schützengraben, wie in ›Journey's End‹. Das mit dem unangenehmen Erlebnis in der Fabrik, oder was es war, tut mir leid. Ich kann nicht begreifen, weshalb die Verwandtschaft Deiner Tante Dir nicht die Ausbildung für den indischen Staatsdienst finanziert. Dad hat mir erzählt, einer seiner Freunde sagt, Inder können sogar Richter am Obersten Gerichtshof werden, also scheint der Staatsdienst doch das Richtige für Dich zu sein. Oder die Armee. Ich empfehle letzteres. Es ist ein phantastisches Leben. Und, ehrlich gesagt, Harry, Du würdest einen erstklassigen Zugführer abgeben – das möchte ich werden, wenn es je zum Krieg kommt. Dann könntest Du es diesem Stubbs zeigen, der offensichtlich ohnedies nur zum Fußvolk gehört – wie ich im Augenblick auch. Ich habe das Gefühl, daß ich in Frankreich sein werde, wenn Du diesen Brief bekommst. Warum zum Teufel muß es immer Frankreich sein? In meiner Einheit ist man der Ansicht, die Jerrys sollten doch lieber gleich zu uns rüberkommen. Dann könnten wir ihnen wirklich mal was zeigen. Major Crowe, unser Kommandant, glaubt, daß die armen Hunde wegen dieser ›Kanonen-statt-Butter‹-Parolen ohnehin halb verhungert sein müssen und zu schwach sind, um ein Gewehr zu schultern, geschweige denn, ihre Kanonen abzufeuern. Lieber alter Harry! Wünschte, Du wärst hier. Dann könnten wir zusammen dabeisein. Für meinen Geschmack ist das heutzutage noch das einzige, wo sich das Dabeisein lohnt. Die Eltern lassen Dich herzlich grüßen.«

»Einmal erwähnte er einen Brief von diesem Lindsay« (sagte Schwester Ludmila). »Weshalb kam er zu mir, um zu beichten? Das hatte ich nicht verdient. Er sprach, so wie er oft redete, davon, daß er an nichts glaube, was aber bei ihm nicht natürlich war, sondern angelernt. ›Schwester‹, fragte er, ›was würden Sie tun, wenn Sie von einem alten Freund einen Brief bekämen, an dem Sie erkennen, daß Sie plötzlich verschiedene Sprachen sprechen?‹ Ich kann mich an meine Antwort nicht erinnern. Möglicherweise habe ich gesagt: ›Es gibt nur Gottes Sprache‹, und meinte damit die Wahrheit, verstehen Sie, denn nur diese Sprache zählt und keine andere. Er hielt sich selbst nicht für ganz schuldlos an dem, was geschehen war, denn in seinen Briefen hatte er diesem Lindsey nicht geschrieben, wie es in seinem Herzen wirklich aussah. Vielleicht deshalb nicht, weil er es einfach nicht konnte, weil er es selbst nicht wußte.«

Hari erhielt von der ›Mayapore Gazette‹ sechzig Rupien im Monat, das entsprach etwa vier Pfund. Die Hälfte gab er Tante Shalini, denn Romesh Chand kürzte die Unterstützung von dem Tag an, als Hari die Arbeit bei Mr. Laxminarayan aufnahm. Hari bekam die sechzig Rupien als Redakteur. Veröffentlichte Laxminarayan einen Artikel von Hari, so erhielt er dafür einen Anna pro Zeile, das hieß, für sechzehn Zeilen eine Rupie.

All dies berichtete er Colin in seiner Antwort. Vielleicht wollte er dem jungen Lindsey damit zeigen, daß die Bedrohung durch den deutschen Expansionsdrang für Majapur doch etwas fern zu liegen schien, und daß Lindsays merkwürdiges Pathos, das an die Zeit vor 1914 erinnerte, überhaupt nicht mit dem in Einklang zu bringen war, was Hari als seine derzeitigen Aufgaben empfand, und auch nicht mit der Verachtung des Krieges, die er, wie er sich deutlich erinnerte, mit Colin geteilt oder zu teilen geglaubt hatte. Etwas mußte mit Colin geschehen sein. Hari hätte nur zu gerne gewußt, was. Es hatte eine Zeit gegeben, als sie darin übereinstimmten, daß es einmal notwendig sein könnte, sich aus Gewissensgründen gegen die, wie sie es nannten, erzwungene physische Gewaltanwendung im Interesse der politischen und ökonomischen Ziele einer Nation aufzulehnen. Nun sprach Colin nostalgisch von Schützengräben. Konnte die Uniform einen Mann so korrumpieren? Und was hatte Colin überhaupt veranlaßt, sie freiwillig zu tragen? Colin hatte einmal gesagt, Patriotismus sei ebenso wie religiöser Fanatismus eine Pervertierung des menschlichen Überlebenstriebs. Chillingborough brachte Führungskräfte der Politik und der Verwaltung hervor, keine Soldaten. Für die Verwaltung war das Militär der letzte Verteidigungswall einer Politik, und es war jämmerlich, sich dahinter zurückzuziehen.

»Es freut mich«, schrieb Hari, »daß Du das Leben bei der Territorialarmee nicht zu beschwerlich findest...«

Diese englischen Doppeldeutigkeiten! Als er die Worte schrieb, fiel ihm auf, daß man sie als männliches Understatement, aber auch als bissige Kritik lesen konnte.

»... und ich nehme an, wenn die Dinge auf die Spitze getrieben werden, wird auch Indien kämpfen. Das heißt, ich auch.«

Hari dachte einen Augenblick nach. Er hatte nicht das Gefühl, daß dies für ihn gelten würde.

»Es ist schwer, eine Theorie anzuwenden«, schrieb er weiter, »wenn man sich in einer Lage befindet, die eine eindeutige Reaktion verlangt. Ich nehme an, das traf auf Dich ebenso zu wie auf mich.«

Er dachte daran, wie Mr. Lindsey Adolf Hitler als verdammten Anstreicher bezeichnet hatte, später aber als einen Mann, bei dem »immerhin etwas geschieht«. Er erinnerte sich auch, daß während der Münchner Verhandlungen, die zeitlich mit seiner eigenen Beschwichtigungspolitik gegenüber Onkel Romesh Chand zusammenfielen, Colin in einem Brief geschrieben hatte, Chamberlains Vernunft habe Feindseligkeiten verhindert. Für Hari in Majapur hatte München nichts bedeutet, und rückblickend kam er zu der Ansicht, auch für die Engländer in Majapur, die sich in die wärmende koloniale Überzeugung ihrer rassischen Unverwundbarkeit hüllten, habe es nichts bedeutet. Er zweifelte jedoch nicht daran, daß der Ton in Colins letztem Brief genau die Stimmung widerspiegelte, die die Engländer insgesamt jetzt teilten, und zwar zu Hause und im Ausland. Er versuchte, sich ebenfalls hineinzuversetzen, doch es gelang ihm nicht. Die Inspiration dazu fand man im Chillianwallah Bagh nicht, ebensowenig wie im Garnisonsviertel, im Gericht bei den Verhandlungen und Revisionsverhandlungen des Distriktrichters, noch nicht einmal auf dem *Maidan* – Orten, die Hari durch seine Arbeit bei der ›Gazette‹ zunehmend vertrauter wurden. Er fand diese Inspiration dort nicht, denn er kam als Inder. Den Zutritt zu diesen Orten verdankte er nur einer Genehmigung, nicht einem Recht. Und was er dort sah, gefiel ihm gar nicht. Was er dort empfand, gefiel ihm ebensowenig – Neid auf die Engländer und ihre Institutionen, ein Neid, der das Vakuum füllte, das durch den Verlust seiner englischen Identität entstanden war. Er fand es deprimierend einfach, sich Colin auf dem Stuhl des jungen Engländers vorzustellen, der dort als Richter amtierte – nicht gerade als Herr über Leben und Tod, denn seine gesetzliche Macht war beschränkt, aber doch mächtig genug, um einen Mann, der sein Vater hätte sein können, für ein Jahr ins Gefängnis zu schicken. Er fand es deprimierend einfach, denn in diesem jungen Mann konnte man Colin, wenn auch nur symbolisch, in einem unvorteilhaften Licht sehen. Andererseits konnte Hari sich nicht vorstellen, die Stelle des indischen Richters einzunehmen, der eines Tages an Stelle des Engländers erschien und die Verhandlungen mit gleicher Schärfe und Selbstsicherheit führte. Zum ersten Mal stellte Hari sich die Frage: Was hat ein Inder dort zu suchen? Ist das seine Sache, diesen Mann zu bestrafen, jene Frau ins Gefängnis zu schicken und diesen Fall an die nächste Kammer zu verweisen? Er empfand einen unerwarteten Widerwillen gegen die Vorstellung, daß ein Inder die Aufgaben eines Engländers übernahm. Als er darüber nachdachte, kam er darauf, daß er schon ganz wie der Angehörige einer unterworfenen Rasse empfand. Der Gedanke alarmierte ihn.

»Was für eine Aufregung!« schrieb er an Colin zwei Monate später (als im fernen Europa der Krieg bereits begonnen hatte) über den Rücktritt der Provinzregierungen, die von der Kongreßpartei getragen worden waren. »Natürlich kann man beide Ansichten verstehen. Der Vizekönig mußte für Indien den Krieg erklären, denn er ist der Repräsentant des Königs und Kaisers, und die Deutschen sind jetzt die Feinde des Königs. Doch da die britische Indienpolitik schon seit einiger Zeit dahin geht, Indien als künftiges Dominion anzusehen, das nur noch eine gewisse Zeit braucht, um sich selbst regieren zu können, hätte der Vizekönig, wenigstens um die Form zu wahren, die indischen Führer konsultieren sollen. Manche Leute sagen, nach der Akte von 1935 war er zur Konsultation sogar verpflichtet. Aber selbst wenn es nicht so ist, wäre die Kriegserklärung um vieles wirkungsvoller gewesen, wenn gleichzeitig eine indische Absichtserklärung zur freiwilligen Kooperation erfolgt wäre. Man kann verstehen, bei all dem englischen Gerede über Kriegsziele, weshalb die Inder glauben, die Unabhängigkeit nach Beendigung des Krieges sollte dazugehören. Da man unterlassen hat, dies mit einem definitiven Datum zum Ziel zu erklären, sind viele Inder der Meinung, man müsse *jetzt* auf der

Unabhängigkeit bestehen. Sie sagen, nur ein freies Land kämpft entschlossen. Und sie befürchten nach dem Krieg eine Wiederholung all der Ausflüchte, die sie seit zehn Jahren zu hören bekommen. Aber ich glaube, sie sind zum großen Teil für die Verzögerung selbst verantwortlich. Die Kongreßpartei sagt, sie repräsentiere ganz Indien. Aber das stimmt nicht. Die Uneinigkeit darüber, wer wen repräsentiert, spielt nur denjenigen Engländern in die Hände, die Indien nicht aufgeben wollen, also denen, die sich letzten Endes immer durchsetzen werden, wie mein Vater glaubte. Im großen und ganzen hatte er vermutlich recht. Nachdem alle Minister der Kongreßregierungen zurückgetreten sind, werden die Provinzen wieder im alten Stil von einem Gouverneur und einem Rat regiert, und genau das hätte eine vernünftige Partei meiner Ansicht nach unter allen Umständen vermeiden müssen, denn es wirft sie politisch um Jahre zurück. Aber schließlich ist es noch nie gelungen und wird mir vermutlich auch nicht gelingen, indische Politik zu begreifen. Und die Wirkung des Krieges auf die Engländer hier – soweit ich sehe, hat er keine. Offen gestanden, scheint er beinahe in einer anderen Welt stattzufinden – wenn man sagen kann, daß er überhaupt irgendwo stattfindet. Den Nachrichten zufolge geschieht ja nicht viel. Die Engländer hier sagen, Hitler erkenne allmählich, daß er den Mund zu voll genommen hat; er werde schließlich Vernunft annehmen und sich irgendwie mit Frankreich und England einigen. Manche Inder sagen, ihre Führer, besonders Nehru, hätten den Westen seit Jahren vor der Gefahr gewarnt, die Hitler schon immer darstellte.«

Abgesehen von einem kurzen Brief, den Colin Weihnachten 1939 schrieb – Colin verbrachte das Fest nach einem Lehrgang als Offiziersanwärter zu Hause –, hörte Hari beinahe ein Jahr lang nichts mehr von ihm. Im Frühjahr 1940 teilte Mr. Lindsey ihm kurz mit, Colin sei »irgendwo in Frankreich«, und er habe Haris letzten Brief an ihn weitergeleitet. Er empfahl Hari, Briefe an Colin in Zukunft nach Didbury zu schicken, er würde sie dann an Colins jeweilige Adresse nachsenden.

Hari konnte nicht umhin, sich an Mr. Lindseys Haltung im Jahr 1938 zu erinnern, eine Haltung, die für ihn in den vergangenen zwei Jahren ein immer deutlicherer Beweis dafür geworden war, daß Colins Vater ihm nicht mehr traute. »Was wird er mit meinen Briefen tun?« fragte er sich. »Sie lesen? Sie zensieren, sie nicht weiterleiten, wenn ich etwas schreibe, das seiner Ansicht nach Colin nicht gefallen würde, oder etwas, das ihm persönlich nicht gefällt?« Von nun an lag Mr. Lindseys Schatten über dem Briefpapier, wenn er schrieb, eine weitere Störung für den Gedankenaustausch, der Hari mit seinem alten Freund verband. Die Überzeugung, daß er und Colin sich immer weiter voneinander entfernten, nicht nur infolge der Umstände, sondern auch wegen des machtvollen bösen Geistes, dessen Eingreifen seinen Vater in den Tod und ihn selbst ins Exil getrieben hatte, setzte sich nun in ihm fest. Aber im August 1940 erhielt er endlich einen Brief von Colin, der zu beweisen schien, daß sich zwischen ihnen grundsätzlich nichts geändert hatte. Das Wesen einer Freundschaft wird selten einer genauen Analyse unterzogen, solange sie nicht unter Druck gerät. Als Hari versuchte, seine Freundschaft mit Colin zu analysieren, fand er sie auf eine gesunde Weise offen und aufrichtig. Sie beruhte auf der wechselseitigen Anziehung von gleich zu gleich, und sie war längst über die morbide oder kindliche Neugier hinausgewachsen, die anfangs vielleicht aus den Unterschieden der Hautfarbe oder der Magie der Gene erwuchs. Colins Brief drehte die Zeit zurück. Aus ihm sprach die echte Stimme seines Freundes. Zwischen den Zeilen las Hari, daß Colin allerhand durchgemacht hatte. Dies stellte das Gleichgewicht zwischen ihnen wieder her. Der Brief enthielt wenig allgemeine Information. Der junge Lindsey war in Dünkirchen gewesen und danach »eine Zeitlang im Krankenhaus, aber nicht wegen einer schweren Verwundung, sondern weil es relativ lange dauerte, bis ich die richtige Behandlung und die richtigen Verbände bekam. Das Ganze verlief unglücklich, aber inzwischen geht es mir wieder gut.« Den Brief schrieb er während eines kurzen Urlaubs zu Hause, nach der Entlassung aus dem Krankenhaus und vor der Rückkehr zu seiner Einheit.

»Das Ganze war ein einziges Schlachthaus, wenn Du mich fragst. Es amüsiert mich, wenn Dad den Leuten erzählt, sein Sohn sei in Dünkirchen dabeigewesen, als ob das etwas wäre, worauf man stolz sein könnte. Meine bleibende Reaktion ist Zorn, aber ein zielloser Zorn, denn man kann keinen Menschen, nicht einmal eine Gruppe von Menschen für das Geschehene mehr als irgendwen anders verantwortlich machen. Ich vermute, unsere alte Freundin Nemesis hat uns schließlich eingeholt. Ich habe einen guten Freund verloren. Vor ein paar Tagen besuchte ich seine Schwester. Es ist lächerlich, wie man in diese abgedroschenen melodramatischen Situationen hineingezogen wird. Wir fanden es beide schrecklich. Als ich aus dem Krankenhaus kam, gab Dad mir ein Bündel Briefe von Dir, die er aufbewahrt hatte. Wir gerieten uns deshalb richtig in die Haare. Ich mache mir Sorgen, was Du wohl denkst, weil Du überhaupt keine Antwort mehr bekommen hast. Zuerst behauptete Dad, er habe mich nicht damit belasten wollen, und Du würdest ohnehin verstehen, daß ich anderes zu tun gehabt hätte. Dann gab er zu, die Briefe gelesen zu haben, und er fand, sie seien voll von ›hitzköpfigem politischem Gerede‹. Hari, ich schreibe Dir das nur, damit Du weißt, daß Briefe, die Du nach Didbury adressierst, möglicherweise gelesen werden. Dad hat zwar versprochen, es nicht mehr zu tun, und er hat eingesehen, daß er sich falsch verhalten hat, aber er hat in letzter Zeit merkwürdige Vorstellungen. Ich möchte den alten Herrn nicht verletzen, aber in vieler Hinsicht kommt er mir wie ein Fremder vor. Und auch das ist eine Klischeesituation, nicht wahr? Sie ist so abgedroschen, daß ich meinen Reaktionen beinahe mißtraue. Aber er sagt und tut so vieles, das mir auf die Nerven geht. Er hat eine Landkarte aus der ›Times‹ an die Wand gehängt und steckt Nadeln hinein wie ein General. An der Nadel in Dünkirchen ist ein kleines Papierfähnchen mit dem Union Jack befestigt. Ich habe den Verdacht, es soll mich repräsentieren. Schreib' bitte und erzähle mir etwas Vernünftiges!«

Etwas Vernünftiges? An dem Tag, als Hari diesen Brief erhielt, hatte er einer Revisionsverhandlung im Distriktgericht beigewohnt. Ein Mann war angeklagt und vom Friedensrichter in Tanpur für schuldig befunden worden, einem anderen eine Kuh gestohlen und sie einem Mann verkauft zu haben, der sie als Teil der Mitgift seiner Tochter weitergab. Der Angeklagte behauptete, die Kuh sei sein Eigentum geworden, weil der Besitzer sich geweigert habe, die Kuh daran zu hindern, auf seinem Land zu weiden. Das Tier habe sich auf seine Kosten ernährt und dabei für mehr Geld Futter gefressen, als ihr Verkauf erbrachte. Die Revision wurde damit begründet, daß der

Richter in Tanpur zwei Zeugen nicht zugelassen habe, die beschwören konnten, daß der Angeklagte dem ursprünglichen Eigentümer wiederholt seine Absicht angekündigt habe, die Kuh zu verkaufen. Richter Menen wies den Einspruch ab, und Hari verließ den Gerichtssaal. Denn bei dem nächsten und letzten Fall handelte es sich um einen Einspruch gegen die Festnahme nach Paragraph 188 des indischen Strafgesetzes, und Haris Zeitung veröffentlichte niemals Beiträge zu solch heiklen Themen.

»Etwas Vernünftiges?« schrieb Hari an Colin. »Ich nehme an, besonders in Kriegszeiten kann man es als vernünftig, wenn auch nicht gerade als fair bezeichnen, einen Mann hinter Gitter zu bringen, weil er seine Meinung äußert. Aber das ist keine reine Kriegsmaßnahme. Sie hat Tradition und ist durch einen Paragraphen des Strafgesetzbuches legitimiert. Paragraph 144 ermöglicht es der Zivilgewalt, diesen oder jenen Mann zu einer potentiellen Gefahr für die öffentliche Ruhe zu erklären und ihm unter Androhung der Verhaftung und einer Gefängnisstrafe zu *befehlen*, daß er den Mund zu halten hat. Wenn er sich dieser Anordnung widersetzt, wird er strafrechtlich verfolgt und nach Paragraph 188 bestraft. Ich glaube, er kann bis hinauf zum Obersten Gerichtshof der Provinz Revision einlegen, wenn ihm der Sinn danach steht. Am Tag, als Dein Brief eintraf, war ich im Gericht. Ich ging aus dem Saal, ehe der Richter (ein Inder) einen solchen Fall verhandelte, und deshalb weiß ich nichts Näheres. Aber beim Weggehen sah ich den Gefangenen, der von zwei Polizisten bewacht draußen wartete. Ich kannte ihn, er heißt Moti Lal. Auch er erkannte mich und rief: ›Hallo, Kumar!‹ dann schob man ihn durch die Tür, durch die die Angeklagten den Gerichtssaal betreten. Als ich diesen Mann zum letzten Mal sah, arbeitete er im Büro meines Onkels auf dem Güterbahnhof. Wieder in der Redaktion, zog ich Erkundigungen über ihn ein. Offenbar hat ihn mein Onkel vor ein paar Monaten wegen Untauglichkeit entlassen. Aber nach dem zu urteilen, was der Chefredakteur erzählte, ist der eigentliche Grund der, daß mein Onkel erfahren hatte, Moti Lal habe etwas mit der Untergrundbewegung der Kongreßpartei – wenn man es so nennen will – zu tun. Ich erkundigte mich beim Anwalt meines Onkels, einem Brahmanen namens Srinivasan, weshalb Moti Lal eigentlich verhaftet worden sei. Anscheinend hat er ständig Arbeiter und Studenten zum Streik und zu Unruhen ›aufgewiegelt‹ und sich nicht an das Redeverbot gehalten, das ihm untersagte, auf einer Versammlung der Studenten in der Technischen Hochschule zu sprechen. Außerdem stand er unter dem Verdacht, Anführer einer Gruppe junger Männer zu sein, die Agitationsschriften drucken und verteilen, aber man hatte keine Beweise dafür. Jedenfalls bekam er sechs Monate, und sein Einspruch wurde abgelehnt. Ein ehemaliger Kollege bei der ›Gazette‹, ein Mann namens Vidyasagar, der inzwischen für eine radikale Zeitung, ›The Mayapore Hindu‹, arbeitet, erzählte mir das, als ich ihn gestern im Gericht traf.

Vidyasagar ist ein netter Kerl, den ich zwar mag, doch ich habe ihm gegenüber ein schlechtes Gewissen. In den ersten Wochen bei der ›Gazette‹ schickte der Chefredakteur uns praktisch überall zusammen hin, und dann entließ er ihn. Vidyasagar trug es mit Fassung. Er erzählte, er habe die Absicht des Chefredakteurs gleich erkannt, als der ihn beauftragte, mir alles zu zeigen. ›Ich nehme es dir nicht übel, Kumar, denn du hast keine Ahnung‹, sagte er. Er neckt mich jedesmal, wenn wir uns zufällig begegnen, und sagt, mit der Zeit würde aus mir vielleicht auch noch ein guter Inder.

Aber ich glaube, ich weiß nicht recht, was ein guter Inder ist. Geht der gute Inder zum Militär (weil man in der Familie traditionsgemäß zum Militär geht), oder ist er reich und ehrgeizig genug, um Geld für den staatlichen Kriegsfonds zu spenden, oder ist er der rebellische Bursche, der eingesperrt wird, wie Moti Lal? Oder ist der gute Inder der Mahatma, den jeder hier Gandhiji nennt, und der im letzten Monat, nachdem Hitler Europa gezeigt hat, was in seiner Armee steckt, Frankreich lobte, weil es sich ergeben hat; und das englische Kabinett forderte er in einem Brief dazu auf, ›eine edlere und tapferere Kampfesweise anzuwenden‹ und die Achsenmächte in England einmarschieren zu lassen. Mit ›edler und tapferer‹ meint er die von ihm empfohlene Methode der gewaltlosen Kooperationsverweigerung. Das klingt nach einem ›guten Inder‹. Aber wir haben auch Nehru, der diese Haltung offenbar für verrückt hält. Er scheint gegen Hitler kämpfen zu wollen und sagt, Indien dürfe Englands Schwierigkeiten nicht ausnützen. Aber dann fügt er hinzu, Indien lasse sich deshalb nicht daran hindern, weiterhin um seine Freiheit zu kämpfen. Oder ist vielleicht der ehemalige Kongreß-Angehörige Subhas Chandra Bose der gute Inder? Für ihn steht Freiheit an erster Stelle, und er ist zur Zeit in Berlin, um sich bei Hitler einzuschmeicheln. Und uns fordert er über den Rundfunk auf, unsere Fesseln zu zerreißen. Oder ist es Mr. Jinnah, der das indische Problem endlich dadurch vereinfacht hat, daß er einen separaten Staat der indischen Moslems fordert, für den Fall, daß es dem von Hindus beherrschten Kongreß gelingen sollte, die Engländer loszuwerden? Oder ist es einer der indischen Fürsten, dem die englische Krone vertraglich die Respektierung seiner Souveränität garantiert, und der nicht daran denkt, sie aufzugeben, nur weil ein paar radikale indische Politiker die Macht in Britisch-Indien übernehmen wollen? Dies ist sogar ein größeres Problem, als ich zuerst angenommen habe, denn die Fürsten beherrschen nahezu ein Drittel des indischen Territoriums. Und schließlich, sollen wir nicht alle Sophistereien vergessen und den ›guten Inder‹ in dem einfachen Bauern sehen, der sich nur vom Druck des örtlichen Geldverleihers befreien und alles behalten möchte, was er anpflanzt? Und wie stehen die Engländer zu all dem?

Die Antwort – ich kenne sie eigentlich nicht, denn hier in Indien zähle ich nicht zu den Engländern. Ich rede kaum mit Engländern, allenfalls flüchtig in meiner Eigenschaft als Journalist bei öffentlichen gesellschaftlichen Veranstaltungen, über die *Du* im umzingelten, hungernden England vor Zorn aufschreien oder lachen würdest. Und wenn ich mit ihnen rede, starren sie mich verwundert an, weil ich rede wie sie. Und wenn mich jemand – immer ein Mann, nie eine Frau – fragt, wo ich so gut Englisch gelernt habe, und ich sage es ihm, dann sieht er mich erstaunt, beinahe verletzt an, als wollte ich mich über ihn lustig machen und erwarte auch noch, er würde mir glauben.

Zu den Dingen, die sie, wie ich vermute, im Moment überhaupt nicht vertragen können, gehört der Versuch der Amerikaner (die noch nicht einmal in den Krieg eingetreten sind – wenn sie es überhaupt je tun), sich einzumischen und sie zu Konzessionen an die Inder zu zwingen, die die Engländer natürlich als ihren Privatbesitz betrachten. Die Engländer triumphieren, weil Churchill jetzt an der Macht ist, denn er hat sich als einziger Engländer stets gegen alle Schritte zu einer liberalen Reform in der Administration des indischen Reichs ausgesprochen. Sein letzter Versuch, nach der Niederlage des britischen Expeditionskorps in Frankreich, die Inder mit weiteren vagen Versprechen eines größeren Mitspracherechts bei der Regierung ihres Landes hinzuhalten (was wohl nur darauf hinausläuft, daß ein paar akzeptable und zuverlässige Inder in den Rat des Vizekönigs aufgenommen werden), nötigt den radikalen Indern nur ein Lachen ab. Sie erinnern sich, wie mir mein Chefredakteur erzählt, an die vielen Versprechen während des Ersten Weltkriegs – die Kongreßpartei unterstützte diesen Krieg in dem Glauben, es lohne sich, auf seiten der Krone zu stehen, weil die Krone sie mit der Erfüllung ihrer Forderung nach schrittweiser Selbstregierung belohnen würde. Diese Versprechungen wurden nie eingehalten. Statt dessen griff man zu noch härteren Maßnahmen, um Unruhen zu ersticken, und die ganze jämmerliche Angelegenheit der großen Versprechungen endete 1919 im Spektakel des Massaker im Jallianwallah Bagh in Amritsar, als dieser General Dyer in eine Menge unbewaffneter Zivilisten schießen ließ, die keine Fluchtmöglichkeiten hatten und deshalb zu Hunderten starben. Churchill an der Spitze des britischen Kriegskabinetts (von Engländern hier bejubelt) ist für die Inder deprimierend. Ich kann mir vorstellen, daß sie das aufregt. Ich hatte keine Ahnung, daß Churchill einen *so* schlechten Ruf hat. Man sagt hier, er ist ein Erzimperialist. Merkwürdig, was für England das Richtige zu sein scheint, ist genau das Falsche für den Teil des Empire, den Disraeli einmal das strahlendste Juwel in der Krone genannt hat. Liberale Inder sagen natürlich, Churchill sei schon immer ein Realist – sogar ein Opportunist – gewesen und werde schlau genug sein, sein Fähnchen noch einmal nach dem Wind zu drehen und liberale Konzessionen zu machen. Einen Beweis sehen sie darin, daß Mitglieder der sozialistischen Opposition in das Kabinett berufen worden sind, um der britischen Regierung den Anschein nationaler Solidarität zu verleihen.

Aber ich frage mich, was dabei herauskommen wird. Zweifellos ist den Engländern in den letzten zwanzig Jahren ihr ›Teile und herrsche‹ – ob absichtlich oder unabsichtlich – gelungen; und die Gespräche, die ich bei allen möglichen Veranstaltungen höre – Truppenbetreuung, Wohltätigkeitsbasare, englisch-indische Kricketspiele (sie werden meist wegen Regen abgebrochen und enden in einem Gerangel um die belegten Brötchen, die es in einer Reihe von Zelten mit der unsichtbaren Aufschrift ›nur für Europäer‹ und ›andere Rassen‹ gibt) –, machen mir bewußt, in welchem Maß die Engländer von der Zersplitterung der indischen politischen Meinung abhängig sind, um ihre Herrschaft zumindest bis nach dem Krieg, wenn nicht noch länger, aufrechterhalten zu können. Sie sagen ganz offen: ›Es kommt nichts Gutes dabei raus, wenn wir dieses verdammte Land verlassen, denn es gibt keine indische Partei, die soweit repräsentativ wäre, daß man es ihr übergeben könnte.‹ Sie ziehen die Moslems den Hindus vor (weil zwischen Gott und Allah mehr Ähnlichkeit besteht als zwischen Gott und Brahma); sie haben eine eingefleischte Neigung zu den indischen Fürsten; der Gedanke an die Unberührbaren weckt in ihnen sentimentale Gefühle; und sie sind ganz wild auf die Bauern, für die jeder Herrscher ein Gott ist. Was ihnen mißfällt, ist das schwarze Spiegelbild ihres weißen Radikalismus, der vor einigen Jahrhunderten zur Magna Charta führte. Sie erinnern sich nur höchst ungern daran, daß sie in Europa stets den feudalen *Status quo* bekämpft haben. Aber hier in Indien dagegen zu kämpfen ist ›schlechter Stil‹. In ihren Augen ist Indien ein Land, das sie in einem chaotischen Zustand übernommen haben, und deshalb glauben sie, man kann sie nicht dafür verantwortlich machen, daß es auch heute noch chaotisch ist.

Aber sind zweihundert Jahre nicht lang genug, um in einem Land Einheit zu schaffen? Alle Verbesserungen lassen sie sich zugute halten. Aber kann man Lob für das eine beanspruchen, ohne die Schuld für das andere auf sich zu nehmen? Wer hatte zum Beispiel vor fünf Jahren je etwas von der Idee eines separaten Moslemstaates, von Pakistan, gehört? Ich kann einfach nicht glauben, daß Pakistan je eine Realität werden wird, wenn aber doch, dann haben wir das den Engländern zu verdanken, die lange genug Ausflüchte gemacht haben, bis die von ihnen favorisierte religiöse Minderheit sich die politische Gelegenheit zunutze machte.

Wie muß Dich das wundern – daß ein scheinbar rein lokales Problem uns mehr beschäftigt als alles, was sich gerade in Europa ereignet hat. Seit die Engländer Krieg führen, sprechen sie von Verrat, wenn sie die Verschiebung der Prioritäten bemerken. Für die Amerikaner ist der daraus resultierende Konflikt ein Sturm in der englischen Teetasse, und ihrer Ansicht nach täten die Engländer gut daran, den Streit beizulegen, wenn sie weiterhin jeden Nachmittag ihren Vieruhr-Tee trinken wollen (was sie erst tun können, seit sie den Osten kommerziell erschlossen haben). Aber natürlich sehen die Amerikaner die stärkste Bedrohung ihrer Sicherheit auf der Pazifikseite. Infolgedessen wünschen sie ein starkes, geeintes Indien, damit ihre potentiellen Feinde (die Japaner) im Ernstfall auch an ihrer Hintertür aufpassen müssen.

Durch meine Arbeit bei dieser Zeitung war ich gezwungen, mir die Welt anzusehen und zu versuchen, sie zu verstehen. Aber jetzt frage ich mich noch immer, in welcher Beziehung ich zu ihr stehe, und das zu wissen verwirrt mich. Kannst Du das verstehen, Colin? Im Augenblick schulde ich anscheinend keinem Land ungeteilte Loyalität. Vielleicht wird das auch in Zu kunft so bleiben. Ich weiß nicht, ob mich das ermutigt oder erschreckt. Wenn es kein Land gibt, wo man hingehört, was bleibt dann anders als der anthropologische Unterschied der Hautfarbe? Das würde zu einem furchtbaren Konflikt führen, denn es ist aussichtslos, die Rechnungen auf dieser Ebene begleichen zu wollen. Ich bin jedoch nicht sicher, ob die Menschheit es nicht verdient hat, diesen Konflikt durchmachen zu müssen.«

Also gab es nichts »Vernünftigeres«, das Hari seinem Freund Colin hätte berichten können. Aber vielleicht genügte es ihnen beiden, daß sie über diese Entfernung von Zeit und Raum den Kontakt immer noch aufrechterhalten konnten. Unter den jungen Indern galt es als selbstverständlich, daß Freundschaften mit Weißen selten die Belastung einer Trennung und niemals die noch größere Belastung des Wiedersehens auf indischem Boden überstanden.

»Was würden Sie tun«, fragte er Schwester Ludmila, »wenn Sie von einem alten Freund einen Brief bekämen, der Ihnen zeigt, daß Sie verschiedene Sprachen sprechen?« Vielleicht ist es merkwürdig, daß Kumar sich an den Brief mit Lindsays Schützengrabenphantasien erinnerte, sich gut genug daran erinnerte, um ihn im Kopf zu haben, als er diese Frage stellte, als sei der spätere Brief, den Colin nach seiner Feuertaufe schrieb und in dem er ihn aufforderte, ihm etwas Vernünftiges zu erzählen, weniger wichtig gewesen als der frühere, in einer sentimentalen, neupatriotischen Stimmung geschriebene, der Hari so verwirrt hatte. Doch die unerwartete Seite eines Menschen ist einprägsamer als der Beweis, den er scheinbar von Zeit zu Zeit gibt, daß er unverändert, unveränderbar sei. Der Gedanke, daß Lindsey sich einer neuen Sprache bediente, hatte in Kumar einen bleibenden Eindruck hinterlassen, und so konnte er später zu Schwester Ludmila sagen:

»Ich hätte ihn damals herausfordern sollen. Ich hätte ihm schreiben müssen, wie das Leben in Majapur wirklich ist. Ich hätte schreiben sollen: ›Wir haben uns beide geändert; vielleicht verbindet uns nichts Gemeinsames mehr. Vermutlich ist es ebenso lächerlich zu glauben, unser Zusammensein könnte unbeschwert sein wie früher, wenn ich heute nach Didbury zurückkäme, wie zu glauben, daß Du in Majapur in meiner Gesellschaft auch nur *gesehen* werden möchtest‹, ja, das hätte ich schreiben sollen. Ich habe es nicht geschrieben, weil ich es mir nicht vorstellen wollte. Wir schrieben uns weiterhin Briefe, deren einziger Zweck darin lag, uns zu versichern, daß es einmal eine Zeit gegeben hat, in der wir gegen alle Zwänge immun waren, nur nicht gegen die Zwänge der Naivität.

Als Colin 1941 nach Indien kam und mir aus Meerut schrieb, erfaßte mich eine Art überschäumende Fröhlichkeit. Aber sie hielt nicht lange vor. Ich machte mich gefaßt auf das, was, wie ich wußte, bevorstand. Wäre er direkt nach Majapur gekommen, hätten wir vielleicht eine Chance gehabt. Aber Meerut war weit entfernt. Es erschien unwahrscheinlich, daß er einmal in der Nähe von Majapur stationiert werden würde, so daß wir uns treffen könnten. Jede Woche, die verging, konnte den Abgrund nur verbreitern, der, wie er erkennen würde, zwischen einem Mann seiner Hautfarbe und einem Mann meiner Hautfarbe liegen mußte, einem einfachen Inder, der seinen Lebensunterhalt verdienen mußte und unter seinesgleichen lebte. Colin würde spüren, daß der Abgrund sich unüberbrückbar verbreitert hatte, denn auch der Wunsch nach einer Brücke war nicht länger vorhanden. Ich erinnerte mich an meinen ersten Abscheu vor dem Schmutz, dem Elend und dem Gestank. Ich wußte, Colin würde ähnlichen Abscheu empfinden. Aber für ihn gab es einen Platz, an den er fliehen konnte. Es gab Orte, Refugien, wohin er sich zurückziehen und wo er etwas unternehmen könnte. Er würde das Bedürfnis nach dem Refugium kennenlernen und dann einsehen, daß er die Pflicht habe, es zu erhalten und vor Angriffen zu schützen, bis er es am Ende als das wirkliche Indien ansehen würde – den Club, die Messe, den Bungalow, die englischen Blumen im Garten, die sauberen Dienstboten in ihrer Uniform, die Freizeitanlagen und die bevorzugte Behandlung der Weißen in Geschäften, Postämtern, Banken und auf der Bahn, alles Dinge, die aus dem Bedürfnis herrühren, die geistige Gesundheit zu bewahren, und dann dazu führen, daß man das Ich panzert und die eigenen Vorurteile nährt.

Selbst wenn Colin stark genug gewesen wäre, diesen körperlichen und geistigen Versuchungen zu widerstehen, wenn er nach Majapur gekommen wäre, um mich zu besuchen, wo hätten wir uns treffen können, um länger als ein oder zwei Stunden miteinander zu reden? Die Schwarzenstadt ist seit Kriegsbeginn selbst für Offiziere gesperrt, es sei denn, sie haben Dienstpflichten dort zu erfüllen. Ich könnte nicht in den Gymkhana Club. Und wie wäre ihm erst der andere Club vorgekommen, der schon für mich indiskutabel ist? Hätten wir uns in Smith's Hotel getroffen, hätte es unter Umständen einen peinlichen Auftritt gegeben. Der anglo-indische Besitzer sieht es nicht gern, wenn einfache Inder dort erscheinen. Im chinesischen Restaurant erwartet man, daß Offiziere die Räume im Obergeschoß benutzen; Indern stehen nur die Tische im Parterre offen, es sei denn, sie haben ein Offizierspatent. Wir hätten ins Kino gehen können, aber Colin hätte sich nur ungern in die Reihen gesetzt, in denen ich sitzen darf. Es gibt zwar das Englische Café, aber es heißt nicht umsonst das Englische Café. Wäre er in Majapur stationiert, so könnten wir uns vielleicht ein oder zwei Stunden in seiner Unterkunft treffen. Vielleicht bekäme er auch die Erlaubnis, über die Brücke zu gehen und mich im Chillianwallah Bagh zu besuchen. Ich zog all diese Möglichkeiten in Betracht, denn ich mußte sie alle durchdenken. Und natürlich erkannte ich, daß der eine konstante Faktor nicht der Ort des Zusammentreffens war, sondern die Entschlossenheit, sich zu treffen. Welche Freundschaft kann unter solchen Bedingungen von Dauer sein?

Von Meerut wurde er zunächst nach Ambala und dann in die Nähe von Lahore versetzt. In seinem ersten Brief schrieb er, Meerut scheine der Karte nach gar nicht so weit von Majapur entfernt zu sein; im zweiten Brief hieß es, er frage sich, ob er je nahe genug an Majapur herankommen werde, um ein Treffen möglich zu machen. Im dritten Brief erwähnte er die Möglichkeit eines Zusammentreffens überhaupt nicht mehr. Da ahnte ich, daß es geschehen war – in drei Monaten. Er hatte gesehen, was er nur *mein* Indien nennen konnte. Er war entsetzt, er fürchtete sich sogar. Wie sollte er wissen, daß auch ich entsetzt gewesen war, daß auch ich mich gefürchtet hatte? Wie konnte er wissen, daß ich drei Jahre lang gehofft, mich danach gesehnt hatte, gerettet zu werden? Und dabei verwechselte ich die Vorstellung von meiner Rettung mit der Vorstellung von meinem englischen Wesen und mit der Vorstellung von meiner Freundschaft mit einem Engländer. Wie konnte er das wissen? In einer Hinsicht war ich englischer als er. Als Engländer konnte er sein Entsetzen, wenn auch nicht seine Furcht zugeben. Als anglisierter Inder hätte ich unter keinen Umständen gewagt, in meinen Briefen das eine oder das andere zu gestehen, aus Angst, als ›hysterisch‹ abgestempelt zu werden. Und so sah ich deutlich das Schreckliche, das sich ereignet hatte – als er erlebte, was er als *mein* Indien bezeichnen mußte; es bestätigte sich sein Verdacht, daß ich in mein natürliches Element zurückgekehrt sei.

Nun ja, ich sage, ich sah es. Aber sah ich es wirklich? Suchte ich nicht immer noch nach Entschuldigungen für Colin, nach Entschuldigungen für mich? Als aus Lahore kein Brief kam, sagte ich mir: ›Schon gut. Er ist kein Zivilist, der nichts anderes zu tun hat, als aufzustehen, zu frühstücken, zur Arbeit zu gehen, nach Hause zurückzukommen und im Briefkasten nachzusehen, was der Postbote gebracht hat.‹ Als der Krieg näherrückte, als die Japaner Pearl Harbor bombardierten, als sie in Siam, Malaya und Burma einmarschierten und sogar die englischen Spießer von Majapur aufschreckten, sagte ich mir: ›O je, der arme, alte Colin steckt wieder mittendrin.‹ Und ich machte mir Gewissensbisse, weil ich nicht Manns genug gewesen war, für etwas einzutreten, das zumindest meine englische Kindheit und Jugend gewesen war, zur Armee zu gehen und für die Menschen zu kämpfen, mit denen ich mich einmal verwandt gefühlt hatte, selbst wenn sie hier mit mir nichts mehr zu tun haben wollten. Ich erkannte nicht, daß ich mein Leben seit 1938 sinnlos vertan hatte, indem ich verdrießlich wie die armen Büroangestellten, die ich verachtete, herumsaß, keine neuen Freunde suchte und Tante Shalinis Freundlichkeit und Zuneigung nicht so erwiderte, daß sie darin Liebe oder auch nur Dank hätte erkennen können.

Und dann sah ich sie. Englische Soldaten im Garnisonsviertel, mit dem vertrauten Regimentsnamen auf den Schulterklappen. Im Januar 1942. Vertraut war mir der Name aus Colins Briefen, die zuerst aus Meerut, dann aus Ambala und schließlich aus der Nähe von Lahore gekommen waren. Hauptmann C. Lindsey, dann der Name und die Nummer der Einheit, gefolgt von der Adresse und am Ende die Worte: ›India Command‹.«

»Er erzählte mir diese Sache mit Colin«, sagte Schwester Ludmila, »als ich ihn zum zweiten Mal betrunken erlebte. Ich habe erwähnt, daß es ein zweites Mal vorkam, nachdem er mit ihr, mit dem Mädchen im Tempel gewesen war. Damals erzählte er mir das alles. Mit ihr hatte er nie darüber gesprochen. Ich fragte sie danach, als sie hierherkam, um sich zu verabschieden. ›Wissen Sie etwas von diesem Colin Lindsey?‹ Sie dachte einen Augenblick nach und sagte dann: ›Nein, erzählen Sie!‹

›Ach, es ist nicht wichtig‹, erwiderte ich. Inzwischen war es nicht mehr wichtig. Für Sie mag es wichtig sein nach so langer Zeit. ›Ich sah ihn‹, erzählte mir Kumar, ›oder zumindest glaubte ich, ihn zu sehen, als er aus der Imperial Bank kam und in ein Armeefahrzeug stieg, das auf der Ladeklappe dasselbe Emblem trug wie die Soldaten am Ärmel.‹ Aber Kumar war sich seiner Sache nicht sicher. Und selbst jetzt fand er noch Entschuldigungen für Colin. Verstehen Sie, durch den Krieg, den die Japaner plötzlich vor unsere Haustür brachten, hatte sich Indien schon verändert. Es herrschte die Atmosphäre militärischer Geschäftigkeit und Geheimhaltung. An dem Tag, als er glaubte,

Colin gesehen zu haben, ging er in der Erwartung nach Hause, einen Brief vorzufinden, in dem stand: ›Ich bin in der Nähe von Majapur stationiert und komme manchmal ins Garnisonsviertel. Wo können wir uns treffen?‹ Aber ein solcher Brief kam nie. Und als ein Tag nach dem anderen vergangen war, dachte er: ›Nein, der Mann, den ich gesehen habe, war nicht Colin. Colin könnte sich nicht in der Nähe von Majapur aufhalten, ohne es mir mitzuteilen. Das kann Indien nicht aus ihm gemacht haben. Das nicht: Wie könnte Indien so etwas bei einem Menschen bewirken... und noch dazu bei Colin?‹

Können Sie sich das vorstellen? Kumar lebte täglich in der Erwartung, ihm zufällig in dem Gebiet nördlich des Flusses zu begegnen, wenn schon kein Brief mit der Post kam. Er fuhr jeden Tag mit dem Fahrrad vom Chillianwallah Bagh zu der Redaktion der ›Mayapore Gazette‹ und verließ das Büro an manchen Tagen wieder, um zu einer Veranstaltung zu fahren, über die er berichten mußte. Und das war auch etwas, was er mir erzählt hat: Selbst als Reporter blieb er für die Weißen unsichtbar. Er ging zu dieser und zu jener Veranstaltung – zum Sportfest, zur Gartenschau, zur Truppenparade, zu Sportveranstaltungen der höheren Schule, zur Abschlußfeier an der Technischen Hochschule, zum Kricketturnier der Technischen Hochschule, zum Krankenhausfest. Er kannte beinahe jeden wichtigen englischen Zivilisten und beinahe jeden prominenten Inder vom Sehen und dem Namen nach, doch sie kannten ihn nicht. Denn bei diesen Veranstaltungen, müssen Sie wissen, gab es den Presseoffizier oder den Steward, und nur an ihn konnte der junge Kumar sich wenden. Manchmal noch nicht einmal an ihn, denn bei wichtigen Veranstaltungen erschien auch Mr. Laxminarayan. Bei dieser Gelegenheit, ich meine, als er zum zweiten Mal betrunken war, erzählte er: ›... O ja, es gab einmal eine Zeit, in der ich glaubte, ich könnte mir einen Namen machen. Ich stellte mir vor, die Leute würden die ›Gazette‹ lesen und sagen: ›Welch ein gutes Englisch! Wie hervorragend! Wer ist dieser Kumar?‹ Aber sie kennen nicht einmal meinen Namen. Ich bin höchstens ›der Junge von der *Gazette*‹. Mein Name wird nie gedruckt. Niemand weiß etwas von meiner Existenz. Ich bin ein vage vertrautes Gesicht. Aber... es war nicht anders zu erwarten. Er benutzte mich, Laxminarayan. Manchmal fesselt er mich an den Schreibtisch, und ich muß Babu-Englisch in anständiges Englisch verwandeln. Manchmal schickt er mich irgendwohin. Aber er sorgt dafür, daß ich ein anonymes Zahnrädchen in seiner anonymen Maschine bleibe. Einmal hörte ich, wie ein Engländer zu ihm sagte: ›Also, Laxminarayan, was ist mit der *Gazette* los? Abgesehen von den Glossen des *Stroller* ist sie überhaupt nicht mehr lustig.‹ Der Chefredakteur lachte nur. Er erklärte nicht, weshalb die ›Gazette‹ nicht mehr lustig sei. Er bestraft mich für Vidyasagar, für alles, für seine eigenen Unzulänglichkeiten.‹«

»Bei einer solchen Veranstaltung«, erzählte Schwester Ludmila, »sah er diesen Lindsey zum zweiten Mal. Er sah ihn und wußte nun mit Sicherheit, daß er es war. Er stand nicht weit entfernt, nahe genug, um die Gesichtszüge, den Ausdruck, die Eigenheiten, die Körperhaltung zu erkennen, oder was immer sich Kumar unauslöschlich eingeprägt hatte. Es war Lindsey, wie er leibte und lebte, nicht zu verwechseln. Bei welcher Veranstaltung das war? Ich habe es vergessen. Aber ich weiß, es war im Februar, Ende Februar. Und er erwähnte den *Maidan*. Ich habe immer noch diese Erinnerung... nicht meine, sondern Kumars Erinnerung. Kumar hat sie mir hinterlassen. Ich habe beinahe das Gefühl, selbst dort gewesen zu sein. Jetzt dort zu sein. Gegen Abend. Wie wenn ich in seiner Haut steckte. Ein dunkles Gesicht in der Menge. War es ein Kricketspiel? Ich weiß nicht. Von Kricket verstehe ich nichts. Aber ich weiß, wie die Rassen gegen Abend auf dem *Maidan* sich flüchtig in wechselnden Konstellationen mischten. Von oben gesehen, für Gott, verstehen Sie, wirkte es weniger ungeordnet als auf der Erde, denn von oben konnte man den weißen Strom und den schwarzen Strom erkennen, wie auf einer Klippe, unter der sich im Meer Strömung um Strömung, Welle um Welle trennen. Aber vor Gottes Auge war es alles nur Wasser.

Und er sieht Lindsey. Welche Geheimnisse des Leibes und der Seele hatten sie in der Jugend geteilt? Er hat mir vom Herbst in England erzählt. Auch das sehe und spüre ich. Der junge Kumar und der junge Lindsey rennen über frostige Felder nach Hause und wärmen sich die Hände am warmen Kamin; so erinnere ich mich auch an die wohltuenden Handschuhe in kalten Wintern, daran, wie der Atem ein Fenster verwandeln und das Herz mit einer anderen Wärme erfüllen konnte. Oh, dieses Gefühl der Sicherheit! Oh, diese winzige Macht! Der Atem vermochte die zuckrigen Früchte in ihrem Nest aus Spitzenpapier zu verwandeln, zu verkleinern und zum Verschwinden zu bringen. Man wußte, daß sie da sind und doch nicht da... das ist eine Magie der Seele. Doch diesen Zauber konnte Kumar an diesem heißen Abend auf dem *Maidan* nicht beschwören, um Lindsey zum Verschwinden zu bringen. Lindseys Blick traf ihn und wanderte weiter, ohne ihn erkannt zu haben, ohne zu begreifen, daß in diesen Babu-Kleidern unter dem Tropenhelm aus dem Basar sich ein schwarzes Gesicht befand, das sich für ihn von den anderen hätte unterscheiden müssen.«

»Ich bin unsichtbar«, sagte Kumar, »nicht nur für Weiße, weil sie weiß sind und ich schwarz bin, sondern ich bin unsichtbar für meinen weißen Freund, weil er mich in der Menge nicht mehr von anderen unterscheiden kann. Er denkt – jawohl, das denkt Lindsey: ›Sie sehen alle gleich aus.‹ Er bringt mich zum Verschwinden. Ich bin ein Nichts. Es ist nicht seine Schuld. Er hat recht. Ich bin nichts, nichts, nichts. Ich bin der Sohn meines Vaters, dessen Vater das Haus mit der Bettelschale in der Hand und nichts als einem Lendentuch um den Leib verließ, nachdem er seine Kinder gesegnet und die Mutter ihrer Obhut anvertraut hatte. Sie ist ihm eine Zeitlang gefolgt, hat sich dann an den Straßenrand gesetzt und ist schließlich nach Hause zurückgekehrt, um ihr Leben in einem Wachtraum zu beenden.

Ich verlasse *Maidan*, ich in meiner Hose, meinem Hemd aus dem Basar und dem anglo-indischen Tropenhelm, und weiß, daß ich unkenntlich bin, weil ich ein Nichts bin. Ich wäre auch nicht willkommen, wenn ich erkannt würde. Ich treffe Vidyasagar, der ebenfalls geht. Auch er ist ein Nichts. An das Weitere erinnere ich micht nicht. Bis zu einem gewissen Punkt herrscht Klarheit. Ich trinke billigen Schnaps in einem stickigen Zimmer in einer dunklen Gasse auf unserer Seite des Flusses. Vidyasagar lacht und erklärt den anderen, ich werde bald ein guter Inder sein, denn der Schnaps, den wir trinken, sei illegal gebrannt. Wir betrinken uns auf Kosten der Regierung, sagt er. Die anderen waren junge Männer wie Vidya, und sie trugen die gleichen Hemden und Hosen wie Vidya und wie ich. Ich erinnere mich, ihnen geholfen zu haben, meinen Tropenhelm zu zertreten, denn der Tropenhelm war ein Wahrzeichen aller Speichellecker der Regierung. Ich erinnere mich auch, daß sie immer wieder mein Glas füllten. Sie wollten mich betrunken machen – zum Teil aus Bosheit, zum Teil aus Übermut. Verzweiflung, aber auch glühende Begeisterung erfüllten das schäbige, kleine Zimmer.«

»Später«, erzählte Schwester Ludmila, »fand er heraus, daß ihn die andern zum Chillianwallah Bagh zurückgebracht hatten, und zwar bis vor die Haustür, damit er nicht ausgeraubt oder von der Polizei aufgelesen würde. Sie verließen ihn im Glauben, er würde ins Haus gehen, doch er wanderte wieder auf die Straße hinaus, zurück in Richtung Fluß und bis zum Elendsviertel. Er muß gestolpert und in den Graben gefallen sein. Er verlor das Bewußtsein, und jemand, der ihn gesehen hatte und ihm gefolgt war, stahl ihm die Brieftasche.

›Wer ist das?‹ fragte ich Mr. de Souza. ›Ich weiß nicht‹, erwiderte er und drehte ihn um, weil er sehen wollte, ob er auf dem Rücken eine Wunde hatte. Dann drehte er ihn wieder um und leuchtete ihm mit der Taschenlampe ins Gesicht. Und hier beginnt für mich die Bibighar-Affäre. Die Augen zu und die schwarzen Haarlocken in der Stirn. Oh, diese Dunkelheit! Diese Entschlossenheit, alles abzulehnen.

Wir legten ihn auf die Bahre und trugen ihn hierher ins Asyl. ›Er ist betrunken‹, sagte Mr. de Souza, ›wir haben nur einen Betrunkenen nach Hause gebracht.‹ ›Um betrunken und so jung zu sein‹, erwiderte ich, ›muß man auch unglücklich sein. Lassen Sie ihn liegen.‹ Und so blieb er liegen, und vor dem Einschlafen betete ich für ihn.«

Teil sechs
Zivilisten und Militär

1 Soldaten

Auszüge aus den unveröffentlichten Memoiren (›Ein einfaches Leben‹) des Brigadiers A. V. Reid, Träger des Kriegsverdienstordens und des Heeresverdienstkreuzes

Gegen Ende März 1942, wir befanden uns noch in Rawalpindi, und eben erst hatte uns die Nachricht erreicht, daß unser einziger Sohn in Burma vermißt war, erhielt ich den Befehl, mich nach Majapur zu begeben und das Kommando über die Infanteriebrigade zu übernehmen, die damals in diesem Gebiet auf den Einsatz vorbereitet wurde. General »Tubby« Carter informierte mich von der Ernennung telefonisch. Ich sollte sofort abreisen; Tubby wußte, ich würde noch etwas Zeit brauchen, um Meg die Nachricht beizubringen; sie war noch nicht reisefähig und konnte mich nicht begleiten. Ich konnte mich mit der Vorstellung nicht leicht abfinden, sie in einem Moment allein zu lassen, in dem wir schweren Herzens auf weitere Nachrichten über Alan warteten, sie jedoch gleichzeitig fürchteten. Nach dem Telefongespräch mit Tubby ging ich gleich in die Klinik und berichtete Meg von der Aufgabe, die man mir übertrug.

Sie wußte, unter normalen Umständen hätte ich die Gelegenheit begrüßt, mich wieder einer echten soldatischen Aufgabe widmen zu können. Es hatte bereits so ausgesehen, als würde ich für den Rest des Krieges die Füße unter einen Schreibtisch stellen; und da unser Sohn ebenfalls die Uniform trug, hatten wir uns wohl mit dieser Aussicht abgefunden und nahmen als unvermeidlich hin, daß Alter und Erfahrung schließlich dem jugendlichen Elan weichen müssen. Aber jetzt war Alans Schicksal ungewiß, und eine verständnisvolle höhere Macht schien einzugreifen, die das Gleichgewicht wiederherstellte und mich dazu ausersah, eine Rolle zu spielen, die – falls die Nachricht über Alan das Schlimmste besagen sollte –

mir zumindest die befriedigende Gewißheit geben würde, dem Feind nun meinerseits einen wirkungsvollen Schlag versetzen zu können.

Meg ragierte auf die Nachricht, wie sie es in Zeiten von Krisen und Schwierigkeiten immer getan hatte: Sie dachte nicht an sich. Ich sah, wie krank und blaß sie wirkte, und wünschte, es läge in meiner Macht, Alan gesund und wohlauf und fröhlich wie immer in das Zimmer zu rufen, damit sich ihre Wangen wieder röteten. Ich bin froh, daß ihr die Nachricht erspart blieb, daß er bei der Arbeit an der verfluchten Burma-Siam-Bahnstrecke starb. Diese Nachricht verdunkelte für mich unseren Sieg. Aber ich bin dankbar, daß Meg lange genug lebte, um mit mir die Hoffnung zu teilen, die wieder erwachte, als wir erfuhren, daß er in Gefangenschaft geraten und nicht tot sei, wie wir gefürchtet hatten. Als ich mich am Abend vor meiner Abreise nach Majapur von ihr verabschiedete, lastete außerdem das Wissen auf mir, daß unser Land dunkle Tage durchlebte. Mich erwartete eine schwere Aufgabe.

Ich erreichte Majapur am 3. April (1942) und nahm unverzüglich die erste Phase meiner Arbeit in Angriff – aus der (...) Indischen Infanteriebrigade eine gut ausgebildete Kampfmaschine zu schmieden, die ich vertrauensvoll ins Feld führen konnte, um damit eine Rolle auf dem Kriegsschauplatz zu spielen, auf dem sich der Japs vorübergehend als Meister erwiesen hatte. Die Aufgabe würde nicht leicht sein. Die Truppen waren zum größten Teil noch unerfahren; das umliegende Land eignete sich zwar für das Routinetraining, unterschied sich jedoch sehr von dem Terrain, auf dem wir uns später mit dem Feind messen sollten.

Ich war schon vor vielen Jahren einmal in Majapur gewesen. In meiner Erinnerung war es eine bezaubernde Garnisonsstadt. Es gab ein paar Seen in einer Gegend, die man Banyaganj nannte, die sich ausgezeichnet zur Entenjagd eigneten. Die alte Artilleriemesse war ein gutes Beispiel für die anglo-indische Architektur des neunzehnten Jahrhunderts mit einem schönen Blick auf den *Maidan.* Ab März konnte es unangenehm warm werden, aber meist bestand die Möglichkeit, nach Mussoorie oder hinauf nach Darjeeling auszuweichen. Mit der Bahn war es auch nicht zu weit nach Kalkutta, so daß sich genügend Gelegenheiten zum Ausspannen boten, wenn es die Pflichten erlaubten.

Ich machte mir jetzt keine Illusionen über Erholungsmöglichkeiten. Ganz eindeutig bestand ein Unterschied zwischen der Garnisonsstadt, wie sie einem jungen Subalternen erschienen war, der vor kurzem das Mädchen kennengelernt hatte, dem er einen Heiratsantrag machen wollte, und der Garnisonsstadt (obwohl immer noch dieselbe), in die er beinahe dreißig Jahre später als Stabsoffizier zurückkehrte, und zwar in einem Augenblick, als es um die Geschicke seines Landes nicht zum besten stand, und als außerdem das Land, dem er sein Leben gewidmet hatte – der Eckpfeiler des Empire –, ein beträchtliches Maß an Selbstverwaltung erreicht hatte und praktisch auf der Schwelle zur Unabhängigkeit wartete – einer Unabhängigkeit, die im Interesse der gesamten freien Welt für den Augenblick zurückgestellt worden war.

Ich kam voll Vertrauen in die Truppen nach Majapur und mit einem inbrünstigen Gebet auf den Lippen, daß ich der Aufgabe gewachsen sein möchte. Ich hatte voll Freude von Tubby erfahren, daß es einen Standortkommandanten gab, der dem Brigadestab die allgemeinen militärisch-administrativen Aufgaben im Distrikt abnahm. Er informierte mich auch, daß der höchste Verwaltungsbeamte der Regierung – in dieser »freien« Provinz Distriktskommissar genannt – ein jüngerer Mann war, der bei Europäern und Indern in hohem Ansehen stand. Als ranghöchster Offizier des Distrikts wußte ich jedoch, daß ich im Notfall für die allgemeine Ordnung, also für das Wohlergehen von Soldaten und Zivilisten, selbst verantwortlich war. Ich wollte auf keinen Fall in eine Situation geraten, die mich von meiner Hauptaufgabe abhalten und erfordern würde, Truppen zu Aufgaben heranzuziehen, die mit etwas Voraussicht hätten vermieden werden können.

Angesichts der zunehmenden Unruhen in dieser Zeit gehörte zu den ersten Dingen nach meinem Eintreffen in Majapur ein Besuch beim Distriktskommissar, der White hieß. Ich wollte hören, was er über die Lage in seinem Distrikt zu berichten hatte, und ihm offen sagen, daß später viel Zeit und Kraft gespart werden könnten, wenn wir uns darauf einigten, beim ersten Anzeichen von Schwierigkeiten energisch durchzugreifen.

Ich hatte bereits beschlossen, das britische Bataillon der Brigade, die (...) Berkshires, nach Majapur zu verlegen und die 4/5-er Pankot Rifles aus Majapur, wo ich sie vorfand, in die Nähe von Banyaganj, wo vorher die Berkshires ihr Quartier hatten. Zwei Gründe veranlaßten mich zu dieser Maßnahme: Die britischen Truppen kamen geradewegs von zu Hause, und nach meiner ersten Inspektion zu urteilen, fühlten sie sich in den primitiven Unterkünften keineswegs wohl, die ihnen Banyaganj zu bieten hatte. Ganz in der Nähe wurde ein Flughafen gebaut (wodurch die Enten von den Seen vertrieben worden waren, wie mir auffiel). Zwischen dem Bataillon und dem keineswegs erfreulichen Lager der Kulis lag kaum eine Meile. Es wurden weitere Hütten gebaut, doch eine große Anzahl Männer kampierte unter Zeltplanen, und im April war das kein besonderes Vergnügen. Ich sah wohl das Problem, daß der Eindruck ungleicher Behandlung entstehen konnte. Trotzdem glaubte ich, Johnny Jawan würde sich in Banyaganj weniger unwohl fühlen als Tommy Atkins. Außerdem erhoffte ich mir von der Verlegung der Berkshires in die Kasernen von Majapur, daß ihre Anwesenheit im Garnisonsviertel als ein zusätzliches Abschreckungsmittel gegen Unruhen wirken würde, die ich unter allen Umständen vermeiden wollte. Ich war ohnedies entschlossen, britische Soldaten einzusetzen, wenn die Zivilbehörde militärische Hilfe anfordern sollte.

Ich unterschätzte auch nicht die guten Auswirkungen, die es auf unsere eigenen Leute haben würde – Männer und Frauen, die in einer Krisenzeit schwierige Aufgaben erfüllten –, wenn ich die Berkshires nach Majapur verlegte. Unter diesem Aspekt ordnete ich eine Armee- und Kriegswoche – mit Militärkapelle – für Ende April an, die auf dem *Maidan* stattfand und ein großer Erfolg wurde. Ich glaube, ich kann, ohne unbescheiden zu sein (denn es war meine Idee, doch die gelungene Durchführung ist den Organisatoren und Teilnehmern zu verdanken), behaupten, daß die Begeisterung und der »Auftrieb«, den die Kriegswoche in Majapur bewirkte, die Aufmerksamkeit von der Tatsache ablenkten, daß die Regierungsdelegation, die Sir Winston – damals Mr. Churchill – nach Delhi entsandt hatte, um einen Ausweg aus der Sackgasse zu suchen, in die die britische Regierung und jene indischen Politiker geraten waren, die behaupteten, Indien zu vertreten, und die ein größeres Maß an Selbstbestimmung forderten, keine vernünftige Übereinkunft erzielen konnte. Diese Delegation nannte man nach dem Delegationsleiter Sir Stafford Cripps die Cripps-Mission. Der sozialistische Minister wurde später Schatzkanzler, als unser Inselvolk dem Architekten unseres Sieges einen eigenartigen Tribut zollte, indem es ihn aus dem Amt vertrieb. Nach dem Scheitern der Verhandlungen mit Cripps im April 1942 startete Gandhi seine berühmte Kampagne mit dem Schlagwort: Raus aus Indien! – was auf uns natürlich wie eine Einladung an den japanischen Kaiser wirkte, auf der Bildfläche zu erscheinen und die Herrschaft zu übernehmen.

Zu meinem Bedauern mußte ich feststellen, daß White, der Distriktskommissar, die Situation nicht richtig einschätzte, vor der wir meiner Meinung nach stehen würden, wenn man den indischen Führern erlaubte, sich auch weiterhin gegen den Krieg auszusprechen und die Massen zu einer Taktik aufzurufen, die Gandhi als gewaltlose Kooperationsverweigerung bezeichnete. Diese Taktik sollte das Land zum Stillstand bringen. White schien überzeugt zu sein, daß der indische Nationalkongreß tatsächlich Gewaltlosigkeit meinte, wenn er von gewaltloser Kooperationsverweigerung sprach. Offensichtlich vertraute er mehr als ich darauf, daß sich eine demonstrierende Masse der Hysterie entziehen konnte, die sie in einem einzigen Moment in einen tobenden Mob verwandeln kann, der an nichts anderes denkt als daran, sich für einen angeblich von Polizei oder Militär verübten brutalen Akt zu rächen. Er rechnete eigentlich überhaupt nicht mit größeren Demonstrationen, es sei denn, sie würden unter Mißachtung des Ermächtigungsgesetzes organisiert, um die Behörden mit gewaltlosem Widerstand – mit *Satyagraha* – zu konfrontieren, worauf sich die Behörden dann gezwungen sähen, die Demonstranten zu verhaften mit der Folge, daß die Gefängnisse bis zum Überlaufen gefüllt würden. Mein erstes Gespräch mit White fand statt, ehe Gandhi seine Raus-aus-Indien-Kampagne begonnen hatte. Aber zu dieser Zeit war bereits klar, daß die Kabinettsdelegation unter Leitung von Cripps keine Einigung darüber erzielen konnte, unter welchen Bedingungen die indischen Führer sich mehr für die Geschicke der Nation einsetzen würden. White schien immer noch zu hoffen, man würde im letzten Moment zu einer brauchbaren Übereinkunft kommen. Ich hegte keine solchen Erwartungen. Seit Beginn des Krieges gegen Deutschland hatten sich unsere Beziehungen zu den Indern ständig verschlechtert. Bei Kriegsausbruch verließen die Kongreßmitglieder aus Protest die Zentralversammlung, weil indische Truppen in den Mittleren Osten und nach Singapur entsandt worden waren, und die Kongreßminister der Provinzen legten ihre Ämter nieder, weil der Vizekönig den Krieg erklärt hatte, ohne sie vorher zu konsultieren. Wir mögen in der Vergangenheit Fehler begangen haben, aber als einfacher Soldat mit elementarem politischen Wissen wurde ich das Gefühl nicht los, daß unsere ehrlichen Bemühungen vor dem Krieg, den Indern mehr Macht zu übertragen, nur allzu deutlich enthüllten, daß sie noch nicht die politische Reife besaßen, die es uns leicht gemacht hätte, ihnen die Selbstbestimmung zu gewähren. Der Erlaß von 1935 sah eine föderalistische Zentralregierung vor, die alle Schichten der indischen Gesellschaft repräsentierte, und gewählte Staatsregierungen in den Provinzen. Einem Mann wie mir (der durch die indische Unabhängigkeit nichts zu gewinnen und alles zu verlieren hatte) erschien dies als eine staatsmännische, ja eine edle Absicht, in der England mit Stolz das würdige Ende eines glorreichen Kapitels seiner imperialen Geschichte hätte sehen können. Bedauerlicherweise führte es zu einem Gerangel um die Macht, und der Plan einer zentralen, föderalistischen Regierung mußte aufgegeben werden. Rückblickend wurde man das Gefühl nicht los, daß die herzzerreißenden Rufe nach Freiheit hohl klangen, wenn man das Gerangel beobachtete und dem Gezänk zuhörte, das zwischen Hindus, Moslems, Sikhs, den Fürsten und anderen ausbrach. Die Kongreßpartei zum Beispiel gestand offen ein, 1937 die Ämter in den Provinzen nur übernommen zu haben, um zu beweisen, daß das föderalistische System nicht brauchbar sei und daß die Kongreßpartei allein Indien repräsentiere. Leider wurde dieser Glaube an die demokratische Mehrheit der Kongreßpartei durch ihren überwältigenden Sieg bei den Wahlen, die vor der Übernahme der Ministerien in den Provinzen stattfanden, zumindest auf dem Papier bestätigt. Wie auch immer, man sollte glauben, daß zwei Jahre Regierungsgewalt in den Provinzen, bei wenig oder gar keiner

Einmischung der Gouverneure, die die Interessen der Zentralregierung und der Krone vertraten, Staatsmänner hervorgebracht hätten. Doch der Rücktritt nach der Kriegserklärung – der die Gouverneure zwang, wieder persönlich die Macht zu übernehmen – war für viele meiner Landsleute, deren Gedanken jetzt um die Sicherheit unseres Heimatlandes und den Kampf gegen die Tyrannei kreisten, der Beweis, daß die Inder nicht gelernt hatten, politische Verantwortung zu tragen. Deshalb konnten wir nicht länger damit rechnen, daß »führende« Inder einen Blick für das hatten, was für die freie Welt auf dem Spiel stand.

Ich glaube, es entspricht der Wahrheit, daß wir nur zögernd zu dieser Erkenntnis kamen. Als Zeichen unserer ungebrochenen Hoffnung auf die Freiheit Indiens und als Zeichen unserer bis zum äußersten reichenden Geduld eröffneten wir auf Mr. Churchills Initiative in unserer dunkelsten Stunde – der Niederlage unserer Truppen in Südostasien – das Spiel von neuem und suchten nach besten Kräften eine faire Möglichkeit, die Inder zum Zug kommen zu lassen. Das war mehr, als Hitler getan hätte, und mehr, als man vom Japs erwarten konnte, wie wir wußten. Wir erkannten jedoch auch, daß Burschen wie Gandhi uns mit lautem Gebell auf den Fersen waren, blind für das raubgierige gelbe Pack, das hinter *ihnen,* hinter uns allen her war. Am 6. April fielen mehrere Bomben auf Madras. Selbst das schien die Inder nicht zur Vernunft zu bringen. Sie machten sogar eher uns dafür verantwortlich als den Feind! Belehrt von Gandhi, hatte sich bei ihnen die Vorstellung festgesetzt, zwischen ihnen und Japan bestehe keine Uneinigkeit, und wenn die Engländer nur aus Indien abzögen, würden die Japaner nicht angreifen. Es ist richtig, etwas später bot Gandhi freundlicherweise an, die britische Armee könne in Indien bleiben und das Land als Basis im Kampf gegen die Japaner benutzen. Er versprach, daß in Häfen wie Bombay und Kalkutta keine Unruhen und Aufstände den Nachschub an Waffen und Kriegsmaterial behindern würden – vorausgesetzt natürlich, wir hätten im übrigen das Land verlassen und die Herrschaft ihm und seinen Kollegen übergeben! Worin für ihn der strategische Unterschied zwischen der Machtübergabe und der weiteren Nutzung des Landes als Basis bestand, war nicht leicht zu sagen, wenn man die Lage vom Standpunkt des japanischen Oberkommandos betrachtete. Die meisten von uns erkannten, daß seine merkwürdigen Theorien endlich als das enthüllt wurden, was sie waren: die unrealistischen Träume eines Mannes, der glaubte, jeder sei so schlicht und naiv wie er selbst – oder sollte es sein! Natürlich gab es Gelegenheiten, bei denen es uns schwerfiel, diese wohlwollende Deutung mit seinen Reden und Schriften in Einklang zu bringen.

Wenn ich vom Fenster meines Zimmers in der alten Artilleriemesse in Majapur auf den *Maidan* blickte oder durch das Garnisonsviertel fuhr, empfand ich unwillkürlich Stolz auf die Jahre britischer Herrschaft. Selbst in dieser turbulenten Zeit half einem der Zauber dieses Viertels, die stillen, klugen und dauerhaften Einrichtungen nicht zu vergessen. Man mußte nur den Fluß überqueren und die Eingeborenenstadt sehen, um zu erkennen, daß wir mit unseren Garnisonen und Zivilistenvierteln anderen ein Beispiel und ein Vorbild zivilisierten Lebens gaben, das die Inder eines Tages als Vermächtnis übernehmen würden. Wie merkwürdig, sich vorzustellen, daß in dem bevorstehenden Kampf, der verhindern sollte, daß all dies den Japanern in die Hände fiele, die Inder nicht auf unserer Seite standen.

Ich erinnerte mich sehr deutlich an die Stunden, die ich als junger Mann damit verbrachte, Radscha auf dem *Maidan* von Majapur zu bewegen und mit General Grahames damaligem Adjutanten Polo zu üben, mit Nigel Orme, dem dann posthum in Passchendaele das Viktoriakreuz verliehen wurde. Wie der Leser sich vielleicht aus einem früheren Kapitel erinnert, war Radscha mein erstes Polopony und Nigel Orme, obwohl von höherem Rang und Dienstalter, einer der besten und echtesten Freunde, die ich je besaß. Es kam mir vor, als habe mich das Schicksal an den Platz zurückgeführt, an dem ich zum ersten Mal ein »Gefühl« für Indien bekam. Denn hier hatte ich zum ersten Mal erkannt, daß mich unabhängig von Erfolgen oder Fehlschlägen, die mein Beruf mit sich bringen mochte, das Gefühl des Einsseins mit dem Land und der Übereinstimmung mit unseren Zielen für dieses Land nie verlassen würde. Ich dachte an Meg, wie sie damals, vor all diesen Jahren meine Gedanken beherrschte, so ruhig, so gefaßt, freundlich und großzügig, stets ein Lächeln auf den Lippen – für mich war sie das schönste Mädchen auf der Welt. Ich dachte an unseren Sohn Alan und an unsere Tochter Caroline – die Gott sei Dank bei ihrer Tante Cissie in Toronto vor dem Schrecken und Terror der Nazis oder Japaner sicher war. Für diese drei Menschen setzte ich mich bereitwillig allen Gefahren aus; unser prächtiger Sohn schien uns als Tribut an das Schicksal bereits genommen worden zu sein. Mehr als alles andere auf der Welt wünschte ich für unser Heer den Sieg, für Meg Gesundheit und Glück, für mich die Wiedervereinigung mit ihr, mit meiner lieben Caroline und mit Alan. Ich glaube, man kann keinem von uns älteren Soldaten einen Vorwurf machen, wenn wir verbittert waren, weil ein Land, das in so vieler Hinsicht durch die britische Herrschaft Vorteile hatte, entschlossen zu sein schien, unsere Anstrengungen, es vor einer Invasion zu bewahren, zu vereiteln, und dies zu einer Zeit, als wir unsere Kräfte am wenigsten zersplittern konnten. Wenn ich über diese Dinge auf der Ebene, auf der sie mich persönlich betrafen, nachdachte, wünschte ich mir nur, mich auf meine wichtige Aufgabe konzentrieren zu können und die Politiker auf ihre mysteriöse Weise sich »durchwursteln« zu lassen. Aber ich wußte, das ging nicht. Die Brigade unterstand meiner Verantwortung, aber ebenso auch die Sicherheit unserer Frauen und Kinder und der Frieden im Distrikt. Alle von uns, die mit »höheren« Stellen in Verbindung standen, wußten, dort herrschte die Überzeugung, wir müßten auf die größten Gefahren von draußen und aus dem eigenen Lager gefaßt sein: Gefahren durch den Feind im Haus und den Feind vor den Toren. Man schloß die Möglichkeit einer vom Kongreß geplanten offenen Rebellion nicht aus, die sich zu einer Kampagne voller Terror und Blutvergießen und zu einem Bürgerkrieg ausweiten konnte, wie wir ihn in Indien seit dem Sepoy-Aufstand nicht mehr gesehen hatten. Wie die späteren Ereignisse bewiesen, waren unsere Befürchtungen in dieser Hinsicht nur allzu begründet. Noch vor Ende des Sommers befand sich das Land im Zustand der Rebellion, und in Majapur begannen die Unruhen in schlimmster Form. In diesem lieblichen alten Distrikt wurden innerhalb weniger Stunden zwei Engländerinnen auf höchst brutale Weise angegriffen; der erste Anschlag galt Miss Crane, einer älteren Missionslehrerin, der zweite einer jungen

Frau, Daphne Manners, auf die an einem Ort namens Bibighar-Park ein verbrecherischer Anschlag verübt wurde. Der Distriktskommissar Mr. White und ich hatten, wie man heute zu sagen pflegt, bei unserer ersten Begegnung keinen »guten Draht« zueinander, doch ich muß gestehen, daß ich im Verlauf der Ereignisse lernte, seine Verläßlichkeit zu bewundern. Ich zweifelte nicht an seinem Mut, und wie sich herausstellte, irrte ich mich nicht in der Annahme, er würde sich durch keinerlei Vorbehalte, die er vielleicht gegen die offizielle Regierungspolitik hegte, an ihrer pflichtgemäßen Durchsetzung in seinem Distrikt hindern lassen. Als ich ihm zum Beispiel offen und direkt die Frage stellte, was er tun würde, wenn er Anweisungen erhielte, die Führer des hiesigen Kongreß-Unterausschusses zu verhaften (ich wußte, man hatte angeordnet, daß die Distriktsverwaltungen eine besondere Liste aller Personen anlegten, deren sofortige Verhaftung die Woge der Rebellion aufhalten konnte), entgegnete er ganz ruhig: »Natürlich würde ich sie verhaften«, fügte dann aber hinzu, »obwohl ich weiß, es wäre das Unklügste, was wir tun könnten.«

Ich fragte, was ihn zu dieser Annahme führe, und er antwortete: »Weil die Männer, die ich festnehmen müßte, aufrichtig an Gewaltlosigkeit glauben, weil sie die Autorität besitzen, die Menge zur Selbstaufopferung zu bewegen, und sie nicht zu Gewalttätigkeiten aufhetzen. Legen Sie solchen Männern Handschellen an, überlassen Sie die Menge völlig anders gearteten Führern.«

Ich konnte ihm nicht zustimmen, erkannte darin aber Whites aufrichtige Überzeugung. *Satyagraha* als Massenaktion war in meinen Augen natürlich beinahe ebenso schlimm wie eine offene Revolte. Deshalb fragte ich ihn, was er über die Anführer wußte, die den Platz der Kongreßmänner einnehmen konnten, in die er so großes Vertrauen setzte, oder was er gegen sie zu unternehmen gedenke. Er antwortete: »Nun, das ist nicht anders, als wolle man versuchen, Stecknadeln in einem Heuhaufen zu finden. Einige wenige kennt man, und die kann man verhaften. Aber andere bleiben frei, darunter vermutlich die wichtigsten, denn sie haben erfolgreich vermieden, aufzufallen. Man könnte ein ganzes Leben damit verbringen, eine Geheimakte anzulegen, und die Drahtzieher dabei doch nicht erfassen, denn sie sind der Kongreßpartei ebensowenig bekannt wie uns. Sie haben mit dem Kongreß nichts, überhaupt nichts zu tun. Sie sind jung oder im mittleren Alter und unberechenbar; sie halten die Kongreßmitglieder für Speichellecker der Briten. Und wer hat schon ein Leben lang Zeit, diese Stecknadeln im Heuhaufen zu suchen? Ist es da nicht besser, die Männer in Ruhe zu lassen, die durch Gewalt nichts zu gewinnen haben, damit sie die Menge führen und sie zu wahrer *Satyagraha* hinlenken?«

Ich erwiderte, seine Ansichten seien vermutlich so lange richtig, wie man der Theorie der Gewaltlosigkeit vertrauen könne, die ich persönlich für eine Augenwischerei halte. Als ich nicht lockerließ, räumte White ein, er überlasse »die Stecknadeln im Heuhaufen« seinem Polizeichef, einem Mann namens Merrick, den ich bereits kennengelernt hatte und instinktiv schätzte.

Whites Haltung hinterließ in mir eine gewisse Unsicherheit im Hinblick auf die Entschlossenheit der Zivilverwaltung im Falle von Unruhen im Distrikt. Doch ich vertraute darauf, daß die Polizei im Notfall schnell und wirkungsvoll durchgreifen würde.

Whites Denken entsprach völlig dem »modernen« Führungsstil der dreißiger Jahre, der jede halbausgegorene Idee berücksichtigen wollte, die sich für die praktische Lösung eines Problems als relevant erweisen könnte. Der Richter, ein Inder namens Menen, gehörte, wie ich erfreut feststellte, zu den Indern alter Schule, war aber nach typischer Juristenart etwas zurückhaltend. Von dem Triumvirat schien mir nur der junge Merrick, der Polizeichef, die größere Handlungsfreiheit, die der Krieg und der Rücktritt der Provinzminister für die Verwaltung der Distrikte mit sich gebracht hatten, voll zu nutzen.

Ich vereinbarte ein gesondertes Treffen mit Merrick und erklärte, ich verlasse mich auf sein Urteil, ganz besonders bezüglich der Leute, die der Distriktskommissar als die Stecknadeln im Heuhaufen bezeichnet hatte. Ich machte kein Hehl daraus, daß ich eine Brigade auszubilden und zu befehligen hatte, die den Feind vor den Toren und nicht – solange ich es verhindern konnte – den Feind im eigenen Lager bekämpfen sollte. Ich erklärte, ich würde es begrüßen, wenn er sich gelegentlich in die Schußlinie begäbe. Ich hatte mich in meinem Mann nicht getäuscht. Er war jung genug, um auf einfache Probleme mit der richtigen Mischung aus Aufrichtigkeit und Eifer zu reagieren. Ich mußte ihn auch wegen seiner Offenheit bewundern. Er kam, wie er es ausdrückte, aus einer »sehr einfachen mittelständischen Familie«. In der indischen Polizei hatte er eine Aufgabe gesehen, die er seiner Ansicht nach erfüllen konnte. Ich wußte, was er damit sagen wollte, und ich schätzte ihn, weil er völlig darauf verzichtete, mir etwas vorzuspielen. Die Pflichten der Polizei sind immer unangenehm, aber sie müssen erfüllt werden. Jetzt, während des Kriegs gegen die Achsenmächte, bedauerte er die Umstände, die es mit sich brachten, daß er auf einem Gebiet Dienst leistete, das ihn hinderte, eine andere Uniform zu tragen. Er fragte mich sogar, ob die Möglichkeit bestehe, etwas an der richtigen Stelle zu unternehmen, damit er freigestellt würde und zum Heer überwechseln könne, sogar »ohne Dienstgrad«. Ich mußte an Alan denken, dem er äußerlich etwas ähnelte, und mir gefielen seine patriotischen Wertmaßstäbe, doch ich konnte ihm keine Hoffnungen machen. Außerdem erkannte ich, daß er in der gegenwärtigen Situation seinem Land als Polizeichef mehr nützen konnte, als es als Subalternoffizier oder sogar als einfacher Soldat für ihn möglich gewesen wäre. Er versprach, meiner Bitte nachzukommen, mich *sub rosa* über das Klima im Distrikt auf dem laufenden zu halten.

Nach den Gesprächen mit White und Merrick glaubte ich, im Augenblick alles getan zu haben, um die Zeit zu gewinnen, die ich brauchte, um mich auf meine Aufgabe zu konzentrieren, ohne zu oft an eine mögliche lokale Bedrohung unserer Sicherheit denken zu müssen. Das Eintreffen meines dritten Bataillons, der (...) Ranpurs, brachte viel Arbeit mit sich. Ursprünglich hatte man mir ein Bataillon Sikhs in Aussicht gestellt, aber ich muß nicht betonen, daß ein Bataillon meines alten Regiments meine Stimmung noch mehr hob. Ich legte eine Kompanie der Ranpurs in die Kaserne von Majapur (dadurch konnte ich die Berkshires von einigen Wachpflichten befreien) und stationierte die anderen Kompanien zusammen mit dem Bataillonsstab in der Gegend von Marpuri, nordwestlich von Majapur. Ich hatte diese Gegend bereits als die geeignetere von zweien gewählt, die mein Brigadestab vorgeschlagen hatte. Meine Truppe war nun vollständig, und ich konnte mich an die Arbeit machen.

Die Berkshires lebten sich schnell ein. Die Verlegung von Banyaganj nach Majapur wirkte Wunder. Die alte Kaserne in der Nähe der Artilleriemesse war geräumig und kühl. Die Männer freuten sich über den Luxus, in gewissem Umfang die Dienste eingeborener Diener beanspruchen zu können, die in der Kaserne zur Verfügung standen – darunter viele Söhne von Männern, die schon eine frühere Generation von Tommys betreut hatten. Sie konnten auch müheloser an dem Betreuungsprogramm teilnehmen, das unsere Damen so großherzig gestalteten. Tatsächlich lag es schon viele Jahre zurück, daß zum letzten Mal ein Artillerieregiment in Majapur stationiert gewesen war, doch die Artilleriemesse war seit damals berühmt, und natürlich hatte sich daher der Name gehalten. In den vergangenen Jahren war Majapur Sitz einer Offiziersschule und in der kühlen Jahreszeit Standort eines Schützenregiments, der Pankot Rifles, gewesen. Nach Kriegsbeginn hatte sich die Garnison praktisch in einen Formationsplatz von Brigaden verwandelt. Bedauerlicherweise – aus der Sicht meines Stabs – befand sich der Kommandant der Offiziersschule, ein Oberst, der gleichzeitig Standortkommandant war, bei meiner Ankunft auf Krankenurlaub; und dieser Urlaub sollte sich als permanent erweisen, denn die Schule wurde in den Pandschab verlegt. Also übte ich zumindest auf dem Papier auch die Funktion des Standortkommandanten aus. Sein Stabsoffizier (den ich glücklicherweise behalten konnte) mußte die meisten Pflichten übernehmen, die normalerweise auf den Schultern eines Standortkommandanten ruhen. Aber er war ein erfahrener Hochgedienter und ein eifriger und pflichtbewußter Arbeiter.

Ich hatte mich dafür entschieden, in der Artilleriemesse zu wohnen, statt den mir zustehenden Bungalow zu beziehen. Ich tat dies nicht nur, weil meine arme Meg mir nicht folgen und einen Haushalt etablieren konnte, wie sie es schon so oft in vielen verschiedenen Teilen Indiens getan hatte, sondern weil ich es für richtig hielt, ständig erreichbar zu sein, so daß ich meinen Stab auf Trab halten konnte. Die Zimmer, die ich in der alten Gästesuite der Messe bewohnte, gingen auf den *Maidan* hinaus. Sie waren einfach eingerichtet, aber geräumig. Das kleine Wohnzimmer hatte ich in mein Privatbüro verwandelt. Dorthin konnte ich mich von der Hektik des Alltags zurückziehen und über die besten Lösungen für die vielen Probleme nachdenken, mit denen ich konfrontiert war. Und in diesem Zimmer rief mich Ende Juni, zu Beginn der Regenzeit, Tubby Carter mit der Nachricht an, Alan sei als Kriegsgefangener gemeldet worden. Irgendwie hatte ich immer gehofft, er würde mit einer Gruppe unserer versprengten Truppen oder Zivilisten, die sich unter größten Entbehrungen und Schwierigkeiten nach Hause durchschlugen, um wieder mit denen vereint zu sein, die sie so schmerzlich vermißten, nach Indien zurückkehren. Ich fragte Tubby, ob er Meg die Nachricht überbringen würde. Und wieder einmal erwies sich Tubby als ein guter und echter Freund, dem Rang nach zwar mein Vorgesetzter, doch stets bereit, seinen Einfluß zum Wohl eines alten Waffenkameraden geltend zu machen. Er gab mir Order, nach Rawalpindi zurückzukehren, damit ich Meg die Nachricht selbst überbringen konnte. In weniger als zweiunddreißig Stunden nach Tubbys Anruf saß ich an Megs Bett.

Weder Meg noch ich machten uns Illusionen darüber, was es bedeutete, Kriegsgefangener der Japaner zu sein. Doch wir trösteten uns mit dem Wissen, daß Alan lebte und – wenn wir unseren Sohn richtig kannten – sich nichts gefallen ließe. Als ich mit Meg über ihn sprach, empfand ich die Erleichterung zu wissen, daß es richtig war, von ihm in der Gegenwart und nicht in der Vergangenheit zu sprechen. Abends kam Tubby mit einer Flasche Champagner in die Klinik. Normalerweise wäre es unpassend gewesen, Champagner zu trinken, während unser Sohn vermutlich Entbehrungen litt. Aber Tubby rückte alles ins richtige Licht, als er das Glas hob und uns aufforderte, auf Alans sichere Rückkehr zu trinken. Wie stolz war ich auf Meg, als auch sie das Glas hob und schlicht sagte: »Auf Alan!« Dabei lächelte sie, als wäre er im Zimmer und als gäbe es einen glücklichen Anlaß für diesen Toast. In den wenigen, langen Wochen unserer Trennung schien es mit ihr alarmierend schnell bergab gegangen zu sein. Sie hatte noch mehr Gewicht verloren, und ihre Augen strahlten nicht mehr. Plötzlich begriff ich: Tubby hatte mich nicht nur nach Rawalpindi zurückbeordert, um ihr die Nachricht von Alans Gefangennahme zu überbringen, sondern auch, damit ich mich auf die bittere Nachricht vorbereiten konnte, die ich bald bekommen würde.

Nachdem wir uns von Meg verabschiedet hatten, brachte Tubby mich in Oberst »Billy« Aitkens' Dienstzimmer und ließ mich mit ihm allein. Billy erklärte: »Ich fürchte, es besteht kein Zweifel mehr. Meg hat Krebs.« Wir kannten Billy seit Jahren. Als Zivilist hätte er es in seinem Beruf weit bringen und ein reicher Mann werden können. Aber, wie er immer wieder sagte, zog er es vor, seine Zeit den Landsleuten zu widmen, den Männern und Frauen, die fern von zu Hause oft beschwerliche und undankbare Aufgaben erfüllten, anstatt in der Harley Street mondänen, hysterischen Weibern Zuckerpillen zu verschreiben. Ich fragte ihn: »Wie lange noch?« Wir sahen uns einen Augenblick lang in die Augen. Er ahnte, ich wollte lieber die Wahrheit hören, und sagte: »Vielleicht noch sechs Monate, vielleicht drei, vielleicht weniger. Wir werden sie operieren, aber das Ende wird dasselbe sein.« Er ließ mich kurze Zeit allein, und ich war ihm dankbar dafür. Ich konnte es kaum glauben. Ich mußte mich innerhalb weniger Minuten an den Gedanken gewöhnen, daß ein grausames Schicksal mir meine liebe Meg nehmen würde; und dieses Schicksal war noch grausamer als Alans Geschick. Alan hatte zumindest die Befriedigung gehabt, dem Feind den einen oder anderen Schlag zu versetzen. Ich glaube, während ich allein in Billy Aitkens' Dienstzimmer saß, wurde mir klar, daß ich auch Alan nie mehr wiedersehen würde.

Billy und Tubby kamen zusammen zurück, und wir gingen zu Billy. Tubby fragte mich, ob ich mein Kommando abgeben und nach Rawalpindi zurückkommen wolle. Er deutete an, es gebe eine Position, die ich jederzeit übernehmen könne und die mir die Beförderung zum Generalmajor einbringen würde. Ich bat ihn, mir Zeit zum Nachdenken zu geben. Man hatte mir im Club ein Zimmer reserviert. Die beiden brachten mich dorthin, und ich bemühte mich zu schlafen, damit ich meine Entscheidung nach dem Aufwachen in einer klareren Geistesverfassung treffen konnte. Am Morgen stellte ich Billy die wichtigste Frage, an die ich am Abend zuvor nicht gedacht hatte: Wußte Meg, wie ernst ihr Zustand war? Billy antwortete, er habe ihr nichts gesagt, sei aber sicher, daß sie die Lage richtig einschätzte. Ich bat ihn: »Billy, sag ihr *nichts* !« Damit kannte er meine Entscheidung, so schnell wie möglich zu meiner Brigade zurückzukehren, damit weder Meg noch ich uns länger, als wir es ertragen konnten, gegenseitig etwas vorspielen mußten. Ich wußte, mich rief die Pflicht. Ich wußte auch, daß Meg es für uns beide so gewollt haben würde. Man kann sich nicht für ein bestimmtes Leben entscheiden, ohne es mit all seinen Verpflichtungen hinzunehmen. In diesem Moment fiel es mir schwer, doch ich fand Kraft in dem Glauben, daß Meg meine Entscheidung verstehen und selbst Stärke daraus schöpfen würde. Trotz allem fiel uns der Abschied nicht leicht. Hinterher im Flugzeug nach Kalkutta, wo Tubby mir einen Platz verschafft hatte, dachte ich, es wäre einfacher gewesen, wenn sie mich gebeten hätte, nicht nach Majapur zurückzukehren. Ein schrecklicher Berg unausgesprochener Dinge schien sich zwischen uns aufzutürmen. Vor dem Abflug versprach Tubby, er würde mich rufen lassen, damit ich bei Meg sein könnte, wenn das Ende kam; aber das sollte sich als unmöglich erweisen. Ich werde ihren Namen nie mehr schreiben. Leb wohl, teure Meg, geliebte Frau und Mutter meiner Kinder! So Gott will, werden wir an einem glücklicheren Ort wieder vereint sein.

Ich hatte angeordnet, daß die Truppenübungen bei Einsetzen des feuchten Monsuns möglichst ohne Unterbrechungen fortgeführt werden sollten. Durch ständigen Druck auf die entsprechenden Stellen war es mir gelungen, auch die letzte Kompanie der Pankots in Banyaganj aus den Zelten in Hütten zu verlegen, ehe der Regen einsetzte. Die Ranpurs in Marpuri waren nicht so glücklich, doch wenn sie auch in gewisser Hinsicht im Regen standen, so wirkte sich das doch nicht auf ihre Moral aus.

Im Juli begannen wir mit Geländeübungen, und mich beflügelte der Eifer, mit der alle Ränge der Herausforderung begegneten, ins Gelände zu kommen, auch wenn sie dort nur ein imaginärer Feind erwartete. Mein Brigademajor, der junge Ewart Mackey, bewies, daß er Gold wert war. Er, ein Berufssoldat, riß mit seinem Enthusiasmus alle anderen mit. Der gesamte Brigadestab ließ sich davon anstecken. Dieser fröhliche, ausgezeichnete und vielseitige Sportsmann (er glänzte besonders beim Tennis) war außerdem mit Leib und Seele Soldat und konnte von eiserner Disziplin sein. Später, während des Krieges, befehligte er mit außerordentlicher Tapferkeit die 2. Muzzafirabad-Guides, sein altes Regiment. Seine hübsche Frau Christine (die älteste Tochter von General »Sporran« Robertson) war mit ihm nach Majapur gekommen und erfüllte die Rolle der Gastgeberin mit Charme und Anmut. In dem bezaubernden Bungalow in der Fort Road war ich ein ständiger Gast; und Christine gab auch die kleinen Dinnerpartys, was unter anderen Umständen die Aufgabe einer anderen, mir noch lieberen Frau gewesen wäre.

Die beiden Gelände-Einsätze der Brigade im Juli, mit denen wir ihre Mobilität und den Zusammenhalt der Truppe erprobten, machten mir Mut. Trotzdem konnte ich nicht vergessen, welche Rolle meine Leute als lokale Ordnungskräfte spielten. Mir entging nicht, daß die mit den Übungen verbundene Demonstration militärischer Stärke (für alle Uneingeweihten weit imposanter als für uns) einen starken Eindruck in der Bevölkerung hinterließ, die zunehmend der Antikriegspropaganda der Kongreßpartei ausgesetzt war. Zu den abscheulichsten Aspekten dieser Propaganda gehörte die Verbreitung der Mär, die Kommandierenden hätten sich beim Rückzug aus Burma und Malaya gleichgültig gegen das Wohl der indischen Truppe und der einheimischen Bevölkerung gezeigt. Auf jeden, der wie ich die freundschaftlichen Gefühle der englischen Offiziere für ihre Sepoys und eingeborenen Unteroffiziere kannte, wirkte das vom Kongreß fabrizierte Phantasiegemälde der führerlos dem Tod oder der Gefangenschaft überlassenen indischen Soldaten, der versprengten einheimischen Truppen und der fliehenden Dörfler, die von den Straßen, Eisenbahnzügen und Fähren verjagt worden seien, um den Weißen eine schnellere Flucht zu ermöglichen, geradezu lachhaft.

Mitte Juli setzte mich mein Divisions-(und Gebiets-)Kommandant davon in Kenntnis, daß die Gouverneure der Provinzen den Zivilbehörden geheime Anweisungen erteilt hatten, das Gift der verlogenen und heimtückischen Propaganda des Indischen Nationalkongresses mit allen verfügbaren Mitteln zu bekämpfen. Aus diesem Anlaß hielt ich es für richtig, den Meinungsaustausch mit dem Distriktskommissar fortzusetzen.

Nach meiner Ansicht stellte White eine in hohem Maß unbekannte Größe dar. Ich vertraute der Polizei und wußte, ich konnte mich auf die Loyalität unserer indischen Truppen verlassen. Die Berkshires hatten bis zum letzten Mann den Einsatz zur Unterstützung der Zivilbehörden exerziert, und Patrouillen und Überfallkommandos standen bereit, beim ersten Anzeichen von Unruhen auszurücken. Diese jungen Männer (von denen viele vor weniger als einem Jahr selbst noch Zivilisten gewesen waren und die nur eine sehr vage Vorstellung von den Problemen bei der Verwaltung imperialer Besitzungen im Ausland hatten) empfanden das Exerzieren des »Einsatzes zur Unterstützung« eher als eine Farce, um nicht zu sagen, als verwirrend, wenn sie an ihre Landsleute dachten, die bereits ihr Leben gelassen hatten, um Indien vor der Tyrannei der Nazis oder der Japaner zu schützen. Trotzdem stellten sie sich sehr schnell auf die Rolle ein, die sie vielleicht übernehmen müßten, und betrachteten sie als eine weitere Pflichtaufgabe. Ich hielt vor diesem Bataillon »moderner« junger Engländer eine Rede zum Thema »Militärischer Beistand für die Zivilbehörden« und begann sie mit den unsterblichen Zeilen des Soldaten und Dichters Rudyard Kipling:

Und Tommy, heißt es, dies und das,
Und Tommy, du stehst stramm!
Doch kaum wird's brenzlig, heißt's auch schon,
Sir Tommy, gehn Sie voran!

Ich glaube, ein Psychologe würde sagen, ich hätte ihnen die Situation nicht besser klarmachen können.

Man kann den Grundgedanken einer militärischen Ausbildung für die Unterdrückung öffentlicher Unruhen etwa folgendermaßen formulieren: Zerstreut sich eine Menge nicht angesichts einer bewaffneten Macht, die stärker ist als die Polizei, so ist das geopferte Leben eines Rädelsführers gleichbedeutend mit der Rettung vieler anderer Leben. Es hat in unserer Geschichte Zeiten gegeben, in denen diese einfache Gleichung in der Praxis nicht so einfach aufging wie auf dem Papier. Ich denke dabei natürlich an die *cause célèbre* von General Dyer in Amritsar 1919. Er befand sich in einer Lage, wie ich sie 1942 nicht viel anders zu erwarten hatte.

1919 brodelte das Land wie 1942, und alle Zeichen wiesen auf eine offene Revolution im Ausmaß des Sepoy-Aufstandes von

1857 hin. Dyer wurde nach Amritsar abkommandiert und kam zu einer Schlußfolgerung, die Historiker – dank einer späteren Einsicht, die Historikern glücklicherweise immer zu Hilfe kommt – als fatal bezeichnet haben. Dyer hielt Amritsar für das Zentrum einer bevorstehenden bewaffneten Revolte, die sehr wohl zur Zerstörung unseres Besitzes, zum Tod unserer Landsleute und zum Ende unserer imperialen Macht führen konnte. Als er erfuhr, daß die Menge beabsichtigte, sich zu einer bestimmten Stunde auf einem großen, umschlossenen Platz, genannt Jallianwallah Bagh zu versammeln, untersagte er die Versammlung durch schriftliche und mündliche Proklamation, wie vom Gesetzgeber vorgesehen. Die Inder mißachteten die Proklamation und seine Warnungen. Dyer übernahm persönlich das Kommando über die Truppen, die er einsetzte, um die Menge zu zerstreuen. Nachdem seine Befehle an Ort und Stelle, die Versammlung aufzulösen, ebenfalls unbeachtet blieben, ließ er die Truppen das Feuer eröffnen. Aus militärischer Sicht war der Jallianwallah Bagh eine Todesfalle, und viele Zivilisten starben, darunter Frauen und Kinder.

Seit der Dyer-Affäre, die den »Reformern« den Stock in die Hand gab, mit dem sie uns prügeln, ist die Armee natürlich in solchen Dingen überempfindlich geworden. Und wir befanden uns nun in einer unglücklichen Lage, in der uns praktisch in vielem die Hände gebunden waren.

Erst wenn die Zivilbehörden ausfielen oder aus anderen Gründen nicht funktionsfähig waren – was bedeutete, das Kriegsrecht trat in Kraft –, durfte das Militär intervenieren, es sei denn, die Zivilbehörden – meist handelte es sich dabei um den höchsten Verwaltungsbeamten des Gebietes – riefen das Militär schriftlich zu Hilfe. Eine solche Aufforderung zum Beistand war im Grunde nur das Signal zur Einsatzbereitschaft.

Zum Beispiel:

An den Oberbefehlshaber der Truppen.

Ich bin zu der Erkenntnis gelangt, daß die Zivilbehörden nicht in der Lage sind, die Situation unter Kontrolle zu halten, und daß militärischer Beistand erforderlich ist. Ich bitte deshalb um diesen Beistand.

Ort:
Datum: Zeit: Unterschrift:
Stellung:

Man stelle sich vor, ich hätte nach Erhalt einer solchen Anforderung einen Infanteriezug in Alarmbereitschaft versetzt. Die Zivilbehörden fordern nun vielleicht an einem Punkt Unterstützung an, wo Unruhen unmittelbar bevorstehen oder bereits ausgebrochen sind. Nehmen wir also an (um nur einen der vielen Zwischenfälle herauszugreifen, zu denen es im August 1942 in Majapur tatsächlich gekommen ist), eine angriffslustige Menschenmenge hat sich auf dem Platz vor dem großen Hindutempel versammelt, überquert die Mandir Gate-Brücke und drängt in die Straße, die zum Zivilistenviertel führt.

Der Zug der Berkshires ist in aller Eile zum Einsatzort gefahren. Die Männer verlassen die Fahrzeuge etwa zweihundert Meter von der Menge entfernt, die über die Brücke strömt, und beziehen auf der Straße Stellung. Dabei bilden sie ein Quadrat (an dieser Stelle befinden sich auf beiden Straßenseiten Geschäfte und Gebäude, deren Dächer oder Fenster eine Bedrohung der Flanken und des Rückens darstellen), in dessen Mitte sich folgende Personen befinden:

Der Zugführer
Ein Vertreter der Polizei
Ein Richter
Der Hornbläser
Bannerträger
Der Sanitäter
Der Unterfeldwebel
Die Nachrichtenordonnanz
Ein Beobachter

Die Bedeutung des Wortes »Beistand« wird deutlicher, wenn man sich ins Gedächtnis ruft, daß neben dem Zugführer auch ein Richter anwesend ist. Im Fall der Menge, die die Mandir Gate-Brücke überquerte, handelte es sich dabei um einen Mr. Poulson, den Stellvertreter des Distriktskommissars.

Dieser Einsatz läßt sich in drei klare Phasen gliedern. Die erste könnte man als Testphase bezeichnen, die zweite als Phase der Entscheidung, die dritte als Phase der Aktion, die logischerweise der Entscheidung folgte.

Der Zugführer erteilte zunächst dem Hornisten den Befehl, ein Signal zu geben und so die Menge auf die Anwesenheit einer legal konstituierten Gegenmacht hinzuweisen. Nach dieser Warnung hoben die ersten Bannerträger ihre Schilder, auf denen Befehle in Englisch und Hindi standen. Es handelte sich um Befehle, sich zu zerstreuen. Mitunter genügte dieses Schild, und die Menge gehorchte. Nach dem ersten Schild wurde ein zweites Hornsignal gegeben, und wenn der Zugführer zu der Ansicht kam, die Situation erfordere es, ließ er das zweite Schild hochhalten. Es enthielt, ebenfalls in Englisch und Hindi, die deutliche Warnung, es würde Gewalt angewendet werden, falls die Ansammlung sich nicht auflöste. Da die Masse gewöhnlich selbst einen Höllenlärm machte, konnte man sich nicht darauf verlassen, daß mündliche Warnungen gehört würden: deshalb die Schilder.

Sobald das zweite Schild die Menge auf den Feuerbefehl vorbereitete, befanden sich Zugführer und Richter gewissermaßen in einem Niemandsland. Sie mußten eine Entscheidung treffen, die in den Ausführungsbestimmungen notwendigerweise dem Mann vor Ort überlassen blieb.

Glücklicherweise zögerte im Falle der ersten Unruhen an der Mandir Gate-Brücke der anwesende Richter Mr. Poulson nicht, dem Zugführer das unterschriebene Formular zu übergeben, in dem er aufgefordert wurde, das Feuer zu eröffnen, wenn die Menge keine Anstalten machte, zurückzuweichen oder sich zu zerstreuen. Im Verlauf dieser notwendigen Prozeduren war so viel Zeit vergangen, daß der Mob sich der ersten Reihe der Schützen bis auf wenige Meter genähert hatte, und es wurden bereits Steine geworfen. Eine Rauchwolke über der Stadt auf der anderen Flußseite zeigte, daß Brandstifter am Werk waren. (Es brannte die Polizeistation in der Nähe des Tempels.) Gleichzeitig machte sich, unbemerkt von den Truppen auf der Mandir Gate-Bridge Road, ein Teil der Menge auf den Weg zum Bahnhof. Sie rannten vom Bahnübergang, wo es der Polizei nicht gelungen war, sie aufzuhalten, die Gleise entlang. Doch inzwischen eilte bereits ein weiterer Trupp der Berkshires aus dem Hauptquartier herbei, um die Polizeikräfte zu verstärken, die an diesem Punkt unter dem Kommando von Mr. Merrick, dem Polizeichef, standen.

Kehren wir nun zu unserem Trupp auf der Mandir Gate-Bridge Road zurück. Wie so oft schob der Mob alte Frauen vor, um die Soldaten zu verunsichern. Der Zugführer hatte die Aufgabe, als Ziele ein oder zwei Männer aus der Menge auszuwählen, die nach ihrem Verhalten als Anführer gelten durften. Es gibt Einsätze, bei denen nur ein Soldat, und zwar ein Mann, der sich als Meisterschütze erwiesen hat, mit scharfer Munition versehen ist. Doch die Unruhen in Majapur hatten das Stadium weit hinter sich gelassen, in dem eine solche Maßnahme angebracht erschienen wäre, die eine hohe Zahl von Todesopfern ausschloß. Trotzdem sprach der Offizier nun mit jedem einzelnen Mann in der ersten Reihe und wies zwei Schützen bestimmte Ziele zu. Den anderen befahl er, über die Köpfe der Menge zu schießen. Es erforderte ein hohes Maß an Selbstdisziplin und Gelassenheit, diese Prozedur durchzuführen, während er nicht nur angegriffen, sondern sogar von einem Stein an der Schulter getroffen wurde. Er mußte auch daran denken, keinen der Männer mit seinem Namen anzusprechen, um zu verhindern, daß jemand aus der Menge später einen von ihnen identifizieren könnte. Unter der Salve – beide Scharfschützen trafen ihr Ziel – wich die Menge zurück, jedoch nur so lange, bis sich neue Anführer fanden, die die Leute mit der augenblicklichen Parole des Mahatma, »Handeln oder Sterben«, aufstachelten. Dem Offizier blieb keine andere Wahl, als den Befehl zu einer zweiten Salve zu geben, durch die zwei Zivilisten getötet und fünf verwundet wurden, darunter auch, wie es der Zufall wollte, eine Frau. Der Zugführer ergriff die Initiative, befahl seinen Männern, vorzurücken und zu feuern – allerdings über die Köpfe des zurückweichenden Mobs. Der Sanitäter nahm sich als erstes der verletzten Frau an. Die Wunde stellte sich als Streifschuß heraus, denn zweifellos hatte der Schütze, dessen Kugel sie traf, auf einen Mann gezielt, der sich im entscheidenden Moment bewegte.

Bei diesen Vorgängen war jemand anwesend, üblicherweise ein Angehöriger des Nachrichtendienstes des Bataillons oder der Brigade, der die Aufgabe eines Beobachters übernahm. Das heißt, er machte Aufzeichnungen zur späteren Eintragung in das Kriegstagebuch der Einheit oder des Verbandes. Es handelte sich um einen reinen Tatsachenbericht, ohne Berücksichtigung der zu den einzelnen Entscheidungen hinführenden Gedankengänge, über die der verantwortliche Zugführer in seinem Bericht Rechenschaft geben würde. Auch der Richter war verpflichtet, seiner Behörde Bericht zu erstatten, und ebenso der Vertreter der Polizei (ein Inspektor oder Unterinspektor). Auf diese Weise entstanden verschiedene Berichte über denselben Vorfall, die der Justiz auf Anforderung zur Verfügung standen, falls eine Untersuchung wegen Brutalität oder unangemessener Gewaltanwendung eingeleitet würde. Ich muß jedoch betonen, daß es nicht immer möglich war, das Reglement für den Einsatz der Truppen in solchen Fällen auf den Buchstaben genau zu beachten. Und möglicherweise kann sich selbst ein Leser ohne große Phantasie vorstellen, daß Situationen eintraten, in denen eine oder mehrere der »erforderlichen« Personen nicht zur Verfügung standen und eindeutig die Notwendigkeit zum sofortigen Handeln gegeben war.

Mir ist sehr wohl bewußt, durch die Beschäftigung mit diesen Einzelheiten bin ich nicht nur abgeschweift, sondern habe die Geschichte zu einem Punkt hingeführt, wo der Leser sich mitten im Getümmel sieht, ohne die vorausgegangenen Schritte zu kennen. Deshalb wende ich mich jetzt wieder dem Tag im Juli zu, an dem ich eine weitere Unterredung mit dem Distriktskommissar Mr. White hatte. Ich wußte, er hatte vor kurzem Anweisung erhalten, der Antikriegspropaganda entgegenzuwirken. Ich fand eine Neueinschätzung seiner Haltung notwendig und wollte, wenn erforderlich, meinen Divisionskommandanten ins Vertrauen ziehen. Als Gebietskommandant war er praktisch für die gesamte Provinz militärisch verantwortlich.

Ich stellte fest, daß White die Situation inzwischen anders beurteilte. Persönlich zweifelte ich kaum an der Unvermeidbarkeit einer Konfrontation, und es ermutigte mich in gewisser Hinsicht, festzustellen, daß der Distriktskommissar inzwischen offenbar ebenfalls glaubte, daß die Situation sich über den Punkt hinaus entwickelt hatte, an dem man noch mit Mäßigung rechnen konnte. Er vertrat jedoch immer noch die Überzeugung, die Unruhen würden, wenn sie ausbrachen, gewaltloser

Natur sein, falls man die Führer der Kongreßpartei nicht verhaftete. Im letzteren Falle, erklärte er, könne er die Aufrechterhaltung der Ordnung nicht mehr garantieren. Ich hakte ein und fragte rundheraus: »Halten Sie es also für ratsam, die Truppen in Alarmbereitschaft zu versetzen?« Er antwortete sofort, ich habe ihn »zu wörtlich genommen«. Ihm war nicht ganz wohl in seiner Haut, und ich sah ein, daß es keinen Sinn hatte, weiter in ihn zu dringen, wie sehr ich auch wünschte, zu einem klaren Einvernehmen zu kommen. Zur Frage der Kongreßpropaganda sagte er, er habe mit den Chefredakteuren der lokalen Zeitungen gesprochen und alle gewarnt, die in letzter Zeit die Tendenz gezeigt hätten, die Antikriegshaltung zu unterstützen. Das erschien mir ausreichend. Ich bat ihn, die Situation so oft wie möglich von meinem Standpunkt aus zu betrachten: Mich interessierte die Lage in Majapur hauptsächlich im Hinblick auf ihre Auswirkung auf mein Truppenausbildungsprogramm und erst dann im Hinblick auf mögliche Konsequenzen für unsere Landsleute.

Bei dieser Unterredung sagte White etwas, das mir als Zeichen der wahren Berufung im Gedächtnis blieb, die unsere besten Kolonialbeamten immer gefühlt haben. »Brigadier«, sagte er, »bitte vergessen Sie eines nicht, falls meine Haltung Ihnen Anlaß zur Unzufriedenheit gibt. Wenn ich Ihren Beistand anfordere, kann ich mich darauf verlassen, daß Sie ihn wirkungsvoll gewähren. Für Sie wird es dann hinterher eine zwar unangenehme, doch effektiv durchgeführte Aufgabe gewesen sein, nach Ihrem Wertmaßstab ein Erfolg. Nach meinen Maßstäben kann jede Bitte um militärischen Beistand nur persönliches Versagen bedeuten.« Ich widersprach, denn *persönliches* Versagen schien mir ein zu hartes Urteil zu sein. Doch er lächelte und schüttelte den Kopf. Die meisten Männer, die er festnehmen lassen mußte, wenn die Befehle der Regierung kämen, zählten zu seinen persönlichen Freunden.

Dann sagte er: »Aber keine Sorge, Brigadier! Ich bin auch Realist. Ich spreche von ›Versagen‹, aber ich gehöre nicht zu den Leuten, die es dabei bewenden lassen.«

Damit mußte ich zufrieden sein und war es im großen und ganzen auch, denn, wie schon gesagt, ich achtete ihn inzwischen wegen des Verantwortungsbewußtseins, das sein Auftreten bei mehreren Gesprächen verraten hatte. Er war ein zurückhaltender, etwas »intellektueller«, aber sehr realistischer und, wenn es zum Handeln kam, ein sehr praktischer Mann. Mir ist bewußt, White war typisch für die neue Generation von Distriktsbeamten, die gerade zu der Zeit herangereift waren, als unser indisches Empire mündig werden und den »Hausschlüssel« von unserer Regierung erhalten sollte – vielleicht etwas verfrüht, doch als Zeichen unserer Geduld, unseres guten Willens und in Einlösung alter Versprechen.

Ich erinnere mich, daß nach dem Scheitern der Cripps-Delegation, als Gandhi seine Austreibungs-Kampagne ins Werk setzte, die meisten Engländer sich mit der Frage beschäftigten, ob es Gandhi gelingen würde, den Indischen Nationalkongreß (eindeutig die stärkste Partei in Indien) so weit zu bringen, daß die Mitglieder sich kollektiv mit seiner merkwürdigen Doktrin identifizierten und ihr so die Schlagkraft einer organisierten, landesweiten Bewegung gaben. Ich habe mich nie sehr für das Kommen und Gehen der Politiker interessiert, doch mir war nicht entgangen, daß Gandhi »mit« und »ohne« die Kongreßpartei agierte und manchmal eine persönliche Politik verfolgte, der die Partei sich zeitweilig anschloß und dann wieder nicht. Wir sahen in Nehru, dem Führer der Kongreßpartei, schon seit einiger Zeit einen vernünftigeren und gemäßigteren Mann, der die internationale Sprache der Politik beherrschte und bei dem man sich möglicherweise darauf verlassen konnte, daß er Vernunft walten ließe. Er hatte einen Großteil seines Lebens im Gefängnis verbracht, doch soweit ich mich erinnere, ließ man ihn frei, damit er an den Verhandlungen mit der Kabinettsdelegation teilnehmen konnte. Im großen und ganzen war er eine Macht, mit der man rechnen mußte. Wir wußten sehr wohl, er betrachtete Gandhi als ein Hindernis, und eine Zeitlang hofften wir, mit seiner realistischeren und staatsmännischen Haltung würde er sich durchsetzen.

Vielleicht sollte ich hier noch einmal in Erinnerung rufen, was für uns auf dem Spiel stand, und was die Opposition im Land eigentlich bedeutete: Im Fernen Osten standen wir mit dem Rücken zur Wand, und in Europa und Nordafrika war es uns noch nicht gelungen, die Initiative zu ergreifen oder aus der Patt-Situation einen Ausweg zu finden. Wir rechneten jeden

Augenblick damit, daß der Japs Operationen gegen Indien, unser Bollwerk im Osten, beginnen würde. Ein japanischer Sieg in Indien wäre verhängnisvoll gewesen. Wenn wir Indien verloren, mußte sich der britische Beitrag zu einem inzwischen weltweiten Krieg zu Lande praktisch auf unsere Heimatinseln und auf Operationen in Nordafrika beschränken. Damit würde den Amerikanern die Hauptlast des Widerstands gegen den Totalitarismus zufallen. Für uns wäre es Wahnsinn gewesen, in Indien (wie Gandhi von uns verlangte) den »geordneten Rückzug« anzutreten. Abgesehen von der strategischen Notwendigkeit, Indien zu halten, ging es natürlich auch um die Frage der Reichtümer und Ressourcen des Landes.

Soviel zu dem, was für uns auf dem Spiel stand. Die Opposition stellte in erster Linie die (von Gandhi inspirierte) Forderung, wir sollten Indien »Gott oder der Anarchie« überlassen; andernfalls müßten wir auf eine massive Kampagne der »gewaltlosen Kooperationsverweigerung« gefaßt sein. Praktisch bedeutete das, die einheimische Bevölkerung würde streiken und uns in keiner Hinsicht dabei unterstützen, das Land in einem Zustand zu erhalten, in dem wir eine Armee ausbilden, ausrüsten, mit Nachschub versorgen und in den Kampf schicken könnten, um die Japaner aus dem östlichen Archipel zu vertreiben!

Männer wie Nehru, so glaubten wir, mußten sich einem so selbstmörderischen Plan widersetzen.

Anfang August sah es so aus, als habe Nehru aus Gründen, die er selbst am besten kennen mußte, aufgegeben. Er fand in diesem Moment nicht die politische Kraft, um sich dem Mahatma entgegenzustellen. Alles hing jetzt von der Abstimmung des gesamtindischen Kongreßausschusses über Gandhis *Quit-India*-Resolution ab. Sie fand am 8. August statt. Die Historiker haben seither versucht zu beweisen, daß diese Resolution nicht mehr wert war als das Papier, auf dem sie stand. Gandhi habe selbst noch keine genauen Vorstellungen davon gehabt, wie die »gewaltlose Kooperationsverweigerung« zu verwirklichen wäre. Meine Überzeugung ist und war, daß diese Kampagne von Untergrundmitgliedern der Kongreßpartei vorher praktisch bis ins letzte ausgearbeitet wurde. Dahinter standen Männer, die in der Öffentlichkeit wie das berühmte Affentrio wirken wollten: »Nichts hören, nichts sagen, nichts sehen.«

Wie sonst kann ich die Gewalttätigkeiten erklären, die am Tag nach der Annahme der *Quit-India*-Resolution und nach der Festnahme von Mitgliedern der Kongreßpartei im Morgengrauen in meinem Distrikt ausbrachen? Die Gewalttätigkeiten richteten sich sofort gegen eine Europäerin, die Missionslehrerin Miss Crane, und noch am selben Abend gegen eine schutzlose junge Engländerin, die Nichte eines Mannes, der Jahre zuvor als Gouverneur der Provinz in hohem Ansehen gestanden hatte. Die junge Frau wurde von Gesindel im Bibighar-Park überfallen und geschändet. Diese beiden Zwischenfälle waren Vorboten größter Gefahr für unsere Landsleute. Da sie sich in so kurzem Abstand ereigneten, konnte ich nur zu dem einen Schluß gelangen: Die Sicherheit der Engländer, besonders unserer Frauen, war aufs höchste bedroht.

Wie es sich traf, war ich gerade bei den Ranpurs in Marpuri, als ich am frühen Abend des 9. August von meinem Stabsunteroffizier die Nachricht erhielt, in Dibrapur und Tanpur, zwei Unterbezirken des Distrikts, sei es zu Unruhen gekommen. Ein Sonderkommando aus Majapur war in Begleitung von Mr. Poulson, dem stellvertretenden Kommissar, am späten Nachmittag in diese Richtung gefahren. Die Männer befreiten in dem Dorf Candgarh eine Polizeipatrouille und eine Gruppe Telegrafenarbeiter, die die Aufständischen eingesperrt hatten. Auf dem Weg nach Tanpur stieß Mr. Poulson zuerst auf ein ausgebranntes Auto und fand dann etwas weiter entfernt die englische Missionslehrerin am Straßenrand sitzend. Sie bewachte die Leiche eines Inders, eines ihrer Untergebenen in den Missionsschulen. Vermutlich hatte dieselbe umherziehende Bande ihn zu Tode geprügelt. Mr. Poulson erzählte mir später, der Anblick der Missionslehrerin, die im strömenden Regen am Straßenrand saß, habe ihn zu der Überzeugung gebracht, daß die Unruhen in Majapur ein größeres Ausmaß annehmen würden, als er und auch Mr. White vermutet hatten. Ich hatte die Nacht in Marpuri bei den Ranpurs verbracht und wußte weder etwas von dem Kongreßvotum noch von den Verhaftungen der Kongreßführer. Über diese Vorgänge informierte mich mein Unteroffizier telefonisch am Vormittag des 9. August. Die Nachricht war von der Division über Funk gekommen, und der Distriktskommissar hatte uns mitgeteilt, daß, wie geplant, eine Reihe ansässiger Kongreßmitglieder inhaftiert worden seien. Beim ersten Telefonat berichtete mir der Unteroffizier, alles sei friedlich, und der Distriktskommissar habe erklärt, zur Zeit bestehe kein Anlaß zur Beunruhigung. Deshalb beschloß ich, in Marpuri zu bleiben, um das Bataillon beim Exerzieren zu beobachten. Aber die Nachrichten von dem Vorfall in der Nähe von Tanpur, die mir der Stabsunteroffizier am frühen Abend übermittelte, bewogen mich zur sofortigen Rückkehr. Ich befahl dem Unteroffizier, mich im Bungalow des Distriktskommissars zu erwarten.

Gegen neun Uhr traf ich dort ein. Inzwischen kündigten sich weitere Schwierigkeiten an. Mr. White hatte soeben erfahren, daß eine junge Engländerin, Miss Manners, »vermißt« wurde. Merrick, der Polizeichef, war unterwegs, um sie zu suchen. White sagte mir, die Gerüchte über Gewalttätigkeiten in Tanpur und der Überfall auf die Missionslehrerin hätten mehrere englische Frauen aus dem Zivilistenviertel bewogen, sich in den Gymkhana-Club zu begeben. Dies war einer der Sammelpunkte für den Fall ernsthafter Bedrohung von Menschenleben, von Hab und Gut. Ich nahm White beiseite und fragte ihn, ob er nicht eine gemeinsame Demonstration der Stärke für klug halte – also Patrouillen der Polizei und des Militärs. Ich schlug als Zeitpunkt noch diesen Abend oder den nächsten Morgen vor. Er hielt es nicht für angebracht, denn in der Stadt war alles ruhig. Die meisten Läden im Basar hatten geschlossen. Das widersprach den Bestimmungen, doch er hielt es für besser, der Bevölkerung zu gestatten, in den Häusern zu bleiben, um sie nicht zu provozieren. Ich erkundigte mich nach den Ausschreitungen in Dibrapur und Tanpur. Er hielt sie für eine »spontane Reaktion« auf die Nachricht von den Verhaftungen. Die Verantwortlichen seien Männer, die nichts Besseres zu tun hätten und ein bißchen Unruhe stiften wollten. Mittlerweile war die Verbindung mit Tanpur und Dibrapur wiederhergestellt. Die Polizei berichtete, daß sie ihre Dienstbereiche unter Kontrolle habe. In Tanpur waren mehrere Männer verhaftet worden, darunter, wie man glaubte, ein oder zwei Mitglieder der Bande, die die Missionslehrerin angegriffen und ihren indischen Begleiter ermordet hatte. Die Lehrerin lag mit einem schweren Schock und einer Lungenentzündung im Allgemeinen Krankenhaus von Majapur.

Als ich mich verabschiedete, kam der junge Mr. Poulson zurück. Er war das Garnisonsviertel bis zur Mandir Gate-Brücke abgefahren, hatte die Brücke überquert und war bis zum Gefängnis gefahren, um den Transport der verhafteten Kongreßmitglieder zum Bahnhof zu überwachen. Von dort wurden sie in einem Spezialwaggon an einen geheimgehaltenen Bestimmungsort gefahren. Ich wechselte ein paar Worte mit Poulson, der die nahe Zukunft offenbar nicht so zuversichtlich beurteilte wie sein Vorgesetzter. Er machte sich große Sorgen um seine schwangere Frau. Sie hatten bereits ein kleines Mädchen, das bei ihnen in Majapur lebte. Die Zwillingssöhne der Whites waren ein Jahr vor Ausbruch des Krieges ins Internat nach England geschickt worden. Man wußte, Mrs. White würde die Trennung unter den gegenwärtigen Umständen schmerzlich empfinden, doch sie war eine unermüdliche Frau von offenem Wesen – eine eindrucksvollere »Erscheinung« als ihr Mann, der eher ein »Denker« war. Die Aussicht, ihre Söhne erst nach dem siegreichen Ende des Krieges wiederzusehen, löste bei ihr kein Selbstmitleid aus. Aber ich wußte, wie schwer sie daran tragen mußte.

Ich hatte gehofft, auch Merrick zu sehen. Aber er befand sich auf der Suche nach der vermißten jungen Dame, Miss Manners. Sie lebte bei einer gewissen Lady Chatterjee in einem der alten Häuser in der Nähe des Bibighar-Parks. Lady Chatterjee war während Sir Henry Manners' Amtszeit als Gouverneur der Provinz mit ihm und Lady Manners befreundet gewesen. Sir Henry lebte nicht mehr. Doch ich kannte Lady Manners flüchtig aus Rawalpindi und erinnerte mich, Miss Manners bei irgendwelchen Gelegenheiten sowohl in 'Pindi als auch in Majapur gesehen zu haben. Ehe sie nach Majapur kam, hatte sie bei ihrer Tante in 'Pindi gelebt. Hier in Majapur arbeitete sie als Freiwillige im Allgemeinen Krankenhaus. Sie hatte die Damen des Garnisonsviertels durch ihren Umgang mit einem jungen Inder schockiert. Mir fiel wieder ein, daß Christine Mackey, die Frau meines Brigademajors, etwas dergleichen gesagt hatte. Im wesentlichen blieb mir seit meiner Ankunft in Majapur keine Zeit, mich um den Garnisonsklatsch zu kümmern. Aber als ich begriff, wer »vermißt« wurde, überkam mich die dunkle Vorahnung, daß uns ernste Schwierigkeiten bevorstanden.

Ich bat White, mich auf dem laufenden zu halten, kehrte in die Messe zurück und ließ mich mit dem Gebietskommandanten verbinden. Es beruhigte mich, von ihm zu hören, daß in der Provinz – ja sogar im ganzen Land – Ruhe zu herrschen schien. Die Regierung hatte die Kongreßausschüsse verboten und als vorbeugende Maßnahme viele Mitglieder nach dem Ermächtigungsgesetz verhaftet. Nach Ansicht des Generals hatten die Festnahmen den Kongreßaufstand im Keim erstickt, und wir konnten uns auf die Aufgabe konzentrieren, unsere Truppen auszubilden und auszurüsten. Ich berichtete ihm über die Vorfälle dieses Tages in meinem Kommandobereich, aber er hielt sie für spontane Einzelfälle, weil die eigentlichen Drahtzieher inzwischen sicher hinter Schloß und Riegel säßen. Ich ging einigermaßen beruhigt zu Bett und schlief gut, denn ich spürte die Müdigkeit nach der vierundzwanzigstündigen Inspektion bei den Ranpurs.

Meine Ordonnanz weckte mich, wie befohlen, um sieben Uhr und berichtete, der Polizeichef wolle mich sprechen. Ich ahnte, daß etwas vorgefallen war, und gab Befehl, ihn sofort zu mir ins Zimmer zu bringen. Er erschien wenige Minuten später und entschuldigte sich für die frühe Störung meiner Privatsphäre. Trotz seiner adretten Erscheinung schloß ich aus seinem müden und überanstrengten Gesicht, daß er die ganze Nacht nicht geschlafen hatte. »Nun, Merrick«, fragte ich, »was für einen Kummer haben Sie heute morgen?«

Er berichtete mir, die vermißte Miss Manners sei am Abend zuvor von einer Bande Wüstlinge im Bibighar-Park überfallen und vergewaltigt worden. Glücklicherweise fuhr er an diesem Abend noch einmal zu Lady Chatterjees Haus, wo er feststellte, daß das arme Mädchen, nachdem es völlig verstört durch die verlassenen und schlecht beleuchteten Straßen gerannt war, zurückgekehrt war. Merrick fuhr sofort zu seiner Dienststelle, nahm sich einen Trupp Männer und durchkämmte mit ihnen den Bibighar-Park. In der näheren Umgebung – in einer Hütte auf der anderen Seite der Bibighar-Brücke – fand er fünf Männer, die selbstgebrannten Alkohol tranken. Er nahm sie auf der Stelle fest (das Trinken von selbstgebranntem Alkohol war auf jeden Fall illegal) und hatte dann das Glück, das von einem der Täter gestohlene Fahrrad der Miss Manners im Straßengraben vor einem Haus in Chillianwallah Bagh zu finden. Im Haus stellte er fest, daß dort ein junger Inder wohnte, mit dem Miss Manners Umgang hatte. Dieser junge Mann, soweit ich mich erinnere, hieß er Kumar, hatte Schürf- und Kratzwunden im Gesicht. Merrick verhaftete ihn und sperrte alle sechs Burschen in die Zellen seiner Dienststelle.

Ich beglückwünschte ihn zu seinem schnellen Handeln, erkundigte mich jedoch, weshalb er zu dieser frühen Stunde persönlich gekommen sei. »Aus mehreren Gründen«, erwiderte er. Er nahm diesen »Vorfall« sehr ernst und wollte sicherstellen, daß ich so früh wie möglich davon unterrichtet wurde. Außerdem wollte er wissen, ob er die verhafteten Männer mit meiner Erlaubnis in die Arrestzellen der Berkshires verlegen dürfe, wenn er es für klüger hielte, sie an einem besser gesicherten Platz unterzubringen. Drittens wollte er mich darauf aufmerksam machen, daß der Distriktskommissar den Ernst der Lage bedenklich unterschätzte, denn innerhalb weniger Stunden war es nun schon zu *zwei* gewalttätigen Überfällen auf Engländerinnen und zur Ermordung eines in einer christlichen Mission beschäftigten Inders gekommen. Dann erinnerte er mich daran, daß ich ihn am Anfang des Sommers gebeten hatte, sich »in die Schußlinie zu begeben«, wenn er es für notwendig erachtete.

Ich fragte ihn, welches Risiko er glaube eingegangen zu sein. Er antwortete, nach seiner Überzeugung seien die festgenommenen Männer die Täter, aber es könne schwierig werden, ihnen die Tat zu beweisen. Ich sagte: »Nun, das arme Mädchen kann sie vielleicht identifizieren.« Er bezweifelte es. Er hatte sie gefragt, ob sie einen der Täter kenne, aber sie hatte verneint und gesagt, es »sei alles im Dunkeln geschehen«. Sie habe die Männer nicht deutlich genug gesehen, um sie erkennen zu können. Da sich unter den Verhafteten der Mann befand, mit dem sie Umgang hatte, glaubte Merrick, sie sage zumindest im Augenblick nicht die Wahrheit. Er hoffte, das werde sich ändern, wenn sie den Schock erst überwunden habe und ihre wahren Freunde erkenne. Er hielt die sechs Burschen hinter Schloß und Riegel und hatte sie beinahe die ganze Nacht lang verhört. Sie behaupteten immer noch, unschuldig zu sein, aber er war von ihrer Schuld überzeugt. Im Fall Kumar war er sich seiner Sache besonders sicher, denn er hatte offensichtlich das Fahrrad gestohlen, und Merrick traf ihn an, als er sich das Gesicht wusch, um die verräterischen Wunden und Spuren zu behandeln und zu beseitigen, die das Mädchen ihm beigebracht hatte, ehe sie überwältigt worden war.

Ich fragte Merrick, ob bekannt sei, weshalb Miss Manners sich im Bibighar-Park aufgehalten hatte. Er erwiderte, sie habe sich allem Anschein nach dort mit Kumar getroffen. Er hoffe um ihretwillen, man könne diesen Aspekt des Falls herunterspielen. Merrick war mehrmals mit ihr ausgegangen und zählte sich zu ihren Freunden. Jedenfalls kannte er sie so gut, daß er sie vor nicht allzu langer Zeit vor der Beziehung zu dem Inder gewarnt und zum Abbruch geraten hatte. Aber sie schien völlig in Kumars Bann zu stehen. Die Polizei habe Kumar schon einmal verhört, erzählte Merrick, als sie in der Stadt nach einem entflohenen Gefangenen suchte. Bei diesem Verhör stellte sich heraus, daß Kumar den Geflüchteten kannte, einen Mann namens Moti Lal. Aber damals lagen keine Beweise dafür vor, daß es sich um mehr als eine oberflächliche Bekanntschaft handelte. Kumar, sagte Merrick, sei trotz seiner »Verwestlichung« eine höchst unerfreuliche Erscheinung. Er kenne seine Anziehungskraft auf Frauen, finde es aber nicht unter seiner Würde, sich an eine weiße Frau zu hängen, um sie genußvoll auf raffinierte Weise zu demütigen. Er arbeite bei einer lokalen Zeitung und lasse sich scheinbar nichts zuschulden kommen. Aber wie man wußte, verkehre er in Kreisen junger Männer, die man anarchistischer oder revolutionärer Aktivitäten verdächtige – junger Männer vom Typ der fünf anderen Verhafteten. Bei mehreren Gelegenheiten habe man Kumar in Gesellschaft dieser Männer gesehen. Sie ständen alle unter dauernder Beobachtung. Nach Merricks Überzeugung schmiedeten Kumar und diese fünf den Plan, sich Kumars Beziehung zu Miss Manners zunutze zu machen. Als Miss Manners an diesem Abend in der Absicht, Kumar zu treffen, in den Bibighar-Park kam, erwarteten sie dort nicht nur Kumar, sondern auch die fünf anderen Männer, die sie dann auf feige und verachtungswürdige Weise überfielen.

Diese traurige Geschichte schockierte mich, und ich stimmte

Merrick zu, als er sagte, je weniger über die Beziehung zu einem der Verdächtigen bekannt werde, desto besser – ganz besonders, wenn die Dinge auf ein öffentliches Gerichtsverfahren hinausliefen. Ich stimmte ihm auch darin zu, daß genügend Gründe vorlagen, die Männer wegen des bestehenden Verdachts in Gewahrsam zu halten. Ich betrachtete das als einen glücklichen Umstand, denn sobald bekannt wurde, daß eine Engländerin mißbraucht worden war, würden jeder weiße Mann und jede weiße Frau im Lande sich darüber freuen, daß die Verdächtigen bereits hinter Schloß und Riegel saßen. Für die Inder wäre es ein wirksames Exempel, wenn eine solche Sache nicht unbestraft blieb.

Merrick freute sich, daß ich sein Vorgehen billigte. Er hielt die Ereignisse des gestrigen Tages nur für das Vorspiel von Gewalttätigkeiten, die sich, wenn sie sich nicht steigerten, so doch gewiß ausdehnen würden. Man konnte ihnen nur vereint und unter Einsatz aller verfügbaren Kräfte Einhalt gebieten. Er hatte von meinem Vorschlag gehört, an diesem Tag Polizei und Militär patrouillieren zu lassen, und bedauerte, daß White ihn abgelehnt hatte.

Ich lud Merrick ein, mit mir zu frühstücken. Aber er lehnte ab und erklärte, er müsse zu seiner Arbeit zurück. Ehe er ging, versicherte ich ihm, falls die Umstände es erforderten, könne er einen oder auch alle sechs Gefangenen in die besser gesicherten Arrestzellen der Kaserne bringen. Ich machte zur Bedingung, daß die Polizei ihr eigenes Wachpersonal stellte, so daß die Berkshires keine direkte Verantwortung für die Gefangenen übernehmen müßten. Offensichtlich befürchtete Merrick den Ansturm der Menge auf sein Gefängnis, wo man nach der Parole »Handeln oder Sterben« mit allen Mitteln versuchen würde, die sechs Gefangenen zu befreien. Er zweifelte nicht daran, daß bereits die ganze Stadt von dem Vorfall wußte. In Indien war es praktisch unmöglich, etwas geheimzuhalten. Gerüchte nahmen im geflüsterten Klatsch der einheimischen Dienstboten den Anfang und verbreiteten sich dann schnell unter der Bevölkerung. Aber eine von der Idee, ihre »Helden« zu befreien, besessene Menge mußte schon viel Entschlossenheit aufbringen, wenn sie es wagen wollte, die Linien der Berkshires zu durchbrechen – denn das würde den direkten Angriff auf eine militärische Einrichtung bedeuten. Und solche Konfrontationen vermied der indische Mob im allgemeinen. Manchmal fand ich es ärgerlich, in dieser explosiven Situation nicht sofort die Kontrolle übernehmen zu können – wozu mich ein Angriff auf das Militär auch ohne schriftliche Genehmigung der zivilen Instanz berechtigt hätte –, doch ich wünschte mir alles andere, als in einem solchen Fall eingreifen zu müssen. Deshalb modifizierte ich meine Erlaubnis, die Gefangenen auf Militärgelände zu bringen durch den Zusatz, »wenn die Umstände es erfordern«. Doch ich pflichtete Merrick unbedingt bei, daß für die Gefangenen maximale Sicherheitsvorkehrungen zu treffen seien. Wir mußten auf jeden Fall vermeiden, daß sie gewaltsam befreit wurden und sich ihres Überfalls auf eine Engländerin rühmen konnten.

Nach dem Frühstück rief ich den Distriktskommissar an, berichtete ihm von meinem Gespräch mit Merrick und sagte ihm, daß Merrick mich von dem Überfall auf Miss Manners in Kenntnis gesetzt habe. Ich bot noch einmal Militärpatrouillen als vorbeugende Maßnahme mit demonstrativem Charakter an. Aber er versicherte, der Distrikt sei ruhig und er versuche mit allen Mitteln, eine Atmosphäre der Normalität aufrechtzuerhalten. Die meisten Distriktsverwaltungen nahmen die Dienste von Spionen und Informanten, wie ich sie wohl nennen muß, in Anspruch. Whites Informanten meldeten, die Bevölkerung sei eher verwirrt als zornig, denn es herrsche Unsicherheit darüber, was die verhafteten Kongreßführer nun eigentlich erwarteten. »Sie jetzt zu provozieren«, erklärte er, »ist mit Sicherheit das letzte, was ein vernünftiger Mann tun sollte.« Glücklicherweise lebten zumindest in dieser Zeit Moslems und Hindus in friedlichem Einvernehmen miteinander. In gewisser Hinsicht konnte man das zwar als ein schlechtes Zeichen deuten, denn es wies auf eine Allianz gegen die Engländer hin; andererseits war es gut, denn es bestand wenig oder keine Gefahr, daß lokale Ereignisse übergreifen und sich zu etwas Schlimmerem auswachsen konnten.

Wie üblich, wenn ich mit dem Distriktskommissar sprach, beeindruckte mich sein gelassenes und ausgewogenes Urteil. Ich fragte ihn nach seiner Meinung zu dem Überfall auf Miss Manners und wollte wissen, ob er ihn nicht als ein Vorspiel für

Angriffe auf Weiße im allgemeinen betrachtete. Er erwiderte, es könne sich sehr wohl wie in Tanpur um einen vereinzelten Vorfall handeln und das Werk von Gesindel sein, von Männern, die in der Erwartung, die Stadt in Aufruhr zu finden, aus den umliegenden Dörfern nach Majapur geströmt waren und ihre Enttäuschung an dem ersten wehrlosen Menschen ausgelassen hatten, der ihnen begegnete. Ich erklärte, nach Merricks Darstellungen habe ich den Eindruck gewonnen, es handele sich bei den Tätern nicht um Dorfbewohner, sondern um junge Anarchisten aus Majapur. Er gab darauf nicht sofort eine Antwort; deshalb fragte ich ihn, ob er die verhafteten Männer nicht für die wahren Schuldigen halte. Er sagte, er wolle sich in diesem Punkt ein unbefangenes Urteil bewahren. Es hänge sehr viel von der Aussage der jungen Frau ab, sobald sie dazu in der Lage wäre. Er glaube, Merrick habe möglicherweise einen Fehler gemacht; doch er könne sein unverzügliches Handeln nicht kritisieren – zumindest nicht angesichts dessen, was Merrick ihm über die Begleitumstände der Festnahmen berichtet habe.

Nach meinem Gespräch mit dem Distriktskommissar rief ich meinen Stab zusammen und legte ihm die Situation dar, wie (a) Merrick, (b) wie Mr. White und (c) ich selbst sie beurteilten. Die Situation konnte ernst werden, war aber im Augenblick unter Kontrolle der zuständigen Organe. Anders ausgedrückt, für uns sei die Lage normal. Ich bestellte mein Fahrzeug für zehn Uhr, um bei den Pankots in Banyaganj eine überraschende Inspektion zu machen. Die anderen gingen. Ewart Mackay nahm mich beiseite und erzählte, er und seine Frau hätten schon von dem Überfall auf Miss Manners gehört. Nach Ansicht seiner Frau habe das arme Mädchen so etwas herausgefordert, obwohl Christine und er natürlich entsetzt und betroffen seien. Christine Mackay meinte jedoch, ich sollte wissen, daß sie den Überfall auf Miss Manners keineswegs als Beweis dafür ansehe, daß weiße Frauen allgemein in Gefahr seien. Sie hatte sich erkundigt, ob Kumar in diesen Fall verwickelt sei, und Ewart glaubte, sie würde mit großer Freude hören, daß man den schon festgenommen hatte.

Mit anderen Worten, aus dieser privaten Quelle erhielt ich die Bestätigung, daß der persönliche Verdacht des jungen Mr. Merrick nicht von der Hand zu weisen war, aber ebensowenig die abwägende, sachlichere Haltung des Distriktskommissars. Ich machte mich auf den Weg nach Banyaganj, in dem guten Glauben, daß uns zumindest eine Atempause gegönnt würde, in der wir uns auf wichtigere Dinge konzentrieren konnten. In Banyaganj schritt die Arbeit am Bau des Flughafens zügig voran. Mein Herz gehörte diesen armen, einfachen Arbeitern, Männern und Frauen, die jeden Anna brauchten, den sie verdienen konnten, und die ihre Werkzeuge und Körbe mit Steinen nicht gleich auf den leisesten Wink hin fallen ließen. Ich mußte daran denken, daß es diesen Frauen in ihren zerrissenen, zerlumpten und lehmverschmierten Saris, die so schwer in der Hitze und Feuchtigkeit des Augustmorgens arbeiteten, kaum gelungen wäre, ihre Kinder zu ernähren, wenn sie den Mahatma beim Wort genommen hätten und nach Hause gegangen wären, um Baumwolle zu spinnen. Für ihr Wohl und das Wohl ihrer Kinder hatten unsere Frauen ein Komitee gegründet, das an diesem Morgen durch die junge Mavis Poulson und die Frau des Standort-Stabsoffiziers vertreten war. Die beiden taten ihr Bestes, um eigenhändig schreiende Hindu- und Moslembabies beiderlei Geschlechts zu versorgen und sich schwangerer Mütter anzunehmen, die unter dem Gewicht der Körbe zusammengebrochen waren. Glücklicherweise befanden sich ein paar kräftige Burschen von der Luftwaffe in der Nähe, und sie gaben mir das Gefühl, daß Mrs. Poulson und Mrs. Brown kaum etwas zustoßen könnte. Ich setzte meine Fahrt zum Hauptquartier der Pankots fort und verbrachte einen angenehmen Tag, während ich sie bei den Gefechtsübungen beobachtete.

Tatsächlich war dies nur die Ruhe vor dem Sturm. Ich kehrte gegen fünf Uhr nachmittags nach Majapur zurück und nahm Mrs. Poulson und Mrs. Brown in meinem Wagen mit, um ihnen die unbequeme Rückfahrt im Luftwaffen-Bus zu ersparen. Auch Mrs. Poulson schien Christine Mackays Ansicht über Miss Manners' Schicksal zu teilen. Mrs. Poulson sagte, die ganze Sache müsse Lady Chatterjee äußerst unangenehm sein. Vermutlich fühle sie sich für das Geschehene verantwortlich, und zwar nicht nur, weil Miss Manners bei ihr wohne, sondern weil sie selbst Inderin sei. Ich fragte Mrs. Poulson, was sie über Kumar wisse, und auf meine Bemerkung, er sei verhaftet worden, antwortete sie spontan: »Da haben sie den Richtigen! Ein

Unruhestifter, wie er im Buch steht!« Sie glaubte, wenn die arme Miss Manners nicht so naive Ansichten über Indien gehabt hätte, wäre es nie zu diesem beklagenswerten Vorfall gekommen. Dann fügte sie hinzu, es sei eigenartig, aber doch logisch, daß es sich bei den zwei Weißen, die bei den gegenwärtigen Unruhen zu Schaden gekommen seien, um Frauen handle, und zwar in beiden Fällen um Frauen mit einer radikal proindischen Einstellung. Ich bemerkte, daß Mrs. Brown sich bei diesem Thema mehr zurückhielt. Aber ich führte das auf ihre Schüchternheit zurück. Wie der Leser sich vielleicht erinnern wird, hatte sich ihr Mann hochgedient. Ich gab mir besondere Mühe, sie in die Unterhaltung einzubeziehen, denn ich empfand große Achtung vor den Fähigkeiten ihres Mannes als Stabsoffizier. Ich bin jedoch überzeugt, sie dachte ähnlich wie Mrs. Poulson; das heißt, die beiden Damen fanden, die junge Frau habe sich unklug verhalten, doch ihr Schicksal erschütterte sie, und sie waren entschlossen, zu ihr zu stehen. Dieser weitere Beweis für unsere Solidarität beeindruckte mich. So gerüstet, ist man jeder Krise gewachsen.

Ich setzte Mrs. Brown im Basar des Garnisonsviertels ab, wo sie Einkäufe zu erledigen hatte, und brachte Mrs. Poulson zu ihrem Bungalow zurück. Ich schlug ihre freundliche Einladung aus, auf einen Drink mit ins Haus zu kommen, und überließ sie der Aufgabe, ihre kleine Tochter zu Bett zu bringen, die, glaube ich, Anne hieß. Dann ließ ich mich in die Kommandantur zurückfahren. Es hatte aufgehört zu regnen, und die späte Nachmittagssonne kam hinter den Wolken hervor. Der *Maidan* wirkte friedlich, und ich mußte an jene längst vergangenen Tage denken, als ich ein junger Mann ohne alle Sorgen war. Nach dem Abendessen schrieb ich ein paar persönliche Briefe und zog mich früh zurück, um mich den Unterlagen für ein Geländemanöver zu widmen, das mein Stab ausgearbeitet und mir zur Prüfung vorgelegt hatte. Ich arbeitete den Plan durch, fand wenig daran auszusetzen, und mich erfaßte eine Woge der Zuversicht. Wäre der Plan doch nur mehr als ein Manöverplan gewesen! Die Japaner hätten in dieser Nacht nicht so friedlich in ihren Betten geschlafen.

Dies sollte sich jedoch als die letzte ruhige Nacht erweisen, die mir in den nächsten Tagen gegönnt war.

In dem persönlichen Tagebuch, das ich zu dieser Zeit führte, ist das Blatt für den folgenden Tag, den 11. August, leer. Aber am 12. August findet sich unter dem Vermerk »zwei Uhr morgens« der kurze Eintrag: »Ein Augenblick der Ruhe nach einem Tag um sich greifender Aufstände im ganzen Distrikt. Um 20.00 (11. August) Aufforderung des Distriktskommissars zur Hilfeleistung erhalten. Ein schwacher Trost für unsere Truppen in Assam und Burma, zu erfahren, daß jene, deren Aufgabe es ist, ihnen zu Hilfe zu eilen und sie in ihrem Kampf zu unterstützen, auf diese Weise behindert werden.«

Wenn ich auf diesen Tag im August zurückblicke, der den Anfang der Unruhen im größten Teil des Landes markierte, erinnere ich mich an das wachsende Gefühl, daß nun bevorstand, was wir befürchtet und zu verhindern gesucht hatten. Stunde um Stunde trafen neue Berichte von Unruhen, Aufruhr, Brandstiftungen und Sabotageakten ein, und es ist mir ein Rätsel, daß es immer noch Leute gibt, die in dem Aufstand tatsächlich einen spontanen Wutausbruch der Bevölkerung über die Gefangennahme ihrer Führer sahen. Nach meiner Ansicht findet sich der unumstößliche Beweis des Gegenteils – wenn es eines solchen Beweises überhaupt bedarf – in den Worten des Mahatma, die er seinen Anhängern bei seiner Festnahme zurief: »Handeln oder sterben!« Ich glaube, nichts könnte klarer sein als das. Ich hörte diese Worte zum ersten Mal am 11. August. An diesem Tag rottete sich die Menge zusammen, griff Polizeistationen und Telegrafenämter an und zerstörte Eisenbahnlinien – alles unter dieser Parole.

Wieder nahmen die Unruhen ihren Ausgang in Tanpur und Dibrapur. Die Polizei geriet in diesen Gebieten in schwere Bedrängnis. Am Nachmittag des 11. August hatten die Polizeikräfte in Majapur unter dem Kommando ihrer berittenen Vorgesetzten alle Hände voll zu tun, um die Menge zu zerstreuen, die sich immer wieder zu versammeln versuchte. Mehrere Polizisten trugen Verletzungen davon. Zwanzig Männer wurden verhaftet und ins Gefängnis gebracht. In einem Dorf südlich von Majapur wurde ein indischer Unterbezirksbeamter angegriffen, in der Polizeistation gefangengesetzt und erst am folgenden Tag befreit, als unsere Patrouillen die Gegend durchkämmten. Man hißte die Kongreßfahne im Dorf und auf dem

Gerichtsgebäude in Dibrapur – die Stadt war mehrere Tage abgeschnitten! Das Postamt in Dibrapur, auf das bereits am 9. August ein Angriff verübt worden war (an diesem Tag wurde auch die Missionsschullehrerin überfallen!), brannte diesmal nieder. Dibrapur – etwas mehr als siebzig Meilen von Majapur entfernt – befand sich in der Gewalt des Mobs, bis unsere Truppen am 17. August die Situation wieder in der Hand hatten. Einer der Anführer ernannte sich zum Distriktskommissar und erklärte, die Distriktsverwaltung sei von Majapur nach Dibrapur verlegt worden. Der Beamte, dem dieser Unterbezirk gesetz- und verfassungsmäßig unterstand (ebenfalls ein Inder), wurde zunächst ins Gefängnis geworfen, aber dann freigelassen und als »Distriktsrichter« eingesetzt. Später behauptete er, zur Zusammenarbeit mit dem selbsternannten Distriktskommissar gezwungen worden zu sein. Das meiste Geld in der Gemeindekasse habe er versteckt, damit es nicht in die Hände der Aufständischen fiele. Die Rückgabe des Geldes und seine frühere gute Führung bewahrten ihn vermutlich davor, den Preis für sein augenscheinliches Überlaufen zu den Rebellen zahlen zu müssen. Bedauerlicherweise gab es im ganzen Land mehrere Fälle, in denen Richter und sogar höhere indische Distriktsbeamte sich den Befehlen der Anführer des Mobs beugten; auf diese Weise wurden große Summen von Staatsgeldern gestohlen. In manchen Gebieten »bestraften« die selbsternannten Beamten Städter und Dorfbewohner und steckten die Bußgelder zusammen mit Steuern, die sie »für das freie Indien« einzogen, in die eigene Tasche. Ich glaube, es gab jedoch keinen Fall, in dem ein englischer Verwaltungsbeamter zu solchen Dingen gezwungen worden wäre. Gott sei Dank mußten praktisch keine Europäer ihr Leben lassen. Ich erinnere mich nur an einen Fall, an die Ermordung zweier Luftwaffenoffiziere. Eine erregte Menge (nicht in unserem Bezirk) hielt sie für die Piloten eines Flugzeugs, das kurze Zeit zuvor an einer Strafaktion über einem aufständischen Dorf teilgenommen hatte, fiel auf abscheuliche Weise über sie her und riß sie in Stücke.

Doch kehren wir zum 11. August und nach Majapur zurück: Der Polizeichef bewies an diesem Tag beachtliche taktische Fähigkeiten. Merrick konnte seine Männer unmöglich überall dort haben, wo sie gebraucht wurden. Aber es gab drei besonders gefährdete Zonen – die Gegend um die Chillianwallah Bagh Extension Road, die vom Süden der Stadt direkt zur Bibighar-Brücke führt, der »Platz« mit dem Tirupati-Tempel am einen und der Mandir Gate-Brücke am anderen Ende und die Straße, die nach Westen, zum Gefängnis, verläuft (das Gefängnis auf der Seite der Schwarzenstadt, also nicht die Zellen im Polizeigebäude des Zivilistenviertels, wo die sechs Verdächtigen festgehalten wurden). Man rechnete im wesentlichen mit zwei Angriffszielen – das Gefängnis und das Zivilistenviertel.

Der Tag begann eigentlich normal, bis die Polizei berichtete, in der Stadt gebe es Anzeichen für einen *»Hartal«* – eine Art Generalstreik – als politische Demonstration, was bedeutete, daß die Läden geschlossen blieben. Gegen acht Uhr (ungefähr um diese Zeit flammten auch die Unruhen in Dibrapur wieder auf) beobachtete man jedoch, daß sich auf der Chillianwallah Bagh Extension Road eine Menschenmenge sammelte. Gegen 9 Uhr 30 gelang es, sie zu zerstreuen, doch es wurde sofort deutlich, daß dies nur zu einer neuen Ansammlung in der Umgebung der Jail Road führte. Merrick hatte glücklicherweise seine Einheiten bereits angewiesen, Stellung zu beziehen, um jedem organisierten Widerstand gegen die Hüter von Gesetz und Ordnung wirkungsvoll begegnen zu können. Es kam zu mehreren Scharmützeln. Das Postgebäude in der Jail Road war bedroht, konnte jedoch abgeschirmt werden. Inzwischen liefen Berichte über »vereinzelte« Gewalt- und Sabotageakte in den Außenbezirken des Distrikts ein. Um zwölf Uhr stellte man dem Unterinspektor der Polizeistation in der Nähe des Tirupati-Tempels das »Ultimatum«, sich unverzüglich den Kräften des »freien Indien« anzuschließen und sich an der »Befreiung der sechs Märtyrer vom Bibighar-Park« zu beteiligen. Er erhielt dieses Ultimatum in Form eines gedruckten Pamphlets. Der Versuch, den Aufstand in Majapur mit der Bibighar-Affäre zu identifizieren, als handle es sich nur um einen Kreuzzug zur Befreiung von Männern, die nach Ansicht der Bevölkerung zu Unrecht hinter Gittern saßen, hielt ich nicht nur für einen raffinierten Schachzug, sondern auch für den Beweis, daß hier intelligente Untergrundführer am Werk waren. Merrick stimmte mir darin zu. Beim Anblick des Pamphlets ließ er sofort die Geschäftsräume einer englischsprachigen Lokalzeitung – ›The

Mayapore Hindu‹ – durchsuchen. Dort entdeckte man eine Druckerpresse, die offensichtlich nicht zum Drucken der Zeitung diente, denn man konnte damit auch in der Landessprache drucken. Die Satzvorlage für das Pamphlet war schon wieder auseinandergenommen worden, aber Merrick fühlte sich berechtigt, alle Beschäftigten der Zeitung, die sich im Gebäude befanden, zu verhaften und die Druckerpresse funktionsunfähig zu machen, auf der solche Pamphlete hergestellt werden konnten.

Die Operation war um dreizehn Uhr abgeschlossen, nur sechzig Minuten nach Auftauchen der Flugschrift im *Kotwali* am Tempelplatz, und das sprach deutlich für Merricks Fähigkeiten, prompt zu reagieren, und auch für sein Informanten- oder Spionagenetz. Am Nachmittag fand ich mich in der Distriktsverwaltung ein, wo der Distriktskommissar seinen Stab vollständig um sich versammelt hatte. Hier berichtete mir Merrick, eines der verhafteten Redaktionsmitglieder des ›Mayapore Hindu‹ sei ein guter Freund von Kumar, dem Hauptverdächtigen im Fall Manners. Er hielt es für sehr wahrscheinlich, daß man beim Verhör dieses Burschen (laut Eintrag in meinem Tagebuch hieß er Vidyasagar), Kumars doppeltes Spiel beweisen könne.

Ich gestehe, mich widerte es an zu erkennen, wie weit manche dieser sogenannten gebildeten jungen Inder darin gingen, ein Volk herauszufordern und zu bekämpfen, das ihnen die Möglichkeit gegeben hatte, etwas aus sich zu machen. Mich beunruhigte auch das Ausmaß an Gewalt, das sie – im geheiligten Namen des *Satyagraha* – anwenden konnten. Ich sprach darüber mit Merrick, der mich daran erinnerte, daß er in seinem Beruf so gut wie täglich mit Burschen dieser Art zu tun hatte. Wenn er sich manchmal nicht so strikt an die Vorschriften halte und ihnen mit gleicher Münze heimzahle, tue er das in der Überzeugung, daß der Zweck die Mittel heilige. Er sagte, der Gedanke raube ihm beinahe den Verstand, daß ein anständiges Mädchen wie Daphne Manners, dem doch alle Vorteile eines zivilisierten Lebens offenlägen, sich von einem Burschen wie diesem Kumar den Kopf verdrehen lassen konnte, der in den Genuß einer Public-School-Bildung gekommen war. Diese Auskunft über Kumars Vorgeschichte erstaunte mich, und ich hatte das Gefühl, meine Wertvorstellungen seien völlig auf den Kopf gestellt.

Merrick bezeichnete bei diesem Gespräch (wir tranken schnell eine Tasse Tee zusammen) Gandhi als einen »verrückten alten Mann«, der völlig den Kontakt zu dem Volk verloren hatte, das er immer noch zu führen glaubte. Er sei ein Opfer seiner eigenen »Träume und verrückten Illusionen« und wisse mit Sicherheit nicht, wie diese jungen Männer über ihn lachten, die Merrick im Zaum halten mußte.

Der Distriktskommissar reagierte an diesem Nachmittag auf die einlaufenden Berichte mit ruhiger Entschlossenheit. Ich erklärte meine Bereitschaft, den diensthabenden Offizier der Militärpolizei anzuweisen, bei der Verlegung der sechs Gefangenen zu den Berkshires mitzuwirken. White reagierte überrascht; offensichtlich hatte Merrick nicht mit ihm über diese Möglichkeit gesprochen. Er erklärte, er habe nicht die Absicht, die Fronten zwischen den Rassen zu vertiefen, indem er sechs Männer, die im Verdacht stünden, eine Engländerin vergewaltigt zu haben, englischen Soldaten vor die Nase setzte. Ich reagierte auf diese, wie ich glaubte, unberechtigte Kritik an der Fähigkeit meiner Männer zur Selbstbeherrschung sehr erregt. White versicherte mir, so habe er das keinesfalls gemeint, doch die Aufgabe, solche Gefangenen zu bewachen, müsse höchst unangenehm sein und könne sich nur schlecht auf die Moral der Berkshires auswirken. Bei ihrem möglichen Einsatz in der Stadt seien ein hohes Maß an Selbstdisziplin und ein kühler Kopf vonnöten. Es sei schlimm genug, daß die Nachricht vom Überfall auf Miss Manners in Umlauf gekommen war. Er wünsche nicht, daß die Berkshires durch »die Verdächtigen in ihrer Mitte« ständig an eine Affäre erinnert würden, an der sich nur die Gemüter erhitzen könnten.

Über diesen Punkt konnten wir uns nicht völlig einigen und brachen das Gespräch in leicht gereizter Stimmung ab. Um acht Uhr abends traf die erwartete Aufforderung zur Hilfeleistung ein, und ich ordnete sofort an, das »Überfallkommando«, wie wir diese Truppe inzwischen nannten, solle sich zum Einsatz in der Distriktsverwaltung melden. Den Rest der Berkshires versetzte ich in Alarmbereitschaft. Anschließend fuhr ich zu Whites Bungalow, wohin er inzwischen zurückgekehrt war, und fand ihn bei einer Lagebesprechung mit Richter Menen und Angehörigen seines Stabes. Richter Menen wirkte gelassen wie immer. Ich mußte mich unwillkürlich fragen, ob hinter diesem ernsten, richterlichen Äußeren sich nicht ein Herz versteckte, das im Einklang mit seinen Landsleuten in der Hoffnung auf »Freiheit« schlug.

Seit vier Uhr nachmittags hatte White offensichtlich eingesehen, daß die zur Verfügung stehenden Polizeikräfte nicht ausreichten, um ihre Aufgabe, Menschenansammlungen zu verhindern, weiterhin zu erfüllen. Und da eine Abteilung der städtischen Polizei ihren Kollegen in Tanpur zu Hilfe eilen und versuchen sollte, den Kontakt mit Dibrapur wiederherzustellen, verringerte sich die Stärke der Polizeikräfte in Majapur. Die Stimmung in der Bevölkerung ließ für den nächsten Tag entschlossene Versuche erwarten, in das Zivilistenviertel vorzudringen. Die gesammelten Berichte aus dem eigenen und aus anderen Distrikten und Provinzen gaben einen guten Eindruck vom Ausmaß und Wesen der Aufstände; und deshalb hatte der Distriktskommissar abends gegen sieben Uhr dreißig beschlossen, militärischen Beistand anzufordern. Ich fand mich gegen acht Uhr fünfzehn bei ihm ein, und er dankte mir für unsere prompte Reaktion. Er äußerte die Hoffnung, es werde sich am nächsten Tag nicht als notwendig erweisen, unseren vollen Einsatz zu fordern. Wir kamen überein, den Zug der Berkshires abrufbereit in der Distriktsverwaltung zu belassen und noch in der Nacht einen Trupp in Begleitung eines Richters und eines Polizeibeamten nach Dibrapur zu entsenden, um einen Überblick über die dortige Lage zu bekommen und zu versuchen, die Ruhe wiederherzustellen. Ich wollte die Berkshires nicht zersplittern und befahl deshalb den Ranpurs in Marpuri, einen Zug nach Dibrapur auf den Weg zu bringen. Ihr Standort ermöglichte ihnen, den Fluß etwa sechs Meilen westlich von Majapur zu überqueren und sich Dibrapur auf einer Nebenstraße zu nähern, um die Rebellen dort zu überraschen. Meine Befehle wurden dem Wachoffizier sofort telefonisch übermittelt.

Ich beschloß, beim Zusammentreffen der Ranpurs mit den Vertretern der Zivilgewalt dabeizusein, und verließ Majapur mit den beiden Beamten in meinem Fahrzeug gegen zweiundzwanzig Uhr. Wir stießen auf die Ranpurs, und ich führte den

Trupp zur Brücke eines Dorfes namens Tanipuram. Dort fanden wir Polizeiposten vor. Der Unterinspektor berichtete, man habe in der Dämmerung Männer beobachtet, die sich der Brükke näherten, jedoch beim Anblick seiner Leute wieder verschwanden. Trotz der Gerüchte, in Majapur herrsche offener Aufruhr, sei es im Dorf den ganzen Tag ruhig gewesen. Ich verließ die Ranpurs, die sich in Richtung Dibrapur in Marsch setzten, und fuhr zu unserem Treffpunkt zurück – der Eisenbahnhaltestelle für die umliegenden Dörfer. Ich bemühte mich um eine Telefonverbindung nach Majapur und hinterließ in der Distriktsverwaltung die Nachricht, daß die Ranpurs unterwegs seien. Dann ließ ich mich nach Hause bringen, denn ich hatte das Gefühl, in dieser Nacht alles getan zu haben, was möglich war. Inzwischen war Mitternacht vorbei, und es regnete; ich dachte, das würde das Feuer potentieller nächtlicher Unruhestifter beträchtlich dämpfen.

Am Morgen, nach ungefähr dreistündigem Schlaf, weckte mich mein Signaloffizier mit der Nachricht, der Zug der Ranpurs sei auf dem Weg nach Dibrapur etwa zehn Meilen vor der Stadt durch eine Straßensperre in Form eines gefällten Baums aufgehalten worden. Dies stellte natürlich kein Hindernis für die Männer dar, wohl aber für die Fahrzeuge. Der anhaltende Regen und der schlammige Zustand von Straße und Straßenrändern hatten die Beseitigung des Baums erschwert. Der Unteroffizier des Zuges, ein junger Inder, hatte vorgeschlagen, zwei Abteilungen zu Fuß in das nächste, eine Meile entfernte Dorf vorauszuschicken, doch der Richter und der Polizeibeamte bestanden darauf, das Kommando müsse zusammenbleiben, bis das Hindernis aus dem Weg geräumt sei. Hätte sich der Unteroffizier nicht wider besseres Wissen umstimmen lassen, wäre es möglicherweise gelungen, die Zerstörung der Brücke von dem Dorf – einer Brücke über den Seitenarm des großen Flusses, der durch Majapur fließt – zu verhindern. Die Brücke wurde etwa zwanzig Minuten, nachdem die Männer mit der Beseitigung der Straßensperre begonnen hatten, gesprengt. Sie hörten die Explosion. Nach Erreichen des Dorfes (das bis auf ein paar alte Männer und Frauen verlassen war) setzte sich der Unteroffizier über Funk mit der Brigade in Verbindung und meldete, die

Straße nach Dibrapur müsse für Fahrzeuge als unpassierbar angesehen werden. Er bat um weitere Befehle.

Dieser Situation mußte ich mich am Morgen des zwölften August stellen. Ein Blick auf die Karte bestätigte mir, daß es keine andere Straße nach Dibrapur gab, es sei denn, man machte einen Umweg zurück nach Norden bis zur Brücke bei Tanipuram. Aber die Straße von dort nach Dibrapur konnte man unter dem Gesichtspunkt der Befahrbarkeit kaum anders denn als eine Schönwetterstraße bezeichnen. Falls auch die Brücke bei Tanipuram gesprengt wurde, mußte ich vorübergehend auf die Fahrzeuge – zwei Dreitonner, einen Eineinhalbtonner – und eine wertvolle Funkausrüstung verzichten.

Glücklicherweise hatte mein Nachrichtenoffizier, ein etwas zurückhaltender, jedoch äußerst fähiger junger Mann namens Davidson, die Gefahr bereits erkannt, meinen Befehl vorausgeahnt und die Polizeibehörde gebeten, sofort Kontakt mit ihrem Posten an der Brücke von Tanipuram aufzunehmen, um die Lage dort zu überprüfen und die Männer vor Saboteuren zu warnen. Ich rief den Distriktskommissar an und erklärte ihm, ich müsse damit rechnen, wertvolle Fahrzeuge und Ausrüstung zu verlieren, es sei denn, er erteile mir eine Blankovollmacht, um die Straße zu sichern. Ich begründete meine Forderung und fügte hinzu, eindeutig würden die Rebellen in Dibrapur von sehr geschickten Männern geführt, und Dibrapur sei offensichtlich zum Bollwerk der Rebellion im Distrikt ausersehen.

White dachte kurz nach und erklärte, er stimme mir im großen und ganzen zu, er gebe mir freie Hand auf der Straße, während sich die Ranpurs »zurückzogen«. Ich erwiderte, ich dächte nicht unbedingt an Rückzug, sondern beabsichtige, die Straße so lange zu sichern, wie nötig wäre, um eine Brücke über den Fluß zu schlagen. Uns fehle es bedauerlicherweise an der notwendigen Ausrüstung, doch selbst wenn die Ranpurs erst in einigen Stunden weiter vorrückten, sei das besser als nie! Seine Antwort verblüffte mich. »Nein«, sagte er, »ich wünsche den Rückzug, aber ich gebe Ihnen auf der Straße freie Hand, bis Ihre Männer sich auf unsere Seite von Tanipuram zurückgezogen haben. Ich werde es Ihnen sofort schriftlich bestätigen.«

Ich fragte: »Und wenn wir die Brücke in Tanipuram ebenfalls verlieren?«

Er erwiderte: »Das würde eine Neueinschätzung der Lage erfordern. Aber für mich sieht es grob gesagt so aus, daß Sie drei Fahrzeuge und ein Funkgerät für den unmittelbaren Einsatz verloren haben.« Er verabschiedete sich und legte auf. Ich kleidete mich rasch an und frühstückte. Ich war entschlossen, beim Eintreffen der Nachricht, die Brücke bei Tanipuram sei ebenfalls unpassierbar, den Ranpurs Befehl zu geben, Richter hin, Richter her, ihre Anwesenheit in diesem Gebiet spürbar zu machen. Aber ein Anruf aus der Polizeikommandantur beruhigte mich: Die Brücke in Tanipuram stand noch, und es gab keine Anzeichen von Schwierigkeiten.

Ich beschloß, den Befehl zum Rückzug der Ranpurs hinauszuschieben, bis die angekündigte schriftliche Aufforderung des Distriktskommissars eintraf. Ich erhielt sie um acht Uhr und wies Ewart sofort an, den Zug zurückzurufen. Dann besprach ich die Situation in Dibrapur mit Davidson, meinem Nachrichtenoffizier. Er äußerte die Meinung, *wenn* der Distriktskommissar Dibrapur für das Zentrum der Unruhen im Distrikt halte, könne man es eine Weile im eigenen Saft schmoren lassen, denn die Rebellen besäßen keine »Truppen«, und Majapur rangiere an erster Stelle. Vermutlich habe der Kommissar beschlossen, die Befreiung des Distrikts solle von Majapur ausgehen.

Ich glaube, von meinem ganzen Stab gestattete sich Davidson die größte Offenheit mir gegenüber (abgesehen von Ewart, mit dem mich eine persönliche Freundschaft verband). Als ich das Kommando in Majapur übernahm, war ein junger Bursche namens Lindsey, an dem ich sofort Gefallen fand, mein Nachrichtenoffizier gewesen. Er hatte mit den glücklosen Expeditionsstreitkräften an der Front in Frankreich gekämpft. Zu den Berkshires hatte er schon vor dem Krieg gehört, als er in der Territorialarmee diente, und er war als Kompaniechef mit dem neuen Bataillon nach Indien gekommen. Nach seiner Ankunft hatte man ihn im Nachrichtendienst ausgebildet. Danach äußerte er den Wunsch, in einer Einheit seines alten Regiments zu dienen, und man ernannte ihn sofort zum Nachrichtenoffizier unserer Brigade. Anfang April, eine Woche nach meiner Ankunft in Majapur, wurde er in eine G 3 (I)-Stelle zur Division versetzt. Ich war ganz und gar nicht damit einverstanden, doch Ewart überredete mich, die Versetzung nicht zu verhindern.

Seiner Meinung nach hatte Lindsey seit der Ankunft in Majapur Zeichen von Unruhe und Unsicherheit gezeigt, und Ewart vermutete, er habe einen Freund im Divisionsstab gebeten, sich um die Versetzung zu bemühen. Lindseys Nachfolger erschien mir zunächst nicht als besonders guter Ersatz, und wir kreuzten mehrmals die Klingen. Er war jüdischer Herkunft und von einer Empfindlichkeit, deren Ausmaß ich nicht sofort erkannte.

Nach meinem Gespräch mit Davidson beschloß ich, White aufzusuchen. Ich fuhr zu seinem Bungalow. Mrs. White berichtete mir, ihr Mann befinde sich auf einer Fahrt durch das Garnisonsviertel und die Stadt, doch sie erwarte ihn gegen zehn Uhr zurück. Ich beschloß zu warten. Ich sprach mit Mrs. White über die Lage und stellte fest, daß sie sehr geschickt eine Meinung vertrat, die zwischen meiner und der ihres Mannes lag. Sie sagte: »Robin hat schon immer versucht, mindestens ein Jahr weiter zu sehen. Er weiß, mit den Leuten, die heute unsere Gegner sind, werden wir später leben und uns für sie verantwortlich fühlen müssen.« Ich erwiderte: »Ja, vorausgesetzt, die Japaner marschieren nicht ein.« Sie erwiderte: »Ich weiß. So sehe ich es persönlich auch. Aber dann denke ich daran, daß ich meine Zwillinge vielleicht nie mehr wiedersehen werde. Robin denkt auch so. Doch er weiß, dafür wird er nicht bezahlt, daß er so denkt.«

Ich erkannte sofort, daß zwischen Mr. und Mrs. White die gleiche wundervolle Partnerschaft bestand, mit der auch mein Leben gesegnet gewesen war.

White kehrte in Begleitung des jungen Jack Poulson zurück und entschuldigte sich wegen der möglichen Verstimmung, die seine Haltung zu den Ranpurs und der Brücke vielleicht in mir ausgelöst habe. Ich erkundigte mich, ob meine Vermutung richtig sei, er habe beschlossen, Dibrapur ein oder zwei Tage im eigenen Saft schmoren zu lassen, bis in Majapur wieder Ruhe eingekehrt sei, um danach Dibrapur gesondert zu befrieden. Er wirkte überrascht, überlegte einen Moment und erwiderte dann: »Ja, vermutlich kann man es militärisch so ausdrücken.«

Ich fragte ihn, wie man es denn zivil ausdrücken könne, und er antwortete sofort: »Es geht um Schutz von Leben und Besitz.« Ich erkundigte mich, ob er deshalb der Ansicht sei, dem Militär nicht trauen zu können. Er antwortete: »Ihre Männer sind bewaffnet. Meine Männer haben ein paar Störwaffen wie Sprengstoff usw., aber sonst nur ihre Hände und ihre Gefühle.«

Daß er die Rebellen als »seine Männer« bezeichnete, überraschte mich. Doch dann begriff ich, daß er seine Verantwortung ebenso ernst nahm wie ich die meine, und ich sah, welch seltsame Feindschaft, aber auch Freundschaft zwischen zwei Männern von gleicher Herkunft entstehen konnte, einfach weil sich ihre Verantwortungsbereiche unterschieden. Und doch, dachte ich, erhofften wir uns dasselbe Ergebnis.

Im zivilen Bereich gab es an diesem Morgen folgende Nachrichten: Die Britisch-Indischen-Elektrowerke wurden bestreikt, und die Studenten der staatlichen höheren Schule und der Technischen Hochschule von Majapur planten für den Nachmittag eine Massendemonstration. *Satyagraha* sollte Ausdruck finden in einem Marsch über die Bibighar-Brücke und durch die Grand Trunk Road bis hinaus zum Flugplatz in Banyaganj. Dort stand die Arbeit inzwischen ebenfalls still, denn man hatte die Männer und Frauen, die zunächst dem Aufruf der Kongreßpartei zur Arbeitsniederlegung nicht gefolgt waren, in der Zwischenzeit doch einschüchtern können.

White gefiel die Idee von Maßnahmen gegen die Studenten, die von Natur aus unberechenbar seien, ganz und gar nicht. Vielleicht gäben sie sich damit zufrieden, friedlich zu marschieren, nähmen es hin, daß ein paar aus ihrer Mitte festgenommen würden, und gingen friedlich in dem Bewußtsein auseinander, dem Machthaber die Meinung gesagt und sich zu den Idealen der Kongreßpartei bekannt zu haben. Aber beim leisesten Wind aus einer anderen Richtung, wie White es ausdrückte, könnten sie sich in einem Anfall von Massenhysterie unbewaffnet auf Polizei oder Militär stürzen, und das würde unter Umständen zu tragischen Todesfällen führen. Deshalb bat White nur darum, seine Polizeikräfte durch Truppen zu verstärken. Der Kommandeur sollte sowohl die Aktionen der Polizei als auch seine eigenen Leute unter Kontrolle halten, denn die Polizei neige dazu, wie White sagte, die Studenten hart anzufassen. White legte mir dar, da seine Informanten mühelos an die Einzelheiten dieses Plans gelangt seien, könne man vermuten, daß durch die Studentendemonstration unsere Truppen hauptsächlich auf die Bibighar-Brücke und die Umgebung der Schulen konzentriert werden sollten. Er rechnete mit einem gleichzeitigen Versuch, über die Mandir Gate-Brücke zum Gefängnis vorzudringen.

Ich mußte seine kühle und, wie ich dachte, vernünftige Einschätzung der Lage bewundern. Ich wies darauf hin, dieser Vormittag sei vielleicht geeignet, um in einer gemeinsamen Aktion von Militär- und Zivilbehörden an den wichtigsten Plätzen der Stadt ein Versammlungsverbot ausrufen zu lassen. White hatte bereits daran gedacht und erwog es jetzt noch einmal. »Nein«, sagte er schließlich, »für mich fällt das unter die Überschrift ›Provokation‹ und erinnert mich zu sehr an das Vorspiel zu dem Massaker in Amritsar. Es könnte *sie* ebenfalls daran erinnern. Sie brauchen die Proklamation nicht, denn sie wissen, was erlaubt ist und was nicht.«

Ich glaube, aus diesem Gespräch – es begann in einer kühlen Atmosphäre, die beinahe an Mißtrauen grenzte – lernte ich mehr über die Denkweise der Zivilisten als in jedem anderen vergleichbaren Zeitraum meiner gesamten Dienstzeit in diesem Land. Es hinterließ in mir einen tiefen und bleibenden Eindruck von dem totalen Einsatz des Distriktskommissars für das Wohl der Menschen insgesamt, ohne Rücksicht auf Rasse, Glaubensbekenntnis oder Hautfarbe. Ihm müssen sicherlich Zweifel gekommen sein, welchen der unterschiedlichen Wege er einschlagen sollte, doch ich glaube, er mußte sie alle in Einklang mit der Erkenntnis bringen, daß wir, wie seine Frau gesagt hatte, mit diesen Menschen wieder in Frieden zusammenleben müßten, sobald die Unruhen vorüber waren. Ich glaube, im nachhinein wurde er kritisiert, und man behauptete, er habe bei den Unruhen in Majapur »den Kopf verloren«. Wenn man diese Kritik tatsächlich erhob, möchte ich etwas klarstellen: White hielt die Zügel in der Hand, solange er konnte, und ich versuchte, in den wenigen Tagen, in denen die Umstände ihm die Erfüllung seiner Pflichten beinahe unmöglich machten, aus einer unangenehmen Aufgabe das Beste zu machen. Ich möchte aber auch festhalten, daß White meiner Ansicht nach sich eher aufgerieben als geschlagen gegeben hätte, wenn er am Abend des zwölften August nicht von seinem Vorgesetzten (der zweihundert Meilen entfernt saß!), der seinerseits auf Anweisung des Provinzgouverneurs handelte, aufgefordert worden wäre, »alle zur Verfügung stehenden Streitkräfte« einzusetzen. Mein Divisions- und Gebietskommandant hatte mir eine ähnliche Mitteilung zukommen lassen. Am Abend des zwölften August befand sich die Provinz insgesamt eindeutig in einem Zustand gewalttätiger Unruhen, so daß man ohne weiteres von einer Rebellion sprechen konnte – und das mußte unsere Vorgesetzten mit ernstesten Zweifeln für die unmittelbare Zukunft erfüllen.

Das Treffen am Morgen des zwölften August war buchstäblich die letzte Begegnung, die einen klaren Eindruck in mir hinterlassen hat. Ich habe bereits an anderer Stelle – als Beispiel des Reglements für die militärische Unterstützung der Zivilbehörden – die nachmittägliche Operation in der Mandir Gate-Bridge Road beschrieben. Wie White vorausgesehen hatte, versuchte der Mob in dem Glauben, die Ordnungshüter seien mit der Studentendemonstration vollauf beschäftigt, in das Zivilistenviertel vorzudringen. Die Aufrührer setzten die Polizeistation in der Nähe des Tempels in Brand und marschierten in Richtung Bahnhof. Während dieser Vorfälle auf der Mandir Gate-Brücke verteidigten die Polizeikräfte verzweifelt das Gefängnis. Zwei Polizisten fanden den Tod. Es gelang der Menge, das Gefängnis zu stürmen und eine Reihe von Gefangenen zu befreien, ehe ein Trupp Berkshires, der eiligst dorthin in Marsch gesetzt wurde, die Oberhand gewann.

Wie dem Leser vielleicht von meiner ausführlichen Beschreibung der Vorgänge in der Mandir Gate-Bridge Road erinnerlich sein wird, nutzte die »Beistands«-Truppe den strategischen Vorteil, den ihr die Schüsse in die Menge brachten – die daraufhin zurückwich –, und rückte vor. So gelang es, die Mehrheit der Aufständischen über die Brücke zurückzudrängen; allerdings konnten kleinere Gruppen in die Seitenstraßen flüchten.

Die Berkshires machten am Brückenkopf halt. Der Zugführer fragte den Richter, Mr. Poulson, ob er Stellung beziehen oder die Brücke überqueren und in das Stadtgebiet vordringen solle, um den Tempelplatz zu besetzen, denn er sah bereits, wie neue »Führer« die fliehende Menge beschworen, sich wieder zu formieren. Poulson wollte sich offenbar auf den Buchstaben genau an das Reglement halten und forderte den Zugführer auf, am Brückenkopf Stellung zu beziehen. Aus der Richtung des Bahnhofs hörte man inzwischen Schüsse, und Poulson vermutete richtig, daß die Menge sich auf dieser Seite der Brücke geteilt hatte und sowohl durch die Mandir Gate-Bridge Road als auch über die Gleise in Richtung Bahnhof vorgedrungen war. Er erklärte dem Zugführer, wenn der Trupp zum Tempelplatz vorrücke, könne es geschehen, daß er zwischen die Menge, die sich in der Stadt neu formierte, und die Menge, die sich vom Bahnhof zurückzog, geriet. Als die Männer und Frauen, die sich vor den Schüssen am Bahnhof in Sicherheit bringen wollten, in Sicht kamen, entdeckten sie die Berkshires, die ihnen den Fluchtweg über die Brücke zu versperren schienen.

Trotz Mr. Poulsons sofortiger Forderung und der ebenso prompten Reaktion des Zugführers, »eine Gasse für die unbewaffneten, fliehenden Zivilisten zu öffnen«, gerieten die Leute beim Anblick der Soldaten in Panik und mißdeuteten die Anstalten der Soldaten, ihnen den Weg freizumachen. Die ersten Reihen wichen zurück und wurden von den folgenden niedergetrampelt. Viele kletterten zum Flußufer hinunter und versuchten, über den Fluß zu schwimmen; und bedauerlicherweise ertranken dabei etliche Männer und Frauen. Dieser Vorfall war Anlaß zu großen Mißverständnissen. Die Inder beschuldigten uns später, bewußt eine Falle gestellt und kein Erbarmen mit denen gezeigt zu haben, die hineinliefen. Man versuchte nachzuweisen, daß die Truppen an der Brücke in die Menge gefeuert hätten und daß deshalb viele Menschen aus Angst in den Fluß gesprungen seien. Soweit ich weiß, beruhten solche »Beweise« ausschließlich auf Schußwunden, die man bei einigen der Ertrunkenen entdeckte, als die Leichen geborgen wurden. Diese Wunden können nur von dem Zusammenstoß am Bahnhof stammen, wo die Truppen eine Salve abfeuern mußten, als die Menge auf den Befehl, sich aufzulösen, nicht reagierte und statt dessen die Soldaten mit Steinen bewarf. Ich glaube, ich habe erwähnt, daß Merrick, der Polizeichef, seine Leute am Bahnhof selbst befehligte. Er bewies große Energie und Entschlossenheit, ohne Rücksicht auf die eigene Sicherheit zu nehmen. Er ritt immer wieder in die Menge, um sie zu zerstreuen und zu verhindern, daß sich eine Front bildete. Erst als der Mob ihn zum Rückzug zwang, gab er den wenigen bewaffneten Polizisten und Soldaten die Erlaubnis zu feuern.

Es war ein bitterer Nachmittag, und er erreichte seinen Höhepunkt, als die Nachricht in der Distriktsverwaltung eintraf, das Gefängnis sei angegriffen worden und befinde sich in der Gewalt der Rebellen. Inzwischen regnete es heftig. Zwischen fünf und sechs Uhr nachmittags tobte ein Sturm über unseren Köpfen – gleichsam ein Spiegelbild der Turbulenzen auf der Erde. Unter solch widrigen Umständen fuhr ein neuer Trupp der Berkshires (den ich zusammen mit dem Distriktskommissar begleitete) in offenen Transportfahrzeugen über die Brücke und näherte sich dem Gefängnis. Der Regen und die Nachricht, daß der Durchbruch der Rebellen in das Zivilistenviertel mißglückt war, ließ die Menge in der Jail Road kleiner werden. Und zweifellos verunsicherte das Schauspiel mehrerer Fahrzeuge mit bewaffneten Truppen, die mit hoher Geschwindigkeit durch die Straßen fuhren, die Männer und Frauen, die sich noch in dieser Gegend aufhielten. Trotzdem mußten die Truppen in der Nähe des Gefängnisses den Wagen verlassen und mehrere Salven über die Köpfe der Menge abfeuern, um sich einen Weg zu bahnen. Nachdem wir das Gelände vor dem Gefängnis geräumt hatten, mußte die Pforte in den riesigen alten Holztoren des Gefängnisses mit Äxten geöffnet werden. Die Aufständischen hatten sich eingeschlossen. Sie waren auch in die Waffenkammer eingebrochen, doch glücklicherweise konnten sie mit den gefundenen Waffen nicht umgehen, sonst wären unsere Männer beim Vordringen unter Beschuß geraten. Trotzdem wurde einer unserer Soldaten verwundet, als die Berkshires hinter ihrem Zugführer in den Gefängnishof stürmten.

Diese Niederlage versetzte den Hoffnungen der Rebellen an diesem Tag den entscheidenden Schlag, und wie üblich, wenn Rückschläge solcher Art hinzunehmen waren, richtete sich der Zorn nach innen. In der Nacht vom zwölften auf den dreizehnten, als noch nicht eindeutig feststand, wer die Stadt beherrschte, ließen Teile der Menge davon ab, uns zu belästigen, und trugen alte Streitigkeiten untereinander aus. In der Stadt kam es zu Plünderungen und Brandstiftungen, aber diesmal richteten die Angriffe sich gegen Läden und Häuser der Einheimischen, sogar gegen Menschen. So ließ sich eine am nächsten Morgen gefundene Leiche einfach zum Märtyrer für die Sache des Friedens machen, den Polizei oder Militär zu Tode geprügelt hatten! Auch im Garnisonsviertel kam es zu einigen Zwischenfällen. Kleine Gruppen waren am Nachmittag in die Seitenstraßen geflohen, hatten sich bis nach Einbruch der Dunkelheit versteckt gehalten und verursachten später kleinere Schäden entlang der Bahnlinie. In dieser Nacht brach auch ein Feuer in einem Lager auf dem Bahngelände aus.

Inzwischen hatte der Distriktskommissar von seinem Vorgesetzten Anweisung erhalten, den Aufstand im Distrikt unter Einsatz aller verfügbaren Streitkräfte niederzuschlagen, und mein Gebietskommandant hatte mich von dieser Entwicklung in Kenntnis gesetzt. Meine »persönlichen« Anweisungen lauteten, wenn ich im Laufe der nächsten Stunden den Eindruck gewänne, die Zivilbehörden seien nicht länger funktionsfähig, könne ich nach Gutdünken die Befehlsgewalt übernehmen und das Kriegsrecht erklären. Nach meinem Eindruck vom Nachmittag glaubte ich jedoch, White und ich könnten die Ordnung wiederherstellen, solange wir uns darin einig waren, daß die Lage sich nicht verschlechtert hatte, und solange man von keinem von uns beiden verlangen konnte, bei jedem Vorfall die Verordnungen buchstabengetreu zu befolgen. Ich informierte meinen Gebietskommandanten in diesem Sinne und drückte meine tiefe Besorgnis über die Lage in Dibrapur aus, die ich nach den Erfahrungen des Tages zunehmend ernster beurteilte.

Spät am Abend traf ich mich noch einmal kurz mit White – eine von mehreren Unterredungen, an die ich keine klare Erinnerung mehr besitze, denn sie fanden alle unter Zeitdruck und in großer Anspannung statt. Doch ich erinnere mich noch an seinen gequälten Gesichtsausdruck und seine spontane Frage, als er mich sah: »Sie übernehmen also vermutlich?« Ich erwiderte: »Wünschen Sie es?« Er schüttelte den Kopf, hielt es aber ebenfalls für richtig, am nächsten Morgen ein Kommando auf der direkten Straße im Süden von Majapur nach Dibrapur zu entsenden. Doch der Gebietskommandant rief mich in der Nacht noch einmal an und gab Anweisung, von Nordwesten, von der zerstörten Brücke aus, auf Dibrapur zu marschieren. Die Brücke sollte von den Technikern so schnell wie möglich instandgesetzt werden, damit die Verbindung über diese Straße wieder aufgenommen werden konnte, sobald in Dibrapur Ruhe herrschte.

Die Ranpurs wurden auf diesem kurzen, zehn Meilen langen

Abschnitt hinter der Brücke immer wieder von Straßensperren und selbstgebastelten »Minen« aufgehalten und hatten dadurch einige Opfer zu beklagen. Das bestätigte meine Ansicht, daß Dibrapur zum Zentrum des geplanten Aufstandes ausersehen war. Erst am Morgen des siebzehnten August konnte ich dem Distriktskommissar berichten, die Stadt befinde sich wieder in den Händen der legalen Ordnungsmacht. Zur Unterstützung der Ranpurs mußte ich eine Kompanie der Pankots auf der direkten südlichen Straße, die durch Tanpur verläuft, entsenden, und schließlich wurde aus der Operation so etwas wie ein regelrechter Angriff. In der Nacht zum dreizehnten, als die Ranpurs in der Stadt einrückten, verhängte ich über Dibrapur den Kriegszustand. Es dauerte drei Tage, ehe Recht und Ordnung wiederhergestellt waren. Am siebzehnten übernahm ein Beamter aus dem Stab des Distriktskommissars wieder die Kontrolle, und alle diejenigen Vertreter der Zivilbehörden, die sich offenbar auf die Seite der Rebellen geschlagen hatten (der indische Unterbezirksbeamte, ein Richter und mehrere Polizisten), wurden nach Majapur zurückgebracht, um in erster Instanz vom Distriktskommissar vernommen zu werden. Bei dieser Gelegenheit wurde auf disziplinarische Maßnahmen gegen den Unterbezirksbeamten verzichtet, der Geld zurückgab, das er angeblich deshalb versteckt hatte, damit es nicht den Rebellen in die Hände fiele.

In der Zwischenzeit durchlief der Aufstand im ganzen Distrikt Phasen zunehmender Gewalttätigkeit, die sich praktisch jeder Kontrolle zu entziehen schien. Doch schließlich erreichte er einen Punkt, an dem wir den Eindruck gewannen, daß wir den Kräften, die ihn trugen, erfolgreich entgegengewirkt hatten. Die ursprüngliche Antriebskraft, die man braucht, um bei einem gewaltsamen Konflikt aktiv zu werden, scheint die klarsten Erinnerungen zu hinterlassen. Danach sind Disziplin und Drill gefordert, werden eingesetzt und beweisen ihren Wert. Doch sie scheinen dem Individuum keine besonders einprägsamen Erinnerungen zu schenken. Aber ich erinnere mich noch an den vierzehnten August, als die Menge noch einmal im Namen der »Märtyrer von Bibighar und der Mandir Gate-Brücke« versuchte, in das Zivilistenviertel vorzudringen.

Ich muß gestehen, der Anblick der Massen, unter denen sich

so viele junge und alte Frauen befanden, die sich mutig der Gefahr einer Verwundung oder Tötung aussetzten, bewegte mich. In diesem Aufmarsch am vierzehnten entdeckte ich eine größere Nähe zum Gewaltlosigkeitsprinzip des Mahatma. Diese einfachen Stadtbewohner schienen über Nacht von ihren Anführern ernüchtert zu sein, die sie angespornt hatten, alle erdenklichen Waffen zu ergreifen, in der Hoffnung, damit Polizei und Soldaten überwältigen zu können. Diesmal kamen sie im Geist des unbewaffneten Widerstandes und trugen Transparente, die uns aufforderten, Indien zu verlassen und ihnen die »unschuldigen Opfer von Bibighar« auszuliefern. Die Menge, die versuchte, die Bibighar-Brücke zu überqueren, setzte sich hauptsächlich aus Frauen und Kindern zusammen. Der Anblick war so rührend, daß unsere Männer zögerten zu feuern, obwohl sie Befehl hatten, nur über die Köpfe der Menge zu schießen, solange die Frauen vorwärtsdrängten. Ich beobachtete einen Soldaten der Berkshires, der die Formation verließ, um ein kleines Mädchen zu trösten, das auf und ab lief und seine Mutter suchte – zweifellos eine der Frauen, die sich auf die Straße geworfen hatten, damit die Soldaten über sie hinwegsteigen mußten, wenn sie vorrückten, um die Brücke zu räumen.

Es besteht kaum ein Zweifel, daß der Überfall auf Miss Manners im Bibighar-Park der Bevölkerung eine »zündende« Parole verschaffte, doch ich nahm nie die Vorwürfe ernst, die Schritte der Polizei, um die Vergewaltigung zu »rächen«, hätten die Unruhen in der Stadt ausgelöst. Ich bin sicher, die Geschichten über die brutale Behandlung der sechs verhafteten Männer entbehren jeder Grundlage, obwohl ich noch einmal daran erinnern möchte, daß die Polizei, mit Ausnahme der höchsten Beamten, etwa des Polizeichefs, sich aus Indern zusammensetzte. Und man muß gestehen, es hat in unserer Geschichte Fälle gegeben, in denen weiße Vorgesetzte unfairerweise für Handlungen ihrer indischen Untergebenen verantwortlich gemacht wurden, die dem Buchstaben nach ihrer Verantwortung unterstanden. Ich bezweifle jedoch, daß selbst die Inder das Gerücht ernst nahmen, einer oder mehrere der Verhafteten (sämtlich Hindus) seien gezwungen worden, Rindfleisch zu essen. Es stimmt, unter den Polizisten findet man einen hohen Anteil von Moslems. Hätte die Bevölkerung die Rindfleischgeschichte tatsächlich geglaubt, wäre sofort das Gerücht entstanden, Moslempolizisten seien dafür verantwortlich, und dies hätte zu Unruhen geführt, die uns zu diesem Zeitpunkt glücklicherweise erspart blieben. Solche Geschichten im Zusammenhang mit der Bibighar-Affäre sind zweifellos aus dem Klatsch entstanden, nachdem die Ruhe wiederhergestellt war. Mit Sicherheit kamen mir solche Geschichten damals nicht zu Ohren, wenn aber doch, dann erschien es mir sinnlos, ihnen nachzugehen, was ja ohnehin nicht meine Aufgabe war.

Die schweren Unruhen in Majapur, deren Niederschlagung jedem von uns alle Energie abverlangte, behinderten die zuständigen Stellen bedauerlicherweise bei der Suche und Auswertung von Beweisen gegen die Männer, die man der Vergewaltigung verdächtigte. Hinzu kam die Unfähigkeit der jungen Frau, klare Aussagen zu machen, die eine Identifikation ermöglicht hätten, und so blieb der Fall im juristischen Sinne ungelöst. Es bestand nie ein Grund, die Verdächtigen zur besseren Verwahrung in die Kaserne zu verlegen, aber falls sie wirklich schuldig waren (ich möchte mich in diesem Punkt nicht festlegen), so konnten sie von Glück sagen, daß man so mit ihnen verfuhr. Auf Grund der bewiesenen Aktivitäten und Verbindungen in der Vergangenheit konnte man sie nur nach dem Ermächtigungsgesetz behandeln, und das geschah auch. Im Fall der Missionslehrerin und des Mordes an ihrem indischen Untergebenen konnte keiner der an diesem Tag in Tanpur Festgenommenen unverzüglich als Täter identifiziert werden, und das führte vermutlich dazu, daß auch hier der Gerechtigkeit nicht Genüge geschah, obwohl schließlich ein oder zwei Männer zum Tode verurteilt wurden.

Nach später veröffentlichten offiziellen Angaben gab es im ganzen Land mehr als fünfhundert Fälle, in denen die Polizei und/oder das Militär auf die Bevölkerung schießen mußten. Über sechzigtausend Personen wurden verhaftet, mehr als tausend getötet und mehr als dreitausend schwer verletzt. Indische Stellen bestreiten diese Zahlen und geben die Todesfälle mit vierzigtausend an! Für meine Truppen gibt es folgende Zahlen: Zwischenfälle, bei denen Schießbefehl erteilt wurde: 23 (12 davon in Dibrapur). Geschätzte Todesfälle infolge von Schüssen: 12. Verwundete infolge von Schüssen: 53. Ich glaube, diese

Zahlen beweisen die beherrschte Haltung unserer Männer. Mir fehlen die Zahlen der Festgenommenen, denn sie fielen in den Amtsbereich der Polizei. Mir fehlen auch die Angaben über verhängte Strafen, zum Beispiel Auspeitschungen, ein Punkt, auf den Inder immer sehr empfindlich reagieren. Die Schäden in den Städten und den Außenbezirken des Distrikts waren erheblich, und es vergingen einige Wochen, ehe die Ordnung in dem Maße wiederhergestellt war, daß eine Zivilbehörde überhaupt von »Ordnung« sprechen konnte – das heißt, ein funktionierendes Nachrichtensystem, ungestörte Verbindung durch Straße und Bahn von einem Ort zum anderen, die Gemeinden völlig unter Kontrolle der Polizeibehörde und unter der Rechtsprechung gesetzlich ernannter Richter. Wie White sagte, hatte die Bevölkerung letzten Endes selbst unter der Störung ihres normalen friedlichen Lebens zu leiden. Man behauptet zum Beispiel, die Hungersnot in Bengalen 1943 hätte verhindert oder wenn nicht verhindert, so doch zumindest in ihren Auswirkungen abgeschwächt werden können, wenn es nicht zu den Aufständen gekommen wäre. In vielen Fällen kam es zu sinnloser Zerstörung von Läden, Lagerhäusern und Vorratsspeichern.

Mir ist bewußt, daß ich vielleicht allzu ausführlich über Ereignisse geschrieben habe, die in meinem Leben insgesamt nicht von langer Dauer waren und denen vom militärischen Standpunkt auch keine größere Bedeutung zukommt. Vielleicht hinterließen sie in mir deshalb einen so tiefen und bleibenden Eindruck, weil ich in dieser Zeit persönliche Verluste hinnehmen mußte, über die zu sprechen mir immer noch schwerfällt. Während ich damals meinen täglichen Pflichten nachging, gab es Momente, in denen ich spürte, daß mein Leben – so einfach es auch gewesen sein mochte – mir ungnädigerweise bereits alle Belohnungen hatte zuteil werden lassen. Und angesichts der Gewalt und Geschlossenheit der Woge, die uns entgegenbrandete, mußte ich mich fragen: Worin haben wir geirrt? In welcher Hinsicht habe ich persönlich versagt?

Am achtzehnten August, einen Tag, nachdem ich dem Distriktskommissar berichten konnte, daß Dibrapur wieder seiner Amtsgewalt unterstand, und als meine Offiziere – die inzwischen über den ganzen Distrikt verstreut waren – glaubten, die schlimmsten Ausschreitungen seien überstanden, erreichte mich ein Telegramm von Tubby Carter, das mich unverzüglich nach Rawalpindi zurückbefahl. Infolge der Unruhen traf das Telegramm verspätet ein, obwohl es von einer Militärdienststelle kam. Ich wußte natürlich, daß mir der »Befehl« schlicht das Anraten einer Notwendigkeit war. Ich telefonierte gleich mit dem Gebietskommandanten, und er beurlaubte mich, damit ich sofort unter Benutzung jedes mir zugänglichen Transportmittels abreisen konnte. Es war bereits Abend. Ich ließ die Brigade in den Händen des fähigen Ewart Mackay und des Kommandanten der Pankots. In meinem Dienstwagen fuhr ich die Nacht hindurch nach Kalkutta, denn ich hatte kein Zutrauen zur Bahn; und ich gestehe, ich trug eine geladene Pistole bei mir. Außer dem Fahrer begleitete mich mein Bursche, ein Hindu; der Fahrer war Moslem. Ich dachte: Welche heilsame Lektion für alle, die so bereitwillig von »Unterschieden« reden. Hier in diesem Wagen reisen – in ungetrübter Freundschaft – Repräsentanten der drei großen Mächte in Indien: ein Hindu, ein Moslem und ein Christ. Die Fahrt schien kein Ende nehmen zu wollen. Jetzt, nachdem alle Probleme der letzten Zeit hinter mir lagen, dachte ich in der Dunkelheit über die Unermeßlichkeit, die fremde, überwältigende Schönheit Indiens nach.

Selbst heute noch, in der Erinnerung, ist diese Nacht völlig unwirklich. Ich erreichte Kalkutta erst spät am Morgen des neunzehnten August, obwohl der Fahrer, der spürte, daß für mich persönlich viel auf dem Spiel stand, geradezu verwegen fuhr. Er war ebenfalls bewaffnet, und ich glaube, wir hätten im Falle eines Angriffs unser Leben so teuer wie möglich verkauft. Nach der Ankunft in Kalkutta begab ich mich sofort zu meinem alten Freund, Oberstleutnant »Pug« Jarvis. Tubby hatte ihn auf meine Ankunft vorbereitet, und er hatte mich bereits am Tag zuvor erwartet. Es war beinahe Mitternacht, als das Flugzeug der Royal Air Force, in dem er mir einen Platz besorgt hatte, von Dum Dum startete. Glücklicherweise flog es nach einer kurzen Zwischenlandung in Delhi direkt nach Chaklala. Dort erwartete mich Tubby am frühen Morgen des zwanzigsten. Er fuhr mit mir direkt zu seinem Bungalow und dann zu dem Platz, an dem sie erst am Vortag zur Ruhe gebettet worden war – zu früh, als daß ich hätte dabeisein können, und das war eine Erleichterung meines Schmerzes, die mir gewährt wurde, wie ich so sehr gehofft hatte.

In der zweiten Septemberwoche kehrte ich nach Majapur zurück, aber ungefähr zwei Wochen nach meinem Eintreffen erhielt ich Order, den Befehl einer Brigade zu übernehmen, die bereits östlich des Brahmaputra stand und sich auf die Begegnung mit dem wahren Feind vorbereitete. Über diese Brigade und unsere Vorbereitungen für den Einsatz gegen die Japaner werde ich in einem anderen Kapitel berichten. Doch hinter der Versetzung, die mir eine aktivere Rolle zuwies, entdeckte ich die verständnisvolle Hand meines alten Freundes in Rawalpindi. Er wußte, daß es für mich jetzt nur noch eine Pflicht geben konnte.

2 Zivilisten

Zusammenfassung schriftlicher und mündlicher Kommentare des Distriktskommissars Robin White, Ritter des Indischen Empire, ehemaliger Beamter des Indischen Staatsdienstes.

(1) Ich habe mit Interesse das Kapitel aus den unveröffentlichten Memoiren des verstorbenen Brigadiers Reid gelesen, das Sie mir freundlicherweise geschickt haben und in dem er seine Zusammenarbeit mit der Zivilverwaltung in Majapur im Jahr 1942 beschreibt. Ich führte kein Tagebuch, wie Reid es offensichtlich tat; und ich habe schon lange nicht mehr an die fraglichen Ereignisse gedacht. Doch ich bin überzeugt, vom militärischen Standpunkt ist sein Bericht eine brauchbare Rekonstruktion der Ereignisse. Vom zivilen Standpunkt enthält die Schilderung einige Ungenauigkeiten, ganz bestimmt aber Lücken und manches, wozu eine andere Deutung möglich ist, mit der man sich näher befassen müßte, wenn ein umfassenderes und sachlicheres Bild entstehen soll.

Ich bezweifle jedoch, daß ich nach all dieser Zeit sehr viel dazu beitragen kann. Ich bin seit 1948 nicht mehr in Indien gewesen und habe schon lange keine Berührung mehr mit alten Freunden und alten Erinnerungen. Ich kann bestätigen, daß es

Ronald Merrick tatsächlich später gelang, seine Freistellung von der indischen Polizei zu erreichen. Doch ich hatte mit dieser Sache nichts zu tun, und mir ist nichts von einem offiziellen Grund bekannt, weshalb die Behörde seinem Wunsch nachgekommen ist. Ich glaube, er wurde als Offizier in ein indisches Regiment übernommen und entweder 1944 oder 1945 in Burma verwundet. Soweit ich mich erinnere, kam er bei den Unruhen während der Teilung 1947 ums Leben.

Ich habe mit Interesse von Ihrem kürzlichen Besuch in Majapur gehört. Es freut mich, daß Lili Chatterjee noch immer im MacGregor-Haus lebt – den Namen hatte ich völlig vergessen, obwohl ich mich an das Haus erinnere. Es freut mich auch zu hören, daß Srinivasan noch lebt und sich an unsere Zusammenarbeit erinnert. Ich habe ihn nie wiedergesehen, seit ich an jenem Morgen anordnen mußte, ihn und andere Mitglieder des Kongreßunterausschusses in Polizeigewahrsam zu nehmen. Ich wußte wenig von Schwester Ludmilas »Asyl«, das ich ebenfalls vergessen hatte. Aber ich nehme mit Freude zur Kenntnis, daß es jetzt als *The Manners Memorial Home for Indian Boys and Girls* den Namen einer Familie vor der Vergessenheit bewahrt, die in der Provinz einmal in hohem Ansehen stand. Sie sagen nichts über die Gründung dieses Heims. Vermutlich erfolgte sie mit finanziellen Mitteln, die entweder von Miss Manners oder von ihrer Tante Lady Manners hinterlassen wurden. Ist übrigens bekannt, was aus dem Kind geworden ist, wenn es noch lebt?

Ich gebe Brigadier Reids Manuskript mit Dank zurück. Einige Passagen haben mich sehr berührt. Weder meine Frau noch ich ahnten etwas von Mrs. Reids Krankheit, bis wir wenige Tage nach seinem Rückruf nach Rawalpindi die Todesanzeige sahen. Natürlich wußten wir, daß sich sein Sohn in Kriegsgefangenschaft befand. Im Umgang mit ihm führte ich mir das ständig vor Augen. Ich nehme mit Bedauern zur Kenntnis, daß sein Sohn ebenfalls starb. Bei vielen Gelegenheiten ärgerte ich mich über Reid (offensichtlich er sich auch über mich), und bei anderen achtete ich ihn. Aber im großen und ganzen gehörte er nicht zu den Leuten, mit denen ich viel gemein hatte. Wir gewannen den Eindruck, seine Versetzung an die Front als Kommandant einer Brigade sei eine Maßnahme der militärischen

Stellen in der Absicht, Majapur von einem Mann zu befreien, der nach den Unruhen dort zu umstritten war. Es freut mich, daß Reid selbst diesen Eindruck nicht gewann. Sie haben mir die folgenden Kapitel seines Buches nicht geschickt, deshalb weiß ich nicht, was er über seine Rückkehr an den Schreibtisch zu sagen hatte. Ich glaube, das Ziel einer »Konfrontation mit dem wirklichen Feind« hat er nie erreicht. Natürlich verfolgte ich eine Zeitlang sein Schicksal mit einem gewissen Interesse. Doch wie gesagt, das liegt alles lange zurück, und mein Dienst in Indien endete wenige Jahre später.

Ich bedauere, daß ich Ihnen nicht von größerem Nutzen sein kann.

(2) Ich habe einen Brief von Lili Chatterjee erhalten und nehme an, sie hat meine Adresse von Ihnen. Sie schreibt mir, daß sie Ihnen am Ende Ihres Aufenthalts in Majapur in diesem Jahr außer zwei Briefen auch ein Tagebuch übergeben hat, das Miss Manners führte, als sie bei ihrer Tante in Kaschmir lebte und auf die Geburt des Kindes wartete. Lili Chatterjee sagt, sie habe Ihnen das Vorhandensein des Tagebuchs zunächst verschwiegen und hätte es Ihnen auch nicht übergeben, wenn sie nicht schließlich die Überzeugung gewonnen hätte, daß Sie an diesem »Fall«, wie Sie es nennen, ein aufrichtiges Interesse nehmen. Ich vermute, sie erhielt das Tagebuch mehrere Jahre nach den dort geschilderten Ereignissen von Lady Manners; Lady Manners dachte beim Herannahen ihres Todes wohl, daß von allen, die sie kannte, nur Lili Chatterjee es besitzen sollte. Lili schreibt, das Tagebuch erzähle genau, was geschah.

Ich nehme an, Ihr Interesse für diese Affäre entstand durch die Lektüre von Brigadier Reids unveröffentlichtem Buch. Es geriet in Ihre Hände, weil man weiß, daß Sie sich mit dieser Zeit der britisch-indischen Geschichte beschäftigen. Wie Lili sagt, haben Sie sich große Mühe gegeben, Personen ausfindig zu machen, die entweder aus persönlicher Erfahrung oder aufgrund einer fundierten persönlichen Ansicht in der Lage sind, die Ereignisse dieser Jahre in Majapur zu schildern oder sich dazu zu äußern. So stelle ich mir zum Beispiel vor, daß Sie unter anderem die Hauptverwaltung der Mission besucht und sich die dort aufbewahrten persönlichen Dinge angesehen haben, um die Geschichte von Miss Crane, der Schulleiterin, besser »rekonstruieren« zu können. Ich habe Miss Crane ein- oder zweimal getroffen. Meine Frau kannte sie durch die Arbeit in den örtlichen Komitees recht gut. Auch Miss Manners begegnete ich bei mehreren Anlässen. Aber ich fürchte, von dem jungen Mr. Kumar wußte ich beinahe nichts. Ich sah ihn höchstens zweimal, und auch das nur zufällig. Jack Poulson könnte Ihnen mehr über ihn erzählen, denn nach den Festnahmen übertrug ich es Poulson, die Untersuchung durchzuführen. Bedauerlicherweise kann ich Ihnen nicht helfen, Poulson ausfindig zu machen. Soweit ich weiß, ist er nach Neuseeland emigriert. Ich habe seit vielen Jahren nichts mehr von ihm gehört. Lili schreibt jedoch, daß Sie einen Freund Kumars, einen Mann namens Lindsey, in England getroffen und mit ihm gesprochen haben. Handelt es sich etwa um denselben Lindsey, der nach Reids Bericht als Nachrichtenoffizier der Brigade um seine Versetzung aus Majapur bat? Ich erinnere mich, daß Kumar ins Gefängnis der Provinzhauptstadt kam. Wie Sie sagen, zog seine Tante vor vielen Jahren aus Majapur fort, und weder sein Onkel noch Srinivasan haben je wieder etwas von ihm gehört. Wie es scheint, hat er nach seiner Entlassung irgendwo in Indien, vielleicht auch in Pakistan, ein völlig neues Leben begonnen.

Nach allem, was Lili Chatterjee über Sie schreibt, bin ich zu einem Gespräch mit Ihnen bereit – wobei ich natürlich vorausschicke, daß meine Erinnerung nicht absolut zuverlässig ist.

(3) Vielen Dank, daß Sie mir Gelegenheit gegeben haben, vor unserem Gespräch den kurzen Auszug aus Daphne Manners' Tagebuch zu lesen, in dem sie beschreibt, was tatsächlich im Bibighar-Park geschah, und den Brief an ihre Tante nach Merricks »Heiratsantrag«. Vielen Dank auch für die Einsicht in die Erklärung, wie Sie es nennen, von Vidyasagar. Ich kannte diesen Mann damals nicht, und nach all den Jahren sagt mir dieser Name nichts. Ich erinnere mich an Laxminarayan und an seine Zeitung. Ich habe mit Interesse gehört, daß Laxminarayan immer noch in Majapur lebt, und es freut mich, daß er Sie vor Ihrer Rückkehr aus Indien mit Vidyasagar zusammenbringen konnte. Miss Manners sagt offensichtlich die Wahrheit (ich meine, schrieb die Wahrheit in ihrem Tagebuch), und wenn

Vidyasagars Erklärung ebenfalls auf Wahrheit beruht – und es bestehen wenig Gründe, daran zu zweifeln, denn weshalb sollte er heute noch lügen? –, kann ich nur sagen, daß ich zutiefst erschüttert bin. Man kann die eigene Verantwortung nicht leicht abschütteln. Ich glaube, ich sollte vielleicht ein ungünstiges Bild zurechtrücken und erklären, warum ich Merrick für einen verantwortungsbewußten und hart arbeitenden Beamten hielt. Doch dem, was Sie sagen, entnehme ich, daß Sie sich auf Grund der verschiedenen Zeugnisse – Reids Memoiren, Miss Manners' Tagebuch und ihre Briefe, Schwester Ludmilas Erinnerungen und Vidyasagars Erklärung – eine klare Meinung über die Hauptfiguren der Affäre gebildet haben. Natürlich wissen Sie auch, was Merrick für ein Mann war. Deshalb sollte sich mein Beitrag zu Ihren Nachforschungen auf allgemeine Themen beschränken. Die Lektüre dieser Zeugnisse – die ich hiermit zurückgebe – hatte im wesentlichen die Wirkung auf mich, die Sie vermuteten. Ich stelle fest, daß ich mich an Dinge erinnere, an die ich seit Jahren nicht mehr gedacht habe. So kann ich Ihnen vielleicht doch behilflich sein.

(4) *Niederschrift eines Gesprächs* – Gefährliche Bereiche der Fehlbarkeit zwischen einer Politik und ihrer Durchführung? Ja, das klingt nach Srinivasan. Versuchen Sie diese Art gefährlicher Bereiche darzulegen? Nicht nur? Ich verstehe. Konzentrieren wir uns auf die Beziehung zwischen Reid und mir. Aber Sie müssen die Fragen stellen.

Also, ich habe mir ein oder zwei Notizen zu Ungenauigkeiten in Reids Bericht gemacht. Aber etwas fiel mir schließlich auf, und das hat nichts mit Reids schlichter soldatischer Einstellung zu tun, die mich auf dem Papier ebenso nervt wie damals in unseren Begegnungen. Irgendwie ist es ihm gelungen, alles, was geschah, in seinem Sinn logisch erscheinen zu lassen. Ich erinnerte mich immer klarer an mein Gefühl in dieser Zeit, unfähig zu sein, die Ereignisse in die Reihenfolge zu bringen, in der sie zu einer Situation geführt hatten, die an sich logisch zu sein schien, es jedoch keineswegs war.

Jedesmal, wenn Reid mit diesem Gesichtsausdruck in mein Büro kam, als sei er bereit und willens, uns alle zur Vernunft zu bringen, kam ich mir vor wie jemand, der einen Fisch an der

Angel hat, der sich entweder als Stichling oder als Wal entpuppen kann. Bei Reids Eintreten, schon bei einem Anruf von ihm oder einem seiner Stabsoffiziere, dachte ich immer, mitten bei der Arbeit tippt dir jemand auf die Schulter und erklärt dir, völlig unsinnig, was du falsch machst. Er hatte die große Gabe, in anderen alles, außer den gröbsten Instinkten, zu ersticken. Deshalb verlor ich einmal die Geduld und forderte ihn eher schroff auf, mich in Frieden zu lassen. In seinem Buch erwähnt er das nicht. Aber ich bin mir nicht sicher, ob diese Auslassung nicht darauf beruht, daß er dickfellig war wie ein Panzernashorn und mein Ausbruch ihn nicht mehr berührte als ein Mükkenstich. Ich weiß, in dem Buch erweckt er den Eindruck eines nicht unsensiblen Mannes. Doch im wesentlichen war er nur für große Themen und große Emotionen empfänglich. Im täglichen Umgang überrollte er die anderen wie eine Dampfwalze.

Als ich Reid kennenlernte, erschien er mir als ein Mann, den man nur mit sehr viel Geduld und Energie im Zaum halten konnte. Wie so oft, wenn man jemanden wie ihn vom Platz hinter seinem Schreibtisch hervorholt, bildete er sich eine Meinung von seiner Aufgabe oder Rolle, wie er es immer nannte, als wäre sie klipp und klar umrissen und rangiere immer an erster Stelle. Mir schien, nachdem er sich eine Meinung über seine Aufgabe gebildet hatte, war er auch entschlossen, sie *in toto* durchzuführen, mochte sie sich auch in manchen Bereichen als völlig irrelevant erweisen. Ich erinnere mich, einmal zu meiner Frau gesagt zu haben: Wenn die Inder nicht einen Aufstand beginnen, ist Reid gezwungen, einen zu inszenieren, nur damit er das Gefühl hat, seine Aufgabe voll und ganz zu erfüllen. Sie bat mich, ihn freundlich zu behandeln, denn, wie wir inzwischen alle wußten, war sein Sohn in Burma vermißt. Ich glaube, ich hoffte ebensosehr wie er, der arme Junge würde wieder auftauchen; und die Nachricht, daß der junge Reid in die Hände der Japaner gefallen war, beunruhigte mich noch mehr als ihn.

Man könnte sagen, meine Beziehung zu Reid spiegelte in etwa den typischen Konflikt zwischen Zivilisten und Militär wider. Mit ebenso großer Berechtigung kann man mir deshalb vorwerfen, mich ebenso klischeehaft verhalten zu haben wie er.

Nein, Sie haben völlig recht, mich zu korrigieren. Ich will

damit keineswegs sagen, daß die Zivilbehörde immer progressiv und das Militär immer reaktionär war. Ich bin in meine eigene Falle geraten, nicht wahr? Ich möchte es erläutern. Das Drama, das sich zwischen Reid und mir abspielte, war das Drama eines Konflikts zwischen Engländern, die Inder schätzten, bewunderten und sie für fähig hielten, sich selbst zu regieren, und anderen Engländern, die Inder ablehnten, fürchteten und verachteten oder – und das war ebenso schlimm – sie als Menschen ignorierten. Inder hatten mit ihrer Arbeit und ihrem Leben dort nichts zu tun, es sei denn in ihrer Eigenschaft als Dienstboten, Soldaten oder als Punkte in der Landschaft. Insgesamt wußten Zivilbeamte sehr viel mehr über indische Angelegenheiten als ihre Pendants beim Militär. In den späteren Phasen unserer Verwaltung wäre es schwierig gewesen, in der Zivilbehörde einen Mann von der politischen Einfalt eines Reid zu finden.

Ich lege damit den Finger auf den schwächsten Punkt von Reids Analyse der politischen Situation in Indien zu Beginn der dreißiger Jahre …? Nein, denn Analyse ist das falsche Wort. Er hatte eine Einstellung, mehr nicht. Jeder von uns hatte eine Einstellung, aber seine wirkte auf mich ziemlich infantil – nämlich emotional und nicht analytisch. Ich hatte gelernt, daß Politik immer mit Menschen zu tun hat. Viele Engländer dachten und empfanden wie Reid, und deshalb erkannte ich die *Kraft* seiner Einstellung, selbst wenn er mich mit seinem Gerede davon, daß Inder und Engländer ihre Meinungsverschiedenheiten begraben müßten, um den Japs zu schlagen, auf die Palme brachte. Ja, die Japaner hämmerten praktisch an die Tür. Das Begraben der Meinungsverschiedenheiten zwischen Engländern und Indern bedeutete für Reid natürlich nur, daß die Inder alles begruben, ihre politischen Forderungen zurückstellten, während die Engländer den Status quo aufrechterhielten und nichts begruben. Trotzdem mußte man einräumen, daß die Situation sehr der Lage einer zerstrittenen Hausgemeinschaft ähnelte, die aus dem Fenster sieht und entdeckt, daß Einbrecher am Werk sind, oder daß eine Bande Ganoven Vorbereitungen trifft, das Haus anzuzünden. Das Familienoberhaupt fühlt sich sofort verpflichtet, das Kommando zu übernehmen, und duldet kein Aufmucken mehr.

Doch so einfach die Situation auch aussehen mag – man mußte nur die internen Streitigkeiten beilegen und gemeinsam Front gegen die japanischen Eindringlinge machen –, so hängt es doch von der Art der Streitigkeiten ab, ob sie einfach ist. Im Grunde schätze ich Analogien nicht, aber lassen Sie uns diese etwas weiter führen. Stellen wir uns vor, die Leute in dem Haus sind eine recht gemischte Gesellschaft. Und denen, die am wenigsten zu sagen haben, gehörte das Haus ursprünglich einmal. Der derzeitige selbsternannte Besitzer hat seit Jahren erklärt, wenn er davon überzeugt ist, daß sie gelernt haben, das Dach instand, die Fundamente sicher und das Ganze in Ordnung zu halten, dann wird er wieder ausziehen und das Haus zurückgeben. Denn das ist seine Aufgabe im Leben: Er soll anderen zeigen, wie man etwas aus sich und seinem Eigentum macht. Er hat das lange genug gesagt, um selbst dran zu glauben. Doch da er in dem Haus mit einer verwirrenden Mischung aus guten Worten und Repressalien herrscht, ist in seiner »Familie« das Gefühl entstanden, daß er im großen und ganzen alle hinters Licht führt. Er versteht nur die Sprache, die *er* spricht – eine Kombination aus physischem und moralischem Druck. Er hat auch schon so lange angekündigt, daß er ausziehen werde, ohne es jedoch zu tun, daß unter den Leuten im Parterre, die darauf hoffen, das Haus zu erben beziehungsweise zurückzubekommen, Fraktionen entstehen. Es lag nicht unbedingt in seiner Absicht, Fraktionen zu schaffen, doch sie scheinen ihm ins Konzept zu passen. Man muß den Leuten nur über einen langen Zeitraum hinweg das vorenthalten, was sie haben möchten, und sie werden naturgemäß bald verschiedener Meinung darüber sein, was sie wirklich wollen. Deshalb tut er nichts lieber, als mit den Abordnungen der einzelnen Fraktionen vertrauliche Gespräche zu führen. Die Argumente der Minderheiten setzt er als moralische Hebel ein, um die Forderungen der Mehrheit zu entkräften. Er hat sich angewöhnt, die lautstarken Mitglieder aller Fraktionen im Keller einzusperren und sie erst wieder herauszulassen, wenn sie in den Hungerstreik treten, wie Gandhi es tat.

Wir waren in Indien, um aus dem Land soviel wie möglich herauszuholen. Das bestreitet heute niemand mehr. Aber ich glaube, es gibt zwei wichtige Aspekte der britisch-indischen Beziehung, die wir nur allzu gerne vergessen oder ignorieren.

Erstens, es *gelang* uns ursprünglich, Indien auszubeuten, weil die erste Konfrontation – um Reids Lieblingswort zu benutzen – zwischen einer alten, verbrauchten Zivilisation, die unter den Moguln zerfiel, und einer verhältnismäßig neuen, kraftvollen Zivilisation stattfand, mit der es seit den Tudors bergauf ging. Die Engländer neigen dazu, Indien als eine viktorianische Errungenschaft anzusehen, aber in Wirklichkeit war es eine elisabethanische. Sie müssen sich nur die Unterschiede zwischen Viktorianern und Elisabethanern vor Augen halten, um eine Vorstellung von der veränderten Einstellung zu unserer Beute zu bekommen und somit auch von dem zweiten Aspekt der Beziehung, den wir vergessen oder ignorieren: die Konfusion, die sich mit dem moralischen Problem verbindet. Das moralische Problem stellt sich notwendigerweise in jeder lang anhaltenden Beziehung zwischen Menschen, ganz besonders zwischen Menschen von ungleichem Status. Das Problem taucht auf, wächst und scheint schließlich Priorität zu gewinnen. Die *Last* moralischer Führung fällt natürlich auf jene Leute, die als überlegen gelten. Aber so wie jemand, der übergroße Macht besitzt, diese Macht als gottgegeben rechtfertigen kann, um dann von Moral zu reden und von der besonderen Notwendigkeit, die Armen und Unwissenden aufzurichten – also die Leute, über die er Macht besitzt –, so können auch Menschen, die zu lange als Unterprivilegierte gelebt haben, wie man das heute nennt, *ihrem* Gott die Verantwortung dafür zuschieben. Beinahe zur gleichen Zeit, als die Engländer ihre Theorien von der Bürde des weißen Mannes entwickelten, die in der Pflicht bestehen sollte, den Indern zu helfen, die Last der Verantwortung zu tragen, beschäftigten sich Moslems und Hindus lange und ausgiebig mit ihren Religionen, nicht um eine Erklärung ihrer Knechtschaft zu finden, sondern weil sie eine Hilfe suchten, sie zu beenden. Sie wissen, über die inneren Probleme Indiens ist eine Menge Unsinn geredet worden. Es klingt, als hätten wir in den Jahrhunderten unseres Wirkens vergeblich darauf gewartet, daß die Hindus und Moslems ihre Meinungsverschiedenheiten beilegten. Aber das innere Problem war nie wirklich ein Problem, bis im neunzehnten Jahrhundert Erneuerer und Reformer unter den Hindus und Moslems darangingen – ähnlich wie bei uns – zu untersuchen, welcher Trost, welche Unterstützung und welche Perspektive sich in diesen alten Philosophien finden ließen. Ich glaube, die Engländer bewirkten die Trennung zwischen dem moslemischen Indien und dem hinduistischen Indien, und sei es auch völlig unbewußt und unabsichtlich. Vor noch nicht allzu langer Zeit bezichtigten wir die Kikuyu in Kenia wegen ihres Mau-Mau-Aufstandes lauthals der Barbarei. Doch man muß einem Mann nur lange genug ins Gesicht schlagen, damit er sich hilfesuchend an sein rassisches Erbe und an seine Stammesgötter wendet. Die Hindus wendeten sich den ihren zu, und die Moslems taten das gleiche. Gandhi identifizierte sich nicht aus einem *sozialen* Bewußtsein heraus mit den Ausgestoßenen der Hindureligion. Die Idee der Unberührbarkeit war dem Hinduismus ursprünglich fremd. Im Versuch eines unterworfenen Volkes, zur Quelle seiner religiösen Inspiration zurückzukehren, mußte zwangsläufig die Unberührbarkeit der geplanten Erneuerung zum Opfer fallen und die Gewaltlosigkeit wiederentdeckt und zum Dogma erhoben werden. Die Beschäftigung der Moslems mit ihrer Religion war gefährlicher, denn Mohammed predigte den Heiligen Krieg gegen die Ungläubigen. Ich finde, für die Engländer besaß der Gedanke an diese Gefahr eine perverse Attraktivität. Ich fand es immer interessant, daß Engländer im allgemeinen lieber mit Moslems zu tun hatten als mit Hindus. Aber schließlich berührte uns im Grunde die »Schwäche« des Christentums immer etwas peinlich. Die gleiche »Schwäche« entdeckten wir auch im Hinduismus. Aber Allahs Religion erschien uns als eine östliche Version tatkräftigen Christentums.

Damals *verwirrte* mich Gandhi in höchstem Maß. Im Grunde mißtraue ich großen Männern. Ich glaube, man sollte das immer tun. Ganz bestimmt mißtraute ich Gandhi – aber nicht, wie Reid ihm zum Beispiel mißtraute. Ich mißtraute Gandhi, weil ich mir nicht vorstellen konnte, daß ein Mann von so viel Macht und Einfluß unberührt bleiben und stets die richtige Entscheidung aus den richtigen Gründen treffen konnte. Trotz ernstester Zweifel an seinen Absichten spürte ich einen Appell an mein Gewissen.

Es gibt eine Geschichte über Gandhi, die ich damals nicht kannte und die mich seither besonders interessiert. Sie kennen sie ebenfalls?

Ja, das ist sie. Halten Sie die Geschichte für relevant? Ich glaube, sie ist grundlegend für ein Verständnis dieses Mannes. Man bedenke, er wurde aus seiner Gemeinschaft verstoßen, nur weil er als junger Mann die Absicht äußerte, in England Jura zu studieren! Und wußten Sie, daß die Führer seiner Gemeinschaft im voraus erklärten, jeder, der sich von ihm verabschiedete oder ihm alles Gute wünschte, würde mit einer Geldstrafe belegt, etwa in Höhe einer Rupie? Denken Sie daran, wie lange er sich zwischen der ersten Abreise und der Rückkehr im Ausland aufhielt: insgesamt beinahe ein Vierteljahrhundert! Ich frage mich, was er von Indien hielt, als er schließlich nach all diesen Jahren in England und in Südafrika zurückkehrte. Glauben Sie, ihm sank das Herz? Obwohl er eigentlich als Held zurückkehrte, weil er für die Inder in Südafrika, wo er zum ersten Mal zu *Satyagraha* aufrief, soviel getan hatte. Indien ist alles andere als wohltuend, wie Brigadier Reid behauptet. Vielleicht warf Gandhi einen Blick darauf und dachte: Gütiger Himmel! Habe ich mich danach gesehnt? Ich erwähne das, denn wir werden bald auf die wichtige Frage des *Zweifels* im öffentlichen Leben kommen.

Ich nehme an, es ist auch relevant, daß er gerade zu einer Zeit nach Indien zurückkehrte, in der die freundschaftliche Zusammenarbeit zwischen den Engländern und den Indern zu Beginn des Ersten Weltkrieges den Höhepunkt ihrer letzten denkwürdigen Phase erreichte. Wenn ich mich richtig erinnere, kam er im Sommer 1914 aus Südafrika nach England, und zwar etwa um die Zeit, als wir Deutschland den Krieg erklärten. Indischen Studenten in London sagte er, Englands Dilemma sei nicht Indiens Chance – eine gesunde Ansicht, die Nehru fünfundzwanzig Jahre später übernahm. Im Verlauf des Weltkrieges trat er in Indien für die Einberufung junger Inder zum Militärdienst ein. Im großen und ganzen stand Indien wirklich an unserer Seite und behinderte uns nicht in diesem Krieg. Für die Inder lag die Freiheit in der Luft, Selbstbestimmung oder Schritte zur Selbstbestimmung, die sie sich damit verdienen konnten, daß sie uns halfen, gegen unsere Feinde zu kämpfen. Und das schienen sie ohnedies bereitwillig zu tun. Es war doch 1917, nicht wahr, als wir eindeutig erklärten, das Ziel für Indien sei der Status eines Dominion? Ich glaube, als Gandhi Anfang 1915 nach Indien zurückkehrte, kreuzte er die Klingen – wie Reid gesagt hätte – mit Leuten wie Annie Besant. Aber selbst zu diesem frühen Zeitpunkt erwies er sich als eine Art Rätsel. In seiner ersten öffentlichen Rede sagte er, er schäme sich, englisch sprechen zu müssen, um von seinen überwiegend indischen Zuhörern verstanden zu werden. Die meisten indischen Führer waren stolz auf ihr Englisch. Er kritisierte einen Fürsten, der gerade von Indiens Armut gesprochen hatte, und wies sarkastisch auf die prächtige Umgebung hin: Man legte den Grundstein für eine neue Universität. War es Benares? Ja, die Hindu-Universität in Benares. Dann sagte er, es warte noch viel Arbeit auf sie, ehe Indien an Selbstbestimmung denken könne. Das war ein Seitenhieb gegen die politisch Selbstzufriedenen. Aber dann deutete er auf die Regierungsspitzel in der Menge und fragte, weshalb man den Indern so mißtraute. Das war eine Abfuhr für die Briten. Er sprach von den jungen indischen Anarchisten und sagte, er sei ebenfalls ein Anarchist, doch er glaube nicht an Gewalt, obwohl er einräumte, daß es den Anarchisten ohne Gewalt nicht gelungen wäre, den Beschluß zur Teilung Bengalens rückgängig zu machen. Was für eine Mischung von Gedanken! Annie Besant versuchte ihn zu unterbrechen, doch seine studentischen Zuhörer baten ihn fortzufahren. Der Veranstaltungsleiter forderte ihn auf, sich deutlicher zu erklären, und Gandhi sagte, er beabsichtige, dieses schreckliche Mißtrauen abzuschaffen, das in Indien jeden Schritt umgab. Er wolle Liebe, Vertrauen und Freiheit, um sagen zu können, was ihm am Herzen lag, ohne die Folgen fürchten zu müssen. Die meisten Leute auf dem Podium gingen – ich nehme an, sie fühlten sich kompromittiert, beschimpft oder öffentlich in eine peinliche Lage gebracht. Deshalb brach er seine Rede ab, und dann griffen die Engländer ein. Die Polizei befahl ihm, die Stadt zu verlassen.

Es muß so gewesen sein, als würde hier auf einer politischen Versammlung oder bei einem Fernseh-Interview ein bekannter Mann tatsächlich aufstehen, in die Kamera blicken und sagen, was er denkt, unbekümmert darum, wie oft er sich scheinbar widerspricht, und ganz sicher, ohne an seinen Ruf zu denken, weil er aufrichtig und aktiv versucht, aus dem Bild *vorgefertigter* Emotionen und Reaktionen auszubrechen, das automatisch bei jeder öffentlichen Veranstaltung entsteht. In Indien war das Gefühl des Vorgefertigten immer besonders stark, denn normalerweise sind Inder die höflichsten Menschen der Welt. Deshalb genügt oft ein Nadelstich, um sie zu den hysterischsten und blutrünstigsten Menschen zu machen. Ich vermute, die weite Verbreitung einer Fremdsprache hat ihre natürliche Höflichkeit im übertriebenen Maß verstärkt. Ich habe mich oft gefragt, ob es für uns nicht unendlich viel besser gewesen wäre, wenn man allen unseren Beamten zur Pflicht gemacht hätte, sowohl Hindi als auch die Hauptsprache der jeweiligen Provinz fließend zu beherrschen und alle Amtshandlungen in dieser Sprache durchzuführen. Natürlich hatte Gandhi recht. Es war beschämend, daß er auf eine Fremdsprache zurückgreifen mußte, um zu indischen Studenten zu sprechen. Er mußte das nicht nur tun, weil die jungen Männer dort ihren Status dadurch erreicht hatten, daß sie sich ihre Kenntnisse auf Englisch erwarben, sondern weil sie Englisch vermutlich als einzige Sprache *alle* verstanden. Wir taten eigentlich nichts, um die Gemeinden zu integrieren, wenn man davon absieht, daß wir Bahnlinien zwischen der einen und anderen Stadt bauten, um den Reichtum schneller in unsere Taschen zu befördern.

Wissen Sie, Gandhi beeindruckt mich, weil er als einzige Persönlichkeit des öffentlichen Lebens auf der ganzen Welt einen hochentwickelten Instinkt besaß und die Fähigkeit, laut zu denken. Dieser Instinkt und diese Fähigkeit wurden nur selten von anderen Instinkten unterdrückt. Ich bin sicher, das führte schließlich dazu, daß er völlig mißverstanden wurde. Von Personen des öffentlichen Lebens verlangt man, daß sie ein Image haben, wie wir das heute nennen. Und im Idealfall muß dieses Image konstant sein. Das war Gandhis Image nie. In den Jahren 1939 bis 1942 durchlief er Phasen, die so wechselhaft waren, daß die Geschichte ihn als politischen Wirrkopf abstempeln konnte, der entweder als Mitläufer oder als lästige Nervensäge galt. Aber ich glaube, in Wirklichkeit versuchte er, den *Zweifel* an Gedanken und Einstellungen in die Öffentlichkeit zu tragen, den wir alle haben, aber tunlichst verschweigen.

Glauben Sie nicht, daß sich das teilweise auf die Niedergeschlagenheit zurückführen läßt, die ihn noch im neunzehnten Jahrhundert erfaßt haben muß, weil er seine Heimat nur als

Ausgestoßener verlassen konnte? Glauben Sie nicht auch, daß sich der *Zweifel* in diesem Moment und bei seiner Rückkehr nachdrücklich meldete? »Tue ich das Richtige?« muß er sich gefragt haben. Schließlich war er erst neunzehn. Er konnte nur nach England gehen und Jura studieren, nachdem ihn seine Kasten-Gemeinschaft öffentlich ausgestoßen hatte. Die Kaste besaß in dieser Zeit vermutlich eine echt religiöse Bedeutung für ihn. England war nur im Hinblick auf seine weltlichen Ambitionen von Bedeutung. Niemand ist ohne Ehrgeiz, aber es gibt vielleicht nur wenige Menschen, die so nachdrücklich gezwungen wurden wie Gandhi, an der guten Seite der Kraft zu zweifeln, die der Ehrgeiz darstellt. Ich glaube schließlich, daß er in aller Öffentlichkeit sich um seine persönliche Seelenrettung bemühte. Natürlich spielte der Zweifel, den ein Mann an sich, an seinem Handeln, an seinem Denken hegt, in den Tagesereignissen eine wichtige, aber notwendigerweise geheime Rolle. Es war richtig, diesen Zweifel einmal in die Öffentlichkeit zu tragen. Gandhi fürchtete sich nie davor, öffentlich zuzugeben, daß er seine Meinung geändert oder sich geirrt hatte, oder daß er über ein Problem noch nachdenken müßte und seine Meinung erst sagen würde, wenn er eine Lösung gefunden hätte.

Ich frage mich, was wäre passiert, wenn ich im August 1942 öffentlich meine Zweifel geäußert hätte, ob es richtig war, die Kongreßführer zu verhaften? Weiß Gott! Ich kann nicht der einzige Distriktsbeamte gewesen sein, der das für das Unklügste hielt oder seinem Hauptkommissar lange, vertrauliche Memoranden zu diesem Thema schrieb. Aber ich besaß nicht den Mut, in aller Öffentlichkeit das Für und Wider meiner Anweisungen zu diskutieren.

Manchmal wünsche ich, ich wäre am 9. August mit einem Megaphon auf den Tempelplatz hinter der Mandir Gate-Brücke gegangen und hätte die Leute zusammengerufen und gesagt: »Hört zu, die Regierung fordert mich auf, X, Y und Z ins Gefängnis zu werfen, weil der indische Nationalkongreß die Resolution des Mahatma angenommen hat, die uns auffordert, uns aus Indien davonzumachen und das Land Gott oder der Anarchie zu überlassen. Mit anderen Worten, so wie wir es sehen, den Japanern. Doch wer wird euch führen, wenn ich diese Männer verhafte? Werdet ihr euch freuen, sie los zu sein?

Oder werden sie euch fehlen? Der Kongreß spricht von gewaltloser Kooperationsverweigerung, aber was bedeutet das? Wie wollt ihr nicht mit uns zusammenarbeiten? Wie wollt ihr die Zusammenarbeit verweigern, ohne euch zu wehren, wenn wir versuchen, euch zur Zusammenarbeit zu zwingen? Und wir werden versuchen, euch zu zwingen, denn wir glauben, daß wir um unser Leben kämpfen. Wenn ihr euch wehrt, wie wollt ihr das tun, ohne Gewalt anzuwenden? Was würdet ihr tun, wenn ich jetzt das Megaphon fallen lasse und einen eurer jungen Männer ins Gesicht schlage? Was würde er tun? Was dann, wenn er sich nicht wehrt und ich ihn noch einmal schlage? Und was, wenn ich es wieder und wieder tue, bis er blutet, bis er tot ist? Werdet ihr einfach dabeistehen und zusehen? Wie es scheint, sagt das der Mahatma. Aber sagt *ihr* das auch?«

Doch natürlich bin ich nie mit einem Megaphon auf den Tempelplatz gegangen. Trotz aller Zweifel ließ ich X, Y und Z einsperren. Und ich glaube, es war falsch. Den Männern, die mir befahlen, sie einzusperren, kamen möglicherweise ähnliche Zweifel, ehe sie die Aktion in Gang setzten. Doch sobald sie lief, blieb keinem von uns eine offizielle Alternative. Wir mußten sie durchführen.

Ich vermute, die wahre Anarchie im öffentlichen Leben ist Nichthandeln, das aus dem Zweifel hervorgeht, so wie das Gegenteil, Handeln, aus der Entscheidung hervorgeht. Und natürlich liegen zwischen dem Zweifel, der Entscheidung und dem Handeln die gefährlichen Bereiche der Fehlbarkeit, wie Srinivasan es nennt. Nun ja, das ist keine umwerfende Entdeckung. Wir wissen es alle. Aber Gandhi besaß den Mut, offen in dem gefährlichen Gebiet der Fehlbarkeit zu agieren. Wollen Sie darauf hinaus? Hinterher können wir alle klug sein. Doch damals wies keiner darauf hin, daß er so etwas tat. Wenn jemand zu deutlich die Linie des Zulässigen überschritt, wurde er eingesperrt und erst wieder freigelassen, wenn man glaubte, seine Talente seien politisch einträglicher, wenn man ihn am lockeren Zügel hielte.

Ich zweifle nicht daran, wir haben Gandhi erst zu einer Kraft gemacht, die unserer Politik schadete, als wir zu den repressiven Maßnahmen der Rowlatt-Akte griffen. Das kam sofort nach dem Ersten Weltkrieg, und damals hatten er und alle Inder

Grund, einen großen Schritt vorwärts in Richtung Selbstverwaltung zu erwarten, als Belohnung für die gute Zusammenarbeit im Krieg mit Deutschland. Waren wir verrückt? Oder nur dumm? Oder einfach heimtückisch? Hatten wir Angst? Oder machte uns der Sieg einfach übermütig, dickfellig oder entschlossen, nichts herzugeben? Wozu um alles in der Welt sollte es 1917 gut sein, zu erklären, daß wir den Dominionstatus für Indien anstreben, und kaum ein Jahr später mit dem Ermächtigungsgesetz die Praxis zu institutionalisieren, daß politische Verbrechen ohne Gerichtsverfahren geahndet und Inhaftierungen nach Ermessensentscheidungen auf Provinzebene vorgenommen wurden – alles angeblich, um die sogenannten Anarchisten zu bekämpfen, in der Praxis aber, um jede Äußerung des freien Willens und der Meinungen juristisch strafbar zu machen? Was für eine Art Dominion sollte das sein?

Sie erinnern sich an das Ergebnis: Unruhen, dann General Dyer in Amritsar und die Rückkehr zu Mißtrauen, Angst, Argwohn, mit Gandhi als dem Mahatma, dem Mann, der eine Antwort geben konnte – aber würde es eine indische und keine britische Antwort sein? Verzeihen Sie, ich rege mich noch immer auf, wenn ich an 1919 denke. Ich schäme mich nach all den Jahren immer noch zutiefst.

Nein, damals war ich noch zu jung. Ich kam als junger Ziviler, wie wir uns 1921 nannten, nach Indien. Ich hatte nicht viel im Kopf. Ich hatte gebüffelt, meine Examen gemacht und alle Märchen und Legenden gelesen. Ich wollte damals nichts anderes als meinen ersten Unterbezirk, unter dem alten Pipulbaum sitzen, eine Pfeife rauchen und mich dabei als den vielversprechenden Administrator fühlen, der jung und alt zur Ordnung rief und den man als den Weißen Sahib in Erinnerung behalten würde, der selbst zur Legende werden und von dem man fünfzig Jahre nach seinem Weggang immer noch sprechen würde: Das war der Mann, der den Dörfern Frieden und Wohlstand brachte.

Aber natürlich mußte ich mich sofort der Realität stellen. Ich war einfach nicht zum väterlichen Fürsorger geschaffen. Meine Vorgesetzten waren die letzten Exemplare dieser Sorte. Ich mochte meinen ersten Distriktsbeamten nicht. Vermutlich verdiente er meine Kritik nicht, aber ich haßte Indien – das wahre

Indien hinter dem pfeiferauchenden Mythos. Ich haßte die Einsamkeit, den Schmutz, den Gestank, das vorsätzliche Gehabe der Überlegenheit, in das man sich wie in einen Schleier hüllte, um den Tag zu überstehen. Ich haßte Inder, denn sie waren das naheliegende Angriffsziel, und sie konnten höchstens indirekt zurückschlagen, und das brachte mich dazu, sie noch mehr zu hassen.

Dann, eines Tages – ich erinnere mich noch deutlich – reiste ich mit dem Finanzbeamten durch den Distrikt; wir ritten im alten Stil von Dorf zu Dorf. Die Dorfbuchhalter, die vor uns krochen, und die Steuereinnehmer, die sich wichtig taten und ebenfalls krochen, standen mir bis zum Hals. Ich kritisierte im stillen den Finanzbeamten, der sich eindeutig wie Gott auf einem Spaziergang vorkam, mit der rechten Hand gab und mit der linken nahm. Dann ging irgend etwas mit unserem *Banobast,* dem Zelt, schief. Wir saßen in einem gottverlassenen Dorf und mußten die Nacht in einer Lehmhütte verbringen. Ich hätte vor Ärger und persönlichem Unzulänglichkeitsgefühl heulen mögen. Der Steuerbeamte trank Toddy, ein süßes Getränk aus Branntwein und heißem Wasser, mit dem Dorfältesten, spielte immer noch Jesus und die Apostel, und ich lag allein in der Hütte. Mein Magen befand sich in einem schrecklichen Zustand, und ich konnte an Essen und Trinken nicht denken, von Toddy ganz zu schweigen. Ich lag auf einem Charpoy ohne Moskitonetz und bemerkte plötzlich in der Türöffnung eine Inderin mittleren Alters, die mich beobachtete. Als unsere Blikke sich trafen, machte sie *Namaste,* verschwand einen Augenblick und kam mit einer Schüssel Quark und einem Löffel zurück.

Ich versuchte augenblicklich, meine Würde zu wahren, und bedeutete ihr mit einer Geste, sich zu entfernen. Doch sie kam ans Bett, streckte mir einen Löffel Quark entgegen, und ich mußte ihn essen, ganz als wäre ich ihr Sohn oder Neffe, der wieder zu Kräften kommen sollte. Sie sagte nichts, und ich konnte sie nicht einmal ansehen, sondern nur ihre schwarzen Hände und den weißen Quark. Danach schlief ich ein, fühlte mich beim Aufwachen besser. Hatte ich das Ganze vielleicht nur geträumt? Doch dann sah ich die Schale mit dem restlichen Quark unter einem Tuch, auf einem Messingtablett neben dem

Bett, und rechts von der Schale lag eine Blüte. Das war am nächsten Morgen. Der Finanzbeamte schnarchte im anderen Bett. Ich hatte das Gefühl, daß eine unauffällige Inderin mittleren Alters mir meine Menschlichkeit wiedergeschenkt hatte. Ich spürte, der Quark und die Blume waren Zeichen der Zuneigung, kein Tribut. Die Zuneigung war stark genug, um auch eine Spur wohlmeinender mütterlicher Kritik einzuschließen: den Hinweis, daß meine Unpäßlichkeit sich problemlos überwinden ließe, sobald ich lernte, daß ich keine wirklichen Feinde hatte. Ich weiß noch, daß ich in der Türöffnung stand, tief einatmete und – plötzlich war er da: der Duft hinter dem Gestank. Messingtöpfe mit heißem Wasser standen für mein Bad bereit. Vor dem Bad ließ man mich auf einem alten Holzstuhl Platz nehmen, und der *Nai,* der Barbier, rasierte mich. Er machte das ohne Seife, benutzte nur seine Finger, warmes Wasser und ein Rasiermesser. Er fuhr mir mit dem Messer über das ganze Gesicht, über die Stirn und sogar über die Augenlider. Ich hielt den Atem an und wartete auf den Schnitt, der mich blind machen würde. Aber alles geschah sanft und geschickt, eine Art frühmorgendliches *Puja,* ein Gebet. Danach fühlte sich mein Gesicht ganz neu an. Ich ging in die Badehütte, schöpfte heißes Wasser aus den Messingtöpfen. Brooke fand das richtige Wort dafür: der Segen des heißen Wassers. Später sah ich mich suchend unter den Frauen um, konnte aber nicht sagen, welche von ihnen am Abend zuvor in die Hütte gekommen war und mich gefüttert hatte, als wäre ich ihr eigener Sohn. Am Sattelknauf fand ich wieder eine Blüte. Das machte mich verlegen, aber ich freute mich auch darüber. Ich sah zu dem Finanzbeamten hinüber. An seinem Sattel steckte keine Blüte, und meine hatte er nicht bemerkt. Wir ritten davon, ich drehte mich um und winkte. Die Leute winkten nicht zurück, aber ich spürte, wie es von ihnen ausging... die guten Wünsche, die Aufforderung, ihnen und mir selbst Gutes zu tun. Ich habe das nie vergessen. Ich nehme an, die Schale und der Löffel, die ich benutzt hatte, mußten hinterher weggeworfen werden.

Nein, man verbrachte üblicherweise nicht die ganze Dienstzeit in einer Provinz. Aber dieses Dorf lag nicht in dem Distrikt, in dem ich schließlich Distriktskommissar wurde. Weshalb? Dachten Sie, es läge in der Nähe von Dibrapur?

(5) Ich bedanke mich für die Übersendung der überarbeiteten Niederschrift der Bandaufzeichnung unseres Gespräches. Ich sehe, Sie haben eine Reihe gedanklicher Widersprüche und Wiederholungen weggenommen, doch es ist nicht gelungen zu verbergen, daß ich immer wieder vom Thema abgekommen bin. Sie hatten recht, das Gespräch zu beenden, als wir schließlich auf Dibrapur zu sprechen kamen, denn auf dieses Thema muß man ausführlicher eingehen, als es in diesem Augenblick möglich gewesen wäre.

Ich weiß nichts über Mary Tudor und Calais, wie Sie es ausdrücken, aber ich *erinnere* mich ganz bestimmt an Dibrapur. Dort herrschte schreckliche Armut, wie man sie in jeder Region findet, in der eine alte Quelle des Reichtums allmählich versiegt. Im neunzehnten Jahrhundert war Dibrapur der Sitz der Distriktsverwaltung. Ich weiß nicht mehr genau, wann mit dem Abbau der Kohle begonnen wurde, doch im Laufe der Zeit waren die Vorkommen erschöpft, und der angrenzende Distrikt blühte auf. Arbeitskräfte kamen immer noch, aber in schwindender Zahl, aus Dibrapur.

Man kann davon ausgehen, daß überall auf der Welt in notleidenden Gebieten Emotionen und Überzeugungen sich ins Extrem steigern. In einer Hinsicht hatte Reid recht, in Dibrapur *wirkte* eine Art organisierte Kraft. Aber wieviel davon auf einen Plan und wieviel auf das Ausnützen einer günstigen Gelegenheit zurückzuführen war, wurde nie deutlich. Ich bin sicher, Reid irrte sich, wenn er diese Kraft einer Untergrundorganisation des Kongresses zuschrieb. Ich glaube, Vidyasagars Erklärung macht das deutlich. Und ich bin sicher, meine Überzeugung war richtig, daß *jede* Kraft im indischen Leben vom Kongreß hätte gelenkt werden können. Die Mehrheit der Inder (abgesehen von wilden jungen Männern wie Vidyasagar) hat Autorität immer respektiert. Wie hätten wir sonst Millionen mit wenigen Tausend regieren können? Der Kongreß war die Schattenmacht. Hätten wir die Kongreßkomitees verboten und ihre Führer in der Hauptstadt und in den meisten Provinzen eingesperrt, wäre es nach meiner Überzeugung nie zu dieser Art Rebellion gekommen. Sie wissen, Gandhi rechnete damals nicht mit seiner Verhaftung. »Quit India« war politisch gesehen eine Art Drachen, den er steigen ließ. Moralisch gesehen glich es einem Appell, wie ein Schrei in der Dunkelheit. Ich bin gleichermaßen davon überzeugt, selbst wenn es in Orten wie Dibrapur zum Aufstand gekommen wäre, hätte ich mich zum Beispiel nur an einen Mann wie Srinivasan wenden müssen, mit der Bitte, dorthin zu fahren, mit den Menschen zu sprechen und sie zu gewaltlosen Methoden der Kooperationsverweigerung aufzufordern – zu einem Streik, *Hartal* oder ähnlichem. Ich glaube wirklich, der Inder neigt emotional nicht zur Gewalt, und das erklärt die Hysterie, mit der er sich ihr dann gewöhnlich überläßt. Wie jemand, der verrückt wird oder von Sinnen ist, weil er damit auch den Glauben an sich zerstört, schießt sein Tun über alle Grenzen hinaus. Wir dagegen neigen emotional zu Gewalt und müssen uns anstrengen, unsere Disziplin zu wahren. Deshalb empfinden wir am Anfang unserer Kriege immer Erleichterung und äußern Gedanken wie: »Jetzt wissen wir endlich, woran wir sind.« Bei Indern und bei Hindus im besonderen darf man etwas anderes nicht aus den Augen verlieren: Ihre Religion lehrt sie, daß der Mensch als Mensch eine Illusion ist. Ich will nicht sagen, sie seien gläubiger als die Christen, die im allgemeinen ebensowenig glauben, Christus sei der Sohn Gottes, oder seine Forderung, wir sollten unserem Feind die andere Wange hinhalten, sei vernünftig. Aber so wie das christliche Ideal auf unser Gewissen einwirkt, während wir uns die Köpfe einschlagen oder gegenseitig in die Luft sprengen, und wir so nicht vergessen können, daß wir etwas Falsches tun, so fühlen die Inder, wenn sie aufeinander einschlagen, daß der Kampf eigentlich nicht ganz real ist. Und ich glaube, das erklärt zum Teil, weshalb unbewaffnete Menschenmengen immer bereit waren, es mit der Polizei oder mit unseren Truppen aufzunehmen. Sie waren selbst nicht real, die Truppen waren nicht real, die Gewehrsalven wurden nie abgefeuert, und die Menschen starben nur in einer Welt, die an sich eine Illusion war. Ich weiß, das erklärt nicht, weshalb man es in einer nicht existierenden Welt für wichtig und richtig hielt, sich mit den Truppen überhaupt auseinanderzusetzen.

Für mich *waren* die Menschen im Unterbezirk Dibrapur natürlich real. Sie waren schlechte Bauern und arme Ladenbesitzer. Aber daran traf sie keine Schuld. Der Höhepunkt des Kohleabbaus lag vor dem Ersten Weltkrieg, doch dieser Höhepunkt hatte Teile des Landes veröden lassen; er führte zu ungepflügten Feldern und zur Zersplitterung von Familien. In manchen Dörfen lebten praktisch keine jungen Männer. Sie arbeiteten alle in den Bergwerken des Nachbardistrikts. *Sie* kennen diese Folgen so gut wie ich. Wir unternahmen besondere Anstrengungen. Ich weiß noch, daß ich einmal mit Miss Crane darüber sprach, denn eine ihrer Schulen lag in der Nähe von Dibrapur. Aber unter den Menschen herrschten Apathie und Mißtrauen. Der junge Inder, der dort die Unterbezirksverwaltung leitete, war ein äußerst intelligenter und fähiger Mann. Es war der schwierigste Unterbezirk des Distrikts. Er stand vor vielen Problemen, aber er besaß auch viel *Nus*. Der Bursche, der sich selbst zum Distriktskommissar ernannte, war ein lokaler Steuereinnehmer und gleichzeitig Grundbesitzer. Mein Beamter hatte immer viel Ärger mit ihm. Reid hinterläßt im Leser seiner Erinnerungen einen leichten Zweifel an dem einwandfreien Verhalten des Unterbezirksbeamten während der Unruhen. Ich weiß, damals erzählte man, der Mann sei hinterher in meinem Büro zusammengebrochen, habe stundenlang geweint und um Gnade gefleht. Nichts dergleichen geschah. Wir besprachen die Situation sehr sachlich und ohne Emotionen, und mich stellte sein Bericht völlig zufrieden, daß er, um sein Leben nicht aufs Spiel zu setzen – und das hätte man von keinem vernünftigen Mann erwarten können – gute Miene zum bösen Spiel gemacht habe. So gelang es ihm, den selbsternannten Kommissar in mancher Hinsicht zu zügeln, obwohl man ihn, den sogenannten Richter, mehr oder weniger als Gefangenen behandelte. Außerdem rettete er eine beträchtliche Geldsumme für die Finanzkasse. Ich nehme an, das Gerücht, er habe geweint, entstand dadurch, daß wir uns beim Abschied die Hände gaben, wobei ihm Tränen in den Augen standen. Vermutlich blieb das nicht unbemerkt, als er meinen Bungalow verließ. Ich war keineswegs freundlich zu ihm gewesen, sondern, wie ich hoffe, nur fair. Doch Inder haben sich nie geschämt, auf faire Behandlung in einer Weise zu reagieren, derer ein Engländer sich geschämt hätte.

Aber ich greife vor. Ich weiß, unser Nachrichtensystem versagte, denn wir wußten nicht im voraus, wer sich als Anführer in Dibrapur profilierte; und es gelang diesen Männern, die Stadt für ein paar Tage in die Hände zu bekommen. Es ist möglich, daß ich den Ausdruck »Stecknadeln im Heuhaufen« gebrauchte, als ich mit Reid und anderen über solche Leute sprach. Doch ich kann mich nicht daran erinnern. Die Polizei im Unterbezirk Dibrapur besaß – angesichts ihrer schwierigen Aufgabe dort nicht verwunderlich – nicht den Kampfgeist wie andernorts. Einige rannten davon, ein oder zwei von den Männern schlugen sich auf die Seite der Aufständischen. Wie Sie sich wohl vorstellen können, ging alles ziemlich rasch, und unsere – nie sehr zahlreichen – Polizeikräfte waren im Verhältnis zur Größe des Gebietes und zur Bevölkerung sehr dünn gesät. Ich stimmte Reid darin zu, in der Nacht des elften August Truppen nach Dibrapur zu entsenden, denn ich hoffte, ihr schnelles Auftauchen in diesem Moment könne so abschreckend wirken, wie man es von plötzlich auftauchenden Truppen normalerweise erwarten darf. Reid übergeht die Versuche der Zivilgewalt, an diesem Tag mit Polizisten und Richtern nach Dibrapur zu gelangen. Er erwähnt auch nicht, daß die Hauptstraße ebenfalls durch Straßensperren blockiert wurde. Auf dieser Strecke gab es keine gesprengten Brücken, aber viele gefällte Bäume, die den Einsatz von Transportmitteln verhinderten. Je näher die Polizei an Dibrapur heranrückte, desto weniger hilfsbereit zeigten sich die Dorfbewohner bei der Beseitigung dieser Hindernisse. In der fraglichen Nacht erhielt ich aus Tanpur die Nachricht, eine ganze Wagenladung Polizisten sei »verschwunden«. Später stellte sich heraus, daß man die Männer in einem der Dörfer in der Nähe von Dibrapur im *Kotwali* gefangenhielt. Natürlich waren alle Telefonleitungen zwischen Dibrapur und Tanpur durchschnitten.

Die Nachricht von der gesprengten Brücke auf Reids Nebenstraße war natürlich eine bittere Pille. Trotzdem amüsierte es mich, denn er hatte die Benutzung der Seitenstraße als etwas Professionelles und Kluges dargestellt, und plötzlich sah er sich in Gefahr, zwei Dreitonner, einen Eineinhalbtonner und sein Funkgerät zu verlieren. Er geriet völlig aus dem Häuschen. Ich hoffe, meine Erheiterung hatte keinen Einfluß auf meine Entscheidung. Ich verlangte den Rückzug der Truppen auf dieser Straße, weil ich glaubte, wenn die Rebellen die Entschlossenheit und die Mittel besaßen, eine Brücke zu sprengen (an sich eine harmlose Beschäftigung, man mußte dazu nur etwa eine Tonne Ziegelsteine und Mörtel zum Einsturz bringen), dann konnte ein Zusammenstoß der Rebellen mit den gereizten Soldaten sich zu einer blutigen Affäre ausweiten, und genau das wollte ich vermeiden. Ich weiß, man kann an der Richtigkeit meiner Entscheidung zweifeln. Aber ich traf sie, stehe dazu und halte sie für richtig. Ohne die Anweisung von oben, die Streitkräfte einzusetzen, hätte ich Dibrapur ganz sicher noch länger sich selbst überlassen. Der Nachrichtenoffizier Davidson hatte recht, als er Reid gegenüber äußerte, ich beabsichtigte, die Rückkehr zur Ordnung solle von Majapur ausgehen. Aber Reid saß wie auf glühenden Kohlen. Ich sage das nicht als Entschuldigung, obwohl ich es als einen maßgeblichen Faktor für jede meiner Entscheidungen anführe, an deren Richtigkeit ich noch heute Zweifel hege. Mit einem Mann wie Reid im Rücken gerät man in Gefahr, die Konzentration zu verlieren. Ich glaube, ich hätte seinem ständigen Bohren widerstanden, wenn nicht die Provinzbehörde plötzlich ebenfalls Druck ausgeübt hätte. Es ist schwierig, sich an die Alarmstimmung zu erinnern, die sich innerhalb weniger Stunden ausbreitete, nachdem Berichte eintrafen, die besagten, daß der Aufstand außer Kontrolle geriet. Reid übte Druck aus, die Provinzbehörde übte Druck aus, und meine eigenen Zweifel setzten mich unter Druck. Deshalb ließ ich Reid in der Angelegenheit Dibrapur seinen Willen. Seine kleine Schlacht verlief keineswegs unkontrolliert. In dieser Hinsicht habe ich keine Vorwürfe oder Klagen vorzubringen. Doch ich glaube nicht, daß besondere Zurückhaltung geübt wurde. Ich glaube heute wie damals, daß die Todesopfer – Männer, Frauen und Kinder – vermeidbar gewesen wären, wenn man die Stadt sich selbst überlassen hätte, bis die Erregung der Leute sich legte (und das dauerte nie lange) und sie zur Tagesordnung übergingen, als wäre nichts geschehen.

Vielleicht war es unfair, daß das Vorgehen seiner Truppen in Dibrapur (Reid enthält uns in seinem Buch eine ausführliche Schilderung darüber vor) hinterher wesentlich dazu beitrug, daß Reid in den Ruf geriet, er sei »in der augenblicklichen Phase der Befriedung« im Distrikt zu umstritten (die offizielle Formulierung für »wir wollen uns wieder vertragen«). Mein Hauptkommissar bat mich um einen vertraulichen Bericht über

Reid. Sie wissen selbst, Beschwerden gegen uns – Zivilisten oder Militär – erreichten sehr schnell die hohen Stellen. Ich erklärte, Reid habe zu keinem Zeitpunkt bei der Ausübung seiner Pflichten seine Kompetenzen überschritten und habe mir bei der Erfüllung meiner eigenen ständig zur Seite gestanden. Ich fügte hinzu, ohne die Anweisung, uns aller verfügbaren Streitkräfte zu bedienen, wären vermutlich weniger Truppen bei gleichem, wenn nicht sogar günstigerem Ergebnis eingesetzt worden. Ich sah nicht ein, weshalb Reid allein ausbaden sollte, daß die Leute in der Provinzverwaltung die Nerven verloren hatten. Ich glaube, mein Bericht gefiel niemandem, vom Hauptkommissar an aufwärts. Eine Zeitlang erwartete ich, ebenfalls versetzt zu werden, aber das Glück oder Pech machte Reid zur Zielscheibe – es sei denn, es stimmt wirklich, daß seine Versetzung auf den Einfluß von Freunden zurückging, die glaubten, nach dem Tode seiner Frau werde er sich in einer aktiveren Rolle glücklicher fühlen. Es ist so leicht – ganz besonders, wenn man in einer Sache, an der man selbst beteiligt war, einen Sündenbock sucht –, einen speziellen Vorfall als Beweis dafür anzuführen, daß ein Sündenbock da ist, während in Wirklichkeit die Vorgesetzten nur mit den Achseln zucken; und dann kommen rein persönliche Überlegungen ins Spiel, die das erwartete Schema von Verstoß und Bestrafung dem Schein nach bestätigten.

(6) Vielen Dank für Ihre Antwort zu meinen schriftlichen Kommentaren zur Niederschrift unseres Gesprächs. Ja, mir mißfällt dieser Beiklang eines »Ja, du warst es ... nein, ich war's nicht« – etwas, das nur allzu schnell auftaucht. Reid hatte ebenso bestimmte Einstellungen und Meinungen wie ich. Man kann nicht ewig voll Überzeugung die eigenen rechtfertigen und die eines anderen verwerfen. Aber ich bedaure, daß die Punkte, die ich mir in den vergangenen Tagen notiert habe, um zu bestimmten Aussagen in Reids Buch Stellung zu nehmen, jetzt nur noch am Rande erscheinen. Trotzdem möchte ich einen herausgreifen und jeden Eindruck entkräften, den Reid vielleicht erweckt haben könnte, Friedensrichter Menen sei der Sache der Rebellen gegenüber aufgeschlossen gewesen. Menen war für nichts anderes aufgeschlossen als für das Recht, in das

er kein allzu großes Vertrauen setzte, das er aber weiß Gott als seine beschworene Pflicht betrachtete. Ich mache mir auch Gedanken über den Eindruck, der vielleicht entstehen könnte, Merrick habe bei seiner Behandlung der Verdächtigen von Bibighar mit meinem stillschweigenden Einverständnis gehandelt oder ich hätte beide Augen zugedrückt. Wenn Sie Vidyasagars Erklärung veröffentlichen, sollte mir, so glaube ich, auch erlaubt sein, etwas zu diesem Punkt zu sagen. Vidyasagar muß als Gesetzesbrecher gelten, der freiwillig eine Aussage macht, und das ist nichts Halbes und nichts Ganzes.

In seiner Erklärung ist er auffällig zurückhaltend mit den Namen der Leute, mit denen er Umgang hatte. Inwieweit wir uns auf seine Aussage verlassen können, daß Hari Kumar nicht zu seinen Mitverschworenen gehörte, kann niemand von uns entscheiden. Miss Manners' Tagebuch (beziehungsweise der kurze Abschnitt, den Sie mir erlaubt haben einzusehen) ist an sich kein *Beweis* für Kumars Unbeteiligtsein an Vidyasagars Aktivitäten. Und bei der Lektüre der Erklärung kann man leicht den Eindruck gewinnen, Vidyasagar habe Merrick *echten* Grund gegeben, ihm während des Verhörs nicht zu trauen. Mich beunruhigt, daß Leser glauben könnten, ich hätte damals oder später etwas von Merricks Behandlung der Verdächtigen im Falle der *Vergewaltigung* gewußt. Er gestand mir, im Umgang mit den Verdächtigen die Vorschriften »großzügig ausgelegt« zu haben, um sie einzuschüchtern und die Wahrheit zu erfahren. So habe er ihnen mit Auspeitschung gedroht; in einem Fall sei er sogar so weit gegangen, einen der jungen Männer »zur Bestrafung vorzubereiten«. Ich glaube, das waren seine Worte. Er gab mir diese Information *freiwillig* am Morgen nach der Verhaftung, und als Menen mich später darauf ansprach, es kursierten Gerüchte, man habe die Festgenommenen ausgepeitscht, konnte ich ihm erklären, wie dieses Gerücht meiner Meinung nach entstanden sei. Ich versicherte ihm, ich habe Merrick bereits davor gewarnt, »zu weit zu gehen«. Ernster zu nehmen war meiner Ansicht nach das zweite Gerücht, man habe die Männer gezwungen, Rindfleisch zu essen. Merrick versprach, er wolle der Sache nachgehen, und berichtete mir später, das Gerücht entspreche nicht der Wahrheit. Vielleicht sei ein Mißverständnis dafür verantwortlich, weil einem der

Moslemwächter sein Essen in die Zellen gebracht wurde. Reid hatte völlig recht, als er sagte, das Niederschlagen des Aufstandes habe unsere Aufmerksamkeit von den Verdächtigen abgelenkt und es schließlich unmöglich gemacht, konkrete Beweise in bezug auf die Vergewaltigung zu finden. Menen ging den Gerüchten über das Auspeitschen und den erzwungenen Rindfleischverzehr nach, und ich erlaubte ihm, die jungen Männer zu diesem Thema befragen zu lassen. Er berichtete, er habe einen Anwalt damit beauftragt, der erklärte, keiner der jungen Männer, Kumar nicht ausgenommen, habe sich darüber beklagt, ausgepeitscht oder zum Verzehr von Rindfleisch gezwungen worden zu sein. Und keiner von ihnen sagte je etwas davon zu Jack Poulson, dessen Aufgabe es war, sie zu vernehmen, als wir den politischen Prozeß gegen sie vorbereiteten. Aber nun, nach all den Jahren wird mir leider bewußt, daß ich versäumt habe, den Gerüchten auf den Grund zu gehen. Es scheint ziemlich klar zu sein, daß sie mißhandelt wurden. Ich glaube jedoch nicht, daß es zu einem Fehlurteil kam. Merrick handelte offensichtlich im Eifer des Gefechts, da er sie für schuldig hielt, eine Frau überfallen zu haben, die ihm am Herzen lag. Wir mußten bald erkennen, daß eine Anklage wegen Vergewaltigung nicht haltbar war, aber die vorliegenden Beweise für ihre politischen Aktivitäten reichten aus, eine Anklage im Sinne des Ermächtigungsgesetzes zu erheben. Der Fall wurde an den Hauptkommissar verwiesen und gelangte schließlich sogar vor den Gouverneur. Ich habe die Beweise im Detail vergessen, doch sie wogen schwer. Deshalb bin ich immer noch der Ansicht, die fünf Angeklagten hatten Verstöße begangen, die unter dieses Gesetz fielen. Nur Kumar bleibt mir ein Rätsel. Wenn er so mißhandelt wurde, wie Vidyasagars »Informant« behauptet, weshalb schwieg er dann, als Menens Anwalt ihn danach befragte? Weshalb beschwerte er sich bei der offiziellen Vernehmung dann nicht bei Jack Poulson? Das Schweigen der anderen Angeklagten wird verständlich, wenn Vidyasagars Aussage über die Bedrohung durch die Polizei richtig ist. Doch Kumar hatte das alles bereits durchlitten und konnte es vermutlich auch beweisen. Außerdem war er eindeutig von einem anderen Kaliber als die übrigen jungen Männer. Werfen die Teile von Miss Manners' Tagebuch, die Sie mir nicht geschickt haben, mehr Licht auf dieses Problem?

Ich vermute, Sie denken an sein Schweigen zu diesem Thema, wenn Sie in Ihrem Brief an mich sagen: »Kumar glaubte, er habe schließlich alles verloren, selbst sein englisches Wesen. Und deshalb konnte er jeder Situation – selbst der schmerzlichsten – nur mit Schweigen begegnen, in der Hoffnung, dadurch etwas Selbstachtung zurückzugewinnen.«

Nach dem, was Sie mir über Ihre »Rekonstruktion« von Hari Kumars Leben berichtet haben, und dem, was ich in Daphne Manners' Tagebuch gelesen habe, kann ich mir durchaus vorstellen, daß Kumar auf diese Weise reagierte. Doch wenn Vidyasagars Informant die Wahrheit sagte, als er erklärte, Kumar sei in der Nacht seiner Festnahme auf Merricks Anweisung ausgepeitscht worden, »bis er stöhnte«, sollte man denken, Kumar hätte die Gelegenheit ergriffen, entsprechende Beschuldigungen vorzubringen, als Menens Anwalt ihn unverblümt fragte, ob das der Wahrheit entsprach. Er wäre gegen Miss Manners nicht wortbrüchig geworden, die ihn gebeten hatte, »nichts zu sagen«, wenn er im Verlauf der Befragung sich darüber beschwert hätte, ungerechterweise brutal ausgepeitscht worden zu sein. Ich meine, es gibt schließlich eine Grenze für *jede* Starrrköpfigkeit, nicht wahr?

Doch ich vermute, meine Einwände gegen Ihre Schlußfolgerungen beruhen im Grunde auf meiner inneren Abneigung, die unschlüssigen Indizien für Merricks Verhalten anzuerkennen oder meinen Fehler einzugestehen, daß ich damals nichts dergleichen vermutet habe. Zu der Zahl, die Sie nach »offiziellen« Quellen zitieren, nämlich daß abgesehen von den Vereinigten Provinzen, nach dem Aufstand 958 Bestrafungen durch Auspeitschen verhängt wurden, habe ich nichts hinzuzufügen – außer, daß es sich um eine legale Strafe für Teilnehmer an Aufständen handelte. Wäre Kumar während der Unruhen verhaftet worden, hätte man ihn vermutlich ausgepeitscht. Ich vermute, Sie wollen andeuten, diese Art Strafe »lag in der Luft«, Merrick benutzte die Gelegenheit, verstieß gegen die Vorschriften und kam damit durch.

Nach diesen Kommentaren werde ich mich nun, wie Sie wünschen, dem übergeordneten Thema zuwenden. Doch ehe ich mich von der Frage des »ja, ich war es ...« und »nein, du warst es nicht« abwende, möchte ich – vielleicht überflüssigerweise – darauf hinweisen, daß man die Ungewißheit, die Handlungen und Ereignisse umgibt, nicht mit den »gefährlichen Bereichen der Fehlbarkeit« verwechseln darf, die *zwischen* Zweifeln, Entscheidungen und Handeln liegen. Ich wähle als Beispiel das erzwungene Fleischessen – entweder es ist passiert, oder es ist nicht passiert. Wenn wir versuchen, die »gefährlichen Bereiche« einzukreisen, beschäftigen wir uns doch wohl nicht mit *Fakten*, deren Wahrheit, wie unüberprüfbar sie jetzt auch sein mag, *damals jemandem bekannt war*?

Ich habe intensiv über die wirklich »gefährlichen Bereiche« nachgedacht und muß zögernd gestehen, daß ich das Thema nicht fest genug in den Griff bekomme, um eine auch nur entfernt brauchbare Prämisse zu finden, von der Sie ausgehen könnten. Ich merke, daß ich allzu leicht in die alte Gewohnheit zurückfalle, Behauptungen, Widerlegungen und Gegenbehauptungen vorzubringen. Nehmen wir zum Beispiel Reids trockene Darstellung des 1935 verkündeten Plans, aus Indien einen Bundesstaat zu machen, und seinen Kommentar, das alles habe nur zu einem Gerangel um die Macht geführt. Der unwissende Leser gewinnt dadurch den Eindruck, als hätten wir Engländer ein großzügiges Angebot gemacht, uns dann zurückgelehnt und betrübt mitangesehen, wie die Inder sich als zu unreif erwiesen, zu verstehen, worum es ging oder die Gelegenheit beim Schopf zu fassen. Ich kann in diesem Zusammenhang nur an die alternative Lesart denken, die uns zeigt, weshalb die Inder als *Staatsmänner* einen Bundesstaat ablehnten, und daß dieser ganze Plan und Vorschlag sehr wohl in dem Licht gesehen werden konnte, daß wir den Indern eine Verfassung anboten, die unsere Macht und unseren Einfluß, und sei es auch nur als imperiale Schiedsrichtergewalt, verlängert, vielleicht sogar festgeschrieben hätte.

Ähnlich könnte man – wiederum ausgehend von Reids Bemerkungen – eine lange Abhandlung schreiben, um seine saloppe Schlußfolgerung zu widerlegen, die Cripps-Delegation sei 1942 an der indischen Kompromißlosigkeit gescheitert, oder, ebenso salopp, kurz und unpräzise die Gegenbehauptung aufzustellen, es habe sich um ein typisches Churchill-Manöver gehandelt, um die Lage zu beschönigen und nach der Niederlage in Asien Freunde zu gewinnen und das Ausland zu beeinflussen, während das Ganze in Wirklichkeit nur auf eine unwillige Wiederholung alter Versprechen und noch älterer Vorbehalte hinauslief.

Und das wollen wir doch nicht, oder? Obwohl man nur allzusehr versucht ist, Brigadier Reids scheinbar unerschütterliches kleines Gebäude von einfacher Ursache und einfacher Wirkung zum Einsturz zu bringen, um das Gleichgewicht wiederherzustellen und das entgegengesetzte, ebenso ungenaue Bild einer tyrannischen und imperialistischen Macht zu zeichnen, die die Gesichter ihrer farbigen Untertanen in den Staub tritt.

Uns geht es keineswegs um einen Rechenschaftsbericht, in dem man Schlag auf Schlag die politischen Maßnahmen aufzählen müßte. Kein Mensch wäre imstande, einen solchen Bericht zu schreiben – wenn er sich auf die Schläge beschränkte. Es gab so viele Schläge, daß ein Menschenleben nicht ausreichen würde, sie aufzuzählen. Um einen solchen Bericht zu einem vernünftigen Unternehmen zu machen, müßte man sich zu dem vorhandenen Material eine Einstellung bilden. Eine solche Einstellung wäre wie ein Sieb. Nur das für die Einstellung Relevante fällt hindurch, der Rest wird aussortiert. Die wirkliche Relevanz und Wahrheit dessen, was durch die Maschen fällt, hinge von der Relevanz und der Aufrichtigkeit der Einstellung ab. Wenn man dem zustimmt, befindet man sich sofort wieder auf dem Boden persönlicher Vorlieben – oder sogar Vorurteile –, und die mögen mit der sogenannten »Wahrheit« etwas zu tun haben oder auch nicht.

Wie dem auch sei – nehmen wir an (wie Sie in Ihrem Schreiben so hilfreich vorschlagen), ich würde mich auf eine Darstellung der britisch-indischen Geschichte einlassen. In diesem Fall muß ich eine Einstellung zu dem ungeheuren Material gewinnen, vor dem ich stehe. Wie würde diese Einstellung aussehen?

Ich glaube – ganz einfach, beinahe kindlich – etwa folgendermaßen: Meine Prämisse wäre, die Inder wollten ihre Freiheit; und wir wollten ihre Freiheit ebenfalls. Aber sie wollten die Freiheit um soundso viele Jahre früher, als wir sie ihnen geben wollten. In dieser Situation entstand der Konflikt teilweise aus mangelnder Synchronisation der Termine der beiderseitigen Wünsche, aber mit der Zeit ergab sich daraus auch eine mangelnde Synchronisation der Wünsche selbst. Die Inder sind Menschen, und je länger man ihnen die Freiheit vorenthielt, desto entschiedener wollten sie zu ihren eigenen Bedingungen frei sein; und je nachdrücklicher sie das wollten, desto nachdrücklicher beharrten wir darauf– denn wir sind ebenfalls Menschen –, daß sie die Freiheit nur zu unseren Bedingungen erhalten konnten. Je länger sich dieser Konflikt hinzog, desto verworrener wurden auf beiden Seiten die Bedingungen für eine mögliche Einigung. Schließlich ging es nur noch darum, welches die höhere Moral sei, die sich gegen die weniger höhere als dauerhafter und gewichtiger durchsetzen würde. Und deshalb gewannen natürlich die Inder.

Nachdem ich das in diese einfachen Worte gefaßt habe (und sie bilden ein Maschengewebe, durch das man ungeheuer viele detaillierte Beweise sieben könnte), werde ich an etwas erinnert, was Sie bei unserem Gespräch den »moralischen Lauf der Geschichte« genannt haben. Und ich sehe, daß die Kraft dahinter vielleicht im wesentlichen von unserem Gewissen kommt, und daß der gefährliche Bereich der *natürliche* Platz ist, an dem unser Gewissen wirkt, mit oder – meistens – ohne uns. Das Problem liegt darin, daß das Wort *gefährlich* etwas leicht Bedrohliches suggeriert, als bestehe im Grunde eine unauflösliche Verbindung zwischen »gefährlich« und »falsch«. »Gefährlich« hat diesen Beiklang, aber ich glaube, es verliert ihn, wenn wir uns daran erinnern, daß wir das Wort nur benutzen, um unserer Angst vor persönlichen Konsequenzen Ausdruck zu verleihen, vor einer Gefahr, in der wir uns befänden, wenn wir stets unserem Gewissen folgen würden.

Ich erinnere mich, daß Sie bei unserem Gespräch von »Taktschlag« und »Pause« gesprochen haben, und ich glaube, so nannten Sie die nicht verzeichneten Momente der Geschichte. Ich wollte, ich könnte diese Theorie auf ein bestimmtes Ereignis in meinem Leben anwenden und sehen, wie ich auf die richtige statt auf die falsche Seite geraten bin. Ich wollte, ich könnte sie auf ein Ereignis in Reids Leben anwenden. Doch schon bei diesem Versuch gerate ich wieder in die Welt beschreibbarer Ereignisse. Wollte ich versuchen, diese Theorie auf alle Ereignisse im Leben aller Menschen anzuwenden, die mit den Vorgängen direkt oder indirekt zu tun hatten, ist mein

Kopf einfach nicht in der Lage, den Komplex von Emotionen, Ambitionen und Reaktionen zu fassen, die, sagen wir zu einem der Vorgänge führten, die Teil des allgemein beschreibbaren Grundmusters waren. Aber kann der Verstand vielleicht doch auf den Eindruck einer kumulativen, unpersönlichen Gerechtigkeit reagieren? Und zwar auf die Gerechtigkeit, deren Bedeutung nicht nur in dem erkennbaren und entschieden eingeschlagenen Kurs liegt, sondern im Aufzeigen der Gefahren, die uns bevorstehen und drohen, den Lauf der Geschichte noch einmal zu ändern?

3 (Anhang zu »Zivilisten und Soldaten«)
Eine Erklärung von S. V. Vidyasagar

Mit sechzehn Jahren wurde ich bei der Zulassungsprüfung für das College abgeschossen und verließ die staatliche höhere Schule von Majapur mit den Vorwürfen meiner Eltern und ohne Aussichten auf einen Beruf. Beinahe zwölf Monate lang in Schande und Schurkerei, trieb mich mit losen Weibern herum und schadete meiner Gesundheit. Ich wurde ein so schlechter Mensch, daß mein Vater mich aus dem Haus jagte. Meine Mutter steckte mir heimlich einhundert Rupien zu, die sie sich über viele Monate hin vom Haushaltsgeld abgespart hatte. Ich bedauere, daß ich selbst dieses Zeichen der Liebe und des mütterlichen Vertrauens für Alkohol und Unzucht verschwendete. Viele Wochen lang befand ich mich in meinem Elendsquartier auf der Schwelle des Todes, doch nach meiner Gesundung hatte ich immer noch nur Schnaps und Weiber im Sinn. Oft betete ich um Halt und Selbstdisziplin, aber ich brauchte nur einem hübschen Mädchen zu begegnen, schon stieg ich ihr nach und machte ihr vor allen Leuten unsittliche Anträge, so daß ich bald in schlechtem Ruf stand und kein anständiger Mensch etwas mit mir zu tun haben wollte. Für mich gab es nur noch die Burschen meiner Sorte, deren Eltern sich von ihnen losgesagt hatten oder nichts von ihrem Treiben ahnten, bis Nachbarn oder Freunde sie darauf aufmerksam machten.

So wurde ich siebzehn. Aber nun ekelte mich mein Leben an,

ich beschloß, mich moralisch und physisch zu bessern. Ich kehrte in mein Vaterhaus zurück und bat um Vergebung. Meine Mutter und meine Schwester weinten bei meiner Rükkehr, aber mein Vater behandelte mich streng und verlangte eine Erklärung für meine Missetaten. Ich sagte, ich könne sie nur als eine Art Wahnsinn erklären, aber ich vertraue jetzt darauf, mich durch Gottes Gnade und eigene Entschlossenheit zu bessern. Als mein Vater mein betrübtes und demütiges Verhalten bemerkte, schloß er mich wieder in die Arme. So begann ich ein neues und aufrechtes Leben und nahm mit Unterstützung und Empfehlung meines Vaters eine Stelle als Büroangestellter an. Meinen Monatsverdienst gab ich meiner Mutter und nahm von ihr nur ein paar Annas für notwendige tägliche Ausgaben. Damals bedauerte ich auch bitterlich mein verantwortungsloses und schlechtes Verhalten, das zu dem wohlverdienten Versagen in der Schule geführt hatte. Nachts studierte ich beim Schein einer Öllampe bis Mitternacht; schließlich bat mich meine Mutter dringend, mehr auf meine Gesundheit zu achten und nicht das Risiko einzugehen, daß ich im Büro einschlafen und deshalb meine Stelle verlieren würde.

Entschlossen, meinen Eltern keinen Kummer mehr zu bereiten, machte ich einen Stundenplan und hängte ihn an die Wand über mein Bett. Dabei widmete ich eine gewisse Anzahl von Stunden dem Studium, manche Stunden dem Schlaf und manche Stunden gesunden Körperübungen. An schönen Abenden spazierte ich hinaus bis zur Chillianwallah Bagh Extension, betrachtete die schönen Häuser unserer wohlhabenden Nachbarn und schlenderte am Flußufer entlang. Dort sah ich viele hübsche Mädchen und zog ihre Blicke auf mich, aber ich ging immer davon, ehe die Versuchung, sie anzusprechen oder ihnen nachzusteigen, mir zu große Schwierigkeiten machte. Ich mied auch die Gegenden der Stadt, in denen ich meinen früheren Kameraden begegnen konnte, und ganz besonders die Straße, in der viele Prostituierte lebten, deren Blicke aus einem Fenster im oberen Stockwerk den Ruin jedes unschuldigen und anständigen jungen Mannes bedeuten konnten, der zufällig vorüberging.

Ich folgte nun entschlossen einem Lebenswandel, der körperlich gesund und geistig erbaulich war. Selbst auf den Spaziergängen trug ich ein Buch bei mir, setzte mich ans Flußufer und studierte. Für die schwarzen Zöpfe und die Seidensaris der Mädchen in der Nähe hatte ich nur selten einen Blick. Auf diese Weise lernte ich Mr. Francis Narayan kennen. Er war Lehrer an der christlichen Missionsschule im Chillianwallah Basar und eine bekannte Persönlichkeit in Majapur. Er fuhr immer auf seinem Fahrrad durch die Gegend und sprach mit den Leuten, die ihm zufällig begegneten. Ich unterhielt mich mit ihm, erzählte ihm von meinem früheren schlechten Lebenswandel, meinem veränderten Charakter und den Hoffnungen für die Zukunft. Als er erfuhr, daß ich als bescheidener Angestellter in einem Büro arbeitete und mein Versagen bei den Prüfungen zutiefst bedauerte, sagte er, er wolle an mich denken, wenn er von einer geeigneten Stelle erfahre. Ich versprach mir nichts von dieser freundlichen Begegnung und widmete mich weiterhin meinen täglichen Aufgaben und meinem Plan, mich zu bessern und meine Bildung zu erweitern. Ich begann allmählich, Ungeduld zu empfinden, und warf verstohlene Blicke auf die Bücher in der Buchhandlung am Tirupati-Tempel, an der ich auf dem Nachhauseweg täglich vorbeikam. Mein Vater war Kanzleivorsteher bei einem Lieferanten, und ich arbeitete in einem Büro, das einem Freund des Arbeitgebers meines Vaters gehörte, einem Kaufmann mit zwei Töchtern im heiratsfähigen Alter. Eines Tages stand ich wie üblich in der Buchhandlung und stöberte in den vielen Bänden. Unter dem Vorwand, sie mir anzusehen, las ich Kapitel um Kapitel eines Buches über die Deklaration der Selbstbestimmung von 1917. Mein Interesse an politischen Dingen war erwacht. Ich wünschte sehr, dieses Buch zu besitzen, aber es war für mich zu teuer, obwohl ich wußte, daß meine Mutter mir das erforderliche Geld geben würde, wenn ich sie darum bat. Als ich an diesem Abend dort stand und das nächste Kapitel las, bemerkte ich, daß der Besitzer und sein Gehilfe mich einen Augenblick lang nicht beobachteten, und ich ging, ohne nachzudenken, mit dem Buch unter dem Arm aus dem Laden. Beglückt und doch voller Angst, verfolgt und als gemeiner Dieb festgenommen zu werden, lief ich ziellos durch die Straßen und fand mich plötzlich in der alten Gegend wieder. Jemand rief meinen Namen, und als ich in die Richtung blickte, entdeckte ich einen meiner alten Freunde, einen jungen

Mann, doch älter als wir übrigen, der sich mit uns unterhalten und mit uns zusammengesessen, uns aber nie zu unseren Trinkgelagen und anderen schlechten Dingen begleitet hatte. Er hieß Moti Lal. Er sah das Buch unter meinem Arm, nahm es in die Hand, blickte auf den Titel und sagte: »Aha, du wirst also erwachsen.« Er lud mich zu einer Tasse Kaffee ein, ich nahm an, und wir gingen dorthin zurück, wo er gesessen hatte. Er wollte wissen, was ich in all diesen Monaten getan hatte, und ich erzählte es ihm. Er war auch Büroangestellter und arbeitete im Lagerhaus von Romesh Chand Gupta Sen. Ich erkundigte mich nach unseren alten Freunden, aber er erwiderte, sie seien auch anständig geworden wie ich.

Plötzlich erkannte ich, daß mein altes Leben nicht so unehrenhaft gewesen war, wie mein Gewissen mir vorsagte. Es war ohne Zweifel sündhaft gewesen, soviel schlechten Branntwein zu trinken und beinahe wahllos zu unmoralischen Frauen zu gehen. Aber ich sah jetzt, daß wir es getan hatten, weil unsere Energien ein besonderes Ventil brauchten. Gestärkt durch diese Erkenntnis, ging ich in die Buchhandlung, gab das Buch dem rechtmäßigen Besitzer zurück und erklärte, ich habe es in Gedanken versunken mitgenommen. Von dieser Zeit an gestattete mir der Mann, viele Stunden im Hinterraum des Ladens zu sitzen und die neuen Bücher zu lesen, die aus Kalkutta und Bombay gekommen waren.

Ich war inzwischen achtzehn Jahre alt, als Mr. Narayan, der Missionslehrer, zu mir nach Hause kam und erzählte, der Chefredakteur der ›Mayapore Gazette‹ suche einen tatkräftigen jungen Mann mit guten Englischkenntnissen als Büroboten und angehenden Journalisten. Mr. Narayan vertraute mir an, daß er, um sein Einkommen als Lehrer aufzubessern, die Artikel schrieb, die als Glossen von *Stroller* in der ›Gazette‹ veröffentlicht wurden. Mein Vater wollte nicht, daß ich meine Stelle aufgab. Er wies darauf hin, daß ich nach entsprechender Zeit nicht nur Aussichten hätte, Bürovorsteher zu werden, wenn ich meine Aufgaben immer zufriedenstellend erfüllte, sondern, bei entsprechendem Fleiß und Eifer, sogar eine der Töchter meines Arbeitgebers heiraten könnte. In den letzten Monaten hatte sich der Gesundheitszustand meines Vaters sehr verschlechtert. Er ging jeden Morgen zu Fuß in sein Büro, ohne eine Minute zu spät zu kommen; aber häufig arbeitete er bis lange nach Dienstschluß, und wenn er nach Hause kam, empfing ihn meine Mutter mit Vorwürfen, weil sein Abendessen verkocht war. Seit ich ein verantwortungsbewußteres Leben führte, hatte ich gelernt, meinen Vater zu achten, nachdem ich ihn früher nur kritisierte. Ich empfand jetzt auch Zuneigung für ihn, weil er mich zweifellos liebte. Ich wollte nicht sein Mißfallen erregen, aber ich wollte mich auch um die Stelle bewerben, zu der Mr. Narayan mir verhelfen wollte, denn er hatte mit dem Chefredakteur schon über mich gesprochen. Mein Vater willigte schließlich ein, und ich durfte mich bei der ›Gazette‹ um die Stelle bewerben. Ich fürchtete sehr um sein Leben – er starb sechs Monate später –, und ich wollte ihm an seinem Lebensabend nicht mißfallen oder in ihm den Glauben wecken, er müsse die Welt verlassen, ohne einen Sohn zu haben, der die Bestattungsrituale leitete. Deshalb fürchtete ich mich vor meinem hitzigen Wesen und dem daraus entstehenden Streit, der dazu führen konnte, daß er mich wieder hinauswarf. Aber ich danke Gott, der ihn dazu bewegte, meinen Wünschen nachzugeben. Und so wurde ich nach einiger Zeit Angestellter der ›Mayapore Gazette‹.

Nach dem Tod meines Vaters war ich das »Familienoberhaupt« und mußte die Heirat meiner einzigen noch lebenden Schwester, die damals sechzehn war, in die Wege leiten. Diese Familienpflichten nahmen 1937/38 einen großen Teil meiner Zeit in Anspruch. Nun lebten meine Mutter und ich allein. Sie wollte mich immer überreden zu heiraten. Damals war ich in dieser Hinsicht etwas naiv. Ich fürchtete, meine Erlebnisse mit den unmoralischen Frauen hätten es für mich gefährlich gemacht, zu heiraten und Vater zu werden, obwohl ich nach dem Willen Gottes keine bleibende Krankheit davontrug. Außerdem widmete ich nach dem Tod meines Vaters mein Leben der Politik und meiner Arbeit als »aufstrebender« Journalist.

Meine Pflichten führten mich jetzt täglich ins Garnisonsviertel, denn dort befand sich die Redaktion der ›Gazette‹, und ich lernte das Leben auf der anderen Seite des Flusses kennen. Als Schüler der staatlichen höheren Schule war ich früher ebenfalls täglich über den Fluß gegangen, aber als »Journalistenlehrling« bei Mr. Laxminarayan lernte ich Dinge, über die ich mir früher keine Gedanken gemacht hatte. So erfuhr ich etwas über die

Handhabung von Recht und Ordnung und über das gesellschaftliche Leben der Engländer.

Als unbedeutender junger Inder erlitt ich viele gesellschaftliche Demütigungen, und das machte mich bitter, wenn ich mich daran erinnerte, daß mein Vater früher über jeden Penny Rechenschaft ablegen mußte und es nie wagte, seiner Arbeit auch nur einen Tag fernzubleiben. Ich freundete mich mit mehreren gleichaltrigen jungen Männern an, auch wieder mit Moti Lal. Wir sprachen über all diese Dinge bei mir zu Hause oft bis tief in die Nacht, während meine Mutter schon schlief. Aber erst als Mr. Laxminarayan an meiner Stelle Hari Kumar einstellte, den Neffen des reichen Kaufmanns Romesh Chand Gupta Sen, bei dem auch Moti Lal einmal gearbeitet hatte, und ich eine neue Arbeit beim ›Mayapore Hindu‹ fand, stieß ich zu den Gruppen junger Männer, die ebenso empfanden wie ich: Wir fühlten uns führerlos in einer Welt, in der unsere Väter sich fürchteten, einen Arbeitstag zu verlieren, und selbst die indischen Politiker für uns in einer anderen Sphäre lebten. Wir beschlossen, nach einer Gelegenheit Ausschau zu halten, die uns dem Tag der Befreiung näher brächte.

Zu dieser Zeit führten die Engländer Krieg mit Deutschland. Die Kongreßminister waren zurückgetreten, und wir konnten uns nur vorstellen, daß unser Land wieder einmal gezwungen sein würde, einen unangemessenen Preis für einen Krieg zu bezahlen, den wir nicht wollten und von dem wir keine Belohnungen erwarteten, sondern nur leere Versprechungen. Damals mußten wir vorsichtig sein, um eine Verhaftung zu vermeiden, ausgenommen natürlich, einer von uns forderte seine Festnahme heraus, indem er offen die Gesetze übertrat. Auch im Umgang mit Freunden und Bekannten mußten wir vorsichtig sein. Viele harmlos wirkende Burschen waren Polizeispitzel; und ein oder zwei meiner Freunde wurden auf Grund von Informationen verhaftet, die die Behörden von solchen Leuten erhielten, die manchmal nichts anderes wollten, als sich wegen einer alten Streitigkeit rächen. Sie erzählten der Polizei Geschichten, damit man einen von uns verhaftete, um uns zu schaden. Auch Moti Lal wurde festgenommen nach Paragraph 144, der verbot, daß er auf einer Studentenversammlung eine Rede hielt. Er kam ins Gefängnis, aber es gelang ihm zu fliehen.

Als die Japaner in Burma einmarschierten und die Engländer schlugen, glaubten wir, nun sei endlich unsere Freiheit in Sicht. Weder ich noch meine Freunde fürchteten die Japaner. Wir wußten, daß wir den Japanern Schwierigkeiten machen konnten, wenn sie nach Indien kamen und uns so schlecht behandelten wie die Engländer. Viele unserer Soldaten wurden von ihren britischen Offizieren im Stich gelassen und gerieten in Burma und Malaya in Gefangenschaft. Die Japaner schenkten ihnen die Freiheit und stellten die Indische Nationale Armee unter Subhas Chandra Bose auf. Hätten die Japaner den Krieg gewonnen, wären unsere Kameraden der Indischen Nationalen Armee überall als Helden gefeiert worden. Statt dessen wurden nach dem Krieg viele von ihnen durch die Briten schwer bestraft, und unsere nationalen Führer sahen zu und taten nichts, um sie zu retten.

Damals wußten wir, daß nur junge Männer, die bereit waren, ihr Leben zu geben und andern das Leben zu nehmen, Indien zu einer »großen Macht« machen konnten. Wir verstanden das Taktieren und Verhandeln unserer Führer nicht. Leider konnten wir damals nur kleine Gruppen bilden. Wir sagten uns, wenn das Volk sich einmal gegen die Unterdrücker erhob, würden wir jungen Männer uns miteinander verbünden können und den anderen ein Beispiel der Tapferkeit und Entschlossenheit geben, das alle mitrisse.

Dies war die Lage vor dem Aufstand von 1942. Ich hatte mich mit mehreren anderen jungen Männern auf jedes Opfer vorbereitet. Nach meiner Festnahme wurde ich stundenlang verhört, damit ich Informationen über eine »Untergrundbewegung« preisgäbe. Aber wenn es eine solche Bewegung gab, wußte ich nichts davon. Ich wußte nur, daß junge Männer wie ich bereit waren, in der vordersten Front gegen den Feind zu kämpfen. Am Tag meiner Verhaftung, am elften August, planten ich und ein paar Freunde, uns der Menge anzuschließen, die sich später am Tag formierte, und sie aufzuwiegeln, in das Zivilistenviertel zu marschieren. Die Nachricht von solchen Plänen verbreitete sich schnell von einem Ende der Stadt zum anderen. Am Morgen hatte eine Menschenmenge versucht, sich in der Chillianwallah Bagh Extension zu versammeln, aber die Polizei, die überall sofort aufzutauchen schien, hatte die Leute auseinandergetrieben. Meine Kameraden und ich befanden uns nicht in der Menge, denn zu dieser Zeit druckten wir Flugschriften, die wir verteilen wollten, um die Leute anzufeuern, damit sie uns halfen, die Männer zu befreien, die man ungerechterweise beschuldigte, eine englische Frau überfallen zu haben. Ein solches Pamphlet wickelten wir um einen Stein und warfen es durch das offene Fenster der Polizeiwache in der Nähe des Tirupati-Tempels. So hatte derjenige, der diese gefährliche Aufgabe übernahm, eine Chance, ungesehen zu verschwinden. Danach trennten wir uns und gingen nach Hause oder an den Arbeitsplatz. Schon eine Stunde später erschien der Polizeichef mit vielen Polizisten im Gebäude des ›Mayapore Hindu‹, wo ich arbeitete. Ich und andere anwesende Angestellte wurden sofort festgenommen, weil die Polizei in einem Hinterzimmer eine alte Handpresse entdeckte und behauptete, sie sei zum Drucken aufrührerischer Schriften benutzt worden.

Das stimmte nicht. Von den Verhafteten hatte, soweit ich wußte, nur ich eine solche Tat begangen, aber ich leugnete. Der ebenfalls verhaftete Chefredakteur sagte der Polizei, ich sei an diesem Morgen nicht zur Arbeit erschienen, und seine Handpresse sei nur für den Druck von harmlosem Werbematerial verwendet worden. Davon erfuhr ich erst später, denn man trennte uns. Schließlich hörte ich, daß man alle wieder entlassen hatte, obwohl ›The Mayapore Hindu‹ verboten und die Redaktion geschlossen wurde. Ich gestand immer noch nicht, denn ich wollte den richtigen Standort der Druckerpresse und meiner Komplizen geheimhalten. Ich wurde vom *Kotwali* ins Polizeihauptquartier im Zivilistenviertel gebracht, wo man auch die jungen Männer, die man zwei Tage zuvor beim Bibighar-Park verhaftet hatte, festhielt. Doch ich sah keinen von ihnen. Man sperrte mich in eine Zelle getrennt von allen anderen. Nach dem Verhör verlegte man mich in das Gefängnis in der Jail Road. Dort befand ich mich, als die Menge das Gefängnis stürmte, die Wachen am Tor überwältigte und ins Gefängnis eindrang. Mehrere Gefangene wurden befreit. Aber leider fand das in einem anderen Block statt, und kurze Zeit später griffen die Soldaten das Gefängnis an, und unsere kurzlebigen Hoffnungen auf Freiheit erfüllten sich nicht. Bei diesem Einsatz verloren viele Unschuldige das Leben. Aber die Behörden versuchten, das zu verschleiern, und machten nur sehr niedrige Angaben über Tote und Verwundete.

Man brachte mich am späten Nachmittag des 11. August vom *Kotwali* in das Gefängnis. Dort wurde ich vom Polizeichef persönlich vernommen. Er stellte sehr geschickte Fragen, aber ich war entschlossen zu schweigen. Ich wußte, man würde mich auf jeden Fall einsperren, denn ich sah, daß er eine Akte über meine verdächtigen Aktivitäten besaß. Er kannte die Namen vieler meiner Freunde und auch die zufälliger Bekannter. Ich überlegte, wer der Spion in unserer Mitte gewesen sein mochte. Er fragte immer wieder nach Moti Lal und dann nach Kumar und den anderen, die nach dem »Überfall« auf die englische Frau verhaftet worden waren. Es hätte nichts genutzt zu leugnen, daß ich Moti Lal und die meisten dieser jungen Leute kannte, denn der Polizeichef besaß sogar Unterlagen mit Daten und Plätzen, an denen man einige von uns zusammen gesehen hatte, oder wußte, daß wir uns dort getroffen hatten, angefangen mit einem Abend im Februar, als ein paar von uns tranken und Hari Kumar so betrunken war, daß wir ihn nach Hause bringen mußten. Später erfuhren wir, daß er herumgeirrt war und verhaftet und verhört worden war. Zu den wegen der Vergewaltigung Festgenommenen gehörten auch zwei, die damals im Februar dabeigewesen waren, und ich überlegte, ob Hari Kumar sich nach dem Verhör womöglich bereit erklärt hatte, uns zu bespitzeln. Vielleicht hatten wir ihm unsere augenblickliche mißliche Lage zu verdanken. Später schämte ich mich dieser Gedanken, doch ich muß aufrichtig sein und erwähnen, daß ich ihn eine Zeitlang im Verdacht hatte, ein Spitzel zu sein.

Keiner der wegen »Vergewaltigung« Festgenommenen gehörte zu den Komplizen bei meinen illegalen Aktivitäten, doch in der Akte des Polizeichefs befanden sich auch die Namen von drei jungen Männern, die meine Komplizen waren und an diesem Morgen mit mir an der versteckten Druckerpresse gearbeitet hatten, die wir nach Moti Lals Festnahme übernommen hatten. Die Presse stand im Haus einer Prostituierten. Die Polizisten gingen in diesem Haus ebenfalls aus und ein, waren aber zu sehr mit anderen Dingen beschäftigt, um zu bemerken, daß dort verbotene Schriften gedruckt wurden.

Als der Polizeichef die Namen der jungen Männer vorlas, mit

denen ich an diesem Morgen zusammengewesen war, erwiderte ich (wie im Fall einer Verhaftung abgesprochen war), wir hätten uns seit zwei oder drei Tagen nicht gesehen. Ich gab dem Polizeichef gegenüber nichts zu. Ich behauptete, ich hätte mich an diesem Morgen nicht wohl gefühlt und sei deshalb an diesem Morgen spät zur Arbeit gegangen. Außerdem sei ich wegen der Unruhen in der Stadt um meine Sicherheit besorgt gewesen.

Nach Verlassen des Hauses, in dem unsere Druckerpresse stand, hatten meine Kollegen die fertigen Flugblätter verteilen wollen, und ich war vorsichtshalber nach Hause gegangen. Ich bat meine Mutter zu sagen, ich habe mich nicht wohl gefühlt und das Haus bis jetzt nicht verlassen. Meine Mutter erschrak sehr, denn dies bewies ihr, daß ich gegen die Behörden arbeitete. Aber sie versprach, die Geschichte zu erzählen, wenn man sie fragen würde. Ich war zum ersten Mal meinen Pflichten im Büro ferngeblieben, um so etwas zu tun. Deshalb griff ich zu dieser Vorsichtsmaßnahme. Als der Polizeichef wissen wollte, wo ich an diesem Morgen gewesen sei, wußte ich, daß einer der anderen Angestellten oder der Chefredakteur des ›Mayapore Hindu‹ meine Abwesenheit erwähnt hatten. Doch ich sagte, ich habe mich nicht wohl gefühlt. Er wirkte verärgert, und daran erkannte ich, daß man meine Mutter schon befragt hatte. Ich betete darum, daß es meinen wirklichen Komplizen gelungen wäre, befriedigende Geschichten zu erzählen, wenn man sie ebenfalls verhört hatte.

Ich fürchtete mich bei dieser Vernehmung wegen der schrecklichen Dinge, die wir über die Behandlung der jungen Männer erfahren hatten, die wegen des Überfalls auf die englische Frau hinter Gittern saßen. Wegen dieser Gerüchte hatten ich und meine Komplizen beschlossen, schnell ein Flugblatt zu drucken und es im Lauf des Tages zu verteilen. Die Information über das abscheuliche Verhalten der Polizei stammte von jemandem, der mit einem der Boten in der Polizeizentrale gesprochen hatte. Er erzählte, man habe die Männer bewußtlos geschlagen, dann wiederbelebt und sie gezwungen, Rindfleisch zu essen, um sie zu einem Geständnis zu bringen. Doch wir hielten sie für unschuldig. Wir glaubten, die Geschichte vom Überfall auf die Engländerin sei weit übertrieben oder sogar erfunden, denn Kumar war mit ihr befreundet, und die Engländer haßten ihn deshalb. Ich wußte nichts über Kumars Tun an dem fraglichen Abend, aber ein Freund der anderen Festgenommenen sagte, außer Kumar hätten sie alle in einer alten Hütte selbstgebrannten Schnaps getrunken und nichts von dem Überfall gewußt, bis die Polizei auftauchte und sie festnahm. Dieser Freund hatte auch mitgetrunken, war aber kurz vor der Verhaftung gegangen und hatte von einem Versteck aus zugesehen. Er glaubte, der Schrankenwärter an der Bibighar-Brücke habe sie verraten, denn der Wärter wußte, daß sie sich in der alten Hütte trafen, um selbstgebrannten Schnaps zu trinken. Manchmal kam er sogar selbst dorthin, und sie mußten ihm etwas zu trinken geben, damit er den Mund hielt. Ich weiß, die Sache mit der Hütte und dem Schnaps stimmt, denn ich ging selbst manchmal dorthin. An dem Abend, als Hari Kumar sich in unserer Gesellschaft betrank, waren wir an einem anderen Ort. Wenn wir das Zeug trinken wollten, mußten wir uns immer neue Plätze suchen, damit uns die Polizei nicht auf die Spur kam. Wir konnten uns guten Schnaps nicht leisten, deshalb tranken wir das schlechte Zeug.

Bei dem Verhör sagte der Polizeichef: »Es stimmt doch, daß Sie ein guter Freund von Kumar sind? Sie, Kumar und Ihre anderen Freunde, Sie haben doch am 9. August abends in der Hütte bei der Bibighar-Brücke zusammen getrunken? Dann sind Sie gegangen, weil die andern anfingen, ernsthaft davon zu reden, daß man ins Garnisonsviertel gehen sollte, um eine Frau herzunehmen.«

Ich begriff, er bot mir eine Möglichkeit, mich einzuschmeicheln. Ich sollte eine falsche Aussage machen. Soviel Angst ich auch davor hatte, geprügelt zu werden, sagte ich doch, nein, das stimmt nicht, es stimmt nur, daß ich Hari Kumar und ein paar von den jungen Männern kenne; aber am 9. August habe ich abends beim ›Mayapore Hindu‹ an der Maschine gestanden und Berichte vom Ausbruch der Unruhen in Dibrapur und Tanpur »durchlaufen« lassen; mein Chefredakteur kann das sicher bestätigen. Ich sprach die Wahrheit, und der Polizeichef wurde wütend, weil er wußte, daß es so war. Er sagte: »Sie werden Ihre Lügen noch bedauern, ehe ich mit Ihnen fertig bin.« Dann ließ er mich allein. Ich blickte mich in dem Zimmer um, weil ich eine Fluchtmöglichkeit suchte. Aber es hatte noch nicht einmal ein Fenster, durch das ich die ersehnte Freiheit hätte wiedergewinnen können. In dem Zimmer hing nur eine nackte Glühbirne. Es gab einen Tisch und einen Stuhl, auf dem der Polizist gesessen hatte, und der Hocker, auf dem ich saß. In einer Ecke stand ein Eisengestell.

Ich erkannte, daß es keine Fluchtmöglichkeit gab, und betete um die Kraft, die Folter zu ertragen, ohne die Namen meiner Komplizen zu verraten. Ich glaubte, man würde mich im nächsten Moment abholen, und daß der Polizeichef seinen Männern jetzt gerade befahl, alles vorzubereiten. Aber er kam allein zurück, setzte sich wieder an den Tisch und stellte noch einmal die gleichen Fragen. Ich weiß nicht, wie lange das dauerte. Ich war hungrig und durstig. Nach einiger Zeit verließ er das Zimmer wieder, ohne daß es ihm gelungen war, von mir etwas anderes zu hören. Dann kamen zwei Polizisten herein, setzten mich in einen Lastwagen und fuhren mich zum Gefängnis in der Jail Road. Unterwegs hoffte ich, von unseren Leuten befreit zu werden, aber der Lastwagen fuhr sehr schnell, und es kam zu keinem Zwischenfall. Ich blieb eine Woche in diesem Gefängnis und wurde dann vor Gericht gebracht. Man beschuldigte mich, aufrührerische Schriften gedruckt und veröffentlicht zu haben. Ein Polizeispitzel sagte aus, er habe gesehen, wie ich das Flugblatt in den *Kotwali* geworfen hätte. Das stimmte nicht, aber ich konnte es nicht beweisen. Man hatte auch die geheime Druckerpresse entdeckt. Zweifellos war das auch ein Ergebnis der Bespitzelung. Alle meine Komplizen waren verhaftet worden. Man verurteile mich zu zwei Jahren verschärftem Arrest. Zur Verbüßung meiner Strafe schickte man mich in das Gefängnis bei Dibrapur und sperrte mich zunächst in eine schmutzige Zelle. Ich glaubte, der Polizeichef in Majapur habe befohlen, mich besonders hart zu behandeln. Am Anfang konnte ich das ekelhafte Essen nicht ertragen, obwohl ich hungrig war. Eines Tages verlor ich die Nerven und warf den Teller auf den Boden. Am nächsten Tag holte man mich aus der Zelle und sagte, wegen Verstoß gegen die Gefängnisordnung bekäme ich fünfzehn Stockhiebe. Sie brachten mich sofort in ein kleines Zimmer, und dort sah ich das gleiche Eisengestell wie in dem Raum, wo der Polizeichef mich verhört hatte. Sie zeigten mir den Stock. Er war vier Fuß lang und fingerdick. Sie zogen mir alle

Kleider aus, beugten mich über das Gestell, banden mir Hand- und Fußgelenke fest und führten die »Bestrafung« durch. Gegen Ende konnte ich meine Leiden nicht länger ertragen und fiel in Ohnmacht.

Später verlegte man mich in ein anderes Gefängnis. Man erlaubte mir nicht, Verbindung mit jemandem aufzunehmen, nicht einmal mit meiner Familie. Eines Tages sagten sie, daß meine Mutter gestorben sei. Ich weinte und flehte zu Gott um Vergebung, weil ich ihr durch diese Arbeit für die Freiheit, die ich glaubte tun zu müssen, soviel Leid bereitet hatte. Ich lehnte mich nicht gegen meine Bestrafung auf, denn ich war all der »Verbrechen« schuldig, für die man mich bestrafte. Ich hielt sie nicht für Verbrechen, und deshalb war meine Bestrafung keine Bestrafung, sondern Teil des Opfers, das von mir verlangt wurde.

Gegen Ende meiner Zeit im Gefängnis wurde einer der jungen Männer, denen man den Überfall auf die Engländerin zur Last gelegt hatte, ebenfalls in dieses Gefängnis verlegt. Man hielt diese jungen Männer alle in verschiedenen Gefängnissen. Die Behörden wollten sie zweifellos trennen, damit kein zweiter die Geschichte der ungerechten Bestrafung den anderen Gefangenen bestätigen konnte. Als ich diesen jungen Mann sah, verschlug es mir vor Staunen die Sprache, denn ich hatte geglaubt, sie seien alle zum Tode verurteilt und längst hingerichtet worden. Im Gefängnis erzählte man einmal, sie seien gehängt worden. Aber dieser junge Mann sagte mir, man habe nie Beweise gegen sie gefunden. Er glaubte, es sei alles nur ein abgekartetes Spiel gewesen. Vermutlich habe es die Vergewaltigung im Bibighar-Park nie gegeben. Schließlich hatte die Behörde sie als »unerwünscht« eingesperrt, da ihre subversiven Tätigkeiten bekannt waren oder man sie zumindest vermutete. Wir konnten uns nicht oft unterhalten, und er schien sich sehr zu fürchten, über die Folter und die Sache mit dem Rindfleisch zu sprechen, wovon ich gerüchteweise gehört hatte.

Als ich aus dem Gefängnis entlassen wurde, hatte ich kein Zuhause mehr. Ich mußte mich regelmäßig bei der Polizei melden. Mein alter Arbeitgeber, Mr. Laxminarayan, fand eine Unterkunft für mich und gab mir Arbeit, damit ich Leib und Seele beisammenhalten konnte. Ich befand mich in einem schlechten gesundheitlichen Zustand, wog nur siebenundneunzig Pfund, und mich quälte ein ständiger Husten. Mit der Zeit gelang es mir, etwas von meiner Gesundheit zurückzugewinnen.

Von den jungen Männern, die nach dem Überfall im Bibighar-Park verhaftet wurden, kam nur einer wieder nach Majapur zurück, wo ich ihn sah. Es war derselbe, den ich im Gefängnis getroffen hatte. Als ich von seiner Heimkehr hörte, besuchte ich ihn und fragte: »Warum hast du dich gefürchtet, viel mit mir zu sprechen?« Selbst jetzt zögerte er noch, es mir zu sagen. Er hatte viel durchgemacht und fürchtete sich vor der Polizei, die, wie er sagte, ihn ständig beobachtete. Zu dieser Zeit waren die Engländer noch immer an der Macht. Sie hatten den Krieg gewonnen, und wir blickten ohne große Hoffnung in die Zukunft, obwohl die Leute sagten, daß die Engländer diesmal wirklich den Abzug vorbereiteten.

Gegen Ende des Jahres 1946 in Majapur unterhielt sich dieser junge Mann eines Abends mit mir. Plötzlich sagte er: »Ich will dir alles erzählen.« Er erzählte lange. Am Abend von Bibighar saßen er und die anderen vier in der Hütte und tranken, als die Polizei kam, sie festnahm und sofort in die Polizeizentrale brachte, wo man sie in eine Zelle sperrte. Zu diesem Zeitpunkt wußten sie nur, daß man sie beim Trinken von illegalem Alkohol erwischt hatte. Das beunruhigte sie nicht weiter, sie lachten und machten Späße. Dann wurde Hari Kumar zu ihnen in die Zelle gebracht. Er hatte Wunden und Prellungen im Gesicht. Sie vermuteten, die Polizei habe ihn so zugerichtet. Einer von ihnen begrüßte ihn mit: »Hallo, Hari!« aber Kumar beachtete ihn nicht. Mein Informant erzählte mir das alles vertraulich, deshalb möchte ich seinen Namen nicht nennen. Inzwischen sind alle diese Dinge vergessen, und unser Leben ist heute ganz anders. Unsere jungen Männer interessieren sich heute nicht mehr für solche Dinge. Ich werde meinen Freund »Sharma« nennen. Es ist nicht sein Name oder der Name eines der anderen. Sharma war ein hübscher, starker Bursche, in seiner Jugend »ein Frauenheld« wie ich, aber inzwischen hatte er sich ebenfalls gebessert. Er und seine Kameraden, allerdings nicht Kumar, befanden sich in einer Zelle und wurden einzeln hinausgeführt. Als einer nach dem anderen ging und nicht mehr zurückkam, lachten die anderen nicht mehr. Außerdem hatten sie vom

Trinken Kopfschmerzen und großen Durst. Schließlich saß nur noch Sharma in der Zelle. Als er an der Reihe war, brachten ihn zwei Polizisten in den Keller und befahlen ihm, sich auszuziehen. Als er nackt vor ihnen stand, klopfte einer der Polizisten an eine Tür am anderen Ende des Raums, öffnete sie, und der Polizeichef kam herein. Sharma fühlte sich sehr gedemütigt, daß man ihn zwang, nackt dort zu stehen, und das vor einem weißen Mann. Die Polizisten hielten seine Arme auf dem Rükken fest, dann kam der Polizeichef mit einem kleinen Stock in der Hand herüber. Er hob mit dem Stock die Geschlechtsteile und sah sie sich kurz an. Sharma begriff nicht, weshalb man ihm diese Peinlichkeit antat. Er fragte: »Weshalb tun Sie das, Polizeichef Sahib?« Der Polizeichef gab keine Antwort. Er betrachtete die Kleidungsstücke, die Sharma nach dem Eintreten hatte ablegen müssen – dabei benutzte er ebenfalls das Stöckchen, um die Sachen zu inspizieren –, dann verließ er den Raum. Später begriff Sharma, daß der Polizeichef nach Hinweisen auf die Vergewaltigung einer Frau suchte, die geblutet hatte. Die Polizisten befahlen Sharma, die Unterhose anzuziehen, gaben ihm aber seine anderen Kleidungsstücke nicht zurück. Man führte ihn durch eine andere Tür aus dem Raum und dann in eine andere Zelle, wo seine Kameraden saßen, ebenfalls in Unterhosen. Kumar war nicht dabei. Sie versuchten wieder, Späße zu machen, und überlegten, weshalb der Sahib sich für bestimmte Körperteile interessierte. Aber in dieser Situation war ihnen nicht mehr nach Lachen zumute. Dann wurde wieder einer nach dem anderen weggebracht und kam nicht mehr zurück. Als Sharma an der Reihe war – wieder als letzter –, führte man ihn wieder in den Raum, in dem er sich hatte ausziehen müssen. Dort saß jetzt der Polizeichef hinter einem Schreibtisch. Ich glaube, es war derselbe Raum, in dem der Polizeichef mich zwei Abende später verhörte. Sharma durfte sich allerdings nicht auf einen Hocker setzen. Dann wurde er vernommen. Er begriff die Fragen nicht, denn er glaubte immer noch, man beschuldige ihn, selbstgebrannten Schnaps getrunken zu haben. Aber plötzlich fragte der Polizeichef: »Woher hast du gewußt, daß sie im Bibighar-Park sein würde?« Wegen des Wortes »sie« und der Demütigung, die er hatte über sich ergehen lassen müssen, ahnte er allmählich, was hinter dem unverständlichen Gerede stecken mochte. Doch er wußte immer noch nicht, was der Polizeichef herauszufinden versuchte. Schließlich sagte der Polizeichef: »Ich untersuche den Überfall und das Notzuchtverbrechen an der jungen Engländerin, das heute abend verübt worden ist, an der jungen Engländerin, die geglaubt hat, euer Freund Kumar sei auch ihr Freund.« Es folgten viele Fragen. »Wann hat Kumar vorgeschlagen, daß ihr alle zusammen dorthin geht?« »War sie bei eurem Eintreffen bereits dort?« »Wie lange habt ihr auf sie gewartet?« »Wer ist als erster über sie hergefallen?« »Kumar hat Sie doch angestiftet? Ohne Kumar wären Sie doch nie auf die Idee gekommen, in den Park zu gehen, nicht wahr? Hat man Ihnen nur gesagt, Sie sollen Wache halten? Deshalb haben Sie keine Gelegenheit gehabt, sie zu nehmen? Weshalb wollen Sie für die anderen büßen, wenn Sie nur Wache gehalten haben? Wie oft haben Sie die Frau genommen? Wie oft hat Kumar sie genommen? Warum fürchten Sie sich? Ein Mann, der eine Menge Schnaps getrunken hat, denkt natürlich daran, wie er sich eine Frau beschaffen kann. Weshalb fühlen Sie sich wegen einer ganz natürlichen Sache so schuldig? Sie hätten den Alkohol nicht trinken sollen, aber Sie haben es getan, und nun sehen Sie, was passiert ist! Weshalb geben Sie nicht zu, wie ein Mann, daß Sie zuviel getrunken haben und eine Frau wollten? Sie sind doch kein Schwächling! Sie sind ein starker, gesunder Mann. Warum schämen Sie sich, Ihre natürlichen Gefühle einzugestehen? Wenn ich zuviel Alkohol trinke, überkommen mich auch solche Gefühle. An Ihnen oder an Ihrer Unterwäsche ist keine Spur von Blut zu entdecken. Sie war also keine Jungfrau, wie? Und Sie waren der erste, weil Sie am hitzigsten waren und nicht warten konnten? Ist es nicht so? Oder vielleicht waren Sie so vorsichtig, sich zu waschen oder die Unterwäsche zu wechseln, weil Sie wußten, daß Sie etwas getan haben, was Sie nicht hätten tun dürfen. Sie haben gewußt, dafür müssen Sie büßen, wenn man Sie erwischt. Jetzt hat man Sie erwischt, und nun müssen Sie büßen. Seien Sie ein Mann und gestehen Sie, daß Sie die Strafe verdient haben! Wenn Sie gestehen, daß Sie die Strafe verdient haben, kommen Sie glimpflich davon. Ich habe für so was Verständnis. Und sie war keine Jungfrau, nicht? Sie ist mit jedem gegangen, der sie befriedigen konnte. Sie mochte braunhäutige Männer. Das hat Ihnen Kumar erzählt. Ist es nicht so? Ist es nicht so?«

An dies alles erinnerte sich Sharma noch sehr deutlich. Der Polizeichef fragte schließlich immer wieder: »Ist es nicht so? Ist es nicht so?« Dabei schlug er mit dem Stöckchen auf den Tisch, denn er verlor die Geduld, weil Sharma die ganze Zeit sagte, er habe keine Ahnung, wovon der Polizeichef Sahib rede.

Dann warf der Polizeichef das Stöckchen auf den Schreibtisch und sagte: »Ich sehe, es gibt nur einen Weg, Ihren Widerstand zu brechen.« Er rief nach den Polizisten, und sie führten Sharma durch eine Tür in einen angrenzenden Raum. In diesem Raum war es sehr dunkel, doch er sah, daß Kumar nackt und gefesselt über einem dieser Eisengestelle hing. Ich weiß, daß man in dieser Lage kaum atmen kann. Sharma wußte nicht, wie lange Kumar sich schon in dieser Lage befand. Doch er hörte, wie Kumar nach Luft rang. Er wußte erst nicht, daß es Kumar war. Er sah nur das blutige Gesäß. Aber dann kam der Polizeichef herein und sagte: »Kumar, hier ist ein Freund von Ihnen, der hören will, wie Sie gestehen. Sie müssen nur sagen, ›ja, ich habe die anderen zu der Vergewaltigung angestiftet‹, dann bindet man Sie los, und Sie werden nicht mehr geschlagen.« Sharma sagte, Kumar habe nur einen Laut von sich gegeben. Der Polizeichef Sahib gab einen Befehl, ein Polizist trat mit einem Stock vor und versetzte Kumar mehrere Hiebe. Sharma rief Kumar zu, er wisse von nichts und habe nichts gesagt. Außerdem rief er: »Warum behandeln Sie diesen Mann so?« Die Polizisten schlugen Kumar, bis er nur noch stöhnte. Sharma konnte diese schreckliche Bestrafung nicht mitansehen. Nach einer Weile brachte man ihn weg und sperrte ihn allein in eine Zelle. Etwa zehn Minuten später führte man ihn in den Raum zurück, in dem Kumar sich befunden hatte. Das Gestell war leer. Man zog ihm die Unterhose aus und fesselte ihn an das Gestell. Dann legten sie ihm etwas über den Hintern, das sich wie ein nasses Tuch anfühlte, und gaben ihm neun Stockhiebe. Er sagte, die Schmerzen waren so entsetzlich, daß er nicht begriff, wie Kumar so lange aushalten konnte. Sie legten ihm das nasse Tuch über, damit die Haut nicht aufplatzte und keine Narben zurückblieben. Als alles vorüber war, brachte man ihn in die Zelle zurück. Später verlegte man ihn in eine andere Zelle zu seinen

Kameraden. Kumar befand sich nicht unter ihnen. Sharma erzählte, was man mit ihm gemacht hatte. Die anderen waren nicht geschlagen worden und fürchteten, daß sie jetzt an die Reihe kämen. Der Jüngste von ihnen begann zu weinen. Sie begriffen überhaupt nicht, was mit ihnen geschah. Inzwischen war es früh am Morgen. Der Polizeichef kam mit zwei Polizisten in die Zelle. Er befahl den Polizisten, den anderen zu zeigen, wie ein Hintern schon nach neun Stockhieben unter einem nassen Tuch aussehen konnte. Sie hielten Sharma fest und zogen ihm die Hose herunter. Dann erklärte der Polizeichef, wenn einer von ihnen zu irgend einem Zeitpunkt während der »bevorstehenden Untersuchung, Verhandlung und Bestrafung« auch nur andeutungsweise verlauten ließe, daß einer von ihnen »verwundet« oder »brutal« behandelt worden sei, würden sie alle noch härter bestraft werden als Sharma, und er könne ihnen aus persönlicher Erfahrung und als Zeuge der Bestrafung eines anderen schildern, was sie erwarte.

Eine halbe Stunde später brachte man ihnen etwas zu essen. Sie waren hungrig, müde und verängstigt. Sie begannen zu essen. Nach ein paar Bissen übergaben sie sich. Das »Hammelfleisch« im Curry war Rindfleisch. Die beiden Gefängniswärter, zwei Moslems, beobachteten sie beim Essen und lachten. Sie sagten, jetzt seien sie Ausgestoßene, und selbst Gott habe sich von ihnen abgewendet.

Teil sieben
Der Bibighar-Park

Daphne Manners' Tagebuch, für Lady Manners, Kaschmir, April 1943

Verzeih mir, Tante, all die Unannehmlichkeiten und Peinlichkeiten, die ich Dir verursacht habe. Ich habe schon einmal versucht, mich zu entschuldigen, als Tante Lili mich im letzten Oktober nach Rawalpindi zurückbrachte, aber Du wolltest nichts hören. Deshalb entschuldige ich mich jetzt. Ich entschuldige nicht mein Verhalten, sondern die Auswirkungen auf Dich, die Du nichts getan hast, um unser Exil zu verdienen. Aber ich möchte Dir auch danken. Ich danke Dir für Deine liebevolle Fürsorge, dafür, daß Du freiwillig die Verantwortung für mein Wohlergehen übernommen und mir nicht ein einziges Mal das Gefühl gegeben hast, es sei Dir eine Last, obwohl ich weiß, es muß so gewesen sein. Und hier, wo Du kaum jemanden siehst, ist es ebenso schlimm, wie es in Pindi war, wo sich so viele Deiner alten Freunde nicht mehr blicken ließen. Manchmal versuche ich, mich in Deine Lage zu versetzen, um herauszufinden, wie es sein muß, die Tante »der kleinen Manners« zu sein. Ich weiß, was die Leute so über mich reden und denken. Und ich weiß auch, daß es auf Dich abfärbt. All die wunderbaren Dinge, die ihr, Du und Onkel Henry, getan habt, um für die Engländer das Leben in Indien angenehm zu machen, sind vergessen. Und das meine ich eigentlich, wenn ich sage: Es tut mir leid. Es tut mir leid, daß meinetwegen Leute, die Dich und Onkel Henry kritisierten, das letzte Wort haben, denn jetzt scheint für sie durch mich bewiesen zu sein, daß alles, wofür ihr beide eingetreten seid, falsch war.

Das Schreckliche ist: Wenn du das jemals lesen wirst, werde ich nicht mehr hier sein, um Dich anzulächeln und die Entschuldigung menschlich und persönlich wirken zu lassen. Wenn ich durchstehe, was mich erwartet, werden wir vermutlich so weiterleben wie jetzt. Wir werden über möglichst wenige Themen sprechen, die einen von uns an den wahren Grund unseres Aufenthalts hier erinnern könnten. In diesem Fall wirst

Du diese Zeilen nicht lesen, denn ich schreibe nur, um einem permanenten Schweigen vorzubeugen. Ich schreibe, weil ich ahne, daß ich es nicht durchstehe. Ich möchte nicht in dem Bewußtsein ins Gras beißen, daß ich keinen Versuch unternommen habe, Klarheit zu schaffen und das Schweigen zu brechen, auf das wir uns geeinigt haben, weil es für die Lebenden in Ordnung ist, aber nicht für die Toten. Entschuldige den morbiden Ton! Ich fühle mich nicht morbid, sondern nur gefaßt. Vielleicht fühle ich mich schon die ganze Zeit über so, seit der Arzt in London mir sagte: »Sie müssen ein bißchen kurz treten und aufhören, bei Verdunklung Krankenwagen zu fahren.« Vielleicht ist meine Ahnung, möglichst viel Leben in eine kurze Zeit packen zu müssen, eine Erklärung für manches, was ich getan habe, das Leuten, deren Leben tagein, tagaus in geordneten Bahnen verläuft, natürlich überstürzt und unklug erscheinen wird.

Wenn ich recht habe, und meine Vorahnungen nicht nur morbide Hirngespinste sind, wäre es merkwürdig, daß jemand, der so stark und gesund aussieht wie ich, in Wirklichkeit nur ein Chaos falsch addierter physiologischer Werte ist. Nach Mutters Tod fürchtete ich, Krebs zu bekommen. Und später hatte ich den Verdacht, ein Gehirntumor sei der Grund meines schlechten Sehvermögens und der gelegentlichen Kopfschmerzen. Unter all diesen ausgefallenen Krankheiten leiden auch indische Bauern. Aber *die* sind nur Zahlen in den Statistiken über Geburts- und Todesfälle und mittlere Lebenserwartung. Ich wünsche oft, ich könnte mich für ebenso anonym halten und glauben, ich sei von Gott geschlagen (wenn ich schon geschlagen sein muß) und nicht von etwas, das die Ärzte kennen, das sie erklären und auf das sie einen vorbereiten können.

Aber das möchte ich Dir versichern: Ich habe das Gefühl, medizinisch ist nur eine Sache mit mir nicht in Ordnung. Und die ist vielleicht nur deshalb nicht in Ordnung, weil ich nicht gerade ideal gebaut bin. Dr. Krishnamurti spricht wie der Arzt in Pindi von einem Kaiserschnitt. Ich habe ihm gesagt, daß ich das nicht wünsche. Vielleicht bin ich nur eigensinnig, aber Du hast keine Vorstellung, wie wichtig es mir ist, das Ganze so durchzustehen, wie es sich gehört. Ich möchte nicht aufgeschnitten werden. Ich möchte nicht, daß das Kind einfach so herausgerissen wird. Ich möchte es gebären. Ich will ihm das Leben schenken und nicht, daß sein Leben, mein Leben oder unserer beider Leben von geschickten Ärzten gerettet werden. Ich will mein Bestes versuchen und etwas mit gutem Gewissen beenden, das ich mit gutem Gewissen begonnen habe. Ich glaube, Dr. Krishnamurti versteht das beinahe. Er sieht mich so merkwürdig an. Und das ist auch etwas, für das ich Dir so dankbar bin: Du hast nie auch nur daran gedacht, einen Unterschied zwischen einem englischen und einem indischen Arzt zu machen. Du hast mich auch nicht daran gehindert, einen indischen Arzt zu konsultieren. Vor langer Zeit – es kommt mir lange vor, aber es kann kaum mehr als ein Jahr her sein – schrieb ich Dir aus Majapur, wie froh ich war, daß ich das Glück habe, bei Dir zu leben und nicht bei Leuten wie den Swinsons (an sie erinnere ich mich immer als »meine ersten Kolonialengländer«. Und was für einen Schock sie mir versetzt haben!). Wäre ich ihre Nichte, hätten sie nur einen weißen Arzt in meine Nähe gelassen, falls sie mich nicht irgendwohin abgeschoben hätten. Aber als Nichte der Swinsons wäre ich auch eher eine Meile weit gerannt, als zu Dr. Krishnamurti zu gehen. Oder ich wäre nie in diese »Klemme« geraten, wie die Swinsons das zweifellos nennen würden.

Wie merkwürdig, auch in Majapur gab es einen Dr. Krishnamurti, einen Kollegen von Dr. Anna Klaus. Ich erkundigte mich bei unserem Dr. Krishnamurti, ob er mit dem Arzt in Majapur verwandt sei. Er antwortete, vermutlich ja, wenn man die Familie weit genug zurückverfolge. Ich sagte ihm, wie froh ich sei, daß er Krishnamurti heißt, weil das für mich eine Verbindung zu Majapur schafft. Er wirkte verlegen und überrascht. Vielleicht schockierte es ihn auch, daß ich Majapur so selbstverständlich erwähnte. Er hat die Peinlichkeit überwunden, mich untersuchen zu müssen, nicht aber die Peinlichkeit, die ich offenbar für Inder und Engländer darstelle. Aber was immer ich auch darstelle, ist von der rein imaginären in die rein physische Phase übergegangen. In Pindi fiel mir auf, daß selbst die wenigen Leute, die uns besuchten – die vielmehr Dich trotz meiner Anwesenheit besuchten –, ihren Blick nicht von meiner Taille wenden konnten. Jetzt ist diese Entstellung, die das unbekannte Kind verursacht (unbekannt, ungewollt und ungeliebt, wie es scheint, von allen außer mir), das Auffälligste an mir. Wenn ich in den Basar gehen wollte und mich nicht auf das Haus und den Garten beschränkte, würde ich es für notwendig halten, wie eine Aussätzige eine kleine Glocke zu tragen, damit die Leute mir aus dem Weg und in die Häuser eilen könnten, bis ich vorübergegangen bin. Hätten mich Männer meiner eigenen Rasse überfallen, würde man mich bedauern. Religiöse Leute hätten meinen Entschluß, nicht abzutreiben, sogar bewundert. Aber es waren keine Männer meiner Rasse. Und so wendeten selbst die Inder die Augen ab, wenn ich ins Garnisonsviertel kam, als fürchteten sie, eine schreckliche Strafe könne von mir auf sie übergehen.

Selbst Du, Tante, scheinst mir in letzter Zeit nur noch ins Gesicht zu blicken.

Natürlich war ich keine Jungfrau mehr. Anna Klaus sagte mir später, man habe sie danach gefragt, und sie habe die Frage beantwortet. Ich sollte wissen, daß dieses Thema zur Sprache gebracht worden war. Sie drängte mich nicht zu einer Äußerung. Ich gab dazu keine Erklärung ab. Aber Dir will ich es sagen, Tante, um Klarheit zu schaffen. Mein erster Liebhaber war ein Freund meines Bruders David, mein zweiter ein Mann, den ich in London kennenlernte, als ich Krankenwagen fuhr. Zwei Liebhaber – aber verstehst Du, *keine* Liebhaber. Wir schliefen miteinander, aber wir liebten uns nicht, obwohl ich eine Zeitlang glaubte, ich sei in den ersten Mann verliebt.

Ich habe nur Hari geliebt. Beinahe mehr als alles auf der Welt sehne ich mich danach, mit Dir über ihn zu reden, und sei es auch nur, um zu sagen: »Ach ja, Hari sprach davon«, oder: »Ja, ich habe das einmal mit Hari zusammen gesehen.« Ich sehne mich danach, nur seinen Namen in Gegenwart eines anderen auszusprechen, um ihn in den Alltag meines Lebens zurückzuholen. Aber ich kann es nicht. Ich weiß, Dein Gesicht würde ausdruckslos werden, und ich könnte es nicht ertragen, daß er von Dir einfach so ausgeschlossen wird. Er ist oft genug ausgeschlossen worden. Ich weine – manchmal weine ich –, weil ich ihn auch ausgeschlossen habe. Ist es wahr, frage ich mich, daß Du weißt, wo er ist? Oft denke ich, Du weißt es, so viele Leute, die ich als meine Freunde betrachte, wissen es auch, sagen es mir aber nicht. Aber ich mache Dir keine Vorwürfe. Du glaubst, Dein Schweigen sei gut für mich. Und ich glaubte, mein Schweigen sei gut für Hari. Gott weiß, es hat schon früher Beziehungen zwischen Menschen von Haris Hautfarbe und meiner gegeben, auch Ehen und Kinder, Glück ebenso wie Unglück. Aber diese eine Beziehung hatte nie eine Chance. Ich habe die Hoffnung aufgegeben, ihn je wiederzusehen.

Deshalb ist das Kind, das ich in mir trage, besonders wichtig für mich. Obwohl ich noch nicht einmal sicher sein kann, daß es sein Kind ist. Aber ich glaube es. Wenn nicht, ist es trotzdem ein Kind. Seine Haut mag so dunkel sein wie Haris oder so hell wie meine oder irgendeinen Ton haben, der dazwischen liegt. Aber die Hautfarbe ist gleichgültig – er oder sie ist von meinem Fleisch und Blut; es ist mein typisch ungeschicktes Geschenk an die Zukunft.

Ein oder zwei Tage sind vergangen, seit ich etwas in dieses Buch geschrieben habe. Meist sitze ich nachts, in Deinen Schafspelz gehüllt, vor dem verlöschenden Feuer am Kamin und schreibe. Indien ist ein Land voll wundervoller Gegensätze. Heute nacht wird es in Majapur drückend heiß sein. Man sitzt unter dem Ventilator, und alle Fenster sind geöffnet. Aber wenn ich an das kleine Gitterfenster treten und durch die Kretonnevorhänge nach draußen blicken würde, könnte ich den Schnee auf den Berggipfeln sehen. Und doch wird es in wenigen Wochen im Tal von Urlaubern wimmeln. Sie werden in den Seen schwimmen, und ihre *Shikaras* drängen sich auf dem Fluß. Sollen wir dann auch nach Srinagar ziehen, Tante, auf einem Hausboot leben, es mit Blumen schmücken und uns die Zukunft weissagen lassen?

Ringelblumen. Wie Bhalu sich immer geärgert hat, wenn ich mir seine Stellung anmaßte und früh am Morgen Ringelblumen pflückte, um sie in einer Vase auf Lilis Frühstückstablett zu stellen! An dem Tag, als Hari zum ersten Mal ins MacGregor-Haus kam, war ich bei Bhalu schlecht angeschrieben, weil ich beim Blumenpflücken ein Beet zertrampelt hatte. Da ich mit Dir nie über Hari gesprochen habe, weiß ich nicht, wieviel Tante Lili Dir über ihn erzählt hat. Aber bald nachdem ich mit ihr in Majapur angekommen war, fragte sie jemand – es war Anna Klaus –, ob sie einen Mr. Kumar oder Coomer, wie man ihn manchmal schrieb, kannte. Auf jeden Fall sollte sie Mr. Menen fragen, was Mr. Kumar getan habe, daß er von der Polizei festgenommen und von einem Unterinspektor in Gegenwart von Zeugen geschlagen und dann zum »Verhör« mitgenommen worden sei. Lili erzählte mir nie viel über solche Fälle, aber ich bemerkte, daß sie sich für einen jungen Inder interessierte, der in Schwierigkeiten geraten war, weil er Gegenfragen gestellt hatte oder etwas ähnliches. Lili erzählte mir nicht viel; das entsprach ihrer Haltung, die wir beide so gut kennen. Auf unserer Fahrt nach Majapur war es genauso. Sie saß damals in Lahore kühl und gelassen im Abteil und tat, als sei nichts, während diese beiden Engländerinnen sie im Grunde beschuldigten, eines ihrer bescheuerten Gepäckstücke gestohlen zu haben. Du weißt, Tante, es ist schwer, Lili überhaupt dazu zu bringen, über Dinge zu sprechen, mit denen die Inder sich abfinden müssen. Aber das bedeutet nicht, daß sie nicht darunter leidet oder einfach nichts tut, wenn sie jemandem helfen kann, der sich wie Hari in Schwierigkeiten befindet.

Ich erfuhr die ganze Geschichte von Haris »Festnahme« erst, als Hari sie mir sehr viel später eines Abends erzählte, nachdem wir zusammen im Tirupati-Tempel gewesen waren. *Bis zu diesem Zeitpunkt wußte ich nicht einmal, daß Ronald Merrick ihn zum »Verhör« mitgenommen hatte!* Es traf mich sehr. Ich glaubte, alle hätten es bewußt verheimlicht, Tante Lili, Anna Klaus, Richter Menen und sogar Schwester Ludmila – Schwester Ludmila ganz besonders, denn es schien sich alles im Asyl vor ihren Augen abgespielt zu haben. Es traf mich, weil ich mit Ronald und mit Hari schon ausgegangen war, und es sah so aus, als hätten alle, die ich mochte und denen ich vertraute, ruhig zugesehen und abgewartet, was passieren würde. Inzwischen habe ich begriffen, daß es so nicht war. Ich glaube, es war einfach so, wie es in Indien für Menschen beider Rassen immer gewesen ist, die versucht haben, außerhalb ihrer abgeschlossenen kleinen Kreise zusammenzuleben. In diesen Kreisen hört der Klatsch nie auf, und jeder weiß über den anderen genau Bescheid. Aber außerhalb scheint der Boden so unsicher zu sein, daß man schon zufrieden ist, sich überhaupt dort auf den

Beinen halten zu können. Die Mißverständnisse und Ungerechtigkeiten von gestern vergißt man am besten schnell. Man lernt aus ihnen, behält das Gelernte aber für sich und hofft, daß andere ebenfalls daraus gelernt haben. Wichtig ist nur, nicht zurückzuweichen, und wenn man beginnt, über etwas anderes als das *Heute* zu sprechen, vergrößert man die Gefahr nur, die immer besteht: daß die Leute sich auf der Stelle umdrehen und sich hastig in den sicheren kleinen Kreis zurückziehen, denn sie wissen, dort können sie reden, soviel sie wollen, weil sie alle vorgeben müssen, das gleiche zu denken.

Aber als ich von Hari erfuhr, daß Ronald Merrick ihn in Polizeigewahrsam genommen und verhört hatte, daß er dabeistand und zusah, wie der Unterinspektor ihn schlug, hatte ich das Gefühl, zum Gespött aller gemacht worden zu sein. Ich hatte immer angenommen, Ronald sei viel zu groß und erhaben, um sich persönlich in eine so unwichtige Angelegenheit einzumischen wie die Festnahme und Vernehmung eines »Verdächtigen«. Ich war wütend auf Ronald, weil er mich wegen meiner Beziehung zu Hari gewarnt hatte (wie er es erst ein paar Tage vor dem Tempelbesuch getan hatte), ohne es für nötig zu halten, zu erwähnen, daß er ihn *persönlich* festgenommen und verhört hatte. Ich war auf alle wütend, am meisten aber vermutlich auf mich. Aber die Antwort, die ich Hari an diesem Abend gab, weckte in ihm die Vorstellung, ich sei nur wütend auf ihn, beschuldige ihn sogar, mich getäuscht zu haben. Und das ist, wie ich glaube, ein typisch indischer Charakterzug in den Augen der durchschnittlichen dickfelligen Engländerin, die nicht mit sich spaßen läßt. Ich glaube, Hari empfand meine Reaktion ebenfalls als typisch, typisch für die kaltschnäuzige englische Mem. Zu Hause wollte ich Tante Lili zur Rede stellen, aber sie kam spät zurück, und ich ging zu Bett. Ich konnte nicht einschlafen und versuchte, mich noch einmal genau an Ronald Merricks Besuche im MacGregor-Haus und an Haris Besuche zu erinnern (die beiden waren nie gleichzeitig eingeladen gewesen). Mir fiel ein, daß Ronald kurz nach meiner Ankunft zum Abendessen hier gewesen war. (Ich erinnere mich, Dir in meinem ersten Brief aus Majapur geschrieben zu haben, daß der Polizeichef an diesem Abend eingeladen war und ich mein bestes Kleid anziehen mußte.) Und das kann nur ein oder zwei

Tage nach dem Anruf von Anna Klaus gewesen sein, als sie Lili bat, sich bei Richter Menen nach einem Mr. Kumar oder Coomer zu erkundigen, denn ich weiß noch, der Vorfall ereignete sich in den ersten Tagen meines Aufenthaltes in Majapur. Wenn ich schon etwas heimischer gewesen wäre, hätte ich mehr Fragen gestellt; ich hätte mich nach Hari erkundigt, wer er war, und was sich ereignet hatte. Aber ich tat es nicht. Als Lili mit anderen Gästen Ronald zum Dinner einlud, muß sie gewußt haben, daß er für Haris Festnahme verantwortlich war. Vermutlich wußte sie auch, daß er dabeistand, als der Unterinspektor Hari geschlagen hatte. Doch soweit ich weiß, erwähnte sie ihm gegenüber weder damals noch später etwas. Sie sprach auch bei den wenigen Gelegenheiten, bei denen Hari ins Haus kam, mit ihm nicht darüber – zumindest nicht in meiner Gegenwart.

»Weshalb«, überlegte ich, »weshalb hat sie mir nie die ganze Geschichte erzählt?« Aber wenn ich darüber nachdachte, erkannte ich, daß niemand, der etwas davon wußte, mit mir darüber gesprochen hatte. Ich wußte nur, daß Lili nach Haris Besuch gegen ihn Vorbehalte zu haben schien. Ich spürte, daß sie ihn im Grunde nicht mochte, und das ließ mich auch zögern, ihr viel über das zu erzählen, was Ronald später meinen »Umgang mit Mr. Kumar« nannte. Ich erkannte das *Ausmaß* des Schweigens, das diese Beziehung umgab, und daß ich automatisch dazu beigetragen hatte. Ich erzählte auch niemandem – ausgenommen Dir – von Ronalds Heiratsantrag, und das fiel auch unter *diese Art* Schweigen.

Damals wußte ich, daß ich Hari wirklich liebte, mir wünschte, ständig in seiner Nähe zu sein, und begann, um ihn zu fürchten. Alle, die ich gut kannte, schienen sich verschworen zu haben, nichts zu sagen, sondern abzuwarten, beinahe, als hielten sie den Atem an, weil sie vielleicht wollten, daß ich Hari um seiner selbst willen, einfach als Mann mochte; sie fürchteten jedoch gleichzeitig die Folgen und ebenso das andere: Mich könnte die Vorstellung reizen, etwas Unkonventionelles zu tun, ohne mich um etwas anderes zu kümmern, und das würde ihm natürlich mehr schaden als mir. Aber diese Verschwörung schien ihre Wurzeln in Liebe und Besorgnis zu haben. Ich glaubte, sie betrachteten meine Affäre mit Hari als das logische, aber erschreckende Ende eines Versuches, den sie alle unternommen hatten – aus ihren separaten kleinen Gruppen auszubrechen und zu lernen, miteinander zu leben. Und dieser Versuch mußte erschreckend sein, weil sie nicht gleichmütig zusehen konnten, daß eines der fundamentalsten Gesetze gebrochen wurde. Trotzdem konnte ein weißer Mann zwar mit einem schwarzen Mädchen schlafen, doch die Beziehung eines Schwarzen mit einer Weißen war immer noch tabu.

Und damit war meine Entschlossenheit, Lili am nächsten Morgen zur Rede zu stellen, dahin. Zum Teil, weil es nichts zu sagen gab, zum Teil aber auch, weil ich mich fürchtete. Ich konnte mir nicht vorstellen, daß ich mit Lili darüber sprach, denn das hätte bedeutet, auch von manchen Aspekten meines »Umgangs« zu reden, *die nichts mit dem zu tun hatten, was ich für Hari empfand.* Doch als ich daran dachte, was ich für ihn empfand, während ich vor dem Schlafengehen in den Spiegel sah, dachte ich: Nun ja – aber liebt er mich? Was *bin* ich? Nur eine grobknochige Frau mit weißer Haut, deren Mutter mit Recht immer schimpfte, sie sei ungeschickt, und deren Vater und Bruder so freundlich zu ihr waren, wie die Männer einer Familie zur Tochter und Schwester eben sind, wenn sie ein guter Kamerad ist, aber auch nicht viel mehr.

Verzeih, Tante! Ich appelliere damit nicht an *Deine* Freundlichkeit, ich sage nur die Wahrheit und will die schrecklichen Zweifel erklären, die mich damals überkamen. Ich hatte den Verdacht, die Leute könnten recht haben, die sagten, ein farbiger Mann, der mit einer weißen Frau geht, tue das nur aus ganz besonderen Gründen.

Als wir uns kennenlernten, fand ich ihn schrecklich abweisend. Er war zusammen mit seiner Tante Shalini eingeladen. Aber er kam allein und fühlte sich nicht wohl in seiner Haut. Tante Lili sagte später, es habe sie nicht überrascht, daß er allein gekommen war, denn Tante Shalini sei vermutlich eine von diesen enervierend schüchternen kleinen Inderinnen, die entweder nie ausgehen oder überall, wo sie auftauchen, eine tödliche Lähmung um sich verbreiten. Ich hatte praktisch vergessen, was Lili mir über »Mr. Kumar« erzählt hatte. Irgendwann im März beschloß sie, eine kleine Cocktailparty zu geben. Als sie die Gästeliste zusammenstellte, erklärte sie: »Wir wollen auch Mr.

Kumar einladen, um zu sehen, wie er aussieht.« Ich fragte: »Wer ist Mr. Kumar?« Sie erwiderte: »Oh, erinnerst du dich nicht? Der junge Mann, nach dem ich mich bei Richter Menen erkundigen sollte, weil er irrtümlich verhaftet wurde.« Dann fügte sie hinzu: »Aber sprich um Himmelswillen mit ihm nicht *darüber.«* Aber Du kennst mich ja! Ich neige immer dazu, ins Fettnäpfchen zu treten, weil ich mit den Sachen unüberlegt herausplatze. Früher war es noch viel schlimmer, denn ich war so entsetzlich schüchtern und mir meiner Ungeschicklichkeit bewußt. Das einzige Mittel, um nicht linkisch zu wirken, bestand darin, mich mit den Leuten zu unterhalten und das erste beste zu sagen, was mir gerade einfiel. Und mehr als einmal stellte sich heraus, daß es das Falsche war.

An die meisten Leute, die zu dieser Cocktailparty kamen, kann ich mich nicht mehr erinnern. Ich weiß, daß Dr. Anna Klaus da war, denn wir lernten uns damals kennen, obwohl ich sie im Krankenhaus schon im Gespräch mit Dr. Mayhew gesehen hatte. Auch die Oberschwester war eingeladen – und Vassi (der Anwalt Mr. Srinivasan; er ist mit Lili, mit Haris Tante und seinem »Onkel« befreundet). Haris Chefredakteur bei der ›Mayapore Gazette‹ kam nicht. Möglicherweise hatte er herausgefunden, daß auch Hari eingeladen war, und fand, es entspräche nicht dem Protokoll, wenn er und sein Angestellter auf derselben Veranstaltung erschienen. Hari äußerte diese Vermutung einmal. Ich weiß, die Whites kamen für eine halbe Stunde, und sonst waren noch ein paar Lehrer von der höheren Schule und der Technischen Hochschule da.

Hari kam erst spät. Er hatte eigentlich nicht kommen wollen, dann aber doch beschlossen, sich der Gesellschaft zu stellen. Er schämte sich wegen seiner Kleidung. Außer Vassi kannte er niemanden, und die beiden mochten sich nicht besonders. Es stimmt nicht, wenn ich sage, daß er niemanden kannte. Vom Sehen kannte er ziemlich viele Leute, denn als Reporter der ›Gazette‹ gehörte das zu seiner Arbeit. Er erwähnte Tante Lili gegenüber, daß sie sich schon gesehen und sie ihm einmal eine Frage beantwortet hatte, als sie auf der Gartenschau den zweiten Preis für ihre Rosen bekam. Ich stand neben ihr, als er davon sprach. Es klang, als müsse sie sich eigentlich daran erinnern, sich mit ihm unterhalten zu haben. Sie tat auch so, als erinnere sie sich, doch an der Art, wie sie es tat, erkannte ich, daß es ihr mißfiel und daß sie nur mitspielte, damit er nicht beleidigt wäre, nicht wiedererkannt worden zu sein. Er durchschaute ihr Spiel natürlich. Und sofort fuhr er seine Stacheln aus, wie ich es nenne.

Ich trat auch diesmal ins Fettnäpfchen. Er sprach wie ein Engländer. Also erkundigte ich mich unüberlegt: »Wo haben Sie Ihr Englisch gelernt?« Er blickte mich nur an und sagte: »In England.« Also redete ich in panischer Angst einfach weiter, gab meinem Erstaunen Ausdruck, zeigte Interesse und überschlug mich vor Freundlichkeit, aber es gelang mir nur, neugierig zu wirken. Dann entführte mich Lili zu anderen Gästen, und als ich ihn wiedersah, stand er mehr oder weniger allein bei einer Gruppe Lehrer. Ich ging hinüber und sagte: »Ich möchte Ihnen gern den Garten zeigen.« Es wurde dunkel, und wir standen schon *im* Garten, also war es schrecklich albern, so etwas zu sagen. Aber als ich mich nun mit ihm unterhielt, fiel mir auf, wie gut er aussah. Und groß war er. Ich überrage die meisten Inder um ein paar Zentimeter, und das machte meine übliche Hysterie auf Partys noch schlimmer, weil ich mich verlegen und unsicher fühlte.

Aber er wollte den Garten sehen. Deshalb erinnere ich mich auch an den ungnädigen Bhalu. Ich zeigte Hari das Blumenbeet, das ich zertrampelt hatte, als ich an diesem Morgen Ringelblumen pflückte. Ich fragte Hari, ob er in England einen schönen Garten gehabt habe, und er antwortete, vermutlich ja, er habe sich aber nie besonders drum gekümmert. Dann fragte ich: »Vermissen Sie das alles?« Er sagte, ohne nachzudenken: »Nicht mehr«, wendete sich ab und erklärte, er müsse nun gehen. Also gingen wir zurück; die Leute brachen gerade auf. Er verabschiedete sich von Lili, bedankte sich eher kalt bei ihr und nickte mir beim Gehen zu. Ich erinnere mich noch, daß mir nach seinem Weggang – ein oder zwei Inder blieben noch zum Abendessen – deutlich bewußt wurde, daß er abgesehen von der Hautfarbe überhaupt nicht indisch war, zumindest nicht, was für mich indisch bedeutete.

Als schließlich alle gegangen waren und Lili und ich vor dem Schlafengehen noch bei einem Drink zusammensaßen, fragte sie: »Also was hältst du von dem jungen Mr. Kumar?«

Ich antwortete: »Ich glaube, er ist schrecklich unglücklich.« Es war das erste, was mir einfiel, und doch hatte ich anscheinend bis zu diesem Augenblick nicht daran gedacht. Lili erwiderte nichts, sondern erklärte nur: »Trinken wir aus, und dann springen wir ins Bett!«

Ich bin froh, daß ich dies alles aufschreibe, denn selbst wenn Du es nie lesen wirst, hilft es mir, die Dinge besser zu verstehen. Ich glaube, ich habe Lili vorgeworfen, Hari abgelehnt zu haben. Nein, ich will ehrlich sein. Ich glaube nicht nur, daß ich es ihr vorgeworfen habe, sondern ich weiß, ich habe es getan. Und ich glaube, ich habe mich geirrt. Wenn ich an diese erste Begegnung mit ihm zurückdenke, erkenne ich, daß Lili, die Dir gegenüber für mich verantwortlich war, vermutlich beobachtet hat, wie wir die Gesellschaft verließen und in den Garten gingen. Sie zog keine falschen Schlußfolgerungen, doch in ihr blinkte ein kleines Warnlicht auf; und sie muß im Laufe ihres Lebens gelernt haben, es nie zu übersehen. Wenn ich an all das denke, was an Lili so wunderbar war, *muß* ich mich in der Annahme geirrt haben, sie könnte gegen Hari wegen seiner kritischen Haltung zu ihr in den paar belanglosen Augenblicken bei der ersten Begegnung an diesem Abend tatsächlich etwas auf dem Herzen gehabt haben. Und schließlich ist Lili auch eine Frau. Haris Ausstrahlung kann sie nicht völlig unberührt gelassen haben. Und sie muß sich besorgt gefragt haben, wie *ich* darauf reagieren würde, als sie uns zusammen weggehen sah (wenn auch nur für zehn Minuten).

Ich glaubte, die Tatsache, daß sie ihn nach dem ersten gutgemeinten Versuch, ihn in die »MacGregor-Haus-Clique« einzubeziehen, scheinbar fallenließ, sei nur darauf zurückzuführen, daß sein abweisendes Verhalten sie geärgert hatte, vielleicht aber auch darauf, daß sie manchmal erstaunlich nachtragend sein kann, wenn Leute sich nicht genau so verhalten, wie es sich ihrer Ansicht nach gehört. Sie hatte sich für ihn eingesetzt, obwohl sie ihn nicht kannte; und ich dachte, sie habe sich darüber geärgert, daß er kein Zeichen von Dankbarkeit hatte erkennen lassen. Er hatte beim Abschied nicht einmal gesagt – und dazu wäre er sehr wohl in der Lage gewesen, weil ihm Sprache, Redensarten und Untertöne geläufig waren –: »Vielen Dank für die Party *und für alles!*«

Vielleicht trug diese scheinbare Unverbindlichkeit zu ihren Vorbehalten gegen Hari bei, aber heute bin ich sicher: Wenn er und ich uns einfach aus der Ferne zugelächelt und aneinander vorbeigegangen wären, hätte sie nach der Party als erstes gesagt: »Dem armen Mr. Kumar muß man auf die Sprünge helfen. Wir müssen seine Kanten ein bißchen abschleifen. Schließlich ist es nicht seine Schuld, daß er sie hat.« Aber Lili hatte erkannt, daß Haris »Kanten« unbedeutend waren im Vergleich zu den Gefahren, die mir und ihm drohten, wenn aus diesem harmlosen, linkischen Gang durch den Garten eine Art Vertrautheit erwuchs, die Lili als lebenskluge Frau sich durchaus vorstellen konnte.

Kamen damals meine Träume wieder? Erinnerst Du Dich, Tante? Ich habe Dir einmal von diesen Träumen geschrieben. Ich hatte sie, als ich nach Indien kam, und dann wieder, als ich aus Rawalpindi nach Majapur kam. Ich träumte von *Gesichtern;* ich träumte von fremden Gesichtern. Erträumte, vorgestellte, aus dem Nichts auftauchende Gesichter, und doch so deutlich, daß sie mich erschreckten, weil sie so real waren. Es waren die Gesichter von Fremden, die ich sogar in meine Träume mitnehmen mußte, weil ich glaubte, tagsüber von Fremden umgeben zu sein.

In den ersten beiden Wochen in Majapur, als alles mir neu war und ich meine Umgebung kennenlernte, hatte ich diese Träume nicht. Aber wie ich Dir in diesem Brief geschrieben habe, kam eine Zeit, als das Neue sich abgenutzt hatte und ich alles haßte, weil ich mich davor fürchtete. Ich glaube, diese Zeit begann mit der Cocktailparty. Ich wollte meine Koffer packen und nach Pindi zurückkommen – ich fand das interessant, denn als mich diese Art Heimweh in Pindi überfallen hatte, wollte ich die Koffer packen und nach England zurückkehren. Und so wie ich glaube, daß Du ahntest, was in mir vorging, glaube ich, daß Lili etwas ahnte. Aber wieviel von meiner Unruhe – die ich unter allen Umständen vor ihr verbergen wollte – führte sie auf meine Gedanken an Mr. Kumar zurück? Wieweit hing sie tatsächlich mit ihm zusammen?

In dieser Zeit brach ich meinen Schwur, niemals in den Club zu gehen, weil Lili mich dorthin nicht begleiten konnte. Meine

Kolleginnen im Krankenhaus bestürmten mich ständig, sie zu begleiten. Es war so einfach, sich mit ihnen zu unterhalten. Ich fühlte mich erleichtert, wenn ich das MacGregor-Haus verließ, mit dem Fahrrad zum Krankenhaus fuhr und dort nicht mehr darauf achten mußte, was ich sagte oder wie ich es sagte, wo ich mich in einen Sessel fallen lassen und über die Hitze klagen konnte – mit all den kleinen Nuancen und Gesten, von denen man weiß, daß sie verstanden werden, und über die man nicht nachdenken muß. Dort hatte man den Komfort und die Annehmlichkeit, sich völlig natürlich geben zu können. Man zahlte mit gleicher Münze zurück. Wenn jemand gereizt oder ärgerlich wurde, war man selbst auch gereizt und ärgerlich. Man konnte den Dampf ablassen wie durch ein Sicherheitsventil.

So gewöhnte ich mir an, auf dem Heimweg noch auf einen Drink in den Club zu gehen. Meist wurden die Mädchen gegen halb sechs von den jungen Offizieren aus der Kaserne abgeholt. Es waren keine ernsteren Beziehungen – junge Männer und Frauen trafen sich nach dem Dienst und schliefen vielleicht irgendwo miteinander, wenn es sich einrichten ließ. Wir fuhren in Tongas oder, wenn die Jungs es »deichseln« konnten, in Armeelastwagen. Dann saßen wir in der Lounge Bar, im Rauchzimmer oder auf der Terrasse zusammen. Es gab auch ein Spielzimmer mit einem Schallplattenkoffer und einem Stapel alter Tanzplatten: Victor Sylvester, Henry Hall, und ein paar neue, wie Dinah Shore, Vera Lynn und die Inkspots. Gegen sechs Uhr dreißig brach ich gewöhnlich auf und nahm eine Tonga nach Hause. Ich hatte schreckliche Schuldgefühle, weil ich Lili erklärt hatte, ich würde niemals dorthin gehen. Sie sagte immer: »Sei nicht albern, natürlich mußt du in den Club gehen!« Und ich gestand es ihr sofort, obwohl ich mir das erste Mal auf dem Rückweg alle möglichen Entschuldigungen für mein spätes Heimkommen ausdachte. Und das Geständnis machte es sehr viel einfacher, wieder hinzugehen. Ich empfand immer weniger Schuldgefühle und fühlte mich im Club mehr und mehr zu Hause. Ich blieb mehrmals zum Abendessen dort und sagte Tante Lili erst im letzten Moment telefonisch Bescheid.

Eines Tages war einer der Jungs leicht angetrunken und bestand darauf, mich zum Telefon zu begleiten. »Sie ist nicht wirklich deine Tante, oder?« fragte er. Ich erwiderte: »Nein, weshalb?« Und er sagte: »Nun ja, du siehst nicht so aus, als hättest du schwarzes Blut in den Adern. Ich habe mit jemandem gewettet.« Und plötzlich fügten sich all die kleinen Zeichen zusammen – oh, weniger im Hinblick auf das, was meine Kolleginnen und ihre Freunde gesagt hatten, sondern eher im Zusammenhang mit dem, was die verheirateten Frauen gesagt oder vielmehr nicht gesagt hatten, wie sie mich ansahen, wenn ich auf die Frage, wo ich wohne, antwortete: »Im MacGregor-Haus.« Wie ihre Ehemänner, die Zivilisten, sich dann einmischten und Fragen über Dich und Onkel Henry stellten, wie um zu prüfen (das erkenne ich jetzt), ob ich wirklich die Nichte eines früheren Gouverneurs war und nicht nur das Ergebnis eines Seitensprungs von jemandem aus Lili Chatterjees Familie.

Aber da ist noch etwas, Tante – ich glaube, diese Art Anspielungen hätte mich kalt gelassen, wenn ich nicht die ganze Zeit eine Art schleichende Langeweile, eine Art Lähmung empfunden hätte, wenn ich mich in Gesellschaft dieser jungen Männer und Frauen amüsierte. Im Grunde verabscheute ich, daß alles, was die Leute nach ein paar Gläsern sagten, den Beiklang einer unreifen, schmutzigen Anspielung hatte. Nach einer Weile erkannte ich, diese ungezwungene Geselligkeit war keineswegs ungezwungen, denn nachdem man die Leute kannte und sich eingestehen mußte, daß man mit niemandem viel gemein hatte – abgesehen von dem, was die Umstände einem aufzwangen –, dann schien die Geselligkeit ebenfalls erzwungen zu sein. Wir waren alle darin gefangen und verabscheuten es vermutlich alle. Doch keiner wagte, darauf zu verzichten. Es kam so weit, daß ich dabeisaß, zuhörte, wenn man sich unterhielt, und dachte: »Nein, das ist falsch. Dafür hab' ich keine Zeit. Ich kann meine Zeit nicht so verschwenden.«

Ich *gestand* mir das zum ersten Mal ein, als ich nach der Parade in der Kriegswoche abends in den Club ging. War es nur Zufall, daß ich an diesem Nachmittag Hari zum ersten Mal seit der Party wiedergesehen hatte? Ich glaube nicht. Diese beiden Dinge standen im Zusammenhang – die zweite Begegnung mit Hari und mein prüfender Blick im Club, während ich den Unterhaltungen der anderen zuhörte und mir sagte: Ich kann meine Zeit nicht so verschwenden. Natürlich war auch der andere

Mann im Club – ich meine Ronald Merrick. Vielleicht war auch das kein Zufall.

Ich ging am Samstagnachmittag gegen vier Uhr mit drei oder vier der anderen Mädchen vom Krankenhaus und zwei oder drei jungen Offizieren von den Berkshires zur Abschlußveranstaltung der Kriegswoche: die Parade und das Platzkonzert der Militärkapelle. Außerdem fand das Finale im Ringen und Boxen statt. Die Boxkämpfe bestritten praktisch ausschließlich Engländer; die Ringer kamen alle aus einem der indischen Regimenter. Eines der Mädchen erklärte: »O nein, *das* kann ich nicht sehen«, also gingen wir zu den Boxern und beobachteten, wie junge Soldaten sich gegenseitig die Nasen blutig schlugen. Danach schlenderten wir zum Teezelt. Die Parade sollte um fünf Uhr dreißig beginnen. So etwas wie das Teezelt hatte ich noch nie gesehen. Überall Blumen. Auf den langen Tischen lagen blütenweiße Tischtücher, und darauf standen versilberte Teekannen, Kuchen, Torten, Früchtepuddings, Sahnefruchtschnitten. Einer unserer Begleiter pfiff verblüfft durch die Zähne und sagte: »Irgendein Currybania zieht eine Schau ab und verdient damit einen Sack voll Geld!« Natürlich stimmte das vermutlich und ließ den Gedanken gar nicht erst aufkommen, nur Engländer veranstalteten solche Gelage, obwohl man das Bild der Leute zu Hause nicht loswurde, die mit ihren Lebensmittelkarten vor den Geschäften Schlange standen. Und man vergaß auch nicht die vielen Leute, die nicht in das Zelt kommen durften, aber nicht, weil sie sich keine Eintrittskarte leisten konnten, sondern weil das Zelt »Offizieren und Gästen« vorbehalten war. Ich sah ein paar Inderinnen, die Frauen indischer Offiziere, aber sonst nur weiße Gesichter. Nur hinter den Tischen rannte das indische Personal hin und her und versuchte, alle gleichzeitig zu bedienen. »Offiziere« war eigentlich nur eine höfliche Umschreibung für »Europäer«, denn natürlich strömten auch die Zivilisten mit ihren Frauen herbei – weiße Zivilisten wie der Distriktskommissar und ein paar Männer, in denen ich Direktoren der Britisch-Indischen Elektrowerke oder Lehrer von Lilis Partys wiedererkannte.

Der Distriktskommissar unterhielt sich mit dem Brigadekommandanten, und als wir bei ihnen vorbeigingen, sagte Mr.

White: »Guten Tag, Miss Manners. Ich vermute, Sie kennen Brigadier Reid.« Warum freute ich mich so darüber? Weil die jungen Offiziere in unserer Begleitung sofort strammstanden und die Mädchen aussahen, als würde ihnen Butter auf der Zunge zergehen. Offenbar war der Brigadier in Rawalpindi stationiert gewesen, und wir hatten uns ein oder zweimal auf Partys getroffen, konnten uns aber beide nur vage daran erinnern. Er erkundigte sich nach Dir, und dann fragte der Distriktskommissar: »Wie geht es Lily?« »Gut«, antwortete ich und hatte das Gefühl, gerächt zu sein und in unserer kleinen Gruppe nicht mehr als das komische Mädchen zu gelten, das bei »so einer Inderin« wohnt. Denn selbst wenn die andern von »so einer Inderin« sprachen, so nannte der Distriktskommissar sie doch Lili. Trotzdem ärgerte ich mich hinterher auch, denn er hatte nicht gefragt: »Wo ist Lili?« Ohne langes Nachdenken wußte er, daß sie höchstwahrscheinlich nicht im Zelt sein würde und deshalb vermutlich überhaupt nicht auf dem *Maidan* erschiene, denn in das »andere Zelt« würde sie nicht gehen.

Nun ja, ich stellte meine Begleiter und die Mädchen vor, die damit ihr großes Ereignis hatten, aber es verhalf mir später auch zu meinem, als wir über den *Maidan* zur Parade spazierten und ich Hari sah. Ich ging zu ihm und unterhielt mich etwa fünf Minuten mit ihm, während die anderen warteten, wo ich sie verlassen hatte. Sie warteten, weil sie ja nicht sicher sein konnten, wer Hari sein mochte, wenn ich schon mit dem Distriktskommissar und dem Brigadier auf so vertrautem Fuß stand. Als ich zurückkam, erkundigte sich einer der Offiziere: »Und wer war das?« Ich sagte einfach: »Ach, der war in Chillingborough«, als kenne ich ihn von damals, und als sei er ein Freund meines Bruders oder eines älteren Verwandten gewesen. Das brachte sie zum Schweigen, denn keiner von ihnen hatte eine annähernd so gute Schule besucht. Ich benahm mich ziemlich schamlos, ich meine, sehr snobistisch. Denn das waren *ihre* Waffen, nicht meine. Ich meine, damals in Majapur waren es ihre Waffen, auch wenn sie ihnen zu Hause in England nicht zur Verfügung standen. Ich genoß das flüchtige Gefühl, ihre Welt einen Augenblick lang auf den Kopf gestellt zu haben.

Hari besuchte die Kriegswochenveranstaltung für die ›Gazette‹. Ich erkannte ihn zunächst nicht – zum Teil, weil ich ohne Brille die Leute nicht so gut sehe, hauptsächlich aber, weil er so anders wirkte. Erst nach mehreren Begegnungen begriff ich, daß er seit der Cocktailparty viel Geld für neue Kleidung ausgegeben hatte; nun trug er engere, besser sitzende Hosen (nicht in »Babu«-Weiß). Ich glaube, er hatte trotz seines ungeschickten Benehmens auf der Party auf weitere Einladungen gehofft und Geld ausgegeben, das er eigentlich nicht besaß, um sich nicht mehr so fehl am Platz zu fühlen. Später sagte ich einmal zu ihm: »Aber ich bin sicher, du hast früher geraucht. Auf der Party hast du geraucht.« Er gab es zu, erklärte aber, er habe das Rauchen aufgegeben. Selbst da sah ich keine Verbindung zwischen den neuen Kleidern und dem Geld, das er sparte, weil er nicht mehr rauchte, und begriff auch nicht sofort, was diese Dinge im Hinblick auf die Hoffnungen bedeuteten, die Lilis Einladung in ihm geweckt hatten.

Er hatte sein ganzes Leben in England verbracht, oder war als zweijähriges Kind nach England gekommen, nachdem sein Vater seinen ganzen Besitz in den Vereinigten Provinzen verkauft hatte. Die Mutter starb bei Haris Geburt, und in England brach sein Vater alle Verbindungen zu seiner Familie ab, ausgenommen zu seiner Schwester Shalini, Haris Tante, die als Sechzehnjährige einen Gupta Sen, den Bruder eines reichen *Banias* aus Majapur heiraten mußte. Haris Vater verdiente in England viel Geld, verlor es aber wieder. Als er starb, ließ er Hari ohne einen Penny und ohne ein Heim zurück. Und so stand er in seinem letzten Jahr in Chillingborough plötzlich allein. Tante Shalini lieh sich von ihrem reichen Schwager Geld, um Haris Überfahrt nach Indien zu bezahlen. Eine Zeitlang arbeitete er im Büro seines Onkels im Basar, bekam aber schließlich dank seiner Englischkenntnisse die Stelle bei der Zeitung. Tante Lili erzählte mir einiges darüber (sie wußte es von Vassi). Aber ich glaubte lange Zeit, da der Schwager der Tante reich war, Geld spiele für Hari keine Rolle, und nahm an, er arbeite bei der Zeitung, weil es ihm Spaß machte, nicht, weil er mußte. Es dauerte auch einige Zeit, bis ich begriff, daß alle Pläne, die er und sein Vater für die Zukunft gehabt hatten, sich nicht verwirklichen ließen, weil »Onkel« Romesh keinen Penny für seine weitere Bildung ausgeben wollte, sondern darauf bestand, daß Hari arbeitete. Und Tante Shalini besaß praktisch kein eigenes Geld. Natürlich verging auch eine Weile, ehe mir dämmerte, daß Haris englisches Wesen in Indien nichts bedeutete, denn er lebte bei seiner Tante in einem der Häuser des Chillianwallah Bagh – auf der falschen Seite des Flusses.

Als ich an diesem Tag auf dem *Maidan* zu ihm ging und fragte: »Sie sind doch Mr. Kumar, nicht?« bemerkten das die Weißen in der Nähe offensichtlich. Ich deutete sein Schweigen und das Zögern, als er meine Hand ergriff, falsch und sagte: »Ich bin Daphne Manners. Wir haben uns bei Lili Chatterjee kennengelernt.« Er sagte, ja, er erinnere sich, und erkundigte sich, wie es Lili und mir gehe. So unterhielten wir uns eine Weile, wobei ich die meiste Zeit redete und mir mehr und mehr wie die Tochter des Großgrundbesitzers vorkam, die sich dazu herabläßt, mit dem Sohn eines Pächters zu sprechen – denn es schien, als *wolle* er mir dieses Gefühl geben. Ich fragte mich: warum? Schließlich verabschiedete ich mich mit den Worten: »Kommen Sie doch einmal abends vorbei. Unser Haus steht Ihnen offen.« Er bedankte sich mit einem Gesichtsausdruck, der verriet, er würde sich nicht im Traum einfallen lassen zu kommen, wenn man ihn nicht zu einem bestimmten Anlaß einlud und vielleicht nicht einmal dann, denn er betrachtete die Einladung als höfliche Floskel.

Ich kehrte also wieder zu meiner Gruppe zurück, sah mir etwa eine Stunde lang die Parade an und hörte der Militärkapelle zu. Abends blieb ich zum Essen im Club, und wir unterhielten uns über die marschierenden Soldaten und das Exerzieren. Die jungen Offiziere waren wegen der Boxer und der Präzision der Berkshires unglaublich stolz auf sich. Man spürte, wie überall die Fahnen geschwenkt wurden. Als Ronald Merrick im Club auftauchte, kam er geradewegs zu mir herüber, und das war durchaus ungewöhnlich. Seit dem Abendessen bei Tante Lili, wo wir uns nicht gerade glänzend verstanden hatten, tauschten wir nur hin und wieder ein paar Worte miteinander, oder er lud mich der Höflichkeit halber zu einem Drink ein, wenn wir uns zufällig im Club begegneten. Er wirkte immer sehr beschäftigt und angespannt und schien sich im Rauchzimmer am wohlsten zu fühlen, wenn er sich mit anderen Männern unterhielt und sie in Diskussionen verwickelte. Er stand im Ruf, streitsüchtig zu sein, und abgesehen von einigen unverheirateten Mädchen, die sich um ihn bemühten, mochten die Leute ihn nicht besonders. Aber an diesem Abend kam er geradewegs auf mich zu und fragte: »Wie hat Ihnen die Parade gefallen? Ich habe Sie auf dem *Maidan* gesehen.« Er setzte sich, trank etwas mit uns und rückte dann mit dieser halben Einladung heraus, ich solle an einem Abend zu ihm kommen und seine Sousa-Platten anhören. Nachdem er gegangen war, neckten mich die anderen Mädchen, zogen mich mit dem alten Witz von der Briefmarkensammlung auf und rieten mir, keinem Polizisten zu trauen. Eine bemerkte: »Daphne hat offensichtlich das, was man für Mr. Merrick braucht. Ich versuche schon seit Ewigkeiten, ihn mir zu angeln.« Einer der Jungs machte einen Witz über das, was sie mit »braucht« meinte, und damit waren sie wieder beim alten Thema. Es war Samstag, deshalb wurde auch getanzt, und es gab die üblichen derben Späße am Swimmingpool. Auf der Terrasse *spürte* man nicht nur das Fahnenschwenken, sondern man konnte es auch sehen: Zwischen den Lampions hingen unzählige kleine Fähnchen. Es herrschte eine Atmosphäre von »Wir werden es ihnen schon zeigen«. Mein Tanzpartner sagte, die Kriegswoche habe den verdammten Indern etwas zum Nachdenken gegeben. Dann wurde er zudringlich, und ich mußte ihn mir vom Leib halten. Ich ließ ihn stehen, ging in die Damentoilette, setzte mich und hörte dem ordinären Gerede auf der anderen Seite der Tür zu. »Nein, es ist falsch, falsch«, dachte ich. Später in der Lounge Bar dachte ich, wie betäubt vom Gedröhn der Tanzkapelle: »Ich kann meine Zeit nicht so verschwenden. Dafür hab' ich keine Zeit.«

Ich hatte das Gefühl, der Club sei ein Ozeandampfer wie die *Titanic.* Alle Lichter brannten, die Kapellen spielten, das Schiff fuhr in die Dunkelheit, und niemand stand auf der Brücke.

Tante, versprich mir das Eine! Wenn das Kind überlebt, Du es aber nicht in Deiner Nähe ertragen kannst, versuche, dafür zu sorgen, daß das Geld, das ich hinterlasse, ihm zu einem richtigen Start im Leben verhilft. Ich sehe mich um und versuche, mir vorzustellen, wo das Kind leben könnte, wenn es am Leben bleibt, und ich weiß es nicht. Ich mute Dir nicht zu, daß Du

Deine Liebe für mich auf ein Kind überträgst, das nur zur Hälfte mein Fleisch und Blut ist und zur anderen Hälfte das Fleisch und Blut eines Dir Unbekannten – vielleicht sogar eines mir Unbekannten, eines schlechten Menschen. Ich habe mich an den Gedanken gewöhnt, daß Du es nicht unter Deinem Dach haben möchtest, also bitte mach Dir darüber keine Sorgen. Es ist unvermeidlich, daß ein so *falsch* empfangenes Kind für meine *Fehler* leiden muß. Wir wollen offen sein: Vermutlich wirst Du nicht so lange leben, wie das Kind Dich brauchen würde, um zu einem bewußten Wesen mit Erinnerungen heranzuwachsen. Ich denke an Lili. Aber auch das weiß ich nicht so genau. Vielleicht stellt sich doch eine Ähnlichkeit mit Hari heraus, wenn das Kind älter wird. Ich hoffe es so sehr. Denn das wird meine Rechtfertigung sein. Ich bekomme Alpträume, wenn ich mir vorstelle, das Kind könnte aufwachsen und keinem von uns beiden ähneln – schwarzhäutig, unrettbar, ein Geschöpf der Dunkelheit, ein winziger lebendiger Spiegel dieser schrecklichen Nacht. Und trotzdem wird es selbst dann ein Kind sein, ein von Gott geschenktes Wesen, wenn es einen Gott gibt, und wenn es ihn nicht gibt, verdient es trotzdem so viel von unserem Segen, wie wir erübrigen können.

Ich nehme an, das Kind wird in ein Heim kommen, wenn ich nicht da bin. Könnte es nicht gewissermaßen mein Heim sein? In Majapur gibt es eine Frau, die man Schwester Ludmila nennt. Ich habe sie einmal gefragt, ob sie Geld brauchte. Sie sagte nein, versprach aber, sich an mich zu wenden, wenn es doch einmal soweit kommen sollte. Vielleicht wird sie im Alter (und ich weiß nicht, wie alt sie ist) nicht nur an die Sterbenden, sondern auch an die Neugeborenen denken. Es wäre eine logische Folge.

Mit »einem guten Start im Leben« meine ich nicht Familie oder Bildung, sondern viel einfachere Dinge wie Wärme, Trost, genug zu essen, Freundlichkeit und Liebe. Einfach all die Dinge, die mir im Übermaß zuteil wurden.

Wenn es ein Junge ist, nenne ihn bitte Harry oder Hari, falls seine Hautfarbe dunkel genug ist, um diese Schreibweise zu *verdienen*. Bei einem Mädchen weiß ich es nicht. Ich habe mich noch nicht für einen Namen entscheiden können. Ich stelle »es« mir nicht als ein Mädchen vor. Aber nenne es bitte *nicht* Daphne. Daphne war das Mädchen, das vor Apoll davonlief und in einen Lorbeerbaum verwandelt wurde! Bei mir war es umgekehrt, nicht wahr? Schwerfällig in der Erde verwurzelt, glaubte ich, den Sonnengott zu jagen. In meiner Jugend sagte Mutter einmal zu mir: »Hör um Himmelswillen auf, so *herumzustaksen*!« Erst verwirrte und dann verletzte es mich. Ich war groß und glaubte, eine Art anmutige Diana zu sein – die langbeinig, schlank und pfeilschnell durch den Wald flitzt! Arme Mutter! Sie hatte das große Talent, Leuten eine kalte Dusche zu verpassen. David lehrte mich zu sehen, daß sie das tat, weil sie von einer Minute zur nächsten nicht wußte, was sie wirklich wollte, und deshalb immer das Gefühl hatte, alles um sie herum laufe falsch. Und dann schlug sie auf den erstbesten Sündenbock ein – meist auf Daddy, oft aber auch auf mich. Sie betete David an, und vermutlich durchschaute er sie deshalb leichter als Daddy oder ich, und er konnte mir ihr Verhalten erklären. *Ihm* gegenüber ging sie nie in Verteidigungsstellung. Ich glaube, selbst als sie schon jahrelang sorgenfrei in England lebte, sprach sie von Indien, als sei sie dem Land gerade erst entflohen. Mir begann das Land leid zu tun, aber dann liebte ich es und wollte dorthin, wegen Daddy, und um es selbst zu sehen. Als ich alt genug war, zeigte er mir Photos und Schnappschüsse und erzählte mir wunderbare Geschichten von dem »Land, in dem ich geboren war«. Als ich hier ankam, suchte ich immer das Indien, das ich zu kennen glaubte, denn ich hatte es in meiner Vorstellung wie eine Fata Morgana schimmernd am Horizont gesehen; von den fernen Hügeln wehten warme, blütenschwere Winde ...

Wie merkwürdig! Trotz allem, was man über den Regen weiß, ehe man hierherkommt, stellt man sich Indien als eine endlose, trockene, verbrannte, unermeßliche Mogulwüste vor, in der verstreut von Mauern umgebene Städte liegen, in denen alle Gebäude wie Moscheen aussehen, mit reichgeschmückten Fenster- und Torbögen. Durch das Fenster des Zuges – mit dem ich nach meiner Ankunft zum ersten Mal nach Rawalpindi fuhr – wirkt das Land manchmal so, wie man es sich vorgestellt hat. Ich bin froh, daß ich vor, nicht während der Regenzeit hierherkam. Am besten, man erlebt erst die zermürbende Hitze, die Hitze im April und Mai, die die scharlachroten Blüten des *Gol*

Mohur, der »Flamme des Waldes« hervorlockt (tote, trockene, leblos wirkende Bäume, ehe die Blüten aufbrechen), um dann die Freude über die wilden Gewitter, den peitschenden Regen der ersten Wolkenbrüche, nach denen alles grün wird, stärker zu empfinden. Das ist *mein* Indien, das Indien der Regenzeit.

Es gibt noch einen Namen, den wir nie erwähnen: Bibighar. Du bist zwar einmal in Majapur gewesen, und vielleicht hast Du den Park gesehen, doch ich weiß nicht, ob Du ihn Dir vorstellen kannst. Alles ist dort grün. Selbst in den heißesten Monaten vor den Regenfällen hat man dort noch das Gefühl von Grün, leicht verblaßt und müde, aber immer noch grün – ein wildes, überwuchertes, ummauertes Gelände mit Bäumen und Buschwerk, mit Pfaden und unvermuteten freien Flächen. Vor hundert Jahren war es vermutlich ein angelegter Park mit Springbrunnen. Man kann immer noch die Grundmauern des alten Hauses, des Bibighar, sehen. In einem Teil gibt es noch einen Mosaikfußboden, zu dem Stufen hinaufführen, als habe sich dort der Eingang befunden. Man hat Säulen um den Mosaikboden aufgerichtet, ihn überdacht, und so ist eine Art Pavillon daraus entstanden. Ein- oder zweimal im Jahr kommen die städtischen Arbeiter und schneiden das Gebüsch und die Ranken zurück. Die Mauer an der Rückseite des Geländes bröckelt und ist zum Teil eingestürzt; dahinter erstreckt sich unbebautes Gelände. Am Parkeingang steht ein offener Torbogen zur Straße, aber kein Tor. Deshalb ist der Park nie geschlossen. Aber nur wenige Menschen gehen hinein. Die Kinder glauben, es gebe dort Gespenster. Morgens spielen mutige Jungen und Mädchen im Park, und in der Trockenzeit veranstalten reiche Inder manchmal Picknicks. Aber meist ist der Park verlassen. Lili erzählte mir, ein Fürst habe das Haus erbaut und MacGregor es zerstört – der MacGregor, dessen Namen ihr Haus trägt und dessen Frau Janet angeblich mit ihrem toten Kind an der Brust als Gespenst auf der Veranda umgeht. Lili zeigte mir den Bibighar zum ersten Mal. Hari hatte irgend etwas darüber gehört, ihn aber nie gesehen und auch nicht gewußt, daß die lange Mauer an der Bibighar Bridge Road die Umfassungsmauer des Parks war. Erst als ich ihn eines Tages mitnahm, lernte er den Park kennen. Als ich mit Lili dort war, spielten Kinder im Gras, aber sie rannten davon, als sie uns sahen. Ich vermute, sie hielten uns für Taggespenster. Und seit dieser Zeit sah ich keine Kinder mehr dort.

Hari und ich gewöhnten uns an, im Pavillon des Bibighar-Parks zu sitzen, denn das war der einzige Platz in Majapur, wo wir zusammensein und uns völlig natürlich verhalten konnten. Aber selbst dort ließ uns das Gefühl nicht los, wir müßten uns vor neugierigen, amüsierten und mißbilligenden Blicken verstecken. Wenn wir durch den Torbogen in den Park gingen oder aufstanden, um zurück ins Garnisonsviertel zu gehen, stellte sich dieses Gefühl am stärksten ein, sich im nächsten Moment verstecken oder aus einem Versteck hervorkommen zu müssen, um sich der Welt zu stellen. Und sogar im Park verließ uns oft das Gefühl nicht, es könnte jemand auftauchen und uns zusammen sehen, obwohl wir nur nebeneinander am Rand der Mosaik-»Platte« saßen und die Beine baumeln ließen wie zwei Kinder auf einer Mauer. Wir waren ziemlich sicher, daß sich zumindest keine Weißen in den Park verirren würden. Das geschah nie. Der Park schien immer etwas rein Indisches zu haben, so wie der *Maidan* im Grunde das rein Englische verkörperte.

Du wirst vielleicht sagen: Aber wenn du mit Hari und er mit dir zusammensein wollte, war das doch kein Verbrechen, und ihr hättet euch an unzähligen Plätzen treffen und zusammen glücklich sein können! Aber wo? Im MacGregor-Haus? Ja. Bei ihm im Chillianwallah Bagh? Ja. Doch sonst, Tante? Wo sonst hätten die Leute uns nicht angestarrt und uns befangen gemacht? Wo hätten wir nicht damit rechnen müssen, eine Beschimpfung oder eine vulgäre Szene zu erleben? Der Club kam nicht in Frage. Es gab den anderen Club, den man den Indischen Club nennt. Aber Hari wollte nicht mit mir dorthin, denn dort wäre *ich* von den *Banias,* wie er sie nannte, angestarrt worden, die mit untergeschlagenen Beinen auf den Stühlen saßen. Das Englische Café kam nicht in Frage. Das Chinesische Restaurant kam nicht in Frage – nachdem man ihn, als wir das erste Mal dort waren, aufgehalten hatte, als er mir nach oben folgen wollte. Ich war mit einem englischen Offizier schon einmal dort gewesen und ging automatisch, ohne nachzudenken, die Treppe hinauf. Also mußten wir unten sitzen und uns die betont laut geflüsterten Kommentare der Leute anhören, die in den Raum nach oben gingen, und die neugierigen, verlegenen Blicke der einfachen Soldaten über uns ergehen lassen, die mit uns unten saßen. Selbst das schäbige kleine Flohkino im Garnisonskino kam nicht in Frage, denn ich hätte nicht den Mut gehabt zu versuchen, Hari auf den geheiligten kleinen »Balkon« mitzunehmen, und er hätte mir nicht zugemutet, im Parterre auf einer der Holzbänke ohne Rückenlehne zu sitzen. Er weigerte sich auch, mit mir in das indische Kino gegenüber vom Tirupati-Tempel zu gehen, obwohl ich ihn darum bat. »Wie bitte?« sagte er, »du willst vier Stunden das *Ramayana* über dich ergehen lassen, während wir uns die Nasen zuhalten, Flöhe bekommen und uns zu Tode schwitzen?«

Tante, in Majapur gab es keinen Platz, wo wir in der Öffentlichkeit hätten allein zusammensein können, ohne uns vorher besondere Gedanken darüber zu machen oder uns auf alles Mögliche vorzubereiten. Wir verbrachten ein paar Abende im MacGregor-Haus, während Tante Lili bei Freunden Bridge spielte, und ab und zu einen bei seiner süßen kleinen Tante Shalini. Aber eine Freundschaft zwischen zwei Menschen kann nicht so eingeschränkt werden, nicht wahr? Es kann nicht ohne Auswirkungen bleiben, wenn man weiß, daß beide sehr viel für diese Freundschaft tun müssen.

Natürlich begann ich diese Freundschaft ganz bewußt. Natürlich erschien Hari, wie ich vorausgesehen hatte, nie einfach abends im MacGregor-Haus. Ich erzählte Lili, daß ich ihn auf dem *Maidan* getroffen und eingeladen hatte, uns jederzeit zu besuchen. Rückblickend erkenne ich, daß sie sich unbewußt darüber freute, doch die Folgen für mich fürchtete oder zumindest große Vorbehalte hatte. Sie erzählte mir mehr über ihn. Vielleicht versuchte sie, mich zu warnen, doch sie bewirkte damit nur, meinem Reformeifer Nahrung zu geben. Sie muß mir gesagt haben, daß er in Chillingborough war, ehe ich ihn auf dem *Maidan* traf, denn ich bin sicher, er erwähnte Chillingborough nicht auf der Party. Aber ich habe vergessen, wie und wann in meiner Vorstellung ein genaues Bild von ihm entstanden ist. Ich weiß nur, und das gebe ich auch zu, als ich ihn auf dem *Maidan* traf, war ich mir bewußt, ein gutes Werk zu tun. Dieser Gedanke erfüllt mich jetzt mit Abscheu. Ich kann es nicht ertragen, daran zu denken, daß ich mich – und sei es auch unbeabsichtigt – herablassend zu dem Mann verhielt, in den ich mich verliebte.

Ein paar Wochen vergingen, und als er nicht auftauchte, schrieb ich ihm ein paar Zeilen. Die Adresse bekam ich von Tante Lili, die sie in ihr Adreßbuch geschrieben hatte. Wie Du weißt, war ich beim Bridge schon immer eine Niete, und Lili ging als vierte in der Runde zu den Whites, denn Richter Menens Frau lag in der Klinik. Und so war ich an einem Samstagabend allein. Nach dem Fahnenschwenken während der Kriegswoche im Club wollte ich nicht mehr dorthin. Ich wußte nicht, was ich tun sollte. Ich dachte an Hari, ich hatte oft an ihn gedacht. Es war Samstagmorgen, ich schrieb ihm ein paar Zeilen und schickte damit einen der Dienstboten zum Chillianwallah Bagh. Er kam mit der Nachricht zurück, Kumar Sahib sei nicht zu Hause gewesen, doch er habe den Brief hinterlassen. Also wußte ich nicht, ob Hari an diesem Abend kommen würde oder nicht. Lilis schweigende Kritik wurde dadurch noch schlimmer, und meine Entschlossenheit, alles vorzubereiten, noch größer. Ich wies den Koch an, ein Abendessen für zwei vorzubereiten. Es sollte Pulao-Huhn mit viel Safranreis geben, eingelegten Zwiebeln, stapelweise knusprige heiße Chappattis, viel eisgekühltes Bier und als Dessert Mango-Melba, wie ich es nannte. Nach einem Blick in die Hausbar schickte ich den Boy in den Spirituosenladen, um mehr Carews Gin zu holen. Dann ging ich selbst ins Garnisonsviertel und kaufte im Sportgeschäft einen Stapel gerade eingetroffener Schallplatten und ein Döschen Saphirnadeln. Lili wechselte sie selten, benutzte immer dieselbe und brachte die alten mit den neuen durcheinander. Wir hatten ein Decca-Koffergerät, das Lili von ihrem letzten Einkauf in Kalkutta mitgebracht hatte. Als ich zurückkam, trieb ich Bhalu zum Wahnsinn, als ich durch den Garten sprang und einen Arm voll Blumen nach dem anderen pflückte. Ich kam mir ein bißchen vor wie Cho Cho San, die Pinkerton erwartet! Lili ging etwa um halb sieben aus dem Haus, als ich immer noch im Bad saß. Sie kam in mein Zimmer und rief: »Daphne, ich springe jetzt zu den Whites und bin ungefähr gegen Mitternacht zurück. Amüsier' dich gut!« Ich rief zurück: »Das werde ich, keine Sorge! Grüße alle von mir!« Dann sagte sie: »Ich hoffe, er hat genug Manieren, auch wirklich zu kommen.« Also schrie ich zurück: »Natürlich, wenn nicht, hätte er inzwischen eine Nachricht geschickt.« Arme Lili, sie glaubte tatsächlich, er würde nicht kommen. Ich ebenfalls. Ich zog dieses schreckliche grellblaue Kleid an, das bei künstlicher Beleuchtung schmutziggrün wirkt. Aber mir war völlig gleichgültig, wie ich aussah. Ich wußte, ich würde immer nur wie ich aussehen. Es machte mir Freude, mich einmal nicht darum zu kümmern. Einmal nur *ich* zu sein!

Und er kam pünktlich auf die Minute um halb acht in einer Pferdetonga. Dazu mußte er zum Bahnhof gegangen sein, denn auf der anderen Seite des Flusses stehen üblicherweise nur Fahrradtongas. Vielleicht kam er auch aus dem Garnisons-Basar, wo er bei Darwaza Chand darauf gewartet hatte, daß das neue Hemd fertig wurde, in dem er nach neuer, noch nie gewaschener Baumwolle roch.

Ich hatte bei meiner Einladung ein bißchen gemogelt und nicht ganz deutlich gemacht, daß ich allein sein würde. Soweit ich wußte, gehörte er zu den Indern, die es nicht richtig finden, mit einer Frau allein zu essen, oder wenn *er* nichts dabei fand, würde seine Tante sich vermutlich weigern, ihn gehen zu lassen, wenn sie wußte, daß Lili nicht im Haus war. Mir fiel auf, daß er wie auf glühenden Kohlen saß und auf Lilis Auftauchen wartete. Wir saßen auf der Veranda, und Raju servierte die Drinks. Bei dieser Gelegenheit muß er eine Zigarette abgelehnt und erklärt haben, nicht mehr zu rauchen. Die fehlende Zigarette vergrößerte seine Spannung nur noch mehr. Plötzlich erfaßte sie auch mich, denn ich sah, welche Falle ich mir selbst gestellt hatte. Vermutlich würde er denken, Lili sei seinetwegen ausgegangen, weil sie nicht billigte, daß er zum Abendessen kam. Ebenso schlimm wäre, wenn er dachte, ich hätte ihn heimlich an einem Abend eingeladen, an dem sie nicht zu Hause war, weil ich wußte, sie würde es mißbilligen. Also sagte ich ihm die Wahrheit, ehe die Situation nicht mehr zu retten war. Ich erzählte, daß Lili samstags meistens zum Bridge ging, daß ich Bridge haßte und mich nach einem Abendessen mit jemandem sehnte, mit dem ich mich über zu Hause unterhalten konnte. Ich gab auch zu, daß ich bei meiner Einladung nicht ganz ehrlich gewesen war und ein bißchen gemogelt hatte, für den Fall, daß es ihm oder seiner Tante merkwürdig vorkommen würde, wenn ein Mädchen einen jungen Mann zum Abendessen einlud, wenn sie allein zu Hause war.

Zunächst schien ihn das zu verwirren. Es muß etwa vier Jahre her gewesen sein, daß ein Engländer ganz selbstverständlich sich so mit ihm unterhielt, wie er es von England gewöhnt war. Mir entging das nicht, aber so war es, und es nützte nichts, etwas anderes vorzugeben.

Selbst an diesem ersten Abend mußten wir uns um eine Grundlage für ein ganz normales menschliches Gespräch bemühen. Trotzdem empfanden wir vielleicht nur an diesem Abend nicht den Druck eines Zwangs und einer Mißbilligung von außen. Nachdem er wußte, daß Lili ausgegangen war, konnte ich sehen, daß er sich entspannte und lockerte. Er begann, mich anzusehen und mich genauer zu betrachten. Wir tranken etwa drei Gin Fizz, dann gingen wir hinein und aßen. Wir saßen an einem Ende des Tischs nebeneinander. Ich hatte mir vorher überlegt, es wäre hübsch, wenn ich Raju bitten könnte, nur das Essen zu bringen, und ich selbst vorlegen würde. Ich entschied dann aber, es sei für Haris Wohlbefinden besser, wenn Raju uns *beide* bediente. Raju versuchte natürlich, Hari etwas auf seinen Platz zu verweisen, indem er ihn auf Hindi ansprach. Aber er gab es bald auf, als er bemerkte, daß Hari nicht besser Hindi sprach als ich. Ich freute mich, daß er sich auch bei Tisch entspannte, nachdem wir einen Scherz über seine Probleme mit der Sprache gemacht hatten, und er sich über das Essen hermachte wie ich. Wir stopften uns voll wie zwei Kinder. Bei Lilis Parties fiel mir immer auf, daß die indischen Männer sich beim Essen zurückhielten, als wäre es unfein, in gemischter Gesellschaft herzhaft zuzugreifen. Ich schickte Raju immer wieder in die Küche, um neue heiße Chappattis zu bringen, die Hari verschlang, ohne sie zu zählen. Als ich später zu einem ähnlichen Abendessen bei seiner Tante Shalini eingeladen war, erkannte ich den Unterschied zwischen ihrem und unserem Essen und begriff, weshalb Hari aß, als habe er seit Wochen keine anständige Mahlzeit mehr bekommen. Ich habe nie etwas essen können, das mit *Ghi* (Butterfett) gekocht ist, denn meine Galle reagiert sofort darauf; manche Gerichte bei Mrs. Gupta Sen waren mit Ghi zubereitet.

Aber ich greife zu weit vor. Nachdem wir uns rundherum sattgegessen hatten, bis wir kaum mehr vom Tisch aufstehen konnten, brachte Raju Kognak und Kaffee ins Wohnzimmer. Hari legte Schallplatten auf. Beim Essen hatten wir nur »über zu Hause« gesprochen. Wir waren beinahe gleichaltrig und erinnerten uns deshalb an dieselben Dinge in den jeweiligen Lebensabschnitten. Ich meine die R 101, die über unseren Köpfen am Himmel schwebte. Flugzeuge und Jim Mollison und Amy Johnson, Amelia Earhart in der Timorsee verschollen; Filme wie ›Regen‹ und ›Mata Hari‹; Dinge wie Kricket und Jack Hobbs, Wimbledon und Bunny Austin und Betty Nuttall, Autorennen und Sir Malcolm Campbell, Arsenal und Alec James, die Studentenbälle in der armen alten zerbombten Queen's Hall – obwohl Hari nie dort gewesen war, denn abgesehen von Jazz und Swing machte er sich eigentlich nicht viel aus Musik.

Er legte die ersten Platten auf, und ich sah, wie er sich freute, aber auch wie seine Unsicherheit dadurch plötzlich zurückkehrte. Als er die dritte auflegte, eine Victor-Sylvester-Aufnahme, nahm er seinen ganzen Mut zusammen und sagte: »Ich habe beinahe vergessen, wie es geht, und ich war eigentlich nie sehr gut... aber möchten Sie tanzen?« Ich sagte: »Mich hat schon mal jemand ein Trampeltier genannt, aber vielleicht passen wir ja zusammen.« Also standen wir auf und begannen zu tanzen. Zuerst hielt er mich zu weit, und wir kamen in Schwierigkeiten. Jeder schaute dem andern auf die Füße, wir entschuldigten uns ständig und nahmen die Sache schrecklich ernst. Ich glaube, als die Platte zu Ende war, dachte er, ich würde mich setzen oder vorschlagen, auf die Veranda zu gehen, aber nicht nur, weil es mühsam gewesen war, sondern weil er glaubte, ich hätte nur mit ihm getanzt, damit es nicht zu sehr auffalle, daß ich es als unangenehm empfand, von einem Inder im Arm gehalten zu werden. Aber ich bat ihn ›In the Mood‹ aufzulegen. Du wirst die Platte nicht kennen, aber sie ist schnell, leicht und völlig natürlich. Ich wartete auf ihn, zwang ihn, weiterzutanzen, und diesmal blickten wir uns über die Schultern und nicht auf die Füße. Wir tanzten enger und spürten, daß wir in einen natürlichen Rhythmus kamen.

Wenn Du das je liest, bin ich nicht mehr da und brauche Deine Kritik nicht zu fürchten. Ich kann mir einreden, daß ich das alles nur für den einen Menschen wiederaufleben lasse, der weiß, wie weit ein solcher Bericht hinter dem Geschehen zurückbleibt. Vielleicht ist er nicht nur ein vorbeugendes Mittel gegen das permanente Schweigen, sondern auch ein Trostpreis für mich, um mir die Möglichkeit zu geben, ihn auf eine faßbarere Weise wieder bei mir zu haben als durch die Erinnerung, der man freien Lauf läßt; aber trotzdem bleibt er immateriell. Aber das Zweitbeste ist besser als das Dritte – das Drittbeste: schweifende Gedanken, die nicht fixiert werden. Oh, könnte ich ihn mir mit diesem kratzenden alten Füllfederhalter in einer Gestalt heraufbeschwören, die Dich eher befriedigen würde, aber das hieße, ihm zuviel oder zuwenig Gerechtigkeit widerfahren lassen. Ich könnte es tun, wenn ich die Unsicherheit übergehen würde – die Unsicherheit, die ich empfand, die Unbeholfenheit, die wir beide verrieten. Ich könnte es tun, wenn ich vorgeben würde, wir hätten nach der ersten Berührung die unkomplizierte Faszination direkter körperlicher Anziehung empfunden. Aber bei uns war nichts unkompliziert. Es sei denn, die sich gegenüberstehenden Komplikationen glichen sich aus – auf seiner Seite die Komplikation zu erkennen, daß eine weiße Freundin sein Ich stärken konnte; und auf meiner Seite die Komplikation der seltsamen, beinahe prickelnden *Furcht* vor seiner Hautfarbe. Wie sonst läßt sich erklären, daß wir beim zweiten Tanz – ich glaube, wie gebannt – jeder über die Schulter des anderen starrten, als hätten wir Angst, uns in die Augen zu sehen?

Wir tanzten nicht weiter; aber als wir aufhörten, entstand nicht das Gefühl einer körperlichen Zurückweisung, wie es der Fall gewesen wäre, wenn ich abgelehnt hätte, überhaupt zu tanzen, oder nach diesem ersten linkischen Geschiebe vorgeschlagen hätte, auf die Veranda zu gehen. Wir trennten uns, er setzte sich in seinen Sessel und ich in meinen – ein beiderseitiger Rückzug von gefährlichem Boden, ein Rückzug vor der Gefahr für uns selbst, aber auch vor der Gefahr für den anderen, denn wir konnten beide nicht sicher sein, daß der andere die Gefahr in ihrem ganzen Ausmaß sah oder begriff, welche Rolle der *Reiz der Gefahr* bei unseren Gefühlen vielleicht spielen mochte.

Und so fand uns Lili bei ihrer Rückkehr: Wir saßen gesellig am Ende eines Abends zusammen, den wir offensichtlich beide genossen hatten, und unterhielten uns immer noch unbeschwert. Wir verbargen unsere Spannung so gut, daß wir nicht einmal sicher sein konnten, daß der andere sie ebenfalls empfand.

Hari blieb nach Lilis Eintreffen höchstens noch zehn Minuten. Doch als sie sich mit ihm unterhielt, sah ich, wie er in dieser kurzen Zeit Schicht um Schicht seinen Panzer wieder anlegte. Lili veränderte sich von leicht frostig zu freundlich, dann wieder zu frostig – als habe sie einen Augenblick, bevor er wieder völlig gepanzert war, die verwundbare Stelle an ihm entdeckt, die sie fürchtete. Deshalb schlug sie die Tür zu, aber nicht, um ihn auszuschließen, sondern um zu versuchen, mich dadurch einzuschließen und uns zum Wohl aller auseinanderzuhalten.

Gewöhnlich nimmt man nicht wahr, wie Menschen aufeinander wirken, es sei denn, es handelt sich um Menschen, die man liebt. In diesem Fall liebte ich vermutlich schon beide.

Die Kriegswoche war gegen Ende April. Also muß Hari Anfang Mai zum Abendessen ins MacGregor-Haus gekommen sein. Ein oder zwei Mädchen aus dem Krankenhaus fuhren in diesem Monat nach Darjeeling oder an ähnliche Orte in den Urlaub. In Majapur herrschte eine schreckliche Hitze. Der Mond hing so merkwürdig schief am Himmel. Ich glaube, Du hast mir einmal gesagt, das sei auf Staubpartikel in der Atmosphäre zurückzuführen. Wegen all dieser politischen Krisen, die immer wieder aufflammten, in sich zusammenfielen und wieder aufflammten, mußten viele auf ihren Urlaub verzichten. Die Oberschwester sagte, ich könne ein paar Wochen frei haben. Ich glaube, Lili wäre gerne für eine Weile in die Berge gefahren. Aber im Krankenhaus herrschte Personalmangel, und ich hatte das Gefühl, nicht berechtigt zu sein, nach so kurzer Zeit schon Urlaub zu nehmen. Ich schlug Lili vor, sie sollte doch allein fahren und mich mir selbst überlassen. Aber sie wollte nichts davon hören. So schmorten wir praktisch alle vor uns hin, vom Distriktskommissar abwärts. Es wurde zu heiß für Parties. Wir gingen ein paar Mal zum Abendessen aus und luden ein paarmal Leute zum Essen ein. Aber das war alles.

Hari bedankte sich einen Tag nach seinem Besuch schriftlich in aller Form für den Abend. Ein paar Tage später erhielt ich eine Einladung von Mrs. Gupta Sen zum Abendessen am folgenden Samstag in ihrem Haus im Chillianwallah Bagh. Auch Lili bekam eine Einladung, aber sie sagte, das sei nur der Form halber geschehen. Da sie wieder zum Bridge gehen wolle, könne sie ohnehin nicht. Nach meiner Zusage schrieb mir Hari, das Haus sei schwer zu finden (bei den Hausnummern herrschte ein hoffnungsloses Durcheinander, und der Chillianwallah Bagh war eigentlich ein Gewirr von Straßen und nicht nur eine Straße). Deshalb wollte er mich gegen 7.15 mit einer Tonga abholen, wenn es mir recht sei. Er hoffte, ich würde mich nicht allzu sehr langweilen, denn er habe keinen Schallplattenspieler und ähnliche Dinge. Ich erkundigte mich bei Lili, ob er damit andeuten wolle, er freue sich, wenn ich unser Gerät und ein paar Platten mitbringen würde. Aber sie sagte, das sei unmöglich, man könne so etwas wie ein Grammophon nicht zu Mrs. Gupta Sen mitnehmen. Sie würde es vermutlich nicht für richtig halten, so etwas im Haus zu haben (schon gar nicht Platten mit europäischer Musik, die ihr sicher in den Ohren weh täten), und sehr wahrscheinlich würde sie es als eine Beleidigung, als eine Kritik an ihrer Art Gastfreundschaft empfinden. Ich verließ mich in diesem Punkt auf Lili, und ich glaube, sie hatte recht.

Haris Tante war entzückend und sprach sehr gut englisch. Sie sagte, Haris Vater habe es ihr als kleines Mädchen beigebracht, und sie sei froh, Hari bei sich zu haben, denn dadurch habe sie es wieder auffrischen und ihre Aussprache verbessern können. Sie zeigte mir ein paar Schnappschüsse von Hari in England, die ihr Bruder Duleep, Haris Vater, ihr von Zeit zu Zeit geschickt hatte. Mehrere waren im Garten aufgenommen, und man sah das Haus in Berkshire, in dem sie wohnten. Es kam mir wie ein kleiner Landsitz vor. Außerdem zeigte sie mir Bilder von Hari aus späterer Zeit mit englischen Freunden, mit einer Familie Lindsey.

Ich war vor diesem Besuch im Chillianwallah Bagh sehr nervös gewesen, und es machte die Sache nicht besser, daß Hari verspätet kam, um mich abzuholen. Ich saß allein auf der Veranda und wartete. Lili war schon zu ihrem Bridge-Abend gegangen. Sie hatte mir geraten, mindestens ein paar Drinks vorher zu nehmen, für den Fall, daß Haris Tante abstinent wäre. Ich spürte den Alkohol, denn wegen der ungefähr zwanzig Minuten, die ich länger warten mußte, trank ich mehr als beabsichtigt. Hari war die Verspätung ungeheuer peinlich, denn er fürchtete vermutlich, ich würde darin eine typisch indische Schwäche sehen. Er entschuldigte sich damit, daß es sehr schwer gewesen sei, eine Tonga zu finden, denn sie seien alle von Leuten belegt gewesen, die zur ersten Abendvorstellung ins Kino wollten. Beim Einsteigen entdeckte ich erleichtert eine eingewickelte Flasche Gin und eine Flasche Lime oder Bitter Lemon in einer kleinen Leinentasche auf dem Sitz. Als wir über die Bibighar-Brücke fuhren, wurde es schon dunkel – übrigens fragte ich Hari bei dieser Gelegenheit, wie ihm der Park gefiele, während wir an der Parkmauer entlangfuhren. Wir mußten lachen, als sich herausstellte, daß er nicht genau wußte, was sich hinter der Mauer befand, und daß es überhaupt einen Park dort gab. Ich sagte: »Ich bin erst seit wenigen Monaten in Majapur, Sie schon seit vier Jahren, und ich kenne ihn besser als Sie. Aber das ist genau das gleiche: Wenn man in London lebt, geht man nie zum Tower.«

Wir bogen von der Chillianwallah Extension Road ab. Die Straßen waren schlecht beleuchtet, und vom Fluß drang ein fürchterlicher Geruch herüber. Ich fragte mich, worauf ich mich da eingelassen hatte, und ich muß gestehen, mir sank das Herz. Ich faßte wieder etwas Mut, als ich die Häuser des Viertels sah, durch das wir fuhren – Reihenhäuser, aber sie wirkten modern und gepflegt mit ihren glatten Flächen und rechten Winkeln. Es amüsierte mich, daß Hari dem Fahrer Anweisungen gab wie *»Dahne ki taraf aur ek sam sihe kir rasta«* und sich dabei wie ich mit Pidgin-Hindi abmühen mußte. Ich zog ihn deshalb ein bißchen auf, und allmählich lockerte er sich.

Aber als die Tonga vor dem Haus hielt, wurde er sofort wieder nervös, weil einer der Dienstboten das Tor geschlossen hatte. Er rief, aber niemand erschien, und der Tonga-Wallah schien nicht bereit zu sein, auszusteigen und das Tor zu öffnen. Also machte Hari es selbst. Vom Tor bis zu dem Platz vor der Veranda, wo eine nackte Glühbirne brannte, waren es nur ein paar Schritte. Wir hätten mühelos zu Fuß gehen können, und das wäre besser gewesen, denn der Tonga-Wallah beschwerte sich über den engen Raum, auf dem er wenden sollte. Aber diese Angelegenheit mußte ich Hari überlassen. Seinem schlechten Hindi konnte ich mühelos folgen und verstand deshalb, worum es ging – er mußte dem Mann zusätzlich etwas versprechen, damit er sich bereit erklärte, um *»gyarah baje«* wieder zurückzukommen, und dann beharrte er darauf, den Mann erst nach der Rückfahrt zu bezahlen.

Ich fand es plötzlich schrecklich, daß Hari von einem unverschämten Tonga-Wallah in eine so unangenehme Lage gebracht wurde, und hätte am liebsten gesagt: »Sagen Sie diesem dummen Kerl, ich gehe lieber zu Fuß nach Hause«, hielt aber den Mund, denn mein Eingreifen hätte bedeutet, daß ich die ganze Sache in die Hand nahm, und damit wäre alles noch schlimmer geworden. Nachdem Hari sich durchgesetzt hatte und der Mann widerwillig versprach, um elf Uhr zurückzukommen, bemerkte ich: »Wie diese Leute sich immer anstellen!«, als sei ich solchen Ärger gewohnt, was, wie er vermutlich wußte, nicht stimmte. Ich schien mich dabei wie eine ordinäre Mem zu benehmen, die sich auf Haris Kosten lustig machte. Mir war bewußt, was ich angerichtet hatte, und ich wäre am liebsten sofort wieder in die Tonga gestiegen, nach Hause gefahren und hätte mir einen starken Drink genehmigt.

Statt dessen gingen wir in gedrückter Stimmung ins Haus – in einer Art ängstlicher Erwartung einer Katastrophe, und wenn nicht Katastrophe, so doch schrecklicher Langeweile, Peinlichkeit und Unbehagen. Dem Himmel sei Dank für Tante Shalini! Sie erschien wie die Miniaturausgabe einer Radschputenprinzessin in der kleinen Diele: Sie trug einen einfachen, schlichten Sari aus blaßlila Baumwolle, aber sie war eine schöne Frau, beinahe unmerklich geschminkt, und wirkte wunderbar gelassen. Sie gab mir die Hand, und das ließ meine zaghaften, befangenen Ansätze zu *namaste* albern wirken. Sie sagte: »Kommen Sie herein und nehmen Sie einen Drink.« Damit führte sie uns in das Wohnzimmer, einen kleinen, wohltuend leeren Raum, in dem sich außer ein oder zwei Teppichen, einem Diwan und einem winzigen, aber äußerst bequemen Korbsessel nichts befand. Dort mußte ich Platz nehmen, während Hari, wie sie sagte, »die Honneurs machte«, das heißt, die Getränke einschenkte. Auf einem Messingtablett, auf einem geschnitzten Ebenholzgestell mit Perlmutteinlagen, standen drei Gläser und die Flaschen, die Hari verstohlen aus der Leinentasche geholt hatte. Während Tante Shalini sich mit mir unterhielt, fiel mir die Ähnlichkeit zwischen ihr und Hari auf, obwohl sie natürlich eine sehr kleine Frau war. In ihrer Gegenwart kam ich mir riesig, plump und unbeholfen vor, außerdem unpassend angezogen, denn mein Kleid zeigte viel zuviel nackte Haut. Hari trug einen grauen Baumwollanzug, doch er mußte bald das Jackett ausziehen, denn die Ventilatoren arbeiteten nur mit halber Kraft.

Schon nach dem ersten Glas – und inzwischen war mir wirklich nach einem zweiten – sagte sie: »Wollen wir hinübergehen?«, stand auf und ging in das kleine, schachtelartige Eßzimmer voraus. Sie befahl dem Boy, die Ventilatoren anzustellen, und wir begannen zu essen.

Sie hatte sich große Mühe mit dem Tisch gegeben, damit ich mich wohl fühlen sollte. In der Mitte stand eine Schale mit Wasser, in dem rote Jasminblüten schwammen. Unter den drei Tellern lagen Platzdeckchen aus handgearbeiteter Spitze. Sie erklärte mir jedes Gericht, doch die meisten Namen habe ich wieder vergessen, und einige klangen sehr schwierig. Als das Hauptgericht aufgetragen wurde – Huhn Tandoori –, sagte sie zu Hari: »Haben wir kein kaltes Bier?« Er stand auf, verschwand und kam nach einer Weile mit Bierflaschen zurück, gefolgt von einem Diener mit einem Tablett und Gläsern. Tante Shalini sagte: »Haben wir nicht einen Krug, Hari?« Also schickte er den Diener nach einem Krug und folgte ihm mit den Flaschen. Der Boy brachte schließlich das Bier im Krug. Das übrige Personal beobachtete uns durch die geöffneten Türen und die vergitterten Fenster zu den angrenzenden Zimmern. Tante Shalini trank nichts, nicht einmal Wasser, also teilten Hari und ich uns das Bier. Ich trank aus einem alten Wasserglas mit einem geschliffenen Mäandermuster; Haris Glas war kleiner und dickwandiger. Er schien sich überdeutlich all der Nebensächlichkeiten bewußt zu sein, an die er früher gewöhnt gewesen war und die nun auf diesem Tisch fehlten. Er glaubte wohl, sie seien mir wichtig. Aber gegen Ende der Mahlzeit trafen sich unsere Blicke, während ich ihn gedankenlos beobachtete, und ich glaube, er begriff, daß alles, was ich als »Mängel« registriert haben mochte, nur zu meinem Gefühl des Wohlbefindens beitrug, zu dem Gefühl, daß er und seine Tante mir eine Ehre erwiesen und damit einer unbestimmten Hoffnung Ausdruck gaben, daß eines Tages unsere unterschiedlichen *Gepflogenheiten* bedeutungslos sein würden, so bedeutungslos wie für mich an diesem Abend.

Nach dem Essen zeigte sie mir die Photos. Ich sehnte mich nach einer Zigarette, wagte aber nicht, meine Handtasche zu öffnen. Plötzlich fragte sie: »Hari, haben wir keine Virginiazigaretten für Miss Manners?« Welch eine einfühlsame Gastgeberin! Sie tolerierte jede Angewohnheit, auch eine, die sie persönlich ablehnte – wie Rauchen und Trinken. Ich glaube, sie überraschte auch Hari mit ihrer unglaublichen Fähigkeit, eine Engländerin zu bewirten – ihren ersten englischen Gast, wie ich später erfuhr. Ich bewunderte Hari, weil er nicht auf Dingen wie Alkohol und Zigaretten bestand, sondern seiner Tante in ihrem Haus die Initiative überließ, was ein angeberischer junger Mann, der darauf bedacht war, seine englischen Manieren unter Beweis zu stellen, vermutlich nicht getan hätte. Aus Gefälligkeit rauchte er ebenfalls eine Zigarette, um mir nicht das Gefühl zu geben, die einzige unhöfliche Person im Raum zu sein. Doch mir fiel auf, daß er eigentlich nicht rauchte, sondern die Zigarette nur verglühen ließ, weil er wohl fürchtete, wieder auf den Geschmack zu kommen.

Nur der Gang zur Toilette verlief nicht ganz reibungslos. Als wir vom Tisch aufstanden, verschwand Hari für eine Weile. Vermutlich hatte er Tante Shalini darum gebeten, mir unbedingt die Toilette zu zeigen, aber ihr fehlte wohl einfach der Mut, bei passender Gelgenheit etwas davon zu sagen. Bei meinem nächsten Besuch hatte sie ihre Scheu überwunden, aber ich glaube, Haris Erkenntnis, daß ich nicht »draufgewesen« war, warf für ihn einen Schatten über den ganzen Abend. Gegen halb elf wurde das lästig, auch für mich. Ich überlegte, ob sie überhaupt ein WC *hatten,* das sie mir ihrer Ansicht nach anbieten konnten. Wie sich herausstellte, gab es neben allem, was sich im oberen Stockwerk befinden mochte, auch eine Toilette im Erdgeschoß. Keine Sitztoilette, doch auf einem Hocker stand fürsorglich ein Nachttopf, und auf einem Tisch, der wirkte, als sei er nur zu diesem Anlaß dort hingestellt, gab es eine Schüssel und einen Krug mit Wasser, daneben Seife, Handtücher und einen Handspiegel. Ich ging dorthin, nachdem wir gehört hatten, daß die Tonga vorfuhr, und Hari hinausgegangen war, um mit dem Fahrer zu sprechen. Ich stand auf und fragte: »Kann ich mir noch irgendwo die Nase pudern?« Tante Shalini führte mich durch den Flur in die Nähe der Küche, öffnete die Tür, schaltete das Licht ein und sagte: »Bitte, hier ist es. Damit Sie in Zukunft Bescheid wissen.« An den Wänden liefen ein paar Schaben, aber das machte mir nichts aus. Lili schreit Zeter und Mordio, wenn sie auch nur eine von ferne sieht. Als ich nach Indien kam, packte mich auch das Entsetzen, als ich feststellte, daß sie sich in Badezimmern und Toiletten aufhielten, doch inzwischen machte ich mir nichts mehr daraus.

Als ich mich von Tante Shalini verabschiedete, wollte ich mich hinunterbeugen, um sie zu küssen. Doch ich unterließ es, da ich nicht wußte, ob sie es nicht als Beleidigung auffassen würde. Hari ließ es sich nicht nehmen, mich nach Hause zu bringen, kam aber nicht zu einem Abschiedstrunk mit hinein. Ich glaubte, er wollte unter allen Umständen vermeiden, daß der Eindruck entstünde: *»So, das wäre geschafft, jetzt können wir uns entspannen.«* Er fuhr also in der Tonga davon, ich setzte mich mit einem großen kühlen Drink auf die Veranda und wartete auf Lilis Rückkehr.

Am nächsten Tag plünderte ich den Garten und schickte einen der Diener mit einem riesigen Blumenstrauß und einem kleinen Briefchen, in dem ich mich für den Abend bedankte, zu Tante Shalini. Bhalu war wütend auf mich, also gab ich ihm zehn Rupien und bat ihn, sich nicht bei Madam über mich zu beschweren und mich damit in Schwierigkeiten zu bringen, was der alte Gauner grinsend versprach. Hinterher konnte er mich um den kleinen Finger wickeln. Vielleicht konnte ich ihn auch um meinen kleinen Finger wickeln, denn wir waren Komplizen – Komplizen, denn Lili bezahlte ihren Dienstboten mehr, wenn jemand bei ihr wohnte, und es galt als ausgemacht, daß die Gäste keine Trinkgelder gaben. Von da an beschwerte er sich nie mehr bei Lili, wenn ich Blumen pflückte, doch wenn er am Beginn des Monats seinen Lohn erhalten hatte, trieb er sich so lange lächelnd und grüßend in meiner Nähe herum, bis ich ihm ein paar Rupien gab. Vom ersten Geld kaufte er sich Sandalen, mit denen er flott aussah. Aber merkwürdigerweise wirkte er nun mehr denn je wie eine Schildkröte, wenn er in seinen Khakishorts und mit den knotigen nackten schwarzen Beinen in den riesigen, militärisch wirkenden Sandalen über die Kieswege klapperte. Er ging eindeutig lieber barfuß, doch die Sandalen waren ein Statussymbol. Er war einmal Gärtner bei einem Oberst James in Madras gewesen, und der Haushalt des Oberst James war für Bhalu seit dieser Zeit der Maßstab vornehmen Lebens, obwohl ich glaube, er wußte, daß der Park des MacGregor-Hauses bei weitem der schönste Garten war, in dem er je gearbeitet hatte. Vielleicht glaubte er aber auch deshalb, der Park gehöre ihm und er pflege ihn zu Ruhm und Ehre von James Sahib und weniger für Lili.

Ich gerate ins Plaudern, Tante, nicht wahr? Ich schiebe den Moment hinaus, in dem ich über das schreiben muß, was Du wirklich wissen möchtest. Aber es ist nicht nur Geplauder, denn man kann die guten und schönen Dinge nicht von den schlechten und unschönen trennen. Und in mir wuchs ein Gefühl der Freude, verstehst Du, gleichgültig, was die Menschen empfanden, die abwarteten und zusahen.

Nun schien Majapur sich für mich zu verändern. Es bedeutete nicht mehr nur das Haus, die Straße zum Garnisons-Basar, der Weg zum Krankenhaus, das Krankenhaus, der *Maidan*, der Club. Majapur erstreckte sich jetzt bis auf die andere Seite des Flusses, und vielleicht deshalb in alle Richtungen der riesigen flachen Ebene, über die ich vom Balkon meines Zimmers blickte, wenn ich die Brille aufsetzte und abnahm, um, wie Lili es sagte, meine Augenübungen zu machen. Ich hatte das Gefühl, Majapur sei größer geworden und habe mich dadurch kleiner gemacht, mein Leben gewissermaßen in drei Teile geteilt. Es gab mein Leben im Krankenhaus; dazu gehörten der Club, die jungen Männer und Mädchen und all die Vergnügungen, die eigentlich keine Vergnügungen waren, sondern nur das Einfachste und am wenigsten Anstrengendste, wenn man darüber hinwegsah, daß es nur das Leichteste für den am wenigsten bewunderungswürdigen Teil unseres Wesens war. Es gab mein Leben im MacGregor-Haus, wo ich bei Lili wohnte und mit Indern und Engländern zusammentraf, mit Menschen, die sich bemühten, miteinander auszukommen. Aber diese Zusammentreffen waren ebenso bewußt wie die Absonderung. Im Club bezog man *laut* und eindeutig Stellung; im MacGregor-Haus verhielt man sich ruhig und entschlossen neutral. Durch Hari stellte sich für mich das Gefühl ein, daß es endlich noch einen völlig persönlichen Bereich gab, in dem ich vielleicht lernen würde, mit *meiner* Stimme zu sprechen. Vielleicht glaubte ich deshalb, Majapur sei größer geworden und habe mich kleiner gemacht, weil meine Beziehung zu Hari – das einzige, was mir allmählich wieder das Gefühl gab, ein Mensch zu sein – eingeengt, begrenzt, von allen Seiten bedrängt wurde, und man konnte sich nur hineinzwängen, wenn man sich winzig machte, um dann zwar gefangen, aber frei darin zu stehen, durch alles verkleinert, was von außen drohte, *aber nicht von innen klein gemacht;* und das zählte, deshalb spreche ich von Freude.

Es kostete große Mühe, sich in diesen begrenzten, gefährlich kleinen Raum hineinzuzwängen, und deshalb fürchtete ich mich manchmal, wie damals an jenem Abend, als Ronald Merrick mir den Heiratsantrag machte und mich zum MacGregor-Haus zurückbrachte, und ich am liebsten die Treppe wieder hinuntergerannt wäre, um Ronald zu rufen, weil ich fürchtete, dem Gespenst von Janet MacGregor zu begegnen. Dieses Erlebnis, das Erlebnis, nach dem Heiratsantrag ins MacGregor-Haus zurückzukommen und mich zu fürchten, hatte ich Mitte Juni. Der Regen kam spät, und wir waren alle physisch und geistig erschöpft. Das erklärt vielleicht ebenfalls meine Angst an diesem Abend. Das und mein Gefühl, Ronald repräsentiere etwas, das ich nicht völlig verstand, dem ich mich aber vermutlich anvertrauen sollte. Wenn ich an Ronald denke, lastet immer noch ein schweres Gewicht auf mir. Ich glaube, so wie Du und alle anderen vermutlich wissen, wo Hari ist, gibt es Dinge über Ronald, über die niemand in meiner Gegenwart sprechen will. Ich denke viel an ihn. Er hängt wie ein dunkler Schatten am Rand meines Lebens.

Tante, hat er Hari etwas besonders Schreckliches angetan? Ich glaube es. Aber niemand wollte es sagen, zumindest mir nicht. Und ich wagte nicht, jemanden eindringlich zu befragen. Ich beteiligte mich an der Verschwörung, die mich nach der Nacht im Bibighar-Park wie eine Gefangene im MacGregor-Haus festhielt. Ich ging nur zweimal aus, einmal, um Tante Shalini zu besuchen, die sich weigerte, mich zu empfangen, und dann am Tag, bevor Lili mich nach Rawalpindi brachte. Ich ging zum Asyl, um mich von Schwester Ludmila zu verabschieden. Ronald Merrick lastete auch auf Schwester Ludmilas Gewissen. Offenbar hatte sie nicht gewußt, daß er und ich uns näher kannten. Und ebensowenig hatte sie gewußt, daß ich nicht ahnte, daß Ronald selbst Hari zum Verhör mitgenommen hatte, als er ihn im Asyl fand. Aber inzwischen fürchtete ich mich zu sehr, nachzuforschen. Ich traute niemandem mehr. Ich traute nur meinem und Haris Schweigen. Aber ich erinnerte mich, daß Ronald bei der einen kurzen Begegnung nach Bibighar vermieden hatte, mich anzublicken – als der Stellvertreter des Distriktskommissars mit Richter Menen und einem jungen englischen Beamten in das MacGregor-Haus kamen. Es handelte sich um eine Art »Untersuchung«, bei der Ronald aussagte und ich mit meinen Antworten auf ihre Fragen alle in Verlegenheit setzte, sie vielleicht sogar zornig machte.

Ehe ich Dir erzähle, was tatsächlich im Bibighar-Park geschah, muß ich Dir noch etwas über Ronald und über Schwester Ludmila sagen. Ich glaube, Ronald nahm das erste Mal wirklich Notiz von mir, als ich in der Kriegswoche vor der Parade über den *Maidan* ging. Er nahm von mir Notiz, weil er, ebenso wie viele andere Engländer, beobachtete, wie ich zu Hari ging und mich mit ihm unterhielt. Wenn er Hari bereits als eine Art potentielles subversives Element im Auge hatte (nichts hätte weiter von der Wahrheit entfernt sein können, aber Ronald nahm seine Pflichten ernst), beobachtete er meine Unterhaltung mit Hari wie ein Polizist, aber auch wie ein Engländer, der nicht wollte, daß ich, eine Engländerin, etwas mit der »falschen« Art Inder zu tun hatte. Ich will damit sagen, das würde erklären, daß er an diesem Abend im Club zu mir herüberkam und fragte: »Hat Ihnen die Parade gefallen? Ich habe Sie auf dem *Maidan* gesehen«, obwohl er sonst nur nickte oder mich hin und wieder zu einen Drink einlud, wenn es sich nicht vermeiden ließ, ohne unhöflich zu wirken.

Vermutlich hatte er die Vorstellung, etwas Gutes zu tun, wenn er mich davon abbrachte, fand aber – denn er war Polizeibeamter – auch nichts dabei, mich als mögliche Informationsquelle über Hari zu betrachten. Erinnerst Du Dich, daß ich in einem Brief schrieb, ich habe bei Ronald das Gefühl, daß zwischen ihm und dem Menschen, mit dem er es zu tun hatte, nie eine wirkliche Aufrichtigkeit herrschte? Er nahm seine Arbeit so ernst, und ich glaube, er hatte das Gefühl, ständig seinen Wert unter Beweis stellen zu müssen. Und deshalb gab es nichts Natürliches, Spontanes, Ungezwungenes, nichts *Glückliches* an ihm.

Ich frage mich, wieweit er sich echt und ziemlich unerwartet zu mir als Mensch hingezogen fühlte, nachdem er sich entschlossen hatte, freundlich zu mir zu sein, um mich zu meinem eigenen Besten von Hari abzubringen. Fest steht, daß er von diesem Augenblick begann, sich für mich zu interessieren. Und obwohl ich das damals nicht überblickte, erkenne ich heute doch, daß er für mich einen neuen Kontakt mit der Welt bedeutete, die der Club repräsentierte: die fahnenschwenkende kleine Welt, die durch ihn ein etwas feineres Gepräge bekam, durch die Henry Moores und durch Debussy. Lili und das MacGregor-Haus waren die Konstante in meinem Leben; Hari auf der einen Seite und Ronald auf der anderen wurden die Variablen. Die beiden schienen so weit voneinander entfernt zu sein, daß ich den einen meines Wissens nie in Gegenwart des anderen erwähnt habe. Aber sie waren nicht so weit voneinander entfernt, und deshalb war ich so zornig, fühlte mich zum Narren gehalten, als ich die Wahrheit entdeckte, daß sie – ja was? – Feinde waren seit dem Tag im Asyl, als man Hari schlug, davonschleppte und Schwester Ludmila das alles mitansah.

Sie kleidete sich wie eine der Barmherzigen Schwestern und trug eine riesige weiße Flügelhaube aus Leinen. Ich hatte sie ein- oder zweimal im Garnisons-Basar gesehen: Sie ging vor einem jungen Inder her, der mit einem Stock bewaffnet war, und trug eine an ihren Gürtel gekettete Ledertasche. Ein Mädchen aus dem Krankenhaus begleitete mich, und ich fragte: »Wer ist denn das?« Sie antwortete: »Die verrückte Russin, die Leichen aufsammelt. Sie ist überhaupt keine Nonne, obwohl sie sich so kleidet.« Ich interessierte mich nicht weiter für sie, einmal, weil es in Indien genug Exzentriker beider Hautfarben gibt, dann, weil ich zu dieser Zeit so niedergeschlagen war, daß ich alles um mich herum ablehnte. Ein paar Wochen später sah ich sie noch einmal und sprach über sie mit Lili. Lili sagte: »Sie tut niemandem etwas zuleide. Anna Klaus hilft ihr manchmal und schätzt sie sehr. Aber mir jagt die Vorstellung immer einen Schauer ein, daß sie so herumspringt und Leute aufliest, die im Sterben liegen.«

Tante Lili haßt alles Abstoßende und Schaurige, nicht wahr? Sie erzählte mir einmal, als sie in ihrer Jugend zum ersten Mal in Bombay die Slums sah, habe sie geweint. Ich glaube, reiche und privilegierte Inder wie Lili haben tiefsitzende Schuldgefühle, die sie unter vielen Schichten scheinbarer Gleichgültigkeit verbergen, weil sie als Individuen so wenig tun können, um das Grauen und die Armut zu lindern. Sie geben Spenden und leisten karitative Arbeit, doch das muß ihnen vorkommen, als wolle man versuchen, mit einer Handvoll Zweige einen Fluß zu stauen. Und ich glaube, Lili hat auch Angst vor dem Tod. Sie erzählte mir, daß sie in Paris einmal ein Medizinstudent in die Morgue mitnahm, und daß sie hinterher unter Alpträumen von Leichen litt, die sich aufrichteten, zurückfielen und wieder aufrichteten. Deshalb haßte sie es auch, wenn Nello im Museumszimmer seine Kuckucksuhren vorführte – das Zimmer, in dem Onkel Henrys alte Bruyèrepfeife in einem Glaskasten ausgestellt ist, die Pfeife, die Onkel Henry ihm schenkte, damit Nello ihn besser imitieren konnte.

Ich führte Hari auch einmal in das Museumszimmer, etwa zu der Zeit, als wir beide wußten, daß wir gerne zusammenwaren, und erkennen mußten, daß es außer bei ihm oder bei Lili kaum einen Ort gab, wo wir uns treffen konnten. Bibighar kam erst später. Als ich ihn im Museumszimmer herumführte, machten wir uns über alles lustig; aber schon damals hatte alles etwas von Täuschung und Mogelei an sich, etwas, das wir tun mußten, um uns zu verbergen, um Zeit zu gewinnen, um einen Ort zu finden, wo wir allein sein konnten – und wir bezahlten dafür mit Schlägen, die wir unserem Stolz versetzten. Ich blickte mich im Zimmer um und dachte: Hari und ich, wir sind auch Ausstellungsstücke. Wir könnten auf einem kleinen Sockel stehen, an dem eine Tafel mit der Aufschrift befestigt ist: *Gegensätzliche Typen. Indo-Britisch, ca. 1942. Bitte nicht berühren.* Dann könnten alle Leute, die uns im Garnisonsviertel anstarren, aber sofort die Augen abwenden, wenn wir den Blick erwidern, hierherkommen und uns nach Herzenslust betrachten. Ich glaube, Hari dachte etwas Ähnliches. Wir betraten das Museumszimmer nie wieder. Ich sagte: »Komm, Hari, hier ist alles verstaubt und tot«, und streckte ihm, ohne mir etwas dabei zu denken, die Hand entgegen. Dann fiel mir ein, daß wir uns bisher nur beim Tanzen und bei Fahrten mit der Tonga, wenn er mir beim Ein- oder Aussteigen half, berührt hatten. Wir hatten uns noch nie umarmt, nicht als Freunde und schon gar nicht als Mann und Frau. Beinahe hätte ich die Hand zurückgezogen, denn je länger ich sie ausstreckte und er zögerte, sie zu ergreifen, desto bedeutungsschwerer wurde das Ganze. Ich hatte nichts derartiges beabsichtigt; es war einfach eine natürliche, freundschaftliche und kameradschaftliche Geste gewesen. Schließlich ergriff er meine Hand, und ich wollte, daß er mich küßte. Ein Kuß wäre die einzige Möglichkeit gewesen, das Händehalten zu rechtfertigen. Sich an der Hand zu halten und sich nicht zu küssen, schien irgendwie falsch zu sein, weil unvollständig. Es wäre nicht unvollständig gewesen, wenn er meine Hand sofort ergriffen hätte. Draußen vor dem Zimmer ließ er meine Hand los. Ich fühlte mich im Stich gelassen und überrumpelt; ich mußte mich allein einer Situation stellen, wie einmal in der Schule, als wir zu mehreren etwas Albernes, Unsinniges angestellt hatten und ich als einzige es zugab, was nur zu beweisen schien, daß ich dumm und keineswegs eine Heldin war. Ähnlich war es jetzt mit Hari: Das wiederholte Erlebnis, daß ich mich emotional zu weit vorwagte, addierte sich und gab mir manchmal das Gefühl – vermutlich wie damals, als ich nach Ronald Merricks Heiratsantrag abends die Treppe hinaufging –, daß dieser »Umgang« mit Hari Kumar wahrscheinlich doch für mich nicht das Richtige sei. Ich will damit sagen, ich spürte es, *ehe* Ronald es in Worte faßte. Er verwies auf den Posten in einer anderen, offenen Rechnung, die zu der Frage führte: Was empfindet er wirklich für mich? Für mich, eine grobknochige weiße Frau, zu deren Gunsten sich nicht viel anführen läßt?

Dann setzten die Regenfälle ein – frisch und sauber, wild und hemmungslos. Sie verwandelten den Park, Majapur, die ganze Landschaft. Diese schreckliche, unheilverkündende Farblosigkeit wurde vom Himmel gefegt. Nachts wachte ich fröstelnd auf, denn die Temperatur war gefallen, und ich lauschte, wie der Regen die Bäume peitschte, hörte das herrliche Grollen und Krachen des Donners, sah, wie die Blitze das ganze Zimmer explosionsartig erhellten und die Möbel flammende Schatten warfen, schwarze, tanzende Formen, die mitten in einer verschlungenen Bewegung erstarrten – ein geheimnisvoller nächtlicher Spuk, der weiterging, sobald das Licht unerwartet erlosch, aber nur, um wenige Augenblicke später wieder von einem Blitz erfaßt und gebannt zu werden.

Am letzten Abend der Trockenzeit war ich im Chillianwallah Bagh. Zwei Nächte lang hatte ich das Wetterleuchten gesehen und den fernen Donner gehört. Das war gegen Ende Juni; etwa eine Woche oder auch weniger war seit dem Abendessen bei Ronald Merrick vergangen, nachdem er mir auf den Stufen zum MacGregor-Haus gesagt hatte: »An gewisse Vorstellungen muß man sich erst gewöhnen.« Während ich nun mit Hari und Tante Shalini zusammensaß, ging mir plötzlich auf, wie unwirklich mein Leben geworden war, denn vor mir schien keine Zukunft zu liegen; keine Zukunft, die ich wünschte oder die mir offenstand. *Weshalb?* Während ich die eine Hand tastend ausstreckte, klammerte ich mich mit der anderen rückwärts an die Sicherheit des Bekannten und Erwarteten. So mühte ich mich ab und tat, als sei der Boden zwischen uns vertrautes Land. Aber das war er nicht.

Die Tonga kam gegen elf, und auf dem Rückweg sahen wir plötzlich Schwester Ludmila im Schein des Wetterleuchtens – die großen, ausgebreiteten Flügel der weißen Haube; ein Mann ging vor ihr und einer hinter ihr, der etwas trug, das wie ein Holzpfahl aussah, aber es war eine zusammengerollte Tragbahre. Da ich nicht wollte, daß der Abend zu Ende ging, hatte ich gesagt: »Laß uns durch den Basar und am Tempel vorbeifahren.« Hari willigte ein, aber dann machte ich mir Gewissensbisse, wenn ich an die zusätzlichen Rupien dachte, die der Tonga-Wallah für den Umweg verlangen würde. Inzwischen wußte ich nämlich, wie es um Hari stand; ich wußte, daß er keine Rupie zum Fenster hinauswerfen konnte. Andererseits hätte ich aber nicht gewagt, ihm auch nur einen Anna anzubieten. Als wir damals in das Chinarestaurant gegangen waren, hatte ich unüberlegt gesagt: »Laß uns ein Chop Suey essen und halbe-halbe machen.« Sein Gesicht verschloß sich wie das von Ronald Merrick, als ich seinen Heiratsantrag ablehnte. Das Chinarestaurant war ein ziemlich unglückliches Erlebnis – erst der Affront, vom Besitzer daran gehindert zu werden, mir nach oben zu folgen, dann mein Affront, als ich Hari vorschlug, die Kosten zu teilen. Ich fragte: »Ist das nicht die verrückte Russin, die Tote aufsammelt?« Sie entfernte sich von uns und bog in eine Seitenstraße ab. Hari erwiderte, sie sei nicht verrückt, und er halte sie auch nicht für eine Russin. »Wir nennen sie Schwester Ludmila«, sagte er. Einmal hatte er für die ›Gazette‹ einen Artikel über das Asyl geschrieben, doch der Chefredakteur wollte ihn nicht veröffentlichen, weil man daraus den Vorwurf herauslesen konnte, die Engländer seien dafür verantwortlich, daß Menschen auf der Straße starben. Also änderte Hari den Artikel, denn das lag nicht in seiner Absicht. Er schrieb ihn um, denn er wollte zeigen, daß *niemand* sich darum kümmerte, nicht einmal die Sterbenden selbst, niemand außer Schwester Ludmila. Doch der Chefredakteur wollte ihn trotzdem nicht veröffentlichen. Er erklärte, Schwester Ludmila sei ein Witz. Ich fragte Hari, ob ich das Asyl besuchen könne, und er versprach, mit mir dorthin zu gehen, wenn es mich wirklich interessiere. Aber er warnte mich davor, mich zu ärgern, wenn sie mich als eine Art neugierige Schnüfflerin behandelte. Schwester Ludmila lebte völlig zurückgezogen und interessierte sich nur für Sterbende, die kein Bett zum Sterben hatten. Allerdings hielt sie im Asyl abends auch Sprechstunden ab, damit Kranke, die es sich nicht leisten konnten, tagsüber in eines der Krankenhäuser zu gehen, ärztlich versorgt wurden. An bestimmten Tagen in der Woche verteilte sie kostenlos Reis, meist an Kinder und Mütter. Ich erkundigte mich, wie er sie kennengelernt habe, und er erwiderte: »Durch Zufall.«

Sie besaß einen holzgeschnitzten tanzenden Schiwa im Kreis des kosmischen Feuers und einen gerahmten Bibelspruch: »Wer da wenig säet, wird wenig ernten, und wer da viel säet, wird viel ernten. Ein jeder tue, wie sein Herz ihm befiehlt, nicht widerwillig oder aus Zwang, denn Gott liebt den, der fröhlich gibt.« Zwischen dem christlichen Text und der Hindustatuette scheint ein Zusammenhang zu bestehen, denn *dieser* Schiwa lächelt. Die ausgestreckten Gliedmaßen des Gottes wirken fröhlich, deshalb vermittelt die Statue ein Glücksgefühl. Nur der rechte Fuß ist unbewegt (selbst das rechte Bein ist federnd angewinkelt). Der rechte Fuß tritt auf die gekrümmte Gestalt des kleinen Dämons, und deshalb muß dieser Fuß fest und unbeweglich sein. Das linke Bein stößt nach oben; das erste Armpaar macht eine vorsichtige, aber einladende Geste; das zweite Paar Arme hält den Feuerkreis. Es hält ihn fern, läßt ihn aber auch weiterbrennen. Natürlich hat der Gott Flügel, und das verleiht der Statuette etwas Leichtes, Schwebendes; man glaubt, man könnte mit dem Gott in die Dunkelheit springen, ohne dabei Schaden zu nehmen.

Dies war der einzige Schmuck in ihrer weißgetünchten »Zelle« – Schiwa und der Bibelspruch. Bei unserer letzten Begegnung schenkte sie mir den Text, denn wie sie sagte, kannte sie ihn auswendig. Aber mir war es immer peinlich, ihn Dir zu zeigen, und ich glaube, ich verdiente ihn nicht. Er liegt in meinem großen Koffer, dem mit den Riemen.

Was war sie doch für eine ungewöhnliche Frau! Wenn es Abend wird, denke ich daran, wie sie sich auf ihren nächtlichen Gang durch die Straßen und Sackgassen vorbereitet, der sie durch das unbebaute Gebiet zwischen dem Tempel und der Bibighar-Brücke führt. Einmal in der Woche ging ich vom Krankenhaus direkt zum Asyl – um ihr bei der abendlichen Sprechstunde zu helfen; und nicht nur, weil es ein Ort war, wo Hari und ich uns treffen konnten. Ich fragte sie einmal, ob ich sie bei ihrer nächtlichen Mission begleiten könne, aber sie lachte und erwiderte: »Nein, das ist nur etwas für Leute, die sonst nichts zu bieten haben.« Ich glaubte, sie meine damit Geld, aber sie erklärte, sie besitze genug Geld, mehr als genug. Aber sie versprach, wenn sie einmal etwas brauche und ich immer noch helfen wolle, dürfe ich es tun.

Wir mochten uns. Vielleicht mochte ich sie anfangs, weil sie Hari gut leiden konnte und nichts dabei fand, daß wir uns im Asyl trafen. Wir durften im Büro oder in ihrem Zimmer sitzen. Wenn es dunkel wurde, fuhren wir mit den Fahrrädern zum MacGregor-Haus, aber Hari ging dann nur selten mit hinein. Wenn ich vorhatte, abends zum Asyl zu gehen, fuhr ich mit dem Fahrrad zum Krankenhaus. Dann brach ich früh auf, um dem Polizeiwagen zuvorzukommen, mit dem Mr. Merrick mich immer abholen ließ. Abends nach Dienstschluß war es nicht anders. Ich hinterließ für den Fahrer eine Nachricht, daß ich schon gegangen sei oder daß ich länger arbeiten müsse. Manchmal ließ ich mich jedoch auch zum MacGregor-Haus bringen und fuhr von dort mit dem Rad weiter. Man sollte im Krankenhaus nicht erfahren, daß ich Schwester Ludmila in der Sprechstunde half. Ich tat es nicht oft, vermutete jedoch, es verstoße gegen die Krankenhausregeln. Eines Abends begegnete ich dort Anna Klaus und bat sie: »Verraten Sie mich nicht!« Sie erwiderte lachend: »Die Leute wissen vermutlich ohnehin seit langem Bescheid, denn in einer Stadt wie Majapur ist es praktisch unmöglich, etwas geheimzuhalten.«

Aber nicht alle, die es gerne erfahren hätten, wußten es. Ich meine damit Leute auf unserer Seite des Flusses, Leute wie Ronald Merrick. Ich verschwieg es Ronald, denn das Asyl war ein Stück meines Lebens, das ich freiwillig mit niemandem teilte. Ronald war Teil eines anderen Lebens; Lili gehörte wieder zu einem anderen. Ich wußte nicht, daß ich mein Leben in diese hermetisch abgeschlossenen Bereiche aufgeteilt hatte. Ich meine, mir war es nicht bewußt; unbewußt spürte ich es wohl, und ich war mir über die Täuschung im klaren, der ich mich hingab; allerdings nicht so, daß ich mir damals erlaubt hätte, das Wort Täuschung zu benutzen – zumindest nicht vor dem Abend, an dem ich mit Hari den Tempel besuchte und von Ronalds Rolle bei seiner Festnahme erfuhr. Zunächst glaubte ich, von allen getäuscht worden zu sein, erkannte aber, daß ich die anderen ebenso sehr getäuscht hatte, und ich fürchtete mich. Ich erkannte, daß ich mich die ganze Zeit über wie jeder andere davor gefürchtet hatte, mich zu weit vorzuwagen (um zu vermeiden, daß jemand den Ast absägte, auf dem ich saß); welche Ironie, denn ich hatte mir die ganze Zeit eingeredet, daß wir das alle tun sollten, hatte mir eingeredet, daß ich es tat. Doch wenn ich mich auch vorwagte, ich hielt mich mit einem Arm sicher am Stamm fest.

Ich glaube, damals erschien mir alles, was ich tat, als eine Art Abenteuer: ein Abend im MacGregor-Haus mit Lili und ein paar indischen und englischen Freunden; ein Abend im Club mit Ronald oder den jungen Offizieren und den Mädchen aus dem Krankenhaus; ein oder zwei Stunden in Schwester Ludmilas Sprechstunde und am Sonntagmorgen ein Spaziergang mit Hari im Bibighar-Park. Nun ja, es waren Abenteuer, nicht? Denn all dies geschah – unbeabsichtigt, aber dennoch – aus Trotz gegen die anderen. Ich brach jede Regel, die es gab; das Komische daran war, daß niemand genau wußte, welche Regel ich gerade übertrat, auf welche Weise und wann ich es tat, denn ihre jeweiligen Regeln hielten sie eingeschlossen; sie konnten mir nur weit genug folgen, um zu sehen, daß ich die Regel brach, mich auf und davon machte und vorübergehend ihren Blicken entschwand. Wenn ich zurückkehrte, wenn ich in ihrer Ecke wieder auftauchte, wußten sie nicht genug über das, was ich getan hatte und wo ich gewesen war, um mir wirkliche Vorwürfe machen zu können, es sei denn ganz allgemein ... ja was?

Unzuverlässig zu sein? Schwierigkeiten heraufzubeschwören? Kein Zusammengehörigkeitsgefühl zu besitzen? Das an sich war schlimm genug, doch die Leute lieben es, die Unzuverlässigkeit und mangelnde Loyalität anderer genau zu definieren. Wenn ihnen das nicht gelingt, zwingt sie die eigene Furcht vor dem, wofür man vielleicht stehen könnte, erneut die Bekräftigung der Treue zu fordern.

Um abgewiesen zu werden – und ich glaube, das ist eine der einfachsten Methoden, sich den anderen einzuprägen –, muß man nur ganz *unverblümt* etwas sagen oder tun, das in ihren Augen klar und eindeutig allem widerspricht, woran sie ihrer Meinung nach glauben. Um akzeptiert zu werden, muß man sichtbar und hörbar anscheinend für alles eintreten, woran sie ihrer Meinung nach glauben. Weder das eine noch das andere tun, ist offenbar unverzeihlich.

Aber, Tante, es fiel mir schrecklich schwer. Einige dieser Mädchen und Jungen, mit denen ich mich im Club traf, mochte ich wirklich. Ich mochte Ronald wirklich, wenn er sich mir gegenüber so ungezwungen und natürlich gab, wie es ihm überhaupt möglich war. Ich mochte ihn sogar, wenn er schwierig wurde und sich dienstlich gab, denn ich glaubte zu wissen, weshalb er das tat. Und ich liebte Lili, selbst wenn sie so kühl und distanziert wirkte, wenn das alte Blut der Radschputenprinzessin durchbrach und sie gewissermaßen den Saum ihres Mantels raffte – ihres Saris natürlich! Ich mochte die *Späße* der Engländer, solange sie nicht arrogant, vulgär und verletzend wurden, und ich mochte die einfachen, beinahe kindlichen Späße der Inder und ihre Ernsthaftigkeit, solange sie nicht kleinlich und abweisend wurden und die Verdrießlichkeit der Europäer nachahmten. Im Zusammenhang mit Hari kann ich ein Wort wie »mögen« nicht gebrauchen, denn meine Zuneigung wurde hoffnungslos von dem physischen Reiz beherrscht, den er auf mich ausübte und der die Zuneigung in Liebe verwandelte. Aber trotzdem entgingen mir seine Halsstarrigkeit und Empfindlichkeit nicht. Auf dem Papier läßt mich das alles wie ein Vorbild rechtschaffener Toleranz erscheinen, bis man sich daran erinnert, daß *ich* alles durcheinanderbrachte.

Ich hasse Urteile, die wir uns automatisch von Dingen, Orten und Menschen machen und die uns zum Beispiel sagen lassen: »Das ist indisch, das ist englisch.« Als ich den Bibighar-Park zum ersten Mal sah, dachte ich: »Wie indisch!« Nicht indisch in dem Sinne, wie ich mir etwas als indisch vorstellte, ehe ich nach Indien kam, aber indisch in dem Sinne, wie ich später etwas indisch fand. Wenn man so etwas unter solchen Umständen sagt, reagiert man vermutlich auf die Ausstrahlung eines Ortes, den man an der Oberfläche als fremd empfindet, darunter jedoch als Beweis für etwas Allgemeines und Universales. Ich wünschte, mir stünden die richtigen Worte zur Verfügung, um genau auszudrücken, was ich meine. Das Tadsch Mahal ist »typisch indisch«, nicht? Mogul-Architektur, wie sie im Buche steht. Aber die emotionale Resonanz, die es bei uns weckt, das Gefühl der großen Liebe eines Mannes zu seiner Frau, ist weder indisch noch unindisch, sondern ein allgemein menschliches Gefühl, das in diesem Fall einen indischen Ausdruck findet. So erging es mir auch mit dem Bibighar-Park. Man spürte, daß an diesem Ort einmal etwas schrecklich schiefgegangen und nie wiedergutgemacht worden war, aber gutgemacht werden könnte, wenn man nur wüßte, wie. Man kann sich so etwas bei jedem Ort vorstellen, aber als ich es mir dort vorstellte und spürte, daß es immer noch lebendig war, sagte ich: »Wie indisch!« Denn es war der erste Ort in Majapur, der mich auf diese Weise ansprach, und die Überraschung darüber ließ mich glauben, auf etwas Typisches gestoßen zu sein, obwohl es nicht typisch für irgendeinen Ort, sondern für menschliches Handeln und Begehren war, das sein Zeichen auf höchst unerwartete und manchmal erschreckende Weise hinterläßt.

Meist gingen wir sonntagmorgens in den Park; aber eines Tages suchten Hari und ich dort am späten Nachmittag Schutz vor dem Regen. Wir fuhren schnell mit unseren Fahrrädern von der Straße ab und rannten die Stufen hinauf, die die terrassierten alten Rasenflächen miteinander verbinden, zum »Pavillon«, dem überdachten Mosaikboden. Dort stellten wir uns unter, und ich rauchte eine Zigarette. Wir wollten zum Tee zu Tante Shalini; es war Samstag. Ich hatte einen halben Tag dienstfrei und war nach dem Mittagessen mit dem Fahrrad in den Garnisons-Basar gefahren, um mir die schrecklichen Photos anzusehen, die ich Dir zum Geburtstag schenken wollte. Sie lagen bei Gulab Singh, denn dort machte der kleine Subhas Chand in einer Ecke seine Aufnahmen. Ich sah Hari aus der Redaktion der ›Gazette‹ kommen und winkte ihm. »Komm«, rief ich, »hilf mir, das Bild für Tante Ethel auszusuchen! Und wenn ein gutes darunter ist, schenke ich es dir.« Also gingen wir in die Apotheke und sahen uns die Aufnahmen an. Ich rief: »Meine Güte!« Aber Hari erklärte, sie seien alle sehr hübsch, und half mir bei der Auswahl des Bildes, das ich für Dich vergrößern ließ. Anschließend bat ich ihn, mich zu Darwaza Chand zu begleiten, wo ich den Kleiderstoff aussuchte. Um diese Zeit waren kaum Leute im Basar, aber die wenigen starrten uns auf die übliche unangenehme Weise an. Ich warf einen Blick auf die Uhr, und als ich sah, daß es beinahe vier war, lud ich ihn zum Tee ins MacGregor-Haus ein. Aber er sagte: »Komm doch mit zu Tante Shalini!« Ich war seit dem Abend vor dem ersten Regen nicht mehr dort gewesen und wollte mich eigentlich vorher umziehen, aber er fragte: »Wozu? Es sei denn, du willst Lady Chatterjee sagen, wohin du gehst.« Aber an diesem Nachmittag tagte ihr Purdah-Krankenhaus-Komitee, und Raju mußte ich nicht Bescheid sagen. Also machten wir uns auf den Weg. Wir fuhren zur Bibighar-Brücke, denn in meiner Begleitung mied er die Mandir Gate-Brücke, weil wir dann durch den Basar fahren mußten. Als wir am Bibighar-Park anlangten, überraschte uns der Regen. Wie üblich, goß es in Strömen, und wir stürzten in den Park, weil wir hofften, es würde nur ein kurzer Schauer und in etwa zwanzig Minuten vorbei sein. Aber es regnete und regnete und entwickelte sich zu einem richtigen Unwetter.

Ich erzählte ihm, wie mir dieser Park vorkam. Es war merkwürdig, auf dem Mosaikboden zu sitzen und schreien zu müssen, um sich verständlich zu machen. Dann fielen wir in Schweigen, bis der Lärm draußen nachließ. Ich bat ihn, sich ebenfalls photographieren zu lassen, aber er behauptete, er sei überhaupt nicht photogen. »Sei nicht albern«, sagte ich, »denk an die Bilder, die Tante Shalini mir gezeigt hat!« Er antwortete: »Da war ich noch jünger.« Ich fragte ihn, ob er hin und wieder noch von seinen englischen Freunden, den Lindseys, höre, aber er zuckte nur mit den Achseln. Wenn Tante Shalini die Lindseys erwähnte, reagierte er immer empfindlich. Ich vermutete, daß sie ihm nicht mehr schrieben und er darunter litt. Aber nach allem, was mir Schwester Ludmila erzählte, als ich sie zum letzten Mal sah, habe ich das Gefühl, daß noch mehr dahintersteckte. Es muß etwas mit dem Sohn der Lindseys zu tun gehabt haben, von dem Tante Shalini immer sagte, er sei »zu Hause« Haris bester Freund gewesen.

Jedenfalls saßen wir im Bibighar-Park fest, und es wurde allmählich dunkel. Zum Tee wären wir zu spät gekommen, und ich mußte um sieben Uhr wieder im MacGregor-Haus sein, um mich zum Abendessen umzuziehen, denn Tante Lili hatte Richter Menen und seine Frau eingeladen, um Mrs. Menens Entlassung aus der Klinik zu feiern. Ich fröstelte und glaubte, ich hätte mich erkältet. Ich wünschte mir, daß er mich wärmen würde. Ein junger Engländer hätte vermutlich den Arm um mich gelegt, aber wir saßen brav in einiger Entfernung voneinander. Ich wurde gereizt. Ich wollte seine Hand nehmen und sie an mein Gesicht drücken.

Als wir an diesem Abend den Pavillon verließen, beherrschte uns ein Gefühl wie nach einem Streit, dem Streit eines Liebespaars. Aber wir waren kein Liebespaar und hatten uns nicht gestritten. Wieder dachte ich: »Es ist falsch, falsch, es geht einfach nicht.« Er begleitete mich nach Hause. Obwohl der nächste Tag ein Sonntag war, verabredeten wir uns nicht. Ich kam wenige Minuten vor Tante Lili zurück und lag bereits in der Badewanne, als ich hörte, wie sie auf dem Treppenabsatz nach Raju rief. Es erschien mir wie ein vertrauter Klang nach langer Abwesenheit. Ich sah Hari über eine Woche lang nicht. Ich verbrachte ein oder zwei Abende im Club – einmal mit Ronald und einmal mit den jungen Männern und den Mädchen aus dem Krankenhaus. An den übrigen Abenden blieb ich bei Lili. Doch die ganze Zeit dachte ich an Hari. Ich wollte ihn sehen, unternahm aber nichts. Ich glich wieder dem Kind, das am Strand saß und aufs Meer blickte, das ins Wasser wollte, aber nicht den Mut aufbrachte. Ja – sagte ich mir vor –, wenn diese Wolke vorübergezogen ist und die Sonne wieder scheint, gehe ich ins Wasser. Aber die Wolke zieht vorbei, die Sonne scheint warm und freundlich, doch das Meer wirkt kalt.

Ich redete mir ein, schuld an allem sei, daß wir nirgends hingehen konnten, ohne damit rechnen zu müssen, angestarrt zu werden und eine unangenehme Situation zu schaffen. Im Club zeigten mir die Frauen unübersehbar die kalte Schulter. Das intensive Nachgrübeln über neue Treffpunkte ließ mich an den Tirupati-Tempel denken.

Ich erkundigte mich bei Tante Lili, ob Engländer den Tempel betreten dürften. Sie wußte es nicht, vermutete, daß niemand je den Wunsch geäußert habe, denn Majapur war keine Touristenstadt und der Tempel nicht berühmt. Doch sie wollte sich bei einem der Lehrer an der höheren Schule oder der Technischen Hochschule erkundigen, denn falls ein Engländer den Tempel besucht hatte, handelte es sich höchstwahrscheinlich um einen Lehrer oder jemanden, der sich für Kunst und Kultur interessierte. Sie bezweifelte jedoch, daß Engländerinnen hineingelassen wurden. Ich sagte, sie solle sich keine Mühe geben, ich würde Hari fragen. »Ja, das könntest du wahrscheinlich tun«, erwiderte sie. Mir schien, als würde sie anfangen, über Hari zu sprechen und meinen Umgang mit ihm in Frage stellen. Deshalb begann ich über meinen Tag im Krankenhaus zu reden, um sie abzulenken. Ich schickte Hari eine Nachricht: »Ich würde gerne den Tirupati-Tempel von innen sehen. Können wir einmal zusammen dort hingehen? Am liebsten abends, denn in der Dunkelheit wirkt er interessanter.«

Ein oder zwei Tage später rief er mich aus der Redaktion an. Tante Shalini hatte kein Telefon. Ich wollte mich gerade auf den Weg ins Krankenhaus machen, als er anrief. Er sagte, wenn ich wirklich hingehen wollte, würde er seinen Onkel fragen. Sein Onkel gehörte zu den Männern, die den Priestern eine Menge Geld gaben, um sich damit Verdienste zu erkaufen, weil sie nicht die Zeit fanden, sie auf anderem Wege zu erwerben. Zumindest drückte Hari es so aus. Ich sagte, der Tempel interessiere mich wirklich, und wenn er den Besuch für Samstagabend arrangieren würde, könnten wir vorher im MacGregor-Haus zu Abend essen und anschließend zurückkommen und Schallplatten hören. Er reagierte etwas kühl. Ich vermutete, mit meinem Vorschlag eines Tempelbesuchs einen Fehler gemacht zu haben. Aber wir einigten uns auf den folgenden Samstag, an dem Lili, wie ich wußte, Bridge spielen ging. Allerdings wollten wir uns vorher noch einmal verständigen. Wir sprachen beide nicht davon, uns vorher zu treffen, obwohl ich glaubte, er würde am Dienstagabend vielleicht im Asyl auftauchen. Aber dort sah ich ihn nicht, und bis Freitagabend hörte ich nichts mehr von ihm.

Ich traf Ronald im Club, und er lud mich zum Abendessen dort ein. Er brachte mich ins MacGregor-Haus zurück und fragte mich unterwegs, ob er mich für Samstag zum Dinner einladen dürfe. Ich erklärte, das sei leider nicht möglich, denn ich wolle den Tempel besuchen. Als der Wagen vor dem Haus hielt, war niemand auf der Veranda zu sehen, auch Raju nicht. Aber Ronald stieg nicht aus, um mir die Wagentür zu öffnen. »Mit wem gehen Sie dorthin? Mit Mr. Kumar?« Ich nickte, und er schwieg eine Weile. Aber dann rückte er mit dem heraus, was er mir schon seit einiger Zeit sagen wollte. Er erklärte, die Leute würden über mich reden, weil ich mit einem Inder ausging. So etwas sei nie ganz einfach. Aber zur Zeit sei es noch komplizierter, ganz besonders wenn es sich um einen Mann handle, der nicht den allerbesten Ruf habe, um einen, »der versucht,

Kapital daraus zu schlagen, daß er eine Weile in England gelebt hat«, und der offensichtlich glaube, dies habe »einen Engländer aus ihm gemacht«.

Dann sagte Ronald: »Sie wissen, was ich für Sie empfinde. Deshalb habe ich bisher auch geschwiegen. Aber ich betrachte es als meine Pflicht, Sie vor dem Umgang mit Mr. Kumar zu warnen.«

Ich lachte und sagte: »Ach, hören Sie auf, den Polizisten zu spielen!«

Er erwiderte: »Nun ja, zum Teil ist es eine Angelegenheit der Polizei. Er gehörte zu einem Kreis verdächtiger Personen, gehört immer noch dazu, aber natürlich wissen Sie das alles.«

Ich sagte, ich wisse überhaupt nichts, und es interessiere mich auch nicht. Ich hätte Hari auf einer Party im MacGregor-Haus kennengelernt. Wenn Lili finde, sie könne ihn einladen, genüge mir das. Ich fügte hinzu, ich wäre dankbar, wenn die Leute aufhören wollten, mir vorzuschreiben, wer meine Freunde sein dürften und wer nicht. Mir persönlich sei die Hautfarbe der Leute völlig gleichgültig. Ganz offensichtlich sei nur Haris Hautfarbe, die Tatsache, daß er Inder ist, daran schuld, wenn alle sich über ihn aufregten.

»Es ist ein uralter Trick zu behaupten, die Hautfarbe sei unwichtig«, entgegnete Ronald, »sie ist wichtig. Sie ist wesentlich. Sie ist verteufelt wichtig.«

Ich machte Anstalten auszusteigen. Er versuchte, es zu verhindern, und griff nach meiner Hand. »Ich habe mich schlecht ausgedrückt. Aber ich kann nicht anders. Alles in mir empört sich bei dieser Vorstellung.«

Ich weiß nicht, weshalb er mir leid tat. Vielleicht lag es an seiner Ehrlichkeit. Er benahm sich wie ein Kind. Es war die egoistische Ehrlichkeit eines Kindes. Wir bezeichnen sie als Unschuld. Aber zu ihr gehört auch Unwissenheit und Grausamkeit. »Schon gut, Ronald. Ich verstehe«, sagte ich.

Er ließ mich los, als hätte er sich an mir verbrannt. Ich schlug die Wagentür zu und sagte: »Vielen Dank für das Abendessen und dafür, daß Sie mich nach Hause gebracht haben.« Aber es schienen die falschen Worte zu sein. Es schien einfach keine richtigen Worte zu geben. Er fuhr davon, und ich ging ins Haus.

Freitagabend schickte Hari eine kurze Nachricht. Es war alles arrangiert. Wir konnten den Tempel am folgenden Abend zwischen 9.30 und 10.30 besuchen. Ich schickte den Boten mit einer Antwort zurück. Ich lud Hari um 7.30 ein, damit wir um acht Uhr zu Abend essen konnten.

Am Samstagabend kam er pünktlich, wie um vergangene Fehler gutzumachen. Er kam mit einer Fahrradtonga, was die Pünktlichkeit erklärte. Vermutlich wollte er aber auch auf die Unterschiede zwischen seinem und meinem Leben hinweisen. Irgendwie beherrschten die Unterschiede den Abend. Er versuchte bewußt, mich abzuschrecken. Ich bin sicher. Er rauchte inzwischen wieder, aber keine Bidis, sondern billige indische Zigaretten, die mit jeder neuen, die er sich ansteckte, unangenehmer rochen. Ich versuchte eine, fand sie aber abscheulich, und so rauchten wir schließlich jeder die eigene Marke. Er hatte mir auch ein paar Schallplatten als Geschenk mitgebracht. Ich wollte sie sofort auflegen, aber er sagte, wir sollten damit bis nach dem Tempelbesuch warten, und blickte auf seine Uhr. Es war erst viertel vor acht, aber er schlug vor, wir sollten gleich essen. Ich fragte: »Möchtest du nicht austrinken?« Er wollte nicht, erklärte sich aber bereit zu warten, bis ich ausgetrunken hatte – das hieß, er wollte nicht warten. Also trug ich Raju auf, dem Koch Bescheid zu sagen, daß wir mit dem Essen anfangen wollten. Wir gingen ins Eßzimmer. Dort beschwerte sich Hari über die Ventilatoren. Er sagte, sie liefen zu schnell. Also bat ich Raju, sie auf die halbe Umdrehungszahl herunterzuschalten. Es wurde im Zimmer sehr warm. Raju servierte, und Hari benutzte keine Gabel, sondern schob sich das Essen mit den Chappattis in den Mund. Ich folgte seinem Beispiel. Er befahl Raju: »Boy, bring Wasser!« Ich begann zu kichern, denn es erinnerte mich daran, wie Du und ich in Delhi einmal neben so einer reichen indischen Familie saßen, und wie entsetzt ich darüber war, daß der Mann den Kellner so unhöflich behandelte. »Boy, bring dies, Boy, bring das!« Du sagtest, das sei die genaue Übersetzung von: *»Bearer, pani lao!«* der vornehmen Sahibs. Ich dachte, Hari wolle sich über die reichen Inder der englisch sprechenden Mittelklasse lustig machen, und überlegte, ob er schon vorher etwas getrunken hatte. Am Ende der Mahlzeit hatten wir fettige Finger. Raju merkte, daß etwas vorging, wenn er es auch nicht verstand. Er brachte Servietten und Schalen mit warmem Wasser für die Hände. Ich erwartete beinahe, Hari würde rülpsen und einen Zahnstocher verlangen. Es war eine perfekte Imitation. Normalerweise lächelte er Raju an, aber diesmal behandelte er ihn, abgesehen von seinem »Boy, tu dies!« und »Boy, tu das!«, als wäre er nicht vorhanden. Ich fragte mich, ob die Inder diese Gewohnheit von den Engländern übernommen hatten oder die Engländer von den Indern. Vielleicht stammt das aus einer Zeit, wo Dienstboten überall wie Dreck behandelt wurden. Nur die Sahibs und Memsahibs des Empire und die modernen Inder, die großtun wollten, halten an dieser Gewohnheit fest.

Hari tat natürlich noch etwas anderes. Er benahm sich bewußt wie ein Inder dieser abstoßenden Kategorie: an der Oberfläche sehr höflich, darunter aber egoistisch und sehr aggressiv; alles sollte nach seinem Willen geschehen, ohne Rücksicht auf die Wünsche der anderen. Dazu gehörten die vorzeitig beendeten Drinks, der frühe Essensbeginn und jetzt der gleichermaßen frühe Aufbruch zum Tempel, aus dem doch noch ein später Aufbruch wurde, denn im letzten Moment schlug er vor, die Platten, die er mitgebracht hatte, als Einstimmung anzuhören. »Damit kommen wir *›In the Mood‹* «, sagte er. Ich hielt das für eine merkwürdige Anspielung auf die Tanzplatte. Aber seine Bemerkung machte mich vorsichtig, denn ich ahnte, daß Hari nicht angeheitert, sondern erbittert war.

Aber selbst jetzt spielte er diese Farce weiter und benahm sich ganz wie ein moderner Inder. Er befahl Raju, den Plattenspieler auf die Veranda zu bringen. Dann schob er ihn beiseite, als es darum ging, das verdammte Ding aufzuziehen. Raju mußte die Nadeln suchen, die nicht in dem Fach des Apparates lagen, wo sie eigentlich sein sollten. Hari stellte sich beim Auflegen der ersten Schallplatte bewußt ungeschickt an und machte auf der Platte einen Kratzer. Dann überhörte er das scheußliche Klack, Klack, wenn die Nadel über die Rille sprang. Außerdem hatte er eine besonders schwierige Abend-Raga ausgewählt, die monoton klang und kein Ende nahm. Er hatte nicht damit gerechnet, daß sie mir instinktiv gefiel. Als er das bemerkte, legte er, noch ehe sie zu Ende war, eine andere Platte auf. Aber diese Musik packte und bewegte mich eher noch mehr. Mir entging nicht, daß es *ihn* unglaublich wütend machte, daß sein Vorsatz, sich einen Spaß mit mir zu erlauben, zu nichts führte. Ich fühlte mich vernichtet, denn ich erkannte, daß er auf seine Weise versuchte, mich abzuschrecken, wie Ronald und alle anderen es auch taten. Aber seine Zuneigung ließ ihn glauben, ich würde hassen, was er haßte: die Musik und Essen ohne Besteck. Die Entdeckung, daß ich es nicht haßte oder es mir zumindest nichts ausmachte, riß einen neuen Abgrund zwischen uns auf, für den es keine Erklärung gab. Ich war weiß und er schwarz. Mein Gefallen an Dingen, die er verabscheute oder die zu schätzen er nie gelernt hatte, weil ihm die Geduld oder die Neigung fehlte, zu ihnen zurückzukehren, bewirkte, daß selbst seine schwarze Haut unecht zu sein schien, als habe er sich geschminkt, um eine Rolle zu spielen.

Er ließ die zweite Platte bis zum Ende laufen; und dann ergriff *ich* die Initiative und sagte: »Wir gehen jetzt besser«, und rief Raju herbei, damit er mir mein Tuch brachte. Ich glaubte, ich müßte im Tempel meinen Kopf bedecken. Hari hatte einen Schirm mitgebracht, für den Fall, daß es regnete, wenn wir uns im Freien befanden. Auf dem Weg zum Tempel saßen wir mehr oder weniger schweigend in der Fahrradtonga. Ich war noch nie in einer Fahrradtonga gefahren. Der arme Bursche mußte auf dem Fahrrad stehen und sein Gewicht abwechselnd von einem Pedal auf das andere verlagern, um zwei Personen zu befördern. Aber es gefiel mir besser als die Pferdetongas, denn wir saßen in Fahrtrichtung. In den Pferdetongas sitzt man immer mit dem Rücken zum Fahrer (ich glaube, um von den Ausdünstungen des Pferdes nicht allzusehr belästigt zu werden). In mir entsteht dann immer der Wunsch zu bleiben oder zu verhindern, daß die Dinge verschwinden. In der Fahrradtonga entstand das entgegengesetzte Gefühl: Man sah, wohin man fuhr; man wußte Bescheid und fürchtete sich nicht beim Aussteigen.

Am Tempeleingang erwartete uns ein Mann – ein Tempeldiener, der etwas englisch sprach. In dem großen Torbogen zogen wir die Schuhe aus, und Hari händigte dem Mann Geld aus, das ihm sein Onkel gegeben hatte. Ich sah nicht, wieviel es war, schloß aber aus der Aufmerksamkeit, die man uns widmete, daß es sich um eine hohe Summe handelte. Bestimmt war es mehr, als der Onkel Hari je gegeben hatte.

Du kennst Tempel. Findest Du es nicht auch merkwürdig, daß man trotz all des Lärms draußen das Gefühl hat, einen abgeschiedenen Ort zu betreten – keinen Ort der Ruhe, sondern einen Ort der Abgeschiedenheit. Er ist einem menschlichen Tun vorbehalten, das keiner *anderen* Tätigkeit bedarf, um zu geschehen. Kirchen sind ähnlich still, aber meistens nur, weil sie leer sind. Im Tempel war es nicht ruhig. Der Tempel war nicht leer. Aber er war abgeschieden. Man ging durch den Torbogen hindurch, und es umgab einen die *Vorstellung*, allein zu sein. Ich war froh, Hari bei mir zu haben, denn meine *Haut* fürchtete sich, obwohl ich mich *in* meiner Haut nicht fürchtete. Verblüfft sah ich, daß unter den Bäumen im Tempelhof Männer und Frauen hockten. Sie kauerten in der typischen Art indischer Bauern auf dem Boden; die Arme lagen ausgestreckt auf den gebeugten Knien, das Gesäß berührte nicht ganz die Erde. Sie unterhielten sich. Im ersten Moment befremdete mich das, bis ich mich daran erinnerte, daß der Schrein in der Mitte der eigentliche Tempel war und der Hof davor wie der Platz vor der Kirche, auf dem bei uns nach dem Gottesdienst die Gemeindemitglieder sonntags morgens stehen und miteinander plaudern.

Entlang der Mauern sah ich die Schreine der verschiedenen Manifestationen der Hindugötter. Manche wachten in ihren erleuchteten Schreinen, andere schliefen im Dunkeln. Findest Du nicht auch, die puppenähnlichen Figuren haben etwas von jener Geschmacklosigkeit an sich, die Puritaner dem Katholizismus vorwerfen? Genau das schien sich auch in diesen Puppen widerzuspiegeln – aber bewußt, wie um eine Moral zu verkünden: das absurde Bedürfnis der Armen und Unwissenden nach Bildnissen. Hari sagte: »Der Führer möchte wissen, ob wir den Gott Wenkataswara anbeten wollen.«

Das Allerheiligste! Wie aufregend. Ich hatte nicht erwartet, dort eingelassen zu werden, und ich war mir der Einmaligkeit der Situation voll bewußt. Im Tempelhof wurde man immer durch das Läuten der Glocke am Eingang des Schreins aufgeschreckt. Dort warteten Männer und Frauen. Unser Führer drängte sich an die Spitze der Schlange. Es war mir sehr unangenehm. Er sprach mit einem Priester, der uns prüfend ansah. Dann kam er zurück und erklärte Hari umständlich und ausführlich etwas. Überrascht stellte ich fest, daß Hari ihn zu verstehen schien. Als er die Fragen des Mannes beantwortete, wurde mir klar, daß Hari besser Hindi gelernt hatte, als er gewöhnlich erkennen ließ. Hier im Tempel konnte er diesen Anschein offenbar nicht mehr aufrechterhalten. Er wendete sich mir schließlich zu und sagte: »Ich muß die Glocke läuten und den Gott so auf unsere Ankunft vorbereiten. Wenn ich das getan habe, gibst du dir den Anschein zu beten. Gott weiß, was uns bevorsteht.«

Ich legte mir das Tuch über den Kopf. Der Priester ließ uns nicht aus den Augen. Die Glocke hing am oberen Ende der Treppe an einer Kette unter dem Dach. Jetzt konnte ich in den Schrein hineinsehen. Ein schmaler Gang führte zu einer hell erleuchteten Grotte: dort stand der Gott mit einem schwarzen Gesicht, goldenen Gewändern und silbernem Schmuck. Hari zog an dem Seil, das an dem Klöppel der Glocke hing, und legte dann die Handflächen aufeinander.

Ich folgte seinem Beispiel, schloß die Augen und wartete, bis er sagte: »Jetzt gehen wir hinein.«

Er ging voran. Am Ende des Durchgangs befand sich ein Absperrgitter aus gewöhnlichen runden Eisenstangen. Zusammen mit einigen anderen Leuten stellten wir uns dort auf – etwa wie auf einer Kommunionbank, nur daß wir standen und nicht knieten und die Absperrung ein Rechteck bildete. Wir befanden uns außen, und der Priester kam von innen aus der kleinen Grotte nach unten. Er wartete vor der Grotte, bis wir unsere Plätze eingenommen hatten, und kam dann mit einem goldenen Becher auf uns zu. Wir streckten die Hände aus, wie um die Hostie entgegenzunehmen, und er goß eine Flüssigkeit hinein, die wie Wasser aussah. Er ging zuerst zu den Indern, um uns zu zeigen, was wir tun sollten. Wir hoben die Flüssigkeit in den hohlen Händen an die Lippen. Sie schmeckte süßsauer und brannte ein bißchen, vielleicht, weil unsere Lippen trocken waren. Danach führten wir die Hände über den Kopf, etwa als wollten wir ein Kreuz schlagen. Dann kam der Priester mit einem goldenen Helm zurück – einer Art Becken. Er hielt es jedem von uns über den Kopf und sprach dabei Gebete. Danach legte er den Helm auf das goldene Tablett, auf dem er ihn gebracht hatte. Am äußeren Rand des Tabletts sah ich Häufchen farbigen Puder und Blütenblätter. Er tauchte den Finger in den Puder und machte ein Zeichen auf unsere Stirn. Die Blütenblätter stellten sich als eine kleine Rosengirlande heraus, die er mir um den Hals legte. Alles schien in wenigen Sekunden vorüber zu sein. Auf dem Weg nach draußen legte Hari noch einmal Geld auf ein Tablett, das ein anderer Priester ihm an der Tür entgegenhielt.

Während der Anbetung, bei der *Puja*, empfand ich nichts. Doch meine Lippen brannten draußen immer noch, und der süßsaure Geruch umgab mich. Ich wurde den Verdacht nicht los, daß wir Kuh-Urin getrunken hatten. Die Leute starrten uns an. Durch das Mal auf der Stirn und die kleine Kette aus roten Rosenblättern fühlte ich mich vor ihrer Feindseligkeit geschützt, sofern es Feindseligkeit war und nicht nur einfach Neugier. Die Kette habe ich immer noch, Tante. Sie liegt in einer weißen Papiertüte zusammen mit Schwester Ludmilas Bibelspruch in dem Koffer. Die Blütenblätter sind inzwischen braun und vertrocknet. Sie würden beim leisesten Windhauch zu Staub zerfallen ...

Es gab noch etwas zu tun, noch etwas zu sehen: die Statue des schlafenden Wischnu. Wenkataswara, der Gott des Tempels, ist eine Manifestation Wischnus; obwohl mich das schwarze, mit Silber und Gold geschmückte Standbild keineswegs an den »Erhalter« erinnerte. Der schlafende Wischnu lag in einer Grotte hinter dem Hauptschrein. Die Grotte war in die äußere Mauer eingelassen. Man betrat sie, ging um eine Ecke und sah erst dann den schlafenden Gott auf seinem Steinbett. Nur drei oder vier Menschen konnten sich dort gleichzeitig aufhalten. Es war kühl. Öllampen erhellten die Grotte. Der Anblick des Gottes traf mich wie ein Schock. Man erwartet etwas Kleines, Winziges wie die anderen Statuen. Statt dessen stand ich vor der überlebensgroßen, liegenden Gestalt des Gottes. Ich hatte den überwältigenden Eindruck, daß er im Schlaf größere Macht besaß als im Wachen. Und er träumte so schöne Träume! Die Träume ließen ihn lächeln...

Ich hätte stundenlang dort stehen und ihn betrachten können. Doch Hari stieß mich an und flüsterte: »Draußen warten Leute, die auch hier hinein wollen.« Wir mußten uns durch sie hindurch drängen. Wir gingen zum anderen Eingang, dem Tor am oberen Ende der Stufen, die zum Fluß hinunter führen. Nach dem *Puja* sollte man baden. Aber im Augenblick tat das nur ein einziger Mann. Wir konnten ihn gerade noch erkennen. Er stand bis zur Hüfte im Wasser. Sein Kopf war kahl rasiert. In der Nähe befanden sich eine Hütte und eine Plattform. Dort arbeiteten die Tempelbarbiere, und hier opferten die Gläubigen dem Gott ihre Haare.

Hari sagte: »Gehen wir und holen unsere Schuhe?« Es reichte ihm. Mir vielleicht auch, denn ich gehörte nicht in diese Umgebung. Ich kam mir wie ein Eindringling vor. Also gingen wir durch den Tempelhof zurück und ließen uns die Schuhe geben. Wieder wechselte Geld den Besitzer. Ich nehme an, die Priester stecken alles in ihre Tasche. Vor dem Tor belagerten uns Bettler. Unser Tongafahrer erwartete und entdeckte uns, ehe wir ihn sahen. Klingelnd und laut rufend drängte er sich schnell durch die Menschen, denn er fürchtete, ein anderer Tongaboy würde ihm zuvorkommen. Uns umgaben wieder Lärm und Schmutz. Vom Café auf der anderen Straßenseite drang Musik herüber. Sand knirschte in meinen Schuhen. Ich hatte absichtlich keine Strümpfe angezogen.

Am MacGregor-Haus angekommen, setzten wir uns auf die Veranda. Ich bat Hari, den Tongaboy zum Koch zu schicken, damit er etwas zu essen bekäme. Er wirkte nicht älter als siebzehn. Er war ein fröhlicher, angenehmer Junge, der offensichtlich glaubte, mit diesem langen Abend sein Glück gemacht zu haben. Ich saß einen Moment allein, dann ging ich zur Rückseite und rief Raju. Ich bat ihn, den Jungen zu mir zu schicken. Er tauchte aus dem Nichts auf, als habe er mich erwartet. Ich gab ihm zehn Rupien – ein Vermögen, aber er hatte es verdient, es gehörte zu meinem *Puja.* Ich glaube, Raju mißbilligte es. Vielleicht forderte er einen Anteil oder gab dem Jungen wenig, vielleicht gar nichts zu essen. Am Ende kann man es nicht mehr ertragen – die Gleichgültigkeit der Inder gegeneinander –, und man will nicht mehr wissen, was geschieht.

Es begann zu regnen. Das vertrieb uns von der Veranda. Haris Stimmung wechselte. Er wirkte erschöpft, als hätte er versagt. Er schien nicht nur sein Ziel – was immer es auch gewesen sein mochte – heute abend nicht erreicht zu haben, sondern nichts von all dem, was ihm am Herzen lag. Ich wollte mich mit ihm aussprechen, aber ich wußte nicht, wie ich beginnen sollte. Und dann machte ich alles falsch, indem ich sagte: »Du hast versucht, mich abzuschrecken, nicht wahr?«

Er gab vor, mich nicht zu verstehen, und fragte zurück: »Abschrecken? Was meinst du mit abschrecken?« Das ärgerte mich, und ich sagte, als wäre ich wirklich wütend: »Oh, abschrecken, mich abschrecken, mich vor *dir* abschrecken, wie alle anderen es versucht haben.«

Er wollte wissen, wen ich mit »alle anderen« meinte.

Ich sagte: »Alle. Leute wie Mr. Merrick zum Beispiel. Er glaubt, du seist ein schlechter Tip.«

Hari erwiderte: »Er muß es ja wissen.«

Ich sagte, es sei lächerlich, denn nur er selbst könne wissen, was für ein »Tip« er sei. Er brauste auf: »Was soll das ganze Gerede? Was heißt überhaupt Tip? Guter Tip, schlechter Tip? Bin ich vielleicht ein Rennpferd oder so etwas? Bin ich vielleicht eine Aktie oder ein Wertpapier, das die Leute im Auge behalten, um zu sehen, ob es sich lohnt zu investieren?«

Ich hatte ihn noch nie zornig gesehen. Er mich auch nicht. Wir stritten uns, und deshalb weiß ich nicht mehr genau, wie es dazu kam, daß ich ihm vorwarf, einen Mann zu kritisieren, den er vermutlich nur vom Sehen kannte. Plötzlich begriffen wir, daß ein Mißverständnis vorlag, denn mir hatte nie jemand gesagt, daß Ronald ihn festgenommen und untätig zugesehen hatte, wie einer seiner Beamten Hari schlug. Ich erinnere mich, etwas Ähnliches gefragt zu haben, wie: »Du meinst, es war Ronald persönlich?« Ich sehe immer noch sein erstauntes Gesicht vor mir, als es ihm schließlich dämmerte, daß ich wirklich nichts davon gewußt hatte.

Wenn ich mich doch nur beherrscht hätte! Ich versuchte es, denn ich war nicht auf Hari wütend, sondern auf Ronald, auf andere Leute und auf mich ebenso wie auf alle. Ich fragte: »Wo war das?« Und er sah mich wieder verblüfft an. »Natürlich im Asyl«, erwiderte er. Das war wieder ein Schlag. Ich bat ihn, mir alles zu erzählen.

Er war betrunken gewesen. Deshalb wollte er es mir nicht sagen. Volltrunken wanderte er durch die Gegend, fiel in einen

Graben in dieser schrecklichen Gegend in der Nähe des Flusses, und dort lasen ihn Schwester Ludmila und ihre Helfer auf. Sie glaubten, er sei entweder überfallen worden, oder er sei krank und liege im Sterben, und deshalb brachten sie ihn ins Asyl. Dort schlief er seinen Rausch aus; am nächsten Morgen tauchte Ronald mit ein paar Polizisten im Asyl auf. Er suchte einen entflohenen Gefangenen, von dem man annahm, daß er nach Majapur zurückgekommen sei, weil er vorher hier gelebt hatte. Den Mann fand er nicht, wohl aber Hari. Ich nehme an, Du kannst dir vorstellen, wie Hari darauf reagierte, wenn jemand wie Ronald ihn herumkommandierte. Der Unterinspektor in Ronalds Begleitung schlug Hari ins Gesicht, weil er keine »anständigen« Antworten gab. Schließlich führten sie ihn ab, traten und schlugen ihn im Polizeiwagen.

Ein Problem war, daß er den gesuchten Mann kannte. Das stellte sich heraus, als Ronald ihn in Anwesenheit des Unterinspektors im Kotwali verhörte. Aber Hari kannte ihn nur als Büroangestellten im Lagerhaus seines Onkels. Erschwerend kam hinzu, daß Hari es bewußt darauf anlegte, die Polizei über seinen Namen im unklaren zu halten. »Coomer oder Kumar«, sagte er, »beides ist möglich.« Schließlich schickte Ronald den Unterinspektor aus dem Zimmer und unterhielt sich allein mit Hari oder versuchte, sich mit ihm zu unterhalten. Vermutlich war das schwierig, weil Hari ihn ablehnte. Ich weiß nicht, weshalb Hari sich betrunken hatte. Vielleicht lag es an den vielen Niederlagen, die er hatte einstecken müssen, und schließlich hatte er das Gefühl, ihm sei alles gleichgültig, und er glaubte an nichts mehr. Wie er mir sagte, war er überzeugt, auf jeden Fall ins Gefängnis zu kommen, und deshalb hielt er seine Zunge nicht im Zaum. Aus seinen Worten schloß ich, daß er versuchte, Ronald Vorwände zu liefern, wo dieser selbst keine fand. Ronald wollte wissen, weshalb er sich betrunken hatte und wo. Hari weigerte sich zu sagen, wo, weil er glaubte – und das auch sagte –, das gehe Ronald nichts an. Aber er erklärte bereitwillig, weshalb. Er erklärte, er habe sich betrunken, weil er das ganze verdammte, widerliche Land hasse, und alle, die dort leben und die es beherrschen. Er sagte sogar: »Das gilt für Sie auch, Merrick.« Er kannte Merricks Namen, denn als Reporter war er oft beim Gericht gewesen. Merrick lächelte nur, als er das sagte, und erklärte dann,

Hari könne gehen. Er entschuldigte sich – natürlich sarkastisch – für die »Unannehmlichkeiten«. Hari ging nach Hause und erfuhr, daß Schwester Ludmila ein paar einflußreiche Leute dazu gebracht hatte, Fragen wegen seiner »Verhaftung« zu stellen. Aber das amüsierte ihn nur, falls »amüsieren« das richtige Wort ist, denn in Wirklichkeit war er verbittert. Er sagte, es habe ihn amüsiert, als Lili ihn schließlich zu einer Party einlud. Es habe ihn auch amüsiert, zu bemerken, wie Merrick mich beobachtete, als ich damals auf dem *Maidan* mich mit Hari unterhielt. Ich wußte nicht, daß Ronald dies gesehen hatte, doch es paßte ins Bild. Hari glaubte, ich hätte die Geschichte gekannt. Er dachte, ich hätte mich nur herabgelassen, als ich die weißen Offiziere und Krankenpflegerinnen seinetwegen warten ließ.

Ich fragte: »Also hat es dich jedesmal amüsiert, wenn wir zusammen ausgegangen sind?«

»Ja, so könnte man sagen, wenn man will. Aber du warst sehr freundlich zu mir, und ich bin dir dafür dankbar.«

»Nichts davon war als Freundlichkeit gedacht«, sagte ich und stand auf. Er erhob sich ebenfalls. Er hätte mich nur berühren müssen, und dieser dumme Streit wäre beendet gewesen. Aber er tat es nicht. Er fürchtete sich davor. Er spürte zu deutlich die Bedeutung einer Berührung, denn sie wäre eine Geste der Auflehnung gegen die Regel gewesen, die Ronald ein paar Abende zuvor als »elementar« bezeichnet hatte. Hari fehlte dazu der Mut, und so wurde auch mir der Mut genommen. Die Auflehnung mußte von ihm ausgehen, um sie menschlich und richtig zu machen.

Ich sagte: »Gute Nacht, Hari.« Oh, selbst in diesem »Gute Nacht« lag für ihn eine Möglichkeit, die ihm ein »Leb wohl« verschlossen hätte. Aber ich darf ihm keine Vorwürfe machen. Er hatte gute Gründe, sich zu fürchten. Ich zählte sie mir auf, als ich oben in meinem Zimmer saß, auf Lili wartete und entschlossen war, sie zur Rede zu stellen. Als ich hörte, wie die Fahrradtonga die Auffahrt hinunterfuhr, verschwand meine Entschlossenheit mit ihr und ich machte mir Sorgen. Ich machte mir Sorgen um ihn, denn ihm würde es schrecklich schwerfallen, sich zu verstecken. Ich glaubte, genau das sei seine Absicht. Er wollte sich verstecken und in einem Meer brauner Gesichter untertauchen.

Ronald Merrick gebrauchte das richtige Wort: »Umgang«. Hari und ich konnten Feinde, Fremde oder Liebende sein, aber niemals Freunde, denn eine solche Freundschaft wurde zu oft auf die Probe gestellt, um von Dauer sein zu können. Wir mußten uns ständig fragen: Lohnt es sich? Wir mußten ständig unsere Motive für den Wunsch nach einem Zusammensein untersuchen. Mein Motiv war die körperliche Anziehung. Ich hatte nicht genug Selbstvertrauen, um mir sicher zu sein, daß Hari ebenso empfand. Aber das änderte nichts an meinem Gefühl. Ich liebte ihn. Ich wollte bei ihm sein. Ich sagte mir vor, die Ansichten der Leute seien mir gleichgültig. Es interessierte mich nicht, was er getan hatte, was er nach Ansicht von Leuten wie Ronald Merrick getan hatte oder tun konnte. Ich wollte ihn vor Gefahren schützen. Wenn es ihm half, nicht mehr in meiner Begleitung gesehen zu werden, war ich bereit, ihn gehen zu lassen, damit er sich verstecken konnte. Aber da ich ihn liebte, redete ich mir ein, das »nicht mehr« sei zeitlich begrenzt. Zu warten, bis Hari den nächsten Schritt unternahm, glich einer Zauberformel, die den Schmerz der Entscheidung linderte.

Als Lili sich am nächsten Morgen nach dem Besuch im Tempel erkundigte, erzählte ich ihr munter davon, als sei nichts geschehen. Mehrmals lag es mir auf der Zunge zu fragen: »Wußtest du, daß Ronald Hari damals festgenommen hat?« Aber ich wollte ein »Ja« nicht hören. Ich wollte nicht einer Diskussion den Weg ebnen, die Lili vielleicht gezwungen hätte, zum Beispiel zu gestehen, daß ihr nachträglich Zweifel an Hari gekommen seien und sie im Grunde jetzt bedauere, daß sie übereilt einem Mann helfen wollte, den sie nicht kannte. Aber in der Zwischenzeit habe sie mehr über ihn erfahren, und das gebe ihr das Gefühl, Ronald verdächtige ihn zu Recht und müsse sich nicht schämen, Hari zur Vernehmung mitgenommen zu haben ...

Ich wußte, Lili würde als erste spüren, daß zwischen Hari und mir etwas vorgefallen war, wenn er sich nicht bei mir meldete oder wenn wir uns nicht trafen. Mir war bewußt, daß ich ihm durch mein Schweigen half. Ich lenkte die Aufmerksamkeit von ihm ab – aber ich wußte nicht, was ich in Wahrheit tat: Ich überließ mich meiner unerfüllten Leidenschaft für ihn, indem ich ein schützendes Netz um ihn wob, das selbst mich ausschloß. Ich hatte nicht das Gefühl, daß es mich ausschloß. Das stellte sich erst später ein.

Ich ging zur Arbeit, lebte wie immer. Von ihm kam kein Brief. Um zu vermeiden, daß ich Lilis Fragen beantworten müßte, sofern Lili überhaupt welche stellen wollte, ging ich beinahe jeden Abend in den Club. Die Leute merkten es, und ich war froh, daß sie es merkten. Wenn ich in den Club kam, konnte ich nicht mit Hari ausgehen. Als ich Ronald das erstemal dort sah, kam er zu mir herüber und fragte: »Hat Ihnen der Tempel gefallen?« Ich antwortete achselzuckend: »O ja, ganz gut. Aber es ist ziemlich viel Theater dabei. Man kann nicht Muh sagen, ohne daß es Geld kostet.« Er lächelte. Ich wußte nicht, ob er sich freute oder ob ihn meine Antwort verwirrte. Ich überlegte, ob er meine gespielte Gleichgültigkeit durchschaute. Ich fand aber, daß er nicht erkennen würde, was sich dahinter verbarg, selbst wenn er sie als gespielt durchschaute. An diesem Abend haßte ich ihn. Ich haßte ihn und lächelte ihn an. Ich spielte mit und spürte wieder, wie leicht und wie einfach es war, Konformität vorzutäuschen. Es gab nichts, womit man konform gehen konnte. Es gab nur eine Idee, eine Scharade, die um eine Parole aufgeführt wurde: Überlegenheit der Weißen!

Die ganze Zeit über fehlte mir Hari. In meiner Vorstellung blickte er über die Schulter jedes rosaroten Männergesichtes, und ich sah in jedem rosaroten Männergesicht die Anstrengung, die es kostete, vorzugeben, die Welt sei so klein. Gehässig. Abgekapselt. Kurz davor, wie eine abschußbereite Ladung Pulver zu explodieren.

Ich dachte mir, diese ganze verdammte Geschichte mit *uns* in Indien muß jeden Moment auffliegen. Muß, denn sie beruht auf Gewalt. Vielleicht hat es einmal neben der physischen Kraft auch eine moralische gegeben. Doch die Moral war hin. Ist schon lange hin. In unseren Gesichtern spiegelt sich das wider. Bei den Frauen sieht das noch schlimmer aus als bei den Männern, denn das Bewußtsein physischer Überlegenheit ist für uns unnatürlich. Ein weißer Mann kann sich in Indien physisch überlegen fühlen, ohne sich dadurch geschlechtslos zu machen. Aber was ist mit einer Frau, die sich sagt, daß neunundneunzig Prozent der Männer, die sie sieht, überhaupt keine Männer sind, sondern Geschöpfe einer tiefer stehenden Spezies, die man in erster Linie an der Hautfarbe erkennt? Was geschieht, wenn man eine ganze Nation geschlechtslos macht und sie wie eine Nation von Eunuchen behandelt? Denn das haben wir doch getan!

Gott weiß, was geschieht … was geschehen wird. Die ganze Situation scheint sich von Jahr zu Jahr zu verschlimmern. Auf beiden Seiten herrscht Unehrlichkeit, denn für die ist die Moral ebenso hin wie für uns. Wir sind wieder auf den Kern der Sache gekommen, auf die Frage, wer sagt: Spring! Und wer springt? Mag man dem auch noch so wohlklingende Namen geben, es sogar als das »größte Experiment kolonialer Herrschaft und zivilisierender Einflußnahme seit dem vorchristlichen Rom« bezeichnen, um unseren alten Freund Mr. Swinson zu zitieren, es ist zu einem ordinären Gerangel um die Macht auf ihrer Seite geworden und zu einem ebenso ordinären, überheblichen Festhalten an der Macht auf unserer Seite. Je mehr sie sich streiten, desto selbstgefälliger werden wir. Das läßt sich nicht länger verbergen, denn der moralische Aspekt, wenn es ihn je gab, ist dahin. Das ist unsere Schuld, denn wir hatten die Pflicht, ihn zu vertiefen, aber wir verflachten ihn, und zwar dadurch, daß unsere Handlungen nie mit unseren Worten übereinstimmten. Sie stimmten nie überein, denn hier, wo sie in Übereinstimmung gebracht werden mußten, und zwar sichtbar in Übereinstimmung, behielt dieser alte, primitive, barbarische Instinkt, alles anzugreifen und zu zerstören, was wir nicht verstehen, weil es anders aussieht und anders ist, immer die Oberhand. Und Gott weiß, wie viele Jahrhunderte man zurückgehen muß, um den Grund für ihre augenscheinliche Furcht vor den Menschen mit der blasseren Hautfarbe zu finden. Gott steh uns bei, wenn sie diese Furcht je verlieren! Vielleicht ist Furcht nicht das richtige Wort, jedenfalls nicht in Indien. Es ist eine so primitive Emotion, und die indische Zivilisation ist so alt. Also sollte ich vielleicht besser sagen: Gott steh uns bei, wenn die Furcht je in Überdruß umschlägt! Aber Überdruß ist ebenfalls das falsche Wort. Vielleicht haben wir nicht das richtige Wort für das, was sie fühlen. Vielleicht ist es in dieser steinernen Statue des schlafenden Wischnu verborgen, der aussieht, als könne er jeden Augenblick erwachen und sie mit einem einzigen glückverheißenden Donnerschlag in das Vergessen entführen.

Bestand der Unterschied zwischen Haris und meinen Gefühlen darin, daß er warten konnte und ich nicht? Schließlich konnte ich das Schweigen, die Untätigkeit, die Trennung und meine unnatürliche Lage nicht mehr ertragen. Mir fehlte die Gabe der Selbstverleugnung. Vermutlich ist das eine angelsächsische Schwäche. Wir wollen ständig Beweise, hier und jetzt den Beweis unserer Existenz, des Eindrucks, den wir hinterlassen, haben, eines Eindrucks, den wir uns um den Hals hängen können, der uns abstempelt und garantiert, daß wir nie im schrecklich dunklen Dschungel der Anonymität untertauchen.

Aber in meine Ungeduld mischten sich auch angelsächsisches Planen und Vorausdenken, die Einsicht, daß die Zeit bestimmte festgelegte Pflichtübungen absolviert, zu deren Definition die Uhr und der Kalender erfunden wurden. Je weiter man sich vom Äquator entfernt, desto deutlicher registriert man den Rhythmus von Hell und Dunkel, nimmt wahr, wie er sich dehnt und verkürzt und die Jahreszeiten regelt. Und so entwikkelt die Zeit selbst eine bestimmte Eigenart, die einen auf ihre absurden, aber präzisen Forderungen aufmerksam macht. Als Inderin hätte ich in meinem Brief an Hari vielleicht geschrieben: »Komm bitte heute abend!« Statt dessen gab ich uns drei oder vier Tage Zeit – ob drei oder vier, habe ich vergessen. Und das beweist, wie unwichtig die Zahl war, wie unwichtig selbst der Tag war, den ich vorschlug, obwohl ich mich wie vermutlich alle anderen deutlich an ihn erinnere: der neunte August. In meinem Brief sagte ich: »Ich bedaure alle Mißverständnisse und möchte mit Dir reden. Ich werde im Asyl sein und hoffe, Dich dort zu treffen.«

Er antwortete nicht, doch als der Tag kam, fühlte ich mich glücklich, beinahe unbeschwert. Beim Frühstück klingelte das Telefon. Ich glaubte, es sei Hari, und hob schnell ab, um Raju zuvorzukommen. Es war nicht Hari. Die kleine Mrs. Srinivasan wollte Lili sprechen. Ich schickte Raju in Lilis Zimmer, um sie zu bitten, das Gespräch dort entgegenzunehmen. Als ich hinaufging, um mich von Lili zu verabschieden, sagte sie: »Man hat Vassi verhaftet.«

Nun ja, Du weißt über diese Dinge Bescheid. Wir waren darauf vorbereitet, doch trotzdem traf es uns wie ein Schock. Die Mädchen im Krankenhaus benahmen sich, als sei es ihnen persönlich zu verdanken, daß die Situation durch die Festnahme des Mahatma, seiner Mitarbeiter und der Kongreßmitglieder im ganzen Land gerettet worden sei. Noch vor einem Jahr hätten die meisten von ihnen nicht einmal gewußt, was der Kongreß eigentlich ist. Die Atmosphäre im Krankenhaus an diesem Morgen erinnerte mich an die Stimmung im Club am Ende der Kriegswoche. Eine sagte: »Habt ihr die Krankenpfleger gesehen? Sie sind heute morgen ganz klein!« Nach dieser Feststellung schienen die Mädchen sich die größte Mühe zu geben, neue Wege zu finden, um die Pfleger zu demütigen. Auch ihre Einstellung gegen mich veränderte sich, als wollten sie mir beinahe unmerklich zu verstehen geben, daß ich seit Monaten auf das falsche Pferd gesetzt hatte.

Erst gegen Nachmittag wurden sie ängstlich. Zuerst verbreitete sich das Gerücht von Aufständen in den Unterbezirken, dann wurde bestätigt, daß der Stellvertreter des Kommissars Majapur mit einer Polizeipatrouille verlassen hatte, um festzustellen, weshalb man keine Verbindung mehr mit einem Ort namens Ranpur aufnehmen konnte. Es begann zu regnen. Etwa viertel vor fünf, als ich mich schon auf den Dienstschluß vorbereitete, entstand große Aufregung, weil Mr. Poulson die Missionslehrerin Miss Crane ins Krankenhaus brachte. Zunächst glaubten wir, sie sei vergewaltigt worden, doch Mr. Poulson erzählte mir die wahre Geschichte. Ich begegnete ihm, als ich in das Zimmer der Oberschwester ging. Miss Crane war auf der Rückfahrt von Dibrapur überfallen worden. Man hatte ihren Wagen in Brand gesteckt, und sie hatte mitansehen müssen, wie einer ihrer Lehrer, ein Inder, ermordet wurde. Sie stand unter einem Schock und litt an den Folgen des langen Sitzens im Regen am Straßenrand, wo sie beim Leichnam des ermordeten Mannes gewacht hatte. Ich hatte Miss Crane im Bungalow des Distriktskommissars kennengelernt, und deshalb gab mir die Oberschwester die Erlaubnis, zu ihr ins Zimmer zu gehen. Aber sie redete bereits wirr und erkannte mich nicht. Ich dachte, es sei um sie geschehen. Sie wiederholte immer wieder: »Es tut mir leid. Es tut mir leid, es ist zu spät.« Sie murmelte etwas davon, es seien für sie allein zu viele Chappattis, und fragte mich, weshalb ich nicht auch welche aß, sondern lieber hungerte. Ich nahm ihre Hand und versuchte, mit ihr zu sprechen, aber sie wiederholte nur immer wieder: »Es tut mir leid, es ist zu spät.« Plötzlich sagte sie jedoch: »Ich bin Edwina Crane, und meine Mutter ist schon so lange tot, daß ich mich nicht mehr an sie erinnern kann.« Dann redete sie in ihrem Delirium über ein Dach, das repariert werden müßte, und davon, daß sie nichts tun könnte. »Nichts«, wiederholte sie immer wieder, »ich kann nichts tun.«

Es regnete, als ich das Krankenhaus verließ. Von Ronalds Fahrer oder dem Polizeiauto war nichts zu sehen. Er würde an diesem Abend ohnehin vollauf beschäftigt sein, und ich hatte mein Fahrrad, mein Regencape und den Südwester. Lili wußte, daß ich in den Club gehen wollte, und ich hatte den Mädchen versprochen, sie dort zu treffen. Doch nach dem Besuch bei Miss Crane war es schon spät, und ich fuhr deshalb geradewegs durch die Hospital Road, die Victoria Road und über die Bibighar-Brücke zum Asyl. Vielleicht lag es ebensosehr am Regen wie an den Gerüchten über die Unruhen, daß die Leute beinahe alle in ihren Häusern blieben; die Straßen waren praktisch menschenleer. Ich erreichte das Asyl etwa gegen viertel vor sechs. Der Regen ließ etwas nach.

Ich habe Dir das Asyl nie beschrieben, nicht wahr? Man biegt von der Chillianwallah Bagh Extension Road auf einen Pfad ab, der am Elendsviertel in der Nähe des Flusses entlangführt, wo die Ärmsten der Unberührbaren in unbeschreiblich armseligen Hütten wohnen. Dann erreicht man ein ummauertes Grundstück, in dem drei alte Gebäude stehen, die noch aus dem frühen neunzehnten Jahrhundert stammen. In dem einen befindet sich das Büro, im anderen das Sprechzimmer und Schwester Ludmilas »Zelle«, im dritten und größten pflegt sie die Kranken und Sterbenden. Das ganze Gelände muß beinahe einen Morgen groß sein. Alles wirkt verlassen, und die meiste Zeit kann man den Fluß riechen. Aber innen sind die Gebäude sauber, gepflegt, geputzt und weiß getüncht.

Sie hat einen permanenten Helfer, einen Goanesen mittleren Alters namens de Souza, und mehrere Männer und Frauen, die sie je nach Bedarf einstellt. Ich habe mich immer gefragt, woher sie das Geld hat.

Hari war nicht da. Ich ging zuerst ins Büro und traf dort Mr.

de Souza. Er sagte, Schwester Ludmila sei in ihrem Zimmer, und bis jetzt sei niemand zur abendlichen Sprechstunde gekommen, vermutlich wegen der Gerüchte über die Unruhen. Ich ging zu dem anderen Gebäude hinüber und klopfte an die Tür ihres Zimmers. Ich hatte sie zum letztenmal vor dem Tempelbesuch gesehen. Sie wußte, daß Hari und ich dort hingehen wollten. Schwester Ludmila bat mich einzutreten und forderte mich auf, ihr von dem Besuch zu erzählen.

Es hörte auf zu regnen, und nach etwa zehn Minuten schien die Sonne, wie so oft am Ende eines regnerischen Nachmittags. Inzwischen stand sie schon sehr tief. Schwester Ludmila fragte: »Kommt Hari auch?« Ich erwiderte, ich sei nicht sicher, und dann fragte sie mich nach dem Tempel. Sie hatte ihn nie von innen gesehen. Ich beschrieb ihr unser *Puja* vor dem Gott Wenkataswara und die Statue des schlafenden Wischnu. Ich wollte sie nach der Nacht fragen, als sie Hari betrunken in einem Graben in der Nähe des Elendsviertels gefunden hatte, tat es aber nicht. Die Minuten vergingen; Hari kam nicht, und ich dachte: »Es geht alles vorüber, alles entschwindet, ehe ich es begriffen, ehe ich es verstanden habe.« Ich betrachtete die Holzstatuette des tanzenden Schiwa. Er schien sich zu bewegen. Es kam so weit, daß ich nicht mehr hinsehen konnte, weil er mich zu lähmen schien. Ich hatte das Gefühl, mich in ihm zu verlieren.

Ich wendete mich Schwester Ludmila zu. Sie saß wie immer sehr aufrecht auf einem harten Holzstuhl, hielt die Hände im Schoß gefaltet, und man sah ihren Ehering. Ich habe sie nie ohne Haube gesehen und weiß deshalb nicht, ob sie die Haare kurzgeschnitten trug. Bei anderen Besuchen hatte mir das kahle, einfache Zimmer stets die Vorstellung von Sicherheit vermittelt. Doch an diesem Abend dachte ich: »Nein, die Sicherheit geht von ihr aus, nicht von dem Zimmer.« Ich fühlte, wie auch sie mir entschwand. Ich wollte so viel über sie wissen, doch ich hatte ihr nur ein einziges Mal eine persönliche Frage gestellt. Sie sprach sehr gut Englisch, allerdings mit einem starken Akzent. Ich erkundigte mich, wo sie ihr Englisch gelernt habe, und sie erwiderte: »Von meinem Mann. Er hieß Smith.« Über sie kursierten die unterschiedlichsten Geschichten – zum Beispiel, sie sei als junge Novizin aus dem Kloster geflohen und trage das

Nonnengewand in der Hoffnung auf Vergebung. Ich glaube nicht, daß das stimmt. Ich glaube, keine Geschichte, die man über sie erzählte, beruhte auf Wahrheit. Nur ihre Nächstenliebe war echt. Das war immer wichtiger als meine Neugier. Wenn man sich mit ihr unterhielt, hatte sie nichts Geheimnisvolles. Sie selbst war die Erklärung, falls es einer Erklärung bedurfte. Und das ist selten, nicht wahr, durch sich selbst zu erklären, was man ist und was man tut, nicht durch das, was man getan hatte oder war, oder durch das, was man nach Ansicht der Leute sein oder werden könnte.

Ich blieb ungefähr eine Stunde, bis es dämmerte. Ich sagte mir, Hari arbeitet vermutlich lange, wußte aber, das würde sein Schweigen nicht erklären. Ich überlegte, ob man ihn wieder verhaftet hätte, hielt es aber für unwahrscheinlich. Man hatte prominente Mitglieder der örtlichen Kongreßpartei, wie Vassi, festgenommen. Eigentlich wollte ich bei Tante Shalini vorbeifahren, doch als ich die Chillianwallah Bagh Extension Road erreichte, änderte ich meine Absicht und fuhr in Richtung Bibighar-Brücke. Inzwischen war es beinahe dunkel. Ich glaubte, es würde regnen, zog das Cape an und setzte den Südwester auf, anstatt beides auf dem Gepäckträger festzuschnallen. Es war warm und feucht. Ich überquerte die Brücke und die Bahngleise. Unter der Straßenlampe gegenüber von Bibighar hielt ich an, zog das Cape aus und legte es über die Lenkstange. Das Anhalten brachte mich auf die Idee, das Fahrrad über die Straße zu schieben und durch das Tor einen Blick in den Park zu werfen. Ich hatte das starke Gefühl, Hari sei im Park, sitze allein im Pavillon, erwarte mich zwar nicht, denke aber an mich und überlege, ob ich vielleicht auftauchen würde.

Ich schob das Fahrrad durch den Mauerbogen und auf dem Pfad bis zu dem Platz, wo wir immer die Fahrräder abstellten, weil man sie dort gegen die Mauer lehnen und vom Pavillon aus im Auge behalten konnte. Ich sah Haris Fahrrad nicht. Ich blickte zum Pavillon hinüber. Zuerst bemerkte ich nichts, doch dann sah ich das Aufglühen einer Zigarette. Ich vermute, es sind etwa hundert Meter von der Mauer zum Pavillon. Man kann geradewegs über den ehemaligen Rasen und die kleinen Stufen dorthin gehen. Wir stellten die Fahrräder hier ab, um sie nicht über die Treppe tragen zu müssen. Man kann jedoch auch den

Weg benutzen, der entlang der Mauer um den ganzen Park führt. Da ich nicht wußte, ob Hari im Pavillon war, folgte ich dem Pfad.

In Höhe des Pavillons entdeckte ich einen Mann auf dem Mosaikboden. »Bist du es, Hari?« fragte ich. »Ja«, sagte er. Ich drehte die Lampe aus, lehnte das Fahrrad an einen Baum und ging zum Pavillon hinauf. Oben angekommen, stellte ich fest, daß ich den Regenumhang mitgenommen hatte.

Ich fragte: »Hast du meinen Brief nicht bekommen?« Aber es war eine dumme Frage, und er gab keine Antwort. Ich suchte nach einer Zigarette und bemerkte, daß ich keine mehr hatte. Ich bat ihn um eine von seinen. Er gab mir eine. Ich mußte husten, warf sie weg und setzte mich auf den Boden. Das Dach steht über, und deshalb ist das Mosaik immer trocken. Ich brauchte den Umhang nicht und legte ihn neben mich. Wegen der vielen Bäume glaubt man, es regnet noch, wenn es längst aufgehört hat. Das Wasser tropft vom Dach und von den Blättern. Schließlich setzte Hari sich neben mich und zündete sich eine neue Zigarette an. Ich sagte: »Laß mich noch mal eine probieren.« Er öffnete das Päckchen und hielt es mir hin. Ich nahm eine Zigarette. Dann ergriff ich seine Hand mit der brennenden Zigarette, um meine anzuzünden. Ich rauchte, machte aber keine Lungenzüge. Nach einer Weile fragte er: »Was wolltest du damit beweisen? Daß es dir nichts ausmacht, mich zu berühren?«

Ich sagte: »Ich dachte, darüber sind wir hinaus.«

»Nein«, widersprach er, »wir kommen nie darüber hinaus.«

»Aber wir *sind* es. *Ich* bin darüber hinaus. Es war nie ein Hindernis, zumindest für mich nicht.«

Er fragte, weshalb ich in den Park gekommen sei. Ich erzählte ihm, daß ich eine Stunde im Asyl auf ihn gewartet und auf dem Rückweg hier nachgesehen hatte, weil ich dachte, er könne im Pavillon sein.

Nach einer Pause sagte er: »Du solltest heute abend nicht allein unterwegs sein. Ich werde dich nach Hause bringen. Wirf dieses widerliche Ding weg.«

Er wartete, beugte sich dann vor, umfaßte mein Handgelenk, nahm die Zigarette und warf sie ins Gras. Ich konnte es nicht ertragen, ihn so nahe bei mir zu haben und zu wissen, daß ich ihn verlieren sollte. Der Griff nach meinem Handgelenk glich der Geste eines ungeduldigen Liebhabers. Auch Hari empfand es so. Ich hinderte ihn daran, loszulassen. Einen Augenblick lang fürchtete ich mich, vielleicht weil er es so wollte. Aber dann küßten wir uns. Sein Hemd rutschte nach oben, denn er trug es über der Hose, und meine Hand berührte seinen nackten Rücken. Da war es um uns beide geschehen. Er nahm mich nicht sanft. Ich spürte, wie ich auf den Mosaikboden gelegt wurde; er zerrte an meiner Unterwäsche und warf sich mit ganzer Kraft auf mich. Aber das waren nicht Hari und ich. Als er in mich eindrang, schrie ich auf. Und dann waren wir es.

Sie kamen, als wir im Halbschlaf dort lagen und auf das Quaken der Frösche lauschten. Seine Hand ruhte auf einer meiner Brüste; meine Hand fuhr durch seine schwarzen Haare und versuchte, das Wunder seines schwarzen Ohres zu ergründen.

Fünf oder sechs Männer tauchten plötzlich auf, kletterten über den Rand der Plattform. Meine Alptraumgesichter! Aber es waren keine Gesichter, sondern schwarze Gestalten in weißen Baumwollsachen, in stinkenden, zerlumpten Kleidern. Sie stürzten sich auf Hari, zerrten ihn weg. Dunkelheit und ein vertrauter Geruch – aber heiß und erstickend. Etwas lag über meinem Kopf. Ich wehrte mich und konnte an nichts anderes denken als an das Ding, das über meinem Kopf lag. Ich wußte, was es war, wußte es aber auch nicht, denn es drohte mich zu ersticken. Und dann kam ein Moment – ich nehme an, als der Mann, der mich zu Boden drückte und mich mit diesem erstickenden, aber vertrauten Ding bedeckte, sich aufrichtete – ein Moment, in dem ich vergaß, was mich bedeckte, und nur meine Nacktheit spürte. Er muß sich aufgerichtet haben, als die anderen Hari überwältigt hatten und ihm zu Hilfe kamen. Ich spürte den Druck auf meine Knie, auf die Fußknöchel und dann auf die Handgelenke – ein Moment entsetzlicher Wehrlosigkeit und Verletzlichkeit, und schließlich die ersten schrecklichen, tierischen Stöße, die Bewegungen der Liebe ohne einen rettenden Funken Zuneigung.

Ich träume nicht mehr von Gesichtern. In beklemmenden Träumen bin ich jetzt meist blind. Ein solcher Traum beginnt mit dem Bild Schiwas. Ich sehe ihn nur als Erinnerung. Plötzlich verläßt er den Kreis kosmischen Feuers und bedeckt mich, fesselt meine Arme und Beine mit Dunkelheit. Heimlich lasse ich mir einen zusätzlichen Arm wachsen, um mich gegen ihn zu wehren oder ihn zu umarmen, doch er hat immer einen Arm mehr, mit dem er mich niederhält, ein neues Lingam richtet sich auf, um das schlaffgewordene zu ersetzen. Der Traum endet, wenn ich nicht mehr blind bin und sein Gesicht sehe – es wirkt dann vergebend und lockend. Ich wache auf und erinnere mich, daß ich auf dem Boden lag, mein Regencape umklammerte, tief atmete und den Segen der frischen Luft spürte, die meine Lungen füllte. Die Männer waren verschwunden, und ich dachte: »Das ist mein Cape, ich trage es ständig, um mich vor dem Regen zu schützen. Es ist Teil meines Lebens.« Ich klammerte mich an den Umhang, preßte ihn an meinen Körper und bedeckte mich damit. Ich glaubte, allein zu sein. Mich beherrschte die Vorstellung, Hari sei mit ihnen gegangen, weil er zu ihnen gehörte.

Aber dann sah ich ihn. Er lag wie ich auf dem Boden. Sie hatten ihn an Händen und Füßen gefesselt und geknebelt, vermutlich mit Stoffstreifen, die sie von ihren Hemden gerissen hatten; sie hatten ihn an einen Platz gelegt, von dem er sehen mußte, was geschah, wenn er nicht die Augen schloß.

Ich kroch wie ein kleines Kind auf allen vieren über das Mosaik und mühte mich mit den Knoten ab. Es kostete mich große Mühe; sie waren festgezogen, schwer zu lösen, und ich versuchte gleichzeitig, mich mit dem Umhang zu bedecken. Zuerst nahm ich ihm den Knebel ab, damit er wieder frei atmen konnte, und dann die Stoffstreifen an Fußknöcheln und Handgelenken. Er blieb liegen, wie sie ihn zurückgelassen hatten; ich umarmte ihn schließlich, denn ich konnte es nicht ertragen. Ich konnte sein Weinen nicht ertragen.

Ich nehme an, er weinte vor Scham; und er weinte, weil sie das mit mir gemacht hatten und er es nicht hatte verhindern können. Er sagte etwas, doch ich war zu benommen, um es zu verstehen. Aber wenn ich zurückdenke, kommt es mir immer vor, als sei es eine geschluchzte Bitte um Verzeihung gewesen. Ich fror plötzlich. Ich spürte, wie ich zitterte. Jetzt hielt *er mich* im Arm, und eine Zeitlang umklammerten wir uns wie zwei Kinder, die sich vor der Dunkelheit fürchten. Aber ich konnte nicht aufhören zu zittern. Er zog an dem Umhang, bis er über meinen Schultern lag und meinen Körper bedeckte. Er stand auf und suchte nach meinen Sachen.

Ich spürte sie in seinen Händen und nahm sie entgegen. Er sagte: »Leg mir die Arme um den Hals.« Ich tat es. Er hob mich hoch, trug mich zu der Treppe und dann eine Stufe um die andere nach unten. Ich dachte an all die Stufen vom Pavillon bis zum Tor und erinnerte mich plötzlich an das Fahrrad. Ich glaubte, er wolle mich durch den Park tragen, aber er wendete sich dem Pfad zu. Als wir an dem Platz vorbeikamen, wo ich das Rad abgestellt hatte, sagte ich: »Nein, es muß hier irgendwo sein.« Er verstand mich nicht, und ich erklärte: »Mein Fahrrad.« Er setzte mich ab, stützte mich jedoch weiterhin. Er konnte es nicht finden und vermutete, die Männer hätten es gestohlen oder versteckt. Er versprach, er würde am nächsten Morgen zurückkommen und es suchen. Ich fragte nach seinem Fahrrad. Er hatte es im Basar zur Reparatur gegeben und den ganzen Tag über nicht benutzt. Er nahm mich wieder hoch und trug mich den Pfad entlang. Ich spürte, wie ich in seinen Armen immer schwerer wurde, und bat ihn, mich abzusetzen. Er tat es, trug mich dann aber weiter. Im Park ließ ich es geschehen. Wenn ich ihn aufgefordert hätte, mich den ganzen Weg zum MacGregor-Haus zu tragen, hätte er es vermutlich irgendwie geschafft. Aber als wir das Tor erreichten und er mich absetzte – offensichtlich, um Kräfte zu sammeln –, tauchte die Welt draußen wieder auf. Auf der anderen Seite der Mauer begann, was eine andere weiße Frau als Sicherheit betrachtet hätte. Auch für mich bedeutete es eine Art Sicherheit, nicht aber für ihn. Als er Anstalten machte, mich wieder hochzunehmen, stieß ich ihn zurück – wie man ein Kind wegstößt, das etwas berühren will, an dem es sich verbrennen oder verbrühen kann. Als ich das Tor sah, stellte ich mir vor, wie er mich hindurch und ins Licht, ins Garnisonsviertel trüge.

»Nein«, sagte ich, »ich muß allein nach Hause gehen. Wir sind nicht zusammengewesen. Ich habe dich nicht gesehen.«

Er versuchte, nach meinem Arm zu greifen. Ich wich zurück. Ich sagte: »Nein, laß mich! Du bist nicht in meiner Nähe gewesen. Du weißt von nichts. Du weißt überhaupt nichts. Du darfst nichts sagen.« Er wollte nicht auf mich hören. Er hielt mich fest, versuchte, mich fest an sich zu drücken, doch ich wehrte mich. Ich geriet in Panik, wenn ich daran dachte, was sie mit ihm machen würden. Niemand würde mir glauben. Er sagte: »Ich muß bei dir bleiben. Ich liebe dich. Bitte, laß mich bei dir bleiben.«

Wenn er das nicht gesagt hätte, hätte ich vielleicht nachgegeben. Der Gedanke, daß er recht und ich unrecht hatte, gehört zu den Dingen, über die ich jetzt nachdenken und die ich mit mir herumtragen muß – eine Last, die ebenso schwer, wenn auch nicht so sichtbar ist wie das Kind. Denn ich irrte mich, und wir hätten nur mit der Wahrheit bestehen können. Vielleicht wunderst Du Dich, daß meine Entschlossenheit nicht augenblicklich schwand, als er sagte, er liebe mich. Aber so ist Liebe nicht, oder? Für mich war sie nicht so. Es verwirrte mich. Es trieb mich von einer Panik in die noch schlimmere Panik, als ich daran dachte, was sie ihm vielleicht antun würden, wenn er sagte: »Ich liebe sie. Wir lieben uns.«

Ich schlug nach ihm, nicht weil ich fliehen wollte, sondern um *ihn* zur Flucht zu bewegen. Ich versuchte, ihn mit meinen Schlägen zu Vernunft, Verstand und Umsicht zu bringen. Ich wiederholte dabei immer wieder: »Wir haben uns nicht gesehen. Du bist zu Hause gewesen. Du sagst nichts, du weißt nichts. Versprich es mir.«

Ich hatte mich losgerissen und rannte davon, ohne sein Versprechen abzuwarten. Am Tor holte er mich ein und versuchte, mich zurückzuhalten. Ich bat ihn noch einmal, mich loszulassen. »*Bitte,* laß mich gehen. Sag nichts. Du weißt nichts, *um meinetwillen,* wenn das die einzige Möglichkeit ist, damit du um deinetwillen nichts sagst.« Einen Augenblick lang drückte ich ihn an mich. Es war das letzte Mal, daß ich ihn berührt habe. Dann riß ich mich los, stürzte durch das Tor und rannte. Ich rannte in und durch den Lichtkreis der Straßenlampe auf der anderen Seite; ich rannte in die Dunkelheit und war dankbar für die Dunkelheit; ich lief, ohne zu wissen, wohin. Ich blieb stehen und lehnte mich an eine Mauer. Ich wollte umkehren, eingestehen, daß ich es allein nicht schaffen würde. Und er sollte wissen, daß ich glaubte, alles falsch gemacht zu haben. Er konnte nicht wissen, was ich empfand, was ich beabsichtigte. Ich hatte Schmerzen. Ich war erschöpft und fürchtete mich. Ich fürchtete mich zu sehr, um zurückzugehen.

Ich sagte: »Ich kann nichts tun... nichts, nichts«, und überlegte, wo ich diese Worte schon einmal gehört hatte. Ich begann wieder zu rennen; ich rannte durch die schrecklichen, schlecht beleuchteten, verlassenen Straßen, die mich nach Hause führen sollten, die aber nirgendwo hinführten, wo ich mich auskannte, die in eine Sicherheit führten, die keine Sicherheit war, denn dahinter lag die Ebene und die offene Weite, die den Anschein erweckte, als müsse ich nur lange genug rennen, um über den Rand der Welt hinauszuspringen.*

Damals schien es so einfach zu sein, zu erklären: »Hari war nicht dort«, und zu glauben, diese Behauptung genüge, damit ihm kein Leid geschah. Es ist allzu einfach, jetzt zu glauben, allein die Wahrheit hätte ihn wirklich schützen können, gleichgültig wie unangenehm es gewesen wäre, sie zu sagen, sie gesagt zu haben, gleichgültig wie bedrohlich und gefährlich die Wahrheit für ihn geworden wäre. Hätte es sich nicht um Hari, sondern um einen jungen Engländer gehandelt – zum Beispiel diesen jungen Offizier, der mich beim Tanzen im Club nach der Parade betätscheln wollte –, wäre die Wahrheit ein möglicher Weg gewesen, und ich nehme an, uns wäre nie in den Sinn gekommen, etwas anderes zu erzählen. Nachdem die Leute begriffen, was er und ich im Bibighar-Park getan hatten, wären sie auf unserer Seite gewesen, solange sie versuchten, der Gerechtigkeit Genüge zu tun. Nach dem Wirken ihrer Gerechtigkeit, oder nachdem keiner der unternommenen Schritte zum Erfolg führte, weil man die Männer nicht fassen konnte, hätten sie sich zurückgezogen und deutlich gemacht, daß es jetzt unsere, besonders meine Pflicht sei, möglichst von der Bildfläche zu verschwinden.

Aber er war nun mal kein Engländer. Natürlich gibt es Leute, die sagen, mit einem Engländer wäre dir das nie passiert; und ich nehme an, sie haben recht, denn mit dem wäre ich nie in den Bibighar-Park gegangen, um allein zu sein. Wir hätten uns nie

* Hier endet der Robin White vorgelegte Teil des Tagebuchs

nach Einbruch der Dunkelheit dort getroffen; der hätte mich in einem Wagen auf dem Parkplatz des Gymkhana-Clubs verführt oder hinter den Umkleidekabinen am Swimmingpool oder in einer der Junggesellenunterkünfte, vielleicht sogar in meinem Zimmer im MacGregor-Haus, während Lili Bridge spielte. Und es gibt andere Leute, die behaupten, selbst wenn dieser Offizier und ich im Pavillon miteinander geschlafen hätten, wäre das indische Gesindel nie über uns hergefallen. Vermutlich ist das ebenfalls richtig, obwohl die Gründe für diese Behauptung nicht ganz zutreffen. Sie machen aus dem kleinen Offizier eine Art Supermann, der mit einer Bande widerlicher Kanaken kurzen Prozeß gemacht hätte, während es in Wirklichkeit die Angst dieser Kanaken vor den Weißen gewesen wäre, die sie vielleicht zurückgehalten hätte. Miss Crane bekam nur ein paar Schläge ab, doch der indische Lehrer, der sie begleitete, wurde ermordet. Sie überfielen mich, weil sie beobachtet hatten, daß ein Inder mit mir schlief. Deshalb war das Tabu für sie gebrochen.

Ich glaube, Hari hatte das begriffen. Ich glaube, das sah er, dessen schämte er sich, und deshalb bat er mich um Verzeihung. Ich sah nur die Gefahr, die ihm, einem Schwarzen drohte, wenn er mich durch das Tor trug, das in die Welt der Weißen führte.

Ich suche nach Vergleichen, um meine Gedanken besser zu erklären, aber ich finde nichts. Es ist an sich ein Gleichnis: Ein Inder trägt eine Engländerin – mit der er geschlafen hat und die danach vor seinen Augen vergewaltigt wurde – dorthin zurück, wo sie in Sicherheit ist. Es ist ein Gleichnis an sich. Es sagt alles aus, was gesagt werden muß, nicht wahr? Wenn man es weiterführt, wenn man sich vorstellt, daß er mich den ganzen Weg ins MacGregor-Haus trägt und mich in Tante Lilis Obhut gibt, daß er den Arzt anruft, die Polizei anruft, die Fragen beantwortet und als mein Retter behandelt wird – die Absurdität, die Unglaubwürdigkeit ist beinahe unerträglich! Man kommt an den Punkt, an dem Hari von Ronald beiseite genommen wird und zugeben muß: »Ja, wir haben miteinander geschlafen!«, und das verständnisvolle Nicken, das von Ronald kommen *muß*, unterbleibt, es sei denn, man bleicht Haris Haut, bleicht sie, bis sie zwar nicht ganz wie die Haut eines Weißen aussieht, aber weiß genug, daß ein Weißer, den das Schicksal eines anderen Weißen erschüttert, ihn bedauern kann, selbst wenn er ihm vielleicht Vorwürfe macht.

Deshalb riß ich mich von ihm los, deshalb schlug ich auf ihn ein, deshalb sagte ich zu ihm: »Wir haben uns nicht gesehen. Du weißt von nichts.«

Es war so einfach zu sagen: »Ich habe Hari nicht gesehen. Ich habe Hari nicht mehr gesehen, seit wir zusammen im Tempel waren.« Das sagte ich zu Lili, als ich im Wohnzimmer auf dem Sofa lag. Sie hatte schließlich begriffen, was geschehen war, und gefragt: »War es Hari?« Und ich erklärte sofort – vielleicht zu überstürzt, zu nachdrücklich: »Nein, nein, ich habe Hari nicht gesehen. Ich habe ihn nicht mehr gesehen, seit wir im Tempel waren.«

»Wer war es dann?«, wollte sie wissen. Ich konnte ihr nicht in die Augen sehen. Ich sagte: »Ich weiß nicht, fünf oder sechs Männer. Ich habe nichts gesehen. Es war dunkel. Sie warfen mir etwas über den Kopf.«

Wenn du sie nicht gesehen hast, wie kannst du dann so genau wissen, daß Hari nicht unter ihnen war? Diese Frage mußte beantwortet werden, nicht wahr? Lili stellte sie nicht. Statt dessen fragte sie: »Wo?«, und ich erwiderte: »Im Bibighar-Park«. Und wieder stellte sich die Frage: Was hatte ich im Bibighar-Park zu suchen? Lili fragte mich nicht danach, sie nicht. Doch die Falle begann, sich zu schließen. Sie schloß sich, seit ich das Haus erreicht hatte und auf den Stufen der Veranda gestolpert und hingefallen war.

Ich verletzte mir das Knie dabei; ich glaube, ich verlor kurz das Bewußtsein. Als ich wieder zu mir kam und versuchte aufzustehen, starrte Lili mich an, als kenne sie mich nicht. Ich erinnere mich noch, daß sie Rajus Namen aussprach. Vermutlich rief sie ihn, damit er ihr half; vielleicht war er auch mit ihr zusammen aus dem Haus gekommen. Als nächstes erinnere ich mich, im Wohnzimmer zu liegen, und man gibt mir ein Glas Brandy zu trinken. Raju und Bhalu müssen mich hineingetragen haben. Ich weiß noch, daß Bhalu ohne Sandalen barfuß auf dem Teppich stand. Ich sehe auch deutlich Rajus nackte Füße vor mir. Schwarze Hände. Schwarze Gesichter. Nachdem ich den Brandy getrunken hatte, forderte Lili die beiden auf, die

Memsahib nach oben zu tragen. Als sie auf mich zukamen, konnte ich es nicht mehr ertragen. Ich begann zu schreien und bat Lili, sie wegzuschicken. In diesem Moment begriff Lili, was vorgefallen war. Als ich wieder die Augen öffnete, waren sie und ich allein im Zimmer. Ich schämte mich, sie anzusehen. Dann fragte sie: »War es Hari?«, und ich gab ihr die Antwort, die ich auswendig gelernt hatte.

Ich schäme mich noch immer, weil ich aufschrie, als Bhalu und Raju sich mir näherten. Ich schrie auf, weil sie Schwarze waren. Ich schäme mich, weil dies bewies, daß ich trotz meiner Liebe zu Hari diese dumme, primitive Angst nicht abgeschüttelt hatte. Ich hatte Hari zur Ausnahme gemacht. Ich will damit nicht sagen, daß ich ihn trotz seiner dunklen Haut liebte. Seine physische Attraktivität war von seiner dunklen Haut nicht zu trennen. Ich glaube, ich will sagen, weil ich ihn liebte und mich körperlich von ihm angezogen fühlte, verlieh ich seiner Hautfarbe eine besondere Bedeutung oder Wirkung und riß sie aus ihrem natürlichen Kontext, anstatt mich *in* diesem Kontext damit zu identifizieren. Diese Liebe enthielt ein Element der Selbstzufriedenheit, der besonderen Rechtfertigung und des besonderen Stolzes, denn ich glaubte, meine Liebe habe mir geholfen, die persönliche und soziale Barriere zu überwinden. Ich hatte sie keineswegs überwunden – nein, das ist nicht ganz richtig. Nur teilweise hatte ich sie überwunden, und ich schäme mich deshalb heute noch ebenso wie damals. Aus diesem Grund bat ich Lili, Bhalu und Raju zurückzurufen, und ließ mir von ihnen nach oben helfen. Ich bedankte mich bei ihnen und versuchte, ihnen zu zeigen, daß es mir leid tat. Am nächsten Morgen standen Blumen auf meinem Frühstückstablett. Lili sagte, Bhalu habe sie für mich gepflückt.

Ehe sie mir nach oben halfen, hatte Raju Dr. Klaus angerufen. Auf dem Weg in mein Zimmer sagte Lili: »Anna kommt. Es ist alles in Ordnung, Daphne. Anna kommt.« Lili wartete bei mir im Zimmer, und wir hörten einen Wagen vorfahren. »Das wird sie sein«, sagte Lili. Kurz darauf klopfte es an die Tür, und sie rief: »Kommen Sie herein, Anna!« Ich wollte nicht einmal Anna sehen, deshalb wendete ich den Kopf ab, als die Tür aufging. Ich hörte Lili sagen: »Nein, nein! Sie dürfen nicht hereinkommen.« Damit stand sie auf, ging nach draußen und zog die Tür hinter sich zu. Als sie zurückkam, erzählte sie mir, es sei Ronald. Er sei schon einmal hiergewesen, um sich nach mir zu erkundigen. Ich sagte: »Das ist sehr freundlich von ihm. Aber jetzt bin ich da, und du kannst ihm sagen, alles ist in Ordnung.« Lili erwiderte: »Aber Liebes, das ist nicht in Ordnung, verstehst du?« Dann stellte sie mir wieder Fragen, um Ronald Antwort auf Fragen geben zu können, die er ihr gestellt hatte. Im Bibighar-Park, aber wann? Wie viele Männer? Was für Männer? Hatte ich einen erkannt? Würde ich sie erkennen? Wie war ich zurückgekommen?

Lili ließ mich ein paar Minuten allein, und ich hörte, wie sie sich mit Ronald auf dem Flur unterhielt. Sie kam zurück, setzte sich schweigend zu mir ans Bett und hielt meine Hand. Wir hörten, wie Ronald davonfuhr. Er fuhr sehr schnell. Ohne sie anzublicken, fragte ich: »Du hast ihm gesagt, daß es nicht Hari war, nicht wahr?«

Sie bejahte es, und so wußte ich, daß Ronald danach gefragt hatte. Daß sie beide zu der Ansicht gekommen waren, Hari habe etwas mit der Sache zu tun, bestärkte mich in meinem Entschluß, unter allen Umständen zu lügen.

Nun mußten wir nur noch auf Anna Klaus warten. Ich war froh, als sie schließlich kam, froh, daß ich klinisch und sachlich als eine Art Fall behandelt wurde. Nach der Untersuchung bat ich sie, Lili zu sagen, einer der Boys solle mir ein Bad einlassen. Ich hatte die Vorstellung, wenn ich nur eine Stunde im warmen Wasser läge, würde ich mich vielleicht wieder sauber fühlen. Sie stimmte scheinbar zu, aber sie hatte mir ein starkes Beruhigungsmittel verabreicht. Ich erinnere mich noch an das Geräusch von plätscherndem Wasser, dann fiel ich in einen Halbschlaf und hielt das Wasser für Regen. Sie ließen das Wasser nur in die Wanne laufen, um mich zu beruhigen. Ich erwachte am nächsten Morgen. Anna saß immer noch an meinem Bett. Ich fragte: »Sind Sie die ganze Nacht hier gewesen?« Natürlich nicht, sie war nur als erstes hier vorbeigefahren. Ich hatte Anna schon immer gern gehabt, aber bis zu diesem Morgen fürchtete ich mich auch ein bißchen vor ihr, wie man sich vor Leuten fürchtet, die Schlimmes erlebt haben. Man zögert, sie danach zu fragen. Ich habe Anna nie Fragen über Deutschland gestellt.

Nun bestand keine Notwendigkeit mehr; wir hatten etwas Gemeinsames gefunden. Vielleicht konnten wir uns deshalb einen Moment lang schwach zulächeln, als bestehe zwischen uns eine gerade noch erkennbare Verbindung.

Ich habe die Wahrheit erzählt, Tante, so gut ich kann. Es tut mir leid, daß ich es nicht schon früher tun konnte. Ich hasse Lügen. Aber ich glaube, ich würde wieder lügen. Alles, was nach Bibighar geschah, beweist mir, daß ich recht hatte, um Hari zu kämpfen, indem ich leugnete, ihn gesehen zu haben. Ich spüre, daß er gelitten hat. Ich weiß, er wurde bestraft. Doch ich darf nicht glauben, daß er wegen meiner Lügen schlimmer bestraft wurde, als wenn ich die Wahrheit gesagt hätte.

Wenn ich mir vorstelle, was die Leute sich alles einfallen ließen, um zu beweisen, daß ich log, was sie sich einfallen ließen, um ihn zu belasten, zittere ich bei dem Gedanken, was hätte geschehen können, wenn ich nur einmal nicht aufgepaßt und zugegeben hätte, daß wir zusammen im Park waren.

Aber das nimmt mir die Last nicht ab, zu wissen, daß die anderen jungen Männer zu Unrecht bestraft wurden. Wie kann man Unschuldige bestrafen? Ich weiß, daß sie schließlich wegen Dingen ins Gefängnis wanderten, die angeblich nicht mit dem Überfall in Zusammenhang standen. Ich klammere mich daran in der Hoffnung, daß es so ist. Aber ich glaube, ohne den Überfall wären sie heute in Freiheit. Es müssen die Falschen gewesen sein. Ich weiß, ich habe gesagt, ich hätte die Männer nicht gesehen, und das ist wahr. Doch ich hatte einen Eindruck von ihnen, von ihren Kleidern, von ihrem Geruch. Es waren Männer, keine jungen Burschen. Es waren Rabauken aus irgendeinem Dorf, die wegen der Unruhen nach Majapur gekommen waren. Nach allem, was die Leute erzählten, handelte es sich bei den verhafteten jungen Männern keineswegs um solche Typen.

Von den Verhaftungen erfuhr ich erst spät am nächsten Tag. Anna und Lili wußten es bereits. Ronald war noch am selben Abend zum MacGregor-Haus zurückgekommen und hatte berichtet, die Schuldigen säßen »hinter Schloß und Riegel«. Sie sagten es mir nicht, denn ich schlief schon, und am nächsten Morgen sagten sie nichts, weil Hari sich unter den Festgenommenen befand. Gegen halb ein Uhr nachmittags kam Lili mit Anna zu mir ins Zimmer. Lili sagte: »Jack Poulson muß mit dir sprechen, doch das kann er in Gegenwart von Anna tun.« Ich bat sie, ebenfalls zu bleiben, aber sie erklärte, es sei besser, wenn Anna, Jack und ich unter uns wären. Jack Poulson kam herein. Er wirkte wie ein christlicher Märtyrer, der sich gerade zum letztenmal geweigert hat, Gott zu verleugnen. Er machte mich verlegen und ich machte ihn verlegen. Anna stand an der offenen Balkontür und Jack neben ihr, bis ich ihn schließlich aufforderte, Platz zu nehmen. Er entschuldigte sich, mir Fragen stellen zu müssen, und erklärte, Mr. White habe ihn beauftragt, »sich mit der Beweisaufnahme zu befassen«, denn es handle sich nicht nur um eine Angelegenheit der Polizei, sondern der ganzen Gemeinschaft.

Inzwischen hatte ich Zeit gehabt, mir über die Fragen Gedanken zu machen, die Lili am Abend zuvor nicht gestellt hatte, die aber beantwortet werden mußten. Was hatte ich im Bibighar-Park zu suchen? Wieso wußte ich, daß Hari nicht dort gewesen war, wenn ich die Männer nicht gesehen hatte, die mich überfielen? Ich erkannte, es gab nur einen Weg, um das Verhör durchzustehen, ohne Hari zu belasten. Ich mußte mir die ganze Angelegenheit so vorstellen, wie sie hätte geschehen können bzw. als sei sie geschehen, und Hari wäre nicht mit mir im Park gewesen.

Ich hatte mir folgende Geschichte überlegt: Nach dem Besuch bei Miss Crane verließ ich das Krankenhaus und fuhr zum Asyl. Ich bat Jack Poulson bewußt, so wenig wie möglich vom Asyl zu erwähnen – wenn es sich vermeiden ließ –, denn ich ging dorthin, um bei der Sprechstunde zu helfen, und glaubte zu wissen, daß ich damit gegen die Krankenhausregeln verstieß, die auch für jemanden galten, der freiwillig und unbezahlt dort arbeitete. Wie beabsichtigt, lächelte er. Aber dann verschwand das Lächeln, und sein Schweigen zwang mich, weiterzusprechen und mich dem schwierigen Teil der Geschichte zuzuwenden.

Ich verließ das Asyl in der Dämmerung. Offenbar erschien wegen der Gerüchte über die Unruhen niemand in der Sprechstunde. In der ganzen Stadt herrschte eine unnatürliche Stille. Die Bewohner hatten sich selbst Ausgehverbot auferlegt. Mich ängstigte das keineswegs, sondern ich wiegte mich in einem falschen Gefühl der Sicherheit und glaubte, zum erstenmal gehöre Majapur mir allein. Ich fuhr mit dem Fahrrad durch die Chillianwallah Bagh Extension Road, über die Bibighar-Brücke und die Bahngleise. Jack Poulson unterbrach mich und fragte: »Haben Sie in der Nähe der Bahngleise jemanden gesehen?«

Ich dachte darüber nach (man hatte mir noch nichts von den Festnahmen gesagt). Bis zu diesem Punkt war es immer noch um Fakten gegangen, um die Wahrheit, aber ich mußte entscheiden, wieviel ich sagen durfte. Noch sah ich nichts Gefährliches darin, also versuchte ich, mir die Situation beim Überqueren der Brücke und der Bahngleise möglichst genau vorzustellen. Ich sagte: »Nein. Ich habe niemanden gesehen. Die Ampel an der Schranke stand auf Grün. Ich glaubte, im Bahnwärterhäuschen Licht zu sehen und Stimmen zu hören. Mit Stimmen meine ich das Weinen eines Kindes. Irgendein häusliches Problem schien die Leute zu beschäftigen. Ich fuhr jedenfalls weiter. Unter der Straßenlampe am Park hielt ich an und stieg ab.«

Nach einer Pause fragte Jack: »Weshalb?«

Ich erwiderte: »Eigentlich hielt ich an, um meinen Regenumhang auszuziehen. Ich hatte ihn übergezogen, als ich Schwester Ludmila verließ, weil ich glaubte, es würde wieder regnen. Und Sie wissen, wie es ist, einen Regenumhang zu tragen, wenn kein Grund dazu besteht.«

Jack nickte und fragte dann, ob ich tatsächlich unter der Straßenlampe angehalten habe. Ich dachte: »Das heißt, jemand hat mich gesehen«. Oder sie versuchen nachzuweisen, daß mich jemand gesehen haben kann. Es beunruhigte mich nicht, denn ich sagte immer noch die Wahrheit. Aber ich war auf der Hut und froh, daß die halbe Lüge, die ich erzählen wollte, der Wahrheit näher kam als die Geschichte, die ich mir zuerst ausgedacht, aber wieder verworfen hatte. Ursprünglich wollte ich sagen: »Ich habe am Bibighar-Park angehalten, um meinen Regenumhang *über*zuziehen, denn ich glaubte, es würde regnen, oder weil es regnete und ich vorhatte, mich eine Weile dort unterzustellen.« Ich verwarf die Geschichte, denn es hatte nicht nach Regen ausgesehen und auch nicht geregnet, und jeder hätte das beweisen können.

Deshalb erklärte ich: »Ja, ich habe unter der Straßenlampe angehalten, meinen Umhang ausgezogen und den Hut abgenommen. Den Hut stopfte ich in die Tasche des Umhangs und legte das Cape über die Lenkstange.«

Mr. Poulson fragte: »Was meinen Sie damit, wenn Sie sagen, Sie hätten *eigentlich* angehalten, um den Umhang auszuziehen?«

Dies war der erste wirklich gefährliche Punkt. Wieder war ich froh, den Gedanken eines melodramatischen Überfalls unbekannter Männer, die mich überwältigt und in den Park geschleppt hatten, aufgegeben zu haben. Ich erwiderte: »Wahrscheinlich finden Sie es schrecklich albern und wenn nicht albern, dann zumindest töricht und unvorsichtig.« Jetzt log ich und beglückwünschte mich dazu. Die Lüge entsprach auf merkwürdige Weise mir, war typisch für die alberne Daphne Manners, die vorwitzig durch die Gegend stakste. Ich blickte Jack Poulson gerade in die Augen und rückte damit heraus: »Im Garnisonsviertel war es so ruhig und menschenleer, daß ich mich gefragt habe, ob man heute nicht die Gespenster sehen könnte.«

»Die Gespenster?« fragte er. Er versuchte, amtlich auszusehen, doch es gelang ihm nur, so neugierig zu wirken, wie ich vorgab, am Abend zuvor gewesen zu sein. »Ja, die Gespenster von Bibighar«, sagte ich. »Ich war noch nie bei Dunkelheit dort« – eine gefährliche Feststellung, aber sie ging durch –, »und ich erinnerte mich, gehört zu haben, daß dort Gespenster herumspuken. Also sagte ich zu mir: ›Reiß dich am Riemen‹, überquerte die Straße und ging in den Park. Man kann jederzeit hinein, es gibt kein Tor. Ich dachte mir, es wäre doch ein Spaß, wenn ich heimkäme und zu Lili sagen könnte, ›also, die Bibighar-Gespenster hab ich zur ewigen Ruhe gebettet. Jetzt kann deine Janet MacGregor kommen.‹ Ich schob das Fahrrad auf dem Pfad bis zum Pavillon, stellte es ab, löschte die Lampe und ging hinauf zur Mosaikplattform.«

Aber Mr. Poulson kannte den Bibighar-Park nicht. Er ging später hin, um sich den Tatort anzusehen. Aber im Augenblick mußte ich ihm erklären, worum es sich bei der Plattform handelte, damit er sich ein Bild machen konnte. »Ich setzte mich auf den Mosaikboden und rauchte eine Zigarette«, fuhr ich fort (etwas unüberlegt und ebenfalls gefährlich, denn wenn nach dem nächtlichen Regen noch Stummel zu finden waren, konnte man feststellen, daß es sich nicht um englische Zigaretten gehandelt hatte). »Dann wartete ich auf das Erscheinen der Gespenster. Ich habe laut mit mir selbst geredet: ›Nun kommt schon, ihr Gespenster, zeigt euch!‹, doch dann mußte ich an Miss Crane denken. Plötzlich kam ich mir töricht vor. Wahrscheinlich *war* es Wahnsinn, gerade an diesem Abend dort zu sitzen. Aber ich nahm die Gerüchte von den Unruhen in den Außenbezirken nicht ernst. Vermutlich beobachteten sie mich. Ich hörte nichts außer dem Tropfen und dem Quaken – ich meine das Tropfen von den Blättern und dem Dach und das Quaken der Frösche. Die Männer tauchten ganz plötzlich auf, beinahe aus dem Nichts.«

Mr. Poulson setzte wieder sein Märtyrergesicht auf und fragte: »Sie haben sie nicht gesehen?« Wieder eine Warnung. Ich erwiderte: »Vielleicht einen kurzen Augenblick. Aber es geschah alles so schnell und ohne Vorwarnung. In dem einen Moment war ich allein und im nächsten von Männern umringt.«

Natürlich war dies der Teil der Geschichte, über den Jack Poulson etwas erfahren wollte. Aber er fand es so schrecklich peinlich, daß er mich kaum ansehen konnte, während ich sprach. Er blickte immer wieder zu Anna hinüber, um sich moralische Unterstützung zu verschaffen, und in diesem Augenblick überlegte ich, weshalb sie eigentlich dort stand. Offensichtlich hörte sie zu, blickte jedoch unverwandt in den Garten. Sie distanzierte sich von der Befragung und hatte sich in eine unbewegliche Statue verwandelt, die erst lebendig und wieder zu Anna Klaus werden würde, wenn die Stimme ihrer Patientin Schmerzen verriet.

Jack Poulson sagte: »Es tut mir leid, auf diesen Fragen bestehen zu müssen. Gibt es irgend etwas, an das Sie sich im Zusammenhang mit den Männern erinnern? Erinnern Sie sich vielleicht an etwas Charakteristisches, etwas, das helfen könnte, sie zu identifizieren?«

Ich wollte Zeit gewinnen und erwiderte: »Ich glaube nicht. Ich meine, sie sehen alle gleich aus, nicht wahr? Ganz besonders im Dunkeln.« Mir war bewußt, daß ich etwas gesagt hatte, das man als unschicklich und auch für mich untypisch betrachten konnte. Er fragte nach ihrer Kleidung. Ich erinnerte mich ziemlich deutlich an weiße Baumwollsachen – *Dhotis* und diese hochgeschlossenen langen Hemden, schmutzige, stinkende Bauernkleider. Aber wieder leuchtete die Alarmlampe auf. Ich sah *die Gefahr für Hari, falls man die Männer faßte.* Ich glaube, wenn man mich nachts in den Bibighar bringen und mich mit den Männern konfrontieren würde, könnte ich sie erkennen. Man kann Menschen wiedererkennen, selbst wenn man glaubt, man habe keine Anhaltspunkte, um sie zu identifizieren. Man braucht nur ein oder zwei Sekunden lang einen Eindruck von ihnen gewonnen zu haben, den man kaum als Eindruck wahrnimmt oder dem man zu wenig Bedeutung beimißt, um eine Beschreibung zu geben oder auch nur zu versuchen. Ich fürchtete mich vor einer Gegenüberstellung; ich fürchtete mich, sagen zu müssen: »Ja, das sind die Männer«, denn das würde nur dazu führen, daß sie behaupteten, provoziert worden zu sein; sie würden auf die Knie fallen, um Gnade betteln und flehen und sagen, so etwas wäre ihnen nie in den Sinn gekommen, *wenn die weiße Frau es nicht schon vorher mit einem Inder getrieben hätte.*

Damit klappte die Falle zu, nicht wahr, Tante? Wenn man angefangen hat zu lügen, kann man nicht mehr aufhören. Meine Lüge hatte mich in eine Lage gebracht, aus der es keinen Ausweg mehr gab – es sei denn, durch die Wahrheit.

Da ich nicht wagte, die Wahrheit zu sagen, konnte ich alle nur verwirren, durcheinanderbringen und dafür sorgen, daß sie mich haßten – und daneben mußte ich alle Kräfte aufbieten, um Hari herauszuhalten, indem ich hartnäckig darauf bestand, daß er nicht im Park gewesen sei. Ich mußte die ganze Sache so darstellen, daß sie die Männer, die mich überfallen hatten, nie anklagen, nie vor ein Gericht stellen und nie bestrafen konnten, weil sie wußten, die Kronzeugin würde alle ihre Absichten vereiteln.

Aber natürlich vergaß ich ihre Macht – zumindest rechnete ich nicht damit, schon auf einen Verdacht hin jemanden anzuklagen und zu bestrafen. An einem Punkt hätte ich beinahe die Wahrheit gesagt, weil ich sah, welchen Lauf die Dinge nehmen konnten. Ich bin froh, daß ich es nicht tat, denn ich glaube, sie hätten irgendwie bewiesen, daß Hari sich praktisch der Vergewaltigung schuldig gemacht habe, weil er mit mir geschlafen und andere dadurch angestiftet hatte, seinem Beispiel zu folgen. Meine Lügen verhinderten wenigstens, daß er wegen Vergewaltigung bestraft wurde. Es bewahrte auch diese unschuldigen jungen Männer davor. Ich habe nie gefragt, welche Strafe auf Vergewaltigung steht. Aufhängen? Lebenslänglich? Die Leute sprachen davon, ihnen den Strick um den Hals zu legen oder sie vor die Mündung einer Kanone zu binden – das machten wir im neunzehnten Jahrhundert mit Meuterern.

Als Jack Poulson mich nach der Kleidung der Männer fragte, antwortete ich, mir sei es nicht möglich, genaue Angaben zu machen. Ich entschied aber dann, es sei sicherer, bei der Wahrheit zu bleiben, und sagte: »Wie Bauern«, um nicht den Eindruck zu hinterlassen, sie hätten wie Hari Hemd und Hose getragen.

Mr. Poulson fragte: »Sind Sie sicher?« Diese Frage kam mir entgegen, denn es klang, als widerlege meine Aussage die Geschichte, die er sich ausgedacht oder die andere sich für ihn ausgedacht hatten – eine Geschichte, in deren Mittelpunkt Hari stand. Deshalb wiederholte ich noch einmal: »Ja, wie Bauern ... oder Arbeiter.« Ich fügte vorsichtshalber hinzu: »So rochen sie auch.« Das stimmte. Er fragte: »Roch einer von ihnen nach Alkohol?« Ich dachte daran, wie Schwester Ludmila damals Hari im Graben gefunden hatte. Im Augenblick schien es ratsamer, bei der Wahrheit zu bleiben, und ich antwortete: »Alkoholgeruch ist mir nicht aufgefallen.«

Mr. Poulson sagte: »Es tut mir leid, Sie dem aussetzen zu müssen.« Ich erwiderte, das sei in Ordnung, mir sei bewußt, er erfülle nur seine Pflicht. Zum erstenmal während der Befragung blickten wir uns länger als den Bruchteil einer Sekunde an. Er sagte: »Da ist noch dieser wichtige Punkt mit dem Fahrrad. Nach Ihren Angaben haben Sie es auf dem Weg in der Nähe des Pavillons abgestellt. Hing der Regenumhang über der Lenkstange?«

Ich begriff nicht sofort die Bedeutung dieser Frage. Ich nahm an, er wußte, daß man mir den Umhang über das Gesicht geworfen hatte, denn das hatte ich Lili und Anna erzählt. Er erfuhr diese Einzelheiten von ihnen. Mir stellte er keine einzige Frage zur Vergewaltigung selbst. Der arme Kerl! Ich nehme an, er wäre eher gestorben – und dabei war er doch Richter! Aber es ging um die Vergewaltigung einer Engländerin, und seine amtliche Unparteilichkeit hielt dem nicht stand. Ich beschloß, in diesem Punkt bei der Wahrheit zu bleiben. »Nein, ich bin ziemlich sicher, den Umhang mit zum Pavillon genommen zu haben. Ich weiß es genau. Ich glaubte, der Boden sei feucht. Aber da er trocken war, setzte ich mich nicht auf den Umhang, sondern legte ihn neben mich.«

Das schien ihn zufriedenzustellen. Später, als die ganze Sache mit dem Fahrrad ins Spiel kam, begriff ich, worauf er hinauswollte. Er versuchte zu klären, zu welchem Zeitpunkt »sie« das Fahrrad entdeckt hatten. Lag das Cape über der Lenkstange, hieß das, sie hatten das Fahrrad entdeckt, ehe sie mich überfielen. Wenn es nicht über der Lenkstange hing, konnte das bedeuten, daß sie das Fahrrad erst fanden, als sie sich davonmachten. Das ließ vermuten, daß sie den Weg benutzt und den Park nicht durch die Mauerlücke an der Rückseite verlassen hatten. Fußspuren konnte es auf den Kieswegen nicht geben. Außerdem hatte es geregnet, und die Polizisten hatten im Dunkeln den Park durchkämmt. Er stellte die nächste Frage: »Sie sagen, Sie waren plötzlich umringt. Heißt das, sie kamen von allen Seiten gleichzeitig?«

Wieder leuchtete die Warnlampe auf. Sagte ich: »Ja, von allen Seiten«, würde als nächstes keine Frage, sondern eine unwiderlegbare Feststellung folgen: »Also konnten Sie keinen Eindruck von dem Mann oder den Männern haben, die sich Ihnen von rückwärts näherten!«

Ich begriff, es würde schwierig sein, ein für allemal die Vermutung auszuschalten, daß ich zumindest einen Mann nicht gesehen hatte – besonders dann nicht, wenn dieser Mann nicht gesehen werden wollte, damit ich ihn nicht erkannte. Zum Beispiel Hari! Der Pavillon ist nach allen Seiten offen. Ich konnte diese Gefahr nur möglichst weit abschwächen. Ich erwiderte: »Nein, nein, nicht von allen Seiten. Erst saß ich am Rand der Plattform, dann warf ich die Zigarette weg und drehte mich um – wie man es tut, wenn man aufstehen will. Sie kamen von hinten. Ich weiß nicht, vielleicht hörte ich ein Geräusch und wollte deshalb gehen. Es war ziemlich unheimlich. Ich drehte mich um, und da richteten sich zwei von ihnen gerade auf, während die anderen drei oder vier über den Rand kletterten.«

Hatte ich geschrien? Nein – ich war zu überrascht, um zu schreien. Hatte einer der Männer etwas gesagt? Ich glaube, einer lachte leise.

Mr. Poulson wies auf die Ungenauigkeit meiner Aussage hin, es seien »drei oder vier« gewesen. Waren es drei oder vier? Waren es insgesamt fünf oder sechs Männer gewesen? Ich konnte mich nicht genau erinnern. Ich erinnerte mich nur an das schreckliche Gefühl, von all diesen Männern überfallen zu werden. Ob nun fünf oder sechs, es waren Arbeiter, Gesindel, und sie stanken zum Himmel. Ich sagte, es sei so ähnlich gewesen, als hätte man mich in eines dieser widerlichen Dritter-Klasse-Abteile in einem indischen Zug geworfen. »Ich will nicht darüber reden.«

Anna wurde wieder lebendig. Sie drehte sich um und sagte in ihrer sehr energischen deutschen Art: »Ja, ich glaube, es ist genug, Mr. Poulson.« Er stand sofort auf – froh, es hinter sich zu haben, wenn auch nur für den Augenblick. Anna begleitete ihn zur Tür. Sie kam noch einmal kurz zurück, um sich davon zu überzeugen, daß mit mir alles in Ordnung war. Dann ließ sie mich allein. Lili brachte mir zum Mittagessen Obst und Quark. Danach schlief ich bis zum späten Nachmittag. Als ich erwachte, sah ich Lili und Raju, der das Zimmer gerade verließ. Er hatte Tee gebracht.

Ich trank eine Tasse, und dann sagte Lili: »Ich finde, Mr. Poulson hätte darüber sprechen sollen. Sie haben gestern abend ein paar junge Männer festgenommen. Hari ist auch darunter.«

Man hatte mein Fahrrad im Graben vor Haris Haus im Chillianwallah Bagh gefunden. Ich konnte es nicht glauben.

Es war eine so monströse *fatale* Machenschaft! Ich sagte: »Aber er war nicht dabei! Hari war es nicht!« Lili wollte mir glauben. Ich versuchte, nicht in Panik zu geraten. Ich dachte, wenn man Männer verhaftet hatte, müßten es die Schuldigen sein. Sie würden den Inder schon erwähnt haben, der vor ihren Augen mit mir geschlafen hatte. Ich würde es leugnen müssen, immer wieder leugnen müssen und hoffen, daß Hari sein Versprechen hielt, nichts zu sagen und nichts zu wissen. Ich glaubte, er habe mir das Versprechen *gegeben,* als er mich losließ. Ich fragte Lili, wann, weshalb und von wem er festgenommen worden war. Als ich begriff, daß Ronald ihn noch am selben Abend verhaftet, daß Ronald das Fahrrad vor seinem Haus gefunden hatte, sagte ich: »Er lügt doch, nicht wahr? Er hat das Fahrrad am Bibighar gefunden, zu Haris Haus gebracht und dort in den Graben geworfen.«

Lili war entsetzt, denn sie wußte, das *konnte* die Wahrheit sein; sie weigerte sich aber, es zu glauben. Sie konnte nicht glauben, daß ein englischer Beamter so weit gehen würde. Aber es gibt nur drei mögliche Erklärungen für das Fahrrad, und darunter eine wahrscheinliche. Ich ließ das Fahrrad an einen Baum gelehnt stehen. Auf dem Weg war es sehr dunkel. Man übersah das Fahrrad sehr leicht, wenn man nicht genau wußte, wo es stand, und keine Lampe bei sich hatte. Ich glaube, als Hari mich aus dem Park trug, lag die Stelle schon hinter uns, als ich sagte: »Hier irgendwo steht es«, und er mich absetzte. Das Fahrrad interessierte ihn nicht. Er machte sich nur Gedanken darüber, wie er mich nach Hause tragen konnte. Ich nehme an, ihm schwebte undeutlich vor, mich auf das Fahrrad zu setzen und nach Hause zu schieben, wenn er es fand. Aber das Fahrrad wäre in diesem Fall alles andere als eine Hilfe gewesen. Vermutlich gab er sich deshalb kaum Mühe, danach zu suchen. Ich nehme an, das Fahrrad befand sich immer noch dort, wo ich es abgestellt hatte, als Ronald mit seiner Patrouille den Park durchkämmte. Sie entdeckten es vermutlich sofort. Ronald legte es in einen Wagen, fuhr damit zu Haris Haus und warf es in den Graben. Ich glaube, er gehörte zu den Beamten, die ihren Männern viel durchgehen lassen. Als Gegenleistung waren sie bereit, Beweismaterial für ihn zu liefern und zu schweigen.

Erinnerst Du Dich, daß der Unterinspektor Hari ungestraft schlagen konnte? Abgesehen von der allgemein bekannten Freundschaft mit mir, Ronalds Eifersucht, seinem Mißtrauen und seinen Vorurteilen gab es keinen Grund, Hari mit der Vergewaltigung im Bibighar in Verbindung zu bringen. Weshalb sonst fuhr Ronald zu Haris Haus? Weshalb machte er sich die Mühe, nach dem Fahrrad zu suchen? Wenn es in einem Graben lag, mußte man es doch wohl *suchen,* oder?

Wenn das Fahrrad im Graben lag, ehe Ronald dorthin kam, hat es möglicherweise einer seiner Männer bei der Routinedurchsuchung gefunden, die immer stattfindet, wenn sie einen Verdächtigen festnehmen. Aber vor der sogenannten »inoffiziellen Untersuchung« gewann ich den Eindruck, nach Ronalds Darstellung seien sie nur deshalb in das Haus gegangen, weil sie das Fahrrad dort fanden. Erst dann hatte Ronald daran gedacht, daß Hari dort wohnt. Wenn Ronald zunächst diesen Eindruck vermitteln wollte, kann er nicht klar gedacht haben, denn Engländern gegenüber wäre es gar nicht nötig gewesen, einen Grund für die Fahrt zu Haris Haus anzugeben. Wie es scheint, war er am frühen Abend schon einmal dort gewesen. Möglicherweise hat Ronald nicht richtig nachgedacht, weil Lili ihm wiederholte, was ich ihr gesagt hatte – Hari war nicht bei mir; Hari hatte mit der Sache nichts zu tun. Aber Ronald *wollte,* daß Hari dafür die Schuld bekäme. Ich glaube, in seinem offiziellen Bericht mußte er die Akzente verschieben und erklären, er sei zu Hari nach Hause gefahren und habe *dann* das Fahrrad gefunden, nicht umgekehrt.

Ich halte Ronald soviel zugute, daß er, nachdem er wußte, was geschehen war, vom MacGregor-Haus zur Polizeizentrale zurückfuhr, eine Patrouille zusammenstellte und zum Bibighar-Park eilte. Da er dort nichts fand, suchte er die Umgebung ab und nahm die jungen Männer fest, die auf der anderen Seite des Flusses in einer Hütte illegal gebrannten Fusel tranken. Dann fuhr er geradewegs zum Haus im Chillianwallah Bagh und stieß dort auf Hari, der Wunden im Gesicht hatte; zugleich fanden Ronalds Männer das Fahrrad. Er fuhr zum Chillianwallah Bagh, weil er glaubte, ich lüge, weil er wußte, ich log, und weil die festgenommenen jungen Männer zu Haris Bekanntenkreis gehörten. Aber in erster Linie fuhr er dorthin, weil er Hari haßte. Er wollte Haris Schuld beweisen. Und damit bleiben nur die beiden anderen Erklärungen für das Fahrrad. Entweder ging Hari in den Park zurück, nachdem ich ihn allein gelassen hatte, fand das Fahrrad, fuhr damit nach Hause, erkannte die Gefahr und schob es in den Graben. Das würde bedeuten, er handelte kopflos. Denn wenn er die Gefahr *sah,* hätte er das Fahrrad nicht vor seinem Haus liegen lassen. Bleibt noch die Möglichkeit, daß einer der Männer Hari kannte und wußte, wo er wohnte. Der Mann bemächtigte sich des Fahrrads und ließ es in der Annahme, die Polizei würde diese Gegend durchsuchen, vor Haris Haus liegen – was bedeutet, der Mann, der Hari kannte, wußte auch, daß Hari und ich befreundet waren. Das führt zu der logischen Annahme, dieser Mann habe vorausgesehen, daß wir uns an diesem Abend im Bibighar-Park treffen würden. Dabei wußten wir es nicht einmal selbst im voraus! Es ist einfach zu unwahrscheinlich, daß sich an diesem Abend ein oder mehrere Männer im Bibighar-Park befanden, die Hari in der Dunkelheit erkannten und so weit dachten, das Fahrrad zu stehlen und es vor seinem Haus zurückzulassen. Wer hätte das sein sollen? Jemand von Lilis Personal? Einer von Mrs. Gupta Sens Dienern? Jemand, der meinen englisch geschriebenen Brief lesen konnte, in dem ich Hari vorschlug, mich am Abend des 9. August im *Asyl* zu treffen? Nein, das ist einfach unmöglich! Es ist selbst dann unmöglich, wenn man annimmt – wie ich es eine Weile tat –, dieser unbekannte, doch sehr kluge oder zumindest sehr vom Glück begünstigte junge Mann sei einer der Bahrenträger gewesen, die Schwester Ludmila nie länger als vier Wochen einstellte, weil sie sich danach langweilten und nur noch »Unfug im Kopf hatten«. Als ich sie vor meiner Abreise zum letztenmal besuchte, fiel mir auf, daß sie wieder einen neuen Jungen hatte. Sie erzählte mir von den jungen Männern, die ihr schrieben, was aus ihnen geworden war. Nur einer sei zurückgekommen, um bei ihr zu betteln. Mir kam der Gedanke, daß vielleicht dieser eine dabei gewesen war, als sie und de Souza den betrunkenen Hari ins Asyl brachten. Jemand wie er mochte sich für Hari interessieren, ihm folgen, seine Gewohnheiten kennenlernen und ihn sogar beobachten, wenn wir in den Bibighar-Park gingen. Aber weshalb? Dieser junge Mann mochte vielleicht nach der Rückkehr in sein Dorf über den Inder und die weiße Frau geredet haben. Vielleicht kam er an der Spitze einer Bande nach Majapur zurück, weil die Gerüchte von den Unruhen in der Stadt in ihnen die Hoffnung auf Beute weckten. Sie mochten über die eingestürzte Mauer an der Rückseite in den Park gekommen sein, um dort die Nacht zu verbringen. Dann entdeckten sie Hari und mich und beobachteten uns. Die Männer, die uns überfielen, hatten uns beobachtet, das steht fest. So viele Zufälle sind unglaubwürdig. Bei den

Männern handelte es sich um Gesindel. Ronald Merrick hat das Fahrrad in den Graben geworfen. Ich weiß es! Ich glaube, Hari hatte nicht viele Freunde, aber von Ronald abgesehen auch nicht viele Feinde – jedenfalls keine, die sich so viel Mühe geben würden, ihn zu belasten.

Wenn es nicht Ronald war, muß Hari das Fahrrad benutzt haben, dann in Panik geraten sein und es in den Graben vor dem Haus geworfen haben. Ich glaube nicht, daß Hari in Panik geriet.

Aber mich erfaßte Panik. Ich bat Lili, mich allein zu lassen. Ich wollte nachdenken. Mir wurde alles klar. Ronald durchsuchte den Park, fand das Fahrrad, legte es in seinen Wagen, fuhr über die Brücke in Richtung Chillianwallah Bagh und befragte den Schrankenwärter. So entdeckte er Haris »Freunde«, nahm sie fest, fuhr weiter zu Haris Haus, warf das Fahrrad in den Graben und stürmte in das Haus. Bei Haris Festnahme durchsuchte man vermutlich sein Zimmer. Hatte er meine Nachricht mit der Aufforderung, mich im Asyl zu treffen, vernichtet? Dieser Brief wurde nie erwähnt, also muß er es getan haben. Vielleicht blieb ihm dazu gerade noch Zeit, wenn er ihn nicht schon vorher weggeworfen hatte. Das Foto, das ich ihm geschenkt hatte, wurde erwähnt. Ronald nahm es als »Indiz« mit. Es handelte sich um einen Abzug der Aufnahme, die ich Dir geschickt hatte. Hari half mir damals, sie bei Subhas Chand auszusuchen. Bei der inoffiziellen Untersuchung im MacGregor-Haus sagte Mr. Poulson: »Mr. Kumar hatte ein Foto von Ihnen in seinem Zimmer. Haben Sie es ihm gegeben?« Verstehst Du, er sagte das, als wolle er beweisen, daß Hari wie besessen von mir war und das Foto entwendete, um mich ungestört anstarren zu können. Es klang, als beabsichtige Mr. Poulson, mir die Möglichkeit zu geben, mich von Hari zu distanzieren, auf ihre Seite überzulaufen, meine albernen Vorstellungen von Loyalität und Treue fallenzulassen und zusammenzubrechen. Dann konnte ich meine Verblendung zugeben und gestehen, daß Hari meine Emotionen gefühllos und berechnend mißbraucht hatte, und daß es mich erleichterte, endlich die Wahrheit zu sagen, denn ich sei wieder zu Vernunft gekommen, fürchte mich nicht länger vor ihm und sei schon gar nicht mehr in ihn vernarrt. Er habe mich überfallen, mißbraucht, mich der niederträchtigen Demütigung ausgesetzt, von seinen Freunden vergewaltigt zu werden, und danach versucht, mich mit Morddrohungen einzuschüchtern, damit ich ihn nicht verriete. Und diese Drohungen ließen sich – wie er sagte – nur allzu leicht in die Tat umsetzen, weil die Engländer ohnedies aus dem Land gejagt würden... Oh, ich weiß, was in ihren Köpfen vorging – vielleicht gegen besseres Wissen –, doch das war die Geschichte, die sie glauben wollten, weil möglicherweise soviel auf dem Spiel stand. Das Trio, das die inoffizielle Untersuchung durchführte – oder wie immer man sie bezeichnete – setzte sich zusammen aus Mr. Poulson, einem aufgeregten und verlegenen jungen englischen Unterbezirksbeamten, dessen Namen ich vergessen habe, und Mr. Menen. Richter Menen führte den Vorsitz, und nur er wahrte den Anschein absoluter Unparteilichkeit. Mir kam es vor, als beruhe diese Unparteilichkeit auf Erschöpfung, einer Erschöpfung, die an Hoffnungslosigkeit grenzte. Doch seine Anwesenheit ermutigte mich, nicht nur, weil er Inder war, sondern weil ich daraus mit einiger Sicherheit schließen konnte, daß den Angeklagten nicht im Distriktsgericht der Prozeß gemacht werden würde. Hätte die Untersuchung zu den Ergebnissen geführt, auf die das Trio inzwischen nicht mehr hoffen konnte, die jedoch von allen Engländern immer noch erwartet wurden, so wäre der Fall vermutlich vor dem Obersten Gerichtshof der Provinz verhandelt worden.

Aber ich habe einen Schritt vorweggenommen. Ich muß noch einmal zum Abend des zehnten August zurückkehren, als ich Lili aus dem Zimmer schickte, um Zeit zum Nachdenken zu haben. In panischer Angst überlegte ich, was man gefunden haben mochte, das Hari belasten konnte, wer die anderen verhafteten Männer waren, und was sie vielleicht ausgesagt hatten. Mich erschütterte plötzlich die typisch englische Gedankenlosigkeit, mit der ich angenommen hatte, für Hari sei alles in Ordnung, wenn *ich* erklärte, er sei unschuldig. Ich war in dem Glauben davongelaufen, ich müsse nur Abstand zwischen uns legen, um ihm zu helfen. Aber jetzt sah ich ihn dort, wo ich ihn zurückgelassen hatte. Er stand am Eingang des Bibighar-Parks. Was tat er, Tante? Ging er zurück? Suchte er das Fahrrad? Nahm er es mit in dem Glauben, damit *mir* zu helfen? Oder machte er sich zu Fuß auf den Weg nach Hause? Als ich hier ankam, waren mein Hals und Gesicht blutverschmiert – Anna erzählte es mir. Es muß Haris Blut gewesen sein, denn wir klammerten uns in der Dunkelheit aneinander. Im Dunkeln sah ich nicht, ob sie ihn nur leicht oder schwer verletzt hatten. Ich fragte nie danach. Ich dachte nicht daran. Offensichtlich reinigte er gerade sein Gesicht, als Ronald ins Zimmer stürzte. Natürlich versuchten sie nachzuweisen, daß ich ihn verletzt hätte, als ich mich wehrte. Aber ich kann nur noch daran denken, wie gleichgültig ich ihn vor dem Park zurückließ. Er mußte sich allem allein stellen, durfte nichts sagen, mußte alles leugnen, weil ich ihn darum gebeten hatte. Man stelle sich vor, nichts sagen, alles leugnen, und dann diese Kratzer und Wunden im Gesicht, für die er keine Erklärung geben konnte! Als Haris Verletzungen im Verlauf der Untersuchung zur Sprache kamen, sagte ich: »Weshalb fragen Sie mich danach? Fragen Sie Mr. Kumar! Ich weiß es nicht. Er war nicht im Park!« Mr. Poulson erwiderte: »Man *hat* ihn gefragt. Er gab keine Antwort.« Dann wechselte Mr. Poulson das Thema. Ronald machte gerade seine Aussage. Ich starrte ihn an, doch er vermied es, mich anzusehen. Ich sagte: »Vielleicht hatte er eine handgreifliche Auseinandersetzung mit der Polizei? Es wäre nicht das erstemal, daß er von einem Polizisten geschlagen wurde!« Es half nichts. In diesem Augenblick und an diesem Ort war es das falsche Argument. Danach sympathisierte man eher mit Ronald als mit mir. Es machte mir nichts aus. Ich haßte mich inzwischen selbst. Ich haßte mich, denn ich begriff, Hari hatte mich beim Wort genommen und nichts gesagt – im wahrsten Sinn des Wortes. Nichts. Nichts. Nichts! Er sagte nichts, trotz der Indizien, die gegen ihn sprachen, an die ich nicht gedacht hatte, als ich davonrannte und ihn stehenließ.

Sie haben ihn verletzt, nicht wahr? Sie haben ihn auf irgend eine Weise gefoltert! Aber er hat nichts gesagt, nichts, nichts! Als sie ihn festnahmen, stand er sicherlich da – mit den Verletzungen im Gesicht, meinem Foto in seinem Zimmer, meinem Fahrrad vor dem Haus – und hat nichts gesagt. Lili erwähnte einmal, als die Untersuchung bereits lief: »Er verweigert die Aussage. Er bestreitet, im Bibighar-Park gewesen zu sein. Er behauptet, dich seit dem Tempelbesuch nicht mehr gesehen zu haben. Aber er weigert sich zu sagen, wo er war, oder was er getan hat, als er die Redaktion verließ und erst nach neun Uhr zu Hause ankam. Er muß etwa zur gleichen Zeit wie du zurückgekommen sein, Daphne.«

Natürlich gab es die anderen Dinge, mit denen ich nicht gerechnet oder von denen ich nichts gewußt hatte: Ronalds erste Fahrt zum Haus im Chillianwallah Bagh, sein Besuch im MacGregor-Haus, sein Besuch im Asyl. Als ich Hari vor dem Park zurückließ, nahm ich an, er müsse nur vorgeben, den ganzen Abend zu Hause gewesen zu sein, Tante Shalini nur überreden zu bezeugen, daß er zu Hause gewesen sei, wenn es sich als notwendig erweisen sollte, oder eine andere Geschichte erfinden, die er für richtig und glaubwürdig hielt. Doch für Hari konnte es keine überzeugende Geschichte geben. *Ich ließ ihm keine Möglichkeit, mich zu beruhigen und – wie ich einem Engländer erlaubt hätte – zu sagen.* »Um Himmels willen, wenn ich nicht hier im Bibighar-Park war, wo um alles in der Welt war ich dann? Wie erkläre ich die geschwollene Lippe, das blaue Auge, die Kratzer im Gesicht?«

Ich gab ihm keine Möglichkeit dazu, denn selbst in meiner Panik maßte ich mir die Überlegenheit, das Privileg und den Glauben an, zu wissen, was für uns beide das beste sei, denn meine Hautfarbe stellte mich automatisch auf die Seite der Menschen, die niemals logen. Aber dieses Stadium kolonialer Einfalt liegt lange hinter uns. Wir haben einen rücksichtslosen Justizroboter geschaffen. Wir können ihn nicht abstellen. Er arbeitet auch dann für uns, wenn wir es nicht wollen. Wir haben ihn geschaffen, um zu beweisen, wie gerecht, wie zivilisiert wir sind. Doch es ist ein weißer Roboter, und er kann zwischen Liebe und Vergewaltigung nicht unterscheiden. Er versteht nur »Körperkontakt« und sieht darin ein Verbrechen, denn er ist dazu da, Verbrechen zu bestrafen. Er hätte Hari dafür bestraft; wenn Körperkontakt zwischen den Rassen ein Verbrechen ist, wäre Hari zu Recht bestraft worden. Eines Tages kommt vielleicht jemand und klemmt irrtümlich einen Draht um oder baut in der Absicht, ihn unparteiisch oder farbenblind zu machen, einen besonderen Schaltkreis ein, und dann wird er vermutlich explodieren.

Nachdem Lili mir von Haris Festnahme erzählt und ich eine Weile darüber nachgedacht hatte, klingelte ich nach Raju. Ich bat ihn, Poulson Sahib zu benachrichtigen, daß ich ihn zu sprechen wünsche. Ich hatte meine Panik überwunden. Ich war wütend – sogar auf Lili. Ich dachte, sie habe mich im Stich gelassen, weil sie zuließ, daß Hari im Gefängnis saß, ohne etwas dagegen zu unternehmen. Sie brachte sehr viel Geduld mit mir auf, aber wir waren füreinander verschlossen wie nie zuvor. Sie erklärte, wenn ich Mr. Poulson wirklich sehen wollte, würde sie ihn anrufen. Sicher glaubte sie, ich beabsichtige, ein Geständnis zu machen. Sie wußte, daß ich log. Aber die Wahrheit wäre für sie nicht besser als die Lüge gewesen. Sie hatte Hari in das MacGregor-Haus eingeladen, und er war Inder, ihr Landsmann. Nach Bibighar kam ich mir ein oder zwei Tage lang wie ein Eindringling vor, wie eine ihrer Harpyien, die unerklärlicherweise in das Leben einer indischen Familie hineingezogen worden war, und die es jetzt vorzog, in ihrem Zimmer zu sitzen, um soviel von ihrer rassischen Integrität zu retten, wie noch vorhanden war.

Mr. Poulson erschien nach dem Abendessen. Lili brachte ihn zu mir hinauf. Sie fragte, ob sie bleiben solle. Ich erklärte, es sei vielleicht besser, wenn Mr. Poulson und ich unter vier Augen miteinander sprachen. Kaum hatte Lili die Tür hinter sich geschlossen, fragte ich ihn: »Weshalb haben Sie mir verschwiegen, daß Hari Kumar gestern abend festgenommen wurde?« Eigentlich mochte ich Jack, doch an diesem Abend verachtete ich ihn; aber schließlich war ich in meiner augenblicklichen Stimmung bereit, jeden zu verachten. Er sah aus, als wäre er am liebsten im Boden versunken. Er erklärte, Hari sei verhaftet worden, weil die Indizien entgegen meinem »Glauben«, er sei nicht in die Sache verwickelt, für das Gegenteil sprächen. Ich fragte: »Welche Indizien? Welche Indizien können *mir* widersprechen? Ihr müßt alle verrückt sein, wenn ihr glaubt, ihr könnt es Hari in die Schuhe schieben.«

Er erwiderte, das Beweismaterial habe auf Hari hingewiesen, und man könne nicht ausschließen, daß er trotz meines Glaubens, es sei nicht der Fall, im Park gewesen sei.

Ich erklärte, das sei keine Frage des Glaubens. Ich fragte ihn, ob er wirklich annehme, ich *wüßte* es nicht, wenn Hari tatsächlich unter den Männern gewesen sei. Das machte ihm Angst. Er fürchtete ein intimes Geständnis. Als mir das klar wurde, glaubte ich zu wissen, wie ich vorgehen konnte. Ich mußte ihnen Angst vor dem einjagen, was ich möglicherweise vor Gericht aussagen würde. Ich erkundigte mich nach den anderen Männern. Er gab vor, nichts über sie zu wissen. Ich lächelte und sagte: »Wie ich sehe, behält Ronald sehr viel für sich. Das ist auch kein Wunder, nicht wahr? Schließlich ist ja ziemlich eindeutig, daß *er* das Fahrrad in den Graben geworfen hat.«

Lili war entsetzt gewesen, aber ihr Entsetzen ließ sich bei weitem nicht mit Jack Poulsons Schock vergleichen. »Um Himmels willen, wie kommen Sie denn darauf?« Ich forderte ihn auf, Ronald danach zu fragen. Es schien mir klüger, es dabei zu belassen. Mr. Poulson sollte etwas zu verdauen haben. Ehe er sich verabschiedete – und er verabschiedete sich, weil es seiner Ansicht nach »im Augenblick keinen nützlichen Ansatzpunkt gab, den man weiterverfolgen sollte« –, wiederholte ich noch einmal: »Hari war nicht im Park. Ich bezweifle, daß auch nur einer der verhafteten Männer dort war. Es ist das Übliche, nicht wahr? Eine Engländerin wird vergewaltigt, und alle verlieren jeden Sinn für Proportionen. Wenn Ronald oder einer von euch glaubt, die ersten besten Inder bestrafen zu können, die euch in die Hände gefallen sind, nur um den Weißen ein Erfolgserlebnis zu verschaffen, dann müßt ihr euch auf etwas anderes gefaßt machen. Vor Gericht wird die Anklage in sich zusammenfallen, denn *ich* werde aufstehen und wiederholen, was ich Ihnen gesagt habe. Unter Umständen werde ich bei gewissen Einzelheiten noch ausführlicher werden.«

Er erhob sich und murmelte etwas davon, wie leid es ihm tue, jeder sei sich im klaren darüber, daß ich etwas Schlimmes durchmachen mußte, und er sei sicher, kein Unschuldiger würde bestraft werden. Ich gab nicht auf. »Dann vergessen Sie den *einen* Unschuldigen, den Sie verhaftet haben, und sagen Sie mir, ob meine Beschreibung der Männer auf die anderen Männer paßt.«

Er wußte es nicht. Er hatte sie nicht gesehen. Aber so leicht kam er mir nicht davon. Ich ging aufs Ganze, aber es erschien mir richtig. »Sagen Sie schon, Jack! Sie wissen es genau. Selbst wenn Sie die Männer nicht gesehen haben, müssen Sie wissen, wer sie sind. Sind es Männer, wie ich sie beschrieben habe? Stinkende Bauern; schmutzige Arbeiter? Oder junge Männer wie Hari? Männer, auf die Mr. Merrick es offenbar abgesehen hat.«

Ich hatte ins Schwarze getroffen. Aber er beharrte nach wie vor darauf, nichts zu wissen. Er erklärte, soviel er gehört habe, seien ein oder zwei der Verhafteten der Polizei wegen politischer Aktivitäten anarchistischer Art bekannt oder stünden zumindest wegen dergleichen in Verdacht. Ich bohrte nach und sagte: »Oh, Sie meinen gebildete junge Männer und keine stinkenden Bauern?«

Er schüttelte den Kopf, ohne mir zu widersprechen, beendete aber damit das Gespräch.

Im nachhinein tut es mir leid, daß ich dem armen Jack Poulson so zusetzte. Aber es mußte sein. Ich bin ziemlich sicher, daß er das Haus mit dem Gedanken verließ: »Es geht nicht, nicht mit diesen Burschen, die Merrick eingesperrt hat.« Ich wußte nicht, wieviel er darüber im Bungalow des Distriktskommissars sagen würde, und ich zweifelte kaum daran, daß er geradewegs dorthin eilte. Er mußte Mr. White vermutlich nur erklären: »Entweder sie lügt, oder Kumar ist unschuldig. Aber wenn sie lügt und auch weiterhin lügt, gilt er als unschuldig, denn wir können ihm die Tat nie nachweisen. Das gilt auch für die anderen. Merrick hat einen Fehler begangen.«

Robin White hielt sich aus dem Fall insoweit heraus, als er ihn Jack Poulson übertrug und sich nur die endgültige Entscheidung vorbehielt. Wäre er ein Mann wie sein Vorgänger Stead gewesen (den Leute wie Vassi haßten) – Gott weiß, was geschehen wäre. Ich vermute, die Vergewaltigung einer dummen Engländerin war für ihn im Vergleich zu den anderen Problemen, vor denen er stand, nicht allzu wichtig. Ich weiß nicht, ob Mr. Poulson das Fahrrad und meinen Vorwurf gegen Ronald Mr. White gegenüber je erwähnte. Es wäre keineswegs leicht für ihn gewesen. Bei der inoffiziellen Untersuchung kam das Fahrrad nicht zur Sprache, und Hari auch nur einmal, als Ronald seine Aussage zu den Verhaftungen machte. Er beantwortete Fragen, die Jack Poulson im voraus sorgfältig abgeklärt zu haben schien. Die ganze Aussage zu der Verhaftung kam mir lächerlich vor. Mr. Poulson verlas die Namen der Festgenommenen und fragte Ronald, wo und wann er sie in polizeilichen Gewahrsam genommen habe, und was sie zu diesem Zeitpunkt taten. Von Lili wußte ich bereits, daß die anderen bedauernswerten Burschen Fusel in einer Hütte bei der Bibighar-Brücke getrunken hatten. Aber bei der Befragung wurde mir die *Unfairneß* der ganzen Angelegenheit noch einmal deutlich bewußt. Ronald sagte aus, Hari habe sich in seinem Zimmer »das Gesicht gewaschen, das Platz- und Schürfwunden aufwies«. Beinahe hätte ich ihn unterbrochen und gefragt: »Und was ist mit dem Fahrrad?« Doch ich besann mich eines Besseren. Ich hielt es für ein gutes Zeichen, daß das Fahrrad nicht erwähnt wurde, und überlegte, ob Poulson sich mit Ronald unter vier Augen unterhalten und aus den Antworten geschlossen hatte, es sei besser, die Sache auf sich beruhen zu lassen – nicht nur Ronalds wegen, sondern um die Ehre der Behörde, der Fahne und aller nicht zu gefährden. Aber ich machte die Bemerkung über die Platzwunden in Haris Gesicht, als Jack Poulson mich fragte, ob ich mich erinnern könne, einem der Männer »Verletzungen beigebracht zu haben«. Ich meine damit die Bemerkung, Hari habe vermutlich eine handgreifliche Auseinandersetzung mit der Polizei gehabt.

Nach Ronalds sogenannter Aussage zur Verhaftung gingen sie meine Erklärungen noch einmal Punkt für Punkt durch und stellten Fragen. Ich begriff, die Begründung der Festnahmen bewies zwar nichts, doch man konnte damit auch *alles* beweisen. Richter Menen schwieg – ich meine, bis jetzt hatte er mir noch keine Fragen gestellt. Aber gegen Ende sagte er: »Ich muß Sie fragen, weshalb Sie eine Gegenüberstellung mit den in Untersuchungshaft befindlichen Männern zum Zweck des Versuchs einer Identifikation verweigert haben.« Das hatte ich getan, als die schlimmsten Unruhen in Majapur abgeklungen waren und man versuchte, eine Entscheidung herbeizuführen, um den Fall abschließen zu können. Ich erwiderte: »Ich habe mich geweigert, eine Identifikation zu versuchen, weil es sich um die falschen Männer handeln muß. Wenn nötig, werde ich das auch vor Gericht sagen.«

Richter Menen erklärte, er habe Verständnis dafür im Hinblick auf »den Mann Kumar«, doch meine Weigerung, die anderen Männer zu identifizieren, lasse sich als vorsätzliche Behinderung durch die Kronzeugin interpretieren. Das würde unter Umständen dazu führen, daß der Anklage der Staatsanwaltschaft trotz Aussage dieser Zeugin stattgegeben werde, denn die vorsätzliche Behinderung könne als Zeichen genereller Unglaubwürdigkeit ausgelegt werden.

Ich dachte darüber nach. Mr. Poulsons Gesicht hellte sich auf. Es störte ihn nicht, daß Menen als Inder vielleicht nicht so mit einer Weißen hätte reden sollen. In diesem Fall sprach das Gesetz. Er glaubte, der kluge alte Richter habe mich mit seiner juristischen Taktik in die Enge getrieben und mich daran erinnert, daß auch die Hauptzeugin den Gang der Justiz nicht behindern könne. Doch ich glaubte, einen Ausweg zu sehen. Ich war nicht überzeugt, daß Richter Menen sich selbst auf sicherem Boden bewegte. Ich erklärte: »Falls man meine Aussage aus diesem Grund für unglaubwürdig hält, wird sie dann glaubwürdiger, wenn ich mich der Farce unterziehe, diese Männer anzusehen ohne die Absicht, zu sagen, daß ich sie erkenne? Ziehen Sie es vor, daß ich mich dieser Farce unterziehe? Sie hätten dann nur mein Wort dafür, daß ich sie nicht erkenne. Die Männer einfach anzusehen, ist an sich noch kein Beweis der Glaubwürdigkeit, oder?«

In Menens Pokergesicht regte sich nichts. Er erklärte, man gehe davon aus, daß ich die Wahrheit sage, und werde auch weiterhin davon ausgehen, und er erinnere mich daran, daß die ganze Untersuchung auf der Annahme beruhe, daß ich die Wahrheit sage. Nur die Weigerung, der Aufforderung zum Versuch einer Identifikation nachzukommen, könne die Frage der Glaubwürdigkeit ins Spiel bringen. Dann fuhr er fort: »In Ihrer Aussage erklären Sie, einen kurzen Eindruck von den Männern erhalten zu haben, die Sie überfielen. Sie beschreiben sie als Bauern oder Arbeiter. Sie haben einen Eindruck von den Männern gewonnen. Weshalb weigern Sie sich dann, uns in der wichtigen Angelegenheit nach besten Kräften zu unterstützen, eine Entscheidung darüber zu finden, ob die Gründe für die Festnahme der Männer ausreichen?«

Ich sah ihn an und dachte: »Sie wissen auch, daß es die falschen Männer sind. Sie wollen, daß ich ins Gefängnis gehe, sie ansehe und erkläre: ›Nein, diese Männer sehen anders aus als die, an die ich mich erinnere.‹ Entweder wollen Sie das, oder ich soll ganz deutlich, vielleicht *provozierend* deutlich machen, daß es hoffnungslos ist, sich einzubilden, man könne den Fall mit diesen Angeklagten vor Gericht bringen.«

Aber ich fürchtete mich trotzdem, ihnen gegenüberzutreten. Ich zweifelte nicht daran, daß es die Falschen waren, aber ich wußte es nicht. Ich wollte sie nicht sehen. Falls es die Richtigen wären, bestand die Gefahr – zwar nur eine geringe, aber immerhin eine Gefahr –, daß sie bei meinem Anblick in Panik gerieten und Hari beschuldigten. Falls es die Richtigen waren und ich sie wiedererkannte, wollte ich nicht sagen müssen: »Nein, diese Männer sind es nicht.« Ich war mir nicht sicher, das durchzuhalten, selbst wenn es um Hari ging. *Diese* Art *Lüge wollte ich vermeiden.* Es ist etwas anderes, ob man versucht, eine Ungerechtigkeit zu verhindern, oder ob man versucht, der Gerechtigkeit etwas in den Weg zu legen.

Ich sagte: »Nein, ich bin nicht dazu bereit. Einer dieser Männer ist unschuldig. Wenn ein Unschuldiger angeklagt wird, bin ich an der Schuld oder der Unschuld der anderen nicht interessiert. Ich weigere mich entschieden, mich auch nur in ihre Nähe zu begeben. Die Männer, die mich überfallen haben, waren Bauern. Ihre Verdächtigen sind keine Bauern, deshalb sind sie mit größter Wahrscheinlichkeit ebenfalls unschuldig. Und noch etwas. Es sind alles Hindus, nicht wahr?«

Mr. Poulson bestätigte, daß es Hindus waren.

Ich lächelte. Diesen Schlag habe ich gut vorbereitet, dachte ich mir. Ich sagte: »Unter den Männern war ein Moslem. Er war beschnitten. Wenn es Sie interessiert zu hören, woher ich das weiß, bin ich durchaus bereit, es Ihnen zu sagen. Sonst ziehe ich es vor, es dabei zu belassen. Ein Mann war Moslem. Es war Gesindel. Abgesehen davon kann ich Ihnen nichts sagen. Ich kann nicht mehr sagen, als ich bereits gesagt habe. Mein Eindruck war deutlich genug, um sagen zu können: ›Nein, das sind nicht die Männer‹, aber nicht deutlich genug, um sagen zu können: ›Jawohl, das *sind* sie‹. Es könnten ebensogut englische Soldaten mit geschwärzten Gesichtern gewesen sein. Ich halte es für unwahrscheinlich, aber wenn ich Sie dadurch überzeugen kann, daß Sie zumindest einen Unschuldigen festgenommen haben, werde ich es sagen.«

Mr. Poulson und der junge Mann, an dessen Namen ich mich nicht erinnere, wirkten zutiefst entsetzt. Richter Menen starrte mich an und sagte dann: »Vielen Dank, Miss Manners. Wir haben keine weiteren Fragen. Wir bedauern, daß wir Sie dieser Befragung aussetzen mußten.«

Er erhob sich. Wir standen alle auf, als seien wir im Gericht und nicht im Eßzimmer des MacGregor-Hauses. Aber damit endete die Ähnlichkeit auch schon. Nicht Richter Menen ging zur Tür, sondern er machte deutlich, daß es mein Privileg war, das Zimmer als erste zu verlassen. Jack Poulson beeilte sich, mir die Tür aufzuhalten – eine rein automatische Geste, Teil der anglo-indischen Maschinerie. Aber ich konnte seinen Schock *riechen* – bitter, als habe er gerade ein intensiv duftendes, schnellwirkendes lähmendes Gift geschluckt.

Ich ging nach oben und goß mir einen Drink ein. Ich glaubte, es sei alles vorüber, ich hätte gewonnen, und Hari würde in den nächsten Stunden oder am nächsten Tag freigelassen werden. Wie so oft in den letzten zwei Wochen stand ich auf dem Balkon. Während der Unruhen hörte man den Lärm, die Schüsse, die Lastwagen und die Militärfahrzeuge, die von einem Teil des Zivilistenviertels zum anderen fuhren. Ein oder zwei Tage standen Polizisten vor dem MacGregor-Haus Wache. Man behauptete, das Haus könne angegriffen werden. Aber wir machten uns größere Sorgen um Anna Klaus als um uns selbst. Eine Zeitlang war sie praktisch im Purdah-Krankenhaus gefangen, und wir sahen sie mehrere Tage lang nicht. Mrs. White forderte Lili und mich auf, in den Bungalow des Distriktskommissars umzuziehen, aber Lili wollte nicht. Ich auch nicht. Danach erschienen die Polizeiposten. Der Anblick dieser Männer gab mir das Gefühl, auch eine Gefangene zu sein. Ronald kam nicht mehr; er hatte sich von mir losgesagt. Ich glaube, mit wenigen Ausnahmen waren alle Engländer dazu bereit oder hatten es bereits getan. Es berührte mich nicht. Ich glaubte inzwischen, für uns würde ohnehin alles bald zu Ende sein; ich meine, für die Weißen. Auch das berührte mich nicht sonderlich. Eines Abends berichtete Lili, die Aufständischen seien in das Gefängnis eingedrungen. »So wird sich alles lösen«, dachte ich, »sie werden Hari befreien.« Ich wußte nicht, daß er sich in einem anderen Gefängnis befand. Doch ich dachte: »Die Inder werden die Macht ergreifen. Vielleicht werden sie mich nicht bestrafen. Vielleicht wird Hari hierherkommen.« Aber ich konnte es mir nicht so recht vorstellen. Nichts dergleichen geschah. Das Militär griff ein; man hörte Schüsse, und alles war nur noch eine Frage der Zeit für *uns* und hoffnungslos für *sie*. Der Roboter war am Werk.

Ich machte mir Sorgen um Anna und Schwester Ludmila. Sie lebten, beziehungsweise arbeiteten, als einzige Weiße, die ich kannte, auf der anderen Seite des Flusses. Schwester Ludmila erzählte mir später, sie habe sich nicht an die Ausgangssperre gehalten und sei Nacht für Nacht mit Mr. de Souza und dem Helfer durch die Stadt gegangen. Es gab viel für sie zu tun. Die Polizei schickte sie ein- oder zweimal zurück, aber im allgemeinen gelang es ihnen, die Patrouille zu umgehen. »Das Haus des Todes«, wie die Leute es nannten, war ständig belegt. Jeden Morgen erschienen dort neben der Polizei die Frauen, deren Männer und Söhne nicht nach Hause zurückgekehrt waren.

Ich machte mir auch Deinetwegen Sorgen, bis Lili mich beruhigte und sagte, sie habe Robin White dazu gebracht, Dir durch offizielle Kanäle die Nachricht zukommen zu lassen, es gehe mir gut. Sie versuchten, meinen Namen aus den Berichten der nationalen Zeitungen herauszuhalten. Vergeblich. Gott sei Dank konnten wir miteinander telefonieren, ehe mein Name erwähnt wurde. Trotzdem fürchtete ich, Du würdest nach Majapur kommen. Ich danke Dir, daß Du es nicht getan hast, und auch für Dein Verständnis. Wenn Du gekommen wärst, hätte ich es nicht mehr ertragen können. Ich mußte es allein durchstehen. Ich danke auch Lili für ihr Verständnis. Anfangs glaubte ich, ihre Zurückhaltung beruhe auf Mißbilligung, dann führte ich es auf diese merkwürdige indische Gleichgültigkeit gegenüber Leid und Schmerz zurück. Aber ihre »Gleichgültigkeit« war natürlich ganz »europäisch«, so zivilisiert wie Deine und meine. Es gibt Leid, das wir empfinden, und Leid, das wir in anderen spüren, an das man am besten nicht rührt. Nicht aus Hartherzigkeit, sondern aus Besonnenheit. Annas Zurückhaltung war etwas anderes. Es war eine europäische, aber auch jüdische Zurückhaltung und beruhte auf Selbstschutz und auf Einfühlungsvermögen; als wollte Anna nicht an Leid erinnert werden, denn es hätte bedeutet, ihre Sensibilität gegenüber meinem Leid auf das zu verlagern, was sie von ihrem eigenen Leid noch in sich trug. Da sie diese gewisse Distanz zwischen uns aufrechterhielt, gelang es ihr, eine Freundschaft zwischen uns entstehen zu lassen, die auf Vertrauen und gegenseitiger Achtung beruhte – eine Art Achtung, wie sie sich Fremde entgegenbringen, die spüren, daß der andere Charakter hat. Mehr kann man nicht erwarten. Aber Zuneigung entspringt einer anderen Quelle, nicht wahr? Ich denke an die Zuneigung zwischen Dir und mir. Es handelt sich nur um eine verwandtschaftliche Zuneigung, denn dieselbe Zuneigung besteht zwischen mir und Lili. Sie überdauert und sie ist vorhanden; aber es gibt keine rechte Erklärung dafür, denn sie hat nichts mit Vertrauen zu tun, oder nur insoweit, als man dem anderen auf Grund der Zuneigung vertraut. Man vertraut, nachdem man gelernt hat zu lieben.

In diesem Sinn konnte ich Anna niemals Zuneigung entgegenbringen, und sie mir auch nicht; davon bin ich überzeugt. Aber wir waren gute Freundinnen, die einander vertrauten. Man entwickelt ein Gespür für Menschen. Ich halte mich dabei so lange auf, denn während ich auf dem Balkon stand und meinen wohlverdienten Gin mit Limone trank, sah ich Ronald und Mr. Poulson aus dem Haus kommen und in Ronalds Wagen steigen. Richter Menen war nicht bei ihnen. Er blieb noch auf einen Drink bei Lili.

Und ich dachte: »Wie seltsam! Ronald und Jack Poulson sind einfach *Leute* für mich. Ich empfinde keine Abneigung gegen sie, nicht einmal gegen Ronald, und schon gar nicht gegen Jack, der offensichtlich mitfährt, um ein ernstes Wort mit Ronald zu reden.« Aber ich spürte, sie gehörten nicht zu dem Kreis der Leute, »die es sich lohnt zu kennen«, wie meine Mutter es einmal ausdrückte, obwohl sie damit vermutlich etwas anderes meinte. Die Bedeutung für mich war mir klar. Ich *kannte* sie bereits. Es waren berechenbare Menschen, berechenbar, denn sie arbeiteten für den Roboter. Sie sagten, was der Roboter sagte; sie taten, was der Roboter tat, und sie glaubten, was der Roboter glaubte, denn Menschen wie ihnen hatte man diesen Glauben eingetrichtert. Solange der Roboter arbeitete, hatten sie immer recht, denn der Roboter war das Maß des Richtigen.

Ihnen fehlte jedes echte Gefühl. Alle echten Empfindungen starben, sobald sie mit dem in Konflikt gerieten, was der Roboter auf Grund seiner Programmierung vorschrieb. Richter Menen war bei der Untersuchung vonnöten, um die Schranken des Roboters zu durchbrechen, wenn »durchbrechen« das richtige Wort ist, um das Tun eines Mannes zu beschreiben, der selbst das Aufstehen vom Stuhl zu einer Übung in beherrschter und ausgeglichener Bewegung machte. Doch er durchbrach die Schranken. Zuerst saß er auf *ihrer* Seite, auf der Seite des Roboters, und im nächsten Moment durchbrach er sie. Wir durchbrachen sie beide. Er *brachte* mich auf die andere Seite oder stieß dort zu mir – je nachdem, wie man es ausdrücken möchte. Deshalb schien es richtig, daß er jetzt zu einem Drink bei Lili blieb und die Roboterboys allein gehen ließ, damit sie sich überlegten, wie man den Anschein erwecken konnte, als habe der Roboter die Befragung zu einer Art logischem Ergebnis geführt. Sie mußten das Gesicht des Roboters ebenso wie ihr eigenes wahren.

Es kam mir merkwürdig vor, so etwas über Mr. Poulson zu denken. Mr. und Mrs. White schätzten ihn sehr. Er war immer noch ziemlich jung, jung genug, um vorsichtig zu sein. Das klingt vielleicht albern, ist es aber nicht. Denn ein junger Mann muß seinen Lebensunterhalt verdienen, eine Familie ernähren und sich eine Karriere aufbauen. Aber vermutlich bedarf es eines Bibighar-Falls, wie man es später bezeichnete, um die Automatenmenschen von den Menschen zu unterscheiden, die in der Lage sind, einen Schraubenschlüssel ins Getriebe zu werfen. Das ist eine andere Möglichkeit, um meine Gefühle für Richter Menen zu beschreiben. Interessant ist, daß der Schraubenschlüssel, den er ins Getriebe warf, der Schraubenschlüssel, der die Untersuchung zum Stillstand brachte, genau der richtige Schraubenschlüssel war! Es bedarf jahrelanger Erfahrung und Kenntnisse, zu wissen, welchen Schraubenschlüssel man im richtigen Moment benutzt. Ich glaube, er wußte es so gut, daß er schließlich mir den Schraubenschlüssel in die Hand gab, um sich die zusätzliche Befriedigung zu verschaffen, daß ich ihn an seiner Stelle warf. Er wußte, es gab nur eine Möglichkeit, den Roboter vorübergehend zum Stillstand zu bringen: Man mußte genau die Stelle treffen, die ihn in Bewegung gesetzt hatte – das kleine Zahnrad der juristischen Prozedur, das man in der Hoffnung eingebaut hatte, daß es, einmal in Bewegung gesetzt, erst wieder zum Stillstand käme, wenn der Gerechtigkeit Genüge getan war. Richter Menen stieß zum Zentrum des Mechanismus vor, enthüllte, was er tatsächlich ist, und gab mir die Möglichkeit, ihn zum Stillstand zu bringen, indem ich ihn vor eine unmögliche Aufgabe stellte: die Aufgabe, die Gerechtigkeit dessen zu *verstehen*, was er tat, und zu beweisen, daß seine Gerechtigkeit der meinen gleichkam oder ihr sogar überlegen war. Doch es handelte sich nur um einen *vorübergehenden* Stillstand.

Lange ehe Richter Menen sich verabschiedete, verließ ich den Balkon und nahm ein Bad. Ich war bereits zum Abendessen angezogen, als Lili hereinkam, um zu sehen, wie es um mich stand. Sie erkundigte sich, ob ich Anna sehen wolle. Sie sei auf dem Nachhauseweg vom Purdah-Krankenhaus vorbeigekommen. Ich fragte: »Ist Richter Menen noch da?« Lili erwiderte, er sei vor etwa zehn Minuten gegangen und lasse mich grüßen. Ich hatte Lili noch nie *gerührt* gesehen. Ich kannte sie nur amüsiert, trocken, mißbilligend oder kühl. Ich glaube, Richter Menen hatte sie gerührt, was immer er auch gesagt haben mochte – oder ihre Rührung ausgelöst, als sie mich nach dem Gespräch mit ihm sah. Ich weiß nicht, was er sagte, ich werde es auch nie erfahren. Das ist typisch Lili, und es ist ebenso typisch für ihn. Auf eine schrecklich englische Art gingen Lili und ich uns gewissermaßen aus dem Weg – wir legten einen riesengroßen Abstand zwischen uns, waren aber wieder zusammen.

Ich ging mit ihr hinunter und begrüßte Anna. Lili lud sie ein, zum Abendessen zu bleiben, und sie nahm an. Für mich war es wie ein plötzliches Geschenk, wie der Plan zu einem Picknick, mit dem man ein Kind an einem goldenen Sommermorgen überrascht. Lili ging hinaus, um Raju zu sagen, der Koch solle drei Personen einplanen, und ich füllte Annas Glas nach. Sie sagte: »Sie sehen besser aus. Bitte machen Sie so weiter!«

Ich erwiderte: »Ich glaube, das werde ich. Ich glaube, wir haben gewonnen.« Ich sagte *Wir*, denn Anna hatte mir die ganze Zeit zur Seite gestanden. Ich wußte, man hatte ihr vor der Befragung die unverblümte Frage gestellt: »War Miss Manners Ihrer Ansicht nach vor der Vergewaltigung *Virgo intacta*?«

Und ich kannte ihre Antwort. Als ich sagte: »Ich glaube, wir haben gewonnen«, hob sie das Glas.

Dies war mein letzter glücklicher Abend. Danach war ich optimistisch, aber nicht glücklich. Schließlich verließ mich auch mein Optimismus. Ich brauchte Hari. Ich brauchte auch Lili und Anna und Dich. Aber am meisten von allen brauchte ich ihn. Ich hatte mir meinen eigenen kleinen abgeschlossenen Kreis geschaffen. Den Kreis, in dem ich mich sicher fühlte. Einen Kreis der Sicherheit im Niemandsland. Wohin wir auch gehen, was immer wir auch tun, wir scheinen uns immer mit diesem illusorischen Schutz zu umgeben. Stunden vergingen. Tage. Über eine Woche. Ich verließ das Haus nie. Wenn Leute kamen, flüchtete ich in mein Zimmer. Das MacGregor-Haus füllte sich allmählich mit Schwingungen, deren Quelle ich bisher nie ausfindig gemacht hatte. Aber jetzt entdeckte ich sie und erkannte, daß sie untrennbar mit dem Haus verbunden waren: Vertrauen, Kompromißbereitschaft, eine fundamentale Aufgeschlossenheit und Flexibilität, als wollten diese Menschen *lernen,* nicht lehren – und somit vergeben und nicht anklagen. Es gibt ein altes, unanständiges Sprichwort: »Ist die Vergewaltigung nicht zu vermeiden, dann leg dich hin und genieße sie.« *Nun, es hat mehr als eine Vergewaltigung gegeben.* Ich kann nicht sagen, Tante, ich hätte mich hingelegt und meine genossen. Aber Lili versucht es. Sie versucht zu genießen, was wir ihrem Land angetan haben. Ich meine nicht in böser Absicht, vielleicht gab es Liebe. O ja, irgendwann in der Vergangenheit, und jetzt und in der Zukunft. Eine Liebe, wie zwischen mir und Hari. Aber die Zerstörer gibt es immer, nicht wahr? Die Swinsons, die Giftschlangen, die bis nach Lahore reisten. Die Ronald Merricks. Der alberne kleine Mann, der die Geschichte seiner albernen kleinen Insel zusammenfaßte, als er pfiff und sagte: »Irgendein Currybania verdient einen Sack voll Geld.«

Connie White besuchte mich einmal. Sie brachte Mavis Poulson mit. Aber nach kaum zehn Minuten begriff sie, daß sie nichts erreichte, denn sie hatte den Fehler begangen, mit der nervösen, tugendsam schwangeren Mavis zu kommen. Deshalb schickte sie Mavis weg. Als Frau des Distriktskommissars mußte sie dazu nur den persönlichen Mut aufbringen zu ertragen, daß Mavis sie ein oder zwei Tage lang schneiden würde. Als wir allein waren, erklärte sie: »Mein Mann weiß nicht, daß ich hier bin. Ich werde es ihm auch nicht erzählen. Ich weiß, ich sollte mich nicht einmischen, aber sie haben Hari Kumar weggebracht. Sie haben ihn und die anderen ins Gefängnis gesteckt.«

Die Nachricht versetzte mir keinen Schock; ich war vorbereitet. Lilis tagelanges Schweigen hatte mich darauf vorbereitet. Ich begriff es nicht, aber das war etwas anderes, als zu glauben, es könne nicht geschehen. Ich fragte, aus welchem Grund man ihn ins Gefängnis warf. Sie machte eine Geste, mit der sie die Sinnlosigkeit der Frage und der Antwort zu erkennen gab. Sie erwiderte: »Alle Unterlagen liegen inzwischen beim Hauptkommissar. Wir haben die Sache nicht mehr in der Hand. Aber ich wollte wissen, ob Sie *mir* etwas sagen können, das Sie weder Jack noch Robin oder Lili erzählen wollten.«

Ich fragte: »Was denn, um Himmels Willen?«

Sie wiederholte ihre Geste, deren Bedeutung wir beide kannten. Dann sagte sie, vermutlich könne nur ich wissen, »was«. Ich hielt es für eine Falle. Ich lächelte sie an, und sie erklärte: »Nun ja, Sie wissen, wie die Männer sind. Sie reden sich immer ein, sich den Luxus echter Neugier nicht leisten zu können. Ich meine, der Neugier in bezug auf Menschen. Oh, ich weiß, sie lösen alle möglichen schwierigen Probleme und beweisen, daß wir aus Wasser und Gas oder etwas Ähnlichem bestehen, und daß das Universum immer noch explodiert und sich mit einer Geschwindigkeit von -zig Millionen Lichtjahren in der Sekunde ausdehnt. Ich finde das faszinierend, aber von keinem praktischen Nutzen für *uns,* wenn es darum geht, die Dienstboten zufrieden und glücklich zu machen *und* sie daran zu hindern, ebenso wirkungsvoll mit einer in Meilen meßbaren Stundengeschwindigkeit auf und davon zu laufen.«

Ich lachte. Es war so absurd. Konversation, Geplauder, Späße. Wie gut für sie! Das war ihre Rüstung. Der Schlüssel – das Schlüsselloch in der Rüstung – war das Wort »Neugier«. Ich wußte, was sie von mir hören wollte: »Worauf sind Sie neugierig?« Ich begann wieder zu lachen. Ich vermute, sie glaubte, ich sei nicht ganz bei Trost. Man sagte, die arme alte Miss Crane habe den Verstand verloren. Lili besuchte sie einmal, als ich noch im MacGregor-Haus wohnte. Vielleicht ging sie auch zweimal zu ihr, ich weiß es nicht mehr. Sie verlor nicht viele Worte darüber. Miss Crane hatte alle ihre Bilder von der Wand genommen, obwohl sie nicht daran dachte auszuziehen. Später wurde sie *Suttee.* Ich vermute, Du hast den Bericht in der *Times of India* gelesen. Wir haben ihn beide gesehen, ohne ihn zu erwähnen. Vielleicht schrieb Dir Lili und erzählte Dir ausführlicher darüber. Natürlich ist es falsch zu sagen, sie »beging« Suttee. Suttee oder *sati* (schreibt man es so richtig?) ist eine Art eheliche Tugend, nicht wahr? Also begeht man sie nicht. Man erwirbt sie. Als gute Hinduwitwe *wird* man Suttee. Sollte ich es werden, Tante? Ist Hari tot? Ich nehme an, man könnte sagen, wir leben hier schon so sehr als Einsiedlerinnen, daß wir bereits als *Sannyasin* gelten. Aber nein. Ich bin mit der Welt nicht fertig. Ich habe zumindest noch eine Pflicht zu erfüllen.

Und ich wußte, ich hatte Connie White gegenüber eine Pflicht zu erfüllen. Nachdem ich aufgehört hatte zu lachen, fragte ich: »Also, worauf sind Sie neugierig?« Man kann keinen Witz machen, ohne dafür zu bezahlen. Man muß den Preis entrichten, der darauf steht.

Sie sagte: »Alles scheint mit einem Mann namens Moti Lal zu beginnen.«

Ich hatte nie von Moti Lal gehört. Aber wie sich herausstellte, suchte Ronald ihn, als er Hari zum ersten Mal festnahm. Moti Lal arbeitete einmal bei Haris Onkel. Er wiegelte immer wieder Studenten, junge Männer und Arbeiter auf. Als er versuchte, die Angestellten an seinem Arbeitsplatz zu politisieren, entließ ihn der alte Romesh Chand. Außerdem machte man ihm Auflagen nach Paragraph 144 der Strafprozeßordnung. Ich glaube, Ronald veranlaßte das. Der Paragraph verlangt, sich einer Handlung zu enthalten, die möglicherweise Unruhen im Distrikt hervorruft, nicht wahr? Jedenfalls setzte er sich darüber hinweg, wie so viele andere, um die Engländer zu reizen. Deshalb wurde er nach Paragraph 188 des Strafrechts angeklagt und zu sechs Monaten verurteilt. Ich erinnere mich an all dieses Geschwätz, denn ich achtete darauf, was Connie White erzählte, weil ich hoffte, ich könne daraus entnehmen, was Hari erwartete. Dem war nicht so, aber ich schlug später in den Gesetzbüchern in Lilis Bibliothek nach.

Moti Lal kam in das Gefängnis von Aligarh. Er entfloh. Ronald suchte ihn, als er an jenem Morgen im Asyl erschien und Hari fand. Ich fragte Connie, was Moti Lal mit einem Unschuldigen zu tun hatte, den man wegen eines Verbrechens ins Gefängnis schickte, das er nicht begangen hatte. »Aber das ist es ja gerade«, erwiderte sie. »Hari Kumar sitzt nicht wegen Vergewaltigung im Gefängnis, sondern aus politischen Gründen. Er kannte Moti Lal.«

Ich mußte wieder lachen und sagte: »Hari kannte Moti Lal. Ich kenne Hari. Weshalb schicken sie mich nicht auch ins Gefängnis? Ich vermute, die anderen jungen Männer kannten Moti Lal ebenfalls.« Connie betonte, um die anderen jungen Männer mache sie sich eigentlich keine großen Sorgen. Sie hatten alle dicke Polizeiakten, und Jack Poulson hatte sie vernommen. Jack und ihr Mann vertraten die Ansicht, diese Sorte Männer wären innerhalb von achtundvierzig Stunden wegen Sabotage oder Anstiftung zur Unruhe ohnedies verhaftet worden, wenn man sie nicht am Abend von Bibighar hinter Schloß und Riegel gebracht hätte. Was immer man über die Gerechtigkeit oder Ungerechtigkeit dieser Maßnahme auch denken mochte, unter den gegenwärtigen Umständen waren sie Freiwild und im Gefängnis besser aufgehoben als anderswo.

Ich sagte: »Freiwild ist das richtige Wort. Man könnte sie jetzt wohl kaum freilassen. Man hat sie wegen des schlimmsten aller Verbrechen verhaftet, und jedermann weiß es. Das gilt auch für Hari, nicht wahr? Nur ist die Sache bei ihm noch verzwickter. Denn jeder weiß, daß wir zusammen ausgingen.«

Sie stimmte mir zu, es sei im Fall von Hari noch schwieriger, oder sei vielmehr schwieriger gewesen, solange noch unklar war, ob er sich an der Vergewaltigung beteiligt hatte. Aber keiner der Männer wurde wegen Vergewaltigung angeklagt. Dieser Fall war noch offen. Die Polizei arbeitete daran. Doch wie es aussah, würde man die Schuldigen kaum fassen. Es sei denn, sie begannen mit ihrer Tat zu prahlen – sei es zu Hause in ihren Dörfern, oder wo immer sie wohnten, oder auch in den Gefängnissen. Man konnte die Möglichkeit nicht ausschließen, daß die Schuldigen während der nachfolgenden Aufstände verhaftet worden waren. Die Polizei hoffte nur, sie seien nicht unter den Todesopfern. Connie hielt es für unwahrscheinlich, denn »solche« Männer setzten sicher ihr Leben nicht im Widerstand gegen das Militär aufs Spiel. Befanden sie sich unter den Verhafteten, waren es sicher Männer, die man beim Plündern überrascht hatte. Sollten sie noch auf freiem Fuß sein, konnten sie sich natürlich überall aufhalten. Dann bestand wohl nur die eine Hoffnung, daß ein Informant oder jemand, der sich aus persönlichen Gründen an ihnen rächen wollte, hörte, wie sie sich ihrer Tat rühmten. Das Problem in Indien war nur, daß man sich auf solche Aussagen nie verlassen konnte.

Ich weiß nicht, was Connie beabsichtigte. Wollte sie mir die Angst nehmen, Hari könne immer noch wegen Vergewaltigung bestraft werden? Wollte sie mich auffordern, auf der Hut zu sein, weil sie die Wahrheit erriet und deshalb auch ahnte, daß ich nicht an der Festnahme der Männer interessiert war, weil sie möglicherweise Hari belasten würden? Wollte sie mich unvorsichtig machen und hoffte, eine unbedachte Bemerkung würde alles zunichte machen, was ich bisher erreicht hatte? Vielleicht beabsichtigte sie nichts von all dem. Wenn man soviel gelogen hat, verdächtigt man beinahe jeden, verschlagen, unehrlich und hinterlistig zu sein. Ich glaube, sie war einfach neugierig, wie sie sagte, und nahm das Recht einer Frau in Anspruch, ihre Neugier zu befriedigen, nachdem die Männer unveränderliche Fakten geschaffen hatten.

Sie erzählte, Moti Lal habe man nie gefaßt, er sei »untergetaucht«. Die jungen Männer, die man beim Trinken überraschte, schworen alle, Moti Lal seit seiner Verurteilung nicht mehr gesehen zu haben. Jack Poulson vermutete, daß sie logen. Das Problem lag darin, daß im Lauf der Verhöre und Untersuchungen Hari Kumar »allmählich« als ein junger Mann »in Erscheinung trat«, gegen den man größten Verdacht haben mußte (auch das klang für mich nach Jack Poulson). Es gab seit mehreren Monaten eine Polizeiakte über ihn. Als man Moti Lal suchte, verhörte man ihn. Er machte aus seinem Namen ein Geheimnis und nannte zuerst einen falschen – an und für sich war das bereits strafbar, doch Ronald Merrick griff es nicht auf, weil es sich in Haris Fall nur um ein formales Delikt handelte. Doch in seiner Akte fand sich folgender Ausspruch: »Ich hasse das ganze stinkende Land, alle, die darin leben, und alle, die es beherrschen.« Er hatte bei derselben Firma gearbeitet wie Moti Lal. Ein junger Anarchist mit dem Namen Vidyasagar gehörte zu seinen früheren Kollegen. Vidyasagar wurde wegen Verbreitung aufrührerischer Schriften und wegen eines Flugblattes, in dem die Polizei aufgefordert wurde, der Bevölkerung bei der Befreiung der »Märtyrer vom Bibighar-Park« zu helfen, festgenommen. Bei Haris Verhaftung nach meiner Vergewaltigung durchsuchte man sein Zimmer. Die Polizei hielt es für merkwürdig, daß man dabei keine Briefe fand, außer einem einzigen – den Brief eines Mannes aus England, den man nicht identifizieren konnte, weil er nur mit dem Vornamen unterschrieben hatte. Aber daraus wurde ersichtlich, daß er bei der Armee war und in Dünkirchen gekämpft hatte. Er bezeichnete Dünkirchen als ein »Schlachthaus« und erinnerte Hari daran, daß seine Briefe möglicherweise geöffnet würden. Der Vater hatte Briefe geöffnet, während sein Sohn in Frankreich kämpfte, und sie nicht weitergeleitet, weil sie voll von »hitzköpfigem politischen Gerede« seien. Niemand verstand, weshalb Hari gerade diesen einen von all den Briefen aufbewahrt hatte, die er im Laufe der Zeit von verschiedenen Leuten bekommen haben mußte. Natürlich machte man sich nicht die Mühe, diesen »roten« Engländer ausfindig zu machen. Es genügte, daß der Brief mehr oder weniger bewies, daß Hari selbst ein »Roter« war. Es gelang ohne allzu große Mühe, eine Akte zusammenzustellen, aus der hervorging, daß Hari Kumar – dem Anschein nach ein ruhiger, neutraler junger Mann mit guter Bildung – führendes Mitglied einer Gruppe gefährlicher Subjekte war, denen nur durch ihre rechtzeitige Verhaftung die Möglichkeit genommen worden war, offen gegen den zivilen Kriegseinsatz vorzugehen. Die Akte Kumar hatte man zusammen mit den Unterlagen über die anderen Männer dem Hauptkommissar übergeben, der sich der Entscheidung anschloß, die Robin White nur »sehr zögernd« gefällt hatte: Die Männer sollten nach dem Ermächtigungsgesetz inhaftiert bleiben.

Als Connie diesen Punkt ihrer langen Rede erreichte, lachte ich, wie man lacht, weil man sonst nur weinen könnte. Ich wußte, um wen es sich bei dem Engländer handelte, und sagte: »Es ist eine Farce! Es ist absurd! Hari kann beweisen, daß es nur eine lächerliche, *monströse* Farce ist!«

Connie sagte: »Aber meine Liebe, genau das verblüfft *mich*. Die anderen haben alles geleugnet – nur nicht, daß sie sich kennen. Und das *konnten* sie wohl kaum leugnen. Sie schrien, weinten und beteuerten ihre Unschuld. Sie hätten nur illegalen Alkohol getrunken. Und wir wußten, daß sie logen. Aber Hari benahm sich völlig anders. Jack Poulson vernahm ihn persönlich, aber er äußerte sich zu keiner Frage. Er leugnete weder, noch bejahte er. Zu seiner Verteidigung sagte er nur: ›Ich war nicht im Bibighar-Park. Ich habe Miss Manners seit dem Abend, an dem wir den Tempel besuchten, nicht gesehen.‹ Und auch das sagte er natürlich nur, als sie ihn des Überfalls beschuldigten. Auf alle anderen Fragen erwiderte er stereotyp: ›Ich habe nichts zu sagen.‹ Das ist unnatürlich. Ich meine, für *mich* ist das unnatürlich. Die Männer nahmen das Schweigen schlichtweg als Eingeständnis seiner Schuld. Als Mann hätte ich vermutlich ebenso gedacht. Aber ich bin eine Frau wie Sie. Ich denke an Hari Kumar, höre, was Jack Mavis über ihn erzählt, höre, was mein Mann dem alten Menen sagt, und denke: ›Irgend etwas stimmt daran nicht. Ein Mann schweigt nur, wenn er versucht, sich selbst die Schlinge um den Hals zu legen. Sonst kämpft er doch um sein Leben und um seine Freiheit. Er kämpft, weil er ein Mann ist.‹«

Wir saßen auf der Veranda. Oh, alles war vorhanden – die Korbsessel, der Tisch mit dem Teetablett, der Blumenduft, der Duft Indiens, das Gefühl der Gewißheit, der *Ewigkeit,* aber auch die merkwürdige Vorstellung, daß nichts von all dem geschah, weil es falsch angefangen hatte, falsch weiterging und deshalb bereits endete, und deshalb sogar in seinem Ende falsch war, denn für mich war das Ende unwirklich, fern, und doch war ich *total* von ihm umklammert, als habe es sich schon in einen Anfang verwandelt. Unter welchen ständigen Hoffnungen wir leiden! Ich glaube, das MacGregor-Haus wurde auf solchen Fundamenten erbaut. Ganz in der Nähe befanden sich die Stufen der Veranda, auf denen ich gestolpert und gefallen war. Ich habe Janet MacGregors Gespenst nie gesehen, aber ich hatte das Gefühl, sie mußte meines gesehen haben.

Connie sagte: »Ich nehme an, es ist schrecklich albern von mir, aber wissen Sie, wenn Hari Kumar Engländer wäre, hätte ich sein Schweigen eher verstanden. Obwohl es ihm selbst dann von einer Frau hätte auferlegt sein müssen.«

Ich mußte wieder lachen. Ich lachte, weil ich einsah, daß ich diesmal wirklich nichts tun konnte – und zwar nichts für Connie, nichts für mich, nichts für Hari, nichts für irgend jemanden. Meine Beine – vom Knie abwärts nackt – waren ein Anachronismus, ein Verbrechen. Um diese Szene auch nur annähernd stilvoll genug zu spielen, hätte ich ein weißes Musselinkleid und einen kleinen Strohhut tragen müssen. Ich hätte in der Lage sein müssen zu sagen: »Aber Hari *ist* Engländer.« Damit hätte ich mich erhoben, meinen kleinen Sonnenschirm aufgespannt und mich von Constance White entfernt, damit sie es *wußte;* ich hätte aber nichts gesagt, denn in dieser Welt starben die Männer auf dem Schlachtfeld, die Frauen weinten in ihren Gemächern, und die Königin saß wie eine kluge alte Dame auf ihrem Thron, und ihr gelang das Meisterstück zu beweisen, daß es eine Welt gab, in der auch die Verderbtheit aus Mangel an stinkender Luft starb.

O ja, es war hübsch! Ich saß in einem Sessel und Connie White in einem anderen; wir zeigten beide viel zuviel nackte, unangenehm aussehende Haut und schwitzten unter den Armen, während Hari, unserer Reichweite entzogen, in einem ekelhaften Gefängnis schwitzte, und überlegten, was er damit gewonnen hatte, sich zu benehmen, wie ein weißer Mann sich benehmen sollte, wenn eine Frau ihm ein Versprechen abgenommen hat: ein Versprechen um seinetwillen, ja, aber auch um ihretwillen. Sie wollte ihn. Sie wollte ihn in der Nähe haben, damit er wieder mit ihr schliefe. Es war wunderbar. Wunderbar, weil er schwarz war. Ich wollte ihn, und er war schwarz, also war seine schwarze Haut Teil dessen, was ich wollte. Während ich mit Connie auf der Veranda saß und hysterisch lachte, hoffte ich einen kurzen, bitteren egoistischen Moment lang, daß er ebenso litte wie ich, weil er seinen verdammten erworbenen englischen Stolz über den Trieb stellte, in *mich* einzudringen. Ich wünschte ihm viel Spaß mit seinen dummen Wertmaßstäben. Ich dachte: »Wie typisch! Man bittet einen Inder, nichts zu sagen, und er nimmt es wörtlich!«

Später wußte ich natürlich, daß er es nicht wörtlich genommen hatte. Er hatte es bewußt in diesem Sinn interpretiert, um sich zu bestrafen. Um etwas Neues zu haben, das er an sich selbst verspotten konnte. Connie verabschiedete sich, keinen Deut klüger als vor ihrem Besuch, aber vermutlich überzeugt, daß ich gestört war. Lili fand mich weinend in meinem Zimmer, denn die Komik war verschwunden und das Melodrama geplatzt. Zum Vorschein kam keine Tragödie, sondern nur das Leben und all diese albernen Strömungen, die einen wahllos von einem Gedanken zum nächsten treiben, aber nicht untergehen lassen. Man kann nicht ertrinken, nie, nie. Bis man tot ist. Weshalb sollte man sich dann lächerlicherweise vor der Wahrheit fürchten?

Aber als Lili auf meinem Bett saß, mich trösten, wegen meines absurden Verhaltens aber auch tadeln wollte, wurde ich wieder zum Kind. Ich weinte und schrie: »Ich will ihn. Ich will ihn. Bring ihn zu mir zurück. Bitte, Tante, hilf mir, ihn zurückzubringen!«

Sie sagte nichts – wie Hari. Für sie gibt es vermutlich nichts zu sagen. Nichts, wenn sie beabsichtigen aufzubauen, statt zu zerstören. Hinter all dem Gerede und hinter der Gewalt Indiens liegt ein tiefes, sehnendes Schweigen. Schiwa tanzt darin, Wischnu schläft darin. Selbst ihre Musik ist Schweigen. Für mich ist es die einzige Musik, die bewußt das Schweigen *bricht* und dorthin zurückkehrt, wenn sie verklingt, als wolle sie beweisen, daß jeder von Menschen erzeugte Laut eine Illusion ist.

Welche merkwürdige Vorstellung von der Welt! Wir werden sie nie verstehen. Ich habe den Verdacht, *sie* verstehen sie selbst nicht genau. Geht Schwester Ludmila durch die Straßen, um die Toten und Sterbenden aufzusammeln, weil sie versucht, es zu verstehen? Ist es eine Vorstellung, die auf eine längst vergessene, überwältigende primitive Erfahrung von Schmerz und Leid zurückgeht? Ich frage, weil es mir ein paar Wochen später durch den Kopf schoß, als ich wußte, daß ich schwanger war. Ich hatte Lili gebeten, Anna Klaus zu rufen. Anna stand selbst auf dieser Grenze zwischen Realität und Illusion, denn man hatte sie beraubt, sie hatte gelitten und lebte trotzdem weiter. Anna hält viel davon, Patienten zu betäuben; sie greift schnell zu Beruhigungsmitteln. Ich weiß noch, wie sie mit ihrem professionellen Stirnrunzeln in meinem Zimmer stand und in ihrer kleinen schwarzen Tasche suchte. Welcher Reichtum an Kompromissen liegt in einem Arztköfferchen. Sie schien weit, weit von mir entfernt zu sein und mich doch mit sich zu nehmen – Millionen von Meilen durch die langen, glänzenden weißgekachelten Tunnel, die unterirdischen Wege menschlicher Entwürdigung, denen der Schmutz erspart bleibt, weil wir im Norden gelernt haben, das Leiden aseptisch und nicht ansteckend zu machen. Zuerst hatte ich die verrückte Idee, sie mische mir etwas, damit ich das Kind verlöre, und ich fragte: »Was ist das? Was ist das?« Sie antwortete: »Keine Aufregung. Es soll Ihnen nur eine ruhige Nacht verschaffen. Werdende Mütter müssen kontemplativ sein wie Nonnen.«

Also lag ich ruhig und störte sie nicht mehr. Aber plötzlich fragte ich: »Was soll ich machen, Anna? Ich kann ohne ihn nicht leben.«

Sie sah mich nicht an. Sie zählte die Tropfen ab. Sie sprach zu der Medizin, nicht zu mir. Schließlich war dies das einzige, dem sie wirklich vertrauen, an das sie wirklich glauben und das sie wirklich lieben konnte. Sie sagte: »Sie müssen lernen, ohne ihn zu leben.«

Sie reichte mir das Glas und stand neben dem Bett, bis ich auch den letzten Tropfen getrunken hatte.

Anhang zu Teil Sieben:
Briefe von Lady Manners an Lady Chatterjee

Srinagar, den 31. Mai 1943

Meine liebe Lili,
Ich hoffe, Du hast mir verziehen, daß ich Deine Einladung im letzten Monat, zu Dir hinaufzukommen, nicht angenommen habe, und auch, daß ich seitdem nicht geschrieben habe, abgesehen von den beiden Telegrammen. Als ich Dir vor einer Woche telegrafierte, versprach ich zu schreiben. Komm doch nächsten Monat, wenn Du möchtest. Ich werde dann auf dem Hausboot sein.

Ich fürchte, es wird endlose juristische Komplikationen geben. Die arme Daphne ist gestorben, ohne ein Testament zu hinterlassen. Ich glaube, das Geld wird für das Kind treuhänderisch verwaltet, wie es das Gesetz vorsieht. Es sei denn, Mrs. George Manners' Neffen und Nichten erheben Ansprüche auf den Teil, den Daphne von ihrer Mutter erbte. Mrs. George

Manners hatte eine verheiratete Schwester – Daphne sprach von ihr als von Tante Kate –, die bei einem Verkehrsunfall ums Leben kam. Der Mann heiratete wieder. Aber es gibt zwei oder drei Kinder aus erster Ehe – Daphnes Vettern und Cousinen, mit denen sie als Kind spielte. Daran erinnerte sie sich noch. Ich nehme an, wäre Daphne ohne Testament *und* ohne Nachkommen gestorben, hätten diese Leute einen gewissen Anspruch. Ich weiß nicht genau, wie die Situation im Fall eines unehelichen Kindes ist. Die Anwälte in London werden sich damit beschäftigen und das alles regeln müssen – dort liegt ohnedies das ganze Geld. Daphne ging sehr vorsichtig mit ihrer kleinen Erbschaft um. Sie griff nie das Kapital an, ließ sich aber über die hiesigen Banken Beträge aus den Einkünften auszahlen. Ich habe jedenfalls Mr. Docherty in Pindi gebeten, alles zu unternehmen, was getan werden muß, um Klarheit zu schaffen. Aber es wird eine Ewigkeit dauern, bis wir wissen, was dem Kind zusteht, und noch länger, bis wir erfahren, wie man es hier anlegen kann.

Solange bin ich für die Kleine verantwortlich. Wenn Du kommst, Lili, kannst Du mir vielleicht sagen, ob sie Deiner Ansicht nach Hari Kumars Kind ist. Ich möchte es aus einem bestimmten Grund wissen, der aber nichts mit einem gesetzlichen Anspruch oder einem Strafantrag zu tun hat. Es geht auch nicht darum, die Vaterschaft feststellen zu lassen. Hari Kumar ist unseren Vorwürfen und/oder unserer Hilfe entzogen. *Und dabei möchte ich es belassen.* Aber da ich dem Kind um Daphnes willen und um seinetwillen ein Heim und meine Liebe schenke, wäre ich glücklich zu wissen, wieweit ich es in dem Glauben tun kann, daß die Vaterschaft, abgesehen von der Tragödie, nicht auch noch von Zweifeln überschattet ist. Ich weiß, ich muß Dir nicht sagen, daß ich Dich um Deine *Meinung* bitte und nicht beruhigt werden möchte. Wenn Du das Gefühl hast, dazu nicht in der Lage zu sein, sollst Du Dich nicht verpflichtet fühlen, mir etwas vorzumachen, um mich zu beruhigen.

Die Kleine ist ein süßes und hübsches Kind. Sie hat helle Haut, aber nicht annähernd hell genug, um als Weiße durchzugehen. Ich bin froh darüber. Wenn sie älter ist, wird sie wenigstens nicht in Versuchung geraten, sich und anderen etwas vorzumachen. Zumindest das wird ihr erspart bleiben: das Elend und die Demütigung, die so viele Eurasierinnen erleben. Ich habe die Absicht, sie als Inderin aufzuziehen. Unter anderem habe ich sie deshalb Parvati genannt. Der andere Grund ist, daß ich glaube, der Name würde Daphne gefallen. Parvati Manners. Später wird sie sich vielleicht entschließen, den Familiennamen zu wechseln.

Sie kam nur widerwillig auf die Welt, aber nachdem sie da ist, scheint sie ebenso fest entschlossen, die Welt nicht wieder zu verlassen. Dr. Krishnamurti hat eine Amme gefunden, ein hübsches junges Kaschmiri-Mädchen. Sie hat ihr erstgeborenes Kind verloren und überschüttet Parvati mit Liebe. Sie wäre die ideale Aja, doch sie will Srinagar nicht verlassen. Sie ist mit einem jungen Mann verheiratet, der im Sommer Shikaras rudert, und ich habe versprochen, ihn zu beschäftigen, sobald ich auf den See ziehe. Vielleicht kann ich sie beide überreden, im September mit nach Pindi zu kommen. Er sieht abenteuerlich aus, aber sie sind ein hübsches Paar, und sie hält ihn im Zaum. Es ist rührend mitanzusehen, wie sie mit Parvati spielen, als sei sie ihr eigenes Kind. Während sie die Kleine stillt, bleibt er in der Nähe, um sie zu bewachen. Das Stillen fasziniert ihn, macht ihn aber auch verlegen. Doch er ist sehr stolz auf das Können seiner Frau, und wie ich annehme, auch auf die Rolle, die er dabei gespielt hat, ihre Brust mit der Milch zu füllen, die jetzt das Kind einer anderen trinkt. Ich vermute, in dem Geld, das sie verdient, sehen die zwei eine Kompensation für den Verlust. Es ist ein Geschenk Allahs.

Daphne würde sich auch freuen, die beiden zu beobachten. Sie hat ihr Kind nur ein oder zwei Sekunden gesehen. Sie lag achtundvierzig Stunden in den Wehen. Du und ich, wir beide hatten nie Kinder. Deshalb kann man uns in diesem Punkt als ebenso unwissend betrachten wie Männer – jedenfalls Männer, die keine Ärzte sind. Dr. Krishnamurti war wundervoll. Die arme Daphne, wenn man sie ansah, hätte man glauben können, sie sei groß und stark genug, um ein Dutzend Babys zu bekommen. Aber mit dem Becken war etwas nicht in Ordnung, und das Kind lag falsch. Er riet ihr, ins Krankenhaus zu gehen, um das Kind drehen zu lassen. Aber sie weigerte sich. Also fand das Ganze hier statt. Er brachte ein paar Krankenschwestern, eine Anästhesistin und tonnenweise Apparate und Geräte ins Haus.

Und das alles zwei oder drei Wochen vor der Geburt. Er erzählte mir, er habe das Kind gedreht, aber es könne sich im nächsten Moment wieder umdrehen und eine Lage einnehmen, die zu einer Steißgeburt führen würde. Er riet Daphne, kein Risiko einzugehen und sich für einen Kaiserschnitt zu entscheiden, damit man beim Einsetzen der Wehen gleich handeln könne. Aber sie weigerte sich. Sie hatte die Vorstellung, es sei ihre Pflicht, das Kind aus ihrem Leib zu pressen, wie die Natur es vorsieht. Krishnamurti und ich waren stets offen zueinander. Es ist traurig, daran zu denken, daß diese schreckliche Geschichte notwendig war, um uns zu Freunden zu machen. Gleich am Anfang sagte ich ihm, was Deine Dr. Klaus Dir anvertraut hatte, nämlich die Sache mit Daphnes Herzfehler. Nach der Untersuchung erklärte er mir, es sei an und für sich nichts, weshalb man sich Sorgen machen müsse. Doch auch er vermutete, daß der Herzfehler die Ärzte in London veranlaßt hatte, Daphne vom Krankenwagenfahren abzuraten. Wie merkwürdig, daß sie es nie erwähnte! Nein, nicht merkwürdig, sondern typisch. Sie gab immer vor, das schlechte Sehvermögen sei dafür verantwortlich, daß man sie »aus dem Dienst entlassen« hatte, wie sie es einmal ausdrückte. Der Herzfehler erwies sich bei der Geburt nicht als Komplikation, sondern, wie Dr. Krishnamurti es bezeichnete, als »ein kleiner Posten auf der Minusseite der Bilanz«.

In diesen schrecklichen achtundvierzig Stunden glaubte ich an einem Punkt, sie wünsche dem Kind den Tod oder, wenn es lebte, sich selbst. Inzwischen habe ich meine Meinung geändert. Sie wollte es nur »richtig machen«. Das Kind drehte sich wieder. Ich vermute, weil es nicht herauskonnte. Krishnamurti war weitsichtig genug gewesen, alle Apparate und Geräte wieder mitzubringen. Er verwandelte das Zimmer in einen Operationssaal. Die arme Daphne war nicht bei klarem Verstand und begriff nicht, was geschah. Ich gab die Einwilligung zum Kaiserschnitt.

Also habe ich es auf dem Gewissen. Sie hätte ins Krankenhaus gehen sollen. Aber Krishnamurti traf alle erdenklichen Vorsichtsmaßnahmen. Doch sie starb an Peritonitis. Ein paar Tage lang weigerte ich mich, das Kind auch nur anzusehen. Ich war mit dabei, als man es herausschnitt. Krishnamurti ließ mich zusehen. Ich war wie eine Operationskrankenschwester angezogen, trug einen weißen Kittel und eine Maske über Mund und Nase. Ich mußte diese Seite des Lebens kennenlernen. Ich hätte mir nie verziehen, wenn ich zu feige gewesen wäre, um zuzusehen. Als sie anfingen, glaubte ich, es nicht ertragen zu können. Es kam mir obszön vor, als öffne man eine Konservendose – an und für sich nichts Obszönes, doch obszön, wenn die Dose ein menschlicher Bauch ist. Aber als die Dose offen war und ich sah, was sie heraushoben, hatte ich das Gefühl, selbst wieder geboren zu werden. Es war ein Wunder und ließ mich begreifen, daß kein Wunder schön ist, da es auf einer Erfahrungsebene stattfindet, auf der Worte wie Schönheit ohne jede Bedeutung sind.

Für mich war auch ohne jede Bedeutung, daß dieses merkwürdig gekrümmte kleine Bündel, das aus Daphnes Leib gehoben wurde (vielleicht wäre eingefangen das bessere Wort, denn sie schienen es mit ihren langen Gummihandschuhen zu suchen und zu drängen, daß es sich zeigte), offensichtlich *nicht* die Hautfarbe seiner Mutter hatte. Der Farbunterschied war unmerklich, so unmerklich, daß ich heute überzeugt wäre, er sei bedeutungslos gewesen, weil er mir in diesem Moment nicht auffiel – wenn ich mich nicht daran erinnern würde, daß er mir auffiel. Ich weiß noch, gedacht zu haben: »Ja – aha – der Vater war dunkelhäutig.« Doch in diesem Moment löste das keinerlei Gefühle in mir aus. Ich stellte es fest, vergaß es und dachte erst wieder daran, als Daphne tot war und man mir das Kind zeigen wollte, um mich abzulenken. Doch ich wollte es *nicht* aus diesem Grund nicht sehen. Ich wollte es nicht sehen, weil ich es in meiner damaligen Verfassung für Daphnes Tod verantwortlich machte. Wenn überhaupt, dann ließ mich sein indisches Wesen zuerst Mitleid für es empfinden, und das führte dazu, daß ich das Kind als »Mädchen« sah. Ich dachte: »Armer Wurm – worauf kannst du dich schon freuen?«

Ich habe schon gesagt, daß Daphne es ganz kurz sah – als sie aus einer Bewußtlosigkeit erwachte und in die nächste fiel. Die Krankenschwester hielt ihr das Kind entgegen. Daphne versuchte, es zu berühren, aber ihre Kraft reichte dazu nicht aus. Doch sie lächelte. Und deshalb möchte ich, daß Du Parvati mit eigenen Augen siehst und entscheidest, ob irgendeine Ähnlichkeit mit Hari Kumar besteht. Ich fürchte, ich sehe nichts von Daphne an ihr – aber Du vielleicht. Verwandte sehen meist am wenigsten von einer Familienähnlichkeit.

Herzlichst,
Ethel

Rawalpindi, 5. August 1947

Meine liebe Lili,

Ich habe beschlossen, Pindi zu verlassen. Ich weigere mich, an einem Ort zu leben, dessen Bewohner mit einem Federstrich in Feinde Indiens verwandelt werden – das Land, dem mein Mann zu dienen versuchte. Du kannst dich darauf verlassen, daß »Feinde« keineswegs übertrieben ist. Die Schaffung Pakistans ist unser letzter und schlimmster Fehler. Ich kann es nicht ertragen. Sie hätten Wavell nie ersetzen dürfen. Die einzige Rechtfertigung für die zweihundert Jahre unserer Macht war die Einigung. Aber wir haben eine gemischte Nation zweigeteilt, und zu Hause laufen alle herum und verkünden, wie großartig der neue Vizekönig ist, weil er alles so schnell geregelt hat. Das stimmt natürlich. Aber er ist ein Held des zwanzigsten Jahrhunderts, und Indien lebt immer noch im neunzehnten Jahrhundert – und dort lassen wir das Land zurück. In Delhi haben sich alle von ihm blenden lassen. Ich meine die Inder. Sie begreifen nicht, daß er nur eine prächtige Schaufensterdekoration abgeben sollte. Dieses Schaufenster haben wir seit Kriegsende attraktiv zu gestalten versucht. Der Laden hinter dem Schaufenster ist nach wie vor neunzehntes Jahrhundert – allerdings radikales neunzehntes Jahrhundert. Die Parole ist nach wie vor britisch: Indiens Unabhängigkeit um jeden Preis, aber nicht Indien zuliebe, sondern uns zuliebe.

Ich gehe nach Gopalakand und werde dort in der Residenz von Sir Robert Conway wohnen. Er war ein alter Freund von Henry und ist ein Berater des Maharadscha. Auch die Maharadschas werden geopfert – das ist zum größten Teil ihre eigene Schuld. Aber die Leute, die den Dolch zücken, sind die alten Fabier und verknöcherten Gewerkschaftler in London – *nicht* der Kongreß. Vielleicht können wir uns in Gopalakand treffen? Die kleine Parvati grüßt ihre Tante Lili – ich ebenfalls.

Herzlichst
Ethel

Neu-Delhi, Juni 1948

Meine liebe Lili,

Ist es Dir möglich, mich hier zu besuchen? Ich bin im Stadtpalais Seiner Hoheit von Gopalakand. Ich habe mich in letzter Zeit nicht wohl gefühlt, und es gibt eine Reihe von Dingen, die ich mit Dir besprechen möchte. Außerdem möchte ich Dir gewisse Dinge zeigen – und geben, wenn Du sie annimmst –, die Daphne hinterlassen hat ... Dokumente etc., Briefe und ein Tagebuch.

In Form eines neuen Testaments habe ich Vorkehrungen für Parvatis Zukunft getroffen und finanzielle Mittel für die Stiftung eines Kinderheims bereitgestellt. Damit erfülle ich einen Wunsch Daphnes. Ich habe Dich als eine der Treuhänderinnen eingesetzt und schlage vor, daß man das Heim *The Manners Memorial Home for Indian Boys and Girls* nennt. Das erinnert an meine Nichte, vermeidet aber, daß bei Leuten mit gutem Gedächtnis Verlegenheit ausgelöst wird, wie es bei einem Namen wie *The Daphne Manners Memorial Home* vielleicht der Fall wäre. Ich schlage vor, das Heim in Majapur zu gründen. Wir könnten unter anderem darüber sprechen, ob sich das »Asyl«, wie man es nennt, als Platz dafür eignet. Im letzten Jahr hast Du mir gesagt, daß die Frau erblindet. Sollte es sich als möglich und praktikabel erweisen, das Asyl als Grundstein für das Heim zu benutzen, so ist eine Bedingung damit verknüpft: Schwester Ludmila erhält das Recht, in allen Ehren dort den Rest ihres Lebens zu verbringen.

Nach der Lektüre von Daphnes Tagebuch – daß es existiert, habe ich all die Jahre für mich behalten, obwohl ich glaube, Du hast immer vermutet, daß es so etwas gibt – wirst Du besser verstehen, weshalb meine Gedanken in diese Richtung gehen. Und ein anderer Punkt, über den wir sprechen müssen, ist Parvatis Zukunft. Es soll nicht trübsinnig klingen, aber der Zeitpunkt, an dem mein Tod sie allein auf der Welt zurückläßt, ist nicht mehr fern. Ich bin immer noch der Ansicht, daß man keinen Versuch unternehmen soll, den Mann ausfindig zu machen, der ihr Vater ist – wie Du und ich es annehmen. Bei jedem Besuch sagst Du, sie sieht Hari immer ähnlicher. Das ist mir ein Trost, denn ich weiß, daß Du die Wahrheit sagst und mich nicht nur beruhigen willst; doch ich bin trotzdem nicht der Meinung, daß man den armen Jungen aufspüren und mit dem Beweis seiner Vaterschaft konfrontieren sollte. Ich bin sicher, Du stimmst mir zu. Ich hätte das ohne Schwierigkeit veranlassen können, als er noch im Gefängnis saß. Ich könnte das auch heute, wenn er noch lebt, obwohl er vor zwei oder drei Jahren entlassen worden sein muß. Ich glaube, Du hast recht mit Deiner Annahme, daß seine Tante Shalini 1944 aus Majapur weggezogen und in ihre Heimat in den Vereinigten Provinzen zurückgekehrt ist, um Hari ein Heim zu schaffen, zu dem er nach seiner Entlassung zurückkehren konnte – selbst wenn sein Aufenthalt dort nicht von langer Dauer war. Offensichtlich gibt es jemand, der die Wahrheit kennt... ich vermute, dieser Romesh Chand Gupta Sen. Als Dein Freund, der Anwalt Srinivasan, sich nach seiner Entlassung aus dem Gefängnis bei Romesh Chand nach Mrs. Gupta Sen erkundigte, tat dieser nach seiner Aussage die Frage mit einem Achselzucken ab und sagte, sie sei in ihr Dorf zurückgekehrt und er habe alle Verbindungen mit der Familie Kumar abgebrochen. Doch vermutlich ist darin nur ein Versuch des alten Mannes zu sehen, die Tatsache zu verschleiern, daß er wußte, was geschehen war, es aber nicht sagen wollte. Ich glaube, als Hari entlassen wurde, ging er vielleicht zu seiner Tante Shalini, zog dann aber an einen anderen Ort und wechselte vielleicht sogar den Namen. Ein junger Mann, der einmal aus politischen Gründen im Gefängnis gesessen hatte – auch wenn das in seinem Fall nur ein Vorwand gewesen war –, findet im neuen Indien bestimmt genug Freunde. Ich vermute, er wollte sie nicht. Vielleicht ist er tot – ein zufälliges Opfer dieser schrecklichen Barbarei, dem Blutbad zwischen Hindus und Moslems, das im letzten Jahr das Ende der einigenden und zivilisierenden Jahre unserer Macht und unseres Einflusses markierte.

Nein, meine Liebe! Überlassen wir es Hari Kumar, sein Heil selbst zu suchen, falls er noch lebt, um es zu suchen – wenn es für jemanden wie ihn überhaupt ein Heil gibt. Er ist das Überbleibsel, das Relikt unserer Herrschaft, eine Art Mensch, die wir hervorgebracht haben – in bester Absicht, wie ich annehme. Aber trotz Nehrus Auftauchen als potentielle moralische Kraft in der Weltpolitik sehe ich *nichts* in Indien, das dem Druck der Teilung widerstehen könnte. Indien hat diese Hypothek mit unserer Zustimmung auf sich genommen, und wir sind moralisch dafür verantwortlich. Mit dieser Zustimmung schufen wir einen Präzedenzfall für Teilungen in einem Moment, wo das Gegenteil vonnöten war. Wir ließen sie zu – wieder in bester Absicht –, aus Erschöpfung, mangelnder Moral und mit Ansprüchen, die der Belastung nicht gewachsen waren, um in die Zukunft zu blicken, um zu erkennen, was ein Rückzug zu indischen und nicht zu unseren Bedingungen bedeuten würde. Vielleicht fehlten uns schließlich eigene Bedingungen, weil wir nicht geschickt genug waren, sie im Gewand des zwanzigsten Jahrhunderts zu präsentieren. Deshalb wird sich die Welt in isolierte kleine dogmatische und sich gegenseitig bekämpfende Nester aufspalten. Das Versprechen, das immer selbst hinter den schlimmsten Seiten unseres Kolonialismus zu liegen schien, wird als ein imperialer Mythos in der Geschichte entschwinden, als eine törichte Glorifizierung einer äußerst praktischen Politik der Habgier.

Erinnerst Du Dich an den lieben Nello, der mit Henrys Pfeife im Mund auf und ab ging, Henry imitierte und in Henrys Stimme verkündete: »Politik? Politik? Zum Teufel mit der Politik! Was denken Sie? Was fühlen Sie, mein Lieber? Darauf kommt es an! Lassen Sie uns keine Zeit mit zweitrangigen Vorstellungen des Wahrscheinlichen verlieren. Ziehen wir verdammt noch mal das Unwahrscheinliche in Betracht und sehen wir, wohin uns das führt!« Wie ich damals lachte! Wenn ich heute daran denke, lache ich nicht mehr. Welch eine phantastische Gelegenheit wurde ungenützt *vertan.* Ich meine, eine Möglichkeit für uns wurde von uns vertan. Die Inder finden das auch, nicht wahr? Ich meine trotz der stolz geschwellten Brust und der Begeisterung, sich als freie Männer an den eigenen Tisch zu setzen, um eine Verfassung auszuarbeiten. Wird diese Verfassung nicht eine Art Liebesbrief an die Engländer sein? Ein Brief, wie ihn ein verlassener Liebender schreibt, wenn die Beziehung zu Ende gegangen ist, und zwar, wie man glaubt, in höflicher und vernünftiger beiderseitiger Erkenntnis der Unvereinbarkeit. In einer Welt, die plötzlich grau und öde geworden ist, weil der Geliebte – Gott sei Dank – gegangen ist, um seine mörderischen, unberechenbaren und selbstsüchtigen Gefühle an anderer Stelle auszuleben, versucht man die bedeutsamen Augenblicke der Freude wieder einzufangen – vielleicht waren sie keineswegs beiderseitig, aber es hat sie gegeben. Ein solches Unterfangen ist immer zum Scheitern verurteilt. Man findet sich mit dem Zweitrangigen ab. Man findet sich mit der Lektion ab, die man scheinbar gelernt hat, und vergißt die Lektion, die man zu lernen hoffte und vielleicht gelernt hätte, und lernt so überhaupt nichts, denn das Zweitrangige ist das allgemein Übliche in der Welt. Jeder Dummkopf kann es lehren, und jeder Dummkopf kann es lernen.

Mich erschreckt jedoch der Gedanke, daß allmählich die große Geste der vernünftigen Scheidung und die Beteuerung anhaltender Freundschaft verblassen, und dann treten erst die wahren Neigungen in Erscheinung, die unsere beiden Völker gerade noch unter Kontrolle halten konnten, weil es Grund für die Annahme gab, sie seien schlecht, weil sie weder die Herrscher noch die Beherrschten zu etwas Gutem führen konnten. Ich spreche natürlich von der Abneigung und der Furcht zwischen Schwarz und Weiß. Das ist ein fünftrangiges Gefühl, das nur einer Nation vulgärer Ladenbesitzer und einer Nation dickbäuchiger Banias angemessen ist. Ich erinnere mich an das entsetzte Gesicht eines Adjutanten von Henry (ein schrecklich wohlerzogener junger Mann, dessen Großvater sein Vermögen mit Fertigsaucen oder etwas Ähnlichem machte – das sprach nicht gegen ihn; aber irgendwie war er nie darüber hinausgewachsen), als der liebe Nello Henry imitierte. Ich lachte immer noch, als dieser Adjutant sich nach mir umdrehte und wirkte, als wolle er sagen: »Aber Lady Manners! *Das* erlauben Sie in Sir Henrys Wohnzimmer?« Und dabei meinte er nur, daß Nello eine braune Haut hatte und der arme Henry eine weiße, obwohl er in Wirklichkeit grau, gelb und krank war und mit einem Fuß bereits im Grabe stand. Ich nehme an, am Ende reduziert sich alles darauf, denn *das* ist das letzte, was uns trennt. Ich meine die Hautfarbe, nicht den Tod.

Du und ich, wir haben immer versucht, unser Haus offenzuhalten. *Ich vermute, Du wirst es noch lange Zeit offenhalten müssen.* Lili, dieser Brief dreht sich in Wirklichkeit um eine Frage: Wirst Du Parvati bei Dir aufnehmen, wenn ich nicht mehr bin?

Liebe Grüße
Ethel

Man stelle sich eine flache Landschaft vor, die sich dreht, aufrichtet und spiegelbildlich verkehrt den Kurven und Schleifen des Nachtflugs 115 der Viscount-Verbindung nach Kalkutta folgt. Es ist eine dunkle Landschaft, in der aber direkt unter der Maschine ein Netz von Lichtern leuchtet. Sie scharen sich um einen Mittelpunkt, und ein paar kleinere Galaxien blinken außerhalb der Peripherie – der Leuchtpfad des Flugplatzes und der Vorort Banyaganj sind vom Mutterstern abgeschnürt, denn die Verbindung mit Majapur, die Grand Trunk Road ist bis auf den spärlichen Nachtverkehr unbeleuchtet (winzige Scheinwerfer, die, selbst aus dieser Höhe betrachtet, mit hoher Geschwindigkeit dahinzurasen scheinen). Etwa auf halbem Weg eine kleine, isolierte Konstellation. Dort lebt die neue englische Kolonie in bequemer Nähe zur Technischen Hochschule, zu den Fabriken und zum Flugplatz, den die Leute ebenso selbstverständlich benutzen wie einen Busbahnhof. Außer dem Fremden benutzt ein anderer Engländer den Flug 115 – der Mann, der an dem Abend im Club hin und wieder zu Mr. Srinivasans Gesellschaft hinüberblickte. *Er* tat es vielleicht weniger aus Neugier als aus dem Wunsch, sich einen Augenblick Entspannung zu verschaffen, ehe er sich wieder auf Fragen konzentrierte, die ihm beredte junge Männer wie Surendranath und Desai stellten, denn sie versuchten, die Zeit aufzuholen, die die Väter ihrer Meinung nach verloren haben.

Dieser Engländer, der im Flughafen ähnlich umlagert war, sitzt nun in der beinahe leeren Maschine einige Plätze von dem Fremden entfernt. Die anderen Passagiere sind indische Geschäftsleute. Auch sie sitzen vereinzelt und sind auf dem Weg zu Geschäften in West-Bengalen. Wenn die Leuchtschrift an der vorderen Wand erlischt *(Bitte anschnallen. Nicht rauchen.)*, werden sie Mappen öffnen und Akten studieren. Der Flug dauert nicht lange. Die geschenkte Ruhepause ist einem Mann so kostbar wie die Zeit, die er in vertrauterer Umgebung mit der

Lektüre der Morgenzeitung verbringt, um herauszufinden, was gestern geschah, und zu überlegen, wie es sich auf das auswirken könnte, was heute geschehen mag. Einer von ihnen – der Mann, der im Flughafen mit untergeschlagenen Beinen auf dem Sessel saß – trägt das Dhoti. Im Flugzeug ist kein Platz, um ähnlich bequem zu sitzen. Der Fremde ist dafür dankbar, denn wer weiß, wo diese Füße in den letzten vierundzwanzig Stunden gewesen waren.

Die Maschine scheint nur unter Schwierigkeiten Höhe zu gewinnen. Durch das ovale Fenster kommt der Leuchtpfad wieder ins Blickfeld, und er liegt nicht sehr viel tiefer als beim letzten Blick. Dann schieben sich die Lichter von Majapur wieder in den Mittelpunkt – allerdings leicht verschwommen. Vielleicht ist das auf die beschlagenen Doppelfenster zurückzuführen. Aber immerhin stimmen sie mit dem Muster überein, das bekannt und nun erkennbar ist, denn der Beobachter hatte Zeit, sich zu orientieren.

Man kann sogar erkennen, wo der *Maidan* liegt: ein dunkler Platz, den gleichmäßig verteilte Lichtpunkte einrahmen, Hospital Road, Club Road, Church Road (ein Name, der geblieben ist, obwohl Victoria zu Mahatma Gandhi wurde) und Artillery Road. Die Maschine dreht ab und fliegt ostwärts. Beinahe folgt sie dem Flußlauf, der zu Miss Cranes unvorstellbarer Küste fließt. Mit dieser Gottesperspektive auf die erschaffene Welt mußte sie sich nie auseinandersetzen. Vielleicht war das bedauerlich, denn die Topographie, die ihr von der Erde aus so beängstigend erschien, erweist sich aus dieser Höhe und mit dieser Geschwindigkeit als zufällig und planlos. Die Menschen haben Muster hineingehauen, wie es sich von Fall zu Fall ergab.

Die Neonlampe, die für die Gläubigen den Weg vom Tirupati-Tempel zum Fluß und wieder zurück beleuchtet, hebt sich besonders strahlend ab. Der Fremde orientiert sich an ihr und an der Neonlampe über der Hütte des Schrankenwärters neben den Bahngleisen an der Nordseite der Bibighar-Brücke (er kehrt zu einer zweiten Inspektion modriger Relikte der Missionare nach Kalkutta zurück) und kann die ungefähre Lage des Bibighar-Parks und des MacGregor-Hauses bestimmen.

Der Bibighar-Park liegt im Dunkeln (heute wie damals) – doch das MacGregor-Haus strahlt im gleißenden Licht, wie Lili

Chatterjee versprach: Alle Lichter in den bewohnten Räumen, und alle Flutlichter im Park sind eingeschaltet. Aus der Höhe wirken sie blaß, doch plötzlich so vertraut, daß man törichterweise über die Entfernung hinweg nach Lili Ausschau hält und sich vorstellt, daß sie mit Parvati vor den Stufen der Veranda steht und zu den blinkenden roten, grünen und gelben Positionslichtern des fliegenden, kommerziellen Molochs hinaufblickt.

Dies ist also der letzte Eindruck – das MacGregor-Haus, in dem man Geräusche hört, die nicht von Lili und Parvati stammen: Klirren zerbrechenden Glases, Schritte von Füßen in vernünftigen Schuhen, die von der schwarzweiß gekachelten Halle hinaufstiegen zu dem Gang, von dem Mahagonitüren mit Messingknöpfen in Räume führen, die ihren Bewohnern die Möglichkeit geben, die Wirklichkeit für sich und den Traum für andere zu betrachten und sich ihre Meinung über die genaue Bedeutung dessen zu bilden, was dahinter liegt.

Diese Geräusche schreibt der zeitweilige Gast von heute Parvatis Anwesenheit zu – nicht der ihrer Mutter. Doch Parvati geht leichtfüßig und zerbricht nichts (außer vielleicht das Herz eines jungen Mannes). Sie ist ein Kapitel für sich, und deshalb erscheint sie hier nur flüchtig; das paßt zu ihr, denn sie ist scheu, und man gewinnt den Eindruck eines Mädchens, das der Welt noch nicht ins Auge geblickt, geschweige denn die Kraft seiner Persönlichkeit daran erprobt hat. Man überrascht sie, findet sie unerwartet allein in einem Zimmer des MacGregor-Hauses oder im schattigen Garten, wo sie die Blütenblätter einer Blume zählt – man sieht den Ausdruck starker, aber ferner Freude (fern, weil trotz aller Stärke die Quelle offenbar weit entfernt, in einer eigenen Welt liegt, die auf der Schwelle jugendlicher Illusionen und reiferen Urteils schwebt); man hört, wie sie frühmorgens und abends ihre Gesangsübungen macht, man lauscht, wenn sie ernst, gewissenhaft und mit Hingabe eine schwierige Phase in Angriff nimmt, mit einem leisen Aufschrei die Niederlage eingesteht, dann von neuem ansetzt, und so verläßt man das MacGregor-Haus mit der Vorstellung, daß Parvati auf bewundernswerte Weise ihrer Umgebung entspricht, die immer das Versprechen einer Geschichte enthält, die weitergeht und nicht endet. Und man erkennt Lady Chatterjee als Hüterin einer Tradition, die mehr um der Zukunft als um der Vergangenheit willen entstand.

»Nun ja, ich weiß nicht so recht« (sagt Lady Chatterjee, die den Fremden auf einem letzten Rundgang durch das alte Haus begleitet, seinen stützenden Arm annimmt und mit der freien Hand die Augen vor der späten Nachmittagssonne schützt, während Shafi bereits wartet, um den Fremden rechtzeitig zum Flughafen zu bringen), »ich finde, das klingt, als sei die Tradition ein Platz, wo man Möbel aufbewahrt, wenn man an einen anderen Ort saust. Ich glaube, ein Engländer könnte sagen, ganz Indien ist so ein Ort. Ihr Engländer seid alle gegangen, habt aber so viel zurückgelassen, was Ihr nicht mitnehmen konntet. Und die Engländer, die heutzutage zurückkommen, machen sich kaum noch die Mühe, daran zu denken. Sie fragen schon gar nicht nach dem Schlüssel, um hineinzugehen und sich davon zu überzeugen, daß unter der dicken Staubschicht noch all das Wertvolle liegt, das ihr zurückgelassen habt, und nicht vermodert und zerfällt.« Nach einer Pause fragt sie: »Hat Parvati sich ordentlich von Ihnen verabschiedet?«

Ja, Parvati hat sich verabschiedet und eilt gerade die Verandastufen hinunter (sie ist spät dran, denn sie neigt eher zu Majapurzeit als zu indischer Normalzeit). Sie ist auf dem Weg zum abendlichen Unterricht bei ihrem *Guru*, einer Frau, die in London, New York und Paris gesungen hat und nur noch die begabtesten Schülerinnen zum Unterricht annimmt – junge Frauen, die das Talent und die Ausdauer für eine Ausbildung besitzen, die acht Jahre in Anspruch nimmt. Eines Tages wird Parvati ebenfalls in diesen westlichen Hauptstädten singen und dann selbst zum *Guru* werden und eine neue Generation junger Frauen in den strengen Gesetzmäßigkeiten der verschlungenen Lieder unterrichten, die ihre englische Mutter einmal als die einzige ihr bekannte Musik bezeichnet hat, die bewußt das Schweigen durchbricht und wieder dorthin zurückkehrt, wenn sie endet. Ehe Parvati den Blicken entschwindet – sie rennt in einem blaßrosa Sari die Stufen hinunter –, bleibt sie stehen und winkt. Der Fremde winkt zurück und wünscht ihr für den Unterricht viel Erfolg. Zweimal am Tag läuft sie so aus dem Haus. In der Zwischenzeit zieht sie sich zu unerbittlichen

Übungen stundenlang zurück. Manchmal erscheint ein junger Mann mit den Zwillingstrommeln, den *Tablas,* um ihr den notwendigen Rhythmus des Schlagzeugs zu geben, den sie sonst mit harten, kurzen Schlägen ihrer geschmeidigen Finger auf den zwiebelförmigen Tanbur trommelt. Ihre Haut ist zartbraun; und wenn das Licht auf ihre langen dunklen Haare fällt, schimmert es manchmal rötlich, wie man es eher aus dem Norden kennt.

Dooliya le aō re morē babul ke kaharwa.
Chali hoon sajan ba ke des.
Sangaki sakha saba bichchuda gayee hai apne ri
apne ghar jaun.

O ihr Diener meines Vaters, bringt mir meine
Sänfte. Ich ziehe in das Land meines Gemahls.
Meine Gefährtinnen sind in alle Winde zerstreut
und leben in anderen Häusern.

(Eine Morgen-Raga)

Inhalt

Doris Lessing
im dtv

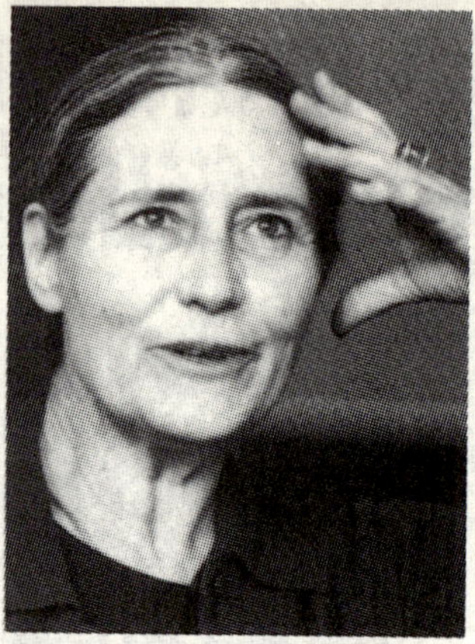

Foto: Isolde Ohlbaum

Martha Quest

Die Geschichte der Martha Quest, die vor dem engen Leben auf einer Farm in Südrhodesien in die Stadt flieht. dtv/Klett-Cotta 10446

Eine richtige Ehe

Unzufrieden mit ihrer Ehe sucht Martha nach neuen Wegen, um aus der Kolonialgesellschaft auszubrechen. dtv/Klett-Cotta 10612

Sturmzeichen

Martha Quest als Mitglied einer kommunistischen Gruppe in der rhodesischen Provinzstadt gegen Ende des Zweiten Weltkriegs. dtv/Klett-Cotta 10784

Landumschlossen

Nach dem Krieg sucht Martha in einer Welt, in der es keine Normen mehr gibt, für sich und die Gesellschaft Lösungen. dtv/Klett-Cotta 10876

Die viertorige Stadt

Martha Quest geht als Sekretärin und Geliebte eines Schriftstellers nach London und erlebt dort die politischen Wirren der fünfziger und sechziger Jahre. dtv/Klett-Cotta 11075

Vergnügen · Erzählungen
dtv/Klett-Cotta 10327

Wie ich endlich mein Herz verlor
Erzählungen
dtv/Klett-Cotta 10504

Zwischen Männern
Erzählungen
dtv/Klett-Cotta 10649

Nebenerträge eines ehrbaren Berufes · Erzählungen
dtv/Klett-Cotta 10796

Die Höhe bekommt uns nicht
Erzählungen
dtv/Klett-Cotta 11031

Ein nicht abgeschickter Liebesbrief
Erzählungen
dtv/Klett-Cotta 25015 (großdruck)

Die andere Frau

Eine auf den ersten Blick klassische Dreiecksgeschichte, die bei Doris Lessing jedoch einen ungewöhnlichen Ausgang findet.
dtv/Klett-Cotta 25098 (großdruck)

Graham Green
im dtv

Orient-Expreß
Roman

Im Jahre 1930 rast der Orient-Expreß durch Europa. Sein Ziel ist Konstantinopel. Seine Insassen u.a.: eine Varieté-Tänzerin, die sich in einen jüdischen Fabrikanten verliebt, eine trinkfreudige Reporterin, die einen politischen Flüchtling entlarven will, ein Mörder. Verspätung in Wien: 20 Minuten, wegen Schneesturms. Verspätung in Konstantinopel: drei Stunden, wegen einer niedergeschlagenen Revolution.
dtv 11530

Ein Sohn Englands
Roman

Der erste Roman Graham Greenes, der die persönliche Verantwortung zum Thema hat, in Situationen, wo die geforderte Pflichterfüllung den menschlichen Anstand verletzen würde. »Sein Werk zählt, die Epoche betrachtet, zum Bestand der großen Literatur«, schreibt Joachim Fest in der ›Frankfurter Allgemeinen Zeitung‹.
dtv 11576 (Sep. '92)

Ein Mann mit vielen Namen
Roman

Der »Captain« alias Colonel Claridge hat den zwölfjährigen Victor beim Backgmmon vom »Teufel« gewonnen und wird trotz oder gerade wegen seiner zahlreichen, unerklärlichen Abwesenheiten zur beherrschenden Figur im Leben des jungen Mannes. Liebe und Angst, auch Furcht, vom angebeteten Captain verraten zu werden, läßt in diesem Roman alle lügen, weil das ihre Wahrheit ist. Doch erst im fernen Lateinamerika zeigt sich der wahre Charakter des Mannes mit den vielen Namen. dtv 11429

11568
Erzählungen, Reportagen, Gedichte von Menschen aller Rassen und Religionen aus Lateinamerika, Afrika, Asien und der arabischen Welt.

11569
Von europäischen Selbstverwirklichungs-Touristinnen, von missionarisch angehauchten Wohlfahrtsclub-Memsahibs und natürlich vom Kampf der indischen Frauen gegen die Fesseln der Konvention.

11570 (Sept. '92)
Im poetischen Werk dieses größten türkischen Dichters im 20. Jahrhundert spiegelt sich beispielhaft die Geschichte der Türkei und ihrer Menschen wider, in deren Dienst er sein eigenes Leben stellte.

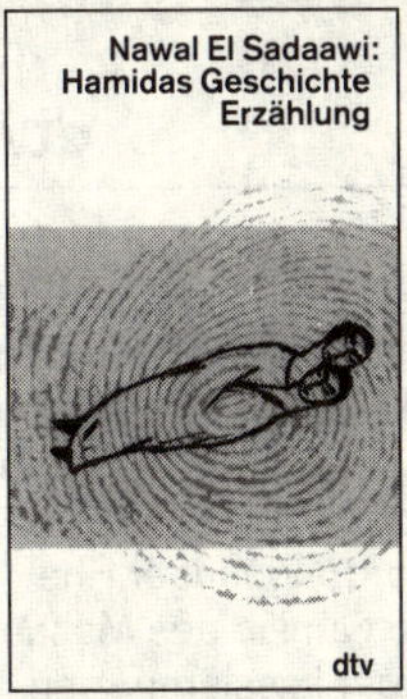

11571 (Sept. '92)
Mit hypnotischer Intensität schildert Nawal El Sadaawi, die ägyptische Vorkämpferin der Frauen aus der patriarchalischen Gewalt, das Schicksal des Mädchens Hamida.

11572 (Sept. '92)
Der Waisenjunge Chicão auf der Suche nach einer »lebenswerten Existenz«. Ein Schicksalsroman und bei aller Sozial- und Gesellschaftskritik eine Liebeserklärung an Brasilien.

Frauen in Indien

Erzählungen

Herausgegeben von
Inge Anna Winterberg

dtv Originalausgabe
10862 / DM 9,80

Das westliche Bild der Frauen in Indien ist geprägt von so unterschiedlichen Vorstellungen wie der mächtigen Indira Gandhi auf der einen und der Abtreibung oder Tötung zahlloser weiblicher Kinder, der Ermordung junger Ehefrauen, damit die Familie des Mannes eine weitere Mitgift kassieren kann, auf der anderen Seite. In diesen mehr als zwanzig Erzählungen indischer Autorinnen geht es weniger um solche Schreckensmeldungen als um den Alltag in Ehe und Familie, um die Ansprüche, die eine patriarchalische und traditionalistische Gesellschaft an Frauen stellt, ohne ihnen das Recht auf eine selbstbestimmte Gestaltung des Lebens zuzugestehen.

dtv
Deutscher
Taschenbuch
Verlag